Foto: Elke Werner

Hera Lind ist Sängerin, Roman-autorin und Fernsehmoderatorin. Ihr erster Roman, ›Ein Mann für jede Tonart‹ (Fischer Taschenbuch Bd. 4750), erschien 1989 und wurde ein Bestseller. Der gleichnamige Kinofilm war ebenso erfolgreich. Die Fortsetzung des Romans, ›Frau zu sein bedarf es wenig‹ (1992; Bd. 11057), wurde fürs ZDF verfilmt. 1994 folgte ihr dritter Roman, ›Das Superweib‹ (Bd. 12227), der inzwischen eine Auflage von mehr als zwei Millionen Exemplaren erreicht hat. Der Film, den Sönke Wortmann nach diesem Buch drehte, kam 1996 in die Kinos. Hera Linds vierter Roman, ›Die Zauberfrau‹ (Bd. 12938), erschien 1995 und wurde für SAT.1 verfilmt. 1997 veröffentlichte sie ihr erstes Kinderbuch, ›Der Tag, an dem ich Papa war‹ (mit Illustrationen von Marie Marcks; Bd. 85020), und ihren fünften Roman, ›Das Weibernest‹ (Bd. 13770). Beide Bücher werden ebenfalls verfilmt. Die Autorin lebt mit ihrem Lebensgefährten und ihren vier Kindern in Köln.

Die erfolgreiche Fernsehjournalistin Karla Stein erhält ein verlockendes Angebot: die Moderation der Jugend-Kult-Sendung »Wört-Flört«. Beherzt greift sie zu, nicht ahnend, welche Probleme mit ihrer neuen Klientel auf sie zukommen. Den Jugendlichen in der Sendung geht es um Wesentliches – Waschbrettbäuche, Tattoos und gepiercte Nabel. Sie ist eindeutig auf der falschen Party gelandet. Dabei hat Karla vier Kinder und sollte sich mit Wichtigerem beschäftigen. Als sie einen jungen Mann als Au-pair-Männchen einstellt, erlebt sie jedoch Überraschendes. Was in ihm steckt, übersteigt bei weitem ihr Vorstellungsvermögen. Karla lernt viel über Schein und Sein.
Hera Lind erzählt eine tragikomische Liebesgeschichte, bei der sie diesmal auch vor einem höchst eleganten Mord nicht zurückschreckt.

Hera Lind
Der gemietete Mann
Roman

Fischer Taschenbuch Verlag

Die Frau in der Gesellschaft
Herausgegeben von Ingeborg Mues

Originalausgabe
Veröffentlicht im Fischer Taschenbuch Verlag GmbH,
Frankfurt am Main, September 1999

© Fischer Taschenbuch Verlag GmbH,
Frankfurt am Main 1999
Gesamtherstellung: Clausen & Bosse, Leck
Printed in Germany
ISBN 3-596-14443-4

Für Charles, Casper und Theo
und für Diego und Michela Glaus
in meinem Lieblingshotel
Albergo Losone

Nebenan stand eine dicke Dame. Sie war nackt, bis auf ein hautfarbenes Mieder, das ihren ausladenden Hintern nur spärlich bedeckte, und ein Höschen, über das ihr Bauch in welligen Falten hing.

»Bei Ihrem kleinen Problem können wir Ihnen selbstverständlich helfen«, sagte eine Männerstimme.

»Ach, Doktor, ich wäre Ihnen ja so dankbar«, freute sich die Dicke. »Nicht weil mein Mann mich nicht schön fände. Aber ich würde einfach gerne schlank sein. Sie wissen schon: das persönliche Wohlfühlgefühl!« Sie kicherte nervös.

»Gib mir mal die Malerkreide«, befahl der Doktor über die Schulter. Ein weißbekittelter Arm erschien im Blickfeld. Ich hoffte, er würde die Tür nicht zuschieben.

»Stehen Sie bitte mal gerade. Nicht den Bauch einziehen!« Der Arzt beugte sich über die Fettmassen. Ich konnte nicht sehen, was er tat, aber ich konnte es ahnen.

Die Dame kicherte. »Das kitzelt!«

»Sie haben ein kombiniertes Unterbauch-Oberbauch-Taillen-Hüften-Problem«, stellte der Arzt fest. »Das ist nicht in einer Sitzung zu erledigen.«

»Ach, Herr Doktor! Ich habe doch Zeit!«

»Haben Sie sich schon über die Finanzen Gedanken gemacht?«

»Ach, Herr Doktor! Ich habe doch Geld!«

»Und natürlich die Rreiterhosen«, mischte sich eine weibliche Stimme ein. »Wilfrried, da würde ich eine kombinierte Gesäß-Obärrschänkäll-Unterrschänkäll-Waden-Knie-Fettabsaugung vorrschlagän. Da kriegst du aus jedem Schänkäll sechs Liter raus!« Soviel ich mitgekriegt hatte, gehörte diese Stimme der Gattin des Meisters. Erstens sagte sie Wilfried zu ihm, und zweitens sah sie aus wie Dolly Buster. Auch im

Gesicht. Selbst die Lippen waren künstlich aufgeblasen. Ihre Augenbrauen verloren sich irgendwo in Richtung Haaransatz. Außerdem sprach sie wie Dolly Bustäär. Vielleicht WAR sie es!

Ich rutschte nervös auf meinem Wartezimmersessel hin und her. Mein Gott, war ich tief gesunken. Ich saß tatsächlich bei einem Schönheitschirurgen! Ich, Karla Stein, fast vierzig, geschieden, vier Kinder, eine Schwester.

Einerseits: wie peinlich!

Andererseits: wie unterhaltsam! Zu belauschen, wie das Doktorpaar Dickmadam auszuhöhlen trachtete. Auszuhöhlen, dachte ich und kicherte schäbig in mich hinein. Im wahrsten Sinne des Wortes! Was es nicht alles gibt!

Amüsiert griff ich nach einem Praliné, das auf gläsernem Tischchen zwischen vielen leckeren Schokoriegeln und Toffifees der wartenden Dame harrte. Mit vollem Munde blätterte ich in dem Hochglanzprospekt herum, den Dolly Buster mir überreicht hatte, bevor sie ins Beratungszimmer gegangen war. Neben dem Foto eines Frauenkörpers, der entweder Nadja Auermann oder Claudia Schiffer gehörte (der Kopf war leider abgeschnitten), stand in großen blauen Buchstaben: »Figurkonturierung durch Fettabsaugen in Tumeszenz-Lokalanästhesie.« Toll sah die Auermann-Schiffer aus. Wie einfach das war! Ich packte mir ein krokantiges Nußplätzchen aus. Wozu denn noch fasten, wenn es solche Methoden gibt! Einfach Fett absaugen. Wie Staub saugen.

»Meine Freundin hat gesagt, es können Dellen zurückbleiben«, durchbrach die Frau das arbeitsintensive Schweigen im Nebenzimmer.

»Wir sind in der Lage, mit feinsten Kanülen bildhauerische Feinstmodellierung vorzunehmen, gnädige Frau«, sagte Wilfried zu der Dicken.

»Und – tut das weh?« fragte die Dame bänglich.

»Wir spritzen Ihnen eine Kochsalzlösung unter die Haut, die sich im Laufe der nächsten Stunde verflüssigt, und dann saugen wir sie zusammen mit den Fettzellen wieder ab.«

»Tja«, sagte die Dame, »ich weiß nicht ...«

Schade, dachte ich. Warum ist sie so mutlos und unentschlossen?

»Wirr versätzen Sie gärrne auf Wunsch in Dämmerschlaf«, gurrte Dolly. Ihre Augenbrauen waren jetzt bestimmt unter den Haaransatz gekrochen. »Es gibt abärr auch viele Patientinnen, die wollen zusähen.«

Au ja, au ja. Ich wippte auf meinem Stühlchen hin und her.

»Ach, besser nicht«, wehrte die Dickmadam kleinlaut ab.

»Wir haben hier Färnsäherr und Viddeoanlage und Stärreoanlagge und was immär Sie wünschen.«

Och, dachte ich. Nicht schlecht. Da kann man, während man wie ein Frosch aufgeblasen wird, derweil ein bißchen »Fliege« oder »Meiser« gucken. Und Pralinen reichen sie einem ja auch.

»Und das Resultat?« fragte die Dame. »Wie sehe ich danach aus?«

»Obwohl die Fettabsaugung nach Tumeszenz-Lokalanästhesie oft zu sensationellen Ergebnissen führt, gnädige Frau, kann man bei Ihnen natürlich nicht erwarten, daß Sie die Gewebekonsistenz einer achtzehnjährigen Twiggy erreichen werden.«

»Und was ist mit der Cellulite? Meine Freundin sagt nämlich, sie hat nach der Operation mehr Dellen gehabt als vorher!«

»Da wird sie bei einem Quacksalber gewesen sein«, sagte Wilfried verschnupft.

»Ja, die war da bei so einem Schönheitschirurgen, den hatte sie vorher bei Vera am Mittag gesehen.«

»Solche Auftritte habe ich nicht nötig«, sagte Wilfried. »Ich gehe nicht ins Fernsehen, und ich inseriere nicht in Zeitschriften.«

»Und was machen Sie dann mit dem Fett?« fragte die Dame.

»Hier!« Wilfried kramte in einem Wandschrank herum. Ich hörte ihn klappern. »Anderthalb Liter, anderthalb Liter,

9

anderthalb Liter, anderthalb Liter, ein Liter, ein Liter, ein halber Liter.« Wilfried keuchte leise.

Besorgt reckte ich den Hals. Armer Wilfried. Was tat er da?

»Das hat er alles aus einer einzigen Patientin rrausgeholt«, sagte Dolly Buster stolz.

Ich lugte unfein durch den Türschlitz. Neben dem Meister standen tatsächlich sechs Eimer mit gelblicher Flüssigkeit auf dem Tresen.

»Donnerlüttchen«, staunte die dicke Dame im Slip. Sie drehte mir ihren delligen Hintern zu. Ich überlegte blitzschnell, wieviel Eimer Wilfried allein mit ihrer rechten Arschbacke füllen würde.

»Und was machen Sie mit dem Fett?« wiederholte die Dame ihre Frage.

»Sie können es sich gerrne als Andänken mit nach Hause nähmen«, lockte Dolly. »Das machen viele!«

Ich dachte an das kleine Holzdöschen mit der Aufschrift »Milchzähne«, das mein kleiner Oskar stolz im Schulranzen mit sich herumtrug. Vielleicht wollte diese Dame ihre Fettmassen fortan stolz in mehreren Eimern mit sich rumtragen.

Kichernd ließ ich mich wieder in den Sessel fallen. Eigentlich war es doch recht unterhaltsam hier. Entspannt griff ich nach einem Schokoriegel.

Ein Jahr war es her, auf den Tag genau ein Jahr, da hatte Paul mir ein Fax gereicht: »Guck mal, da fragt dich jemand, ob du mit deinem Sender verheiratet bist! Es ist DER SENDER.«

»Zeig her.« Ich riß Paul das Fax aus der Hand. Daß Paul immer meine Faxe zuerst lesen mußte! Aber so war er, der Paul. Mir in allen Dingen des Lebens immer einen Schritt voraus. Seit wir uns kennengelernt hatten. Er war ein Mann und deshalb per se klüger, reifer, erfahrener.

»Sehr verdächtig«, sagte Paul. »Da will dich einer abwerben.«

»Mit dem Sender verheiratet, so'n Quatsch«, hatte ich gemurmelt.

Katinkalein hatte mit Knetgummi gespielt, und die Jungen waren in der Schule. Normalerweise saß ich um diese Zeit am Schreibtisch und bereitete mich auf meine wöchentliche Sendung »Endlich allein« vor. Eine Sendung von geschiedenen Frauen für geschiedene Frauen. Mit Tips und Tricks, Talk und Themen rund um Scheidung, Alleinerziehen, Unterhalt, Job, Karriere, Au-pair-Vermittlung und so weiter. Das Interessante war, daß über vierzig Prozent unserer Zuschauer männlich waren. Die Einschaltquote stieg konstant. Es war eine gute Sendung. Ich arbeitete viel, aber ich lernte auch viel.

Paul fand es allerdings nicht gut, daß ich als Gattin eines so berühmten Dirigenten, wie er es war, auch noch arbeitete. Er wollte mich als »Frau an seiner Seite«. Es ärgerte ihn bisweilen, daß meine Quoten besser waren als seine. Er leitete ein internationales Jugendorchester und eine eigene Fernsehsendung mit Namen »Vorsicht: Kultur«.

Paul fand, daß eine Frau, besonders eine, die mehrere Kinder hatte, zu Hause zu bleiben hatte. Er erwartete, daß ich die drei Kinder versorgte und abends nach seinen Konzerten mit einem warmen Essen auf ihn wartete. Ich hatte mehrmals angeregt, daß er bei den Kindern bleiben und MICH mit einem warmen Essen erwarten solle, aber für diese Art von Scherzen hatte Paul keinen Sinn.

Da ich ersteres nicht ausschließlich und letzteres niemals tat, waren wir in letzter Zeit nicht mehr besonders gut aufeinander zu sprechen.

Paul warf mir vor, daß ich ihn nicht mehr liebte.

Für ihn hieß »lieben« nämlich zu Hause sitzen und warten. Ich warf Paul vor, daß er mich nicht mehr liebte. Für mich hieß »lieben« nämlich leben und leben lassen. Als mir wohlmeinende Freundinnen – übrigens Frauen, die von Beruf »Gattin« waren und sehr viel Zeit hatten, ihre Nase in Dinge zu stecken, die sie nichts angingen – auch noch zutrugen, Paul habe immer mal wieder ein Verhältnis mit dem einen oder anderen Orchestermädel, mochte ich erst recht nicht mehr zu

Hause sitzen und mit dem warmen Essen auf ihn warten. Und meine Sendung »Endlich allein« machte mir immer mehr Spaß.

Ich vertiefte mich in das Fax.

»Sehr geehrte Frau Stein«, lautete die Überschrift des Schreibens, das von einem renommierten Sender namens DER SENDER aus München kam, »mit Interesse sehe ich seit Jahren Ihre Sendung ›Endlich allein‹. Nun möchte ich anfragen, ob Sie mit Ihrem derzeitigen Sender verheiratet sind. Wenn nicht, würde ich Ihnen gern ein Angebot machen, das Sie vielleicht noch mal in eine ganz andere Richtung führen könnte. Finanziell kann ich Ihnen gut und gerne das Vierfache dessen anbieten, was Sie zur Zeit verdienen. Habe ich Ihre Neugier geweckt?

Oda-Gesine Malzahn

Redaktionsleitung ›Wört-Flört‹«

»Klar hat die meine Neugier geweckt«, murmelte ich.

»So? Dann bist du ja noch weniger bei den Kindern als bisher«, maulte Paul, der gerade Zeitung las.

Paul war vormittags immer zu Hause, weshalb er aber mitnichten jemals etwas tat, das mit Kindern oder Haushalt zu tun hatte.

»Sie bietet mir das Vierfache an Geld!«

»Das hab ich gelesen.« Paul muffelte in seine Zeitung hinein. Männer können es schwer ertragen, wenn Frauen mehr Geld verdienen als sie. »So einen schwachsinnigen Scheiß wirst du ja wohl nicht machen.«

»Warum nicht?«

»Wenn du dich mit so etwas Niveaulosem abgibst wie mit diesem ›Wört-Flört‹, dann ist das das Ende unserer Beziehung.«

Aha. Das waren klare Worte. Paul hatte mir schon oft das Ende unserer Beziehung angedroht. Ich beschloß, die Drohung endlich mal ernst zu nehmen.

»Warum?«

»Du hast zwischen diesen jungen Leuten nichts verloren. Mach dich nicht lächerlich. Du hast drei Kinder und wirst nächstes Jahr vierzig.«

»DU hast drei Kinder und wirst nächstes Jahr fünfzig!« gab ich zurück.

Das war natürlich völlig blöd, denn bei Männern ›gildet‹ so was nicht.

Ein Wort gab das andere. Ich solle nicht immer Äpfel mit Birnen vergleichen, schrie Paul mich an, ich sei eine völlig verunglückte Emanze geworden, seit ich diese schreckliche Scheidungssendung moderiere, und er könne es nicht länger ertragen, in seinem eigenen Haus wie ein ungeliebter Gast behandelt zu werden, der sich auch noch selber den Kaffee aus der Kaffeemaschine holen müsse.

Ich höhnte, daß er sich eine Hausmutti hätte erwählen sollen, als er sich damals entschloß, sich zu vermählen.

Er habe mich mal als attraktive und lebensfrohe Frau geliebt, beschwerte sich Paul, und er habe sich ein Nest gewünscht und ein Haus und eine Familie, das stünde ihm doch wahrlich zu bei dem schweren Beruf, den er ausübe.

Ich entgegnete, daß auch ich mir all das gewünscht hätte, da auch ich einem anstrengenden Beruf nachginge.

Paul schmollte, daß er mich niemals dazu gezwungen habe.

Ich entgegnete keck, daß auch ich ihn nicht dazu zwänge, seinem Beruf nachzugehen. Und daß ich mehr verdiente als er, schmierte ich dem Armen auch noch aufs Butterbrot.

Wir versöhnten uns zwar an diesem Tag vorübergehend wieder miteinander, aber ich ließ mich nicht im geringsten davon abbringen, mir dieses Fax von Frau Malzahn sehr gründlich durch den Kopf gehen zu lassen. Auch auf die Gefahr hin, daß mein Gatte mich verließe.

»SENTA?!«

Immer wenn ich etwas auf dem Herzen hatte, schrie ich nach Senta. Senta war für mich wie eine Mutter. Stand mit ihrer schneeweißen Rüschenbluse in der Küche, schälte Kartoffeln oder schnippelte Möhren, beschäftigte derweil noch ein bis drei Kinder mit Malbüchern, Hausaufgaben oder Knetgummi und war obendrein noch voll aufnahmefähig. Senta hatte stets für alle ein offenes Ohr. Sie war schon immer der Familienmensch gewesen – im Gegensatz zu mir, die ich gar nicht schnell genug aus dem Haus herauskommen konnte. Und ausgerechnet ich kriegte ein Kind nach dem anderen, während Senta ledig und kinderlos geblieben war.

Schon stand sie da, das Küchenmesser in der Hand, und sprach: »Ja, Schwesterherz?«

»Kennst du ›Wört-Flört‹?«

»Den Nougatriegel?«

»Die Sendung!«

Senta wischte sich die Hände an der Küchenschürze ab. »Das ist nicht gerade was sehr Niveauvolles. Früher war es mal ganz nett, da hat es die Oda-Gesine Malzahn jahrelang selbst moderiert, aber das war in den Sechzigern. Dann ist sie plötzlich vom Bildschirm verschwunden. War 'ne sehr attraktive, charmante und elegante Frau. Der Schwarm aller Männer damals! Paul kennt die bestimmt noch. Danach haben verschiedene junge Männer ›Wört-Flört‹ moderiert. Die hatten alle irgendeinen charmanten Akzent.«

»Ich habe keinen«, sagte ich. »Und was ist das für 'ne Sendung?« bohrte ich nach.

»Eine Jugend-Kult-Sendung«, sagte Senta. »Alles junge schöne Menschen. Auf der einen Seite einer allein, in der Mitte 'ne Wand, auf der anderen Seite drei, der eine und die drei sehen sich gegenseitig nicht, die hören sich nur.«

»Dann spielt es also keine Rolle, ob sie schön und jung sind?« fragte ich.

»Doch! Die sehen alle sehr sexy aus. Aber das Erstaunliche ist: Die sind alle wahnsinnig witzig, schlagfertig und intelligent. Da fragt einer was, und blitzschnell geben alle drei auf der anderen Seite eine originelle Antwort. Ohne zu stocken oder auch nur zu überlegen! Und keiner sagt dasselbe wie sein Vorgänger! Das ist schon sensationell.«

»Und was ist der Sinn der Sendung?«

»Na, das ist halt 'ne Kuppelshow! Für Singles! Am Schluß machen sie eine Reise mit dem ›Wört-Flört‹-Jet«, lachte Senta.

»Wohin?«

»Ach, so in die nähere Umgebung. In der nächsten Sendung erzählen sie, wie es war. Manchmal haben sie sich verliebt, manchmal nicht.«

Ich schwieg verblüfft. »Und wieso kenne ich diese Sendung nicht?«

»Keine Ahnung! Sie kommt allerdings zu einer Sendezeit, in der Mütter ihre Kinder ins Bett bringen. Kurz vor acht.«

Klar. Für Mütter war »Wört-Flört« wohl auch nicht gedacht. Was sollen Mütter mit »Wört-Flört«?

Ich runzelte die Stirn. »Für eine solche Sendung bin ich doch überhaupt nicht geeignet!«

»Finde ich auch«, sagte Senta.

»Und Paul findet das erst recht. Wieso will die ausgerechnet mich?«

»Frag sie doch«, sagte Senta.

Mit einer angemessenen Verspätung von siebeneinhalb Minuten betrat ich das Edelrestaurant des Bayrischen Hofes, wohin Frau Malzahn geladen hatte. Mein »Zimmer« war eine Suite im dritten Stock, bestehend aus zwei riesigen Schlafzimmern mit je einem Doppelbett, einem Wohnzimmer, einem Konferenzraum, zwei Bädern und drei Ankleidezimmern. Für diese eine Nacht war der Aufwand ein bißchen übertrieben, fand ich, aber andererseits fühlte ich mich schwer gebauchpinselt. Frau Malzahn breitete den roten Teppich für mich aus! Was führte sie nur im Schilde?

Ich suchte nach einer gutaussehenden, gepflegten Dame von Mitte Fünfzig, so wie Senta sie beschrieben hatte.

Da saß sie. Tatsächlich. Mein Gott. So ein Schock.

Frau Malzahn war dick. Um nicht zu sagen fett.

Ein riesiger wabernder Fettkloß mit grauen Haaren im schwarzen Zweimannzelt. Sie hatte ihre Massen erstaunlich wirtschaftlich auf dem geschwungenen Stuhl, der mit rötlichem Samt überzogen war, verteilt. Sie lachte mich freundlich an. Das flößte mir Vertrauen ein.

Bleiben Sie liegen, wollte ich sagen, als sie sich bemühte aufzustehen, um mich zu begrüßen. Ich beherrschte mich und lächelte verbindlich.

»Sie sehen viel besser aus als im Fernsehen!« sagte Frau Malzahn, während sie sich schnaufend wieder in ihren Stuhl fallen ließ. »Viel jünger und schlanker und natürlicher und netter.«

Ich wertete das als einen gelungenen Auftakt. Leider konnte ich keines ihrer Komplimente erwidern. Gern hätte ich gesagt: Sie sehen viel dicker aus, als meine Schwester Sie geschildert hat, viel älter und fetter und grauer und schlampiger – aber ich unterließ es.

»Danke«, sagte ich statt dessen schlicht.

»Wie kommt das, daß Sie so nett und natürlich aussehen?«

»Ich BIN so nett und natürlich.« Was hatte sie denn gedacht?

»Ein Grund mehr, zu uns zu kommen«, sagte Frau Malzahn. »Ich suche eine nette und natürliche Frau mittleren Alters. Und genau das sind Sie.« Dabei lachte sie breit.

Ihr Hals wabbelte. Sie hatte was Grünes zwischen den Zähnen. Ein Fitzchen Schnittlauch oder Spinat oder so was. Ich starrte sie an. Aber ich war mir des Ernstes der Lage durchaus bewußt. Eine Frau von Welt lacht nicht und glotzt nicht, wenn ihr Geschäftspartner was zwischen den Zähnen hat.

»Aus der Tatsache, daß Sie gekommen sind, schließe ich, daß Sie keinesfalls mit dem bisherigen Sender verheiratet sind«, dröhnte Frau Malzahn.

»Ich halte nicht viel vom Heiraten«, lächelte ich.

»Das höre ich gern«, sagte Frau Malzahn mit fettem Timbre. »So gefallen Sie mir.« Sie spendierte mir ein herzliches Grinsen.

Vielleicht war es auch Blattsalat oder Dill.

Frau Malzahn winkte dem Kellner, der auch dienstbeflissen

16

herbeiglitt, und bestellte als Aperitif Champagner und als Vorspeise Kaviar.

»Sie sind die Frau von dem … Dings …?«

»Ja«, sagte ich.

»Und? Läßt der sie …?«

»Was?«

»Machen. Also arbeiten. Dürfen Sie tun, was Sie wollen?«

»Bin ich verheiratet oder strafgefangen?« fragte ich zurück.

Frau Malzahn lachte, daß ihr Gaumensegel flatterte. »Sie gefallen mir unheimlich, Mädchen.«

»Sie mir auch.«

»Ich hoffe, es ist Ihnen recht, wenn wir Kaviar nehmen?«

Klar. Ich nickte. Mir war Kaviar sehr recht. Senta und ich, wir löffelten abends beim Fernsehen immer mal gerne zwei, drei Kilo Kaviar, und unseren Kindern schmierten wir den aufs Schulbrot.

»Wir sind übrigens nicht die einzigen, die heute abend neue Verhandlungen führen«, sagte Frau Malzahn und wies auf einen der Nachbartische.

Da saß ein junger Mann im Designeranzug, aus dem ein ausgemergelter borstiger Kopf ragte, und speiste Wachteleier mit einer blonden Mageren, die ihre millimeterkurzen Strähnen zu klebrigen Zipfeln gegelt hatte. Sie hatte einen weißblau gestreiften Sträflingsanzug an, der an den Knien zerrissen war. Die beiden sahen aus, als kämen sie aus jahrelanger Gefangenschaft in Sibirien und wären noch nicht dazu gekommen, sich die Haare zu waschen beziehungsweise ein bißchen nett zu machen, bevor sie Wachteleier aßen. Der männliche Sträfling war unrasiert.

»Das ist der Gusti Satthaber mit der Stella Potatoe«, sagte Frau Malzahn. »Die will er für sein neues Nachrichtenmagazin.«

Gusti Satthaber war Programmchef eines Privatsenders, darüber war ich informiert. Aber was wollte er mit der mageren Zotteligen?

»Die Stella Potatoe hat bis jetzt bei VIVA die Hitparade

moderiert«, gab Frau Malzahn Auskunft. »Aber die will jetzt was Seriöses machen.«

Was die dicke Frau Malzahn alles wußte. Ich hatte mein Lebtag noch nicht VIVA geguckt. Meine Kinder waren noch nicht in dem Alter. Die Zippelige war mir völlig unbekannt.

»Apropos seriös«, sagte ich. »Erzählen Sie mir von ›Wört-Flört‹!« Natürlich hatte ich mir inzwischen »Wört-Flört« angesehen. Mein erster Eindruck hatte sich nicht ganz mit dem von Senta gedeckt, aber auch nicht mit dem von Paul, der das Ganze für komplett niveaulosen Schwachsinn hielt.

»Wir sind der absolute Quotenrenner im Vorabendprogramm«, sagte Frau Malzahn. »Im Winter erreichen wir sieben Millionen Zuschauer, im Sommer immer noch fünf. Unser Publikum ist jung und trendy, deswegen die Differenz: Im Sommer gehen die alle kraxeln und segeln und paragliden und … na, wie heißen die Dinger mit Rollen, Sie wissen schon, nicht Rollschuhe, sondern …«

»Rollerblades«, sagte ich.

»Genau«, sagte die dicke Frau Malzahn.

»Und wie kommen Sie nun ausgerechnet auf mich?«

»Sie sind doch DIE Scheidungsfrau in Deutschland, nicht, Schätzchen? Sie haben Ihr eigenes Publikum. Solche, die schon mal auf die Schnauze gefallen sind. Die Umfrage des Forsa-Meinungsforschungsinstitutes beweist: Die Geschiedenen schauen alle wieder ›Wört-Flört‹. Und die paar Millionen hätten wir gern dazu.«

»Wer ist wir?«

»Der Sponsor der Sendung, die Firma ›Nesti-Schock‹, und wir, DER SENDER.«

Ich staunte. Nicht zuletzt über die Worte »Schätzchen« und »Schnauze«. Und das in diesen heiligen Hallen. Aber Frau Malzahn war halt schon lange mit der Jugend-Kult-Sendung verwachsen. Da redet man locker in solchem Jargon.

Der Kellner servierte den Champagner. Ich hatte Angst, daß sie zu ihm sagen könnte: »Verpiß dich, Alter!«

»Außerdem«, triumphierte Frau Malzahn, »ist das DER PR-

Gag: Deutschlands Scheidungsfrau moderiert eine Kuppelshow!«

Wir stießen an. Frau Malzahn ließ mich wieder den grünen Schnippel zwischen ihren Zähnen sehen.

»Auf einen gewinnbringenden Abend!«

Wir tranken.

Frau Malzahn wandte sich, soweit das bei ihren Massen möglich war, zu dem Programmdirektor der Konkurrenz um und schrie: »Prost, Gusti! Viel Erfolg mit der geilen Kleinen!« Dann lachte sie schallend.

Gusti lächelte gequält und prostete mit seinem Mineralwasser herüber. Die Zippelige steckte sich eine Zigarette an und ließ uns ansonsten nur ihr gestreiftes Hintergesicht schauen.

»Ist die nicht ein bißchen zu … ausgeflippt für ein Nachrichtenmagazin?« fragte ich.

»Der Sender schiebt jährlich Milliarden Verluste«, antwortete Frau Malzahn zufrieden. »Die müssen verdammt an ihrem Image arbeiten. Nur noch Alte und Kranke, die da einschalten. So Leute, die auch das Klassik-Zeugs von Ihrem Mann gucken. Nichts für ungut, Schätzchen. Aber die Jungen zappen weg. Laut einer Forsa-Umfrage schaut nur noch jeder achte Bundesbürger unter fünfunddreißig diesen Sender, während in Alters- und Pflegeheimen von morgens bis abends Satthabers Sender eingeschaltet ist. Klar, daß der Gusti am Stock geht. Sieht richtig alt aus, der arme Junge. Dabei ist er erst vierunddreißig!« Sie prostete dem armen Herrn Satthaber noch einmal herzlich zu und lachte schadenfroh.

»Na so was«, bemerkte ich verwundert.

»Was dieser Sender braucht, ist ein knackiges Girl mit einem trendy Gesicht«, sagte sie. Ihr Halsspeck wabbelte. »Möglichst mit Nasenpiercing oder Ring im Nabel.« Sie wischte sich mit der fetten Hand über die Backen. Dabei verschmierte sie ihren Lippenstift.

»Das leuchtet natürlich ein«, sagte ich. »Das ist immens wichtig für ein Nachrichtenmagazin.«

Der Kellner brachte den Kaviar. Es war ein bescheidenes Häufchen schwarzglänzender Schuhcreme auf einem riesigen goldrandigen Teller, auf dessen leerer Hälfte eine halbe bläßliche Toastscheibe kränkelte. Der Kellner drapierte liebevollpflichtfroh noch ein Ensemble aus Perlmuttlöffeln, Schälchen, Zitronenscheibchen im Wässerchen und allerlei überflüssigem Kram um uns herum. Automatisch wollte ich den ganzen Krempel wegschieben, weil meine Kinder zu Hause immer in alles reingriffen und mit dem Löffel auf Teller hauten und Schweinereien machten, bevor das Essen überhaupt angefangen hatte. Ich ließ es bleiben.

»Und Ihr Sender braucht kein trendy Gesicht?« fragte ich, während ich zur äußersten von sehr vielen Gabeln griff. Mit Appetit stocherte ich im Kaviar herum. Ich war wirklich gespannt, wie dieses vielgepriesene Zeug schmeckte.

»Den Perlmuttlöffel, Schätzchen!« Frau Malzahn riß mir die Gabel aus der Hand und lachte sich kaputt. »Gott, was sind Sie süß!«

Herr Satthaber guckte sich gequält nach uns um.

Ich griff artig zu dem Perlmuttlöffel und mampfte das glibberige Zeug. Schmeckte wirklich nicht schlecht. Bißchen wäßrig, bißchen salzig, bißchen fischig, aber dafür, daß ich ziemlich hungrig war, ging's. Wie sang der Vater von Hänsel und Gretel, während er in Lumpen in seiner Bretterbude herumsprang und tanzte? »Trallalalaa, trallalalaa, Hunger ist der beste Koch!« Ich wußte das, weil ich »Hänsel und Gretel« schon sechsmal in Folge gesehen hatte.

Frau Malzahn verteilte ihren Kaviar gekonnt auf dem Toastschnittchen, bevor sie hineinbiß. Ein kleines, glibberiges, glänzendes schwarzes Fischei blieb an ihrer Unterlippe kleben, sosehr sie auch kaute und mampfte. Und da soll man den ganzen Abend verhandeln und freundlich tun und darf nicht lachen und nicht sagen: »Sie ham da was, gehn Se ma Zähne putzen.« Hach. Ich hasse das.

»Also bei ›Wört-Flört‹ ist das ja so«, sagte Frau Malzahn, während sie krachend in ihren schwarzbestrichenen Toast biß, »daß die Sendung von den Kandidaten lebt. Ja? Ham Sie's verinnerlicht?«

Ich nickte. Ja klar. Ich verinnerliche pausenlos alles, was um mich herum passiert.

»Die sind alle jung und knackig und trendy und witzig und sexy und frech. Ham Sie's mal gesehen?«

»Klar, ständig!« log ich. Meine Augen wurden zu Dollarzeichen, je länger ich darüber nachdachte, daß ich nicht nur mehr als Paul, sondern viermal soviel wie Paul verdienen würde.

»Die Kandidaten sind das wichtigste! Für die Moderation brauchen wir eine unauffällige, ja, bürgerliche Person«, zischte Oda-Gesine, während sie mit der leinenen Serviette die Krümel aus ihren Mundwinkeln wischte. Nun war der Lippenstift auf der anderen Seite auch noch verschmiert.

»Ach so, nee, ist klar«, antwortete ich.

»Und Sie«, Oda-Gesine kaute und würgte und spülte mit einem Champagnerschlückchen nach, »sind natürlich die Bürgerlichkeit in Person. Mutter von einem Haufen Kindern, glücklich verheiratet mit so einem … Stabschwinger … nichts für ungut … Die Herausforderung schlechthin für eine Jugend-Kult-Sendung. Also ich setz voll auf Risiko. Wir brauchen einfach einen kleinen Skandal.«

»Ach so«, sagte ich.

»Hinterziehen Sie zufällig Steuern, oder haben Sie eine Affäre, von der noch niemand weiß?«

»Weder noch«, bedauerte ich.

»Kann ja noch kommen«, brummte Frau Malzahn. »Was nehmen wir zum Hauptgang?«

»Danke, ich bin satt«, wehrte ich ab.

»Das ist gut so«, freute sich Frau Malzahn. »Ich will eine schlanke Moderatorin.« Es schien ihr kein bißchen peinlich zu sein, daß sie die Formen eines Nilpferdes hatte.

Frau Malzahn hatte noch Lust auf Fisch. Mit Spinat und Knoblauch. Und Kartoffelgratin.

Der Kellner brachte die Weinkarte. Frau Malzahn schob

ihre Brille auf die Nasenspitze und versenkte sich sehr konzentriert in die etwa sechzigseitige Mappe.

»Den achtundsechziger Fendant«, entschied sie.

Der Kellner entfernte sich mitsamt der dicken Mappe.

»Passen Sie auf, Schätzchen. Ich schreib Ihnen jetzt mal eine Zahl auf die Serviette«, sie kramte nach ihrem Kugelschreiber, »und dann sagen Sie mir ja oder nein.«

Sie kritzelte eine fünfstellige Zahl auf die leinene Serviette und schob sie mir hin. Mir wurde heiß.

»Im Monat?« fragte ich vorsichtig.

Herr Satthaber spähte zu uns herüber.

»Oder was …?« fügte ich verwirrt hinzu.

»Pro Sendung«, grinste Frau Malzahn.

Ich schielte zu dem Tisch mit Stella Potatoe und Gusti Satthaber hinüber. Tatsächlich. Da lag auch eine vollgekritzelte Serviette. Stella kritzelte gerade etwas dazu. Ob ich auch noch eine Null hinzufügen sollte?

»Tja, also …«, räusperte ich mich. »Wie hoch ist denn der Arbeitsaufwand für so ein … Format?«

»Die Arbeit machen wir, Schätzchen«, sagte Frau Malzahn.

Der Wein kam. Oda-Gesine prüfte die Flasche, ließ sich ein Schlückchen eingießen, kippte es herunter und sagte kurz angebunden: »O.K.«

Der Kellner merkte gleich: Jetzt kann man die Dame nicht mit Lappalien belästigen. Er schenkte uns hastig die Gläser halbvoll und verbeugte sich.

»Wir haben ein Team von sechzig Leuten«, sagte sie, als der Kellner davongeflogen war. »Die Firma gehört mir.«

»Nicht schlecht.«

»Perfekt organisierter Betrieb«, grinste die Chefin. »Vom Kandidatencasten über Transport und Organisation, Betreuung, Autoren natürlich, Gagschreiber, Negerer …«

»Negerer?«

»Ich halte nichts vom Teleprompter. Bei uns wird alles genegert. Auf große Pappschilder.«

»Ach so.«

»Dann haben wir natürlich jemanden für Ihre An- und Abmoderationen, die werden Ihnen wortwörtlich geschrieben, die stehen dann auf dem Neger.«

»Praktisch.« Unglaublich, wie die vom Fernsehen sich ausdrückten. Ziemlich geschmacklos.

»In meiner Sendung denkt sich keiner was selbst aus. Nur ich. Und meine Autoren arbeiten mir zu. Die anderen Autoren schreiben die Antworten für die Kandidaten.«

»Das leuchtet ein.«

»Dann gibt's die Coaches, die üben mit den Kandidaten die Antworten. Muß ja alles auf den Punkt kommen. Wir haben pro Sendung nur vierundzwanzig Minuten. Da kann man nicht drauf warten, daß einer äh sagt oder rumstottert oder womöglich gar nichts sagt. Da muß alles haargenau in der Sekunde kommen, wo wir's brauchen. Zack, zack! Das üben die. Den ganzen Tag.«

»Straff organisiert.« Ich nickte beeindruckt.

»Ja. So ist das«, konstatierte Frau Malzahn stolz.

»Funktioniert reibungslos. Sechzig Leute. Und auf alle kann ich mich verlassen.« Sie rieb sich zufrieden die Hände.

Der Fisch kam. Der Kellner balancierte andächtig zwei sehr starr glotzende tote, flache Fische auf zwei Teller, bettete sie in dunkelgrünen, im eigenen Saft schwimmenden Spinat, klebte hingebungsvoll ein Häufchen Kartoffelgratin daneben, streute Knoblauch- und Mandelflocken darüber, legte sorgfältig einen Zitronenschnitz dazu und drehte dann die Teller – »Vorsicht, heiß!« – unter Zuhilfenahme einer leinenen Serviette sorgfältig in die Richtung, von der aus die toten Fische am besten ihre Verspeiser anglotzen konnten.

»Guten Appetit.«

»Danke, ich kann nicht …«

»Ach, da kommt ja auch der Dieter«, freute sich Oda-Gesine und winkte einem braungebrannten, angegrauten Schönling mit eisblauen Augen zu. »Der verhandelt hier auch immer.« Und richtig! Dem Eisblauen folgte eine vollbusige Blonde im Hosenanzug mit Krawatte. Sie hatte diesen genervten Blick von »Bitte erkennt mich doch nicht immer alle!« und guckte gelangweilt auf ihre Handtasche. Der Kellner schoß aus seinem Verlies und riß die rotsamtenen Stühle zurecht, auf daß der Eisblaue und die Vollbusige sich darauf fallen lassen konnten.

»Dann natürlich Maske und Kostüm«, nahm Oda-Gesine den Faden wieder auf, während sie ihren Fisch in zwei Stücke riß. »Da legen wir allergrößten Wert drauf. Die müssen top aussehen, die Jungs und Mädels, nicht nur top, sondern hip! Mega-trendy. Das ist oberste Pflicht!«

Ein graues Haar, das schon lange über ihrer Brille gehangen hatte, fiel in den Fisch. Sie nahm den Zitronenschnitz, wrang ihn über dem Fisch aus, ließ ihn an den Tellerrand fallen und stopfte sich den ersten Bissen in den Mund.

Ich betrachtete alles mit Argwohn. Wann würde sie sich das Haar aus dem Mund ziehen? Ich guckte lieber auf Dieter und die Schöne.

Die Schöne rauchte. Dieter kritzelte etwas auf die Serviette. Die Schöne blickte genervt zur Decke. Dieter strich das Gekritzel durch und schrieb etwas Neues. Die Schöne warf einen Blick darauf, aber sie war immer noch nicht begeistert. Dieter redete auf sie ein.

»Du bekommst natürlich einen eigenen Maskenbildner und einen eigenen Kostümberater, Schätzchen«, sagte Frau Malzahn, während sie den Fisch weiter von seinem Gerippe zerrte. Ich bemerkte mit Überraschung, daß sie mich bereits duzte. Also hielt sie mich für schon gekauft. »Ich arbeite nur mit der Top-Garde.« Sie steckte sich einen Bissen in den Mund und friemelte nach einer Gräte. »Hmsch … schind natürlich alle schwul.« Jetzt hatte sie die Gräte. Sie tupfte sich mit der Serviette, auf der die fünfstellige Zahl stand, die Mundwinkel ab. Nun hatte sie auch noch Kugelschreiber am Mund. »Für dich denk ich mir die junge, schlichte Linie, ganz natürlich, gedeckte Farben, unauffällig-bürgerlich halt.«

»Also der Kontrast zu den Kandidaten«, sagte ich.

»Dasch schowieso«, nuschelte Frau Malzahn, während sie

das graue Haar zwischen den Zähnen hervorzog. »Du wohnst natürlich im Bayrischen Hof oder wo immer du willst, fliegst Business class, hast einen eigenen Fahrer und kriegst, was du brauchst!«

Ich hatte ein gutes Gefühl mit Frau Malzahn.

»Also, was ist?«

»Ich denk drüber nach«, versprach ich.

»Hier wird nicht gezaudert. Ich biete dir viermal soviel Kohle, wie du bisher verdient hast. Bei einem Viertel Arbeitsaufwand. Use it or loose it.«

»Ich muß mich jetzt sofort entscheiden?«

»Spätestens bis zum Nachtisch«, sagte Frau Malzahn.

Ich dachte an Paul und daran, wie oft er mir schon das Ende unserer Beziehung angedroht hatte. Ich dachte an die dumme Tuschelei, seine Orchestermädels betreffend, und an seine Bemerkung, daß ich doch für eine Jugend-Kult-Sendung viel zu alt sei.

»Ich mach's.«

Frau Malzahn lachte fett und machte sich über meinen Fisch her.

»Ich hab mit meinen Leuten gewettet, daß ich dich kriege, Schätzchen!«

»Um wieviel?« fragte ich vorsichtig.

»Um fünf Mark«, sagte Frau Malzahn. »Übrigens, du kannst mich Oda-Gesine nennen.«

Paul zog auf der Stelle aus.

»Das muß ich mir nicht bieten lassen«, sagte er. »Nicht bei meinem Ruf.«

»Mußt du auch nicht«, hatte ich geantwortet. »Leben und leben lassen. Heiraten heißt nicht besitzen.«

Paul fand seine beruflichen Dinge wichtiger als unsere Familie. Er ging. Ich war darüber nicht betrübt. Wir hatten uns einfach auseinandergelebt.

Senta zog auf der Stelle bei uns ein. Wenn ich meine Sendung »Endlich allein« moderierte, wohnte sie sowieso immer bei uns. Da Paul für nichts in unserem Hause zuständig war, half sie mir mit dem Haushalt und den Kindern, so gut es ging. Senta liebte die Kinder, als wären es ihre eigenen. Waren sie ja auch irgendwie. Senta ersetzte nicht nur den Vater, sondern mich gleich mit. Sie war von Geburt an die perfekte Hausfrau. Sie genoß es, die Haushaltsmanagerin und Dame des Hauses zu sein. Ich selbst lege weder Wert auf einen solchen Posten, noch habe ich hausfrauliche Fähigkeiten, ich mag weder backen noch basteln, noch bügeln, ich glaube, ich habe ein paar männliche Anteile in meinem Charakter, was ich inzwischen nicht mehr als Schande empfinde. Ich bin ein Jäger und Sammler und muß mindestens einmal in der Woche einen Flieger besteigen, sonst bin ich nicht glücklich. Paul ist eigentlich genauso. Aber er ist ein Mann, und bei Männern ist das normal. Bei Frauen nicht.

Von Paul trennte ich mich, weil er meinen Lebensstil nicht länger ertragen mochte. Er wollte, daß ich genauso wie meine Schwester Servietten falte und Familienfeste organisiere, Blumen in große Vasen ordne und um Mitternacht mit einem warmen Essen auf ihn warte.

Paul vertrat immer die Auffassung, daß nicht alles gleichzeitig funktioniert und daß ich mich zwischen Karriere und Kindern entscheiden müsse. Für ihn selbst galt das natürlich nicht, weil nur Frauen sich zwischen Beruf und Familie zu entscheiden haben. Ich habe mich entschieden, und zwar für Karriere UND Kinder und damit gegen ihn.

Ich bin einfach kein Familienmensch. Jedenfalls verstehe ich nicht das unter Familie, was Paul oder Senta darunter verstehen. Ich habe einen Horror vor Familienfesten. Nichts finde ich grauenvoller, als mit fünfzig rotgesichtigen Verwandten einen runden Geburtstag feiern zu müssen, womöglich noch in einem gutbürgerlichen Kellergewölbe, in dem ein Büfett mit Melonenschiffchen und Geflügelsalat aufgebaut wurde. Weder das Ans-Glas-Klopfen von gönnerhaften Verwandten mit den darauf folgenden hölzernen Reden (die sich schlimmstenfalls noch reimen) noch den Alleinunterhalter mit der

Hammondorgel, der bei jedem Witz einen Tusch spielt, finde ich prickelnd. Auch nicht mit viel Alkohol. Runde Geburtstage und Taufen und Erstkommunionen und silberne, goldene oder sonstige Hochzeiten jagen mir einen Schauer über den Rücken. Kurz vor solchen Familienfesten kriege ich immer akute Magen-Darm-Infekte. Ich glaube, das sind schon übertrieben viele männliche Anteile, man könnte auch sagen, egoistischer Starrsinn.

Aber so bin ich. Und seit ich auf die Vierzig zugehe, lasse ich mich einfach nicht mehr verbiegen. Dachte ich.

Und dann begann die eigentliche Geschichte.

»Gnädige Frau, wenn Sie nun weiterkommen wollen?« Dolly Buster kam federnden Schrittes in den optisch ansprechenden Wartebereich geeilt und hielt mir die Tür zum Beratungszimmer auf. Wilfried saß inzwischen an seinem gläsernen Schreibtisch. Von der lebenden Problemzone mit dem hautfarbenen Slip war nichts mehr zu sehen. Vielleicht löste sie sich gerade nebenan in Wohlgefallen auf. Ich spitzte die Ohren, ob das Aufgeblasenwerden Geräusche machen würde. Doch alles war still.

Das erste, was mir auffiel, war der Napf mit den Schokoriegeln, der auf des Meisters Schreibtisch stand. Waren das nicht diese »Wört-Flört«-Schokoriegel? Wenn das kein Zufall war!

»Möchten Sie?« Wilfried sah mich über halbgerundete Brillengläser hinweg mit diabolischem Lächeln an.

»Nein danke.«

»Was kann ich für Sie tun, gnädige Frau?«

»Ich würde gern blitzartig wieder gertenschlank sein. Ich habe vor zwei Wochen mein viertes Kind gekriegt, soll aber eine Jugend-Kult-Sendung moderieren.« Ich zuckte ratlos die Schultern.

»Kein Problem für uns, gnädige Frau. Sie werden nach drei Stunden wieder so aussehen wie vor neun Monaten. Zeigen Sie uns ein Foto von der letzten Sendung, die Sie noch schlank moderiert haben, und wir bildhauern Sie wieder hin.«

»Soso, das geht also?«

»Dafür gibt es ja heute modernste Techniken. Unschöne Fettpolster, die sich auch nach Diät und Schwangerschaftsgymnastik hartnäckig halten, können problemlos entfernt werden. Durch die Tumeszenz-Lokalanästhesie ...« Der Doktor sah mich über seine Brillengläser an. »... Wissen Sie, was das ist?«

»Tumescere ist lateinisch und bedeutet aufblähen, aufblasen, aufdehnen.«

Der Doktor war beeindruckt. Ich grinste ihn an. Ja, hätte ich ihm denn sagen sollen, daß ich seine ganzen Erklärungen für die dicke Dame im Nebenzimmer belauscht hatte?

»Kommen Sie.« Wilfried wies mir den Weg in den Nebenraum. Ich hoffte, ich würde die Dicke beim Eingeweichtwerden erwischen. Sie war aber nirgends zu sehen.

Der Doktor hatte gerade seine Malerkreide zur Hand genommen, als meine heißgeliebte Schwester Senta – wie immer todschick im Nerz und mit perfektem Make-up – mit strahlendem Lächeln zur Tür hereinkam. Seit ich mein Paulinchen hatte, war auf Senta überhaupt nicht mehr zu verzichten.

»Die Mädels schlafen. Laß sehen! Was wird der Meister machen?«

Der Doktor betrachtete meine gepflegte Schwester über die Brillengläser hinweg.

Sie flirtete sofort kokett: »Das hat mich hier schon immer mal interessiert. Können Sie wirklich überflüssige Pfunde wegschnippeln?«

»Wir schnippeln nicht, wir saugen«, sagte Wilfried.

»Guck mal in den Schrank, dann siehst du die Eimer«, sagte ich.

Wilfried hechtete zum Schrank und holte die Eimer raus. »Anderthalb Liter, anderthalb Liter, anderthalb Liter, anderthalb Liter, ein Liter, ein Liter, ein halber Liter«, keuchte er.

»Das hat Wilfried alles aus einer einzigen Patientin rrausgeholt!« schnurrte Dolly Buster.

»Und was wollen Sie mit meiner Schwester machen?«

28

»Abgesehen von Ihrem Bauch-Hüften-Taillen-Oberweitenproblem sollten wir eine kombinierte Gesäß-Oberschenkel-Unterschenkel-Waden-Knie-Fettabsaugung vornehmen!«
Der Doktor betrachtete mich kritisch.

»Ihre Lippen können wir durch Collagen- und Eigenfettunterspritzung oder durch Einbringen von Goretex-Implantaten verschönern. Dabei würden wir auch sofort Ihre Plisseefalten im Oberlippenbereich glätten.«

»Wilfrried, schau dir mal die Altersflecken und Krrähenfüße genauer an«, mischte sich Dolly Buster ein.

»Tja«, sagte Wilfried, »bei näherem Hinsehen entdecke ich auch im Mundwinkelbereich feinste Hautfältelungen und Pigmentflecken!«

»Mein Gott, ich bin ein Wrack«, stöhnte ich.

»Sie sind beim Fernsehen, gnädige Frau«, sagte Wilfried, indem er sich auf seinen fahrbaren Hocker sinken ließ. »Sie sind knapp vierzig. Und Sie haben vier Kinder. Da ist es Ihre Pflicht, der Natur ein wenig entgegenzuwirken.«

»Genau!« rief Senta mit gespielter Entrüstung. »Es ist überhaupt eine Zumutung, Frauen über dreißig im Fernsehen anschauen zu müssen! Bei Männern ist das natürlich was anderes!«

»Sie haben ein Recht auf Ästhetik«, sagte Wilfried.

Mir war im Moment nicht ganz klar, ob er mich meinte oder die Zuschauer. »In Ihrem Fall rate ich zur Straffung, kombiniert mit einem kleinen Implantat. Silikon hat eine Konsistenz, die dem natürlichen Brustgewebe am ähnlichsten ist.« Er bückte sich erneut in Richtung Schrank und zauberte einen feuchten Beutel hervor. Genießerisch ließ er ihn in den Händen plätschern.

»Kommt nicht in Frage«, sagte ich. »Das Essen meines Säuglings wird nicht gepanscht!«

»Sie STILLEN noch?«

»Ja, natürlich! Was haben Sie gedacht?«

»Und dann wollen Sie … eine Jugend-Kult-Sendung moderieren …?« Wilfried warf den schlabbernden Busenbeutel ratlos in seinen Händen hin und her. Und sprach: »Ich kann Ihnen nur dringend zu all diesen Maßnahmen raten, gnädige Frau. Und zwar so schnell wie möglich. Das Publikum läßt sich nicht betrügen. Es ist sehr, sehr kritisch. Gerade das junge Publikum. Sie sind es Ihren Zuschauern schuldig, daß Sie an sich arbeiten!«

»Das sind ja interessante Denkansätze«, sagte ich.

Senta schüttelte mich. »Du fährst jetzt nach München und stellst einiges klar! Hier wird weder gesaugt noch geschnippelt! – Wiedersehen!«

Sie zog mich aus der gläsernen Praxis und knallte die Tür hinter uns zu.

»Na, wie war's mit Frau Malzahn?«

Senta stand mit Katinka vor dem Kühlschrank und räumte halbgeschmolzene Spinatpäckchen und sonstige Tiefkühlkost aus dem Eisfach. »Katinkalein hat den Stecker rausgezogen. Jetzt müßt ihr drei Tage lang Spinat essen.«

»Ich hab den Stecker nur repariert!« sagte Katinka wichtig. Sie sah zum Fressen aus. Ihre zarten goldblonden Härchen, die sich kein bißchen locken wollten, lagen wie ein Helm um ihr rundes Gesicht.

»Es war unerwartet unkompliziert. Als ich sagte, daß ich Paulinchen genauso lange stillen will wie die anderen drei, war Oda-Gesine völlig begeistert. Sie hat gesagt, das sei ein besonders netter PR-Gag. Eine Moderatorin einer Jugend-Kult-Sendung, die getrennt lebt und ihr viertes Kind stillt. Das hat was, hat sie gesagt. Solche Trumpfkarten hat der Gusti Satthaber nicht.«

»Hast du dabei ein gutes Gefühl?« fragte Senta.

»Nein.«

»Dann laß mir das Paulinchen hier. Ich schaff das locker mit allen vieren.«

»Ich weiß, Senta.« Meine Schwester hätte auch ein ganzes Waisenhaus alleine durchgebracht. In einer weißen Seidenbluse, die niemals schmutzig wurde. Bei ihr hätte alles wie am

Schnürchen geklappt. Und ich hatte schon Probleme mit einem einzigen Kind. Aber gerade weil das so war, wollte ich ihr das jüngste Geißlein nicht auch noch lassen. »Paulinchen wird gestillt.« Das war das einzige, was Senta NICHT konnte.

Senta hatte Katinka die Ärmel hochgekrempelt. Katinkas speckige Händchen, mit denen sie morgens noch gemalt hatte, waren jetzt klebrig von Spinat.

»Ich muß hier aufräumen«, sagte Katinka mit Nachdruck. »Geht mal alle weg!«

»Machen wir!« Wir schleppten Paulinchen ins Wohnzimmer.

»Soll ich dir einen Tee aufschütten?« fragte meine große Schwester. Sie war unglaublich fürsorglich und aufmerksam. Das hatte ihr der liebe Gott in die Gene gesteckt. Beim »Fürsorgetrieb« hatte ich dagegen nicht »hier« geschrien. Ich hatte den einfach nicht, diesen Sorge- und Hegetrieb. Dabei müssen Mütter so was doch haben!

»Au ja, bitte, das ist genau das richtige. Aber ohne Milch und Zucker!«

»Du läßt jetzt den Quatsch mit dem Dünnerwerden!« schnauzte Senta aus der Küche. »Du stillst dein Kind, hast du entschieden, und vorher nimmst du nicht ab, und wem das nicht paßt, der kann ja gehen!«

Sie servierte mir liebevoll einen frischen Obstsalat.

Nach so einer Frau würden sich Tausende von Männern die Finger lecken. Wie oft hatte ich Paul schon vorgeschlagen, doch lieber Senta zu heiraten. Aber er war dann immer sehr böse geworden. Das gemeine Hausweibchen, das war dem großen Dirigenten nicht repräsentativ genug.

Dabei war Senta der größte Schatz der Welt. Sie kam, wenn sie gebraucht wurde, und ansonsten ging sie ihren vielseitigen Interessen nach. Sie hatte einen riesigen Freundeskreis, ging zur Volkshochschule, liebte Kunst und Antiquitäten, hatte ein Theaterabonnement und wanderte für ihr Leben gern. Aber immer wenn ich ein Kind gekriegt hatte oder sonstwie im Streß war, stand sie auf der Matte.

Senta legte den Arm um mich und streichelte Paulinchen das winzige Bäckchen.

Liebevoll betrachteten wir das kleine, zarte Gesichtchen, das sich vertrauensvoll an meinen Busen schmiegte. Sich vorzustellen, daß jemand Silikon reintat in ihr Essen …

»Also dieses Gerede um die paar überschüssigen Kilos hört mir jetzt auf!« Sentas Ton duldete keinen Widerspruch.

»Oda-Gesine sagt, sie ist sicher, im Zeitalter der Quotenfrauen sind die Zuschauer toleranter geworden …« sagte ich zuversichtlich.

»Toleranter!« Senta stieß entrüstet ein verächtliches »Pff!« aus. »Nur die männlichen Moderatoren im Fernsehen dürfen Bäuche, Glatzen, Tränensäcke und Falten haben!«

»Oda-Gesine sagt, sie will keine von diesen geklonten, unnahbaren blonden Schaufensterpuppen. Sie will eine Frau, der man ansieht, daß sie lebt.«

»Damit hat sie recht. Kluge Frau. Und DU lebst. Du stehst so was von mitten im Leben, das soll dir erst mal einer nachmachen!«

»Meinst du, das Publikum denkt genauso?«

»Das wäre ja das Letzte, jetzt klein beizugeben! Nur weil es ein paar Ewiggestrige nicht abgemischt kriegen, daß eine Frau Kinder haben und trotzdem vor der Kamera stehen kann!«

»Die Leute werden es vielleicht nicht alle akzeptieren …«

»Wenn du es jetzt nicht durchziehst, werden wieder Generationen nach dir sich nicht trauen! Laßt euch immer schön in ein Plastikkorsett pressen. Das Publikum kriegt, was es verdient!«

»Mag sein«, murmelte ich.

»Und du gehst auch zu keinem Schönheitschirurgen!«

»Aber alle Frauen, die in der Öffentlichkeit stehen, tun das! Lies mal die ›Bunte‹!«

»Nur die Frauen unterwerfen sich diesem Zwang! Meinst du, Herr Biolek, Herr Böhme oder Manfred Krug und all diese sympathischen, netten alten Herren aus dem Fernsehen lassen sich für 20 000 Mark Fett absaugen? Oder Paul? Nichts für ungut, aber der hat auch so seine Problemzonen!«

»Senta, du hast ja so recht … Im Kopf ist mir das alles klar, aber werden die Zuschauer es hinnehmen, daß ich nicht nur eine vierfache Mutter bin, sondern auch so aussehe?«

»Dann bedien das Klischee eben weiter.« Senta erhob sich. Für sie war das Gespräch jetzt beendet.

»Und wenn sie mich zerfetzen?!« rief ich hinter ihr her.

»Dann zerfetzen sie dich eben. Eine muß den Anfang machen! Apropos zerfetzen: Katinka ist in der Küche so verdächtig still!«

Meine rechte und meine linke Gehirnhälfte lieferten sich nächtens auf dem Kopfkissen ein erbittertes Wortgefecht:

– Du schaffst es nicht, es ist Wahnsinn, laß es sein, noch kannst du aussteigen.

– Was, spinnst du? Wieso aussteigen? Dies hier ist eine sensationelle Chance! Du bekommst sie nachgeschmissen! Alle breiten dir den roten Teppich aus! Senta übernimmt die Kinder, wenn du unterwegs bist! Wo findest du so eine Schwester?! Oda-Gesine tut alles, damit du dich wohl fühlst. Wo findest du so eine Chefin!?

– Die Kinder brauchen dich! Bleib zu Hause! Mach es nicht! Nächste Woche ist Elternabend. Karl kriegt auf dem Gymnasium neue Lehrer. Oskar hat ein Flötenvorspiel. Und Katinkalein bastelt in der frühkindlichen Fördergruppe eine Laterne! Eine gute Mutter geht mit ihren Kindern zu all diesen Veranstaltungen, jahrelang, unermüdlich, immer wieder. Sie steht am Rand und guckt zu.

– Das ist mir zu wenig, nur zuzugucken! Ich will selber etwas machen! Ich will mein eigenes Geld verdienen!

– Nein! Eine gute Mutter ist einunddreißig Tage im Monat bei ihren Kindern! Vierundzwanzig Stunden lang!

– Ich WILL aber einen Zipfel Eigenleben haben! So!!

– Egoistin! Rabenmutter! Du kommst in die Hölle!

– Nein, schrie der kleine Häwelmann. Komm ich nicht!

33

Los, alter Mond, leuchte! Und Häwelmann blies die Backen auf, weil er unersättlich war, der kleine Häwelmann, und blies und blies, und tatsächlich, sein Bett fuhr ein paar Zentimeter weiter.

Was? Fuhr mein Bett? War ich etwa eingeschlafen? Ich lauschte. Paulinchen. Also doch. Stillzeit.

Hastig sprang ich auf und lief barfuß über den Flur. Nur schnell, damit die anderen drei nicht wach wurden!

Flugs holte ich das hungrige Säugetierchen zu mir ins Bett. Es dockte sofort gierig an. Ich strich ihm über die drei weichen Härchen. Paulichen schmatzte. Zeit zum Weiterstreiten.

– Du bist eine schlechte Mutter, nörgelte die spießige Gehirnhälfte. Das arme unschuldige Säuglingswürmchen schleppst du mit in einen Fernsehsender. Zwischen Maske und Aufzeichnung wirst du es mal eben stillen, im Rennen womöglich! Das hat das kleine Menschenkind nicht verdient!

– Wieso! In vielen Ländern dieser Erde gehen die Mütter direkt nach der Geburt wieder aufs Feld. Sie schnallen sich das Baby um und arbeiten weiter. Kein Baby braucht Abgeschiedenheit. Das ist dummes Geschwätz.

– Doch! Es braucht Ruhe und Abgeschiedenheit und eine feste Bezugsperson. Wo es schon keinen Vater hat. Und Senta kannst du auch nicht vierteilen.

– Nein. Das will ich auch nicht. Senta ist die beste Schwester der Welt. Aber ich brauche noch mehr Hilfe.

– Waas? Noch mehr Hilfe? Kriegst du den Hals nicht voll?

– Männer delegieren auch. Männer haben für alle Bereiche des Lebens ein weibliches Wesen. Eine Sekretärin, eine Gattin, eine Haushälterin, eine Köchin, ein Kindermädchen.

Plötzlich setzte ich mich auf. Natürlich. Das war's! Wie oft hatte ich in »Endlich allein« frisch geschiedenen Müttern, die wieder arbeiten wollten, Au-pairs vermittelt! Aber was ich brauchte, war kein Au-pair-Mädchen. Ein Au-pair-Männchen sollte es sein! Wir waren schon genug Weiber bei uns im Haus.

– Bist du verrückt? keifte die konventionelle, spießige, bürgerliche Gehirnhälfte. Wieso muß es ein Mann sein? Keine anständige Frau mietet sich einen Mann! Und schon gar nicht, damit er ihre Kinder hütet! Männer können das nicht! Das haben sie nicht in den Genen! Nur Frauen haben das Sorge-Hormon in der Hirnanhangdrüse!

– Quatsch. Das hat mit dem Geschlecht nichts zu tun.

– Völlig unmoralisch und voll aus der bürgerlichen Norm wieder mal. Paul wird überhaupt nicht mehr mit dir sprechen. Der arme Mann! Was mußt du seinem bürgerlichen Hirn alles zumuten.

– Eine muß den Anfang machen, geiferte meine schlamperte Gehirnhälfte. Weißt du, was in der »Men's Health« steht? schrie sie die spießige Gehirnhälfte an. »Es gibt Frauen, die muß man nicht heiraten, damit sie für einen putzen! Die machen das für Geld!« Also! Warum sollte das nicht auch umgekehrt gehen?

– Weil Frauen zum Hausarbeiten geboren sind, Männer aber zum Jagen und Sammeln! Das IST so! Das kannst du nicht ändern!

– O doch, rief meine unkonventionelle aufgeschlossene Gehirnhälfte. Das werde ich ändern. Damit wenigstens meine Kinder nicht mehr mit solch schwachsinnigen Klischees groß werden. Bei uns verdient die Mama das Geld und leistet sich ein Hausmännchen.

Ich fand meine Idee richtig gut. Das Au-pair-Männchen sollte ganz exklusiv während der »Wört-Flört«-Aufzeichnungen für mein Paulinchen dasein. Und während der übrigen Zeit würden meine Großen endlich einen Gameboy haben. Einen lebendigen.

– Aber warum muß es unbedingt ein Mann sein? bohrte die spießige Hälfte noch einmal nach. MUSS das denn sein?!

– Erstens kann ich so einen jungen Kerl viel leichter darum bitten, mir den Kinderwagen zusammenzuklappen und ins Auto zu wuchten. Oder das Paulinchen zu tragen. Oder einen Koffer oder zwei. Zweitens sollen meine Kinder mit der

Selbstverständlichkeit aufwachsen, daß auch Männer den Abfalleimer rausbringen oder den Tisch abräumen oder eine Waschmaschine füllen können. Drittens lernt der Bursche was fürs Leben. Viel besser als beim Militär. Jeder junge Mann sollte mal in eine kinderreiche Familie gehen, bevor er zu den Waffen greift.

Meine unkonventionelle Gehirnhälfte jubilierte.

– Andere Mütter haben auch kein Au-pair-Männchen! keifte meine spießige Gehirnhälfte weiter auf mich ein. Warte nur, wohin das führt! Die Leute werden über dich reden!

– Die Spießer werden über mich reden. Sollen sie.

– Du bist eine schlechte Mutter!

– Nein. Ich bin keine schlechte Mutter. Ich bin eine berufstätige Mutter. Manche Menschen verwechseln das.

»Hier, Mama. Der Au-pair-Junge kommt morgen!« Karl latschte mit einem Fax, das er schon zum Flieger umfunktioniert hatte, ins Wohnzimmer.

»Na endlich!«

Der Behördenkram hatte sich viel zu lange hingezogen. Tatsächlich wollten diese stumpfsinnigen Burschen vom Ausländeramt tausend Dinge von mir wissen. Zum Beispiel, wie die Beschaffenheit des Gebisses meines Gastarbeiters sei. Als wenn ich dem je ins Maul geguckt hätte, dem geschenkten Gaul! Schrecklich, dieses alberne bürokratische Hin und Her und das »So geht das aber nicht« und »Vorschrift ist Vorschrift« und »Der Chef ist nicht im Hause« und »Der Sachbearbeiter ist zu Tisch« und »Wenn das jeder machen wollte«.

ICH war nicht jeder. Und ich WOLLTE das so machen.

Hach. Daß das so schwer ist.

Endlich hatte dieser Au-pair-Bursche sein Visum und durfte einreisen. Aber erst nachdem ich bei diesen Amts-Dumpfbacken mit Presseberichten gedroht hatte.

Da hatte er ganz plötzlich sein Visum. Von heute auf morgen. Auf einmal war kein Sachbearbeiter mehr zu Tisch, und der Chef war im Hause.

»Mama, wieso willst du unbedingt einen Au-pair-Jungen?«
Karl lümmelte gelangweilt im Sessel herum und beobach-
tete mich beim Aufräumen. Ich hatte das Baby im Arm und
Katinkalein am Bein.

»Damit ihr seht, daß auch ein männliches Wesen Tassen abräumen und Abfalleimer rausbringen kann. Ist doch alles eine
Frage der Konditionierung.«

»Langweilig«, sagte Oskar.

Ich dachte an die armen Schweine, die mit neunzehn oder
zwanzig beim Militär zum ersten Mal ein Handtuch falten
oder ein Bettlaken geradeziehen müssen. Und dann kriegen
sie einen Wischeimer in die Hand gedrückt und werden angeschnauzt, sie sollen ihr Spind putzen. Und dann? Dann stehen sie da mit ihrem Abitur und ihren Computerprogram-
miertechniken, aber sie haben keine Ahnung, wie man einen
Wischlappen ins Wasser tauct. Und sie fühlen sich als Versager und wollen nicht mehr dem Vaterland dienen. Aber dann
kriegen sie Hausarrest, und der fette Unteroffizier mit den
Stoppelhaaren und dem Doppelkinn reißt ihre Klamotten
wieder aus dem Spind und brüllt sie an und fühlt hinterlistig
unterhalb der Schubladen nach Staub, und dann müssen sie
mit der Zahnbürste die Unterseite der Schubladen putzen.
Und dann wollen sie nach Hause und weinen nachts heimlich
auf ihrer Pritsche nach ihrer Mama. Das muss doch nicht sein.
Davor kann man sie doch bewahren. Rechtzeitig.

»Außerdem braucht ihr einen großen Bruder, der mit euch
Drachen steigen läßt und Fußball spielt und übers Garten-
mäuerchen springt und im Wald auf Bäume klettert und lange
Fahrradtouren unternimmt und sich richtig dreckig macht«,
sagte ich.

Die Jungs bekamen leuchtende Augen. »Das macht der? In
e-hecht?«

»Da will ich doch mal von ausgehen«, brummte ich.

Die Jungs hatten es verdient. Und es wurde höchste Zeit.
Karl war elf und damit mitten in der Pubertät, und Oskar war
sieben. Wir brauchten einen Mann im Haus.

Senta hatte erst sehr viele Einwände gehabt. »Aber so'n Junge ist es sicher nicht gewöhnt, im Haushalt zu helfen.«

Na und, verdammt! Dann GEWÖHNT er sich dran!

»Wenn sich einer nach dem Abitur entschließt, Au-pair-Männchen zu werden, dann ist er hochmotiviert«, widersprach ich eigensinnig. »Besser, er lernt's auf diese Weise als später in der Ehe! Dann ist es meistens schon zu spät!«

»Trotzdem. Es ist ungewöhnlich, und du wirst dir nur wieder Neid einfangen. Erst trennst du dich von Paul, und dann mietest du dir einen Mann. Sie werden über dich reden. Und die Zeitungen werden darüber schreiben.«

»Das ist mir egaler als egal«, erwiderte ich. »Laß sie reden. Leute, die über andere reden, haben Langeweile. Sonst nix.«

Natürlich wußte ich, daß die Leute reden würden. Und natürlich war es mir nicht egal. Aber ich hatte mich dafür entschieden. Und es war meine Sache, was ich tat.

Der Junge, den ich heute vom Flughafen abholen wollte, war gerade mal neunzehn. Ich setzte große Hoffnungen in ihn, obwohl ich ihn noch nie gesehen hatte. Die Au-pair-Agentur hatte mir vier Bewerbungen geschickt. Ich hatte mir nur die Fotos angeguckt, sonst nichts. Und der eine, der mit dem feinen Gesicht und den braunen Augen, der mit den kinnlangen dunkelbraunen Haaren, der mußte es sein. Er hieß Emil und kam aus Südafrika.

Der uniformierte Wichtigmann im Flughafen kannte mich. Ich hetzte öfter mal kurz vor Ende der Eincheckzeit mit meinen zwei Köfferchen an ihm vorbei.

»Wo soll's denn heute hingehen?« Der Uniformierte mit dem wichtigen Blick in seinem wichtigen Kontrollhäuschen taxierte mich prüfend. Ich hatte drei Kinder im Schlepp, schob einen Kinderwagen vor mir her, hatte zerdrückte Blümchen in der freien Hand und kein Flugticket.

»Nur die Treppe runter, Chef!«

Er nickte gnädig. »Aber nur ausnahmsweise!«

Daß so Wichtigtuer immer das letzte Wort haben müssen!

»Ausnahmsweise!« oder »Wenn das jeder machen wollte!«. Ich BIN nicht jeder! Und Grenzen sind dazu da, überschritten zu werden. Kontrollhäuschen sind dazu da, umrundet zu werden. Und wichtige Wichtigmänner mit Wichtigblick und Wichtiguniform sind die Herausforderung schlechthin.

Wir bückten uns und wanden uns unter der Balustrade hindurch, um mit den Ankömmlingen aus Frankfurt die Rolltreppe hinunterzufahren.

»Mama! Das ist verboten!« Karl schämte sich fürchterlich.

»Ist doch geil!« Oskar fand alles toll, was verboten war.

Katinkalein wollte auf dem Arm getragen werden, weil das Menschengedrängel sie einschüchterte. Ich stellte den Kinderwagen in die Ecke, dahin, wo niemand rauchte.

»Aber jetzt nicht auf dem Kofferband rumfahren!«

Oskar hüpfte an meiner Hand, Karl muffelte etwas abseits vor sich hin, Katinkalein schmiegte sich schutzsuchend in meine Halsbeuge. Ich hielt Ausschau nach diesem Jüngling, der nun unser Leben teilen sollte.

Da quoll eine Masse Neuankömmlinge durch die Schwingtür. Das Kofferband begann sich zu drehen. Dicke, schwere Kästen und riesige Gepäckstücke glitten träge und zäh vorbei. Dies hier waren keine Geschäftsmänner mit One-Night-Samsonite, dies hier waren richtige Weltreisende. Sie kamen von überall her. Und einer kam aus Südafrika. Welcher mochte es sein? Wir betrachteten Inderinnen in Saris, Amerikaner in bunten Hemden, Schwarze, die in bodenlange weiße Gewänder gehüllt waren, eine Gruppe Südamerikaner, die laut und temperamentvoll miteinander sprachen, eine Familie, die offensichtlich aus dem Iran kam – der Mann ging vorweg, und vier oder fünf verschleierte Gestalten folgten ihm in gebührlichem Abstand. Die Frauen hatten ein schwarzgerastertes Gitter vor den Augen.

Oskar starrte sie an. »Mama, warum sind die zugehängt?«

»Halt die Schnauze, du Arsch!« Karl war das alles schrecklich peinlich. Er klammerte sich an meinen Westenzipfel. »Los, Mama, laß uns gehen!«

»Weil niemand die sehen darf«, sagte ich. »Karl, bitte zerr nicht so an mir. Ich kippe sonst um.«

»Mama, ich will den Emil abholen!« Katinka hoppelte auf meinem Arm herum.

»Ja, mein Schatz. Wir holen den Emil ab. Karl, bitte organisier uns einen Kofferwagen, ja?« Ich stellte Katinka ab. »Kannst du solange die Blümchen halten?«

Karl fand es peinlich, einen Kofferwagen zu holen, aber Oskar wollte einen Kofferwagen holen und damit sofort allen Umstehenden in die Hacken fahren. Katinkalein fing an zu schreien, weil sie nicht auf dem Boden stehen wollte und weil sie nicht die Blumen halten wollte und weil sie jetzt endlich Emil abholen wollte!

Mir schoß die Milch ein. Schrecklich. Immer wenn ein Kind schrie, schoß mir die Milch ein. Egal welches Kind es war. Ein Streßsymptom, ganz klar. Mir schoß auch die Milch ein, wenn Oskar Flöte übte. Das war das schrecklichste Geräusch, das meine mütterlichen Milchdrüsen je gehört hatten. So viel Sauermilch konnte kein weiblicher Körper produzieren wie ich, wenn Oskar Flöte übte.

Ich sah mich gestreßt unter den zweihundert Menschen um, die inzwischen in den Kofferbandsaal gequollen waren.

»Da ist er!«

Zwischen der amerikanischen Reisegruppe und der indischen Familie stand ein einsamer Junge mit kinnlangen braunen Haaren. Er hatte mindestens drei Winterpullover und eine dicke Jacke an. Ganz klar. In Südafrika war ja jetzt Winter.

Ich hob mein Katinkalein auf, setzte es auf die Kinderwagenkante und wühlte mich durch das Menschendickicht. Das ging nur, weil ich am Kinderwagen eine Fahrradklingel hatte. Oskarlein rollerte vergnügt mit seinem Kofferwagen hinterdrein. Karl fand das alles schrecklich peinlich und verharrte lieber in seiner Ecke.

»Mamaaa! Hier darf man nicht klingeln!«

»Ach, Junge, was man alles nicht darf!« Ich stupste meinen Ältesten ans Kinn und ging auf den einsamen Jüngling zu.

»Hello! You are Emil, aren't you?!«

Wie blöd! Was hatte ich mir da zusammengefaselt? Du bist Emil, bist du nicht? Dabei wollte ich sagen: Tach, alter Junge, herzlich willkommen, wir haben dich sehnsüchtig erwartet, und zieh dir doch erst mal die drei kratzigen, verschwitzten Pullover aus!

Emil nickte verstört, und ich drückte ihn kurzerhand an meinen prallen Stillbusen, aus dem es unaufhörlich vor sich hin tropfte. »Welcome to Cologne!« Ich strahlte das einsame blasse und übernächtigte Wesen herzlich an und überreichte ihm die zerdrückten Blümchen. »This is Oskar, he is seven years old, and this is Katinka, she will be three next month.«

»Hi.« Emil lächelte schwach.

»Los, Kinder, sagt ihm hello!«

»Ich will dem nicht hello sagen!« Katinka zog es vor, wieder in meiner Halsbeuge zu verharren.

Oskar wollte Emil gleich mal einen dreifachen Kofferkarrenschlenker zeigen und rammte dem iranischen Scheich das Ding in die Waden. Ich entschuldigte mich mit dem bezauberndsten aller weiblichen Lächeln bei dem böse blickenden Großwesir. Mein Gott, dachte ich. Schnell weg. Wir wuchteten Emils schwere Koffer auf die Karre. Dann wuchteten wir Katinka auf die Koffer. Oskar wollte sofort auch auf die Koffer gewuchtet werden, und Katinka wollte wieder runter, weil sie sich lieber in meiner Halsbeuge verstecken wollte. Karl fand das alles schrecklich peinlich und drückte sich neben den Zollbeamten an der Schranke herum.

Mensch, Emil! Ich blickte wohlwollend auf den schüchternen jungen Mann an meiner Seite. Ab sofort tobst du mit meinen Kindern durch den Stadtwald, räumst die Spülmaschine aus, knibbelst die festgebackenen Beruhigungssauger vom Teppich, hältst meine bezaubernde Tochter bei Laune und schaukelst das Baby in den Schlaf! Und einmal im Monat fliegst du mit mir nach München. Kennst du »Wört-Flört«? Kennst du natürlich nicht.

»Karl! Ja, wo steckt er denn! I have another son, his name

is Karl, but he is disappeared! He is a little bit shy, you know!«

Emil nickte blaß und trabte hinter mir her, das Blümchen andächtig in beiden Händen. Wir schoben die Kinder und die Koffer und den Kinderwagen durch die Sperre und beteuerten, daß wir nichts zu verzollen hätten.

»Wieso hat der so dicke Sachen an?« fragte Oskar beinebaumelnd.

»Weil in Südafrika Winter ist. Isn't it? You have winter time now?« schrie ich hinter mich, um Konversation bemüht. Wo Karl nur steckte! Der konnte sich doch nicht einfach so verkrümeln!

Katinka wurde mir nun doch zu schwer. Mein Busen schmerzte, sooft sie sich an ihn drückte. Nein, Kälbchen, muhte die Mutter-Kuh, du bist nicht das richtige Tier! Das richtige Kälbchen ist im Kinderwagen und schläft! Die Hitze eines Julimittags schlug uns entgegen. Mir lief der Schweiß den Rücken runter.

»Mama, du sollst Achterbahn mit mir fahren! Los! Wenigstens im Kreis! Schneller!« Oskar hatte nie den Sinn für den richtigen Augenblick. Nie.

Wir schoben durch die Autoschlangen, bis wir endlich auf dem Parkplatz waren.

Dort lehnte wie eine Fata Morgana in flirrender Hitze, mit lässiger Geste Lakritzschnecken verspeisend, Karl am Kleinbus. »Na endlich! Ich warte hier seit Stunden!«

»Das ist Emil«, sagte ich, während ich nach dem Autoschlüssel kramte. »This is my eldest son, Karl.«

»Hi«, sagte Emil scheu. »How are you?«

»Spricht der etwa kein Deutsch?« Karl ließ sich auf den Beifahrersitz fallen und schnallte sich an.

»He! Du könntest uns mit dem Gepäck helfen und Katinka anschnallen und einfach ein bißchen höflicher sein!«

»Wozu soll ich höflich sein, wenn der das nicht versteht?«

»Du könntest ihm wenigstens eine Lakritzschnecke anbieten, das versteht man auf der ganzen Welt!«

Karl hielt genervten Blickes seine Haribo-Tüte aus dem Autofenster. Emil schüttelte den Kopf.

»No, thank you.«

Mein Mutterhirn überlegte kurz, ob es pädagogisch wertvoll sei, meinen verwöhnten Herrn Sohn jetzt aus dem Auto zu prügeln und vor Emils Augen zu belehren und zu maßregeln und ihn Koffer und Kleinkinder wuchten und zur Strafe hinten sitzen zu lassen. Ich tat es nicht. Ich war ziemlich sicher, daß es weder für Emil noch für Karl der Beginn einer wunderbaren Freundschaft wäre. Außerdem war mir heiß, und der Busen tropfte.

Wir fuhren los. Es ging über die Autobahn, vorbei an häßlichen Industriegebieten mit rauchenden Schornsteinen. Großmärkte und Autohäuser wechselten einander ab. Ich warf einen Blick in den Rückspiegel. Katinka saß in ihrem Kindersitz und baumelte mit den Beinchen. Oskar hampelte wie immer herum und ließ Tischchen und Flaschenhalter herunterklappen, um Emil zu imponieren. Emil hockte still in seinen drei Pullovern und schaute geradeaus. Das Baby lag in seiner Haftschale und schlief.

Ich wußte genau, wie Emil sich jetzt fühlte. Mir ging es ja schon so, wenn ich irgendwo ankam, wo ich nur drei Wochen meine Ferien verbringen sollte. Es war der blanke Horror, auf einer spanischen Insel anzukommen und an den ganzen Stieren vorbeizufahren, die für eine Sangria-Marke Reklame machten, in sengender Wüste, wo kein Baum wuchs und kein Strauch, wo es nur häßliche, schmucklose Industrieviertel gab, kaputte Autos am Wegesrand und Gedörr, und noch ein Stier und noch ein Stier, bis man dann endlich irgendwo an einer Schnellstraße abbog, hinein in ein Touristenviertel, wo sich Hotel an Hotel reihte, wo die prallschenkeligen Touristen in weißen Shorts und Badeschlappen gelangweilt über den Bürgersteig latschten, vorbei an Geschäften, aus denen Luftmatratzen und Schnorchelbrillen quollen, vorbei an Kneipen, vor denen dickbäuchige, rotverbrannte Pauschalurlauber saßen, bewaffnet mit Sangria-Gläsern und mit der

43

»Bildzeitung« vor der Sonnenbrille. O ja, ich kannte dieses Gefühl. Nur weg hier, und was soll ich hier, und hier sind alle bescheuert, und ich will nach Hause.

Ach, Emil! Ich versteh dich ja so gut! Bei dir in Südafrika sieht alles ganz anders aus, und da sprechen sie afrikaans und fahren links. Und deine Mama hat dich lieb und hat bestimmt gestern abend zum Abschied geweint. Und hat dir deine drei dicken Pullover alle selbst gestrickt. Und jetzt stehen hier so feindselige Sangria-Stiere in flirrender Hitze und fressen bösen Blickes Lakritzschnecken, und die Autobahn ist häßlich, und die Mutter ist dick und hektisch und spricht ein grauenhaftes Englisch, und der eine Sohn ist überkandidelt, und das kleine Mädchen argwöhnt dich an, und das Baby nimmt dich gar nicht zur Kenntnis. Wie ängstlich muß dein Herz jetzt schlagen, Emil, wenn du daran denkst, wie das Haus sein wird, in dem du jetzt ein Jahr wohnen mußt? Vielleicht stellst du dir einen gräßlichen rotgeklinkerten Bunker vor an einer vielbefahrenen vierspurigen Straße. Vielleicht malst du dir ein grauverputztes Mietshaus aus, wo die Kinderwagen und Roller unten im Treppenhaus stehen und der Hauswart »Spielen verboten« an eine Mauer im Garagenhof geschrieben hat? Oder du fürchtest dich vor einem einsam stehenden, verwinkelten alten grauen Haus, mitten auf einem Stoppelfeld, ringsum keine Menschenseele, nur Sumpf und Einöde?

Nein, Emil. Sei beruhigt. Wir wohnen in einem freundlichen, hellgelb verputzten Haus mitten in einer Spielstraße, und nebenan wohnt Senta, die gütigste und liebste Schwester, die man haben kann, die hat einen Sorgetrieb und wird dich ins Herz schließen, sollst mal sehen, bald strickt sie dir auch Pullover, und sie kocht dir dein Lieblingsessen und führt dich an der Hand zu all den Behörden und Ämtern und Sprachschulen, zu denen du mußt, sie meldet dich sofort im Tennisclub an und organisiert Kaffeekränzchen mit allen Frauen aus der Nachbarschaft, die Töchter in deinem Alter haben. So ist sie, die Senta. Sie verströmt Nächstenliebe und schmiert uns allen Bütterken und fährt die Kinder zur Schule und zur

Spielgruppe und zum schöpferischen frühkindlichen Turnen, und dann kocht sie Essen, und wir setzen uns an den Tisch und machen: »Widdewiddewitt – guten Appetit.« Es wird dich begeistern.

Ach so, einen Mann haben wir nicht. Du bist jetzt der einzige Mann im Haus.

»How do you feel for the moment?« Ach, wenn ich doch mit Emil scherzen und plaudern könnte!

»Fine, thank's!«

Emil war höflich, ohne Frage, aber daß er sich nicht fein fühlte, verriet mir der Blick in den Rückspiegel. Feine Schweißtropfen standen ihm auf der Stirn.

»Why don't you put out your pullover?«

»No, thank you, I'm allright!«

»Mama, kann der überhaupt kein Deutsch?«

»Bis jetzt noch nicht.«

»Was soll ich dann mit dem?«

»Bitte, Karl! Stell dir mal vor, wie du dich fühlen würdest, wenn du ans andere Ende der Welt fahren würdest, wo es keine Lakritzschnecken gibt. Na? Hast du dir das schon mal überlegt?«

»Nö. Selber schuld. Muß er ja nicht.«

»Mama, wenn der kein Deutsch spricht, dann bringen wir es ihm bei«, meldete sich Oskar von hinten. »Emil, sag mal Scheiße!«

Emil schwieg. Er schien genau zu wissen, daß das ein unziemliches Wort war.

»Schei-ße!« Ich sah die Spucketröpfchen durch Oskars Zahnlücken fliegen. »Los! Sag's! SCHEI-SSE!«

»Sag mal Scheiße!« krähte nun auch das Katinkalein.

Katinka lispelte gar entzückend. Ihr Zünglein kam jedesmal bis zur Hälfte unter ihren schneeweißen Milchzähnchen hervor, wenn sie einen Zischlaut aussprach. »ßag mal ßeißße!« Dabei grinste sie mit weiblicher Tücke. Ihre wenigen blondweißen Härchen flogen im Fahrtwind.

Emil lächelte scheu und sagte höflich »Scheiße«.

Oskar lachte dreckig. »Hahaha! Mama, der hat Scheiße gesagt!«

»Ist der blöd«, murmelte Karl verächtlich vor sich hin.

»Na bitte! Der Emil lernt ganz schnell, ihr werdet sehen!« Ich setzte den Blinker und ordnete mich rechts ein.

»Sag mal Wichser!« geiferte Oskar mit kindlicher Grausamkeit. Der ganze Kleinbus wackelte, so begeistert hopste das ideenreiche Kind auf seinem tüvgeprüften Sitz auf und ab.

»Wixßßa!« echote Katinka.

Emil räusperte sich verlegen. »Is it a bad word?«

»No«, sagte ich nach hinten. »It's a normal word. It means friend, brother, neighbor, guy.«

»Wichsörr«, ließ Emil daraufhin vernehmen. Er hatte einen bezaubernden Buren-Akzent.

»Hahaha.« Der Kleinbus wackelte. »Mama, der hat Wichser gesagt!«

»Der hat Wixßßa geßßagt!« Auch Katinka war unmittelbar begeistert. Selbst Karl ließ sich ein hämisches Grinsen entlocken.

Als wir vor unserem hellgelb verputzten Häuschen ankamen, konnte Emil schon sieben Wörter. Die wichtigsten eben.

Wie ich dem Heft für Au-pair-Eltern entnommen hatte, sollte der neue Au-pair als erstes in sein Zimmer geführt werden, wo er nach der anstrengenden Reise ausruhen sollte. Darauf wäre ich gar nicht von selber gekommen! Ich hätte ihn sofort angebunden, geschlagen und ihm seine Pflichten vorgelesen.

Aber so! Man sollte die Burschen also menschlich behandeln, gerade so, als seien sie als Familienmitglieder willkommen. Senta hatte ihm eine Schale mit frischem Obst ans Bett gestellt, einige Bildbände über Deutschland, einen eigenen Radiowecker und einen Fernseher. Sie hätte ihm sicher noch eine Serviette zu einem Schwan gefaltet und ein löchriges selbstgebasteltes Deckchen aus Katinkas Kindergartenbastelgruppe unter das Obst gelegt, wenn ich sie nicht daran gehindert hätte. Außerdem lagen natürlich Handtücher und akkurat gefaltete Waschläppchen und was man als weitgereister Gast so braucht auf seinem Bett. Und ein Marienkäfer aus Schokolade. So war Senta.

Ich fragte, ob Emil alles habe, ob ich noch was für ihn tun könne, und regte an, daß er dann bitte bald zum Essen herunterkommen möge.

Nachdem die Kinder neugierig in sein Reich gedrungen waren, fanden sie es langweilig und ließen einstweilen von ihm ab. Wir warteten gespannt. Ich sank in einen Wohnzimmersessel und legte das hungrig knarzende Paulinchen an.

»Mama, wann kommt der endlich!«

»Ich will, daß der mit mir spielt!«

»Wir lassen den Emil jetzt erst mal in Ruhe«, mahnte ich die unzufriedene Brut. Paulinchen krallte ihre warmen kleinen Händchen in meinen Busen und begann gierig zu trinken. Ihre graublauen Augen betrachteten mich dabei unablässig.

»Ich will auch auf deinen Schoß«, jammerte Katinka.

Ich hob sie auf mein anderes Knie und reichte ihr den Schnuller. Wie ich als »Frohe-Mutter«-Abonnentin ganz genau weiß, ist es aus pädagogischen Gründen wichtig, daß das Kind, was nicht mehr saugt, doch noch was zum Saugen hat, besonders wenn es ein anderes Kind beim Saugen an der Mutterbrust beobachten muß. Auch wenn der Ersatznippel nur ein unappetitliches Stück ausgelutschtes Gummi ist. Katinka wollte übrigens nie am Schnuller lutschen. Sie wollte nur an ihm riechen.

Katinka schmiegte sich an mich und streichelte dabei das Köpfchen von Paulinchen und roch glückselig an ihrem Schnuller. Ihre Fingernägel waren schwarz von Knetgummi oder Dreck oder altem Spinat.

»Wann kommt der Emil endlich runter!« Karl fläzte sich gelangweilt auf dem Teppich herum.

Hier müßte auch mal dringend gesaugt werden, ging es mir durch den Kopf. In »Frohe Mutter« stand, daß man lieber stillen soll als staubsaugen und daß der Haushalt nicht so wichtig ist. Daß man fünf gerade sein lassen und keinen Streß auf den Säugling übertragen soll. Und erst recht nicht auf das eifersüchtige Kleinkind. Selbst pubertierende Knaben soll man nicht unter Druck setzen. Komisch, daß so'n elfjähriger Bengel nicht das natürliche Bedürfnis verspürt, einen Teppich zu saugen, dachte ich. Statt dessen aalt er sich im Sud, verschmiert Milchschnittenreste, Schnipsel vom Basteln, Knetgummi, ein paar müde Papierflieger und verlangt nach Zerstreuung, weil er sich so langweilt. Noch acht bis zehn Jahre bis zum Militär.

Ich versuchte mal einen pädagogisch wertvollen Ansatz: »Karl, gehma eben zum Besenschrank und hol den Staubsauger.«

»Wiesodn, immaich, ey!«

»Weil ICH es sage. Los. Bitte.«

»Nöhöö! Der Oskar hat das alles gemacht! Seh ich gaanichein, ey!«

»Man muß auch mal für andere mit aufräumen. Was glaubt ihr, was ich den lieben langen Tag tue.«

»Is mir doch egal! Vergisses, ey.«

Ganz klar. Vorpubertät. Ich gönnte ihm den schnauzenden Unteroffizier mit Stoppelhaaren. Aber vielleicht war noch was zu retten. Mit Liebe und Geduld. Und gutem Vorbild. Ab heute.

»Mama! Der Emil soll runterkommen!«

»Nun laßt ihn doch erst mal zu sich kommen! Für den ist alles fremd und neu! Außerdem hat er die ganze Nacht in einem Flugzeug gesessen! Vielleicht will er erst mal duschen!«

»Der duscht nicht, der heult!« Oskar stand triumphierend auf der Matte.

»Der heult?« Karl bekam dieses grausame Leuchten in den Augen, das nur Kinder so unverblümt zeigen können, weil sie Schadenfreude noch nicht verbergen.

»Der heult! Geil, ey!«

»Wie, der heult?« Ich rappelte mich hoch, setzte Katinka

auf den Sessel und pflückte Paulinchen vom Busen ab. »Hier, halt mal.« Armer Karl. Nun mußte er seine Schwester halten, ob er wollte oder nicht.

Ich friemelte mir im Rennen den Still-BH zu und klopfte an Emils Tür.

»Emil?«

»Jou?!«

»Are you O.K.?«

Die Tür öffnete sich, und vor mir stand ein völlig verweinter Emil, einen Kopf größer als ich, unrasiert und mit letzten Pubertätspickeln im Gesicht.

»Ja, Junge, was hast du denn? What's the matter?!«

»I miss my mom!«

Damit sank er mir aufschluchzend an die Brust.

Völlig verdattert streichelte ich ihm über den kratzigen Wollpullover, der nach Schweiß und Flugzeug roch. Da standen wir nun im Flur, zwischen Bobbycar und Tennisschlägern, und der fremde Junge schluchzte mir Rotz und Wasser an den Hals. Ja, leeven Himmel, wat sollisch jetz saare? Indianer kriesche net? Senta wüßte, wie man mit so was umgeht. Senta hatte immer das rechte Wort zur rechten Zeit. In solchen Situationen war sie robust und konnte zupacken. Bei Senta wurde nicht geflennt. Aber Senta war übers Wochenende verreist.

»I am now your mom!« sagte ich entschieden. Jedenfalls so lange, bis Senta wieder da ist. Dat dat klar is. Ich kramte nach einem Taschentuch.

Er nahm es und schneuzte hinein und blickte mich dankbar an.

Unten brüllte das Baby.

»And now you come downstairs and have lunch with us«, sagte ich.

»I am not hungry, thanks.«

»Please come downstairs, just for a few minutes!«

Aber wasch dich erst, Junge, und zieh dir um Himmels willen endlich diesen kratzigen Pullover aus. »Do you need

49

anything?« Wer weiß, was so'n Junge braucht. Vielleicht wollte er eine rauchen oder eine kiffen oder was. Woher sollte ich das wissen? Ach, wenn doch jetzt Senta hier wäre! Die hätte das alles im Griff gehabt. Die hätte ihm die Nase geputzt und sein Kopfkissen geschüttelt und ihn gleich mit, und dann wär die Sache erledigt gewesen.

»Mama! Die Pauline schreit! Bist du taub?«

»Ich komme!« Hastig rannte ich die Treppe runter und hob das arme Baby auf, das Karl einfach auf den Teppich gelegt hatte. Katinka drückte sich müden Blickes am Klavier herum und roch an ihrem Schnuller. Oskar drosch grausam auf einen Luftballon ein. Ich war dankbar, daß er nicht Flöte übte. Herr, gib Kraft.

»Heult der Emil immer noch?«

»Der Feigling! Bestimmt ist der auch noch Werder-Bremen-Fan.«

Werder-Bremen-Fan war zur Zeit das schlimmste Schimpfwort, das man einem Versager sagen konnte. Warum, wußte ich auch nicht.

»Wahrscheinlich ist er KEIN Werder-Bremen-Fan«, sagte ich, während ich den Nippel vom Still-BH wieder aufschnappen ließ. Die Still-Hormon-Weiber kamen sofort wieder aus ihren Löchern getaumelt und sanken einander weinend in die Arme. Mir war auch ganz doll nach Weinen. Einfach weinen, stundenlang, Rotz und Wasser, und dabei Mahlers Auferstehungssinfonie hören. Danach war mir.

Katinkalein taumelte auf mich zu und roch an ihrem Schnuller, während sie sich in meine Halsbeuge robbte.

»Und was sollen WIR jetzt machen?« fragte Oskar sauer.

Er mußte sich vor Langeweile auf dem Teppich wälzen, der arme Kerl.

Karl popelte gefrustet in dem Milchschnittenrest auf dem Teppich herum. Immer langweilen, und keiner spricht deutsch, und alle sind bescheuert.

»Dann muß ich jetzt wohl computerspielen«, sagte Karl und erhob sich trotzig.

Tja, Emil, dachte ich. Eigentlich wäre das jetzt dein Auftritt.

Doch die Bühne blieb leer.

Emil kam die nächsten sechs Stunden nicht aus seinem Zimmer.

»Bestimmt schläft er«, sagte ich. Am ersten Tag dürfen südafrikanische Sklaven noch alles. Dann nie mehr. Ganz klar.

»Der schläft nicht, der schreibt einen Brief«, meldete Oskar.

»Dann laß ihn schreiben.«

»Und wann SPIELT der endlich mit uns?«

»Später.«

»Dann geh ich zu Frau Prieß.«

Flugs war Oskar verschwunden.

Zu Frau Prieß mußte man nur über die Terrasse rennen, das ging zur Not auch auf Socken, und dann ein kurzes Stück über runde Kieselsteine, vorbei an einem liebevoll gepflegten Blumenbeet, und dann stand man schon auf Frau Prießens Terrasse, und wenn man lange genug mit seinen Fäustchen an Frau Prießens Terrassentür hämmerte, dann schob sich wie von Geisterhand die Gardine zur Seite, und man sah in Frau Prießens lachendes Gesicht.

Frau Prieß hatte stets Zeit für die Kinder, sie hörte ihnen immer zu, sie bereitete ihnen zu jeder Tages- und Nachtzeit einen Vollkorntoast mit Reformhausmarmelade, sie kramte willig Knetgummi hervor oder Malstifte, sie holte die Leiter aus dem Keller und ließ die Kinder von ihrem Schreibtisch springen, sie verfügte über eine wohlgeordnete Sammlung von Hockeyschlägern, Federballschlägern, Tennisschlägern und Kochlöffeln, mit denen die Kinder wohlgehütete Bälle oder Kugeln schlagen durften, die niemals verlorengingen, und wenn sie doch verlorengingen, krabbelte Frau Prieß mit ihren siebzig Jahren ins Gesträuch und holte die Gegenstände wieder hervor.

»Ich bin eine alte Frau, ich muß mich bewegen!« lachte sie

dann, bevor sie in den Keller ging, um die Bälle erst mal zu waschen. Ich fürchtete, daß ihre Art auf Dauer frauenfeindliches Verhalten bei meinen Jungs hervorbringen könnte. Schreckliche Bilder drängten sich vor mein mütterliches Auge, wenn ich mich nächtens schlaflos wälzte:

Karl, Mitte Dreißig, dicklich, eine Lakritzschnecke vor dem Fernseher verspeisend, winkt seine bügelnde fünfundzwanzigjährige Frau aus dem Bild: »Gehmirma'n Bier ausm Kella holn, aba 'n kaltes! Und tu die Flasche erst mal waschen!«

Frauchen, schüchtern aufbegehrend: »Ich würde gern erst die Drillinge stillen, sie schreien schon seit einer Stunde!«

»Du bist eine alte Frau, du mußt dich bewegen!«

Oder: Oskar, zweiunddreißig, beim Beischlaf mit Jolly Jumper, Callgirl, achtzehn: »Spring ma auf un krabbel hintern Nachttisch, da müßten noch Kondome liegen! Und wohde grade stehs, kannze mir gleich 'n Vollkorntooß mit Reformhausmammelade machn!«

Natascha, selbstbewußt, immerhin Generationen nach uns: »Spring du doch auf, Alta, un hol dat Gummi gefälligst selps!«

Oskar, sich eine Zigarette anzündend: »Du bis 'ne alte Frau, du muß dich bewegen!«

Ach, ach, ach! Schrecklich! MEINE Jungs! Machos! Und das mir! Die ich immer Gleichberechtigung gepredigt hatte, wo ich ging und stand! Aber predigen allein nützt eben nichts. VORLEBEN muß man die Gleichberechtigung.

Entschieden sprang ich auf. So. Emil. Was meinst du, wofür wir dich eingeflogen haben. Nicht zum Schmollen und Briefeschreiben. Das kannst du auch zu Hause.

Als erstes wird jetzt hier den Knaben ganz klar solidarisches Verhalten mit den Frauen vorgelebt. Tisch decken, Gläser, Apfelsaft, Wasser. Besteck, Servietten, Brot, Aufschnitt und so weiter. Ich investiere in dich Vermittlungsgebühren, Krankenversicherung, Sprachschule, Straßenbahnmonatskarte, Taschengeld, Essen, Trinken, Strom und Wasser. Seit sechs Stunden zweifle ich daran, ob die Investition sinnvoll war.

Feierabend getz.

Mit dem Baby auf dem Arm und Katinka an der Hand schritt ich entschlossen nach oben. Wir lauschten an Emils Tür. Drinnen: Stille. Vorsichtig kratzte ich an der Tür.

»Emil?!«

»Jou?!«

»May I entry?«

»Come in!«

Emil saß in seinem dicken Pullover von heute morgen mit Skisocken und Jogginghose auf seinem Bett, Kopfhörer des Walkmans über den Ohren, und betete ein silbergerahmtes Bild an, das eine blonde Schönheit zeigte. Tränen tropften auf Dies-Bildnis-ist-bezaubernd-schön.

»Who is it? Your girlfriend?«

»My mother!«

So geht das nicht weiter, dachte ich. Schluß getz.

»Emil, why don't you come downstairs now? Please eat with us!« Lunch is ready, wäre gelogen gewesen.

»I'm not hungry, thanks!«

»Doch, you ARE hungry!« Verdammt, wie redet man denn mit so'm Lulatsch, wenn der sich meinen Anordnungen widersetzt! Bei Karl und Oskar funktionierte das so grade noch, aber bei dem wollte es überhaupt nicht klappen!

Emil rappelte sich auf und kramte in seinem riesigen Koffer. »Some gifts for you!«

Oh, Mitbringsel! Das war doch eine feine Gelegenheit, den Bengel zum Runterkommen zu bewegen!

»Kinder! Der Emil kommt runter! Und er hat uns allen was Feines mitgebracht!«

Wir schleppten uns, die Mitbringsel und die Mädchen die Treppe hinunter. Wie von Geisterhand gelenkt, stand plötzlich auch Oskarlein erwartungsvoll auf der Matte.

»Da bin ich aber mal gespannt!« Karl lehnte abwartend am Treppengeländer.

»Nintendo, nintendo, nintendo?!« Oskar hüpfte hyperaktiv vor mir her.

»Kinder, ich weiß es nicht. Setzt euch und wartet ab.«

Hach. Immer diese schreckliche Ungeduld.

Emil kramte lange und nachdenklich in einer riesigen Plastiktüte herum. Schließlich fischte er ein kleines weiches Päckchen aus der Holzwolle.

»For you!« Mit unsicherer Geste überreichte er Karl das Päckchen. Karl riß mit unbeirrter Miene das Papier ab. Zum Vorschein kam eine grüne Pudelmütze.

»Will der mich verarschen, der Sack?!« Karl schleuderte die Mütze von sich.

»Karl! Willst du dich wohl bedanken! Lo-hos!« Ich zwang mich, eine ernste Miene aufzusetzen.

»Was soll ich denn mit so 'ner bescheuerten Mütze! Erstens sind es draußen fünfunddreißig Grad, und zweitens setz ich diese Bommelmütze nie und nimmer auf!«

»He says thank you«, sagte ich liebenswürdig zu Emil.

»He likes die Mütz very much!«

Emil war sich nicht so sicher. Das Päckchen, das er Oskar überreichte, glich dem vorigen leider sehr.

»Wenn der mir jetzt auch so 'ne voll ungeile Mütze schenkt, rede ich mit dem nie wieder«, drohte Oskar an. »NIE WIEDER!!«

»Es könnte sein, daß es auch so eine ungeile Mütze ist«, sagte ich warnend. »Du packst sie aus, lächelst und bedankst dich.«

»Nie im Leben!!«

Es WAR so eine ungeile grüne Mütze. Ich muß sagen, es fiel mir schwer, Fassung zu bewahren. Eigentlich hätte ich mich gerne totgelacht. Aber ein bißchen wollte ich auch weinen.

Oskar warf die Mütze mit verächtlicher Geste über die Schulter hinters Sofa. Klarer Fall für Frau Prieß. Sie würde froh lachend hinter das Sofa krabbeln und verkünden, daß sie sich bewegen müsse. Und dann würde sie die Mütze erst mal waschen. Bei dreißig Grad. Im Feinwaschgang.

»Der spinnt wohl«, heulte Oskar beleidigt.

»DU spinnst wohl!« knurrte ich und versuchte mich in meinem Wenn-Blicke-töten-könnten-Blick. Manchmal klappte er, manchmal nicht. In diesem Falle klappte er nicht.

Wir fingen an zu grinsen, Oskar, Karl und ich.

»Und jetzt ich, und jetzt ich und jetzt ich!« Katinka hüpfte aufgeregt vor mir herum.

»Es könnte sein, daß du auch 'ne Mütze kriegst«, gab Oskar zu bedenken.

»Ich will auch 'ne Mütze, 'ne Mütze, 'ne grüne Mütze!«

Emil kramte lange und mit Andacht. Dann beförderte er ein Paket hervor, das so groß und schwer war, daß seine Schläfenadern hervortraten.

»Attention! It's heavy!«

»Boh! Schwer! Katinka! Das kannst du gar nicht alleine tragen!« Jedenfalls war es keine Mütze.

Egal, was es ist, dachte ich, Junge, wenn du das von Südafrika bis hierher geschleppt hast, bist du selbst schuld. Wenn es wenigstens eine gute Kiste Wein wäre.

Sechs eifrige kleine Speckhände rissen an der Verpackung, und dann kamen viel Holzwolle und viele Sägespäne, und dann hatten sie es ausgepackt: ein Nashorn aus massivem Holz. In der Größe eines mittleren Rauhhaardackels.

»Boh! Groß! Toll! Schwer! Ein Schaukelpferd! Quatsch! Ein Kamel! Nein, ein Rhinozeros, du Sack! Nein, ein Nashorn! Ein Nashorn! Aus Stein!«

»Das ist aber mal ein originelles Mitbringsel für eine Dreijährige«, lobte ich Emil freundlich. Ach Gott. Warum durfte ich mich jetzt nicht totlachen.

Mit schmalem Lächeln wuchtete ich das Nashorn auf den Wohnzimmerschrank. Meine armen, schwachen, fast nicht vorhandenen Oberarmmüskelchen schafften es kaum.

»Und jetzt Mamas Geschenk!« Die Jungen begannen sich zu freuen. Vielleicht bringt er mir einen Stein, der so groß ist wie mein Kopf, überlegte ich und dachte dabei an »Hans im Glück«.

Emil grub in dem Rest seiner Holzwolle und förderte zwei zwergwüchsige, kurzarmige Kleiderbügel hervor. Sie waren mit Rüschen und Schleifen bezogen. Genauso, wie ich es mag. Alle meine Kleiderbügel sind mit Rüschen und Schleifen überzogen. Abends, wenn ich mich langweile, und das tue ich oft, überziehe ich stundenlang Kleiderbügel mit Rüschen und Schleifen. Hahaha. Mama macht nur Spaß.

»Oh! Danke, Emil! Die sind wunderschön!« Ich drückte das schwitzende südafrikanische Kalb in dem grobgerippten Pullover liebevoll an meine Mutterbrust.

»Mama, jetzt lügst du.« Karl wälzte sich peinlich berührt auf dem Sofa herum. »Und knutschen mußt du auch nicht gleich mit ihm!«

»Na und? Hauptsache, er weint nicht mehr. Dafür ist mir jedes Mittel recht.«

»Und jetzt essen wir endlich, O.K.?«

Am nächsten Tag beim Frühstück hatte Emil wieder denselben dicken Pullover an wie am Tag zuvor. Aber er weinte nicht mehr. Er hatte sogar den Tisch gedeckt.

Ich blätterte in der Samstagszeitung.

»Boh, ey, Mama, da kann man von einem Kran springen!«

Oskars dickes Fingerlein, das eben noch im Ei herumgepult hatte, hinderte mich am Weiterblättern.

»Toll«, sagte ich geistesabwesend.

»Ach, das haben sie in meiner Klasse erzählt.« Karl äugte interessiert auf die Zeitung. »Da ziehen sie einen hoch, hundert Meter oder so, und dann lassen sie einen fallen.«

»AUF die Erde? Ist man dann nicht tohot?«

»Quatsch, du Hammel. In ein Netz.«

Emil schaute nun auch auf die Zeitung.

»Oh, I've seen it in Johannesburg! It's very exciting!«

Der Junge hatte was gesagt! Der hatte REGUNG GEZEIGT!!

»Would you like to jump?« Eigentlich sollte das ein kleiner Scherz sein.

Aber Emil sagte zu meiner Verwunderung: »Yes.«

Meinetwegen, dachte ich, dann haben die Kinder wenigstens Respekt vor ihm, und wir machen einen netten Ausflug.

Kurz darauf lenkte ich meinen Kleinbus über das staubige Gelände zwischen Schrebergärten und stillgelegter Eisenbahn. Der riesige Kran war schon von weitem zu sehen.

»Und da soll der Emil runterspringen?«

»Das traut der sich im Leben nicht, der Sack! Der heult ja schon, wenn er oben steht!«

»Wetten, daß er doch springt?«

Immerhin. Emil weinte nicht mehr. Er saß mit gespannter Miene auf dem Rücksitz und betrachtete das Geschehen. Und er hatte auch keinen dicken Pullover mehr an. Nur ein T-Shirt. Und kurze Hosen.

Junge Leute zogen unternehmungslustig vor uns her, Studenten, Sportler, Abenteurer, Schaulustige.

Ich parkte unser Auto, Emil und ich klaubten die Kleinen heraus und schoben mit Kinderwagen und Bobbycar dahin, wo sich die Neugierigen drängelten. Zehn Meter über dem Boden war ein riesiges Netz gespannt. Der Kran zog gerade wieder jemanden rauf. Er war mit Helm und Schutzanzug verpackt, strampelte mit den Beinen und schrie »Geil!« auf die bänglich blickende Fangemeinde runter.

Genau das richtige für Emil, dachte ich. Wenn er springt, hat er's geschafft.

Wir schauten zu, wie der Mann sprang. Eigentlich sprang er nicht wirklich, denn als der Kran ihn hochgezogen hatte, ließ man ihn einfach fallen. Ohne Seil. Mit einem bestialischen Schrei aus Wonne und Angst raste das Menschenknäuel auf das Netz zu. Hier kam es direkt vor unseren Augen auf, die Stimme des Kerls brach, er wieherte wie ein Pferd, schnellte wieder hoch, drehte sich, kam wieder auf, schnellte erneut nach oben, versuchte in seinem Übermut einen Salto, landete erneut, fand beim nächsten Plumps auf die Füße und hüpfte noch einige Male triumphierend im Netz herum, bevor helfende Hände ihn befreiten, ihm Helm und Schutzanzug abnahmen und er den Beifall und die Bewunderung der Umstehenden genießen konnte. Jemand hatte das Ganze auf Video aufgenommen.

Wir klatschten. Karl und Oskar starrten mit offenem Mund durch die flirrende Sonne. Na bitte. Sie waren ganz offenbar beeindruckt.

Los, Emil. Jetzt du. Sei ein Mann.

»Do you want?«

»Jou.«

»Sure?«

»Yes, Mam.«

Ich war sicher, Emil würde nach dem Sprung nicht mehr nach seiner Mama weinen. Irgendwie war das ein total symbolischer Akt. So was stand zwar nicht im Ratgeber für Au-pair-Eltern, aber ich hatte das einfach im Gefühl.

Wir schlängelten uns durch die Menge der Schaulustigen zu den Typen, die das Ganze hier organisierten. Ein paar voll sportliche Freaks hingen zwischen Cola-light-Flaschen, Vitamindrinks und Fitneßpulverdosen an einem improvisierten Tresen herum und ließen ihre Muskeln in der Sonne glänzen. Die meisten hatten ganz kurz geschorene Haare, die sie mit fettigem Öl aufrecht gestylt hatten. Nur einer trug seine Haare in ein Damenkopftuch gewunden. Voll der coole, freakige Bungee-Springer.

»Laß ma die Mutti durch!«

Großzügig gewährte man uns Einlaß in den Club der Makellosen. Alles »Wört-Flört«-Kandidaten, dachte ich.

Ich bugsierte den Kinderwagen mit dem Aufsitz und den Bobbycar und das fremdelnde Kleinkind, das in meiner Halsbeuge verharren wollte, mitsamt meinen Söhnen und dem schüchternen Emil durch die enge Gasse. Der eine Sohn wand sich vor Peinlichkeit, während der andere Sohn vor Sensationsgier kaum das Wasser halten konnte.

»Was kostet denn der Spaß?« fragte ich volksverbunden.

Karl war das peinlich. »Mama! Du gibst doch nicht etwa noch Geld für so 'n Scheiß aus!« Nun merkte er wohl, daß es uns ernst war, Emil und mir.

»Hundertfünfzig Mark, junge Frau!«

»Mammmaaa!!!« Karl zerrte an meinem Arm, der

schmerzte, weil Katinka nicht davon abzusteigen gewillt war.

Zum Glück schlief der Säugling. Ich stellte den Bobbycar und den Kinderwagen in eine Ecke und kramte in meinem Rucksack.

»Das ist aber teuer!«

»O.K., für dich würden wir es billiger machen, aber Schwangere dürfen sowieso nicht springen.«

»Ich bin nicht schwanger!«

»Nich? Na ja, sah so aus. Ich kenn mich damit nicht so aus, sorry.«

Guck ma in den Kinderwagen, du Sack, da liegt eine Dreiwöchnerin drin. Wie kann ich da schon wieder schwanger sein?

»He thinks I'm pregnant«, schrie ich über die Schulter dem armen Emil zu, damit er mitkriegte, was hier verhandelt wurde. Mir war schon wieder zum Heulen.

Emil nickte scheu.

»Das ist das postnatale Problemzonensyndrom«, belehrte ich den Kopftuchfreak. »Komm du erst mal in mein Alter! Ich will aber sowieso nicht springen. Hier. Der hier will springen.«

Ich zog Emil aus dem Hintergrund hervor.

»Ah so, nee, geht klar. Dann mußt du das hier ausfüllen«, sagte das Kopftuch zu Emil und hielt ihm einen rosa DIN-A4-Bogen mit dreifachem Durchschlag hin.

»Der kann nicht lesen«, sagte ich und überflog den Bogen. Katinka wurde mir gar zu schwer. Ich versuchte sie abzusetzen, aber sie fing an zu heulen, also nahm ich sie wieder auf.

In dem Bogen stand, daß der Unterzeichnende auf eigene Gefahr springe und sich der Tat voll bewußt sei und daß der Kranbesitzer und Netzbetreiber mitnichten für Querschnittslähmungen, Nasenbeinbrüche oder abgebissene Zungen aufzukommen bereit sei. Ganz schön gerissen, diese Burschen.

»Das unterschreib ich nicht«, sagte ich entschieden.

»Du sollst das ja auch nicht unterschreiben, sondern der!«

Der weißblonde Muskelprotz mit der durchschimmernden Kopfhaut unter den fettigen Zipfeln reichte Emil einen Kugelschreiber. »Oder kann er auch nicht seinen Namen schreiben?«

Emil nahm den Schreiber schüchtern und setzte mit links seine Unterschrift unter den Bogen.

»So was kann alles passieren?« fragte ich die Burschen irritiert, während ich noch versuchte, das Blatt an mich zu reißen.

»Quatsch. Das ist völlig sicher. Dieser Bogen ist 'ne reine Formsache.« Der Freak nahm den Bogen und heftete ihn in einer speckigen Mappe ab. »Jeder normale, gesunde Mensch zwischen achtzehn und achtzig kann da runterspringen. Ist noch nie was passiert. Ehrlich, du, ey. Kannste glauben. Also, für euch und weil ihr 'ne Großfamilie seid: Hundert glatte Mark! So billig kriegste das nie mehr!«

Karl konnte nun nicht mehr an sich halten.

»Mamaaa! Laß uns hier abhauen! Du machst wieder voll den Scheiß!«

»Nein! Der Emil soll springen! Lo-hos!« Oskar war in seinem Element. »Wenn der nicht springt, dann springe ich!«

»Wie alt bist du denn?« fragte das Kopftuch amüsiert.

»Sieben!«

»Dann mußt du leider noch ein paar Jahre warten. Aber dein großer Bruder, der springt!«

»Ich denk gar nicht dran«, schnauzte Karl mich an.

»Er meint nicht dich, sondern Emil«, sagte ich geknickt. Klar. Er hielt Emil für meinen ältesten Sohn. Schrecklich. Gramgebeugt erklärte ich dem Freak, daß es sich bei Emil um meinen Au-pair-Jungen handele. Und daß er zwar versichert sei, ich aber nicht wisse, ob Bungee-Sprünge im Versicherungspaket enthalten seien. Und daß es nur so eine spontane Idee von mir gewesen sei, den jungen Mann springen zu lassen, damit es ihm bessergehe, er habe nämlich Heimweh nach seiner Mama und brauche einen ultimativen Kick. Aber es sei wohl besser, daß er nicht springe, man könne ja auch einfach zuschauen, das würde ihn sicher auf andere Gedanken bringen.

Das Kopftuch erklärte, daß er Au-pair-Jungen geil finde. Und daß ich mir keine Sorgen machen solle. Dies hier sei nämlich kein Bungee-Sprung, sondern man würde in ein Netz fallen. Ohne Seil sei das Ganze nämlich noch viel geiler. Und es sei eine voll nette Idee von mir, dem Au-pair-Jungen einen freien Fall zu spendieren.

Karl zerrte an meinem Arm und wollte sofort nach Hause. Oskar hüpfte auf und ab und wollte, daß Emil spränge.

Während wir noch hin und her debattierten, nahm ich plötzlich aus den Augenwinkeln wahr, daß man Emil bereits am Kran hinaufzog. Er hatte einen Helm auf und einen Schutzanzug an.

»Da hängt er schon!« schrie Oskar begeistert.

»Gleich ist er tot!« schimpfte Karl. »Ich guck jedenfalls nicht hin, wenn sie ihn aus dem Netz nehmen!«

Katinka fing an zu weinen. »Der soll nicht tot gehen!«

»Nein, nein, Kälbchen, der kommt gleich wieder runter, wirst schon sehen, der ist eher wieder unten, als du glaubst! Und dann lacht er!«

»Der lacht nicht mehr, wenn der tot ist«, schmollte Karl und angelte nach seinen Lakritzschnecken.

Katinka schluchzte zum Gotterbarmen.

»Macht mal Platz hier, da wollen noch andere ran«, rief ein Schwarzglänzender mit rosa Kopfhaut unter den Haarzipfeln und scheuchte uns weg.

Mir schoß die Milch ein. Au verdammt. Warum mußte ich auch immer so kindische Dinge tun! Senta hätte schrecklich mit mir geschimpft, wenn sie das gewußt hätte.

Wir legten den Kopf in den Nacken und kniepten in die Sonne.

»Da hängt er!«

Tatsächlich. Emil war nun oben. Er verharrte völlig leblos in seinem weißen Kampfanzug unter dem milchigen Kölner Himmel und starrte in die Tiefe. Siebzig Meter.

»Are you O.K.?« brüllte ich in den Dunst.

Keine Antwort. Emil bewegte sich nicht.

»Sag ihm sofort auf englisch, er soll runterkommen!« zischte Karl mich an. Dabei kniff er mich mit aller Kraft, die sein vorpubertärer Prankengriff aufzubieten hatte, in den Arm.

»Nein! Sag ihm, er soll springen!« Oskar hüpfte sensationslüstern neben mir auf und ab.

Katinka heulte und drückte sich in meine Halsbeuge. Der Säugling in seinem Kinderwagen schrie inzwischen, und der Kinderwagen wackelte vor Empörung. Ich war recht kraftlos und entschlußunfreudig in diesem Moment. Eigentlich wollte ich nach Hause und einen Mittagsschlaf halten. Möglichst lange. Bis nächstes Jahr oder so.

»O.K., wie du willst, aber wir haben den Ärger mit der Versicherung.« Karl setzte sich beleidigt auf einen Bierkasten.

»Bitte. Kannst du haben.«

»Laßt ihn runter!« sagte ich peplos zu dem Kopftuch.

»Machen wir.«

In diesem Moment ließen sie ihn fallen. Das Zangenmaul oben am Kranende gähnte unfein und ließ das Seil los, mit dem es Emil in den Zähnen gehalten hatte. Emil sauste wie ein Stein in die Tiefe. Er ließ keinen Laut über seine Lippen kommen.

Ich starrte mit offenem Mund auf das weißverpackte Menschenbündel, das mir doch anvertraut war und das wie ein Schneeball zur Erde fiel. Wenn das seine Mama in Südafrika wüßte! Mein Gott! Wie unverantwortlich, schoß es mir durch den Kopf. Die schippt jetzt ahnungslos Schnee und denkt, ihr Emil läge bei uns in der Sonne. Statt dessen mache ich solche Sachen mit ihm. Emil kam mit dem Rücken im Netz auf, schnellte wieder nach oben, drehte sich wehrlos, fiel wieder, prallte ins Netz wie ein Flummi, zweimal, dreimal, viermal. Dann war er endlich gelandet.

»Na?« fragte Karl auf seinem Bierkasten. »Lebt er noch?«

»Keine Ahnung«, sagte ich verstört.

Emil regte sich nicht. Er lag in dem Netz wie ein Fisch, der nicht mehr zappelt.

»Au, geil, ey!« sagte Oskar. »Jetzt ist er tot, der Sack.«

»Ich will nicht, daß der Sack tot ist«, heulte Katinka. »Ich will, daß der Sack mit mir spielt!«

»Ach, wenn der tot ist, besorgt dir die Mama einen Neuen«, höhnte Karl auf seiner Bierkiste. »Da fackelt die nicht lange!«

In dem Moment rappelte Emil sich auf, robbte an den Rand des Netzes, machte einen recht sportlichen Purzelbaum und stand mit beiden Beinen auf der Erde.

Die Leute klatschten.

Zwei Helfer mit rosa Kopfhaut unter geschmierten Haarzipfeln schlenderten herbei und nahmen ihm seinen Helm ab. Sie wechselten ein paar Worte auf englisch mit ihm und geleiteten ihn zu mir.

Er hatte einen merkwürdigen Ausdruck in den Augen. Es war keine Begeisterung, wie ich gehofft hatte. Aber auch kein Entsetzen. Er wirkte fast abgeklärt. So, als wüßte er jetzt endlich, wie das ist, fallen. So, als hätte er das schon immer mal wissen wollen.

»Are you okay?« Meine Hände zitterten.

»Jou.« Emil stieg aus seinem Kampfanzug. Seine Hände zitterten auch. Seine Lippen waren weiß.

»Mama, ist der Sack jetzt nicht tot?« Katinka zerrte an meinem Arm.

»Nein. Siehste doch. Der lebt«, sagte Oskar enttäuscht.

»Mann, hast du ein Schwein«, grollte Karl, während er sich eine Lakritzschnecke in den Mund schob.

»Hat er sich wenigstens die Zunge abgebissen?« wollte Oskar wissen.

Emil gab die Klamotten ab und drückte mir die Hand. »Thank's«, sagte er schlicht.

»Der kann ja noch lispeln«, murmelte Oskar.

»You're welcome«, antwortete ich. »It was a pleasure.« Was ja irgendwie gelogen war.

»Hundert Mark!« sagte das Kopftuch.

Ich kramte erneut in meinem Rucksack nach der Brief-
tasche, als ich erstaunt wahrnahm, daß Oskar und Katinka
beide eine Hand von Emil ergriffen und mit ihm davongin-
gen.

»Schmeiß du dein Geld ruhig weg«, muffelte Karl sauer.

»Rutsch mal«, sagte ich, während ich das rotverquollene
Paulinchen aus dem Kinderwagen fischte und mich zum Stillen auf der Bierkiste niederließ.

Auf dem Titelblatt der »Frohen Mutter« war ein Nabel. Ein
weiblicher Nabel. Und ein bißchen Bauch war auch noch
drumrum. Aber es war nicht wirklich ein weiblicher Bauch.
Er war flach wie ein Brett. Null Fett, null Delle, null Schwangerschaftsstreifen. Und die Titelzeile lautete: »Fettabsaugen
bei Müttern ist in!«

Verdammt, dachte ich. Du bist völlig out. Du willst dir einfach nicht das Fett absaugen lassen. Obwohl du eine Mutter
bist. Dabei ist das in, und du willst eine Jugendsendung moderieren!

Frustriert schlug ich die Zeitschrift auf. »Daniela«, stand
da, »Hausfrau und Mutter von drei Kindern, war es einfach
leid. ›Ich habe Sport getrieben und Diät gehalten‹«, zitierte
man Daniela, achtundzwanzig. »›Es hat alles nichts geholfen.
Mein Bauch war einfach nicht mehr straff zu kriegen. Da habe
ich mir halt das Fett absaugen lassen. Dr. Raabsch hat mir
meine Jugend wiedergeschenkt.‹«

Daß der Raabsch ihr die Jugend nicht wirklich geschenkt
hatte, sondern für 28 000 Mark verkauft, stand auch noch da.
Na ja, dachte ich. Für jedes ihrer Lebensjahre einen Tausender. Das ist doch naheliegend. Was brauch ich eine gesicherte
Rente. Ich brauche einen flachen Bauch! Dann kann ich mir
endlich den Nabel piercen und die Jugendsendung moderieren. Bestimmt kann ich das als Fernsehmoderatorin von der
Steuer absetzen.

Daniela sei übrigens zu telefonischen Auskünften bereit,
stand noch in dem Artikel, der Daniela beim Sonnenbaden im

knappen gelben Bikini zeigte. Und ihre Telefonnummer war angegeben.

Das blöde Thema ließ mich einfach nicht los. In Amerika war das gang und gäbe, daß man sich seine Jugend zurück-kaufte, daß man sich innerhalb eines einzigen Tages ein neues Gesicht, eine neue Figur, einen neuen Busen machen ließ. Wieso war das bei uns eigentlich ein Tabuthema? Es war doch auch keine Schande, daß man sich beim Friseur eine neue Haarfarbe kaufte.

Abends, als die Kinder im Bett waren und Emil in seinem Zimmer verschwunden war, rief ich Daniela an. Nur so. Ich wollte einfach mal hören, was in so einer Frau vorgeht. Einer Hausfrau, die sich Fett absaugen läßt. Für 28 000 Mark. Na-türlich meldete ich mich nicht mit »Karla Stein«.

»Beate Lange«, begann ich das Telefonat. »Ich hoffe, ich belästige Sie nicht, aber ich habe heute in der ›Frohen Mutter‹ Ihren Bericht gelesen. Ist das wirklich Ihr Bauch, der da auf dem Titelfoto abgebildet ist?«

»Nein«, sagte Daniela. »Natürlich nicht. Das ist ein Bauch-Model. Was denken Sie denn? Aber mein Bauch sieht auch nicht schlecht aus. Ich bin sehr zufrieden.«

»Was hat der Dr. Raabsch denn mit Ihnen genau gemacht?« wollte ich wissen.

»Ja also, er hat mir sechs Liter Fett abgesaugt«, gab Daniela Auskunft.

Ich dachte an Wilfrried und Dolly Buster. Das alles kam mir sehr bekannt vor.

»Tut das weh?«

»Nein, aber es ist langweilig«, sagte Daniela. »Das hat stun-denlang gedauert, doch sie haben mich dabei Videos gucken lassen.«

»Aha«, sagte ich.

Nun wußte ich allerdings noch immer nicht, ob mich das Fettabsaugen reizte. »Wie ist denn der Dr. Raabsch so?« fragte ich interessiert

»Och, nett. Aber wir haben nicht viel geredet. Ich hab ja

Videos geguckt, und er hat Fett abgesaugt. Aber die Sprech-stundenhilfen sind sehr nett. Die haben auch echt gute Videos da. Ich würd's immer wieder machen.«

»Ja und … fühlen Sie sich jetzt wirklich wohler?«

»Irgendwie doch, ja. Ich geh jetzt wieder mit freiem Nabel zum Einkaufen, das ist schon irgendwie angenehm. Und im Fitneßstudio seh ich jetzt aus wie die anderen, das ist schon angenehmer als vorher.«

»Ach, Sie gehen nach wie vor ins Fitneßstudio?«

»Ja, klar. Ich hab mir ja nur deshalb das Fett absaugen lassen, damit ich im Fitneßstudio aussehe wie die anderen. Warum sollte ich mir denn sonst Fett absaugen lassen?«

»Ich erwäge, mir den Nabel piercen zu lassen«, gab ich an. »Da ist es einfach logisch, sich vorher das Fett absaugen zu lassen.«

»Nabel piercen lassen tut mehr weh als Fett absaugen lassen«, gab Daniela zu bedenken. »Nachher setzen sie dich mit einem Glas Wasser aufs Sofa und passen auf, daß du nicht in Ohnmacht fällst. Kostet aber lange nicht soviel. Kostet so um die hundert Mark.«

»Haben Sie sich denn den Nabel piercen lassen?«

»Na, logisch, wenn ich mir schon das Fett absaugen lasse, dann lasse ich mir natürlich auch den Nabel piercen. Das ist ja irgendwie angenehmer, wenn man schon im nabelfreien Top einkaufen geht, daß man dann auch einen gepiercten Nabel hat.«

»Was ist denn an einem gepiercten Nabel angenehm?«

»Och, einfach das Gefühl.«

»Warum haben Sie sich denn für Auskünfte zur Verfügung gestellt?« fragte ich. »Kriegen Sie das Fettabsaugen dadurch billiger?«

»Nee«, sagte Daniela, und ich hörte, daß sie sich eine Zigarette ansteckte. »Aber dann ruft mich wenigstens mal jemand an. Das ist ja auch irgendwie angenehm.«

Nachts, als ich mich schlaflos wälzte, überlegte ich, ob ich gerne Danielas Sorgen haben würde. Nein, entschied ich.

Dann doch lieber meine Sorgen. Das war doch irgendwie angenehmer.

Seit er gesprungen war, war Emil verändert. Er taute ein bißchen auf. Ab und zu lächelte er mich scheu an. Ich betrachtete ihn manchmal, wenn ich glaubte, er würde es nicht bemerken. Er saß mit völlig abwesendem Blick auf dem Sandkastenrand. Physisch war er anwesend, aber sein Geist war ganz weit weg. Er spielte gedankenverloren mit den Kleinen. Ganz ruhig, ganz unspektakulär. Woran dachte er nur? Manchmal hatte ich das Gefühl, er führte leise Selbstgespräche. Oder sang er vor sich hin? Er wirkte zeitweise wie ein verträumter Junge, aber ich hatte das Gefühl, daß er in Wirklichkeit hellwach war. Sobald ich ihn um etwas bat, sprang er auf und erledigte es. Abends, wenn die Kinder im Bett waren, schlug ich ihm vor, doch mal unter junge Leute zu gehen, ins Kino oder auf ein Kölsch in die Stadt. Er ging auch brav, war aber stets nach zwei Stunden wieder da, verabschiedete sich höflich und ging in sein Zimmer.

Tagsüber verhielt er sich mustergültig. Er war immer präsent, aber nie laut. Er hatte eine sehr liebe, stille Art, sich mit den Kindern zu beschäftigen. Oft saß er mit Katinka auf der Erde und spielte mit ihr. Er sang auch ganz leise südafrikanische Kinderlieder mit ihr. Willie Willie Waaley. Tjoef, tjoef, fall he aff, Willie Willie Waaley.

Bei »tjoef, tjoef« ließ er sich immer fallen, und Katinkalein schmiß sich begeistert auf ihn drauf. Sie konnte nie genug von diesem Kinderlied bekommen.

Mit den Großen konnte Emil toben und rangeln, daß ich um meine Wohnzimmermöbel fürchtete. Die Gläser klirrten im Schrank, wenn die wiehernden Kerls in Socken über Tische und Bänke sprangen, sich unter dem Tisch in ein Knäuel verwurstelten, um dann keuchend und schwitzend wieder darunter hervorzuschießen. Frau Prieß, die häufig lachend vorbeikam, um zu schauen, was für einen fröhlichen Kinderlärm es bei uns gab, war sich mit mir einig: Endlich war

Leben in der Bude. Und was für ein Leben. Nach kurzer Zeit war mein CD-Player, aus dem sonst immer nur Rossini, Verdi und Strauss tönten, in den Player einer Teeny-Disco verwandelt. Jeden Abend plärrten die Backstreet Boys und die Wise Guys ihre Songs, und wir tanzten auf Socken durch die Räume. Emil mit Katinka auf dem Arm, ich mit Paulinchen.

Tagsüber machte Emil sich an allen Ecken und Enden nützlich. Er spurtete mal eben mit dem Altpapier zum Container, er brachte die Kinderfahrräder in Ordnung und bastelte eine Anhängerkarre, er stapelte die Getränkekisten im Keller, er wuchtete die Einkäufe ins Haus, daß es eine Freude war. Nachdem ich ihm unseren Kleinbus anvertraut hatte, holte er auch die Jungen von der Schule ab und fuhr noch deren Freunde nach Hause. Er entlastete mich unglaublich. Selbst mit Paulinchen konnte er gut umgehen. Wenn man ihm das kleine Säugetier in den Arm legte, trug er es behutsam nach oben, badete es, wickelte es, spielte und schmuste, saß auf der Erde und wiegte das Baby auf den Knien. Er tat dies alles nie laut, nie aufdringlich, nie nach dem Motto »Seht her, was ich für ein tolles Hausmännchen bin«. Nach ganz kurzer Zeit war ich sicher, mit ihm genau die richtige Wahl getroffen zu haben.

Vormittags mußte ich ihn regelrecht drängen, in die Sprachschule zu gehen. Er hielt sich viel lieber bei uns zu Hause auf und suchte auch nicht den Kontakt zu anderen jungen Leuten, obwohl ich ihn abends immer wieder vor die Tür jagte: »Geh raus, Emil, Köln ist eine tolle Stadt, es wimmelt von Kinos und Theatern, du triffst im Studentenviertel junge Leute, es gibt Kneipen und Discos!« Doch Emil ging nur ein paarmal aus und blieb dann daheim.

Die Sendung rückte näher. Nur noch wenige Tage.

Gerade als ich mich mal wieder schweißgebadet zum Klange der Beba-Kassette für junge Mütter auf der Decke wälzte, klingelte das Telefon. Senta, mit Baby im Arm und Kochlöffeln in der Hand, ging ran.

»Ja, Moment, Frau Malzahn, sie ist da. Sie ist gerade in einer geschäftlichen Besprechung.«

»Hahaha«, murmelte ich, während ich mich schwer atmend von meiner Wolldecke erhob.

»Na, wie geht's, Schätzchen?« fragte Oda-Gesine.

»Großartig«, beteuerte ich.

»Der Countdown läuft.«

»Ja«, keuchte ich. »Ich weiß.«

»Ich wollte mit dir noch ein paar praktische Details besprechen. Hast du einen Moment Zeit?«

»Natürlich!« Ich ließ mich in einen Sessel fallen. Senta kam sofort herbeigerannt und legte die Wolldecke über meine naßgeschwitzten Schultern. Außerdem reichte sie mir einen Schreibblock und einen Bleistift und stellte ein großes Glas Vitaminsaft neben das Telefon. So war sie, die Senta.

»Willst du die Suite im Bayrischen Hof?« fragte Oda-Gesine. Ich hörte sie kauen. »Dann müßtest du allerdings jedesmal mit deinem ganzen Kladderadatsch eine halbe Stunde fahren, denn die Studios liegen außerhalb von München.«

Ich entschied, auf den Großstadtverkehr zu verzichten.

»Das Dorfhotel Willaschek bei den Studios ist auch ganz annehmbar. Kein Luxus, aber es geht.«

»Ja, das ist schon O.K. Bitte zwei benachbarte Zimmer.«

»Gut. Du fliegst am Montag früh, zwei Plätze sind auf Business gebucht. Ihr werdet von unserer Praktikantin abgeholt, das ist die Melanie. Brauchst du ein Fläschchen oder so was für das Baby?«

»Nein, nein, ich stille voll. Aber ein Kindersitz wäre toll.«

»Hm. Kein Problem. Ich verbinde dich gleich mit unserer Requisiteurin, Silvia. Die besorgt dir alles, was du willst, Schätzchen.«

Ich überlegte, ob es mir gefiel, daß sie mich so selbstverständlich Schätzchen nannte. Aber wann ist der richtige Zeitpunkt, »Nenn mich nicht Schätzchen« zu sagen? Vielleicht nannte Oda-Gesine alle Leute Schätzchen. Ich beschloß, es nicht überzubewerten.

»Der ... Babysitter ... der Boy, wie heißt der?«

»Emil.«

»Der Emil, braucht der eine eigene Garderobe im SEN-DER?«

»Wär schon toll«, sagte ich.

»Geht klar. Ich geb's weiter. Kein Problem. Wir richten ein Babyzimmer ein.«

»Das ist sehr aufmerksam und nett von euch.«

»Was willst du tagsüber essen?«

»Bitte?«

»Na, das Catering. Wir lassen dir in die Garderobe bringen, was immer du willst, Schätzchen. Du kannst Kaviar bestellen oder Linseneintopf, frische Brezeln oder Sushi, wenn du darauf stehst.«

»Nein, nein«, sagte ich. »Nichts. Ich will ja abnehmen.«

»Also frisches Obst?!«

»Ja, danke.«

Mein Gott, sind die alle nett, dachte ich. Reißen sich ein Bein für mich aus. Ich freute mich immer mehr auf »Wört-Flört«. Es würde eine wunderbare Zeit werden.

»Jetzt kommen wir zur Garderobe«, sagte Oda-Gesine.

Ich schluckte.

»Keine Panik, Schätzchen. Wir biegen das schon hin. Wozu hab ich die Kerls vom Styling. Welchen Designer bevorzugst du?«

»Designer ...? Keinen. Wirklich nicht.«

»Was trägst du denn privat, Schätzchen?«

»Zur Zeit? Gummizughosen.«

»Welche Kleidergröße hast du?«

Ich hatte Herzklopfen. Ich wußte, daß diese furchtbare Frage irgendwann kommen würde. Ich holte tief Luft, schloß die Augen und sagte tapfer: »Zweiundvierzig.« O Gott, dachte ich, jetzt wird sie schimpfen. Und so willst du vor die Kamera? Wieso warst du nicht beim Schönheitschirurgen? Vor einem Jahr bei Vertragsabschluß hattest du Größe achtunddreißig!

Aber sie nahm diese entsetzliche Nachricht gelassen auf.

»Der Frank wird sich mit dir in Verbindung setzen. Ich hab ihm mal 40000 Mark gegeben, damit wird er dich fürs erste einkleiden. Wir dachten an ›Britta B.‹ und ›Pleasure‹ und ›Linda M.‹, so die Schiene. Ist das dein Geschmack?«

Ich kannte die Damen nicht. Weder Linda noch Britta waren mir ein Begriff. Aber jetzt galt es zu pokern.

»Natürlich«, sagte ich. »Ganz mein Geschmack.«

Ich gehe nur in Linda M. auf den Elternabend, und in Britta B. hole ich mein Kind vom Flöten ab. Genau wie ich meinen Kindern Kaviar aufs Schulbrot schmiere. Ich kritzelte die Markennamen auf den Schreibblock und hielt ihn Senta hin.

Senta nickte heftig. Sie kannte die Schiene.

»In ein paar Wochen geht ihr noch mal los. Vielleicht kannst du dann schon Größe vierzig nehmen.«

»Ja.« Mein Gott, wie gütig sie war. Wie großzügig, wie gelassen. Kein Wort des Tadels ging ihr über die Lippen. Weiß Gott, ich mochte sie.

»Unser Maskenbildner, der Sascha, möchte gern alle Produkte kaufen, die du für deinen Teint immer benutzt. Welche Marke bevorzugst du?«

Und das mir, dachte ich. Wie viele Frauen würden jetzt wie aus der Pistole geschossen aufzählen, welche Wimperntusche, welches Rouge, welchen Lidschatten und welchen Kajalstift sie haben wollten.

»Dior«, sagte ich schließlich, um mich nicht allzusehr zu blamieren. Das Wort konnte ich wenigstens aussprechen.

»Alles, durch die Bank?«

»Jaja. Durch die Bank.« Nachbarin, euer Fläschchen.

»Und welchen Rouge-Ton?«

»Den mittleren«, sagte ich vage.

Senta merkte, in welchen Nöten ich war. Sie sprang behende ins Bad hinauf und kam mit meinen lächerlichen Tuben und Döschen zurück. Ich las dankbar einige Nummern und Fabnuancen davon ab. Ach, Senta! Wenn ich dich nicht hätte!

»Na bitte«, sagte Oda-Gesine. »Das werd ich mal so an den

Sascha weitergeben. Wenn er noch Fragen hat, ruft er dich an. Dann kommen wir noch zum redaktionellen Teil. Der Mike möchte gerne wissen, mit welcher Filzstiftdicke er die Papptafeln beschriften soll und ob lieber in Schreibschrift oder in Druckbuchstaben. Und ob er ganze Sätze schreiben soll oder nur Stichworte.«

»Stichworte reichen«, sagte ich. »Filzstiftdicke acht.«

»Dann kommt noch der Rolf auf dich zu wegen der Anmoderationen«, sagte Oda-Gesine, die sich anscheinend alles eifrig notierte. »Der hat dir mal sechzig Anmoderationen auf Diskette getippt, die e-mailt er dir, dann sagst du, ob das ungefähr dein Sprachstil ist, und dann schreibt der Rolf das so um, wie du das sagen würdest.«

»Sehr aufmerksam«, sagte ich. Eigentlich könnte ich es ja gleich selber sagen, dachte ich. Aber ich wollte hier nichts aufmischen.

»Dann buchen wir dem Rolf einen Flug für – paßt dir übermorgen?«

»Klar. Übermorgen. Kein Problem.«

»Und dann buchen wir dem Rolf ein Hotel in Köln, damit ihr richtig Zeit füreinander habt. Welches Hotel möchtest du für den Rolf?«

Ist mir doch egal, wo der Rolf pennt, wollte ich sagen. Ich empfahl das Domhotel, das war meines Wissens das erste Hotel am Platze und bestimmt so teuer, wie es den Herrschaften von »Wört-Flört« genehm war.

»Der Frank würde dann gerne morgen kommen. Für den buchen wir auch das Domhotel. Ist dir das recht?«

»Der Frank? Klar«, sagte ich. Ob die Burschen wohl jeder eine Suite kriegten? Wer war noch mal Frank? Hilflos sah ich Senta an. Sie zeigte auf »Britta B.« und »Linda M.« auf meinem Block. Ach ja. Der Kostümdesigner. Natürlich. 40000 Mark.

Da war sicher eine Suite drin.

»Gibt's noch Unklarheiten?«

»Ja. Kommt der Maskenbildner auch?«

»Wenn du willst.«

»Nein, nein. Im Moment nicht.« Ich hatte große Angst vor der ersten Begegnung mit diesem Sascha. Sicher würde er entsetzt die Hände über dem Kopf zusammenschlagen und Oda-Gesine anschreien, was sie sich dabei gedacht habe, so was wie mich zu engagieren. Es reichte schon, wenn ich diese Woche noch Frank begegnen mußte, um mit ihm für 40000 Mark Designerklamotten in Größe zweiundvierzig einzukaufen. Ach, unsägliches Grauen!

»Ist sonst alles klar? Kind wohlauf?«

»Alles bestens«, sagte ich.

»Und der ... Boy ... wie heißt der?«

»Emil. Danke. Es geht uns allen gut.«

»Gut. Dann gib mal schön auf dich acht. Wir brauchen eine ausgeschlafene und entspannte Moderatorin!«

»Nichts leichter als das«, sagte ich und legte auf. »Puh!« sagte ich zu Senta. »Jetzt krieg ich doch Muffensausen.«

Senta grinste: »Wer nicht mit dem Hintern im warmen Hause bleiben will, der muß eben auf kalte Berge klettern!«

Ich wußte, wie sie das meinte.

»Erst werd ich ganz schön schwitzen«, murmelte ich.

»Hauptsache, du frierst nicht, wenn du oben bist«, antwortete Senta. So war sie. Immer hatte sie das letzte Wort.

Ich hatte keine Lust mehr zum Turnen. Der Schweiß war kalt. Ich ging ins Bad. Dort schaute ich in den Spiegel.

»Auf in den Kampf«, sagte ich lasch und versuchte zu lächeln. Doch mein Spiegelbild lächelte nicht zurück.

Am nächsten Tag zog ich meine feinste schwarze Gummizughose und ein properes Sakko in Mintgrün von Senta an und fuhr in die Stadt, um Frank zu treffen. Er hatte mich zum Kostümhaus Margarete Jacoby bestellt. Nie hatte ich bisher meinen Fuß über die Schwelle dieses teuren Ladens gesetzt.

Andächtig trat ich ein.

»Kann man Ihnen weiterhelfen?« fragte sogleich eine gepflegt frisierte, gertenschlanke Dame um die Neununddreißig im Kostüm mit hochhackigen Pumps und ausgefallen gemusterten schwarzen Seidenstrümpfen. Sie war bestimmt Margarete Jacoby.

»Ich suche einen Kostümberater namens Frank«, sagte ich.

»Ach, Sie sind das! Natürlich. Ich bin informiert.« Kam es mir nur so vor, oder war das ein verächtlicher Blick? Margarete wies mir den Weg zum Fahrstuhl und sagte: »Dritter Stock. Der junge Mann ist bei den Übergrößen.« Übergrößen! Das klang wie »Schwererziehbare Kinder! Dritter Stock. Hier unten sind nur die Hochbegabten.«

Während ich im Fahrstuhl stand, versuchte ich mein Herzklopfen zu unterdrücken. Ich schloß die Augen und atmete tief ein und aus. Zeig es ihnen, daß Charme und Ausstrahlung von innen kommen. Los. Kopf hoch. Du hast dich für nichts zu schämen. Du hast vier Kinder, und darauf kannst du verdammt stolz sein.

Jaja, sagte ich matt. Mein Selbstbewußtsein lag zusammengekrümmt auf dem Fußboden und hob nicht mal mehr den Kopf. Sogar Margarete Jacoby fand es anmaßend, daß ich »Wört-Flört« moderieren wollte! Sogar die! Oder bildete ich mir das nur ein?

Die Fahrstuhltür öffnete sich. Los jetzt. Geh raus. Na los. Sei nicht feige. Du hast schon andere Situationen gemeistert. Du bist schon viermal in den Kreißsaal marschiert. Da wirst du doch wohl jetzt in das Bekleidungshaus für Übergrößen marschieren können!

Hinten im Raum zwischen den Kostümen und Hosenanzügen »für die stärkere Dame« stand Frank und sortierte Sachen auf einen Ständer. Drei Verkäuferinnen eilten um ihn herum und brachten Schuhe, Blusen, Schals und andere Accessoires.

Frank war ganz in Schwarz gekleidet, die Hosen aus Lackleder, die Schuhe auch, und auf dem Kopf hatte er ein rotes Tuch, das er im Nacken verknotet hatte. Er war bestimmt in seiner Freizeit Bungee-Springer. Seine Oberarme, die mit geilen Tattoos verziert waren, barsten fast unter den prallen Muskeln. Sein T-Shirt war mehr so ein Schal mit drei Löchern und endete deutlich über dem Bauchnabel, welcher gepierct war. Hübscher Junge, dieser Frank. Er war vielleicht zweiundzwanzig.

Ich begrüßte ihn mit festem Händedruck. Seine Hand war überraschend lasch und weich.

»Hallo, Karla«, sagte er, und an seiner Stimme erkannte ich sofort, daß er schwul war. »Ich hab schon mal 'ne Vorauswahl getroffen, du kannst natürlich sofort sagen, wenn dir was widerstrebt, aber für die ersten sechzehn Sendungen haben wir nicht ganz soviel Auswahl bei deiner Größe …« Er ließ seinen Blick abschätzig über meine siebzig Kilo gleiten.

»Ist schon gut«, sagte ich. Verdammte Äußerlichkeiten.

Die Verkäuferinnen standen da und starrten.

»Tag«, sagte ich und drückte jeder die Hand.

Sie lächelten knapp.

»Die Kabine wäre dann frei.«

Wir setzten uns in Bewegung. Frank schob den Ständer mit den zwanzig Outfits.

Die Kabine war riesig, mit großen Spiegeln an allen vier Wänden und mit einer Beleuchtung, die jedem Schönheitschirurgen die Dollarzeichen in die Augen getrieben hätte.

»Also los«, sagte Frank. »Wenn du was nicht magst, sagst es halt direkt.«

Alles mag ich nicht, dachte ich. So was zieh ich im Leben nicht freiwillig an. Margarete Jacoby und ich, wir haben nichts gemein.

Ich schob mit peinlich gekünstelter Geste den Vorhang ein Stück zu. Wie blöd. Wie verklemmt. Dumme Pute.

Das erste Outfit war ein grauschwarzer Hosenanzug mit einem hellblauen Rolli drunter. Die Hose ging zu, wenn auch knapp, die Knöpfe über dem Busen auch. Der Rest war mir egal. Ich vermied es, während des Umziehens in den Spiegel zu sehen. Als ich das Sakko anhatte, schaute mir aus gnadenlos beleuchteten Spiegeln eine übernächtigte Handarbeitslehrerin im grauen Hosenanzug entgegen, die dringend mal wieder zum Friseur gehen sollte.

Die anderen sahen mich schweigend an. Ich wollte versinken.

»Geil!« sagte ich und fing hilflos an zu kichern.

Eine Verkäuferin eilte flugs herbei und wand mir ein großgemustertes schwarzes Halstuch mit vielen goldenen Dackeln drauf um meine Schultern.

»Das peppt doch auf.«

Ich guckte von einem zum anderen.

»Ist doch hip«, sagte Frank.

Wollte der mich verarschen?

»Steht Ihnen wirklich gut«, sagten die Verkäuferinnen und nickten im Takt. Bestimmt hatte Frank die bestochen. Klar. Bei der Knete kam es auf ein paar Tausender nicht an.

»Ist das nicht etwas bieder?« fragte ich verunsichert. Ich fand es zum Schreien spießig.

»Die Haare kommen ja noch«, sagte Frank. »Mach dir keine Sorgen, Karla. Wir stylen dich total crazy, wirst schon sehen.«

Wir probierten dann noch alle anderen neunzehn Outfits an.

Bei einem bräunlichbeigen Hosenanzug ging der Knopf nicht zu, beim besten Willen nicht. Ich wollte mich wieder herausschälen. Aber Frank ließ mich nicht so einfach gewähren.

»Das kaschieren dir die Gewandmeister«, sagte er. »Mach dir keine Sorgen. Wir haben Sicherheitsnadeln und so. Das sieht nachher echt cool aus!«

Er ging in die Hocke und zerrte an den Hosenbeinen. Ich betrachtete derweil sein Kopftuch. So eines hatte Katinka, für Regenwetter auf dem Spielplatz.

»So sitzt das richtig! Schau! Das muß so!«

Wie, das muß so? Offener Hosenschlitz und herausquellender Speckbauch! Schwangerschaftsstreifen und Fett auf der Hüfte!

Das muß NICHT so! Guck doch mal in die »Frohe Mutter«, Mann! Was es da für nette Hängerchen gibt!

76

Die Verkäuferinnen nickten im Takt. »Das ist der neue Schnitt«, murmelten sie, als hätten sie ein Tonband verschluckt.

Bei einem lila glänzenden Samtanzug bekam ich die Hose noch nicht mal über den Hintern. Das konnte doch unmöglich Größe zweiundvierzig sein!

»Das ist ein französischer Designer«, sagte Margarete Jacoby, die Dame von unten, die sich inzwischen zu uns gesellt hatte. »Da fallen die Hosen schon mal was enger aus.«

Ich wollte vor Scham vergehen.

»Das nehmen wir für die zweite Sendestaffel«, sagte Frank einsichtig.

Immerhin bestand er nicht darauf, daß ich mit nacktem Hintern moderieren sollte, während die Hose mir über den Knien hing. Keiner sagte »Das muß so« oder hängte mir goldene Dackel auf die Hüfte, und das fand ich sehr entgegenkommend. Und so verweigerte ich auch nicht die Zusammenarbeit. Schnaufend verschwand ich in der Kabine. Inzwischen hatte mein Deo-Roller seinen Geist ausgehaucht, aber ich hoffte, die umstehenden Herrschaften würden das nicht merken.

Die nächsten beiden Hosen hatten ihren Verschluß nicht in der Taille, sondern unterhalb des Nabels. Sie standen trotzig offen und grinsten den Betrachter frech an.

»Bitte«, sagte ich böse. »Muß das auch so?«

»Klar«, sagte Frank. »Dazu trägt man nabelfreie Tops.«

»Aber ICH doch nicht!« rief ich aus. Beschämt dachte ich an Daniela, die Hausfrau, die mit nabelfreiem Top zum Einkaufen ging, weil das einfach angenehmer war.

Aber ich wollte ja nicht hören! Dr. Raabsch und Dr. Wilfried hatten es mir angeboten. Ich war ja zu faul gewesen, mir das Fett absaugen zu lassen! Zu feige und zu unentschlossen! Solche unklugen Jungfrauen straft Gott eben mit grausamen Schicksalsschlägen wie offenstehenden Samthosen unter dem Nabel.

»In deinem Fall kaschieren wir es mit einer eleganten

Bluse«, sagte Frank und schnippte nach einer der Handreicherinnen.

Die Blusen in Orange und Glänzend-Lila mit den albernen spitz zulaufenden Kragen waren affig. Sie schauten gut zwei Handbreit unter dem Sakko hervor und sahen aus, als hätte ich sie geerbt. Das war ich einfach nicht! Ich trage nie solche Blusenkragen, ich hasse so was, es steht mir nicht, ich bin für solchen Firlefanz nicht zu haben. Ich mag's schlicht und geschlossen. Mann, ey!!

»Die nicht«, entschied ich.

»Aber das ist jetzt hip«, sagte Frank. »Außerdem kaschiert es deinen Problemzonenbereich.«

»Sieht doch süß aus«, logen die Verkäuferinnen im Takt.

»Ganz niedlich und frech.«

»Das schmeichelt Ihrem Teint.«

»Streckt, putzt, hebt und teilt.«

»Ich finde, es steht mir nicht. Ich bin nicht der Typ für so was.«

»Lenkt aber von der einen oder anderen Hautunebenheit ab«, gaben die Verkäuferinnen zu bedenken.

»Kommt im Scheinwerferlicht nachher wirklich gut. Paßt total zur Kulisse. Die Deko ist auch in ganz milden Tönen, extra für dich abgestimmt«, sagte Frank.

»Aber es ist einfach nicht mein Stil …«

»Stil muß man entwickeln«, sagte die Margarete von unten. »Sie wollen ja eine junge Show moderieren, da müssen Sie sich schon nach dem Modegeschmack der jungen Leute richten.«

»Und nachher hast du ja noch die Haare trendy«, sagte Frank.

»Das macht dann wirklich was aus«, nickten die Verkäuferinnen alle gleichzeitig.

»Und wir können alles mit einem crazy Halstuch aufpeppen«, sagte Frank.

Die Verkäuferinnen reichten ihm nacheinander die Dackel, ein Ensemble mit gräulich-grünlichen Rebhühnern, ein Tuch mit Ähren und Grannen in Beige, eine Komposition von Goldschnallen und einen Reigen von Fähnchen und Flaggen in Blau. Voll crazy.

Jaja, dachte ich. Peppt mich nur auf. Ich hab's verdient.

Abends saß ich mit vierunddreißig anderen Müttern und drei Vätern auf dem Elternabend. Es war ein Informationsabend über das Gymnasium, das Karl nun besuchen sollte. Das erste, was mir auffiel, war, daß fast jede Mutter der zukünftigen Gymnasiasten ein Halstuch trug. Entweder in Form eines um den Hals geknoteten Nickitüchleins – das waren die voll lässigen Mütter mit Jeans und Pulli. Oder als Seidentuch an Bluse – das waren die elitären, eleganten Mütter der Marke »MEIN Kind geht aufs Gymnasium«. Oder als Troddelvariante im naturverbundenen Jäger- und Förster-Look. Diese Mütter trugen Hirschhornknöpfe oder hatten wenigstens ländlich-sittliche Grobstrickwesten an. Und diese Mütter preßten noch Morgen für Morgen ihren Kindern den Orangensaft aus und legten ihnen eine halbe rohe Paprika in die Tupper-Dose.

Die robuste Lehrerin mit dem treudeutschen Doppel-namen Langewellpott-Biermann im derb karierten Loden-kostüm mit wadenlangem Faltenrock hatte ein DACKELHALS-TUCH um die Schultern geschlungen! Sie sah mir, wie ich heute morgen bei »Margarete Jacoby« in der grausam be-leuchteten Einzelhaftzelle gestanden hatte, zum Verwechseln ähnlich! Es waren blaugraue Dackel auf silbernem Unter-grund. Ich versuchte die Dackel zu zählen. Mindestens zwei Dutzend blaugraue Dackel verweilten da auf der Schulter der Lehrerin und glotzten den Betrachter mit toten Augen an.

Kein Wort von dem, was die Lehrerin sagte, drang in mein Hirn vor. War ich denn wirklich schon in dem Alter, in dem man als Dame ein seidenes Halstuch mit sich führt? Manche der anwesenden Damen hatten ihr unersetzliches Halstuch sogar um ihre Handtasche geknotet. Wozu? Ist das schick?! Trägt man das jetzt so? Peppt man so eine Handtasche voll crazy auf, wenn man ein Halstuch um den Henkel knotet?

Wofür ist so ein Halstuch eigentlich gut? fragte ich mich. Hineinschneuzen darf man nicht, damit winken tut man selten, Nüsse und Beeren darin sammeln noch viel seltener. Ist es die bittere Wahrheit, daß man seine Halsfalten damit verbergen will? Warum schlingt man es aber dann um die Handtasche? Ist das Halstuch an sich ein Symbol der Weiblichkeit, überlegte ich, während die Mütter darüber diskutierten, ob sie ihr Kind zuerst Englisch oder zuerst Latein lernen lassen sollten. Vielleicht ist das Halstuch für die Dame das, was für den Herrn das Handy oder der Terminplaner ist? Seht her, ich bin eine Dame! Ohne Halstuch verlasse ich nie das Haus! Mein Sohn lernt Latein und/oder Englisch, also trage ich ein Halstuch. Nur gewöhnliche Weiber, deren Kinder keine Fremdsprache sprechen, kein Instrument beherrschen und kein Gymnasium besuchen, gehen ohne Halstuch aus dem Haus. Akademikergattinnen gehen sogar mit Halstuch ins Bett. Wahrscheinlich schlingen sie es um ihre Lockenwickler. Oder erwürgen nächtens damit ihren Gatten. Ach, ach, ach. Karla Stein. Jetzt PASS doch mal auf. Du bist doch nicht zum Vergnügen hier.

»Nach welchen Kriterien soll ich den Kevin denn entscheiden lassen, ob er Englisch oder Latein lernen will?« fragte eine Dame, deren Halstuch mit Beeren und Blättern an Dornen »Otto Kern« hieß.

»Das kommt drauf an, ob Ihr Kevin eher ein ruhiger Typ ist, der gern knifflige Aufgaben löst und bastelt und tüftelt, oder ob er der extrovertierte, kreative und kommunikative Typ ist, der sich gern artikuliert«, sagte die Lehrerin mit den Dackeln auf der Schulter. »Der Tüftler sollte Latein lernen, der Extrovertierte Englisch.«

Dann sollte mein Sohn lieber gar nichts lernen, dachte ich betrübt. Weder liebt er das Tüfteln, noch redet er freiwillig. In keiner Sprache übrigens. Schade eigentlich, daß es kein Wahlfach gibt, in dem man schweigend Lakritzschnecken verspeist.

Der Maximilian einer Dame mit Rosenensemble »Laura

Ashley« um den Hals bereitete seiner Mutter Sorgen, weil er Tag und Nacht Opern hörte und immer die Sopranpartie von »Tosca« und »La Bohème« sang. Sie gehe ständig mit ihm ins Opernhaus, man habe schon das Abonnement der Großeltern übernommen, aber Maximilian, der Opernfreund, könne gar nicht genug bekommen. Ob denn diese Schule es erlaube, daß besonders begabte Opernfreunde in den ersten zwei Stunden fehlen dürften, damit die übernächtigten Kinder ausschlafen könnten?

Die Lehrerin mit den Dackeln sagte erfreut, daß es natürlich auch einen Opernkurs an der Schule gebe und daß die Kinder selbstverständlich im Kinderchor der Oper mitsingen dürften, vorausgesetzt, sie stünden in allen Fächern mindestens eins oder zwei. Maximilians leidgeprüfte Mutter stöhnte, das sei kein Problem, Maximilian schreibe nur Einsen. Wirklich. Sie hoffe seit Jahren, daß er einmal eine Zwei bringen würde. EINMAL. Die anderen Mütter-mit-Halstuch nickten betroffen. Auch ihre Annabells, Viktorias und Jessicas seien so ehrgeizig und leistungsorientiert, daß sie kaum mit Ballett, Reiten, Kinderchor, Wasserballett und Golf ausgelastet seien. Diese Schule biete hoffentlich einige spielerische Alternativen. Ich blickte fassungslos in die Runde. Mein Sohn Karl wollte fernsehen und computerspielen. Sonst gar nichts. Und auch ich wünschte, er brächte manchmal eine Zwei. Fürwahr.

Man diskutierte inzwischen darüber, ob es sinnvoll sei, den Nachwuchs im Schulchor und / oder Orchester anzumelden. Ein blauweißgestreiftes Nickitüchlein mit Knoten über dem Blusenknopf sagte, ihr Sandro habe bereits mit acht Jahren bei »Jugend musiziert« einen Förderpreis im Fach Trompete bekommen. Er sei selbst bei Androhung von Strafe nicht davon abzubringen, noch abends um neun im Bett Trompete zu üben. Ob denn nun der Chor oder das Orchester ihm genug Alternativen zum leidigen Trompeteblasen biete? Ich sinnierte bar jeden Selbstbewußtseins darüber, daß mein maulfauler Karl höchstens den Mund öffnete, um Lakritzschnecken zu verzehren, und daß er wahrscheinlich weder durch das Chorsingen noch durch heftiges Trompeten und/oder Geigen im Orchester davon abzubringen sein würde. Die Lehrerin regte an, daß jener Trompeten-Sandro beides in Anspruch nehmen solle, wenn er doch schon so vor Tatendrang platze.

Ich hob schüchtern meinen Arm und fragte, was es denn für Alternativen gebe für Kinder, die weder Chopin noch Beethoven spielen mochten und am liebsten schweigend vor dem Computer säßen. Für solche Kinder, sagte die robuste Lehrerin, gebe es an der Schule einen improvisationsorientierten Orffschen Rhythmikkreis, der sei auch für weniger leistungsstarke Jungen und Mädchen als musikalischer Anreiz geeignet. Falls mein Sohn sich als unmusikalisch erweise, könne er seine kreativen Fähigkeiten auch in der Theatergruppe und/oder im kreativen Mal-, Bastel- und Töpferkreis unter Beweis stellen.

Doch auch hier sah ich keine Chance, meinen phlegmatischen Karl zu begeistern. Weder mochte er auf Orffschen Instrumenten herumhauen, noch mochte er in der Theatergruppe mitwirken. Ein einziges Mal hatte er in der Grundschule bei einem heiteren musikalischen Reigen mitgewirkt, und zwar als »Haus«. Besser: als ein Teil des Dachgiebels. Mehrere Minuten lang hatte er mit erhobenen Armen auf der Bühne stehen müssen, wenn auch sehr im Hintergrund, und während seine Mitschüler tanzten, sangen, hopsten, lachten und voll kreativ ihr schauspielerisches, selbstdarstellerisches Talent vor applaudierenden Müttern und videofilmenden Vätern unter Beweis stellten, muffelte mein Karl sauer vor sich hin, weil das Ausstrecken der Arme einfach eine Zumutung war. Und er dabei schlecht an seine Lakritzschnecke kam.

Auch das Basteln, Töpfern und Backen lag ihm fern. Bilder malen fand er überflüssig und bescheuert, besonders wenn man sich die Mühe machen mußte, zwischendurch einen Pinsel auszuwaschen oder gar einen Buntstift anzuspitzen. Als allerhöchste Schikane hatte er empfunden, aus vielen bunten Schnipseln, die man anlecken sollte, einen Osterhasen kleben zu müssen. Auch mochte das liebe Kind nicht mit einem Baukasten spielen, aus vielen bunten Legosteinchen einen Hubschrauber basteln, ein Puzzle aus tausend Teilchen in »Schloß Schwanstein« verwandeln oder mit dem Chemielaboratorium experimentieren. Er verspürte nicht den Drang, durch ein Mikroskop auf einen Fliegenschiß zu blicken, und er mochte kein einziges Wort für die Schülerzeitung schreiben. Voll bescheuert und überflüssig. Das einzige, was ihn aus seiner Lethargie reißen konnte, war ein Computer, neben dem eine Tüte mit Lakritzschnecken lag.

Seufzend blickte ich mich zwischen den anderen, hochmotivierten Hochbegabtenmüttern um. Bestimmt lag es an mir, daß mein Junge seelisch so verkümmert war. Ich bot ihm einfach nicht genug. Gewiß schlummerten tausend Talente in ihm. Und ich war zu dämlich, sie hervorzuzaubern. Außerdem trug ich niemals ein Halstuch.

Noch zwei Wochen bis zur ersten »Wört-Flört«-Aufzeichnung. Ich turnte in jeder freien Minute auf meiner roten Wolldecke im Wohnzimmer. Zum Glück gab es die schon erwähnte Hörkassette von der Firma Beba, die man bereits am Wochenbett als Werbegeschenk im Jutebeutel an die Bettkante gehängt bekommt. Die war extra für die Problemzonen von jungen Müttern entworfen worden, und ich wußte von meinen anderen drei postnatalen Rekonvaleszenzzeiten: Beba. Die tun was. Wenn man sechs Monate täglich zwei Stunden danach turnt, sieht man aus wie neu.

Ich schickte also Emil mit den Kleinen in den Park und jagte die bewegungsfaulen Großen mit dem Fußball vor die Tür. Als ich sicher war, allein zu Hause zu sein, riß ich mir den Schlabberpullover und die Gummizughose vom Leib, öffnete die Terrassentür und das Wohnzimmerfenster und drückte beim Kassettenrecorder auf »Start«.

»Wir beginnen mit einer Erwärmungsübung zur Verbesserung der Rückenhaltung«, sagte die nette Frauenstimme, die ich inzwischen besser kannte als meine eigene. »Stellen Sie sich in die Grätsche, und spannen Sie die Bauch- und Gesäßmuskeln fest an.« Das tat ich, und wie ich das tat! »Und: Arme he-ben Rük-ken strek-ken, O-ber-kör-per sen-ken, Hände zum Boden, wieder aufrichten …« Ich stand da mit dem Gesicht zur Wolldecke und bemühte mich, ihren Anregungen korrekt nachzukommen und dabei das Recken und Atmen nicht zu vergessen. Die Dame war unglaublich nett und liebenswürdig. »Zweite Übung«, sagte sie, während das Klavier im Hintergrund vor sich hinplätscherte. »Nun grätschen wir die Beine noch etwas weiter und heben zuerst das rechte Bein und den linken Arm ab.« Wieder begann das Klavier im Takt zu spielen, während sie durchaus freundlich dazu rezitierte: »Und: Rechtes Bein he-ben, Fuß ab-stel-len, nach rechts Rumpf krei-sen, über links aufrichten, abheben, halten, Fuß ab-set-zen, Oberkörper nach rechts über links auf-rich-ten …« Ich tat, wie mir geheißen. Diese Übungen waren mir schon in Fleisch und Blut übergegangen. Längst hatte ich keinen Muskelkater mehr. Ich versuchte, alles zu tun, alles, was sie mir sagte, damit ich in zwei Wochen eine trendy-girlie-mäßige und mega-hippe Moderatorin sein würde. Keiner meiner fünf bis sieben Millionen Zuschauer würde wissen, wie grauenhaft ich mich auf der Wolldecke abgestrampelt hatte. »Gehen Sie in die Hocke, und strecken Sie beide Hände weit nach vorn. Und: Knie öffnen, schließen, öffnen, schließen, beide Knie, rechts, links, rechts, links …« Ich kam mir vor wie ein Känguruh. Das sollte man mal mit Böhme machen, dachte ich, oder mit Biolek. Oder mit Manfred Krug. Diese Herren zu so einem erniedrigenden Tun anstiften, nur damit sie in drei Wochen die nabelfreien Hosen zukriegen, die sie bis dahin mit goldenen Dackeln verhängen. Gut, daß mich niemand so sah.

Gerade als ich mit dem Gesicht nach unten auf der dunkelroten Wolldecke kniete und meine Arme und Beine in die Luft zu schleudern versuchte, stand plötzlich Emil über mir.

Er mußte ungehindert über die Terrassentür hereingekommen sein. Erschrocken richtete ich mich auf.

»Was ist? Ist was mit Paulinchen?«

»Nein. Ssläft. Katinka auch.«

»Warum kommst du rein?«

»Sspülmassine ausräumen«, sagte Emil. Erst jetzt sah ich, daß er einige Gläser in der Hand hatte. Er stieg elegant über mich und klapperte mit den Gläsern im Wohnzimmerschrank herum.

»Emil! Das muß doch nicht jetzt sein!« keuchte ich und wollte vor Scham vergehen.

Er schien zu merken, wie peinlich mir das war und wie sehr ich mich vor ihm schämte.

»Mach dir keine Sorgen«, sagte Emil. »Du bist sson wieder ganz toll sslank.« Er schenkte mir ein zauberhaftes Grinsen aus spitzbübischem Jungengesicht. Dann räumte er die Gläser ein und ging wieder weg.

Ich wußte, daß er gelogen hatte.

Aber ich mochte den Bengel, fürwahr.

Und dann saßen wir im Flieger nach München, Emil, Paulinchen und ich.

Emil erwies sich als stiller, umsichtiger und stets präsenter Assistent. Beim Einchecken hielt er Paulinchen sehr fachmännisch, sehr selbstverständlich, sehr zärtlich. Er war nie mit den Gedanken woanders, wenn er gebraucht wurde. Nur wenn er sich unbeobachtet fühlte. Dann träumte er vor sich hin. Aber jetzt war er hellwach. Er dachte nicht nur mit, er dachte sogar voraus. Stets war er einen Handschlag schneller als ich, er nahm mir Dinge aus der Hand, hob die Koffer aufs Band, ließ mir bei der Taschenkontrolle den Vortritt, immer höflich, immer aufmerksam.

Bevor wir in den Flieger stiegen, klappte Emil stillschweigend und geschickt den Kinderwagen zusammen und übergab ihn einem Gepäckträger. Im Flugzeug stillte ich Paulinchen. Emil streute mir ganz selbstverständlich Salz und Pfeffer in den Tomatensaft, weil ich keine Hand frei hatte, und als ich die Seite wechselte, half er mir beim Runterziehen des Pullovers. Ich sah ihn von der Seite an: Was für ein Junge!

Er trug übrigens keine nabelfreie Hose. Und er hatte kein Tattoo. Sein Bauchnabel war meines Wissens nicht gepierct, und in den Haaren klebte kein Gel. Er trug immer Jeans, ein Sweatshirt oder T-Shirt und Turnschuhe. Kein modisches Getue. Was mir an seinem Äußeren am meisten gefiel, waren seine kinnlangen Haare, auf denen die unvermeidliche Schirmkappe saß.

Als wir in München landeten, sprang Emil behende nach dem Kinderwagen, klappte ihn auf, bettete das schlafende Paulinchen hinein, reichte mir dann noch meinen Rucksack und vergaß auch meine Jacke nicht. Ich hätte alles vergessen, bis auf mein Kind natürlich. Ich war entsetzlich aufgeregt. Morgen würde ich zum ersten Mal »Wört-Flört« moderieren! Ich wartete nervös am Kofferband. Dann ging ich bangen Herzens durch die Schwingtür.

»Hallo, Karla!« Ein bildschönes junges Girl kam aus der wartenden Menge herbeigerannt und riß mir den Koffer aus der Hand.

»Ich bin die Melanie, die Praktikantin!« Für eine Praktikantin war sie aber crazy und taff, die Melanie!

Wir begrüßten Melanie, die eine dieser modisch kurz über dem Schambein schließenden Hosen und ein nabelfreies Top trug. Der Nabel gepierct, natürlich. Ihre Haare waren sehr blond und sehr toupiert.

Sie warf einen Blick in den Kinderwagen und sagte: »Süß.« Dann warf sie einen Blick auf Emil und sagte noch mal: »Süß.«

Ich schaute heimlich auf Emil. Ob er Melanie auch »süß« fand? Aber Emil ließ sich nichts anmerken. Wir bahnten uns einen Weg durch die Menge.

»Ich war heute morgen extra noch bei Toys und habe einen Babysitz gekauft«, sagte Melanie, während sie den Schlag des Wagens aufriß.

Emil schnallte das schlafende Paulinchen sehr gewissenhaft an und zog die Gurte passend.

Dann setzte er sich neben Paulinchen und mich nach hinten, und Melanie setzte sich nach vorn zum Fahrer. Das Autoradio ging an, sobald der den Schlüssel drehte. Tosende Techno-Musik dröhnte uns entgegen.

»Nicht ganz so laut«, bat ich. »Das Baby schläft.«

Der Fahrer bugsierte den eleganten schwarzen Mercedes sehr flott aus der Parklücke und lenkte schnittig auf die Autobahn. Melanie ergriff ihr Handy, wählte ein Kürzel und sprach: »Wir sind jetzt unterwegs.« Ich betrachtete ihre schmalen braungebrannten Handgelenke, an denen feine silberne Armbänder funkelten, ihre langen, schönen Finger und ihre schlanken Beine in den engen Hosen. Warum moderierte die nicht »Wört-Flört«? Die war dafür viel geeigneter als ich. Sicher dachte sie genauso.

»Hattet ihr einen guten Flug?« wollte Melanie wissen.

Was man so fragt. Ich finde solche Fragen überflüssig. Sieht man doch, daß wir einen guten Flug hatten. Oder interessierte Melanie sich wirklich für unseren Flug? Sollte ich detailliert Auskunft geben? Nein, der Käpten hat wie immer durch unerwünschte Angaben darüber, wieviel tausend Fuß man gerade über Schweinfurt sei, mein Nickerchen unterbrochen und uns laut knarrend durch den Lautsprecher angeschrien, daß es draußen minus vierzig Grad kalt sei, obwohl niemand Anstalten machte auszusteigen, und der Glatzkopf vor uns hat ungefragt seine Rücklehne nach hinten schnellen lassen. Aber sonst war es ein guter Flug.

Wir fuhren lange über die öde graue Autobahn. Jetzt fühlte ich mich so, wie Emil sich gefühlt haben mußte. Neuland. Bange Erwartung. Stoppelfelder und Äcker. Industriegebiet. Fabriken. Schornsteine. Ich hatte keine Lust auf Small talk mit Melanie, und so schwiegen wir. Emil schwieg sowieso immer.

Nach einer halben Stunde bogen wir in ein ödes graues Neubaugebiet ab. Container standen herum, an Bauzäunen hingen zerfledderte Plakate, Vorstadtkinder spielten in Pfützen. Ich sollte auch lieber zu Hause mit meinen eigenen Vorstadtkindern spielen, ging es mir durch den Kopf.

»Wir sind gleich da«, strahlte Melanie. Natürlich hatte sie bildschöne, makellose schneeweiße Zähne. Die wollte doch ganz klar Fernsehmoderatorin werden! Deshalb jobbte die hier als Praktikantin! Bestimmt lauerte sie nur darauf, daß ich scheitern würde, damit sie die Show bekäme!

Böse Gedanken straft der liebe Gott sofort. Beim Einbiegen in das Fernsehgelände traf mich ein mittlerer Schock: An einer Hochhauswand prangte – in fünfzigfacher Vergrößerung – mein Bildnis! Es war extrem scheußlich, verzerrt, faltig und bucklig. Da hatte ein Hobbymaler versucht, von der Autogrammkarte mein Gesicht abzumalen. Er hatte es mit Falten und Runzeln versehen, daß es aussah wie eine schreckliche Karikatur oder wie ein Gespenst auf der Geisterbahn, zur Abschreckung der Leute. »Unsere ›Wört-Flört‹-Kupplerin« stand in stolzen Buchstaben auf der Hauswand. »Ab 8. September in DER SENDER! Schalten Sie ein!«

Ich hätte sterben mögen. Sah ich so aus? Wer hatte das gemalt? Wie sehr mußte er mich hassen? Was hatte ich ihm getan? Wieviel hatte mein ärgster Feind ihm dafür bezahlt?

»Sieht doch süß aus«, behauptete Oda-Gesine, bei der ich wenige Augenblicke später im Zimmer saß. »Richtig girliemäßig trendy!« Sie hatte wieder etwas zwischen den Zähnen. Außerdem zierte ein blutig gekratzter Pickel ihre Nase. Meine Güte, dachte ich, daß eine einzige Frau so häßlich sein kann. Und das in dem Job! Kaum zu glauben! Ihre Haare hingen in fettigen Strähnen vom Kopf herab. Die dicken Füße steckten in flachen Tretern, der graue Faltenrock hatte einen Fleck.

»Wie geht es zu Hause?« fragte sie.

»Danke, alles bestens.«

»Und die Kinderschar?«

»Danke, gut.«

»Ist das Baby wohlauf?«

»Ja. Wirklich. Alles prima.«

»Und der … Boy?«

»Steht hier. Der mit dem Kinderwagen.«

»Ach ja. Hallo. Spricht der deutsch?«

»Ja. Er heißt Emil.«

»Also das Bild auf der Hauswand: Das bist eben du. So schaust du aus, und so wollen wir dich. Wenn dir das peinlich ist, zahl ich dir gern ein Selbstfindungsseminar. Oder versuchst du's erst mal so?«

»Ja. Klar. Natürlich.« Ich hüstelte verlegen.

»Ganz natürlich und frisch und nicht geschönt«, sagte Oda-Gesine. »Wir finden's alle super. Nicht wahr, Kinder?«

Die »Kinder«, allesamt bildschöne, schlanke junge Menschen mit gegelten Haaren und nabelfreien Hosen, nickten froh. Alle Franks und Saschas und Maiks und Melanies, und wie sie alle hießen, nickten und lächelten und waren voll gut drauf und waren so hip und so taff, daß es mir die Kniekehlen zusammenzog.

Keiner hatte ein Dackelhalstuch um. Keiner. Noch nicht mal Oda-Gesine.

Unser aller Chefin erhob sich mühsam aus ihrem Chefsessel. Sie hatte eine Laufmasche im Strumpf.

»Also, Kinder, jetzt zeigen wir der Karla mal das Studio, und dann zeigen wir ihr die Garderobe, und dann geht sie für zwei, drei Stündchen in die Maske, und der Sascha probiert das Make-up aus, und inzwischen kann die Tanja mal den Kameracheck machen, und die Gewandmeister halten die Outfits vor die Kamera, und dann brauchen wir ein paar Strohmänner für die Generalprobe. Vorher bringt der Rolf mal die zwanzig Anmoderationen, die ihr ausgesucht habt, und der Maik negert die mit dem dicken Filzer, und in der Maske könnt ihr dann schauen, ob die Karla das lesen kann. Und die Silvia bringt mal das Obst und – was brauchst du noch, Karla?«

»Nichts, danke.«

»Fläschchen und Schnuller und so was?«

»Danke, wir haben alles dabei.«

»Können wir dich mit irgendwas glücklich machen?«

Gott, wie waren sie alle um mich bemüht und besorgt! Ob ich es ihnen jemals danken konnte?

»Mit 'ner Wolldecke und 'nem Kassettenrecorder.« Ich hatte mir vorgenommen, während der Pausen in meiner Garderobe fleißig Gymnastik zu machen. Hoffentlich konnte man die abschließen, die Garderobe. Nicht, daß so ein Nabelfreier reinplatzte und sich über meinen Anblick kaputtlachte.

»Genau. Hattest du ja gesagt.« Oda-Gesine patschte in die Hände. »Alles klar, Kinder?«

Alle Kinder nickten und lächelten und wußten, was sie zu tun hatten, und sprangen behende davon. Emil wendete den Kinderwagen und blieb abwartend an der Tür stehen.

Nur ich wußte nichts. Ich wußte, daß dieses Bild auf der Hauswand scheußlich war und daß ich Angst vor Sascha hatte und daß ich diese Kostüme nicht anziehen wollte und daß ich keine Strohmänner interviewen mochte und daß ich auch keine Lust auf Neger hatte, die ich ablesen sollte. Irgendwie erschien mir das alles hier wie eine künstliche Welt aus rosa Plastik. Ein großer Spielzeugladen mit vielen Barbie-Puppen, die alle gleich aussahen. Aber es gab kein Zurück.

Man führte mich im Sendegebäude herum, es klappten Eisentüren auf und zu, es leuchteten »Ruhe-Aufnahme«-Schilder, in der Regie saßen viele Menschen, die mir zunickten und an Reglern herumregelten, es drückten mir unzählige Leute die Hand und teilten mir mit, wie sie hießen, und ich dachte an diese Gedächtnistrainer, die einem beibringen, mit welchen Eselsbrücken man sich welche Namen merkt, und ich gab mir unendlich viel Mühe, all die Maiks und Saschas und Tanjas und Sarahs und Dschills und Dschennifers und Luzifers nicht miteinander zu verwechseln und mir von Anfang an und für immer ihre Namen zu merken. Sie sahen halt alle gleich aus, das war das Problem.

Im Studio standen Beleuchter und Kameramänner, die hantierten mit Kabeln und schrien herum und rangierten vor und zurück, und ich drückte Hände und prägte mir Gesichter ein und merkte mir Namen. Manni und Toni und Praxi und Poldi und Michi. Das waren die Kameramänner. Ferdi und Peppi und Traudi und Seppi waren die Beleuchter, die bayrischen.

»Versuch nie, den Bayern zu gefallen«, hatte mir Oda-Gesine bei unserem letzten Gespräch im Bayrischen Hof eingeschärft. »Zieh niemals ein Dirndl an oder eine Jacke mit Hirschhornknöpfen. Und versuch nie, bayrisch zu sprechen. Dann bist du bei ihnen völlig unten durch.«

Ob Oda-Gesine das schon mal versucht hatte? Den Bayern zu gefallen? Durch lächerliche Äußerlichkeiten doch sicher nicht. Ich jedenfalls war weit davon entfernt, Hirschhornknöpfe an meine Kleidung zu nähen oder mich in ein Dirndl zu zwängen oder bayrisch zu sprechen. Aber ich bedankte mich für ihren wohlgemeinten Rat.

»Die richtig echten Bayern lassen erst mal keinen Saupreuß an sich heran«, hatte Oda-Gesine gesagt. »Aber wenn sie dich in ihr Herz schließen, in ihr krachledernes, dann richtig.«

Ich merkte mir dies wie so vieles andere und speicherte es in meinem Langzeitgedächtnis ab.

Melanie, die bildhübsche Praktikantin, führte mich in die Maske. Dort harrte schon Sascha über tausend Pinseln und Puderquasten und Döschen und Stiften und vielen, vielen Lockenwicklern. O Gott, dachte ich. Wenn ich mich ausgehfertig mache, brauche ich genau drei Minuten. Drei. Mit Haarefönen zehn. Aber dieser Bursche hier sah nicht so aus, als sei er von der schnellen Truppe. Sascha wirkte eher kränklich: Er war mager, bleich, stoppelhaarig, und zwar sowohl auf dem Kopf als auch im Gesicht, hatte einen Rundrücken, vom vielen Bücken wahrscheinlich, und war ganz in Schwarz gekleidet. Auch sein Leibchen endete kurz unter den Brustwarzen. Das war einfach Pflicht, daß man so rumlief in diesen Kreisen. Außer natürlich Oda-Gesine. Die lief so nicht rum. Die konnte sich das dienstgradmäßig leisten.

Sascha reichte mir die schlappe Pfote: »Hallo, Karla, ich bin der Sascha.« Er roch nach kaltem Rauch.

Ich setzte mich in den schwarzen Ledersessel und ließ Sascha gewähren.

Puderquasten und Cremes und Lidstrich und welcher Farbton für die Wangen, und die Augen lassen wir ganz natürlich und tun nur Augentropfen rein, dann gibt's einen irren Effekt, und ein Stich ins Rosafarbene paßt zur Deko, und die Halspartie schattieren wir ganz fließend, und die Haare stylen wir girliemäßig.

Ich unterdrückte ein Gähnen. Irgendwie langweilte mich das ganze Geschwafel um so viel Äußerlichkeiten. Außerdem war ich immerfort müde. Mir fiel auf, daß Sascha zu allem »Da gehn mer hin« sagte. Also: »Da gehn mer hin und tun das überm Hinterkopf toupieren.« Gehn mer, wohin mer wollen, wenn mer dabei ein bißchen schlafen können.

»Du, Karla, ich hab hier mal 'n paar Fotos aus der ›Extravagant‹ ausgeschnitten, da schau amal, also völlick trendy ist das völlick Natürliche, einfach nur mit sanftem Schwung nach hinten übers Ohr 'nüber ...«

Sascha beugte sich rauchverquarzt über mich und ließ mich die Girlies in der »Extravagant« schauen.

Emil stand mit dem buntgestreiften Kinderwagen an der Tür. Es tat mir gut, ihm ab und zu mal einen Blick zuzuwerfen. Er war einfach mein einziger Verbündeter. Daß er sich nicht langweilte! Ich wäre niemals freiwillig in so einer Maske stehengeblieben, wenn draußen die Sonne schien!

»Geh doch ein bißchen spazieren, Emil«, sagte ich. »Oder fahr in die Stadt und schau dir München an.«

»Nein, ich bleibe bei dir«, sagte Emil. Und so stand er an der Wand und beobachtete, wie der eifrige Sascha mich modisch beriet. Ich beugte mich interessiert über die Girls, nach deren Erscheinungsbild Sascha mich nun formen wollte.

Die Models in der »Extravagant« waren zwischen vierzehn und achtzehn, blasse, magere Wesen mit übernächtigtem Blick, man konnte meinen, sie wären nachts von ihrem Vater verhauen worden, weil sie nicht rechtzeitig zu Hause waren. Sie lehnten verloren an Hauswänden oder langweilten sich an

Bretterzäunen herum, sie hockten spärlich angezogen auf spartanischen Bettkanten oder warteten einsam auf einer häßlichen Kofferkiste an einem stillgelegten Güterbahnhof. Völlig blutleere, leb- und freudlose Geschöpfe waren das. Alle hatten eins gemeinsam: Ihre Haare hingen glatt vom Kopf, einzig gehalten durch ein Nachkriegs-Hornklämmerchen.

»Das steht mir nicht«, sagte ich müde.

»Na, mer gehn ja nicht hin und stylen dich nicht so extrem wie hier auf'm Foto. Aber so in die Richtung mach mer's schon ... natürlich passen mers deinem Alter an und der Form von dei'm Gesicht, aber mer gehn schon hin und schminken dich auf trendy, dafür ham mer ja den ganzen Nachmittag Zeit, daß mer's mit der Oda-Gesine abstimmen.« Komisch. Bei »Oda-Gesine abstimmen« verwendete er nicht seine Lieblingsfloskel »gehn mer hin«. Dabei hätte es genau an dieser Stelle gepaßt.

»Vielleicht geht's ohne Hornklämmerchen«, wandte ich ein. Ich warf Emil einen Blick zu. Emil lächelte fein.

»Na, dann gehn wir hin und stylen wir die Haare so, daß sie von selber voll natürlich und völlick aus'm Schwung raus hinterm Ohr gehalten werden, da gehn mer dann hin und nehmen das Styling-Gel, des gibt dem Haar auch 'n völlick natürlichen Glanz ...«

Damit begab er sich daran, mit Hingabe und Andacht meine Haare auf heiße Wickler zu drehen.

Ich seufzte. Wieso manche Leute immer ein überflüssiges Füllsel in ihre ohnehin schon inhaltsleeren Sätze packen mußten. Mein Gott, dachte ich, das kann doch nicht der Sinn des Lebens sein. Girliemäßig und trendy und voll natürlich. Wenn hier einer nicht natürlich ist, dann ist es der Sascha. Und die Girlies in »Extravagant«. Die verhungerten, blassen und unfröhlichen Gestalten. Ich kann's nicht mehr hören. Da gehn mer hin und machen was Sinnloses. Ich will mit meiner Zeit was Besseres anfangen! Ich klapperte mit den Augendeckeln.

»Ah, du reagierst allergisch auf die Trropfn«, stellte Sascha fachmännisch fest. »Da gehn mer hin und tun dös a bissl austupfn …« Er fummelte umständlich mit dem Kleenex an meinen Augenwinkeln herum. Am liebsten hätte ich es ihm aus der Hand gerissen und heftig reingeschneuzt.

Ich schaute auf Emil. Der stand an der Tür und verzog keine Miene. Der Kinderwagen wackelte. Mein Paulinchen erwachte!

»Gib her!« Das war es jetzt, was mich aus der Krise holte. Ich riß mir den Pullover hoch und ließ meinen Still-BH aufschnappen. Dabei sah ich im Spiegel, welcher Bauchspeck sich unter dem Still-BH aufrollte, wie die Wurst aus Wolldecken und Mulltüchern, die Frau Prieß im Winter immer unter ihre Fensterscheibe legte, damit es nicht zog. Hoffentlich sah Sascha nicht so genau hin. Ich stillte mein Töchterchen und sah mich dabei im Spiegel an. Schrecklich. Lockenwickler und völlick fremd angemalt und mit einem riesigen Stillbusen über einem dicken weißen Bauch. Kein bißchen girliemäßig natürlich. Völlick untrendy.

Emil stand schräg hinter mir an der Tür und schaute auch in den Spiegel. Komisch. Bei ihm machte es mir nichts aus, daß er sah, wie dick ich war. Er kannte meinen Anblick schon. Oft genug hatte ich mich vor seinen Augen auf der roten Wolldecke gewälzt. Oft genug war ich ihm nachts mit wirren Haaren und völlig ungestylt an Paulinchens Bett begegnet. Und außerdem mochte er mich, wie ich war. Für ihn war ich keine völlick trendy gestylte Fernsehfigur, sondern schlicht Karla.

Die Tür ging auf, und Oda-Gesine quoll breit grinsend herein. Sie kam wohl gerade aus der Kantine. Jedenfalls hatte sie wieder was Neues zwischen den Zähnen.

»Ah, die Mutter stillt. Dürfen wir stören?«

»Ihr stört nicht.« Gott, wie nett sie immer war.

»Den Rolf kennst du ja schon.«

»Hi, Rolf!« Wir drückten einander die Hand.

Rolf war ein sehr netter, etwas bläßlicher junger Mann, vielleicht achtundzwanzig. Er hatte auch das nabelfreie

Schwarze an, aber er war vermutlich nicht schwul. Wir hatten schon in Köln das Vergnügen gehabt, aus sechzig Anmoderationen zwanzig auszuwählen. Es waren alles harmlose Witzchen aus einem Witzbuch, das Rolf wie eine Bibel mit sich herumtrug. Rolf definierte sich nur über die Anmoderationen von »Wört-Flört«. Etwas anderes gab es in seinem Leben nicht. Wie er mir erzählt hatte, lebte er in einer WG mit drei anderen Autoren zusammen, die auch Anmoderationen schufen, allerdings für andere Sendungen. Jeden Morgen um zehn trafen sich die vier Mitglieder der WG, um Anmoderationen auszutauschen, darüber zu brainstormen und sie schließlich unter Zuhilfenahme vieler Zigaretten und Kannen Kaffee »auf den Punkt« zu bringen.

»Die Anmod darf nicht länger als eine Minute sein. Ich hab sie alle mal genegert. Hier. Kannst du das lesen?«

Hinter Rolf schob sich ein wachsblonder Knabe zur Tür herein, der riesige Pappschilder balancierte.

»Das ist Maik.«

»Hallo, Maik.«

»Oh, süß«, sagte Maik und stupste mein Kind an die Glatze. Paulinchen schmatzte.

Auf dem ersten Pappschild stand: »Guten Abend, Damen, Herren, laut stat. Umfrage Heiraten wieder in, 85 Prozent, davon 50 Prozent Scheidung nach drei Jahren, prüfe, ewig bindet, altes Ehepaar belauscht, Geheimnis funktionierende Partnerschaft gefragt, altes Ehep. geantwortet: Gehen zweimal pro Woche essen, sie immer dienstags, er immer freitags.«

Hahaha. Sehr witzig.

»Kannst des lsn?« fragte Rolf.

»Klar«, sagte ich.

Emil starrte auf das Pappschild. Er verzog keine Miene.

»Wir haben uns gedacht, die nimmst du für die erste«, sagte Oda-Gesine von der Tür her. »Die ist einfach zu merken und nett und harmlos und kommt sympathisch rüber. Da nehmen wir gleich Bezug auf deine bisherige Thematik, die Scheidungsrate und so weiter. Das tust jetzt mit'm Rolf mal durchsprechen, dann stoppt ihr's, und wenn ihr's auf einer Minute habt, dann ruft ihr oben an.«

War das etwa bayrisch? Oda-Gesine stammte meines Wissens aus Verden an der Aller! Sie WOLLTE doch keinem Bayern gefallen! Oda-Gesine wallte davon.

Ich reichte Emil das Paulinchen. Jetzt war harte Arbeit angesagt, da konnte ich nicht gleichzeitig stillen. Paulinchen war sowieso wieder eingeschlafen.

Sascha steckte derweil andächtig Haarklammern an die Wickler. Da gehn mer hin und tun völlick trendy die Klammern an die Lockenwickler steckn, und denn wirst schon sehn, wie des Haar völlick lockick ausschaut. Und dann gehn mer hin und tun die Locken wieder nauskämmen und mit Gel ganz gradezupfn, und denn siehst's eh nimmer, daß da Lockn drin warn. Weil Lockn sind mega-out. Und denn schaut's auch völlick trendy aus, und denn tun mer das hinterm Oa mit'm Kämmchen festklammern. Da sieht eh keiner, daß mer vorher Lockenwickler drinhatten.

Wir probten die Anmoderation.

Immer wieder begrüßte ich die Damen und Herren und beteuerte, daß Heiraten absolut in sei, völlick trendy, da gehst hin und heiratest, aber die Hälfte von den fünfundachtzig Prozent, die hingehen und heiraten, gehn auch wieder zurück und lassen sich scheiden, aber dös merkt eh keiner. Ein altes Ehepaar hätt ein Geheimnis für eine lang anhaltende Ehe: Sie würden zweimal in der Woche hingehn und essen gehen. Sie ginge immer dienstags hin und er freitags.

»Zu lang«, sagte Rolf, der auf seinen Sekundenzeiger geblickt hatte.

Maik hielt artig das Schild. Emil hielt artig den Säugling. Sascha hielt artig die Hornklämmerchen. Wir waren sehr in unsere Arbeit vertieft. Es machte alles ganz viel Sinn und füllte mich tief innerlich aus und machte mich innen drin völlick glücklick. Aber dös merkte eh keiner.

Die Tür ging auf, und Oda-Gesine wallte herein. Sie hatte hektische Flecken im Gesicht.

»Und das ist jetzt ein ganz wichtiger Besuch«, sagte sie aufgeregt, »das ist nämlich jetzt der Herr Bönninghausen von der
Firma ›Nesti-Schock‹.« Sie hatte Lippenstift auf den Zähnen.
Aha. Für Herrn »Nesti-Schock« hatte sie sich also feinge-
macht.

Firma »Nesti-Schock«.

So sah der Herr Bönninghausen auch aus. Ein Vertreter im
grünbeigekarierten Sakko mit einem dieser unvermeidlichen
blauweißgestreiften Oberhemden dazu und einer albernen
gelben Krawatte mit grünen Giraffen drauf. Sein Kopf war bis
auf einige Stoppeln kahlgeschoren. Sein Gesicht hatte die
gleiche Frisur. Der lag ja voll im Trend, der Mann! Völlick
trendy und ganz natürlick-stoppelick-lässick! Ich begrüßte
den wichtigen Herrn Bönninghausen, indem ich mich von
meinem Stuhl erhob, soweit das die Trockenhaube zuließ,
und ihm fest die Hand drückte, soweit das Sascha zuließ, der
inzwischen meine Nägel lackierte. Mit einem völlig unsicht-
baren, trendy Nagellack. Dös merkt eh keiner.

»Na, schon fleißig bei der Arbeit?« fragte Herr Bönninghausen. Wieso der wichtig war, wollte mir nicht in den Kopf.

»Ja, die Anmoderation muß auf den Punkt kommen«, sagte
Oda-Gesine geflissentlich. Ich hatte an ihr noch nie eine Spur
von Demutshaltung gesehen. Aber jetzt nahm sie sie ein.
»Karla, kannst du dem Herrn Bönninghausen mal die Anmoderation geben?«

»Klar, kann ich die dem geben. Aber der Maik kann sie ihm
auch geben. Der hält sie doch, und ich sitze gerade unter der
Trockenhaube.«

»Aufsagen sollst!« zischte Sascha ehrfürchtig.

Ach so. Na meinetwegen. Ich sagte Herrn Bönninghausen,
daß ich ihn sehr herzlich begrüße, daß Heiraten ja wieder im
Trend liege und daß von den fünfundachtzig Prozent derer,
die hingingen und heirateten, sich fünfzig Prozent wieder
scheiden ließen. Es gebe aber auch Mittel und Wege, die Ehe
über Jahre glücklich zu halten, ein altes Ehepaar gehe immer
essen, sie dienstags und er freitags.

»Tja«, sagte ich, als Herr Bönninghausen nicht in schallendes Gelächter ausbrechen wollte. »Ich find's auch nicht so witzig.«

»Sie hat nicht ›Wört-Flört‹ gesagt«, sagte Herr Bönninghausen zu Oda-Gesine. »Und ›Wört-Flört-Tört‹ erst recht nicht.« Er war gar nicht begeistert, der arme stoppelige Mann.

»Na, das sagt sie natürlich, schreiben wir ihr noch auf den Neger«, beeilte sich Oda-Gesine zu beteuern.

»Ich hab mich jetzt nur bemüht, unter einer Minute zu bleiben, und daß die Sendung ›Wört-Flört‹ heißt, wissen doch alle«, wandte ich ein.

»›Wört-Flört‹ muß unbedingt rein. Besser noch Wört-›Flört-Tört‹«, beharrte Herr Bönninghausen und ging ärgerlich kopfschüttelnd davon. Oda-Gesine warf mir noch einen hilflosen Blick zu und eilte erschrocken hinter dem erzürnten Mann her.

»Was hab ich nur falsch gemacht?« fragte ich Rolf.

»Das ist der Sponsor der Sendung!« herrschte Rolf mich an. »Den mußt du mit größtem Respekt behandeln!«

»Wie – das lächerliche Männeken mit den Giraffen auf der Krawatte?«

»Na, also der ist der Vertreter der Firma, die unsere Sendung sponsert! Verstehst! ›Wört-Flört-Tört‹! Der Nougatriegel, mit dem wir den Exklusivvertrag haben! Da geht's um schrecklich viel Geld! Der Mann hat die Macht über zig Millionen Mark!«

»Ach so«, sagte ich, immer noch unbeeindruckt.

»Wir alle sind hier angehalten, Nougatriegel zu essen, weil wir uns mit unserem Sponsor identifizieren sollen«, sagte Sascha sanft über meinen Fingernägeln. »Aber die einzige, die das seit Jahren macht, ist die Oda-Gesine.«

»Ach was«, sagte ich. »Da wär ich nicht drauf gekommen.«

Emil grinste ganz leicht unter seiner Schirmkappe. Er streckte die Hand aus, griff sich ein »Wört-Flört-Tört« und biß hinein. »Schmeckt voll geil«, sagte er.

»Was machen Sie beruflich?«

»Nix.«

»Wie, nix?«

»Na, i jobb halt bei ›Wörrt-Flörrt‹ und leb ansonsten von Sozialhilfe.«

»Und was machen Sie in Ihrer Freizeit?«

»Nix.«

»Ja, irgendwas müssen Sie doch machen!«

»Na, i häng halt vor der Glotze rum und schlaf ansonsten viel.«

Der ist ja wie Karl, dachte ich entsetzt. Da sieht man, wohin das führt! Ab sofort wird der Bengel in Schulchor und Orchester und Theatergruppe gejagt!

»Wie sieht Ihre Traumfrau aus?«

»Goanet. Hob koane. Zu teia.«

Karl hatte auch keine Traumfrau. Höchstens Frau Prieß. Wegen der vielen aufgezeichneten Sendungen mit der Maus, des Reformhausvollkorntoasts mit Erdbeermarmelade und wegen der vielen griffbereiten Spielsachen, nach denen Frau Prieß sich immer bückte.

Ich hörte auf, von dem Neger abzulesen, den Maik mir aus der Kulisse hielt. Die Worte »Beruf, Freizeit, Traumfrau« konnte ich mir auch so merken.

»Also das find ich jetzt irgendwie blöd«, rief ich gegen den Scheinwerfer, der auf mich gerichtet war. »Warum antwortet der mir denn nicht?«

Oda-Gesine kam herangewallt. Sie mampfte einen Nougatriegel der Firma »Nesti-Schock«.

»Das sind ja nur Strohkandidaten.« Sie verwehte Schokodunst. »Red halt irgendwas mit denen. Gell, Schätzchen. Wir müssen nur die Positionen abchecken und die Beleuchtung klären und die Kameras justieren und die Zeit stoppen. Mach halt irgendwas. Bist doch an Profi.« Wenn Oda-Gesine busy war, sprach sie ein gar merkwürdiges Bayrisch. Obwohl sie aus Verden an der Aller stammte.

»O.K.«, sagte ich, »dann kann der Maik doch mal die Arme

runternehmen.« Armer Maik. Wegen der drei Stichworte »Beruf, Freizeit, Traumfrau« mußte er wirklich nicht stundenlang die riesigen Pappschilder halten.

»Jetzt proben wir mal den Pickerauftritt«, ordnete Oda-Gesine an. Sie entkleidete eine neue Nougatschnitte.

»WERNER?!«

»Ja?« meldete sich Werner von irgendwo hinter den Kulissen.

»PICKERIN KLAR?!«

»Pickerin klar!«

»Komma mit«, sagte Oda-Gesine kauend und nahm mich an die Hand. Sie führte mich energisch durch verschiedene Gassen, bis wir an einen einsamen Stuhl im Dunklen kamen. Hier stand Werner, der bullige, glatzköpfige Bodyguard und Sicherheitsbeamte, der die Pickerin bewachte. Auf dem Stuhl saß eine Tussi mit lila-braun lackierten Fingernägeln und zu stark geschminkten Augen. Sie hatte ein billiges Fellflüdderken und Netzstrümpfe an, dazu riesige Plateausohlen an den Füßen, und kaute geräuschvoll an einem rosa Kaugummi.

Kind, das wird nie eine Dame. Sie hörte per Kopfhörer laute rhythmische Musik. Dazu wackelte sie im Takt mit den Beinen und knickte mit dem Oberkörper ein.

»Das ist natürlich auch nur 'ne Strohpickerin«, sagte Oda-Gesine. »Morgen hast du 'ne echte. Die stylen wir dann auch ganz anders. Der Sascha würd so was nie durchgehen lassen.«

»Und wieso ist die gefesselt und geknebelt?«

»Damit die AUF KEINEN FALL vorher einem Kandidaten begegnet. Das ist unser OBERSTES GESETZ. Schätzchen, daß das klar ist! Darauf drille ich alle meine sechzig Mitarbeiter.«

Aha, dachte ich. Erstens: Nougatriegel essen. Zweitens: Picker und Kandidaten voneinander fernhalten. Drittens: Bayrisch reden nur, wenn man Oda-Gesine heißt oder ein Bayer ist.

»Ja und?« fragte ich.

»Du solltest es nur mal sehen. Jetzt gehst halt raus und tust die Pickerin begrüßen.«

»Wie heißt die?«

»Ist eh völlig Wurscht, wie die heißt. Ist ja nur 'ne Strohpickerin.«

»Also nenn ich sie Schand-Tall.« Ich fand, das paßte zu der.

»Mach dir keine Mühe. Der Name steht auf dem Neger.«

Tatsächlich. Der flinke Maik war inzwischen in die andere Studioecke geflitzt und hielt einen neuen Neger hoch. Darauf stand: »Matthias aus Werningerode!«

»Aber wie Matthias aus Werningerode sieht die nun gar nicht aus!« sagte ich verwirrt.

»Ach so.« Maik klaubte einen zweiten Neger hinter dem ersten hervor. Darauf stand: »Lisa aus Gelsenkirchen!«

Ich ging bis zu dem Punkt, den sie mir mit Tesafilm auf dem Studioboden markiert hatten, schaute in die Kamera, an der das rote Licht an war, linste auf den Neger und rief: »Hier kommt ... LISA AUS GELSENKIRCHEN!!«

Und tatsächlich. Da kam Schand-Tall aus der Kulisse gelatscht. Ohne allerdings mit dem Kaugummikauen aufzuhören. Na ja. War ja nur 'ne Strohpickerin. Sie hockte sich auf den Schemel, der für sie vorgesehen war, und wiederkäute abwartend vor sich hin.

»Lisa, was machen Sie beruflich?« las ich von dem Neger ab.

»Nix. Strrohkandidatin sein für ›Wörrt-Flörrt‹.«

»Und was machen Sie in Ihrer Freizeit?«

»Ich tu gern in die Disco gehn. A bissl abtanzen und so.«

»Und wie sieht Ihr Traummann aus?«

»Na, wie Brett Pitt halt«, wiederkäute Schand-Tall.

»Warum gerade Brett Pitt? Was mögen Sie an dem?«

»Waißisch net.«

»Stopp mal, stopp«, kam es aus der Regie. Es war Tanjas Stimme. »Kleinen Moment, ich komm mal raus.«

Wir warteten. Was mochten wir falsch gemacht haben, Schand-Tall und ich?

Tanja, eine kleine, schmale Rothaarige, die ihre Tausende von Löckchen wirr auf dem Kopf verteilt trug, ganz ohne trendy Hornklämmerchen, teilte mir mit, daß es nicht erwünscht sei, Bezüge herzustellen.

»Bezüge? Wozu?«

»Schau, Karla, du bist jetzt auf die Antwort der Pickerin eingegangen.«

»Ja. Bin ich. Das tun Moderatoren manchmal.«

»Schau, in deiner Sendung mit der Scheidung, da konntest du das tun. Da solltest du das sogar tun. Aber hier, bei ›Wört-Flört‹, da haben wir nur vierundzwanzig Minuten, und da müssen wir auf den Punkt kommen. Das heißt, so was wie eine Nachfrage schneide ich raus.«

»Tut mir leid, das wußte ich nicht.«

»Tja, und das Problem ist, wenn ich was rausschneide, und du beziehst dich aber später wieder drauf, dann muß ich's wieder reinfriemeln. Und dann kommen wir nicht mehr auf vierundzwanzig Minuten. Verstehst?«

»Ich bemühe mich.«

»Ganz einfach. Keine Bezüge. Niemals auf die Antwort von jemand eingehen. Laß es einfach völlig unkommentiert im Raume stehen.«

»Und was soll ich dann sagen?«

»Nix. Einfach vom Neger ablesen, was draufsteht. Verstehst?«

»Ja. Ich glaube schon.«

»Gut, dann mach mer das jetzt noch mal.« Tanja wehte mit ihren roten Löckchen wieder in den Regieraum.

Emil stand im Zuschauerraum und wiegte das Paulinchen in den Armen. Eigentlich war jetzt Stillzeit, aber eine Unterbrechung war beim besten Willen nicht drin. Emil hatte einen Tee zubereitet und gab Paulinchen die Flasche. Er war so umsichtig und aufmerksam!

»Wiederholt's jetzt dös einfach noch mal!« rief Tanja durch den Lautsprecher.

»Wer ist Ihr Traummann?« fragte ich die wiederkäuende Schand-Tall.

»Brett Pitt.« Punkt.

Ich hätte zu gern gefragt, warum. WAS hatte dieser Brett Pitt an sich, daß alle Mädels dieser Welt ihn so toll fanden? Warum sagte keine: »Martin Semmelrogge« oder »Martin Lüttge« oder »Diether Krebs«? Aber ich sollte ja nichts hinterfragen. Merken: Keine Hirschhornknöpfe, keine bayrischen Floskeln, keine Locken, keine Bezüge.

»Danke«, sagte ich. »Ich bitte um die Fragen.«

Schand-Tall zog nun unter ihrem billigen Fellflüdderken eine Karte hervor, auf der Fragen notiert waren. Die Worte, die sie betonen sollte, waren unterstrichen. Es war ja auch nicht so einfach, so was fehlerfrei vorzulesen, wie Schand-Tall flugs bewies.

»Kandidat eins«, leierte Schand-Tall. »Du bist bei mir zu Hause eingeladen. Was bringst du mit, um mir deine Intellek … was bringst du mit, um mir deine Intelligenz zu beweisen?« Sie kaute abwartend vor sich hin.

Von der anderen Seite der Wand kam lange nichts.

»Ist da jemand?« fragte ich.

»Jaja, i übaleck noch«, kam die Stimme des Strohkandidaten.

»Sag halt irgendwas«, schrie Oda-Gesine ungeduldig aus dem Saal. »Ist ja nur 'ne Probe, Mann!«

Die Mitarbeiter im Studio warteten gelangweilt. Emil schaute mich mit ausdruckslosen Augen an. Ob der verstand, was hier Wichtiges geschaffen wurde? Maik hielt mir unverdrossen den Neger hin, falls ich noch einmal etwas fragen wollte. Ich wollte aber nichts mehr fragen. Ich stand da, und mir taten die Füße weh. Es war später Abend. Ich wollte endlich ins Hotel.

»Mir follt nix ei«, sagte der Strohkandidat.

»Und du, Kandidat zwei«, leierte Schand-Tall. »Was bringst du mit, um mir zu imponieren?«

»Nix«, kam es von der anderen Seite der Wand.

Die Kameras fuhren hastig hin und her, um diese Verlautbarungen bei optimaler Beleuchtung und in Großaufnahme einzufangen.

Schand-Tall hockte unschlüssig auf ihrem Schemel. »Ja soll ich jetzt weiterlesen?«

»Weiter«, schrie Oda-Gesine. »Wir stoppen die Zeit!«

»Kandidat drei. Du bist bei mir zu Hause eingeladen. Was bringst du Originelles mit, damit ich weiß, daß du der Richtige bist?«

Schweigen.

Alle Kameramänner starrten auf den dritten Strohkandidaten, dem auch nichts einfiel. Jetzt wußte ich, warum die Strohkandidaten hießen.

»Dös waas i jetzt aanet«, kam es schließlich von hinter der Wand. Das war doch mal eine völlig originelle, witzige und schlagfertige Antwort!

»Unser Hansi wird das jetzt noch mal zusammenfassen«, las ich von Maiks Neger ab.

Hansi war niemals in der Sendung zu sehen. Er war einfach nur als Stimme anwesend. Ich hatte ihn noch nicht kennengelernt. Er mußte irgendwo hinter den Kulissen hocken.

»Hansi?« schrie Oda-Gesine. »Bist du da?«

Schweigen.

»Der hat den Flieger verpaßt!« rief Melanie aus dem Zuschauerraum. Gott, was war das Kind hübsch!

»O nein, nicht schon wieder!« schimpfte Oda-Gesine. »Wozu bezahl ich den Kerl?«

»Na, morgen isser bestimmt da«, tröstete Rolf.

»Wer gibt mir den Hansi?« brüllte Oda-Gesine sauer.

Rolf wetzte hinter die Bühne. Ich hörte ihn am Mikrofon rumoren. Sekunden vergingen. Dann sagte Rolfs Stimme: »Also, liebe Lisa, wer soll nun dein ›Wört-Flört‹ sein? Kandidat eins, der dir zum ersten Rendezvous nichts mitbringt, weil ihm nix einfällt, oder Kandidat zwei, der dir nichts mitbringt, weil ihm nix einfällt, oder Kandidat drei, der dir nichts mitbringt, weil ihm nix einfällt? So, liebe Lisa. Jetzt mußt du dich entscheiden.«

Schand-Tall kaute. Die Kameras waren auf sie gerichtet. Mir taten die Füße weh.

»Keinen«, sagte sie schließlich.

»Sag halt irgendeinen!« schrie Oda-Gesine genervt. »Mein Gott, wer hat mir denn diese Strohkandidaten besorgt?!«

Ich überlegte, ob die auch noch Geld dafür kriegten, daß sie hier rumsaßen und Kaugummi kauten und zu blöd waren, eine Frage abzulesen.

Aber ich war ja selber auch nicht brillant. Nicht die Spur. In so einer Umgebung fiel es wahrhaft schwer, brillant zu sein. Außerdem: An welcher Stelle hätte ich versuchen können, brillant zu sein? Zumal ich keinerlei Bezüge herstellen durfte! Ich mußte noch lange an mir arbeiten, feilen und trainieren, um diesen Ansprüchen gerecht zu werden, das war mir klar.

Niedergeschlagen sah ich in das leere Studio. Der Blick auf Emil und mein kleines Paulinchen hielt mich aufrecht.

Wir probten das Herumschreiten der Kandidaten um die Wand, das Küßchengeben, das Überreichen einer Plastikrose, das Verabschieden der nicht gewählten Kandidaten, den Abgang durch die mittlere Gasse und schließlich das Aufrufen des Glücklichen, der gewählt wurde.

»Hier ist ihr ›WÖRT-FLÖRT‹!« schrie ich enthusiastisch.

Langsam ging die Wand auf. Welch ein erhebender Augenblick. Da stand die kaugummikauende Schand-Tall auf der einen Seite und ein grober, schwitzender Kerl im Flanellhemd mit Pickeln unter den unrasierten Bartstoppeln auf der anderen. Die beiden waren nicht die Spur voneinander begeistert.

»Ach, du bist dös«, sagte Schand-Tall gelangweilt.

»Servus«, sagte der schwitzende Kerl.

»Küßchen geben!« rief die wasserstoffblonde Silvia aus der Requisite. Sie war absolut engagiert mit dem Besorgen der Plastikrosen und dem Zurechtrücken der Sektgläser und dem Aufschütteln der »Wört-Flört«-Kissen und dem Drapieren der »Wört-Flört-Tört«-Nougatriegel im Hintergrund. Sie war überhaupt die Wichtigste am ganzen Set. Wie oft die mich schon »Ist rrecht?« gefragt hatte an diesem einen Probentag!

Schand-Tall und der Strohkandidat wollten sich aber kein Küßchen geben. Sie schickten sich zum Gehen an.

»Halt, halt«, rief ich. »Begrüßt euch doch freudig erregt!«

»Den hab ich heute morgen in der Kantine schon begrüßt«, maulte Schand-Tall. »Und erregen tut der mich net.«

»Du mich auch net, Schnepfe, depperte!«

»Kennen die sich etwa schon?« schrie Oda-Gesine entsetzt.

»Kann überhaupt nicht sein!« rief Werner, der Bodyguard und Bewacher.

»Doch tu ich den kennen. Aber net meegn«, sagte Schand-Tall.

Ich zog die beiden am Schlafittchen. So geht's ja nun nicht. Wir machen hier alle unseren Job. Und ihr auch, Herrschaftszeiten.

Wir schritten zu dem Punkt, den sie uns mit Tesafilm auf der Erde markiert hatten, und Silvia, die überpräsente, übereifrige und einfach mega-wichtige wasserstoffblonde Requisiteurin, reichte mir unauffällig-auffällig drei Karten, auf denen dreimal das gleiche stand.

»Ihr fliegt mit dem ›Wört-Flört‹-Jet«, sagte ich. »Wer will ziehen?«

»Enthusiastischer!« schrie Oda-Gesine, die breitbeinig im Saale saß und »Wört-Flört-Törts« mampfte. »Das ist eine tolle Reise, Menschenskind! Die trampen normalerweise zum Chiemsee und pennen im Zelt!«

»Ihr macht eine Traumreise mit dem ›Wört-Flört‹-Jet!« schrie ich begeistert. »Wer will ziehen?!«

Schand-Tall zupfte mit ihren überlangen lila Fingernägeln die mittlere Karte heraus.

Ich las: »Ihr fliegt mit dem ›Wört-Flört‹-Jet nach Bad Wimpfen. Dort werdet ihr im Moor liegen, auf dem Heuboden Verstecken spielen und anschließend bei einer deftigen Brotzeit erfahren, ob mit dem anderen gut Kirschen essen ist.«

»Mit dem net«, befand Schand-Tall. »Da tu ich lieber weiter U-Bahn fahrn und nix mehr essn.«

»Ach, leck mich doch am Orrsch«, murrte der schwitzende

Strohkandidat im Flanellhemd. Damit warf er die Plastikrose von sich und latschte durch die Kulisse davon.

»Dämlack, bleeda«, schimpfte Schand-Tall hinter ihm her.

Die wasserstoffblonde Silvia hechtete nach der kostbaren Plastikrose und sammelte sie wichtig wieder ein.

Ich stand ziemlich ratlos bei soviel geballter Antipathie. Was, wenn mir das morgen in der Sendung passieren würde?

Oda-Gesine erhob sich und kam, nougatverschmiert und sichtlich entnervt, auf die Bühne gehumpelt. Ihre Laufmasche hatte inzwischen die Ausmaße eines Volleyballnetzes.

»Jetzt sag halt die Abmoderation in die Zwei«, munterte sie mich auf.

»Was soll ich denn sagen? Außer Spesen nix gewesen?«

»ROLF?!«

»Zur Stelle!«

»Neger ihr halt die Abmoderation!!«

»Nein, Moment, das kann ich schon selbst …«, begann ich. Bei »Endlich allein« hatte ich immerhin zweihundert Abmoderationen ohne Neger fertiggebracht!

»Mach dir keine Mühe, Schätzchen. Wozu haben wir den Rolf.«

Rolf sprang flugs zu Maik, dieser kritzelte mit dem dicken Filzer Stichworte aufs Pappschild, und ich las brav: »Tja, meine lieben Zuschauer, das war's wieder einmal von ›Wört-Flört‹, diesmal war es nicht die große Liebe, aber beim nächsten Mal kann es schon ganz anders sein, denken Sie daran, daß Heiraten wieder in ist und daß man ab und zu mal getrennt voneinander essen gehen sollte. In diesem Sinne: tschüs und auf Wiedersehen.«

»Du mußt unbedingt Servus sagen«, verlangte Oda-Gesine. »ROLF!! Immer Servus draufschreiben!«

»Wieso muß ich ›Servus‹ sagen? Ich sage nie ›Servus‹! Erstens hast du gesagt, ich soll nicht versuchen, bayrisch zu reden, und zweitens ist ›Servus‹ ein Klopapier.«

»Sei stad!« zischte der Rolf. »So was darfst nie sagen, nur denken!«

Na ja, dachte ich. »Danke« ist schließlich auch ein Klo-papier. Und »Lind« auch. Und doch nehme ich diese Worte häufig und gern in den Mund.

»Wegen der Bayern sollst ›Servus‹ sagen. Das ist ganz, ganz wichtig. Du glaubst gar nicht, wie viele beleidigte Briefe wir kriegen, wenn du nicht Servus sagst!«

»Ich denke, ich soll nicht versuchen, den Bayern zu gefal-len.«

»Aber Servus mußt du sagen. Sonst gucken drei Millionen Bayern nicht mehr ›Wört-Flört‹.«

»O.K., O.K., ich sag Servus«, versprach ich.

Ach, Gott, was war das eine anspruchsvolle, schwierige Sendung! Ob ich ihr jemals gerecht werden würde?

Das Hotel Willaschek war ein armseliger, kleiner bayrischer Landgasthof direkt an einer scheußlichen Durchgangsstraße. Das Zimmerchen, in dem ständig fette Landfliegen schwirr-ten, lag zur Straße raus, wo ununterbrochen die Laster bret-terten. Ab morgens um fünf fuhren Trecker und Milchwagen. Ich wußte nicht, was ich lästiger finden sollte, die Landfliegen oder die Laster. Beide machten fürchterlich penetrante Ge-räusche. Landarbeiter knallten mit ihren Gerätschaften, die Müllabfuhr parkte direkt unterhalb meines Fensters, und die bayrischen Urviecher schrien, randalierten und fluchten und hielten bereits um halb sieben ihre erste Brrotzäitt sockrro-mentomol direkt auf dem Parkplatz unter meinem Fenster.

Ich war nicht vor halb eins ins Bett gekommen, und dann hielten mich viele böse Gedanken wach. Alles ging mir immer wieder durch den Kopf. Wortfetzen wie »trendy«, »völlick natürlick«, »Anmod negern«, »Strohkandidat«, »Picker be-wachen«, »Requisite«, »Kamera justieren«, »Modeschiene«, »Wört-Flört-Tört« geisterten in meinem armen, unterfor-derten, aber überfütterten Gehirn herum. Vor meinem in-neren Auge sah ich ununterbrochen Menschen. Menschen, die alle gleich aussahen, die alle das gleiche anhatten, die gleich sprachen, die sich gleich bewegten, denen das gleiche wichtig und vor allen Dingen das gleiche unwichtig war. Es war, als hätte mein Kopf zuviel Fast food gefressen. Und nun war mir schlecht, obwohl ich nicht satt war. Und morgen würde ich wieder Fast food fressen müssen. Bis zum Erbrechen.

Ich saß in meiner kleinen Garderobe, wo die Obstschale stand und die Teekanne. Die wasserstoffblonde Silvia hatte schon dreimal angeklopft und gefragt, ob alles recht sei und wann sie neues Obst bringen solle und ob die Wolldecke für die Gymnastik aus Wolle sein müsse oder auch aus Acryl sein dürfe und ob ich zum Beschriften der Autogrammkarten lieber einen goldenen oder einen schwarzen Stift wünschte, es sei überhaupt kein Problem, sie werde alles sofort besorgen. Die wichtige Silvia störte sich auch nicht daran, daß sie eine arbeitsintensive Sitzung unterbrach. Ich war nämlich umringt von etwa zwanzig jungen Menschen, die alle gleich aussahen, und versuchte, mir ein Bild von den heutigen Kandidaten zu machen, die auch alle gleich aussahen.

Heute waren es ja keine Strohkandidaten mehr. Heute waren es echte. Gecastete Kandidaten, die einen Partner fürs Leben suchten. Und ich hatte die Verantwortung.

Oda-Gesine lagerte in einem breiten Sessel an der Wand und parkte ihre Füße, die aus den braunen Schnürschuhen quollen, unter meinem Schreibtisch. Die Schnürsenkel waren offen.

Ständig ging die Tür auf, und ein neuer junger Mensch steckte seinen trendy Kopf zur Tür rein, um etwas Wichtiges zu fragen oder zu vermelden.

»Die Videos wären jetzt da.«

»Was für Videos?« fragte ich überrascht.

»Na, die Casting-Bänder. Die von den Kandidaten.«

»Ich denke, die Kandidaten sitzen schon im Aufenthaltsraum?«

»Erst schauen wir die Videos. Nur herein damit.« Oda-Gesine winkte mit einem Nougatriegel.

Wir zwanzig Menschen rückten alle unsere Stühle herum,

um in einen winzigen Bildschirm zu starren, auf dem schlechte, flimmernde und abrupt zusammengeschnittene Interviews mit Köpfen, die alle gleich aussahen, zu sehen waren. Der Videorecorder stand am Fenster, so daß man auch noch gegen das Licht blinzeln mußte. Aber alle fanden das O.K. Man arbeitete schon seit vielen Jahren so. Ich war die Neue. Und ich wollte nicht gleich mit guten Vorschlägen das Arbeitsklima stören.

Der erste Kopf erschien auf dem winzigen flimmernden Bildschirm und schrie gegen lautes Disco-Gedröhn an: »Also ich bin der Marc und, äh ... Alter auch?«

Es flimmerte. Marc wurde angehalten. Marc wurde vorgespult. Marc brabbelte irgendwas Unverständliches, sehr hoch und sehr schnell, und dann bewegte er sich wieder normal: »Also noch mal, ich bin der Marc und, äh, wie schon gesagt, vierundzwanzig Jahre alt, und, äm, ich studiere, also ... was?« Marc wurde wieder angehalten. Beim dämlichsten aller Gesichtsausdrücke blieb er starr und glotzte den Betrachter unbewegt an. Schließlich bewegte er sich wieder. »Also, wie schon gesagt, ich bin immer noch der Marc, immer noch vierundzwanzig Jahre alt und, äm, also ich studiere Jura, aber das weiß ich noch nicht, ob ich das wirklich zu Ende studieren will, und, äh, ich jobbe noch als Türsteher in dieser Disco hier« – er drehte den Kopf weg, um zu zeigen, in welcher Disco hier er sich befand –, »und meine Traumfrau ist natürlich Julia Roberts. Ja. Und ich kann gut Bananenkuchen backen und, äh ... ey, hau doch mal ab hier!« Gemeint war irgendein Freak, der blöde durchs Bild gelatscht war. »Ja, äm ... wo war ich stehengeblieben?« Marc wurde wieder angehalten. Er verzog sehr schief den Mund und überlegte minutenlang, wo er stehengeblieben war. Dann öffnete er denselben wieder, um dem Betrachter noch mitzuteilen, daß er gern im Medienbereich arbeiten würde, später, irgendwas halt, und daß er noch nicht wisse, was er mit seinem Jurastudium anfangen wolle. Und daß er echt gern Sport treibe. Mucki-Bude und so. Dann verließ uns Marc endgültig.

»Das Uninteressante haben wir schon rausgeschnitten«, sagte eine Dünne mit fadem Blick, die den Videorecorder bediente. Sie hieß Kim, wie ich mir gemerkt hatte.

Ich hatte bei einem Gedächtnistraining gelernt, wie man sich Namen merkt. Und Kim war ein ganz besonders bayrischer Name. »Kimm!« heißt ja auch »Komm her!«, und »Kimm eini!« heißt »Komm herein«. Da die fade Dünne jedoch nicht in einem Dirndl steckte und keinerlei Hirschhornknöpfe trug, merkte ich mir »Kim« auch noch an der dünnen Zigarette mit fadem Geschmack. Insofern konnte ich mir »Kim« gut merken. Man sollte sich immer Eselsbrücken bauen, hatte ich beim Gedächtnistrainer Gregor Staub gelernt, als ich noch »Endlich allein« moderierte und mir niemand Namen negerte. Von daher hatte ich auch nie Schwierigkeiten mit dem Namen von Oda-Gesine Malzahn gehabt. Da stellten sich einfach Assoziationen ein.

»Na, viel Fleisch gibt er nicht«, maulte Oda-Gesine über den umständlichen Marc, der nicht genau wußte, warum er Jura studierte. Sie packte ein »Wört-Flört-Tört« aus und schob es sich in den Mund. Die dünne, fade Kim schnellte nach vorn, um das nächste Video einzulegen. Die anderen rauchten.

Und dann kam der nächste Kopf, der auch in der Disco war und gegen den Lärm anschrie, und auch er wurde angehalten und zurückgespult und wußte noch nicht so recht, was er beruflich machen wollte, aber seine Traumfrau, das wußte er, sah aus wie Julia Roberts. Er hatte einen hessischen Akzent, weshalb er Tschulja Rrobätts sagte. Und seine Freizeit verbrachte er in der Muggi-Bude, das war ihm schon äscht wischtisch.

Nach vier, fünf Köpfen, die alle gleich aussahen und das gleiche sagten und alle noch nicht wußten, was sie beruflich machen wollten, und deren Traumfrau Julia Roberts hieß und die nachmittags in der Mucki-Bude waren, weil ihnen das echt wichtig war, schaltete Kim das Video aus. »Das wären die Kerls für heute«, sagte sie.

»Ist aber kein Heuler bei«, sagte Oda-Gesine kauend.

»Lernt die erst mal kennen«, ereiferte sich Kim. »Sind alle total cool drauf und tauen dann auf, wenn die Karla die erst mal geknackt hat.«

Ich fürchtete mich davor, die coolen Kerls zu knacken, und hatte plötzlich schleichende Panik, daß mir das nicht gelingen würde. Ich konnte ja schon meinen eigenen Sohn nicht knacken, und der ging NICHT MAL in die Mucki-Bude! Der ließ Frau Prieß sich bewegen! Ach, ach, ach!

»Wollt ihr die Mädels auch sehen?« Kim schob stolz wieder eine Videokassette rein. »Da sind ein paar klasse Heftchen dabei!« Heftchen waren Mädchen, das hatte ich auch schon gelernt.

Von draußen hörte ich mein Baby schreien.

Ich sprang auf, zwängte mich aus den Stuhlreihen und rannte hinüber in Emils Garderobe. Der süße, aufmerksame Maik hatte mit Hilfe seiner Filzstifte einen Storch an die Zimmertür gemalt und »Psst! Baby!« dazugeschrieben.

Emil trug das Paulinchen sehr behutsam im Arm. »Ich wollte gerade zu dir kommen«, sagte er.

»Nee, in den verrauchten, engen Raum schleppst du mir mein Paulinchen nicht rein.«

Ich riß mir den Pullover hoch, ließ mich auf die zerschlissene Couch in Emils Zelle fallen und streckte die Hände nach meinem Kind aus. Emil reichte mir meine Tochter und sah mich an. Er wirkte wie ein Sträfling in dieser spartanischen Garderobe. Ein Gefangener, der einfach wartet, bis wieder ein Tag vorüber ist. Auf dem schmucklosen Holztisch lagen Paulinchens Babyutensilien, Cremes, Windeln und eine Rassel. Daneben eine Cola-Dose und ein eselsohriger englischer Thriller. Stilleben eines stillen Knaben.

»Mensch, Emil! Geh doch mal vor die Tür!«

»Ich will lieber bei dir sein!«

»Aber du mußt dich doch langweilen!«

»Vielleicht brauchst du mich.«

»Nicht in den nächsten drei Stunden.«

»Iss sswer?«

»Sauschwer.«

»Kann ich was für dich tun?«

Junge, dachte ich. Was bist du für ein Goldstück.

»Du kannst mit Paulinchen an die frische Luft gehen. Das kannst du für mich tun.«

»O.K., Mam.«

Emil rappelte sich auf, zog das Baby an, nahm seinen Walkman mit den Spice Girls, warf mir noch einen flüchtigen Blick zu und fuhr mit dem buntgestreiften Kinderwagen davon.

Ich schaute ihm lange nach. Dann ging ich wieder in die kleine, enge Garderobe zurück, um flimmernde Köpfe zu schauen.

Was hatte Senta gesagt? Wer auf kalte Berge klettern will, muß sich nicht wundern, wenn er oben friert.

Nachdem Kim uns all ihre Videos gezeigt hatte, konnte ich mich an kein einziges Gesicht mehr erinnern.

»Na, macht nichts, du wirst dich noch dran gewöhnen«, sagte Oda-Gesine, während sie ihr schätzungsweise zwölftes »Wört-Flört-Tört« auspackte. »Holt die ersten Knaben doch einfach rein!«

Sofort sprangen mehrere von denen, die seit Stunden in meiner Garderobe gesessen und mit mir auf das Video gestarrt hatten, auf und kamen kurz darauf mit drei jungen Kerls zurück. Keiner kam mir im mindesten bekannt vor.

»Setzt euch«, sagte Oda-Gesine Malzahn streng.

Die drei Kerls, von denen zwei eben noch dreist gegrinst hatten, sanken auf die ihnen zugewiesenen Holzstühle. Einer rieb sich die hektischen Flecken von der Backe.

»Also, was ich jetzt sage, sage ich nur einmal«, schnauzte Oda-Gesine mit vollem Mund. »Ihr seid heute abend im Fernsehen, und euch schauen zwölf Millionen Menschen zu. Mir ist völlig egal, ob euer Chef zuschaut oder eure Mama oder ob ihr später mit eurem Hausmeister Ärger kriegt oder mit eurem Nachhilfelehrer. Ich will, daß ihr witzig seid, schlagfertig, frech und trendy. Keiner von euch erscheint in einem verdreckten Wollpullover oder in so'm Leibchen, wie ihr jetzt anhabt. Der Frank kleidet euch nachher ein. Ihr zieht an, was euch gesagt wird. Trendy Klamotten, junge, witzige Schiene. Wer nicht will, fliegt raus. Jetzt proben wir hier mit der Karla ein Interview. Das Interview dauert mit jedem eine Minute. Also quatscht nicht lange rum, und grüßt nicht eure Mutti, und sagt nicht äh, und kratzt euch nicht an der Backe. Merkt euch jetzt, was ich sage. Ich sag's seit dreißig Jahren zu jeder Nase, die hier sitzt, und wer's nicht schnallt, fliegt raus.«

Die Kerls hockten verschüchtert da. Keiner wagte sich mehr zu rühren. Der Linke verschluckte unauffällig seinen Kaugummi, der Backe-Kratzer ließ die Hand sinken. Dabei waren sie in der Disco noch so gut drauf gewesen!

»Ich heiße, ich komme aus, ich mache«, schnarrte Oda-Gesine. »Könnt ihr das in der Reihenfolge sagen, ja?! Kein Alter, kein Nachname, kein überflüssiges Geschwätz. Also los.« Sie wandte sich an den ersten.

»Also, ich heiße, äh, wie schon gesagt, Marc, Marc Andreas Lützel, um genau zu sein, ich bin vierundzwanzig Jahre alt und … äh … was noch?«

»Kein Alter, kein Nachname, kein äh!« schrie Oda-Gesine gereizt. Sie stopfte sich sofort noch einen Nougatriegel in den Mund.

Die Nougatriegel lagen überall. Auf den Tischen, in den Schränken, in der Maske, in der Garderobe, im Bügelzimmer, auf den Ablagen der Gästebetreuer, im Studio, in der Requisite und in der Regie. Selbst auf der Toilette lagen die Dinger rum. Auch die Kandidaten wurden angehalten, sich tagsüber damit vollzustopfen. Und die Mitarbeiter sowieso. Pausenlos wurde »Wört-Flört-Tört« gemampft. Ich hatte mir geschworen, niemals ein einziges davon zu essen. Erstens wegen der Figur. Und zweitens, weil ich Herrn Bönninghausen nicht leiden konnte.

Marc war völlig verschüchtert. »In der Disco habt ihr gesagt, daß es hier voll easy ist«, maulte er.

»Ist alles im grünen Bereich, Marc«, meldete sich Kim aus dem Hintergrund. »Unsere Chefin hier bellt gern, aber sie beißt nicht.«

»Ja, IS das denn so schwer«, maulte Oda-Gesine. »Kim, du bürgst mir mit deinem Kopf dafür, daß hier nur Leute sitzen, die einen IQ über fünfzig haben!«

»Der Marc studiert Jura«, beteuerte Kim. »Der ist hochintelligent und superwitzig, nun laß ihn doch erst mal Luft holen!«

»Also los, Marc. Sei witzig. Noch mal. Ich heiße, komme aus und mache. Na los. Gib dein Bestes.«

»Also, ich heiße Maaak ...«

Dann heißt er demnächst »Euro«, dachte ich albern.

»... komme aus Olllnbuag ...«, in Marcs Kopf arbeitete es heftig, »... und studiere Jura.«

Boh. Gut, Marc. Das war richtig gut. Ich atmete tief.

Ich schaute mich unsicher um. Sollte ich jetzt mit ihm reden? Oder machte das wer anders? Schließlich wollten wir doch die Interviews proben. Deshalb hockten wir seit Stunden in diesem Kabuff.

»Mit welchem Ziel?« fragte Rolf, der in einer Mappe blätterte.

»Weisinonich«, sagte Marc.

»Soll ich das jetzt negern?« fragte Maik mit dem dicken Filzstift aus seiner Ecke.

»Wieso weißt du das noch nicht?« dröhnte Oda-Gesine.

»Keine Ahnung, Mann! Meine Mutter wollte, daß ich Jura studier, mein Oppa hat 'n Geschäft für Fahrräder, da hab ich keinen Bock drauf, und mein Vater zahlt mein Studium und hält sich ansonsten raus. Aber das sag ich heute abend nicht. Krieg ich Riesenärger mit meiner Mama.«

»Ich habe EBEN GESAGT, daß mich eure MAMA NICHT INTERESSIERT!« dröhnte Oda-Gesine. »IHR SEID IM FERN-SEHEN UND NICHT IM KINDERGARTEN!!!« Mein Gott, konnte die schreien. Nicht zu glauben. Und zu mir war die immer so nett.

Jetzt heulte Marc fast. Ich fand, das war kein guter Auftakt für meine erste Sendung. Außerdem begann ich müde zu werden. Ich brauchte frische Luft und Bewegung. Gern hätte ich sie alle rausgescheucht und mich auf der Wolldecke gewälzt, eine Stunde lang. Aber das ging nicht.

»O.K., neger Beruf und mach dann sofort FZ«, nickte Oda-Gesine in Maiks Richtung.

»Also Freizeit«, sagte Rolf. »Was machst du in deiner Freizeit?«

»Weisinich.«

»WIE ... WEISINICH?!« bölkte Oda-Gesine übellaunig.

»Er spielt mit seinem Hund«, mischte sich Kim ein. »Gell, Marc. Sag's. Daß d' mit'm Hund spielst.«

»O.K., ja, O.K. Iss gutt. Ich spiel mit'm Hund.«

»Was ist das für'n Hund?« fragte Rolf, der eifrig mitschrieb.

»'n Mischling«, sagte Marc. Er zog die Nase hoch.

»Wie HEISST denn der Hund?« zeigte Oda-Gesine plötzlich Regung. Sie fand ihre Frage genial.

»Opel.«

»DAS ist doch sensationell!« freute sich die Chefin. Na? Seht ihr's? Seht ihr's? Ich hab doch immer noch den besten Riecher! Bei mir tauen die Kinder auf und werden richtig witzig. Sie schnellte nach vorn, grapschte sich einen Nougatriegel und packte ihn aus. »Wieso heißt der Köter Opel?«

»Weil ich ihn unter einem Opel gefunden hab.«

»Boh. Toll. PONKT!« schrie sie Maik an. »Neger das! Hund PONKT. Opel PONKT. Jetzt ham wir den Knaben auf'n Ponkt!«

Ich freute mich, daß sie sich so freute. War ja auch wirklich ein sensationeller Einfall, seinen Hund Opel zu nennen. Man stelle sich vor, er hätte das Vieh unter einem Manta gefunden oder unter einem Rasenmäher!

»MEIN Hund heißt Bönni«, griente Oda-Gesine. »Nach dem Bönninghausen hab ich den benannt.«

Ich verkniff es mir zu fragen, unter welcher Mülltonne sie Herrn Bönninghausen gefunden hatte.

»Darunter schreibst du TF PONKT.«

Was mochte das bedeuten? TF Ponkt?

»Also Traumfrau«, sagte Rolf. »Wie sieht deine Traumfrau aus?«

»Julia Roberts«, sagte Mark und zog die Nase hoch.

»Kannst du vielleicht was anderes sagen?« bollerte Oda-Gesine los und verdrehte die Augen.

»Wiesodn?« fragte der arme Marc verwirrt.

»Ja, weil es eben alle sagen«, vermittelte Kim aus dem Hintergrund. »Wir haben uns die Casting-Bänder angesehen, und alle sagen Julia Roberts. Dir trauen wir zu, Marc, daß du bis heute abend noch was anderes dazu sagen kannst. Da briefen wir dich aber noch. Mach dir keine Sorgen, wir haben hier zwanzig geschulte Mitarbeiter, die helfen dir bei der Wortwahl, und die formulieren dir das auch so, wie es deiner Sprache entsprechen würde. Also keine Angst, hier wird niemand in seiner Art verändert. Wir wollen dir nur helfen, daß du noch ein bißchen interessanter rüberkommst. Einverstanden?«

»Oh, Mann, ist das hier anstrengend«, murmelte Marc und kratzte sich an der Backe.

»Und sag ihm, er soll sich nicht an der Backe kratzen«, herrschte Oda-Gesine Kim an. Sie feuerte ein »Wört-Flört«-Papierchen auf den Fußboden.

Dann wendeten wir uns an den nächsten.

Vier Stunden später waren wir immer noch in dem Kabuff. Zweimal hatte Emil mir mein Kind gebracht. Wegen der Zeitknappheit konnte ich es mir nicht erlauben, Paulinchen woanders zu stillen. Also schnaufte sie während der mühsamen Gespräche mit den verstockten, verschüchterten und kein bißchen mitteilsamen Kandidaten an meinem Busen herum, während Oda-Gesine sich schrecklich aufregte. Wie ich im Verlauf des Tages lernte, war Kim diejenige, die für die Intelligenz der Kandidaten verantwortlich war.

Kim hatte eine Casting-Firma, und die Mitarbeiter dieser

Firma – es waren die gepiercten, die voll gut drauf waren und alle gleich aussahen – zogen nachts durch Deutschlands Discos und brüllten ahnungslose Jünglinge und Mädels an, die wegen des Lärms nur die Hälfte verstanden: »Ey, willzte ma ins Fernsehen?«

»Klaa, ey!«

»Dann komma mit inne Ecke! Da ham wir 'ne Videokamera aufgebaut!«

»Ich bin aba besoffen, ey!«

»Macht nix. Hauptsache, du kannz noch dein Nam sagn und weißt, wode herkomms un was de so machs!«

»Klaa, ey! Weisichdas!«

»Nimma die Sonnenbrille ab und setz dich dahin, und jetz sach: Ich heiße, ich komme aus und mache. Kannze dat?«

»Klaa, ey. Also ich bin der LUTZ, komme aus LÜTZNHAUSN und bin ein LEEMSKÜNSTLA.«

»Wieso Lebenskünstler?!«

»Wieso, wieso! Weil ich 'n fröhlichet Kealchen bin, ey!«

»Und womit verdienste dein GELD?«

»Bin bei der Stadt! Angestellter im Fundbürro!«

»Boh, toll! Das ist bestimmt suuuu-pa interessant!«

»Jau, ey! Wat daa so allet verloan geht! Vom Pottmonnee bis zum Parisa, ey! Und in meiner Freizeit box ich und fah Motorrad!«

»Und hasse auch keine feste Freundin, Mann?«

»Nö! Jehnfalls nich seit letzte Woche, hähähä!«

»Toll! Dann füll mal den Bogen hier aus, wennde kannz, wir halten dir auch den Griffel!«

Ja, so sammelte Kim mit ihrer Firma unermüdlich die spritzigen, witzigen und originellen Kandidaten für »Wört-Flört«. Was das für ein knochenharter Job war, wurde mir jetzt klar. Immer wenn einer von den »Kerls abkackte«, wie Oda-Gesine das verächtlich nannte, fühlte sich Kim schuldig und wurde mit bösen Blicken bedacht.

Und die Kerls kackten der Reihe nach ab.

Mühsam entlockte Rolf ihnen spärliche Informationen, die

Maik, der schon an Sehnenscheidenentzündung litt, mit unendlicher Geduld auf die Pappschilder schrieb. Oda-Gesine hieb ärgerlich mit ihrer speckigen Pranke auf den Tisch, wenn einer so gar nichts von sich preiszugeben bereit war.

Alle fünf Minuten ging die Tür auf. Die übereifrige Silvia nervte mit »Habt's ihr alles? Ist's recht? Braucht's ihr noch Zucker fürn Kaffee? Soll ich die Wolldecke wieder mitnehmen? Ist's nicht die richtige? I könnt noch 'ne andere Wolldecke besorgn! Braucht's ihr noch 'n Durchlauferhitzer? Sonst kann i auch 'n andern besorgn!«

Oda-Gesine brüllte sie an, sie solle sich selbst aus der Tür besorgen.

Am späten Nachmittag steckte immer häufiger der besorgte Frank sein rot bekopftuchtes Haupt durch den Türspalt. Die Outfits seien nun gebügelt. Und die Kandidaten seien immer noch nicht in den Outfits. Man habe die Outfits jetzt ohne Kandidaten drin vor die Kamera gehalten. Es sei aber immer noch nicht klar, welches Outfit »die Karla« anziehe, weil »die Karla« sich ja gegen das Dackelhalstuch gewehrt habe, und er habe hier mal vier andere Halstücher mitgebracht, die zeitlos-klassisch seien. Ob es möglich sei, die Halstücher jetzt mal mitsamt meinem Kopf drüber in die Kamera zu halten, der Kameramann warte bereits seit einer Stunde auf diesen alles entscheidenden Moment.

Oda-Gesine schnauzte ihn an, das Dackelhalstuch sei jetzt kein Thema, und er solle die Tür von außen zumachen. Franks rotes Kopftuch wehte gekränkt mit den Dackel-, Rebhuhn- und sonstigen Halstüchern weg.

Mit der Zeit erschien auch immer öfter der nervös-kränkelnde Sascha mit der Bemerkung, die Kandidaten seien immer noch nicht geschminkt, und man sei zwar schon hingegangen und habe an Perücken das Styling und Outfitting der Kandidaten »soweit festgelegt«, aber es mache doch Sinn, jetzt mal hinzugehen und die Kandidaten selbst zu schminken.

Oda-Gesine wischte den armen Sascha aus der Tür. Er solle hingehen, aber nicht zurückkommen.

Auch die Regisseurin Tanja mit den vielen roten Löckchen klopfte dann und wann an die Tür: Sie sei jetzt soweit fertig für eine Probe.

»Wir aber nicht!« schnauzte Oda-Gesine, und Tanja zog sich hastig zurück. Nur der bayrische Aufnahmeleiter mit den Hirschhornknöpfen an der Joppe wurde von Oda-Gesine nicht angeschnauzt. Und Herr Bönninghausen natürlich auch nicht. Die Praktikantin Melanie steckte ihr bildschönes Antlitz zur Tür herein und meldete, »der Hansi« sei jetzt da und warte auf die Zusammenfassungen der Antworten.

»Wenn wir noch keine Antworten haben, können wir die auch noch nicht zusammenfassen!« blökte Oda-Gesine die arme Melanie an. Sie entwich erschrocken.

Ich fragte mich besorgt, ob das denn jeden Tag so gehen solle, mit völlig überflüssiger Zeitverschwendung durch das Ansehen der schlechten Videos am Morgen und später mit gereizter Hektik beim Gespräch mit den mehr und mehr verstummenden Kandidaten. Mein Magen krümmte sich vor innerer Leere und murrte und knurrte. Aber ich hütete mich, in ein »Wört-Flört-Tört« zu beißen.

Oda-Gesine hingegen mampfte ein »Wört-Flört-Tört« nach dem anderen. Das gab ihr ungeheure Energie und Aggression. Da waren bestimmt ganz viele Glutamate drin, die in ihr den Kampfhund weckten.

Endlich standen wir im Studio. Mir tat der Hintern weh. Ich hatte sieben Stunden auf diesem Holzstuhl gesessen. Ob ich Silvia um ein Kissen bitten sollte? Aber sie würde fünfzehn verschiedene bringen, in achtzehn Farben aus zweiundzwanzig Ländern.

Ich hatte ihr morgens mitgeteilt, wenn sie schon was für mich tun wolle, dann könne sie mir vielleicht so einen Klebestreifen zum Fliegentöten besorgen, den ich gerne in der nächsten Nacht von der Lampe meines Schmuddelhotels hängen lassen würde. Daraufhin war Silvia mit fünf verschiedenen Modellen klebriger Streifen für Stubenfliegen in meine

Garderobe gekommen, die ich alle begutachten sollte. Und das vor zweiundzwanzig rauchenden Mitarbeitern.

Ich flüchtete mich vor der übereifrigen Silvia auf die Toilette, aber sie folgte mir und rief durch den Türspalt, sie könne auch ein Raumspray für meine Stubenfliege besorgen, die gebe es in verschiedenen Duftsorten, auch gebe es diverse Fliegenklatschen in vielen bunten Farben, das wär kein Problem, und ich schrie, ich würde lieber mit der Stubenfliege leben als mit Silvia, denn die Stubenfliege lasse doch wenigstens manchmal von mir ab. Ich ließ geräuschvoll die Wasserspülung rauschen, doch Silvia schrie dagegen an, um mir mitzuteilen, daß es jetzt völlig ungiftige Sprays gebe, die sicher auch dem Baby nicht schaden würden, und dann habe sie noch was gegen Ameisen und Spinnen mitgebracht, das sei alles kein Problem, und wenn ich eine Mausefalle bräuchte, tät ich's nur zu sagen brauchen. DANKE, SILVIA, DANKE!

Ich stob aus der Toilette und trollte mich in Richtung Studio. Dort wartete man bereits ungeduldig auf mich.

Der bayrische Aufnahmeleiter mit den Hirschhornknöpfen schrie »Rruhe, do iss ssie, Ochtunk jetzt omol für eine Prrobe!«, und jemand steckte mir schnell ein Mikro an und fragte mich, ob ich »das« heute abend auch tragen würde. Ich bedauerte, »das« heute abend leider nicht tragen zu dürfen, weil Frank mich ganz anders verkleiden wolle. Und dann kam der Rolf und raunte: »Also die Anmod wie gestern besprochen, aber vergiß ›Wört-Flört‹ nicht, der Bönninghausen von ›Nesti-Schock‹ sitzt wieder hier rum, und die Oda-Gesine ist voll nervös!«

Ach, Gott. Der Herr Bönninghausen hatte mir noch gefehlt.

»Können wir jetzt endlich?« fragte die Regisseurin Tanja durchs Saalmikrofon, und ich hetzte auf den Punkt, den sie mir mit Tesafilm markiert hatten: Anmod in die Eins. Ich winkte all den Pepis und Seppis und Mannis und Ollis zu, die die Kameramänner und Beleuchter und Kabelträger und Tonmischer waren, und war stolz darauf, all ihre Namen behalten zu haben, und versuchte, keinem Bayern zu gefallen, besonders nicht dem böse blickenden Mann mit den Hirschhornknöpfen. Ach, wie war das alles schwierig!

Maik rannte verängstigt mit seinem Pappschild hin und her, auf dem die unwitzige Anmoderation mit dem alten Ehepaar stand, das immer noch getrennt voneinander essen ging. Er suchte einen geeigneten Punkt, wo er stehen konnte, ohne daß die Kameras ihn überrollten, ohne daß er im Bild war und ohne daß ich sein Schild nicht lesen konnte.

Ich bedeutete ihm, daß er sich entspannen könne, weil ich mich in der Lage fühlte, die Story mit dem Ehepaar inzwischen auswendig hervorzubringen.

Herr Bönninghausen lümmelte neben der kauenden Oda-Gesine in den halbleeren Publikumsbänken, wo auch die Strohkandidaten von gestern saßen und die sechzig Mitarbeiter, die gerade nichts zu tun hatten. Der unrasierte, stoppelköpfige Vertreter der Firma ›Nesti-Schock‹ hatte wieder ein kleinkariertes schwarzweißes Sakko zu einer lilafarbenen Hose an, aber diesmal waren auf seiner pinkgrundigen Krawatte viele, viele blaue Asterixe und grüne Obelixe. Der war voll trendy, der Mann.

Frank und Sascha in schwarzem Leder und mit löchrigen Shirts standen besorgt mit ihren gebügelten Outfits in der Gasse. Keiner schenkte ihnen Beachtung.

Endlich schubste man die echten Kandidaten rein. Sie latschten zu ihren Hockern und setzten sich. Sie hatten immer noch ihre dreckigen Leibchen an und waren kein bißchen gestylt. Eigentlich sahen sie den schäbigen Strohkandidaten von gestern zum Verwechseln ähnlich.

»Hallo«, sagte ich zu dem ersten, »würden Sie sich bitte vorstellen?«

»Ja also, ich bin der Maaak ...«

»Würdest du bitte etwas LAUTER sprechen«, meldete sich Tanja aus der Regie.

»Ja also, ICH BIN DER MAAAK ... ist das jetzt laut genug?«

»O.K.«, sagte Tanja.

Mark schwieg.

»Und du kommst aus Oldenburg«, half ich dem verstockten Knaben weiter.

»Das ist korrekt«, sagte Mark.

»Der soll das selber sagen«, schrie Oda-Gesine entrüstet. »Das haben wir den ganzen Morgen geübt!«

»Ja also, äm, und ich komme aus Oldenburg«, sagte Mark.

»Bitte etwas lauter!« sagte Tanja.

»Und ich komme aus OLLNNBUAG!« Och, Mann, ey!

»Und du studierst Jura«, sagte ich freundlich.

»Auch das ist korrekt«, sagte Maak.

»Mein Gott«, schrie Oda-Gesine. »Wenn der Kerl noch einmal ›Das ist korrekt‹ sagt, schmeiß ich ihn raus und setz einen Strohkandidaten da hin!« Sie warf Kim einen bitterbösen Blick zu. Kim und ihre Leute zogen den Kopf ein.

»Der entwickelt sich noch, bestimmt«, murmelte Kim.

»Fragt sich, wann«, schnauzte Oda-Gesine. »Nach der Sendung, da entwickeln sie sich alle, da sind sie die Größten und tanzen nackt auf dem Tisch! Aber ich will sie JETZT!«

Herr Bönninghausen schüttelte den Kopf. Oda-Gesine hieb ihre Zähne in einen Nougatriegel und bot Herrn Bönninghausen auch einen an. Der lehnte angewidert ab.

Ich guckte ratlos hin und her. Sollte ich jetzt weitermachen?

Maik wedelte in seiner Ecke mit dem Neger.

»Ziel?« stand darauf.

»Mit welchem Ziel?«

»Was?«

»Studierst du Jura?«

»Weisinonich.«

Sollte ich jetzt noch mal nachfragen? Nein. Keine Bezüge. Ich schielte auf den Neger.

»FZ« stand da als nächstes.

»Was machst du in deiner Freizeit?«

»Fernsehn gucken, Disco gehn … äh, was noch … Mucki-Bude natürlich …«

»Du spielst mit deinem GOTTVERDAMMTEN KÖTER!«
schrie Oda-Gesine.

Herr Bönninghausen schüttelte den Kopf.

»Das ist korrekt«, gab Maak kleinlaut zu.

»Und wie HEISST der Köter?«

»Happich doch schon gesacht, ey. Opel.«

»Kann ich da irgendeine Nachfrage stellen? Warum der
Hund Opel heißt oder so?«

»NEIN! KEINE BEZÜGE! WAHRSCHEINLICH SCHNEIDEN
WIR DEN KÖTER SOWIESO RAUS, WEIL DER KERL DAS VOLL
UNWITZIG BRINGT!«

»O.K. Wie sieht deine Traumfrau aus?«

»Julia Roberts darf ich ja nicht sagen.«

»Nein. Aber das üben wir noch.«

»Claudia Schiffer geht zur Not auch noch«, sagte der dämliche Mark.

Ich beschloß, das Gespräch mit ihm zu beenden. »Danke.«
Ich wendete mich an den nächsten: »Wenn SIE sich bitte vorstellen?«

»Also ich bin der Kai …«

»Würdest du bitte etwas LAUTER sprechen?« fragte Tanja
freundlich aus der Regie.

»Also ICH BIN DER KAI Wellenkötter …, vierundzwanzig
Jahre alt … und … was noch?«

»Kein Alter, kein Nachname«, sagte ich freundlich.

»Kein ALTER, kein NACHNAME!« schrie Oda-Gesine.

»Also noch mal von vorn«, sagte Kai Wellenkötter. »Äm,
soll ich jetzt …« Er zog die Nase hoch. »Also ich bin der KAI
… komme aus … äm … ja, also soll ich jetzt Avvenwedde
sagen oder Altenbeken? Also zur Zeit wohn ich in Riesel bei
Höxter, kennt das zufällig einer?«

Ich spürte diesen unerträglichen Druck im Busen, wenn
der Säugling nicht erscheint und der mütterliche Hormon-
haushalt das Streßhormon ausschüttet.

»Kim, ich will dich nach der Probe sprechen«, grunzte
Oda-Gesine im Saal.

Und Herr Bönninghausen schüttelte den Kopf, den rund-rum borstigen. Und die Asterixe und Obelixe baumelten ratlos an seinem Adamsapfel.

»Was issn jetz schon widda?« fragte Kai. »Hab ich was falsch gemacht?«

Stunden später saß ich in der Maske. Paulinchen lag glucksend an meinem Busen. Emil stand stumm an der Tür. Er war ziemlich blaß. Stundenlang war er mit dem hungrigen Paulinchen im Arm über das Gelände gewandert, weil er sich nicht getraut hatte, weiter weg zu gehen. Das Ganze nahm ihn doch sehr mit. Wir waren arg in Zeitnot geraten. Aber Sascha wollte nicht hingehen und rumschlampen, zumal der Herr Bönninghausen ein paarmal kopfschüttelnd seine Asterixe und Obelixe durch den Türrahmen baumeln ließ. Also mußte der arme Sascha meine girliemäßige Haarpracht von gestern wieder neu aufwickeln und mit Haarnadeln versehen, hübsch ordentlich und voll wuselick-natürlich.

Ich versuchte mich zu entspannen und mich auf die wichtigen Fragen des Abends zu konzentrieren. Was machst du beruflich, was machst du in deiner Freizeit? Kein Alter, kein Nachname. Wie sieht deine Traumfrau aus? Bitte nicht Julia Roberts. Ich bitte um die Wand, ich bitte um die Fragen, hier kommt Jennifer aus Wanne-Eickel. Jennifer, was machst du beruflich? Bitte etwas lauter, Jennifer. Was machst du beruflich, bitte sag nicht: Weisichnich. Was machst du in deiner Freizeit, wie sieht dein Traummann aus? Pitte nicht Brett Pitt, weil das alle sagen. Ich pitte um die Fragen. Kannst du lesen? Pitte petone die Wörter, die unterstrichen sind. Unsere zwanzig geschulten Mitarbeiter haben die Fragen extra für dich geschaffen. Sie haben auch extra für dich unterstrichen, was du petonen sollst.

»Ist der Warm-upper schon fertig?« näselte Sascha nervös, während er einen gehetzten Blick auf den Monitor warf. Auf dem Monitor machte einer Mätzchen, um das Volk bei Laune zu halten. Der Mätzchenmacher sah ähnlich aus wie Herr

Bönninghausen, voll der trendy und busy Geschäftsmann, irgendwie.

»Ja«, bemerkte Rolf. »Dem fällt nichts mehr ein. Der erzählt inzwischen, wann sein Neffe Geburtstag hat und so was.«

»Das Publikum langweilt sich, und Herr Bönninghausen schüttelt den Kopf«, sagte Mike.

»Oda-Gesine tobt und frißt Nougatriegel«, meldete Frank.

Die wichtige Silvia beteuerte, sie könne auch noch mal die frischen Rosen zurück in die Vase bringen, das mache ihr nichts aus, das sei ja ihr Job. Sie habe auch Rosenspray besorgt, wo sie doch schon mal Fliegenspray besorgt habe. Ob ich jetzt vielleicht mal einen Blick auf den Stubenfliegenkiller werfen wolle. Sie könne mir auch mal eine Duftprobe aufs Handgelenk sprühen, ganz unverbindlich, natürlich.

Der böse blickende bayrische Aufnahmeleiter mit den Hirschhornknöpfen, der unter seinen buschigen Augenbrauen niemals zu Scherzen aufgelegt war, schaute immer öfter in die Maske und fragte, ob wir hier Wurrzln schlogn wollten, und Sascha zitterte mit den Fingern und beteuerte, er brauche für sein Werk wirklich Ruhe und könne nicht hingehen und völlick rumschlampen.

Mich machte das Ganze so nervös, daß ich aufsprang, um einem plötzlichen Bedürfnis nachzukommen.

Vor der Toilette ging Herr Bönninghausen kopfschüttelnd auf und ab und bewachte das ordnungsgemäße Verteilen der »Wört-Flört-Törts«. Ich rannte mit Lockenwicklern durch das Gelände, was er kopfschüttelnd zur Kenntnis nahm. Inzwischen trieb sich das Publikum wieder draußen herum und betrachtete das gräßliche Bild auf der Hauswand. Die »Wört-Flört-Tört«-Verteilerinnen, alles knackschlanke junge Girls mit nabelfreiem Top, versuchten die Leute bei Laune zu halten.

In der Garderobe saßen die schlanken, schönen jungen Kandidatinnen, die ihre Haarpracht auf Papillotten drehen ließen und ihre gepiercten Nasenflügel abpuderten. Sie übten eifrig ihre Sprüche. Mehrere Autoren knieten vor ihnen und beteten ihnen vor, welche Wörter sie betonen sollten.

»Auf DEINEM Teller, lieber Olaf, findest du mich nur EIN-MAL«, betete der nabelfreie Gagschreiber dem nabelfreien Girl vor. »Denn wenn du mich VERNASCHT hast, schmelze ich dir auf der Zunge!«

Die zweite übte mit Hilfe ihres Gagschreibers: »Ich steh auf Naturkost. Erst schäle ich deine Banane, dann gibt's hoffentlich harte Eier, und am Schluß schlürfe ich die Sauce!«

Die dritte repetierte ernsthaft und nervös: »ICH bin der NACHTISCH. Bei mir darfst du mit den Fingern essen. Und wenn du IMMER noch nicht satt bist, dann NOGGER dir einen.«

Oda-Gesine und die Autoren schlugen sich gegenseitig auf die Schultern und lachten sich kaputt. So was von originell und deftig mal wieder! Und voll kreativ!! Fünf bis sieben Millionen Zuschauer hinter ihren Bierflaschen und Chipstüten würden genauso dreckig lachen und sich auf die Schenkel schlagen wie diese Burschen hier.

Plötzlich fiel mir ein, daß heute der Elternabend in Oskars Klasse war. Gerade jetzt, um halb acht, fing er an. Gerade jetzt wurde darüber abgestimmt, ob wir das Heft »Lesen lernen 2« mit Altpapier einbinden sollten oder mit Klarsichtfolie. Und dann gründete man einen Förderverein und wählte einen Vorsitzenden. Reden, schwafeln, stammeln, für die Klassenkasse sammeln. Nichts ist so erlabend wie ein Elternabend. Plötzlich hatte ich Sehnsucht nach all den Halstuchträgerinnen.

Und das war mir noch nie passiert.

In dieser Nacht schlief ich wieder mal nicht. Ständig bretterten völlig immune Stubenfliegen innerhalb und Laster außerhalb meines Dorfhotelzimmers hin und her, und in meinem Kopf bretterten vernichtende Gedanken: Du bist auf der falschen Party.

Nun war ich also in Beige und Bieder vor die Kamera getreten, mit einem Nickihalstüchlein! Ich unterschied mich in NICHTS von den Elternabend-Muttis. Völlig unkreativ hatte ich die aufgebrezelten, hippen und voll coolen Kandidaten gefragt, was sie beruflich und in ihrer Freizeit machten, und ansonsten auf den Riemchensandalen versucht, das Gleichgewicht zu halten.

Die Kandidaten hatten ihre auswendig gelernten Sprüche aufgesagt, das Publikum hatte gegrölt, besonders wenn jemand endlich ohne Fehler seinen Satz fertiggebracht hatte, Oda-Gesine hatte feixend »Wört-Flört-Törts« gemampft, und Herr Bönninghausen hatte immerfort den Kopf geschüttelt.

Nachher fühlte ich mich noch viel müder und leerer, als ich mich nach Elternabenden fühlte. Weder Oda-Gesine noch Herrn Bönninghausen wollte ich mehr begegnen. Ich stahl mich mitsamt Baby und Kinderwagen und Emil über eine Hintertreppe davon. Die schöne Melanie fuhr mit uns in unser Dorfhotel Willaschek am Rande der Durchgangsstraße. Obwohl ich rasend gern noch viereinhalb Minuten zu Fuß gegangen wäre. Nur um mir den Kopf durchpusten zu lassen. Und vielleicht noch dreieinhalb Takte mit Emil zu plaudern. Und nicht so schnell bei den Stubenfliegen zu sein.

»Na, wie fühlst du dich?« fragte mich Melanie, indem sie sich vom Beifahrersitz aus umdrehte.

Ich streichelte meinem schlafenden Paulinchen das Händchen. »Prima«, sagte ich. Ja, sollte ich der Melanie erzählen, wie es mir wirklich ging? Emil hätte ich es vielleicht erzählt. Aber nicht Melanie, dem Heftchen.

Emil saß blaß und schweigsam auf der anderen Seite vom Kindersitz.

»Komm doch mit«, wandte sich Melanie an ihn. »Wir feiern noch. Da geht echt die Post ab!«

»Ja«, sagte ich matt. »Geh mit, Emil. Du mußt auch mal unter junge Leute!«

Aber so sehr Melanie und ich uns auch bemühten: Emil wollte nicht. Mir war alles egal.

Wir klappten gemeinsam den Kinderwagen auf und trugen

das schlafende Baby und die Utensilien des Tages die schmale, gewundene Holztreppe hinauf.

Unten an der kleinen Bar saß niemand mehr. Die Rezeption war auch geschlossen. Es war trostlos und öde.

»Gehst du sofort ins Bett?« fragte ich den blassen Emil.

Er zuckte die Schultern. Auf seinen knabenhaften Wangen sprossen Bartstoppeln. Ich streichelte einmal kurz mit dem Handrücken darüber.

»Dann mach's mal gut«, sagte ich. »Und schlaf schön.«

Dann trollte ich mich in mein schmuckloses, enges Zimmer.

Auf dem Radiowecker lag eine hübsche Staubschicht. Man konnte mit dem Finger darin herummalen. Eine mittelgroße Spinne kam aus dem Badezimmer gekrabbelt, ganz so, als wollte sie sagen: »Bad ist frei.« Ich machte das Licht aus.

Gegen sechs Uhr konnte ich es im Bett nicht mehr aushalten. Längst hatten sich wieder die Burschen von der Müllabfuhr unten auf dem Parkplatz versammelt, um ihre Brotzeit zu halten. Autotüren klappten, Motoren liefen heiß, es knatterte und stank. Ich sprang fluchend aus dem Bett und schloß das Fenster. Daraufhin stob die Stubenfliege aus der staubigen Gardine und begann emsig zu summen. Die Spinne hatte sich zurückgezogen. Ich fühlte mich einsam. So ein verdammter Mist, dachte ich, jetzt kann ich hier noch nicht mal das Paulinchen stillen. Die wird vergiftet in dieser Luft.

Ich wollte meine Morgengymnastik machen, meinetwegen auch ohne Wolldecke, einfach so, auf dem siffigen, fleckigen Teppichboden, Hauptsache, ich tat irgend etwas und hörte auf zu grübeln. Doch es ging nicht. Mein Busen platzte. Paulinchen war die ganze Nacht nicht erschienen. Dabei hätte sie diese Nacht nicht gestört. Ich war sowieso wach bei all dem Getier.

Leise schlich ich mich über den dämmrigen Flur und klopfte an Emils Tür. Er hatte ein Zimmer auf der anderen Seite des Ganges. Nichts.

»Emil?« Ich öffnete die Tür einen Spaltbreit.

Atmen. Geruch nach schlafendem Menschen, Muttermilchstuhl und Babycreme. Auf der Konsole die grüne Wolldecke, Pampers, Leibchen und Strampler lose verstreut. Dazwischen Emils Jeans, T-Shirt, Turnschuhe. Eine halbleer getrunkene Flasche Cola neben einer Flasche Babytee. Der Fläschchenwärmer, ein eselsohriger Thriller auf englisch, die gestrickten Babysöckchen, die Bommelmütze, daneben die Kappe von Emil, die er immer verkehrt herum aufsetzte. Die Sonnenbrille, der Ersatzschnuller, ein Paar Tennissocken. Ein Stilleben im Dorfhotel morgens um sechs.

Wenigstens war es hier still. Emils Zimmer ging nach hinten raus. Ich schlich mich hinein und machte die Tür lautlos hinter mir zu.

Emil lag zusammengeringelt auf seinem Bett, mein Paulinchen im Arm, und schlief fest. Sein nackter Oberkörper war muskulöser, als ich mir vorgestellt hatte. Er sah wunderschön aus in der Morgendämmerung. Viel schöner als dieser unsägliche Brett Pitt, den alle als Traummann angaben. Noch nie hatte ich einen Gedanken darauf verschwendet, wie mein Au-pair-Junge wohl unter seinen T-Shirts und Jeans aussehen würde. Noch nie hatte ich überhaupt irgend etwas über ihn gedacht, als daß er ein netter, bescheidener und gut erzogener Junge war.

Verrückt, Alte, spinn nicht rum, wende deinen Blick von diesem Kandidaten, schnapp dir dein Baby und schleich di. Ich bitte um die Wand.

Nein. Gegenüber in meinem Zimmer stinkt's und ist's kalt und laut. Und eine Spinne harret meiner und eine fette Stubenfliege auch.

Ich klaubte mir mein Kind vorsichtig aus Emils Umarmung.

Er öffnete nur kurz die Augen, sah mich schlaftrunken an und schlief sofort weiter.

Ich wischte ein paar Klamotten von dem einzigen Stuhl, der in Emils Zimmer stand, setzte mich darauf und legte mein

Paulinchen an. Tief beruhigt und in der plötzlichen Gewiß-
heit, daß alles gut werden würde, schloß ich die Augen und
genoß das Einschießen der Mutterglückhormone.

Ich strich über das winzige, schlafwarme Köpfchen, über
die drei seidenweichen Härchen, die noch kein trendy Hornklämmerchen brauchten, und steckte meine Nase in das Bündel Babylein. Ich streichelte die kleinen nackten Füßchen, die
sich reflexartig nach innen wölbten. So winzige, winzige Füßchen! Ohne jede Hornhaut, so glatt und so weich!

Und da kamen mir plötzlich die Tränen. Stillende Mütter
heulen manchmal, das ist völlick normal. Ich ließ es zu, daß
ich heulte, obwohl ich mich schämte, und ich schielte durch
die Schlieren vor meinen Augen auf Emil. Nichts wäre pein-
licher, als wenn er jetzt erwachte und die hysterische Alte im
Stillnachthemd auf seinem Höckerchen beim Heulen er-
wischte. Aber Emil schlief tief. Völlig lautlos. Wie eine griechische Statue. Im Museum würden die Leute Schlange stehen, um so etwas zu sehen.

Ich kostete jede Minute aus, bis mein Töchterlein satt war,
satt und müde und schlafwarm und schwer an meiner Brust,
und ich ließ es liegen, als es schon lange nicht mehr trank. Ich
wollte den ganzen Tag so sitzen bleiben, hier in der engen
Bude. Aber ich gab mir einen Ruck, steckte das Menschlein
wieder in die Armbeuge von Emil, zwang mich, ihm nicht
beiläufig über den Arm zu streichen, riß mich von diesem ver-
zaubernden Anblick los und schlich zurück in meine Kam-
mer.

In der kühlen herbstlichen Morgenluft beleuchtete eine
schrägstehende Sonne die wenigen braunblättrigen Bäume,
die auf dem Weg zum Studio standen.

Die Schranke ging automatisch hoch, als ich neben meinem
häßlichen Ebenbild auf der Hauswand das Gelände betrat. Na
bitte. Wenn das kein Symbol für mein Leben ist. Alle Türen
öffnen sich. Ich strahlte und grüßte und winkte und beeindruckte alle Mitarbeiter damit, daß ich mir ihre Namen ge-

merkt hatte. Als wenn das wichtig wär, dachte ich. Kein Mensch unter den fünf bis sieben Millionen Zuschauern wird lobend erwähnen, daß die peplose Moderatorin mit dem Nickihalstüchlein sich aber wenigstens die Namen der Mitarbeiter gemerkt hatte. Trotzdem. Es war wie ein Zwang. Das Gehirn speicherte die Dinge, die nicht öffentlichkeitswirksam waren.

Silvia stürzte als erstes herbei und vermeldete, ein Fax sei gekommen, und zwar von der Schule von meinem Sohn, es sei das Protokoll des Elternabends, ob sie es mir bringen solle oder ob ich's später lesen wolle oder ob sie es ins Hotel faxen solle?

Nein danke, Silvia. Ist scho alles rrecht.

Im Rennen überflog ich das Protokoll. Es war wie immer nichts Weltbewegendes passiert.

Emil bezog in seinem Zimmerlein neben meiner Garderobe Stellung. Er packte seinen Krimi aus dem Kinderwagennetz und wartete. Paulinchen schlief. Ich verabschiedete mich von beiden mit einem kleinen Küßchen. Ob Emil wußte, daß ich ihn heute in der Morgendämmerung beim Schlafen beobachtet hatte?

Rolf und Maik saßen bereits in meiner Garderobe und tranken Kaffee. Auf dem Tisch stand eine Riesenschale mit »Wört-Flört-Törts«, aber auch frisches Obst und ein paar frische Breetzn. Sie dufteten betörend, aber ich schwor mir, nichts von allem anzurühren.

Heute morgen im Dorfhotel Willaschek hatte ich vergeblich versucht, einen frischen Obstsalat zu bestellen. Was nach einer halben Stunde von einem ältlichen Fräulein mit Flecken auf dem Kittel serviert wurde, waren eingelegte Aprikosen aus der Tiefkühltruhe, die vor Kälte dampften. Ich verweigerte alles. Auch die abgepackten Leberwurstdöschen und Braunschweiger Schmierwurstenden konnten mich nicht reizen. Na egal. Ich war ja nicht zum Vergnügen hier.

»Hallo, guten Morgen, na, gut geschlafen, alles im grünen Bereich?«

Klaro-klaro-klaro. Küßchen und huch is aber kalt und gestern ist's noch spät geworden und nachher tauten die alle auf und tanzten auf dem Tisch. Einer hat noch 'n Striptease gemacht und auf sächsisch »suubrr, suubrr« gebrüllt. Voll die Post ist da noch abgegangen. Bis morgens um sechs. Und die Mädels ham gekreischt und getanzt, und wer dann mit wem ins Bett gegangen ist, das kann man gar nicht mehr genau rekonstruieren. Jedenfalls war die Oda-Gesine Malzahn noch lange dabei und hat Schweinshaxn und Weißwürscht gegessen und hat versucht, diesen Herrn Bönninghausen aufzuheitern, der erst nach dem fünften Weizenbier ein Auge für die Dschanett hatte, dann aber auch richtig.

»Wer war noch mal Dschanett?«

»Na, die mit dem durchsichtigen grünen Fummel, die mit den Plateausohlen, die Blonde mit dem hochtoupierten Hinterkopf, die mit den langen braunen Fingernägeln und dem Piercing in der Nase.«

»Und was hat die noch mal gesagt?« fragte ich.

»Die arbeitet in einem Sonnenstudio, und in ihrer Freizeit geht sie Klamotten kaufen, und ihr Traummann ist Brett Pitt.«

»Ach die«, sagte ich.

Ich erinnerte mich nicht mehr im geringsten an Dschanett. Und die Beschreibung paßte auf alle. Und Herr Bönninghausen hatte auch bei wohlwollendem Betrachten recht wenig Ähnlichkeit mit Brett Pitt. Aber Hauptsache, Herr Bönninghausen hatte noch seinen Spaß gehabt und mußte heute nicht immer den Kopf schütteln.

»Sagt mal, Leute«, sagte ich, »amüsiert sich die Oda-Gesine auch manchmal mit dem jungen Volk? Ich meine, tanzt die auch mal auf dem Tisch, oder sucht die sich einen netten Jüngling aus, oder denkt die immer nur ans Geschäft?«

»Die lebt nicht mehr wirklich«, sagte Rolf.

»Die denkt immer nur an das Eine«, spöttelte Kim. »Einschaltquote, Marktanteil, Sponsor, Öffentlichkeitsarbeit, diagonale Werbung ... das ist ihr Lebensinhalt.«

»Gestern hatte sie einen Tiefkühlmenschen an Land gezogen«, sagte Rolf. »Der Bönninghausen will ›Wört-Flört-Tört‹ jetzt auch noch als Eis am Stiel! Sie überlegen noch, wie sie es nennen sollen … Longlümmel war der Arbeitstitel!«

»Na, bei so vielen kreativen Autoren wird das ja wohl kein Problem sein!«

»Oh, das ist harte Arbeit! Dafür brauchen wir mehrere Sitzungen! So was kann man nicht mal eben zwischen Tür und Angel machen …«

»Da darf man nicht hingehen und rumschlampen!«

»Da geht's um Millionen!«

In dem Moment polterte die Tür auf, und Oda-Gesine kam mitsamt Herrn Bönninghausen und einigen weiteren Herrschaften aus dem Marketingbereich in den engen Raum gequollen.

»Darf ich vorstellen? Die Damen und Herren sind von der Firma ›Cool 'n fresh‹, sehr aufgeschlossen und interessiert am ultimativen Schokolutscherlümmel, und das ist unsere neue Moderatorin, Karla Stein.«

Sie begrüßte mich mit Küßchen rechts, Küßchen links – sie roch sehr intensiv nach Nougat –, und sie wies Herrn Bönninghausen, der mich immerhin schlee lächelnd mit feuchtem Händedruck begrüßte, ihren Lieblingssessel zu und den anderen Herrschaften das Sofa, und dann winkte sie Kim, sie möge das erste Video einlegen.

»Heute machen wir doppeltes Tempo«, sagte sie munter.

Wir kniepten wieder alle mit den Augen gegen das helle Fenster. Die Spätsommersonne stand schon schräg. Ich wollte wandern, mit meinem Baby im Kinderwagen, weit, weit wandern, über trockene hellbraune Blätter auf weichem Waldboden, über Kastanien, Eicheln und feuchtes Moos und die würzige Luft einatmen. Aber der erste nichtssagende Knabe aus einer anderen Welt, aus einer Plastikwelt, in die ich nicht gehörte, erschien schon wieder auf dem Bildschirm und stammelte seinen Namen und was er in seiner Freizeit mache und wer seine Traumfrau sei.

Ich versuchte mir alles zu merken, Namen und Gesichter und Vorlieben wie Nasenflügel-Piercen und Mucki-Bude und Beach-Volleyball-Spielen und nachts in die Disco und Heftchen aufreißen und andere wichtige Aktionen, aber ich konnte mich einfach nicht konzentrieren.

Endlich, endlich waren wir wieder zu Hause, Paulinchen, Emil und ich. Senta packte ihre Sachen und versicherte, alles sei wunderbar gelaufen. Ich atmete tief durch, umarmte sie von Herzen und winkte ihr nach, als sie mit ihrem Kleinwagen fröhlich hupend davonsauste.

Der Alltag hatte uns wieder.

Während ich mit Karl und Oskar am großen Küchentisch saß und die Hausaufgaben überwachte, spielte Emil mit Katinkalein auf dem Teppich mit Bauklötzen. Paulinchen lag in ihrem Laufställchen und beobachtete das familiäre Treiben. Es war alles so, als wären wir eine ganz normale Familie. Erst jetzt wußte ich das alles zu schätzen. Erst jetzt merkte ich, wie kostbar das war.

Später fuhren wir alle in den Supermarkt. Emil war aufmerksam, schweigsam und flink. Er schob den Kinderwagen mit Paulinchen, während ich den Einkaufswagen belud, in dem Katinka thronte. Er schleppte Milchpaletten und Flaschenkästen, er half den Jungen dabei, Obst und Gemüse abzuwiegen, er stand Schlange an der Fleischtheke, während ich die Babyutensilien zusammensuchte. An der Kasse lud Emil alles in die Kisten, die wir mitgebracht hatten, und trug sie ins Auto, bevor ich überhaupt bezahlt hatte. Ich ließ ihn immer öfter den Kleinbus fahren, denn ich hatte volles Vertrauen zu ihm.

Wir hörten »die Prinzen« oder »die Blackfööss« oder »die Backstreet Boys« und sangen immer laut mit. Längst hatten meine faulen Longlümmels Emil als ihren Freund und großen Bruder akzeptiert. Und Emil fühlte sich ausgesprochen wohl bei uns, das war ihm anzumerken. Ich glaubte aber, daß ihn trotzdem irgend etwas bedrückte. Doch immer wenn ich ihn fragte, ob es etwas gebe, was er mir sagen wolle, erwiderte er höflich: »No, Mam.«

Während die Kinder beim Tennis- oder Hockeytraining waren, wanderten Emil und ich mit Kinderwagen und Buggy durch den herbstlichen Stadtwald. Ich liebte es, mit großen Schritten auszuschreiten. Und Emil anscheinend auch. Wir redeten nicht viel. Emil war kein Schwätzer. Ich mochte ihn nicht ausfragen. Wir plauderten über die Kinder, unseren Alltag, wir stimmten Termine ab und schmiedeten unsere kleinen Pläne für die nächsten Tage. Wenn ich irgendwo stillen wollte, setzte ich mich auf eine Bank oder einen Baumstamm. Emil reichte mir fürsorglich das Paulinchen und spielte mit Katinka mit Hölzchen, Steinchen und Stöckchen, bis ich fertig war. Wenn Katinkalein nicht mehr in ihrem Buggy sitzen wollte, nahm Emil sie auf die Schultern und trug sie kilometerlang nach Hause.

Wir holten die Großen vom Tennis oder Hockey ab, und Emil spielte auf dem Rückweg mit ihnen Fußball. Es war, als hätten wir schon immer zusammengehört. Unsere Arbeitsaufteilung war unspektakulär. Unser kleines bürgerliches Leben lief völlig ohne Höhe- und Tiefpunkte ab. Wenn Senta abends babysittete, schleppte ich Emil in die Oper. Ich wollte, daß der Bengel wenigstens etwas deutsche Kultur mit nach Hause nehmen würde. Wir gingen in »Tosca« und in »La Bohème«. Ich erklärte ihm die Handlung, so gut ich konnte. Tatsächlich schien Emil sich für meine heißgeliebte Musik zu begeistern. So traute ich mich sogar, mit ihm zu einem Liederabend zu gehen. Wir hörten einen hochbegabten Bariton »Die Winterreise« von Schubert und »Die Dichterliebe« von Schumann singen. Auch hier versuchte ich Emil die Texte zu vermitteln. Ihm schien das alles tatsächlich zu gefallen. Über »Wört-Flört« redeten wir nicht viel. Die Kinder interessierte es nicht, und wir beide wußten ja schon alles darüber.

Die Herbstsonne stand schon schräg. Jeder Tag war eine kleine Kostbarkeit.

»O Mama, in Biologie ist es voll bescheuert!« Mein armer Karl schlurfte gefrustet mit seiner Schultasche herein. »Und morgen schreiben wir über diesen ganzen Scheiß einen Test!«

»Laß sehen«, sagte ich, »Biologie ist doch mega-interessant! Wetten, daß dir der Stoff in spätestens einer halben Stunde Spaß macht?«

Mein Großer schleuderte mir lustlos das Bio-Buch entgegen. Darauf war ein putziges Meerschweinchen abgebildet, das gerade gar lieblich ein Nüßlein knabberte. Ich stellte mich schon mal auf Bienchen und Käferchen ein, da fledderte mir aus dem Bio-Buch ein Arbeitsblatt entgegen. »Von der ruhenden Eizelle zum Follikelsprung« lautete die Überschrift. Und aufgemalt waren verschiedene weibliche innere Organe.

Ich räusperte mich. »Junge, willst du nicht erst mal was essen?«

»Spinnst du, Mama? Über diesem unappetitlichen Bild?!«

»Du mußt ja nicht hinsehen.«

Ich überflog den Beitrag: »... während der Eireifung ... Gebärmutterschleimhaut gewachsen ... Menstruationskalender führen ... mit Binden oder Tampons ...« Und daneben konnte man Tampons in allen Größen besichtigen. Danke, das genügte mir.

Wann schrieb der Junge den Bio-Test? Morgen?! Eigentlich war mir heute so gar nicht nach diesem Thema. Von wegen, der Stoff macht dir in einer halben Stunde Spaß. Voll gelogen, Mama. Der Stoff machte eigentlich nie Spaß. Uns Mädels schon mal per se nicht, weder wenn man elf war noch mit fast vierzig, ehrlich. Und den Jungs war das in dem Alter verdammt noch mal peinlich.

Während mein Elfjähriger erwartungsvoll eine Riesenportion Knusper-Müsli verdrückte, überlegte ich, was denn nun pädagogisch wertvoll sei. Früher hatte man von Bienchen und Schmetterlingen erzählt. Das ging ja irgendwie an der Realität vorbei. Aber mußte es denn jetzt so hammerhart sein? »Beim Geschlechtsverkehr gelangen viele Millionen Spermien in die Scheide. Diesen Vorgang nennt man Begattung.«

Ich klappte das Buch zu. »Ach, Junge«, seufzte ich, »zeig mir erst mal deine anderen Hausaufgaben.« Ich besichtigte die Religionsaufgabe (Aufbau der Eucharistiefeier), den Deutschaufsatz (Die Vorteile, ein Einzelkind zu sein) und die Mathearbeit (Rechnen bis 100000). Dann saßen wir wieder auf unserem Eisprung, mein Sohn und ich.

»O Mama, das ist echt voll unappetitlich«, argumentierte der Junge.

Okay. Wir klappten das Bio-Buch zu. Das war einfach noch nichts für das zartbesaitete Kind.

Der sensible Junge zog sich mit einem Schmöker in die Ecke zurück.

»Was liest du denn da?« fragte ich interessiert.

»Das Leben der Samurai.«

Gemeinsam studierten wir die schaurig-schönen Bilder von wildem Mannestum.

»Mama, da siehst du, wie ein Samurai-Ritter sich selbst den Bauch aufschlitzt! Und hier, Mama, da hauen sie einem mit dem Schwert den Kopf ab!« Karl kaute begeistert Knusper-Müsli.

»Und das findest du nicht unappetitlich?« fragte ich entgeistert.

»Nee, Mama, das macht voll Spaß!«

Ich mußte mich schwer überwinden. Aber dann holte ich das Bio-Buch aus dem Ranzen und schlug es auf. »Die Spermien bewegen sich mit Hilfe ihres Schwanzfadens auf das Ei zu. Diesen Vorgang nennt man Befruchtung«, sagte ich. »Los. Stell das Müsli weg und konzentrier dich. Spätestens in einer halben Stunde macht dir der Stoff Spaß!«

»Mama, wieso mußt du morgen schon wieder weg?«

Die Kinder und ich lagen Arm in Arm in Jogginghosen und dicken Socken auf meinem großen Bett und lasen im Schein der Nachttischlampe die Geschichten von Bullerbü. Wir liebten diese Geschichten, gaben sie doch Zeugnis von Geborgenheit, von heiler Welt und unbeschwerter Kindheit. Katinka kuschelte sich in meine Armbeuge. Mit der freien Hand kraulte ich Oskar die borstigen Nackenhaare. Karl hatte seinen Kopf auf meinen Schoß gelegt. Er war zwar schon elf und fand Bullerbü voll bescheuert, aber er ließ es sich nicht nehmen, bei unserem abendlichen Kuschelstündchen dabeizusein. Emil hatte sich mit Paulinchen im Arm bescheiden auf dem Fußboden niedergelassen. Es war unglaublich gemütlich, ich wollte die Uhr anhalten und nie, nie wieder etwas anderes tun, als hier in dicken Socken herumzuliegen und die Zahnpastamäulchen meiner Kinder zu riechen und von Bullerbü vorzulesen.

Emil mochte wieder mal nicht in die Disco gehen, obwohl ich es ihm ausdrücklich erlaubt hatte. Nein, Emil wollte auf dem Fußboden im Schlafzimmer sitzen und sich die Bullerbü-Geschichten anhören.

»Mama! Ich hab dich was gefrahagt! Warum müßt ihr schon wieder weheg?!«

»Weil wir beim Bundespräsidenten eingeladen sind.« Ich strich dem erhitzten Oskarlein über die noch feuchten Haare.

»Wie? Der Emil und du?«

»Nein. Der Paul Stein und ich.«

»Dann kann der Emil ja hierbleiben.«

»Und wer soll sich um das Paulinchen kümmern?«

»Na, der Paul Stein! Der hat es ja schließlich gezeugt!« muffelte Karl sauer.

Wir lebten in Scheidung, Paul und ich.

Paul Stein, mein Exmann, hatte zwar alle vier Kinder gezeugt, aber er hatte Wichtigeres zu tun, als sich um sie zu kümmern. Er bekam das Bundesverdienstkreuz. Erwähnte ich schon, daß er ein berühmter Dirigent war, der auch eine eigene Fernsehsendung hatte? Sie hieß »Vorsicht Kultur« und hatte eine Einschaltquote von knapp einer Million. Paul leitete ein internationales Jugendorchester namens »Brücke der Töne«. Er war nach unserer Trennung genausoviel unterwegs wie vorher. Für die Kinder hatte sich nichts geändert. Wir vermißten ihn nicht besonders. Erst recht nicht mehr, seit wir

Emil hatten. Nun war endlich jemand für kaputte Fahrräder, unaufgepumpte Fußbälle, verheddert Tischtennisnetze und aufs Dach geschossene Federbälle zuständig.

Aber zurück zu Paul Stein. Die einschaltquoten-orientierte Oda-Gesine hatte sofort veranlaßt, daß ich auch zum Bundespräsidenten eingeladen wurde. Weil ich nicht gerade bundesverdienstkreuzverdächtig war mit meiner Jugend-Kult-Sendung, sollte ich praktischerweise bei der Präsidentengattin Christiane kochen.

»Wieso mußt du beim Bundespräsidenten kochen, Mama?«

»Bei ihm kochen die Prominenten.«

»Du kannst doch gar nicht kochen.«

»Nein. Aber das ist in dem Zusammenhang nicht wichtig.«

»Du lügst also den Bundespräsidenten an, ja?!«

»Nein, wenn man prominent ist, ist das nicht lügen, sondern ›Cross promotion‹.«

»Prominent sein ist Scheiße.«

»Sag dem Bundespräsidenten doch, er soll ins Restaurant gehen, wenn er was zu essen haben will!« maulte Karl.

»Oder er soll zu uns kommen!« rief Oskar. »Dann zeigen wir dem die Mausefallen in der Garage!«

Die Kinder hatten geniale Mausefallen gebastelt. Aus Tennisschlägern und Hockeyschlägern und einem Nudelholz. Auf jedem Teil lag ein Stück Käse. Diese unauffälligen Gerätschaften waren durch viele dicke Seile miteinander verbunden. Wenn also eine Maus auf dem Tennisschläger Käse essen wollte, kriegte sie unweigerlich das Nudelholz ins Kreuz. Ich war so beeindruckt, daß ich beschloß, die Tennisschläger, das Nudelholz und den Käse mit ins Dorfhotel Willaschek zu nehmen. Für meine Stubenfliege.

»Ich zeige dem bunten Präsidenten meine neue Kinderklobrille!« rief Katinkalein erfreut. Sie liebte es, wenn wir Besuch bekamen.

»Das interessiert den sicher brennend«, sagte ich. »Aber ich fürchte, dafür hat der keine Zeit.«

Emil und ich wechselten einen Blick.

»Aber du hast Zeit für ihn, ja? Für jeden Bundespräsidenten hast du Zeit, nur nicht für deine Kinder.« Die Großen wußten ganz genau, daß sie mich mit diesem Vorwurf bis ins Mark treffen konnten.

»Erstens bin ich seit zehn Tagen daheim und kümmere mich ausschließlich um euch. Und zweitens ist das wichtig für ›Wört-Flört‹, daß ich zum Bundespräsidenten kochen gehe.«

»Soll doch der Papa zu dem Bundespräsidenten kochen gehen! Der braucht doch viel mehr Einschaltquoten als du!«

»Der Papa kriegt das Bundesverdienstkreuz.«

»Kann der Bundespräsident das Kreuzzeichen nicht in ein Paket tun und dem Papa schicken?«

»Genau! Warum packst du das Essen nicht in ein Paket und schickst es dem Bundespräsidenten, hä? Kannst du mir das mal sagen?«

»Weil die Leute im Fernsehen das ja sehen sollen, daß der Papa das Bundesverdienstkreuz kriegt und daß ich koche.«

»Waru-hum?«

»Weil die Spaß daran haben.«

»Wir hätten auch mal Spaß daran, zu sehen, wie du kochst«, sagte Karl sauer.

Ich schickte ihm einen erschrockenen Blick. Machos Erwachen?! Und das bei MEINER Erziehung? Frau Prieß würde jetzt sofort aufspringen und ihm was kochen, mit dem Argument, sie müsse sich bewegen.

»Ich finde, wir sollten noch ein Kapitel aus Bullerbü lesen«, schlug ich vor.

»Übersprungshandlung«, sagte Karl kalt.

Emil und ich wechselten noch einen Blick.

»Wo waren wir stehengeblieben?« fragte ich und schlug das Buch auf.

Der Fahrer vom Bundespräsidenten, der uns am Berliner Flughafen abholte, hatte einen Babysitz im Auto. Unglaublich. Wie aufmerksam sie alle waren. Diesmal war allerdings keine Melanie dabei. Ich fand das nicht weiter bedauernswert.

Emil klappte zum hundertsten Male den Kinderwagen zusammen und verstaute die Habseligkeiten von Paulinchen im Kofferraum des Mercedes. Paul kam mit einer anderen Maschine an, aber der Fahrer hatte Order, auf ihn zu warten.

Emil und ich stiegen also mit dem Paulinchen hinten ein. Wir schnallten es gemeinsam an und friemelten an den fremden Gurten herum.

»Da, halt mal, hast du's?«

»Jou!«

»Jetzt strammziehen. Vorsicht, nicht zu eng.«

»Der Verschluß ist auf deiner Seite.«

»Wo? Ach hier, warte mal, ich komm nicht dran …«

Emil griff zu mir rüber. »Ach, sorry.«

»O bitte, macht nichts.« Ich räusperte mich.

Komisch. Da war doch nichts dabei, daß er seine Hand aus Versehen auf meine Hand gelegt hatte. Wie oft hatten wir uns schon aus Versehen berührt. Wenn man gemeinsam ein Baby anschnallt oder abschnallt oder es anzieht oder auszieht oder in ein Handtuch wickelt oder in den Wagen legt oder mit dem Speituch ein Bäuerchen abwischt oder mit dem Öltuch die Kacke vom Ärschlein kratzt – wir hatten uns schon sehr oft berührt. Aber noch nie so wie jetzt. Noch nie mit einem elektrischen Funken.

Meine Güte. Und das jetzt. Auf dem Weg zum Bundespräsidenten. Und just in diesem Moment, als mein eigener Exmann telefonierend aus der Halle hetzte.

Ich zog die Hand weg. Wie elektrisiert. Als hätte ich auf eine Herdplatte gefaßt.

Der Fahrer, der rauchend neben dem Auto gestanden hatte, hielt das Schild »Präsidialamt« hoch. Paul entdeckte ihn und riß den Wagenschlag auf.

»Hallo, Karla. Lange nicht gesehen!«

»Hallo, Paul. Gut siehst du aus. Das hier ist Emil aus Südafrika.«

»Oh. Spielen Sie ein Instrument?«

»Nein.«

»Schade, sonst hätte ich Sie gut brauchen können für mein Orchester. Hat Karla Ihnen erzählt, daß ich ein internationales Jugendorchester leite?«

»Jou.«

»Einen Musiker aus Südafrika haben wir noch nicht.«

»Hm.«

»Na, gesprächig ist der ja gerade nicht. Wie geht's den Kinderchen?«

»Danke, gut.«

»Was macht deine neue Sendung?«

»Alles super. Ja, wirklich. Fünf bis sieben Millionen Einschaltquote.«

»Deine Entscheidung.« Paul krabbelte Paulinchen etwas am Halsspeck, dann warf er sich in seinem Sitz in Position und schnallte sich an.

»Das Orchester sitzt im Bus hinter uns«, sagte er zu dem Fahrer. »Bitte fahren Sie vor dem Bus her.«

Ich hatte ein furchtbar angenehmes Kribbeln im Bauch. Und zwar nicht wegen Paul. Auch nicht, weil ich vor ihm mit meiner Einschaltquote geprotzt hatte. Nein. Wegen Emil. Karla, wirst du denn nie erwachsen? Wie kannst du denn jetzt, kurz vor deinem vierzigsten Geburtstag, im Beisein deines Exgatten und in demütiger Erwartung von dessen Bundesverdienstkreuz, ein Kribbeln im Bauch haben, nur weil ein pickeliger Knabe aus Versehen deine Hand berührt hat?! Andere Gattinnen haben ein Kribbeln im Bauch, weil ihre Männer das Bundesverdienstkreuz kriegen! Boh, Mama, ey! Kann man dich denn nie allein lassen?!

Wir fuhren über die Stadtautobahn durch Berlin und am Kreisverkehr mit der goldenen Siegessäule vorbei, und dann waren wir da. Es ging über einen breiten Kiesweg bis direkt vor das Schloß Bellevue. Mehrere bewaffnete Uniformierte standen an verschiedenen Wachhäuschen. Sie lugten in unseren Wagen, erkannten anscheinend trotz der abgedunkelten Scheiben, daß wir nichts Böses im Schilde führten, und ließen uns passieren.

Natürlich kannte ich den Regierungs- und Wohnsitz des Bundespräsidenten. Aus dem Fernsehen, von Bildern, aus der Zeitung, von so mancher Stadtrundfahrt. Und natürlich von Hape Kerkeling, der als Königin Beatrix verkleidet »schön lecker Mittag essen« wollte. Jetzt würden wir selber schön lecker Mittag essen! Und niemand würde uns verscheuchen oder mit einem Knirps auf uns einschlagen. Wir waren persönlich geladene Gäste! Nicht irgendwelche Touristen, die interessiert nicken, wenn der Reiseführer ins Mikrofon des Busses spricht: »Der Bundespräsident ist anwesend. Das sieht man daran, daß die Fahne auf dem Dach gehißt ist.«

Nein. Der Bundespräsident ist anwesend. Das sieht man daran, daß uns sein Mercedes der S-Klasse bis vor seine persönliche Haustür fährt. Und daran, daß die livrierten Burschen mit dem Zylinder auf dem Kopf uns den Schlag aufreißen. Und daran, daß ein roter Teppich uns über den Kiesweg ins Innere des Hauses führt. Und daran, daß zwei dieser livrierten Burschen herbeispringen, um Emil beim Aufklappen des nicht mehr ganz sauberen buntgestreiften Kinderwagens zu helfen.

Ich trug das schwarz-weiß karierte Kostüm Größe vierundvierzig von Senta, das ihr so gut stand und mir so überhaupt nicht. Aber in meine eigenen Sachen paßte ich nach wie vor kein bißchen rein. Dabei hätte ich so gern mein weinrotes Kostüm angezogen, das enge mit dem kurzen Rock, oder wenigstens den schwarzen Hosenanzug mit dem Samtbesatz! Aber daran war nicht zu denken. Tröstlich zu wissen, daß es den Herrn Bundespräsidenten nicht für fünf Pfennige interessierte, ob ich Übergewicht hatte oder was ich in meiner Freizeit machte, wer mein Traummann war und ob das Halstuch mit den vielen goldenen Schnallen drauf von meiner Schwester Senta war oder aus dem Kostümfundus von DER SENDER.

Es interessierte ihn vermutlich auch nicht, wer der Kerl mit dem Bartflaum im Gesicht, mit den kinnlangen Haaren, in verwaschenen Jeans und verblichenem Sweatshirt mit der

Schirmkappe auf dem Kopf war, der einen bunten Kinderwagen über den geharkten Kiesweg schob.

Viele Menschen hatten sich in den Saal geschart. Alle waren hochelegant gekleidet und feierlich gestimmt. Hier und da wurde dezent gesprochen oder gar gelacht. Einige Kellner reichten Champagner aus langstieligen Gläsern. Ich betrachtete andächtig den schönen Saal, die Gemälde, die geschwungenen Treppen, die Nischen und Spiegel, die gläsernen Kronleuchter, das feine Porzellan auf dem Büfett. Die Gattin des Bundespräsidenten erschien. Sie hatte ein dunkelblaues Kostüm an, das meinem in Schnitt und Form sehr ähnelte, und trug eine weißgestärkte Rüschenschürze.

Paul warf mir einen Blick zu. so hat eine Ehefrau an der Seite ihres Gatten zu stehen! Ich blickte trotzig weg. Mehrere aufgeregte Redaktionsmitglieder der Sendung »Stilvoll kochen mit Christiane« standen um sie herum. Man führte mich und Emil und Paulinchen in die Küche der Herzogin, und dann bekam ich auch eine Schürze umgebunden, sosehr ich auch versicherte, daß ich nicht kochen könne!

»Ach, das macht doch nichts«, lachte die Präsidentengattin gütig, »wir wollen doch nur ein bißchen plaudern!«

Der andere prominente Mitkocher, der in die herzögliche Küche geladen war, war der berühmte Geiger mit dem Frack, den so viele Schwiegermuttis lieben und dessen Orchester ausschließlich aus vollbusigen Damen in Rokokokleidern besteht. Ich wußte, daß Paul diesen gelackten Walzergeiger, wie er sich auszudrücken beliebte, nicht im mindesten schätzte, weder künstlerisch noch menschlich, aber das sollte nicht mein Problem sein. Hier ging es um Quote und Marktanteile, um Zuschauerbindung und Cross promotion.

Während Emil schüchtern mit dem verwirrt um sich blickenden Paulinchen in einer Ecke der Küche stand, bereitete die aufgeschlossene Präsidentengattin heiter Pfannkuchen mit Speck zu, und die Redaktionsmitglieder hielten Neger hoch, auf denen stand: »Zwiebelringe dünsten« und »Mit Speckschwarte Pfanne ausreiben« und »Ei mit Pfeffer schaumig schlagen«. Ich überlegte, ob Frau Präsidentin das SAGEN oder TUN sollte, aber sie war sehr gelassen und voll in ihrem Element, und während sie mich aufforderte, Orangenschalen in winzig kleine Fitzchen zu schneiden, plauderte sie mit dem Geiger im Frack über Johann Strauß. Emil stand in einem Winkel und schaute zu. Was ging bloß hinter seiner Stirn vor? Wie fand der wohl seinen Job in Deutschland? Ob er sich das alles so vorgestellt hatte?

Ich hackte und fitzelte Orangenschalen, bis es kleiner nicht mehr ging, und guckte zwischendurch heimlich auf Emil mit Paulinchen. Wenn sich unsere Blicke trafen, schnippelte ich hastig weiter. Die Kamera konzentrierte sich auf meine Orangenschalenschnipsel, und ich bedauerte, keine geschicktere Orangenschalenschnipplerin zu sein und mir vor dem Orangenschalenschnippeln nicht wenigstens die Nägel lackiert zu haben.

Später, als das Essen fertig und die Sendung »Stilvoll kochen mit Christiane« im Kasten war, bat uns die Präsidentengattin zu einem stilvollen Mittagessen mit Christiane. Schön lecker Mittag essen. Mit Speckpfannekuchen an Orangenschalenmus. Wir wanderten alle andächtig in den Speisesaal des Präsidentenpalastes. Der Walzergeiger band sich die Schürze ab und plauderte unentwegt mit der Präsidentengattin.

Ob Emil wußte, wo er sich befand? Ob Emil ahnte, mit welch hochrangigen Persönlichkeiten er es hier zu tun hatte? Ob Emil das Ganze genoß? Oder womöglich völlig bescheuert fand? Ob er immer noch Sehnsucht nach seiner Mama hatte?

Paulinchen verhielt sich mustergültig. Sie lag in ihrem Wagen und schaute mit großen staunenden Augen zu den Kronleuchtern hinauf. Sie lauschte den Worten des Bundespräsidenten, dem Beifall der Menschen, dem Klang des Orchesters.

Der Bundespräsident sagte, während er Paul das Bundesverdienstkreuz überreichte, dieser Orden sei für außergewöhnliche Leistungen in Zusammenarbeit mit jungen Musikern aus fünfzig Ländern. Paul hätte geschafft, sie alle in einem Welt-Elite-Orchester zusammenzubringen. Christen und Moslems, Juden und Buddhisten. Sie alle spielten unter Pauls Leitung gemeinsam, strichen den gleichen Bogen, atmeten den gleichen Klang. Und reisten um die ganze Welt. Auch dorthin, wo Krieg war. Und spielten Mahlers Auferstehungssinfonie. Das war etwas Großes, Ungewöhnliches. Nicht zu vergleichen mit dieser oberflächlichen Sache, die ich machte, dachte ich beschämt. Auch wenn ich viel mehr damit verdiente als Paul. Und viel, viel höhere Einschaltquoten hatte. Aber mir würde der Bundespräsident für diesen Schwachsinn niemals einen Orden verleihen.

Als die Feierlichkeiten und Reden vorbei waren, wurden wir zu Tisch gebeten. Paul setzte sich charmant plaudernd zu seinen Musikern. Das war auch richtig so. Paul hatte den Ehrgeiz, mit jedem seiner Musiker in dessen Muttersprache wenigstens ein paar Sätze sprechen zu können. Ich bewunderte das alles. Die Gattin des Bundespräsidenten näherte sich ihm, um zu gratulieren. Paul sprang auf, küßte ihr formvollendet die Hand, parlierte fließend, stellte vor, übersetzte, scherzte, plauderte.

Emil und ich standen etwas verloren herum. Emil hatte noch immer seine Schirmkappe auf. Und seinen viel zu dicken, kratzigen Pullover an.

»Na, haben Sie beide noch kein Plätzchen gefunden?«

Der Bundespräsident persönlich! Mir zitterten die Knie. Der Bundespräsident reichte mir die Hand. »Roman Herzog.«

»Karla Stein.« O Gott. Bitte, mach daß er noch nie »Wört-Flört« geguckt hat. Bitte mach, daß er für so was keine Zeit hat. Bitte mach, daß er mich nicht kennt. Bitte mach, daß er Sentas schwarzweißes Kostüm und die silbernen Schnallen auf dem Halstuch nicht sieht.

Er kannte mich nicht. Oder doch?

»Ihre Sendung ›Endlich allein‹ haben meine Frau und ich

immer mit großem Interesse gesehen«, lächelte er vieldeutig. Ich wollte im Boden versinken.

»Ich moderiere sie leider nicht mehr.«

»Bedauerlicherweise; das findet auch meine Frau.«

Peng. Da hatte ich es. Aus dem Munde des Bundespräsidenten. Mir wurde weich in den Knien.

Nun reichte er auch noch Emil die Hand. Nachbarin, euer Fläschchen. Emil! Nimm wenigstens die Schirmkappe ab, Junge! Steh gerade und nimm Haltung an und leg das übel riechende Baby weg, wenn der Bundespräsident dir die Hand gibt! Das hatte noch keiner getan. Dem »Boy« mit der Schirmkappe die Hand gereicht.

»Roman Herzog«, sagte er freundlich. »Ich bin hier der Gastgeber.«

»Emil«, sagte Emil. »Ich bin nur der Babysitter.«

»Er ist aus Südafrika«, sagte ich schnell. Als wenn das entschuldigte, daß er mit Jeans und Turnschuhen und Schirmkappe beim Bundespräsidenten erschienen war!

»Bitte, setzen Sie sich zu mir! Meine Frau ist ja dort hinten beschäftigt!«

Der Bundespräsident nahm mit aller Selbstverständlichkeit Paulinchen von Emils Arm.

»Na, das ist ja der jüngste Gast, den ich seit langem hier im Schloß begrüßen durfte. Ein Er oder eine Sie?«

»Meine und Paul Steins Tochter«, sagte ich und versuchte, nicht zu erröten. »Pauline. Drei Monate alt.«

»Kinder sind doch immer wieder ein Wunder«, sagte der Bundespräsident. Er setzte sich vorsichtig und betrachtete mein Töchterlein voller Güte. »Meine Frau wird mich beneiden, wenn sie mich sieht. Bitte, bedienen Sie sich vom Büfett. Ich sitze hier solange mit Pauline. Wie gut meine Frau kochen kann, weiß ich schon.«

Pauline gähnte den Bundespräsidenten unfein an und ließ ihn ihr Rachenzäpfchen sehen. Aus ihrem zahnlosen Mäulchen kam süßlicher Muttermilchgeruch.

»Äm«, sagte ich und streckte die Hände nach ihr aus.

»Bitte, ich kann sie nehmen«, sagte auch Emil.

»Nein, junger Mann. SIE sehen hungrig aus. Als ich in Ihrem Alter war, hatte ich auch immer Hunger. Probieren Sie die Speckpfannekuchen. Die kennen Sie in Südafrika bestimmt nicht. Meine Frau kann sie ganz göttlich zubereiten!«

»Nein wirklich«, stammelte Emil. »Ich habe keinen Hunger.« Er errötete bis über die Stirn.

Der Bundespräsident reichte mir mein Kind, stand energisch auf, nahm Emil an die Hand und führte ihn zum Büfett. Dort standen schon mehrere Köche hinter silbernen Karaffen und Kelchen bereit, um sofort die Deckel von den Bottichen zu lüften, wenn sich ein Interessent näherte. Betörender Duft schlug uns entgegen.

»Jetzt tut dem Jungen mal 'ne ordentliche Portion auf den Teller«, sagte der Bundespräsident. »Und von den Bubespätzle noch, den handgeschabten, und von dem jungen Gemüse hier, und dann gebt ihm mal das Krosse vom Braten und reichlich Sauce, ja, nun knausert mal nicht so rum. Die feinen Portionen könnt ihr den anderen geben. So. Und einen großen Eisbecher macht ihr unserem Gast aus Südafrika, ja? Was habt ihr zu trinken?«

»Danke, ich habe keinen Durst«, stammelte Emil.

»Doch, der Junge hat Durst«, sagte der Bundespräsident. »Der schleppt den ganzen Tag ein Baby durch die Gegend. Das ist anstrengend.«

Er belud den armen Emil mit Teller und Glas, und dann kümmerte er sich eigenhändig um mich.

»Dann gebt ihr der jungen Mutter noch ein Glas Gänsewein«, sagte der Bundespräsident zu den eifrig dienernden Kellnern. »Viel Wasser, wenig Wein. Die stillt noch. So. Guten Appetit.«

»Guten Appetit, Herr Bundespräsident«, sagte ich heiter.

»Und jetzt geben Sie die Pauline wieder her, sonst können Sie gar nicht in Ruhe essen.« Schon lag Paulinchen wieder an der Bundespräsidentenbrust und pupste gar lieblich vor sich hin.

»Na bitte, Verdauung funktioniert auch«, sagte der Bundespräsident ungerührt. »Worauf warten Sie noch?! Essen Sie!«

»Höchste Autorität«, sagte ich verlegen zu Emil. »Wir sollten tun, was er sagt, sonst ist das Zuwiderhandlung gegenüber der Staatsgewalt.«

»Jou«, sagte Emil, bevor er sich hungrig einen Speckpfannekuchen mit Orangenschalenmus in den Mund stopfte.

Eine Stunde später lümmelten wir zufrieden und satt und ein kleines bißchen beschwipst auf einem Ausflugsdampfer auf der Spree, Paulinchen, Emil und ich.

Wir hatten uns einfach davongemacht. Zuviel der positiven Reizüberflutung. Das mußte erst mal verdaut werden. Vom Bundespräsidenten persönlich gefüttert zu werden!

Unsere Maschine ging erst abends um sieben. Bis dahin waren noch vier wunderbare, herbstlich-sonnige Stunden Zeit!

Wir streckten die Beine von uns – ich hatte mich hastig wieder in meine Gummizughose verstiegen und Sentas Kleinkariertes in einer Tüte auf der Kinderwagenablage verstaut – und ließen uns die wärmende Septembersonne auf den Pelz scheinen. Rechts und links zogen die Häuserfronten von Berlin vorbei.

»Ach wie ist es wun-der-schön«, trällerte eine flache Frauenstimme aus einer alten Grammophonaufnahme durch den blechernen Lautsprecher. »Daß es das noch gibt! Wie im Traum dahinzugehn, glücklich und verliebt!«

Jaja, dehnte ich mich wohlig auf meiner Holzbank, wie wahr, wie wahr! Welch herrlicher Tag! Sing du nur, alte Schabracke, du sprichst mir aus der Seele, und wahrscheinlich sind wir gleich alt. Baujahr elf oder dreizehn, hä?

Emil hatte sich seine coole verspiegelte Sonnenbrille aufgesetzt. Ob er mich ansah, konnte ich nicht erkennen. Wahrscheinlich sah er durch mich hindurch.

Paulinchen lag an meinem Busen und schlief. Dieser Anblick dürfte Emil seit Monaten hinreichend bekannt sein.

Dicke Mutti mit dickem Säugling am dicken Busen. Aber wer's mag …

»Wenn man fragt, was mir gefällt …« Träller, träller. »Dann gesteh ich's ein: Heute der und morgen der, denn Abwechslung muß sein!«

Genau, Mädel. Recht hast du.

Ich sah Emil an. Sah er mich auch an? Die coole Sonnenbrille spiegelte mein Gesicht. Ach je. War ich das?

Emil konnte mich doch unmöglich als weibliches Wesen wahrnehmen! Für den mußte ich doch ein absolutes Neutrum sein! Wie Senta! Oder Frau Langewellpott-Biermann! Oder Oda-Gesine im wallenden Gewande!

»Kann denn Liebe Sün-de sein?«

Nö. Bestimmt nicht. Ich erinnere mich schwach … sehr schwach. Ach, Gott, ja. Was vor Paul alles so war …

»… darf denn niemand wissen, wenn man sich küßt, wenn man einmal alles vergißt … vor Glück …«

»Schauen Sie bitte mal nach links«, sagte der berlinernde Reiseleiter ins Mikrofon. Wir schauten nach links. Beide. Das war auch besser so.

»Det is det Schloß Bellevue, der Sitz des Bundespräsidenten Roman Herzog.«

»Wat Se nich sagen«, gähnte ich lässig.

Die Leute auf dem Dampfer nickten beeindruckt und schauten auf die Fahne und knipsten das Schloß Bellevue.

»WER wohnt da?« schrie ein schwerhöriger Opa seine Oma an.

»Der BUNDESPRÄSIDENT!« schrie die Oma zurück.

»Kennich nich«, sagte der Opa verwirrt.

Emil schaute mich an. »Der Bondesprräsident«, bellte er leise.

Ich kicherte. Grinste er? Diese blöde Brille!

»Der Bundespräsident is anwesend, det sieht man daran, weil die Fahne oben is«, sagte der Spreeschipper.

»Det wissen wa, Mann.« Kinder nein, welch ein Hochgefühl. Da erzählte der UNS, daß der Bundespräsident anwesend

war! Großartig. Wo der uns gerade eigenhändig mit handgeschabten Bubespätzle gefüttert hatte! Während Paulinchen
ihm vor die Hemdbrust pupste!

»Der Bundespräsident ist anwesend, das sieht man daran,
daß ich voll mit speckige Pfannekuche bin«, sagte Emil zufrieden. Damit schob er sich die Schirmkappe über das Gesicht und legte sich zu einem Mittagsschläfchen auf die Bank.

Zu Hause wartete der Alltag auf uns. Es war ein schöner Alltag. Karl lernte gerade Englisch. Eigentlich konnte Emil mit
Karl Englisch üben, aber Karl wollte seine Mama. Und das
verstand ich auch. Seine Englischlehrerin, Frau Langewellpott-Biermann, weigerte sich, mit den armen pubertierenden
Elfjährigen auch nur ein Wort Deutsch zu sprechen! Und so
quälte sich mein Ältester voller Unverständnis mit irgendwel-
chen Mistern und Misses herum, die Griffith hießen und
Winterbottom und deren house dirty war und deren store
auch dirty war, und es war ihm anzumerken, er haßte dieses
ganze Gesindel aus der London-Road, diese Kevins und
Ronnys in ihren albernen School-Uniformen, mit denen er
nichts gemein hatte. Im ganzen Buch aß niemand eine Lakritzschnecke! Ja, was gingen ihn diese Leute an! The dirty
van von Mr. Grey, wo Jerry immer entweder on oder under
war, der nutzlose Bengel, den haßte Karl besonders. Immer
wieder ermunterte ich mein sprechfaules Kind, den dirty van
doch mal zu cleanen, mit brush und sponge. Eimerweise
schleppten wir water an, Kevin und Ronny und ich, aber das
interessierte meinen Sohn nicht im geringsten. Alle bescheuert, und keiner spricht deutsch.

Frau Langewellpott-Biermann – Verzeihung, MISSES Langewellpott-Biermann – verlangte, daß mein Sohn beschrieb,
wo Jerry sich aufhielt, entweder ON oder IN oder UNDER the
van, und nicht nur das! Zuerst sollte Karl die Frage stellen, ob
denn Jerry under the van sei, und dann sollte er zur Antwort
geben: »No, he isn't. He is ON the van.« Oder: »No, they
aren't. They are IN the store.«

Dann übten wir Deutsch. Auch das war nicht meines Knaben Leidenschaft. Karl sollte einen Aufsatz schreiben über das Thema »Vor- und Nachteile, ein Einzelkind zu sein«.

Er schrieb:

»Die Voteile ein Elzelkind zu sein sind zum einen das der Burder oder die Schweter nicht sören wenn mann in ruhe Lakrizschneken essen will un geägat wird man auch nich. Taschengeld kriegt man mehr, da die Muter es nich aufteilen muss man muss seine Sachen auch nich teilen man kriegt mehr weil die Eltern nich teilen müssen man muß auch sein zimmer nich teiln die muter und Frau Prieß kümmern sich nur um mich un machen mir Follkorntooß und ich daaf fernsehn kuckn was ich will. Die Nachteile sin man hat Langeweile un muß alleine spielen.«

»Karl«, sagte ich besorgt. »Das wimmelt von Fehlern!«

»Na und, Mama! Das ist egal, hat Frau Grausamer gesagt!«

Die Deutschlehrerin hatte keinen Doppelnamen. Schade. Grausamer hätte man doch noch steigern können!

»Aber das ist ein Deutschaufsatz! Da kommt es doch auf die Rechtschreibung an!«

»Nein! Wir DÜRFEN nicht auf die Rechtschreibung achten, hat Frau Grausamer gesagt! NUR auf den AUFSATZ!«

Na gut, dachte ich. Ich misch mich da nicht ein.

»Und was hast du in Mathe auf?«

»Och, Mann, ey!«

Karl knallte mir sauer sein Mathebuch auf den Tisch.

Ich blätterte. Da stand: »Das längste Blaskonzert der Welt dauerte 103 Stunden. Der Rekord im Dauerduschen liegt bei 360 Stunden. Der Weltmeister im Dauersprechen hat 260 Stunden lang ununterbrochen geredet. Der Weltrekord im Rückwärtsfahren liegt bei 308 Minuten.«

Das alles würde meinem Karl nie passieren, dachte ich. Noch nicht mal, wenn man die Stunden auf sein ganzes Leben verteilte.

»Na?« munterte ich mein lernunwilliges Kind auf. »Was sollst du wohl jetzt ausrechnen?«

»Voll der geistlose Scheiß, ey«, sagte Karl verächtlich. »Da hab ich keinen Bock drauf.«

»Tja, Kind«, sagte ich versonnen, während ich ihm mit mütterlichem Verständnis über die weichen Borstenhaare strich, »man muß auch manchmal Sachen machen, auf die man keinen Bock hat. Auch wenn es voll der geistlose Scheiß ist.«

Als ich das nächste Mal im SENDER ankam, lagen auf meinem Tisch zwei Stapel Zuschauerbriefe.

»Sie sind nicht alle superfreundlich«, sagte Lutz, unser pfiffiger Sekretär mit der Baskenmütze, der ständig im Internet chattete und mit allen Zuschauern locker-flockigen Kontakt hielt. »Aber lies sie mal. Dann weißt du ungefähr, was wir für ein Publikum haben.«

Er überreichte mir einen Riesenpacken mit Briefen.

»Die hier«, sagte er und zeigte auf einen zusammengebundenen Haufen, »das sind die Autogrammwünsche. Alle nett und harmlos. Aber die hier« – das war ein anderer Packen, nicht ganz so groß, aber bestimmt hundert Zuschriften –, »das sind kritische Stimmen. Führ sie dir halt zu Gemüte. Und nimm sie bloß nicht persönlich. Das sind ganz oft Leute, die einen an der Latte haben. Das merk ich ja, wenn ich mit denen im Internet chatte.«

»Klar«, murmelte ich tapfer. Mir zitterten die Finger. Ich wollte keine negativen Zuschriften lesen. Es war ein ebenso widerliches Gefühl wie damals in der Schule, wenn ich eine verhauene Arbeit wiederkriegte. So mußte sich Karl fühlen, wenn Frau Langewellpott-Biermann ihm seine Englischarbeit auf den Tisch warf.

»Nimm's bloß nicht tragisch«, sagte Lutz noch im Weggehen. »Leute, die an das Fernsehen schreiben, haben sowieso 'ne Macke!«

»Ich werd's schon überleben«, murmelte ich hinter ihm her. Doch ich war mir da nicht so sicher.

Stillende Mütter sollten sich sowieso keinem überflüssigen seelischen Streß ausliefern. Stand auch in der »Frohen Mutter«. Aber ich wollte mich nicht in Watte packen. Los. Umschlag auf.

Der erste Brief stammte von einer Frau namens Monika Janneck. Das Blatt war aus einem Rechenheft herausgerissen. »Wie können Sie zulassen«, stand da ohne Anrede, »daß eine Kotzfrau wie Karla Stein diese schöne Sendung so versaut? Ich habe ›Wört-Flört‹ mit Sicherheit zum letztenmal gesehen. Denn Muttertiere ohne Hirn und Emution sind schon oft genug in ihrem Scheißsender zu sehen. Selbst die Volksmusik wird jetzt von so einem Muttertier muderiert. Eine Mutter mit Kindern gehört an den Herd, aber nicht ins Fernsehen. M. f. G.«

Ich schluckte. Das tat weh. Wohin sollte ich diesen Brief jetzt stecken? Hatte mich jemand beim Lesen beobachtet? Ich schämte mich so! Es war schrecklich erniedrigend, so einen Brief lesen zu müssen! Diese Frau ist eine Proletin, versuchte ich mich zu trösten. Die kann noch nicht mal richtig schreiben. Bestimmt sitzt sie allein zu Haus und hat Langeweile, und keiner hat sie lieb. Sie ist bestimmt selbst ein Muttertier ohne Hirn und Emution. Und sie steht am Herd. Ich versuchte mir Monika Janneck vorzustellen. Wie sie in ihrer Zweizimmerbude hockte und sich die Nägel lila lackierte. Und dabei rauchte. Und 'ne Jogginghose anhatte. Oder Leggins. Mit hochhackigen Schuhen drunter. Los, Karla, stell sie dir vor. Die kann nicht bis drei zählen. Die ist vulgär. Ihr Kind ist von der Schule geflogen. Ihr Kerl hat sie verlassen. Jetzt hat ihr auch noch der Vermieter gekündigt. Ihre Halbtagsstelle als Lagerarbeiterin bei einem Großmarkt hat sie sausen lassen. Die ist der lebende Frust, die Frau. Der lebende Haß. Braune Zähne hat die vom Rauchen. O.K. Inzwischen tat Monika Janneck mir ganz leid. Fast hätte ich ihr ein paar freundliche Zeilen geschrieben. Ich steckte den Brief zuunterst in die Plastikhülle und fühlte, daß ich Mut hatte, das nächste Pamphlet in Angriff zu nehmen.

Es war eine Postkarte. Darauf war mein Gesicht geklebt, zur Hälfte durchgeschnitten, mein eines Auge war mit schwarzem Filzstift verunstaltet, und aus meinem Mund tropfte schwarze Tinte. »ES REICHT!« hatte ein anonym bleiben wollender Mensch in Grün daneben geschrieben. »Wir wollen einen fähigen Moderator, und zwar einen Mann! Und wenn schon eine Frau, dann keine so alte! Wir wollen wieder einen Moderator mit Akzent! Frau Stein, wickeln Sie Ihren vierten Nachwuchs! Sie sehen Scheiße aus!«

O.K., dachte ich, ich bin stark, den steck ich auch noch weg, dafür, daß ich keinen Akzent habe, kann ich nichts, ich versteh den anonymen Gesichtzerschneider, auch ich liebe jeden Akzent und schaue mit Vorliebe Sendungen, die mit einem Akzent moderiert werden.

Dann kam ein handgeschriebener Brief, ebenfalls ohne Unterschrift: »Habe für 1 min nur gesehen – ›Wört-Flört‹. Die hezliche Schlampe, blöd bigmouth Karla Stein, alte Kuh! hat mich gekelt. Sie gehört nicht an Fernsehe, sonder in Mühlkippe. Die Sendung war drek! Danke!!«

O.K., O.K. Auch dies ist eindeutig ein minderbemitteltes Wesen, versuchte ich mich zu trösten. Das ist indiskutabel, da denken wir gar nicht drüber nach. Los. Den nächsten.

Eine Postkarte, mit Druckbuchstaben geschrieben.

»Früher hatte ›Wört-Flört‹ Pep, doch Karla Stein nahm ihn weg, gebt Karla eine Sendung für Blinde, Taube und Stumme, denn sonst ist der Zuschauer und dann DER SENDER der Dumme.« Inge Klein aus Hürth war nicht so minderbemittelt wie ihre Vorgängerin. Sie hatte sich sogar die Mühe gemacht zu reimen!

Ist doch interessant! Nimm's nicht persönlich! Solche Schriebe kriegen wahrscheinlich alle Moderatoren. Irgendwie. Der eine, weil er schwarz ist, der andere, weil er dick ist, der dritte, weil er einen Akzent hat. Und du kriegst jetzt Hiebe, weil du eine Mutti bist. Es gibt schlimmere Randgruppen. Wenn auch nicht im Medienbereich. Los. Mut. Das gehört dazu! Du bist jetzt so weit oben, daß es normal ist, mit »drek« beschmissen zu werden. Nimm's nicht persönlich.

Die nächste Zuschrift war eine ausgeschnittene Zeitungsnotiz. »Langweilig, geistlos, blaß und ohne Charisma!« stand da, mit gelbem Textmarker hervorgehoben. »Weg mit dieser biederen TV-Mutti!«

Aha, aha! Das hatte also in der ZEITUNG gestanden! Das war keine einzelne Meinung, das war »BILD«-dir-eine-Meinung! Das hatten vermutlich ein paar Millionen Leute gelesen!

Daneben stand mit bösen Buchstaben: »Wir schalten diese Sendung nie wieder ein! Eine Mutti haben wir selbst zu Hause!«

Es tat weh. Es tat schrecklich weh. Der Trick mit dem positiven Denken klappte nicht! Spätestens nach der vierten Ohrfeige lag ich am Boden. Die Wangen brannten, ich fühlte die Schamröte immer höher steigen, das Herz klopfte, mein Mund schmeckte nach Pappe. Ich war ganz allein. Ob ich Senta anrufen konnte? Jetzt? Nein. Sie war in einer Kindergartenbesprechung. Und auch wenn sie sie sofort verlassen hätte, um mir zuzuhören ... ich würde sie nur belasten. Nein. Das wäre egoistisch. Senta machte viel wichtigere, wesentlichere Sachen als ich. Ich konnte sie da nicht mit reinziehen. Runterziehen, besser gesagt. Nein. Nicht Senta.

Ich hatte mich nie zuvor in meinem Leben so allein gefühlt! Meine Finger zitterten, als ich mich zwang, den nächsten Briefumschlag zu öffnen.

Es war ein Leserbrief an die »Bildzeitung«, den jemand ausgeschnitten hatte: »Weg mit Karla Stein! Sie ist langweilig, aufgeblasen und arrogant! Renate Bilshausen aus Hildesheim.« Bumm. Der nächste Tiefschlag in die Magengrube. Aber sie hatte recht! Los. Der nächste Umschlag.

Luise Weiser aus Markt Schwaben war die Absenderin, wie sie immerhin zugab. Sie war sogar des Schreibens mit dem Computer mächtig. »Sehr geehrte Damen und Herren, ich hoffe sehr, daß der Vertrag mit Karla Stein bald ausläuft!« eröffnete sie ihren Brief. Dabei hatte ich doch gerade erst angefangen! Es war erst eine einzige Sendung über den Bildschirm gegangen. Wie konnte die Frau davon ausgehen, daß ich nur einen Vertrag über eine Sendung hätte? Was ging die überhaupt mein Vertrag an? »Die Schlaftablette steht wie eine biedere, ältere Hausfrau – ohne Witz, ohne Charme, ohne Kleidung und Frisur vor der Kamera. Aber NICHT MAL Hausfrau ist sie. Wie ich aus der Kochsendung von Christiane Herzog weiß, kann sie nicht mal ein Ei aufschlagen, und ihre vor sich hergeschobenen vier Reklamekinder werden vom Italiener oder Chinesen an der Ecke ernährt. Ich möchte der Dame einen Grundkochkurs an der Volkshochschule empfehlen, damit sie sich dann ausschließlich ihrer zahlreichen Familie widmen kann. Auf dem Bildschirm hat sie jedenfalls nichts verloren!!!!!«

Ich zählte die Ausrufezeichen. Ja. Es waren fünf.

Luise, dachte ich. Einerseits verstehe ich deine Empörung. Und andererseits: Ist dein Brief nicht ein schreckliches Armutszeugnis? Wie spießig und engstirnig und intolerant manche Frauen sein können, wenn es um ihresgleichen in der Öffentlichkeit geht!

Einen noch. Einen schaffte ich noch.

Marga Siever aus Großheubach schrieb handschriftlich auf ein Blatt Briefpapier: »Gibt es im Zuständigkeitsbereich dieser Sendung nicht einen einzigen kompetenten Fachmann, der bemerkt, wie unfähig diese Frau ist? Muß man sich als Zuschauer alles bieten lassen? Ich bin seit dreißig Jahren rechtschaffen verheiratet. Ich protestiere, daß ein öffentlicher und damit von MEINEN Steuern bezahlter Sender eine Moderatorin bezahlt, die Witze über alte Ehepaare macht! Armes Deutschland! Karla Stein hat weder den Takt noch die Intelligenz, diese Sendung mit Niveau durchzustehen! Mit dem Charme einer Langweilerin und mit dem Outfit aus dem Fundus von Mutter Beimer bringt sie die Zuschauer zum Gähnen. Gibt es denn keinen Sponsor, wie bei den Privatsendern, der diese Frau ein bißchen jugendlicher einkleidet? Sie soll nach Hause gehen und kochen! Außerdem hat sie keinen Akzent! Schrecklich!«

Ich ließ die Briefe sinken. Sie hatten alle einen Tenor: Sie fanden mich langweilig, bieder, hausbacken. Zwei Drittel der Kritik richteten sich allein schon gegen das Outfit. Und damit hatten sie recht! Sosehr Frank und Sascha sich auch bemühten: Ich sah aus wie meine eigene Großmutter! Was für ein seltsames Phänomen, daß eine Frau um die Neununddreißig, die normalerweise aussieht wie eine Frau um die Neununddreißig, nach zwei Stunden Maske und Kostüm – wohlgemerkt bei jungen, taffen, völlick trendy arbeitenden Gewandmeistern und Maskenbildnern – aussieht wie eine Frau um die Sechzig. Und sich auch so fühlt und so benimmt! Sie hatten auch damit recht, daß ich nicht spritzig war, nicht charmant, nicht witzig. Und unzweifelhaft hatten sie recht, wenn sie feststellten, daß ich keinen Akzent hatte. Ich konnte ihnen gar nicht böse sein.

Mein erster Gedanke war: Keiner kann mich zwingen, weiter auf der falschen Party zu tanzen. Ich werde ja wohl nicht ins Gefängnis kommen! Ich geh jetzt zu Oda-Gesine und sage, es war ein Irrtum. Ich bin nicht die Richtige. Such dir einen anderen, möglichst einen Mann, möglichst einen unter dreißig, möglichst einen mit Akzent.

Aber dann wurde mir bewußt, daß ich einen Vertrag unterschrieben hatte. Für ein Jahr. Für sechsundfünfzig Sendungen. Und außerdem: Ich hatte noch nie, nie, niemals im Leben aufgegeben. Was würde Senta jetzt sagen? Wer nicht mit dem Hintern zu Hause bleiben will, der muß auf kalten Bergen frieren. Und das hatte ich ja schließlich gewollt.

Ich öffnete das Fenster, breitete meine staubige Wolldecke auf dem Linoleumfußboden aus und stellte den Kassettenrecorder an. Und bei jedem Tritt in die Luft stellte ich mir vor, es sei der Hintern von Luise Weiser und Inge Klein.

Eine Stunde später fühlte ich mich ein bißchen besser. Immerhin pulsierten alle Muskeln, vibrierte die ganze Haut. Ich ließ mir die eiskalte Dusche über die Schultern prasseln und dachte dabei: Das bist du, Monika Janneck, und das bist du, Marga Siever, und das seid ihr, ihr bösartigen Schreiberlinge, prasselt ihr nur, ihr prallt an mir ab, ihr fließt in den Ausguß, ich bin abgehärtet, ich bin stark. Ich verstehe eure Kritik als Anregung, ich bin ein positiv denkender Mensch. Das kalte Wasser gurgelte in den Ausguß und verschwand. Die bösen, grauen, erniedrigenden Gedanken verschwanden jedoch nicht. Unmöglich, mich in einer halben Stunde auf die nächsten zwanzig Kandidaten zu konzentrieren! Mit ihnen zu lachen und herumzualbern und sie zu fragen, warum sie sich eine Schlange auf den Oberarm hatten tätowieren lassen, wie lange sie schon inline-skateten und was ihnen dabei schon Komisches passiert war. Mein Kopf war nicht frei! Er war verklebt von einem riesigen Spinnennetz voller klebriger Spinnenfäden, und in jedem dieser Fadenkreuze klebte eine fette Fliege, blauschillernd und gepanzert, und das waren die Briefe von Marga Sievert und Monika Janneck und Luise Weiser und all den anderen, die mich haßten und mich auf die Müllkippe wünschten und die mir rieten, mich an den Kochtopf zu stellen.

Plötzlich war mir jedoch klar, warum Herr Bönninghausen immer mit dem Kopf schüttelte. Die ganzen geballten Androhungen, daß seine »Wört-Flört«-Sendung nie wieder eingeschaltet werden würde, bedeuteten für ihn natürlich, daß alle diese erbosten Menschen auch seinen »Wört-Flört-Tört«-Riegel nicht mehr essen würden. Geschweige denn an seinem Schokoeislümmel lutschen. Weil sie automatisch das blasse, fade, langweilige Aussehen einer TV-Nervensäge ohne Charisma und ohne Akzent mit dem Verzehr dieser Produkte in Verbindung bringen würden! Deshalb mußte Herrn Bönninghausen natürlich daran gelegen sein, daß jemand Junges, Schlankes, Knackiges diese Sendung »muderierte«. Jemand mit einem »It's cool, man«-Akzent. Jemand, der nicht so geistlos und langweilig war wie ich. Ich mußte handeln. Bevor es zu spät war.

»Oda-Gesine, kann ich dich mal sprechen?«

»Natürlich, komm rein. Alle mal raus hier, ich will mit unserer Moderatorin allein sein!« Oda-Gesine scheuchte eine ganze Anzahl von Mitarbeitern aus ihrem Büro, die alle mit Abheften und Fotokopieren und E-mailen und Telefonieren und Brainstormen beschäftigt waren. Diese griffen hastig nach ihren Handys und nach ihren Zigaretten und suchten das Weite.

»Setz dich!« Oda-Gesine wies mir freundlich einen Platz auf ihrem Sofa zu. Sie selbst ließ sich zurück in ihren Ledersessel fallen und griff nach einem »Wört-Flört-Tört«.

»Bitte. Bedien dich.«

»Danke, nein. Ich versuche abzunehmen.«

»Sehr löblich.« Oda-Gesine biß herzhaft in das klebrige Tört. »Wir wollen eine schlanke und attraktive Moderatorin. Aber du bist doch auf dem besten Wege dazu!«

Freundlich lächelte sie mich an. Sie hatte wie immer etwas Grünes zwischen den Zähnen. Ihre Haare hingen wirr und grau über ihre Brille. Es war so grotesk! Die Frau wog mindestens hundertzwanzig Kilo, trug stets dasselbe formlose schwarze Zelt, schlurfte in ausgelatschten Tretern durch die Welt und munterte mich herzlich zum Schlank- und Attraktivwerden auf! Ob sie jemals in den Spiegel schaute? Warum sagte ihr denn kein Mensch, daß der Knopf über ihrem riesigen Busen offenstand? Durch das klaffende Loch konnte man einen fleischfarbenen BH betrachten. Ich beschloß, das lieber nicht zu tun.

»Ich würde gern einige Punkte mit dir besprechen«, hob ich mutig an. Zu Oda-Gesine hatte ich Vertrauen. Sie war ein ehrlicher, direkter und geradliniger Mensch.

»Nur zu«, forderte Oda-Gesine mich auf, während sie einen zweiten Nougatriegel entkleidete.

»Die Zuschauerpost stimmt mich nicht gerade heiter«, begann ich das Gespräch.

»Ja, hat denn dieser dämliche Lutz …« Oda ließ ihre fette Pranke auf die Tischplatte sausen.

»Laß ihn. Ich hab ihn gebeten, mir das Zeug zu geben. Ich muß doch wissen, mit was für einem Publikum ich es zu tun habe.«

»Dem Bengel werd ich die Ohren langziehen! Ich habe ᴀᴜsdrücklich allen meinen Mitarbeitern verboten, dich mit bad mails zu blocken!«

»Das heißt, alle wissen von den bad mails, nur ich nicht?«

»Klar!« schnaufte Oda-Gesine. »Aber das ist alles im grünen Bereich. Jeder Moderator hat am Anfang Gegenwind. Jeder. Hatte ich auch. Obwohl die Zeiten damals wahrlich besser waren. Kein Privatfernsehen und nur zwei Sender. Ich hatte Marktanteile von vierundfünfzig Prozent, als ich ›Wört-Flört‹ moderierte.«

»ᴅᴜ?« Mir blieb der Mund offenstehen. »ᴅᴜ hast auch so böse Briefe bekommen?«

»Klar«, sagte Oda-Gesine stolz. »Allerdings kriegte ich die erst später. Aber ich kriegte sie, obwohl ich sechsundfünfzig Kilo wog und der erklärte Liebling der Nation war.«

»Oh«, entfuhr es mir. »Das hätte ich gar nicht gedacht.« Ich biß mir auf die Lippen. Aber nun war es mir rausgerutscht. Verdammt.

»Ich hatte die schönsten Beine Deutschlands und war zwölfmal auf dem Titel der ›Bunten Illustrierten‹«, sagte Oda-Gesine und grinste breit. »Damals hieß die noch so. Zwanzig Jahre lang hab ich mich nur von Äpfeln und Salatblättern ernährt. Zwanzig Jahre lang hab ich jeden Tag Gymnastik gemacht, hab keinen Alkohol getrunken und mir alles versagt, was Spaß macht. Zwanzig Jahre lang. Ich war Kult. Die Sendung auch. Unser ganzer Sender war Kult. Als ich die ersten bösen Briefe bekam, war ich fünfunddreißig. An meinem neununddreißigsten Geburtstag habe ich das Handtuch geschmissen. Weißt du, was ich da gemacht habe?«

»Nein. Keine Ahnung.«

»Ein Riesensteak gegessen. Mit einer Kartoffel in Alufolie. Mit Kräuterquark. Ganz alleine. Im Bahnhofsrestaurant. Werd ich nie vergessen.«

Ich schwieg.

»Und die Briefe lauteten genau wie die, die du jetzt in den Händen hältst! Ich solle endlich Hausfrau und Mutter werden, wie sich das für eine Frau in meinem Alter gehöre, ich hätte auf dem Bildschirm nichts mehr verloren, und ich solle mich beeilen, um noch einen Mann abzukriegen.«

»Ach nein.«

»Und weißt du, was ich bei dem Steak beschlossen habe?«

»Daß du keinen Mann abkriegen willst ...?«

»Das auch. Und ich hab mich selbständig gemacht. Ich hab die Firma gekauft!«

»Das mußt du mir erklären.«

»Ich hab das getan, was viele woanders ebenso machen. Ich bin Produzentin von ›Wört-Flört‹ geworden.«

»Und woher hattest du das Geld?«

»Dazu brauchte ich natürlich einen Sponsor. Da bot sich dieser Nougatriegel-Fritze an. Sie schickten mir Bönninghausen. Ich hab zugeschlagen. Und von dem Tag an hab ich aufgehört, den Zuschauern zu Willen zu sein. Ein großartiges Gefühl! Ich hab nur noch gemacht, wozu ich Lust hatte. Ich hab Kerle aufgerissen, ich hab gelebt und geliebt und gehurt und gesoffen! Und ich bin ein glücklicher Mensch geworden. Siehst du ja.« Sie lehnte sich wohlig zurück. Ihr zweiter Blusenknopf wollte schier aufspringen vor Glück.

Ich war zusammengezuckt. Ausdrücke hatte die! Aber sie war mir sympathisch, bei Gott. Eine Klassefrau. Wenn sie doch nur den Blusenknopf schließen würde! Und einmal Zähne putzen, nur einmal! Warum mußte sie ihre Loslösung von allen Äußerlichkeiten denn gleich so übertreiben?

»Ich zahle dir weiß Gott genug.« Oda-Gesine verströmte Nougatwolken. »Da kannst du ruhig ein bißchen unglücklich sein.«

»Bitte?!«

»Ich will den Beweis«, sagte Oda-Gesine. »Vor zwanzig Jahren hat es doch noch nicht geklappt. Die Leute wollten entweder eine ganz junge, makellose Moderatorin ohne Übergewicht und Ecken und Kanten oder einen Kerl. Bei Kerlen haben sie's schon immer akzeptiert.«

»Was?« fragte ich, obwohl ich wußte, was sie meinte.

»Na, Übergewicht und Alter«, sagte Oda-Gesine genüßlich. »Und ob ein Moderator Kinder hat und wie viele, ist
überhaupt kein Thema. Bei Frauen wohl. Damals zumindest.
Aber es ist viel Wasser den Rhein runtergeflossen seither.
Zwanzig Jahre. Frauenbewegung. Die Gesellschaft hat sich
geändert. Alle reden von Gleichberechtigung. Die Politik ist
vollgestopft mit Quotenfrauen. Ich will den Beweis.«

»Moment mal. Heißt das, du hast mich engagiert, weil du
selbst noch eine Rechnung offen hast mit dem Fernsehpubli-
kum?«

»Nimm es, wie du willst. Ich war fair. Ich hab kein blödes
Dummchen engagiert. Du bist eine Frau mit Format.«

»Danke, danke, aber mein Format paßt nicht mit dem Format dieser Sendung überein. Sorry, wenn ich das so sage.«

»Schätzchen, das wird sich noch herausstellen. Du hast mit
großem Erfolg eine Scheidungssendung moderiert. Warum
solltest du nicht mit dem gleichen Erfolg eine Kuppelsendung
moderieren? Jetzt fang bloß nicht an zu heulen.«

»Weil das ein ganz anderes Publikum ist!« Ich versuchte,
nicht zu schreien.

»Schätzchen, paß mal auf. Du bist eine Frau. Das verübeln
sie dir. Männer moderieren alles, von Sport bis Flirt. Dabei
dürfen sie dick sein, alt sein, Haarausfall haben und einen
Schmerbauch, unrasiert sein, dürfen in Joppe und Weste auftreten, in Turnschuhen und in Bollerhosen. Frauen auf dem
Schirm sind schlank und jung und blond und kühl. Sie tragen
dezente Hosenanzüge oder Kostüme Größe achtunddreißig.
Und sie haben niemals – hörst du! –, niemals Kinder. Schon
gar nicht mehrere. Und mit diesem Klischee räumen wir jetzt
auf.« Sie rieb sich die Hände.

»Du siehst ja, daß das nicht klappt! Für solche Experi-
mente herrscht keine Akzeptanz! Besonders Frauen lehnen es
ab, ihresgleichen auf dem Bildschirm betrachten zu müssen!«

»Schätzchen. Wir stehen bald am Beginn des neuen Jahr-
tausends. Wie lange wollen wir uns diesen albernen Regeln
der Gesellschaft noch beugen?«

»Du wirfst mich ihnen also zum Fraß vor«, entfuhr es mir.
»Weil DU eine Rechnung offen hast.«

»Ich bezahle dich gut dafür«, sagte Oda-Gesine mit entwaffnender Direktheit. »Du hast bei mir den Frauen-Bonus. Ein Kerl hätte nicht halb soviel Geld von mir bekommen. Um ehrlich zu sein, nicht ein Viertel.«

Ich mußte grinsen. Eigentlich war sie doch total in Ordnung, die Oda-Gesine. Ich mochte sie, wahrlich.

»Wir müssen den Karren nur noch in die richtige Richtung drehen«, überlegte Oda-Gesine kauend.

»Welchen Karren?«

»Wir müssen uns noch was PR-mäßiges einfallen lassen. Du bist einfach völlig uninteressant. Skandälchen hast du ja nicht. Hinterziehst keine Steuern und treibst es nicht mit einem Praktikanten. Aber unseren Jungs vom Kreativ-Team wird schon noch was einfallen.«

»An was hättest du denn gedacht?«

»Keine Ahnung, aber dafür bezahl ich die Burschen, daß die sich ihre hübschen Köpfchen zerbrechen«, sagte Oda-Gesine. »Und jetzt mach, daß du in die Probe kommst.«

Mit einem lachenden und einem weinenden Auge schlich ich die Treppe hinunter in Richtung Studio. Bestimmt warteten sie schon wieder alle auf mich, die Kandidaten und die Strohkandidaten, die Regisseurin und die Verkabler, die Gästebetreuer, die Autoren und die Neger-Halter, ganz zu schweigen von dem besorgten Frank mit seinen Kostümen und dem hektischen Sascha mit seinen Rougepinseln. Heimlich versuchte ich mich an der wichtigen Silvia vorbeizuschleichen, die wie immer in ihrem Stübchen hockte und die frischen Rosen anschnitt. Aber sie hatte mich schon erspäht.

»Ist's alles recht mit'm Fliegensprray?« Sie schoß aus ihrem Kabuff heraus.

»Ja, Silvia, danke. Alles recht.« Silvia, bitte. Du bist hier die Wichtigste, ich weiß, aber bitte laß mich jetzt in Ruhe. Ich versuche, meine Fassung wiederzugewinnen.

»Und die Obstschale, ist das das rrechte Obst?«

»Ja, super, Äppelken, Banänchen, Apfelsinchen, super, Silvia, alles super. DANKE, Silvia, DANKE!!!«

Ich fing an zu rennen. Wumm, ließ ich die schwere Eisentür zum Studio hinter mir zufallen. Mein Gott, was für ein übereifriges Wesen! Hatte die zu Hause keiner lieb? Eine typische Fürsorgesyndrom-Frau, dachte ich. Holt sich ihre Bestätigung nur über eine aufdringliche Form von Nächstenliebe.

Die Kandidaten hockten schon betont lässig auf ihren Hockern. Mann, ey. Jetzt komm endlich, ey.

»Tschuldigung«, stammelte ich, »ich hatte noch 'ne Besprechung mit der Chefin!«

»Alles im grünen Bereich, Karla«, meldete sich Tanja wie immer sehr liebenswürdig aus der Regie. »Also dann bitte Ruhe im Studio für eine Probe!«

Alle waren so nett! Vielleicht wußten sie von Oda-Gesines persönlichen Motiven? Vielleicht hatte Frau Malzahn sie alle geimpft: Paßt auf, Leute, bevor ich ins Gras beiße, will ich noch einmal ein kleines, nettes Experiment machen: Ich nehm 'ne vierfache Mutti ohne jeglichen Akzent, die auch noch ihren Säugling mit sich rumschleppt, die zwanzig Jahre zu alt ist für den Job, kleide sie bieder, frisiere sie altbacken, lasse sie grundsätzlich nur vom Neger ablesen und teste mal, wie das Publikum von heute so reagiert. Daß ihr mir alle nett seid zu dem Mädel! Gebt ihr die schlechten Kritiken und die böse Zuschauerpost in wohldosierten Mengen! Hauptsache, sie kackt nicht ab! Ich will doch einfach mal wissen, wie das Publikum von heute so drauf ist. Gerade die bürgerlichen Spießer. Ob die ihresgleichen auf dem Bildschirm ertragen können oder nicht.

Man verkabelte mich in Windeseile. Ich stellte mich vor die Kamera eins und sagte meine Anmoderation, die Rolf mir auf den Neger hatte schreiben lassen. Diesmal war es ein lascher Witz über Schröder und Kohl. »Schröder und Kohl waren zum Essen verabredet, sind aber beide nicht gekommen. Warum nicht? Schröder ist im Aufzug steckengeblieben und Kohl auf der Rolltreppe.« Die Strohkandidaten und die Mitarbeiter in den Rängen lachten. Na bitte, dachte ich. Ich werd das noch in allen Nuancen mit Rolf erarbeiten, auf den Punkt bringen. Herr Bönninghausen wird darauf bestehen, daß ich »Wört-Flört-Tört« sage, vielleicht soll ich auch »Schokolutscherlümmel« mit einarbeiten, mal gucken, wie wir das alles in sechzig Sekunden unterbringen. Möglicherweise kann ich doch noch den einen oder anderen Zuschauer auf meine Seite ziehen.

Froh rief ich aus: »Auf geht's in die erste Runde!«

Die Kandidaten traten auf. Der erste war ein goldiger Bursche aus Hannover, gutaussehend, gebildet und charmant. Er war Medizinstudent und in seiner Freizeit Segelflieger. Bei seiner Traumfrau, gab er an, käme es auf den Charakter an und auf die Ausstrahlung, er wünsche sich eine fröhliche, lebensbejahende Frau, mit der er Pferde stehlen könne. Der zweite war ein Vo-ku-hi-la-O-li-ba. Vorne kurz, hinten lang, Oberlippenbart. Voll der uncoole Prolet. Er war Speditionsfahrer und ging in seiner Freizeit in die Mucki-Bude. Seine Traumfrau war Pamela Anderson und nicht etwa »der kleine Hunger«, wie er launig von sich gab, nämlich Kate Moss. Der dritte war ein stämmiger, struppiger Bursche im über dem Bierbauch spannenden T-Shirt, mit gelben Zähnen und fränkischem Akzent, der »derzait abbaitslos« war. In seiner Freizeit spielte er Fußball und war ansonsten ein handfester Anbeter von Gärschtensaft. Seine Traumfrau war Dschulja Rrobätts, klaro.

Der Strohpickerin waren die drei Burschen egal, sie stellte die Fragen, die man ihr in die Hand gedrückt hatte, wobei sie auch nach wochenlangem Proben noch nicht in der Lage war, die Worte, auf die es ankam, richtig zu betonen.

Der erste Bursche gefiel mir richtig gut. Es war das erste Mal, daß ich überhaupt einen von diesen Kandidaten als männliche Erscheinung wahrnahm. Mit dem würde ich gerne mal ein Glas Wein trinken gehen, dachte ich.

Aber der wird MICH gar nicht wahrnehmen. Mich alte Dicke.

Ich versuchte meine Gedanken beisammenzuhalten. Aber es fiel mir schwer. Wie profan das doch alles war, wie albern, wie einfallslos! Nein, sie hatten recht, ich WAR nicht die richtige Moderatorin, egal, ob dick oder dünn, alt oder jung, Akzent oder nicht, Hausfrau oder altbacken oder was auch immer. Ich fühlte mich nicht wohl in meiner Haut, es war mir egal, was die da redeten, ich fand es nicht lustig, ich schämte mich, ich wollte weg.

Die nächsten drei kamen, diesmal waren es weibliche Kandidatinnen und ein Strohpicker, auch er konnte keine einzige Frage fehlerlos ablesen, die Kandidatinnen antworteten nichts oder jedenfalls nichts Witziges, sie schwiegen in die Kamera oder sagten etwas Belangloses, und ich muß zugeben, auch mir wäre absolut nichts eingefallen, was zwölf Millionen Zuschauer zu Lachstürmen hingerissen hätte. Die Autoren saßen in ihren Bänken und schrieben unaufhörlich. Voll die geistige Kreativität.

Ich las alles ab, was mir Maik vor die Nase hielt: Wo komm'se her, wo gehn'se hin, was machen Sie beruflich, was machen Sie in Ihrer Freizeit, hier kommt die Jenny aus Mönchengladbach, wie sieht Ihr Traummann aus?

Und langweilte mich dabei. Es kam mir lächerlich vor, daß hier sechzig bis achtzig Menschen in einem künstlich beleuchteten Studio saßen, Tag und Nacht schrieben und brainstormten und brieften und stylten und sich wichtig vorkamen und Rosen und Teddybären zurechtrückten und dabei das Gefühl hatten, sie würden die Welt neu erfinden. Während sich draußen das wirkliche Leben abspielte. Während draußen die Sonne schien oder der Herbststurm tobte. Während es Kriege gab und Kinder starben. Ich hatte kein Recht, als Moderatorin dieser Sendung so zu denken. Ich wußte, daß das nicht in Ordnung war. Beim Fußball hätte man mir die rote Karte gezeigt.

»Du, Sascha, könntest du mal was anderes mit der Frisur probieren?«

»Wieso?«

»Die Leute mögen's nicht«, sagte ich vorsichtig, »und wenn ich ehrlich sein darf, sie haben recht. Nichts gegen dich, lieber Sascha, ich weiß, daß du dir Mühe gibst ohne Ende« (dieses »ohne Ende« war auch ein völlick trendy und völlick natürlick Wort – und in diesem Fall traf es wörtlich zu!), »und ich weiß auch um die Beschaffenheit meiner Problemzone Haupthaar, es IST schwierig, ich weiß, versuch doch einfach mal, diese etwas biedere Innenwelle im Nacken wegzulassen. Sieh mal, du drehst jeden Abend vor jeder Aufzeichnung bestimmt zwanzig Minuten lang meine lächerlichen Haarzipfel im Nacken nach innen. Mit unendlich viel Gel und Schaum und Haarspray und Geduld und Spucke. Während drinnen im Saal die Leute schon mit den Beinen baumeln vor Langeweile und dem Warm-upper nichts mehr einfällt, außer zu erzählen, wann sein Neffe Geburtstag hat. Und dann schüttelt Herr Bönninghausen wieder mit dem Kopf! Mit dem Resultat, daß ich WIRKLICH aussehe wie Mutter Beimer! Weißt du, Sascha, ich trage NIE, wirklich NIE meine Nackenhaare nach innen gedreht. Erstens wollen die gar nicht nach innen gedreht werden, die widerborstigen, und zweitens sieht es ECHT SCHEISSE aus!«

Was Oda-Gesine konnte, konnte ich auch. Einfach mal Klartext sprechen. Wie das befreite! Oder war ich jetzt zu weit gegangen?

»Ich kann doch nicht einfach hingehen und was ändern«, begehrte Sascha auf. »Immerhin haben wir Anschlüsse!« Er wischte sich die Hände an seinem nabelfreien schwarzen Leibchen ab und kramte in seinen Polaroidfotos herum, die man vor jeder Sendung zu meiner völligen Verzweiflung immer von mir machte. Jetzt wußte ich, warum! Wegen der Anschlüsse!! Immer wenn zwei Kandidaten von einer Reise wiederkamen, mußte ich haargenau, also HAARgenau so aussehen wie bei der letzten Sendung. Denn diese Zwischenteile wurden in die vorige Sendung reingeschnitten. Ich mußte alles haargenau wieder anziehen wie beim letzten Mal und HAARGENAU wieder so frisiert werden.

Das DAUERTE! Manchmal brauchten Sascha und Frank einenhalb Stunden, bis sie die biedere Innenwelle und das Halstuch GENAUSO wieder hingezupft hatten wie beim letzten Mal. Und die Kette und die Ohrsteckerl und die Riemchensandalen und die Nähte vom Strumpf und das Tüchlein im Revers. Während das Publikum im Saal hockte und »Wört-Flört-Törts« in sich reinstopfte und Herr Bönninghausen den Kopf schüttelte!

Welch unabwendbares Schicksal! Ich KONNTE mich gar nicht ändern, selbst wenn ich wollte! Und ich wollte, o ja! All ihr Monikas und Margas und anonymen Legastheniker, ich WILL mich ändern, glaubt mir's, denn selig sind, die guten Willens sind! Aber man läßt mich nicht!

Bevor ich Sascha weiter verärgerte, hielt ich lieber den Mund.

Silvia steckte wie immer um diese Zeit ihren wasserstoffblonden Kopf zur Tür herein: »Karla, magst vielleicht an Schluck Sekt?«

»Nein, Silvia, danke, wie immer mag ich auch heute keinen Schluck Sekt.«

Erstens war der Sekt warm, zweitens war er viel zu süß, drittens trank ich nicht im Dienst und auch nicht als stillende Mutter, und viertens war der Sekt genau wie der Nougatriegel von der Firma Bönninghausen. Ein Grund, ihn zu boykottieren.

»Also ich lasse dir mal an Glaserl hier stehen«, sagte Silvia wie immer, »falls du doch noch magst.« Sie stellte das Glaserl wie immer vor meine Nase, und ich fühlte mich wie ein anonymer Alkoholiker im Härtetest: Nein, mein Glaserl trink ich nicht.

Rolf, mein künstlerischer Berater, der mir immer die Anmoderationen schrieb, kam mitsamt Maik, dem fleißigen Neger-Halter, in die Maske und fragte, ob ich schon bereit sei, die Fragen noch einmal durchzugehen. Sascha war aber noch beim Bepinseln der Augenlider, weshalb ich selbige nicht öffnen durfte. Sascha wollte nicht hingehen und rumschlampen, also hielt ich still und ergab mich in mein Schicksal. Die Tür öffnete sich wieder, und Emil kam mitsamt meinem hungrig knarzenden Töchterlein herein.

»Geht's jetzt?« fragte er schüchtern.

Paulinchen weinte.

»Natürlich geht's.« Entschlossen riß ich mir den Pullover hoch.

»Dann muß ich eben hingehen und die Augen später machen«, sagte Sascha.

Dann ging er hin und wickelte erst mal die Haare auf die üblichen Lockenwickler. Ich preßte mein Kind an den Busen und liebäugelte mit dem lauwarmen Sekt. Wenn das alles hier kein Grund zum hemmungslosen Besaufen war!

Aber nein. Eisern sein. Stillende Mütter saufen nicht.

Außerdem muderiere ich gleich ohne Hirn und Emution zwei Sendungen. Trotz aller Widrigkeiten liegen die Einschaltquoten immer noch bei fünf Millionen. Da kann man nicht hingehen und saufen.

Rolf begann mit der üblichen Zeremonie: »Ich bin die Jasmin und komme aus Rothenburg ob der Tauber, und von Beruf bin ich Parfumfachverkäuferin.«

Na und? wollte ich sagen, aber das stand nicht auf dem Neger. Auf dem Neger stand »SPASS?«.

»Macht das Spaß?« fragte ich artig.

»O ja«, sagte Rolf, ganz wie er es mit Jasmin besprochen hatte, »das macht Spaß, weil, wenn ich abends nach Hause komme, dann packe ich immer die Pröbchen aus, die ich bekommen habe, und dann stelle ich sie im Badezimmer auf die Konsole, ich habe schon zweihundert Pröbchen, und die kann ich alle am Geruch unterscheiden.«

Geh doch zu »Wetten daß«, wollte ich sagen, aber das stand auch nicht auf dem Neger. »FZ« stand da.

»Was machst du in deiner Freizeit?«

Ich rieche an Pröbchen, müßte sie antworten, aber es hieß: »Ich spiele unheimlich gern Badminton und Beach-Volleyball.«

Prima, hätte ich gern gesagt. Dann geh schön und spiel.

Aber die nächste Frage lautete: »Erlebnis?«

»Hattest du dabei schon mal ein besonderes Erlebnis?« leierte ich unwillig herunter. Paulinchen schmatzte.

»O ja!« freute sich Rolf alias Jasmin. »Letztens, als ich gerade barfuß durch den Sand sprang, bin ich mitten in einen Haufen Hundekacke getreten. Hahaha! Das war lustig!«

Keine Bezüge. Keine Nachfrage. Das schneidet die arme Tanja alles raus. Also gleich die logische Frage nach dem Traummann.

»Wie sieht dein Traummann aus?«

»Äh …«, sagte Rolf, da mußte er erst mal nachgucken in seinen Notizen, die er sich über Jasmin gemacht hatte. »Watte ma, hat die überhaupt einen? Also Brett Pitt haben wir ihr ausgeredet, ich glaube, die sagt jetzt Til Schweiger.«

»Das ist ja echt mal 'ne Alternative«, sagte ich. »Diese Sendung eröffnet ja noch ungeahnte Horizonte.«

Ich bitte um die Wand.

In dieser Sendung passierte mir etwas Unverzeihliches, und ich schäme mich noch heute. Besonders, weil ich Oda-Gesine angelogen habe. Ausgerechnet Oda-Gesine, die zu mir immer fair war. Ach, Oda-Gesine. Auf diese Weise wirst du es nun erfahren. Verzeih mir. Egal, wo du jetzt bist.

Ich sehe mich noch da stehen, im grellen Licht, es ist schrecklich heiß, die Scheinwerfer sind unbarmherzig, der enge, unbequeme und unvorteilhafte Hosenanzug kneift am Bauch. Hochhackige, affige Lederriemchensandaletten quälen meine Füße, die vom vielen Proben und Stehen geschwollen sind. In meinen Ohren stecken wieder irgendwelche schmerzenden baumelnden Gehänge, die Sascha und Frank mir gnadenlos durch die Ohrläppchen gebohrt haben. Alles tut weh. Ich bin müde. Ich bin nicht ich. Ich bin eine unansehnliche Raupe. Das knackige Mädel neben mir auf dem Pickerschemel ist ein Schmetterling. Es sieht bezaubernd aus: braungebrannt, sehnig, schlank, langbeinig, langhalsig und tief ausgeschnitten. Stewardeß ist sie, sympathisch, intelligent, mehrsprachig, weitgereist. Viel zu schade für den dämlichen Vokuhilaoliba aus Wanne-Eickel, der mit Brusthaar enthüllendem Hemd auf der anderen Seite der Wand auf seinem Schemel lümmelt und der sich gerade zum vierten Mal verspricht.

Kamera aus, Aufnahme stopp, bitte noch mal. Sascha von der Maske geht hin und zupft ihm noch mal seine Haarwuscheln im Nacken zurecht, der Gästebetreuer rennt auch hin und reicht ihm ein Glas »Wört-Flört«-Sekt, der Autor kniet sich zu seinen Cowboystiefeln und trichtert ihm erneut die Antwort ein, die wichtige Silvia rennt am allergeschäftigsten hin und her und richtet die Teddybären und Sofakissen und Rosen wieder so, wie sie vor zehn Sekunden waren, und fragt mich im Vorüberrennen, ob alles rrrrecht sei, ich bejahe heftig, o Silvia, renn einfach weiter und laß mich von diesen Riemchensandalen steigen. Das Publikum findet es schon nicht mehr lustig. Zuerst haben sie alle gejohlt und gelacht, als Kandidat zwei es nicht auf die Reihe gebracht hat. Aber jetzt wird's langweilig. So, Kamera wieder an, bitte noch mal Frage drei, bitte, Jennifer, stell einfach noch mal die Frage.

»Kandidat zwei. Ich fliege um die ganze Welt. Wohin würdest DU mit mir fliegen, wenn DU mein Pilot wärest?« Jennifer lächelt so lieb. Und wartet so geduldig. Die Frage hat sie immerhin schon fünfmal gestellt. Und immer richtig betont.

Hinter der Wand räuspert es sich. Ich kann ja nichts sehen, genausowenig wie Jennifer, aber ich weiß, daß es der dämliche Vokuhilaoliba, der Speditionsfahrer aus Wanne-Eickel, ist. Der mit dem Brusthaar, das aus dem offenen Hemd quillt.

»Also staaten wüad ich auf'm Küchentisch, und wenn der Motor nich anspringt, hole ich meinen Propella raus, und dann mußt du gucken, wie du den in die Luft leckst, ääh, lockst.«

JAA! Tosender Applaus!! Er hat's fehlerlos zusammengebracht! Ich seh ihn vor mir. In Siegerpose schmeißt er die Arme hoch. Die Goldkettchen auf seiner Brust klirren leise. O Jennifer. Bitte nimm ihn nicht. Auch wenn das Volk jubelt. Du hast ja keine Ahnung, wie der aussieht!

Auch Kandidat drei, der fränkische Abbaitslose mit dem Hang zum Gärschtensaft, verspricht sich immer wieder, dreimal, viermal, fünfmal, er kann seine zwei Sätze nicht fehlerlos aufsagen. Kamera aus, Gagschreiber hin, Maske hin, tupf, wisch, flüster, beschwör, einimpf, nick. Kamera wieder an.

»Kandidat drei. Und welch ein Höhenflug schwebt dir so vor?«

»Ja also, ähm ... zuärscht versuche ich einen Senkrechtstatt auf der Madratze, dann stemm ich dich auf main Schaltknübbel ...«

Verdammt. Silvia war im Bild! Was rennt die denn immer so wichtig da hinten rum? Hat wieder Sofakissen aufgeschüttelt. MEIN GOTT, SILVIA!!! Kein Schwein guckt doch bei so einer genialen Antwort auf ein Sofakissen im Hintergrund! Kamera aus! Oda-Gesine steht in der Gasse und mampft nervös ihre Nougatriegel. Herr Bönninghausen schüttelt mit dem Kopf. Die Leute von der Tiefkühltruhe sind auch da. Kein bißchen begeistert. Der Vertrag mit dem Lutschlümmel wird noch platzen! Ach, was soll's. Ich kann's nicht ändern. Ich steh nur hier rum. Das dauert! Wieder aus und wieder an und noch mal die Frage, und da gehn mer hin und machen's einfach noch mal.

Die hübsche Pickerin, die gebildete und goldige Stewardeß Jennifer, wirft mir einen hilfesuchenden Blick zu. Ich kippe fast von den Riemchensandalen. Schmerz laß nach. Wir stehen seit einer Stunde neununddreißig Minuten hier, das heißt, ich stehe, die anderen sitzen. Es ist die zweite Sendung. Das heißt, ich stehe seit drei Stunden. Die Proben nicht mitgerechnet. Das Publikum wird immer unruhiger. Oda-Gesine schimpft mit Kim. Die Arme. Hat wieder keine Intelligenzbestien angeschleppt heute. Doch. Der auf dem ersten Schemel. Kandidat eins. Das ist ein ganz netter. Ein gutaussehender, gebildeter junger Mann aus Hannover, höflich und charmant. Und Segelflieger! Ihr würdet wirklich gut zueinander passen, Jennifer!

Die Stewardeß und ich wechseln einen Blick, ihre Augen fragen mich was, mein Gott, Mädchen, ich beschwöre dich, wenn du dich nicht unglücklich machen willst, dann entscheide dich weder für den Vokuhila aus Wanne-Eickel noch für den frängischen Bocks-Dummbeudel aus Schweinfurt. Die Kamera ist aus, Sascha tupft gerade auf der frängischen Denkerstirn herum, ich wende mich unauffällig vom Publikum ab und bewege tonlos die Lippen: »Nimm die Eins!«

Das war reine Frauensolidarität! Aber als Moderatorin darf ich keine Tips geben! Selbst das mach ich noch falsch! Ich bin absolut ungeeignet für den Job! Aber vielleicht hat sie es gar nicht mitgekriegt. Sascha ist inzwischen herbeigeeilt und reicht ihr ein Kleenex, weil sie Lippenstift auf den Zähnen hat.

Es geht weiter. Kamera an. Zum zwanzigsten Mal. Endlich. Der Frängische hat's z'sammbracht. Dann back isch wie mai Voddämann mai Bropellä aus, abbä im Geggesatz zu dem steh isch net auf naturtrüben Saft, sondän auf Gärschtensaft. Nur schlürfen mußt du ihn noch selbst.

Hahaha!! Das Publikum grölt und johlt, Herr Bönninghausen lacht, daß ihm die Augen aus den Höhlen treten, und Oda-Gesine haut sich auf die Schenkel.

Jennifer. Tu's dir nicht an.

»So, liebe Jennifer«, sagt die Stimme von Hansi im Hintergrund, »jetzt mußt du dich entscheiden.«

Ich sehe sie beschwörend an.

Sie nimmt die Eins. Mir zittern die Knie. Ob Oda-Gesine was gemerkt hat? Oda-Gesine stopft »Wört-Flört-Törts« in sich hinein. Herr Bönninghausen starrt mit unbewegtem Gesicht vor sich hin. Alle Mitarbeiter atmen auf. Das Publikum jubelt!

Ich rufe: »Hier ist Iiihhhhr … ›Wört-Flört‹!«

Die Wand geht auf. Na bitte. Die beiden passen doch zusammen! Große, schlanke, schöne Menschen, gebildet und wohlerzogen, und die beiden anderen Typen sind davongelatscht. Jennifer, das verdankst du mir. Halt bloß die Schnauze, Jennifer! BITTE!!!

»Ihr macht eine Reise mit dem ›Wört-Flört‹-Jet …« Ich lese von der Karte ab, höre mir selbst nicht zu.

Jubel im Saal. Beifall. Abgang. Wir setzen uns alle gemeinsam auf die Couch, deren Kissen Silvia unermüdlich aufgeschüttelt hat. Die Teddybären sitzen auf der Rückenlehne und starren mit gläsernen Augen in diese rosarote Plastikwelt. Silvia macht uns Zeichen, daß wir das Sektglas nehmen sollen. Aber mit der Schrift nach vorn! »Wört-Flört-Tröpf!« Wichtig, wichtig! Hab ich auch bei der Abmoderation »Servus« gesagt? Hab ich's gesagt? Riemchensandalen, ich halt euch nicht mehr aus! Ich will raus! Aus dem Studio, aus dem Scheinwerferlicht, aus der Sendung, aus meinen engen Klamotten, aus meiner Schminke, aus meiner Haut! Heim! Nach Hause!

Bloß nicht mehr Oda-Gesine begegnen! Oder Herrn Bönninghausen! Mit allen Fasern meines gebeutelten Herzens sehne ich mich nach meinem Paulinchen. Und nach Emil.

Eine halbe Stunde später rannte ich durch das verlassene, öde Industriegebiet. In meinen eigenen, heißgeliebten flachen Schnürstiefeln. Mein Gott, wie können Frauen sich freiwillig solchen Riemchensandalen-Qualen aussetzen! Nur, damit Männer ihre Beine attraktiver finden? Wenn eine im Gesicht nicht genug zu bieten hat, muß sie sich was an die Haxen hängen. Auch wenn es schmerzt. Männer, wenn ihr wüßtet, was Frauen alles tun, um euch zu gefallen. Ihr tut das ja nicht. Ihr reißt euch weder die Haare aus der »Badehosenzone«, noch stöckelt ihr unter Schmerzen auf Pfennigabsätzen herum, damit auch wir eure Beine attraktiver finden. Ihr habt das nicht nötig, Kerls. Euch nimmt man so, wie ihr seid.

Ich rannte. Paulinchen! Nicht weinen! Mama kommt! Ich

keuchte im kalten abendlichen Herbstnebel auf einer gottverlassenen bayrischen Vorstadtstraße vor mich hin. Hoffentlich stand kein masturbierender Kerl hier irgendwo hinter einem Müllcontainer!

Mein Herz schlug hoch. Vor Angst, vor Streß, vor Hetze, vor schlechtem Gewissen. Jetzt nur nicht daran denken, was ich eben verbockt hatte. Quatsch, Karla. Es hat kein Mensch gemerkt. Wir waren nicht auf Sendung! Oda-Gesine hat's nicht gesehen. Herr Bönninghausen auch nicht. Jennifer wird schön die Klappe halten. Die ist froh, daß sie die anderen nicht genommen hat, jetzt, wo sie sie gesehen hat. Die sitzen nun alle in der Kneipe beim Weißbier und feiern. Kein Mensch wird mich vermissen, und keiner macht sich Gedanken darum, warum sich Jennifer für die Eins entschieden hat. Weg, ihr Gedanken. Weg! Jeder hat mal 'n schlechten Tag.

Aber ich habe eigentlich nur schlechte Tage. Und heute war der allerschlechteste.

Endlich. Das Dorfhotel war dunkel und still. Noch nicht mal der Parkplatz war beleuchtet. Es war kurz nach elf. So spät war es noch nie geworden. So blöde Kandidaten hatten wir auch noch nie gehabt. Stunden! Für drei kleine Sätzchen! Ich rüttelte an der Tür. Zu. Abgeschlossen! Um elf! Tote Hose! Unruhig trat ich von einem Bein aufs andere. Paulinchen! Mama ist da! Nicht weinen! Da war ein Klingelknopf. Ich drückte darauf, so fest ich mit meinem starrgefrorenen Finger drücken konnte. Nichts. Dunkel. Tot. Still.

Aber da drin war mein Baby und schrie nach mir. Bestimmt. Und mein Emil war auch da drin.

Ich drückte auf die Klingel, bis der Finger blau wurde.

Nichts. Verdammt! Ihr bayrischen Hinterwäldler! Aufmachen! Los! Ich bin Karla Stein. Ich will zu meiner Stubenfliege. Kein Licht. Nirgends. Auch nicht das kleinste Fünkchen Nachttischlampe irgendwo hinter einem zugezogenen Vorhang. Es war zum Verrücktwerden. Das ist die Strafe, Karla. Du hast Mist gebaut. Jetzt kannst du die kalte Herbstnacht draußen verbringen. Droben am milchig-wolkigen

Himmel zeigte sich eine schmallippig lächelnde Mondsichel. Aber sie verschwand sofort wieder hinter schwarzen Wolkentürmen.

Ausgesperrt. Ich kramte nach meinem Handy und rief im Hotel an. Durch die geschlossene Tür hörte ich drinnen an der Rezeption das Telefon klingeln. Na bitte. Jetzt würde der Alte von der Rezeption auf Fellpuschen die Treppe runterschlurfen und mir aufschließen. Oder das ältliche Fräulein, das morgens die vermatschte Aprikosenkaltschale aus der Tiefkühltruhe servierte. Nun kommt schon! Macht schon! Nichts. Keiner. Verflucht! Ich wählte Emils Handynummer. Für alle Fälle hatte ich Emil schon zu Beginn seiner Dienstzeit mein altes Handy gegeben. Und unsere Nummern unter der Kurzwahl einprogrammiert, damit wir uns gegenseitig immer erreichen konnten. Es tutete. Emil! Aufwachen! Ich steh hier draußen! Aber Emil ging nicht dran. Das konnte doch nicht sein! Ich rüttelte an der Tür, ich hämmerte verzweifelt mit den Fäusten daran. Von der Kirchturmuhr schlug es halb zwölf. Ich stand seit zwanzig Minuten im Stockdunkeln vor dieser verdammten Hoteltür! Und der Busen tropfte!

Inzwischen hatte es angefangen zu regnen. Meine hochtoupierten Haare fielen unter dem klebrigen Haarspray in sich zusammen. Die braune Schminke lief mir mit den Regentropfen über das Gesicht. Ich klapperte mit den Augen und fühlte, wie die dicke Wimperntusche mit den künstlichen Wimpern zu einer klebrigen Spinnwebe wurde. Wie ich das alles haßte, diesen künstlichen Mist, diesen Firlefanz, der den anderen so wichtig war, daß er meine Zeit kostete, meine kostbare Zeit! Was hätte ich alles Sinnvolles mit dieser Zeit anfangen können!

Mit plötzlicher Wut begann ich, über das schmiedeeiserne Gitter zum Hof zu klettern. Seit bestimmt einem Vierteljahrhundert war ich nicht mehr über ein Gitter gestiegen. Die Eisenstangen waren kalt und spitz, aber mit der Kraft meiner Wut gelang es mir, mich hinüberzuwinden. Ziemlich unelegant landete ich im Hof. Ich umrundete den unfreundlichen Bau und gelangte so auf die Rückseite. Hier mußte irgendwo Emils Zimmer sein. Ich zählte die Fenster. Jetzt bloß nicht irgendeinen schlafenden Vertreter wecken!! Womöglich noch Herrn Bönninghausen im kleinkarierten Pyjama mit Giraffen drauf ... Das fünfte Fenster, das mußte es sein. Die Vorhänge waren geschlossen. Alles schwarz. Ich bückte mich und hob einige Kieselsteine auf. Also los. Mit voller Kraft pfefferte ich einen Stein an Emils Fenster. Nichts tat sich. Tja, der Junge hatte einen gottgesegneten Schlaf! Ich schleuderte einen Stein nach dem anderen. Wach auf, Bengel!

Von der Kirchturmuhr schlug es Viertel vor zwölf. Paulinchen mußte doch vor Hunger sterben! Das letzte Mal hatte ich sie vor der ersten Sendung um halb sieben gestillt! Vom vielen Bücken und Werfen wurde mir ganz heiß. Mir blieb fast die Luft weg. Endlich. Endlich öffnete sich der Vorhang, und ein verschlafener Kopf tauchte auf. Gott sei Dank. Es war nicht Herr Bönninghausen. Es war Emil. Er öffnete das Fenster. Wie bei Romeo und Julia. Nur nicht ganz so romantisch.

»Alter Penner!« rief ich halblaut. »Könntest du mich freundlicherweise rein lassen?!«

»Jou!« Emils Kopf verschwand wieder.

Kein Babygeschrei drinnen. Mein Paulinchen hatte mich nicht vermißt.

Ich kletterte mit zitternden Knien wieder über das verdammte schmiedeeiserne Gitter und schleppte mich zur Hoteltür zurück. Eins war klar: Dieses würde unsere letzte Nacht in dieser Kaschemme sein.

Emil war nur mit einer knappen Unterhose bekleidet. Sein Oberkörper glänzte im spärlichen Flurlicht.

»Hat Paulinchen nicht geweint?«

»Doch, aber ich habe ihr Tee gegeben.«

»Seit wann schläft sie?«

»Seit drei Stunden.«

Ich schob mich hinter Emil in sein Zimmer. Was sollte ich in meiner ungemütlichen, kalten, dunklen Bude? Ich suchte

Nähe, Wärme, Menschlichkeit, den Atem meines Kindes und den Geruch von einem lebendigen Menschen.

Emil stand vor mir, schlaftrunken, zerzaust, und unglaublich schön.

Ich warf einen Blick auf sein Bett: Da lag mein kleines Paulinchen, hingestreckt in der schlafwarmen Mulde, mit geschlossenen Äuglein, und atmete ganz leise und ganz gleichmäßig vor sich hin. Ein bißchen zuckte sie im Traum. Und ihre drei kleinen Härchen auf dem Kopf wippten im Schein der Nachttischlampe.

»Kann ich einen Moment hierbleiben?«

»Jou.«

Emil wischte einen Haufen Jeans, T-Shirts und Pullover vom einzigen Sessel. Auf der alten, spießigen Kommode stand der Fläschchenwärmer. Das Lämpchen ging gerade an und machte leise »Plopp«. Sonst war kein Geräusch zu hören.

Ich ließ mich auf den Sessel sinken und betrachtete das rührende Stilleben in dieser ungewöhnlichen Jungmännerbude. Ein wunderschönes, heimeliges Chaos, das ein Zipfelchen Geborgenheit verlieh.

Emil stand unschlüssig vor mir.

Ich wußte auch nicht, wo ich hinschauen sollte.

Eigentlich wäre es angesagt zu gehen.

Endlich richtete Emil das Wort an mich:

»Willst du was trinken?«

»Klar, Mann. Mach 'n Champagner auf!«

»Hahaha. Sehr witzig.«

»Minibar? Dü gübt's hür nüch!«

»Aber du mußt was Heißes trinken!«

»Was hättest du denn anzubieten?«

Emil machte sich an dem Durchlauferhitzer zu schaffen.

»Babytee?«

»Meinetwegen.«

»Wie geht es dir heute?«

»Nicht so toll.«

»Hast du aber toll ausgesehen.«

»Stimmt nicht, Emil. Nicht lügen.«

Emil lächelte, während er mit dem Teepulver hantierte.

»Aber hattest du nicht soviel schwarze Flecke in Gesicht.«

Er reichte mir ein Baby-Öltuch. Ich wischte verschämt in meinem Gesicht herum. O Gott, wie peinlich. Verregnete, alte schwarze Krähe weckt herrlich schlafenden Knaben mitten in der Nacht, nur weil sie zu blöd ist, einen Hotelschlüssel mitzunehmen. Und platzt dann auch noch in sein Privatgemach, statt sich unauffällig in ihr Kämmerchen zu verdrükken.

Emil reichte mir die dampfende Tasse. Ich wärmte dankbar meine Hände daran.

»Du hast dir verletzt!«

Erst jetzt bemerkte ich, daß zwei Finger bluteten. Das war die verdammte, kalte schmiedeeiserne Gittertür.

Emil kniete sich neben mich und wischte vorsichtig mit einem weiteren Öltuch auf meinen schmutzigen Fingern herum. Ich spürte nichts. Ich hatte einfach kein Gefühl mehr in den Fingern. Aber es war schön, daß er da war.

Ich schlürfte dankbar meinen Tee. Er schmeckte nach nichts, nur nach heißem Wasser und ein bißchen nach Kamille. Wirklich, sehr romantisch.

»Dir ist kalt, Emil«, sagte ich. »Geh wieder ins Bett!«

»Nein«, sagte Emil. »Ich glaube, du bist kalt.«

Kein bißchen, dachte ich. Das ist ja das Schlimme.

Er nahm die Bettdecke und breitete sie über mich. Paulinchen deckte er mit seinem grobgestrickten Pullover zu. Die Bettdecke roch nach Emil. Und von der Kirchturmuhr schlug es Mitternacht.

»Du sollst zu Oda-Gesine kommen«, begrüßte mich Rolf, als ich am nächsten Morgen das Gelände betrat.

Ich hatte die ganze Nacht kein Auge zugetan. Nicht eins. Und so sah ich bestimmt auch aus. Alt, grau, übernächtigt, das wandelnde schlechte Gewissen.

O Gott. Ich hatte es gewußt. Sie würde mich zur Rede stellen. Jennifer hatte geplaudert. »Hach, wie nett von der Karla, sie hat mir den Tip gegeben, den Einser-Kandidaten zu wählen, und ich kann nur sagen, alles andere wäre auch nicht in Frage gekommen ...«

Ich schluckte an einem dicken Kloß. Jetzt war alles aus. Erst die schlechten Kritiken, die mittelmäßigen Einschaltquoten, die üblen Briefe, der kopfschüttelnde Herr Bönninghausen, die nicht anbeißen wollenden Herrschaften von dem Tiefkühllümmel, und dann enttäusche ich Oda-Gesine noch auf diese Weise. Der Pickerin einen Tip geben! Als Moderatorin einer Sendung, die Kult ist. Deren Reiz genau darin besteht, daß keiner was weiß. Und du, du bist neu, und direkt in deiner zweiten Sendestaffel hältst du nicht dein Maul. Selbst zum Nichts-Sagen bist du zu nichtssagend.

Ich klopfte. Erst zaghaft. Dann energisch. Wir stellen uns in die Grätsche und spannen Bauch- und Gesäßmuskeln fest an ...

»JA!« Oje. Oda-Gesine war bestimmt schrecklich verärgert.

Mir zitterten die Knie. Verdammt. Daß das nie aufhörte. Wird man eigentlich je erwachsen? Wann hört man auf, vor Autoritäten Angst zu haben? Was können sie einem tun? Hauen? Schimpfen? Einen schütteln? In die Ecke stellen? Strafarbeit? Mich an den Ohren zu meinen Eltern schleppen? Konnte sie doch alles nicht!

Oda-Gesine lehnte wohlig-breit hinter ihrem Schreibtisch.

»Setz dich. Hast du gut geschlafen?«

Nein. Ich habe bis zwei Uhr bei Emil gehockt, bis endlich mein Kind aufwachte, und dann hab ich den Rest der Nacht in meinem Zimmer verbracht, wo ich beim kalten Licht der von draußen hereinscheinenden Straßenlaterne versucht habe, das Surren der Stubenfliege zu überhören.

»Danke, gut. Alles bestens.« Ich räusperte mich. Wann würde sie zum Angriff übergehen?

Oda-Gesine beugte ihre Massen über ihren Schreibtisch

und legte ihre fette Pranke auf meine kalte Hand. »Du bist meine Gallionsfigur, Schätzchen. Ich glaub an dich.«

Wie, sie wollte gar nicht schimpfen? Sie wollte mir nur die Hand tätscheln und »Schätzchen« zu mir sagen? Und deshalb hatte sie mich herbestellt? Ach, ich mochte Oda-Gesine, ich mochte sie wirklich schrecklich gern. Ich wollte sie nicht enttäuschen.

»Hier«, sagte Oda-Gesine, als sie mein zaghaftes Lächeln bemerkte. »Ich hab natürlich ein paar Umfragen machen lassen.« Und dann wuchtete sie ihre Massen um ihren Schreibtisch herum und schrie »Lutz?!« ins Telefon, und Lutz steckte schon sein freundliches Antlitz unter seiner unvermeidlichen Baskenmütze zur Tür herein.

»Bring mir mal die Umfragenauswertung.«

Lutz warf mir einen freundlich-tröstenden Blick zu. Fast wie ein Zahnarzthelfer, der genau weiß, jetzt kommt der Bohrer, aber das arme Opfer klappt vertrauensvoll den Mund auf und harrt der Dinge, die da kommen werden. Er brachte eine riesige Mappe. Gemeinsam klappten wir sie auf. Sie war über zwei Meter breit. Und dann ließ Oda-Gesine ihren dicken Finger über viele Spalten und Zahlen gleiten. Ich betrachtete ihre in das Fett eingewachsenen Ringe und stellte mir vor, daß die niemals wieder abgehen würden.

Oda-Gesine ahnte nicht, in welche unpassenden Gedanken ich verstrickt war. Sie erklärte mir eifrig, daß ich im Thüringer Raum 14 Prozent beliebter sei als im Bremer Raum und daß die Frauen über fünfzig mich ausnahmslos positiver bewerteten als die Männer unter dreißig und daß die arbeitslosen Jugendlichen in Sachsen mich absolut ätzend fänden, während die Herren in westlichen Großstädten aus mittleren Unternehmen mich durchaus als liebenswert, charmant und herzenswarm bezeichneten. 63 Prozent der berufstätigen Frauen ohne Familie lehnten mich rundweg ab, ganz besonders signifikant sei das am Beispiel von Bayern, da seien es sogar 72 Prozent. Mütter mit Kindern seien eklatant gegen mich, speziell in ländlichen Gegenden, während überraschenderweise

84 Prozent der Hausfrauen aus Mecklenburg-Vorpommern und immerhin 63 Prozent der berufstätigen Mütter aus Großstädten sich sehr positiv über mich äußerten. Die Geschiedenen fänden es zu 89 Prozent unverständlich, daß ich das Zielpublikum gewechselt hätte. Sie lehnten mich nun auch ab.

Ich schluckte. »Mein Gott«, sagte ich. »Woher wißt ihr das?«

»Wir haben in allen deutschen Fußgängerzonen Befragungen durchgeführt«, sagte Oda-Gesine stolz. »Drei Wochen lang.«

»Nein!«

»Natürlich! Wir wollen deinen Marktwert ganz genau wissen. Das ist üblich!«

Und Oda-Gesines Finger blätterten das riesige Machwerk um, das gut und gerne als Doktorarbeit durchgehen konnte.

Auf der nächsten Seite standen Einzelpunkte wie »Beurteilen Sie bitte die Sprache / Stimme / Ausstrahlung / Kleidung / Frisur / Figur der Moderatorin mit Noten von 1 bis 6. Hier schnitt ich nicht so grauenvoll ab, wie ich befürchtet hatte. Die Durchschnittsnote war 3,6. Also noch grauenvoll genug. Allein die Tatsache, daß wildfremde Menschen mich bewerteten, war erniedrigend.

Auf der folgenden Seite ging es eindeutig um unseren Sponsor. Wahrscheinlich war es die wichtigste Seite.

Wie viele »Wört-Flört-Törts« haben Sie während der letzten »Wört-Flört«-Sendung gegessen? Würden Sie Frau Stein ein »Wört-Flört-Tört« abkaufen? Finden Sie, daß Frau Stein eine gute Repräsentantin von »Wört-Flört-Tört« ist? Würden Sie Frau Stein zum Kaffee einladen und mit ihr »Wört-Flört-Tört« essen? Würden Sie Frau Stein ein »Wört-Flört-Tört« mitbringen, wenn Sie von ihr eingeladen würden? Geben Sie Ihren Kindern »Wört-Flört-Tört« mit in die Schule?

Die Leute hatten recht unterschiedlich reagiert. Im Durchschnitt hatte man die Note 3,4 errechnet. Ich schämte mich entsetzlich. Das DURFTEN die? So einfach Leute auf der

Straße anquatschen und sie fragen, was sie von meiner Figur hielten? Irgendwelche hergelaufenen Kerle mit Plastiktüte und irgendwelche Frauen, die schlechtgelaunt aus ihrem Büro kamen oder von zu Hause, wo sie vielleicht gerade »Sonja am Mittag« gesehen hatten und deshalb noch voller Aggression waren, durften die anquatschen? Und diese Leute wurden auch noch hofiert und kriegten zur Belohnung eine Kiste »Wört-Flört-Törts«! Weil sie MICH beurteilt hatten! Wie in der Schule. Mit Noten von 1 bis 6.

»Na? Beeindruckt?«

Mir wurde schlecht. »Ich muß da erst mal drüber nachdenken«, sagte ich mit belegter Stimme.

»Also Schätzchen, jetzt kack uns bloß nicht ab. Du bist doch wohl in der Lage, so was richtig einzuordnen!« schnaufte Oda-Gesine, während sie meine eiskalte Hand in ihrer Pranke knetete. »Ich dachte, du bist ein Profi!«

»Aber damit habe ich nicht gerechnet.«

»Was meinst du, was wir uns für Mühe gegeben haben! So detailliert kriegt wohl kaum ein Mensch seinen Marktwert mitgeteilt!«

Marktwert. Ich schluckte.

Unten weinte Paulinchen.

»Jetzt geh mal zu deinem Baby und zu deinem … Boy. Sei in einer halben Stunde beim Briefing«, verabschiedete mich Oda-Gesine. »Wir machen das mit den Videos allein.«

Ich schlich mich in Emils Garderobe und versuchte mir nichts anmerken zu lassen. Mein ganzes Gehirn war grau. Grau wie eine zähe, trübe Wolke, die eine ganze Stadt im Smog erstickt. Da hatten sie Hunderte von Mitarbeitern in deutsche Fußgängerzonen geschickt. Um hergelaufene Passanten nach mir zu fragen, während ich glückselig beim Bundespräsidenten Speckpfannekuchen gegessen hatte. Und mit Emil auf der Spree geschippert war. Und mit den Kindern im Stadtwald Verstecken gespielt hatte. Ich hatte nicht gewußt, daß es so erniedrigend war, eine öffentliche Person zu sein.

Emil sah mich prüfend an, als ich mit zitternden Händen mein Paulinchen nahm. »Alles O.K., Mam?«

»Jou«, sagte ich und begann zu stillen.

Emil tat so, als läse er seinen Krimi. Aber über den Buchrand hinweg sah er mich an.

»Was machst du in deiner Freizeit?« Rolf war wieder voll in seinem Element.

»Ich sitz total gern auf dem Klo.« Der Typ mit dem T-Shirt, auf dem »fuck off!« stand, grinste selbstzufrieden. Er kaute mit offenem Mund auf einem rosa Kaugummi herum.

»Warum?« fragte ich interessiert. Das soll es ja geben, daß Männer gern auf dem Klo sitzen. Frauen haben für so was keine Zeit.

»Keine Bezüge, Karla. Das schneidet die Tanja eh wieder raus. Und sonst so?«

»Motorrad fahrn. In der Eifel rum. Immer am Wochenende. Nürburgring und so.«

»Ah ja. Soso. Schreib ›Motorrad‹, Maik. Das mit dem Klo lassen wir. Findet der Bönninghausen nicht werbewirksam. Macht Spaß?«

»Klaro. Geil!« Der Typ kaute Kaugummi.

»Ist die schnell, die Maschine?« fragte Rolf.

Maik saß abwartend mit seinem dicken Filzstift und dem riesigen Pappschild in der Ecke. Er wartete auf die nächste besonders interessante Verlautbarung.

»Klaro. Zweihundertdreißig Sachen gibt die schon her.«

Ich versuchte mich auf den Typ zu konzentrieren, der da in meiner Garderobe saß. Er war sicher ein bißchen zu lange im Sonnenstudio gewesen, seine Gesichtshaut war unnatürlich karottenfarben, und in seine pechschwarz gefärbten Haare hatte er reichlich Gel geschmiert. Darunter schimmerte die Kopfhaut durch.

»O.K., dann klopfen wir dich fest bei der Honda«, sagte Rolf und nickte Maik zu. Dieser schrieb mit heiliger Andacht »FZ?« und »Honda« auf seine Papptafel.

»Traumfrau?« fragte ich und seufzte. Das war sicher das hundertste Mal, daß ich einen Kerl nach seiner Traumfrau fragte. Und es interessierte mich nicht für fünf Pfennige.

»Linda Evangelista«, sagte der Hondafahrer. »Aber ein bißchen mehr Titten kann sie schon haben.«

»O.K.«, sagte Rolf. »Neger das, Mike. Und du, äm … Dieter … nee … Dietmar …« Rolf schaute hilfesuchend auf seine Unterlagen.

»Genau. Das ist korrekt«, sagte Dietmar.

»Laß die Titten heute abend weg. Sag lieber ›Rundungen‹ oder so was. Aber da briefen wir dich noch.«

»Wieso, eure ganze Sendung ist doch voll versaut!«

»Ja, aber wir arbeiten immer mit Zweideutigkeiten. Nie so ganz plump. Verstehst.«

»Klaro. Ich lasse mir noch was Kreatives einfallen. Ich bin da voll flexibel.«

»Nächster«, sagte Rolf. »Ich heiße, komme aus und mache. Kein Alter, kein Nachname.«

Gerade als der nächste Typ sich räusperte, knallte die Türklinke herunter, und Oda-Gesine quoll in den Raum. Wir erschraken alle. Waren wir doch so konzentriert und arbeitsintensiv in unser Briefing verstrickt!

»Alle mal raus«, bellte Oda-Gesine. »Karla, ich muß dich sprechen.«

Mir schlug das Herz bis zum Halse. Die anderen erhoben sich schlaksig von ihren Stühlen, rafften ihre Zigaretten und Handys an sich und latschten gemächlich von dannen.

»Dicke Luft?« hörte ich Dietmar klug argwöhnen.

»Tür zu!« schnaufte Oda-Gesine. Sie ließ sich in den noch warmen Schaukelstuhl fallen, in dem Kim, die Gäste-Finderin, immer lethargisch und schweigend vor sich hin schaukelte.

»Sag mal, hast du gestern der Pickerin einen Tip gegeben?«

Bumm. Mein Herzschlag setzte aus. Das war's. Sie wußte es. Ich kam nicht davon.

»Nein! Wie kommst du darauf?«

Sie MUSSTE sehen, daß ich knallrot geworden war.

»Ich war eben bei Tanja in der Regie. Sie schneidet gerade die Sendung von gestern. Und da seh ich dich deutlich mit den Lippen formulieren: Nimm die Eins!«

»Quatsch«, sagte ich. Ich wollte sterben. Ich hatte mich niemals erbärmlicher gefühlt. Einmal hatte ich mein Karlchen geohrfeigt, als er mich angelogen hatte. »Hast du schon Zähne geputzt?« hatte ich gefragt. Und er hatte mit bräunlichen Zähnen ja gesagt und dabei eine Lakritzschneckenfahne gehabt, weshalb mir die Hand ausgerutscht war. Jetzt hätte ich mich gern selbst geohrfeigt.

Aber Oda-Gesine ohrfeigte mich nicht.

»Ich habe auch gehofft, daß ich mir das einbilde. Das kann doch nicht wahr sein, hab ich mir gedacht, und auch Tanja sagt, so dämlich bist du nicht, daß du den Kandidaten hier Tips gibst. ›Wört-Flört‹ ist Kult, seit dreißig Jahren, und der Reiz an dieser Sendung ist, daß die Leute sich nur an der Stimme orientieren. In Amerika, da hat mal eine Moderatorin einer Kandidatin einen Tip gegeben, das war der Skandal schlechthin, das stand in allen Zeitungen, die Frau ist achtkantig geflogen, ohne jede Abfindung stand die auf der Straße, und die Sendung ist eingestellt worden, weil die Leute glaubten, sie seien seit Jahren betrogen worden ...«

Oda-Gesine schnaufte. Sie mußte sich unterbrechen. Automatisch griff sie nach einem »Wört-Flört-Tört« und riß ihm die Kleider vom Leibe. In einem Stück stopfte sie sich den Nougatriegel in den Mund.

»Nein, nein«, beteuerte ich gegen das Hämmern in meinen Schläfen an.

»Komm mal mit!« ächzte Oda-Gesine, während sie sich energisch aus dem Schaukelstuhl erhob. »Ich will das jetzt wissen. Was sagst du da zu dem Mädel? Ich bin doch nicht blind! Hören kann man nichts, aber man sieht es deutlich!«

Sie schleifte mich am Arm zur Garderobentür hinaus. Draußen lümmelten die Dietmars und Rolfs und Maiks und all die anderen jungen, aufsteigenden, dynamischen Menschen, die in ihrer Freizeit entspannt auf dem Klo saßen und Honda fuhren und keine anderen Sorgen hatten als Linda Evangelista und, klaro, ein kreatives Wort für Titten.

Ich wollte sterben. Jegliches Abgeführtwerden zum Schafott und zum gnädigen Sensenmann erschien mir als die mildere Strafe. Hier würde es einen Rückweg geben. Vorbei an denen allen. Vorbei an den coolen, gestylten, jungen, dynamischen, kreativen Typen, die alle, klaro, viel mehr in der Birne hatten als ich. Und ich hatte mich heimlich über sie erhoben, hatte mein eigenes Niveau für höher befunden, hatte sie als blöd und oberflächlich abgestempelt ...

Rums! Die Eisentür zur Regie fiel hinter uns zu.

»Hallo, Karla!« begrüßte mich Tanja freundlich.

Neben ihr saßen Christiane, die nette blonde Regieassistentin, Melanie, die bildschöne Praktikantin, die ich im Verdacht hatte, daß sie nichts sehnlicher erwartete als meinen Rausschmiß, und sogar die überaus wichtige Silvia mit ihren überflüssigen Requisiten. An der Wand standen Frank und Sascha, hinten an der Tür der böse blickende bayrische Produktionsleiter mit den Hirschhornknöpfen. Vor denen allen würde ich gleich in die Knie gezwungen werden, blamiert bis auf die Knochen, der Dummheit, Geschwätzigkeit und Lüge überführt. Auf dem wichtigsten Stuhl saß breitbeinig und in König-der-Löwen-Haltung Herr Bönninghausen im kleinkarierten Sakko und mit blauen Schlümpfen auf der Krawatte. Alle, alle würden nun Zeuge einer verdienten Enthauptung werden. Und Herr Bönninghausen würde mit dem Kopf schütteln. Er hatte es schon immer gewußt, daß ich eine glatte Fehlbesetzung war.

Ich fühlte das Nasse unter der Zunge nicht mehr. Tanja spulte die Sendung von gestern vor. Eine aufgetakelte, alberne Moderatorin mit Nacken-Innenwelle, Samtkostüm in Blö und Riemchensandaletten schwirrte wie eine übereifrige Biene über die Bühne und machte Bücklinge nach rechts und links, sah mit albernem Augenaufschlag in die Kamera und ruderte mit den Armen. Jetzt stand sie neben dem schönen Schmetterling von gestern. Da. Jennifer. Gott, war die hübsch. Langbeinig saß sie auf ihrem Hocker und las wie eine Mickymaus so schnell und hoch ihre Fragen ab. Dazwischen immer wieder die Dämlichen von gestern, die ihre Antworten nicht kannten. Sascha und der Autor rannten im Zeitraffertempo vor und zurück, flüsterten, knieten, pinselten, tupften, standen wieder auf, hoppelten weg. Zweimal, dreimal, viermal. Jetzt schwirrte Silvia durchs Bild und schüttelte wie Frau Holle ganz besessen an den Kissen herum.

»Stopp!« schrie Oda-Gesine Malzahn.

Silvia hörte auf zu schütteln. Sie stand bewegungslos im Hintergrund. Und vorne, vorne war ich. Mein Gesicht. Mein genervtes. Ganz groß.

»Langsam weiter!«

Im Normaltempo spielte Tanja die Szene ab.

Jennifer und ich schauten uns an. Jennifer fragend, ich gequält. Das waren die Riemchensandalen. Oder auch die dämlichen Kandidaten.

Mein Blick saugte sich an dem Bildschirm fest.

Zeitlupe.

Jennifers Augen: fragend, unsicher, ratlos.

Und meine Augen: beschwörend. Ich drehte mich weg, hob die Schulter, so, als hätte ich was zu vertuschen, und da, da formulierten es meine Lippen, ganz deutlich, ganz klar verständlich:

»Nmm d Ns!«

Nicht zu verleugnen. Allerfeinste Gehörlosensprache.

Zumal sie ja nachher die Eins genommen hat, die aufgeweckte Jennifer!

Ich klebte auf meinem Lederstuhl. Tot. Jetzt. Bitte erschießen. Oder wenigstens ohrfeigen. Los. Herr Bönninghausen. Kopf schütteln. Schnall deine Schlumpfenkrawatte von deiner Kehle und erdroßle mich damit. Bitte. Du tätest mir einen Gefallen.

Silvia – im Hintergrund – schüttelte die Kissen. Und da

kam Sascha angerannt, wedel-wedel, er winkte mit einer Kleenexbox, ach, Gott, wie wichtig, da ging er hin und brachte eine Kleenexbox, und die Sendung mußte sowieso unterbrochen werden, weil der Kandidat seine Antwort nicht wußte. Jennifer zupfte sich ein Kleenex aus dem Spender und putzte sich damit die blendend weißen, makellosen Schneidezähne. Die wichtige Silvia huschte betont unauffällig aus dem Bild. Das mußte alles sowieso rausgeschnitten werden. Wenn die übereifrige Silvia nicht so blöd im Hintergrund Kissen geschüttelt hätte, wäre Oda-Gesine mir vielleicht nie drauf gekommen. Aber dann wäre die Szene womöglich gesendet worden. Und es gibt genug Zuschauer, die sich so was zu Hause in Zeitlupe vor- und zurückspulen, o ja, die gibt es! Marga Siever und Luise Weiser und so Leute, die tun so was. Die haben Zeit dafür. Und den nötigen Haß. Und was es dann für Briefe gegeben hätte! Nicht auszudenken!

»Also was?« fragte Oda-Gesine. »Was hast du gesagt, wenn nicht ›Nimm die Eins‹?«

Jetzt. Ich mußte jetzt was sagen. Irgendwas.

»Nimm dir eins!« sagte ich. »Sie hatte Lippenstift auf den Zähnen. Nimm dir ein Kleenex!«

»Spiel noch mal!« befahl Oda-Gesine Tanja.

Wir schauten die Szene alle noch mal gebannt an. Ja. Die Rechnung ging auf. Ich sagte: »Nimm dir eins«, und Sascha kam mit den Kleenextüchern angerannt.

»Ach sooo!« Klatschend schlug sich Oda-Gesine auf die Schenkel. »Schätzchen, ich wußte, daß du Grips in der Birne hast!«

Mein Herz lärmte so laut, daß ich sicher war, alle hier im Regieraum würden es hören. Aber alle lachten. Und Herr Bönninghausen schüttelte beim Lachen den Kopf.

»Wir hatten schon gedacht, du impfst hier die Kandidaten«, feixte Tanja. »Die arme Oda-Gesine wollte sich schon die Kugel geben!«

»Quatsch«, sagte Oda-Gesine. »Ich habe nie geglaubt, daß Karla so blöd ist, sich selbst ins Aus zu katapultieren.«

Ich lachte, während ich aufstand, um zu Dietmar und seiner Honda zurückzugehen.

»Du hast zwei nasse Flecken auf dem Busen«, sagte die übereifrige Silvia, als ich mich an ihr vorbeischob. »Ich bring dir geschwind einen Lappen, dann kannst du's auswaschen. Brauchst a warmes Wasser oder a kaltes?«

»Jetzt laßt die arme Karla halt erst ihr Baby stillen«, dröhnte Oda-Gesine, während sie mir herzlich ihre Pranke auf die Schulter schlug. »Du machst das schon, Schätzchen! Ich glaube an dich!«

Ich flüchtete in Emils Garderobe und ließ mich völlig entkräftet auf sein Sofa fallen.

»Gib mir das Paulinchen, auch wenn es schläft!«

Emil ließ seinen Krimi sinken. »Du bist ganz weiß um den Mund!«

»Her mit dem Kind!«

Ich riß mir den Pullover hoch. Aus beiden Brustwarzen schoß die Milch in mehreren dünnen Strahlen. Emil starrte entgeistert darauf.

»Los! Worauf wartest du?«

Emil nahm behutsam das schlafende Baby aus dem Kinderwagen und legte es mir in die Arme. Ich drückte dem unschuldigen Paulinchen die Warze in den Mund. Das Säugetierchen begann sofort zu trinken.

Lange halte ich das nicht mehr aus, dachte ich. Diese Lügerei und Heuchelei ist nicht mehr lustig.

Emil nahm eine frische Stoffwindel und wußte nicht, was er damit machen sollte. Aus meinem freien Busen schoß ein dünner Strahl. Emil wollte mir den Lappen reichen. Aber ich hatte keine Hand frei. Da saß ich nun, der zwanzig Jahre jüngere Bengel in Turnschuhen und löchrigen Jeans tupfte mir erschrocken und verunsichert die Augen und die Nase, und als alles nichts half, hielt er die Stoffwindel auf meinen Busen.

Ach, Emil, dachte ich. Was wirst du mal für ein Klassemann. Schade, daß ich das nicht mehr erleben darf.

Zum Ende der zweiten Aufzeichnungsstaffel hatten wir zwanzig Sendungen im Kasten.

Am Abreisetag bat ich Oda-Gesine noch einmal um ein Gespräch.

»Zum ersten möchte ich dich bitten, daß ich diese Videos nicht mehr anschauen muß«, sagte ich mit fester Stimme. »Es bringt nichts, drei Stunden lang auf den flimmernden Bildschirm zu starren, auf dem nur Köpfe auftauchen und wieder verschwinden. Meine Konzentration ist dadurch bereits mittags erschöpft.«

»Geht klar, Schätzchen«, sagte Oda-Gesine. »Schlaf dich demnächst morgens lieber aus, und mach dir mit deinem Boy einen netten Vormittag.«

Punkt. Fertig. So war Oda-Gesine. Kein »Wenn« und kein »Vielleicht doch« und »Warum nicht« und »Du mußt« und »Du hast dich gefälligst anzupassen«.

»Zweitens: Die Garderobe paßt nicht zu mir«, stellte ich fest. »Und die Maske auch nicht. Ich fühle mich verkleidet, und die Zuschauerbriefe und Bewertungsbögen geben mir recht!«

Eigentlich wollte ich noch »Drittens möchte ich ein anderes Hotel« sagen und mich dann dezent verabschieden, aber dazu kam es nicht mehr.

Oda-Gesine wurde rot vor Wut. »Verdammt noch mal! Jetzt stauch ich aber Sascha und Frank zusammen! Die zwei Kerls sollen dich trendy anziehen! Das gibt jetzt aber Ärger!«

»Bitte nicht! So hab ich das nicht gemeint. Die beiden geben sich unheimlich Mühe!« Unheimlich, fand ich, war hier genau das richtige Wort. »Außerdem bin ich wirklich ein schwieriger Fall.«

»Quatsch, dafür sind die Bengels da, daß sie dich superschick und mega-trendy rausputzen. Was glaubst du, was ich denen zahl!«

Das wollte ich lieber gar nicht wissen. Wenn ich daran dachte, daß der Frank für die ersten zwölf Sendungen vierzigtausend Mark nur für Garderobe ausgegeben hatte!

Und die hing jetzt da, die Garderobe. Samtanzug an Samtanzug. Größe vierundvierzig. Niemand würde die Sachen je wieder anziehen. Ich am allerwenigsten. Allein in dieser einen Woche hatte ich vier Kilo abgenommen.

»Die Kerls sollen dich girliemäßig stylen. Das hab ich denen eingehämmert!«

»Aber ich BIN kein Girlie. Und ich war auch nie eins! Bitte! Laß mich beim nächsten Mal meine eigene Garderobe anziehen.«

»Was willst'n dir an den Leib hängen?«

»Was Unkompliziertes. So wie ich bin halt. Ohne Firlefanz. Ich hasse Ohrgehänge, die baumeln, Modeschmuck, der immer verrutscht, Halstücher, die das Mikro verdecken und Störgeräusche machen, Blusenkragen, die mich brav wie eine Hausfrau im Kirchenchor aussehen lassen, Riemchensandalen, von denen ich kippe, und Hosenbünde, die unterhalb des Nabels schließen und in denen ich keine Luft kriege.«

»Das ist ja katastrophal!« schnauzte Oda-Gesine. »Jetzt scheiß ich die Bengels aber zusammen!«

Oda-Gesine hieb mit ihrer Pranke auf die Sprechanlage: »Frank und Sascha mal raufkommen!«

»Nein, nein, Oda-Gesine, bitte nicht falsch verstehen! Das hört sich ja jetzt an, als wollte ich petzen, dabei versuche ich doch nur, meinen eigenen Typ nicht allzusehr zu verbiegen, doch wie sollen die zwei jungen Männer das wiss …«

Da standen die beiden. Wie immer in Schwarz, mager, nabelfrei und blaß. Frank mit seinem roten Kopftuch, Sascha mit kahlgeschorenem Schädel. Beide rochen stark nach Rauch. Beide waren unrasiert. Voll boyliemäßick trendy.

Ach je. Die mußten doch denken, ich hätte mich über sie beschwert. Das wollte ich doch nicht!

»Die Karla ist unzufrieden mit euch«, maulte Oda-Gesine. Die beiden armen Kerle zuckten zusammen.

»Was hängt ihr der denn immer an den Leib?!«

»Was wir besprochen haben. Nur edelste Marken, superedle Stoffe, coole Schnitte, dezente Accessoires …«

»Karla fühlt sich verkleidet!« schnauzte Oda-Gesine.
»Warum? Hm? Kann mir das mal einer erklären? Was? Hm?
Und was ist mit dieser unsäglichen Innenwelle im Nacken?
Was? Trägt man das heute so? Ich kenn mich damit ja nicht
mehr aus, das interessiert mich einen feuchten Dreck, in welche Richtung man heute die Locke fönt. Ich fön meine Haare
seit zwanzig Jahren nicht mehr. Ich scheiß auf so'n Kram.
Aber ihr seid die Spezialisten! Ich bezahl euch horrend! Horrend! Damit ihr die Karla zeitgemäß und modern und edel
und schick herrichtet! Da!« Sie klatschte einen Ausschnitt aus
der »BUNTEN« auf den Tisch. »Leute von GESTERN. Karla
Stein! Die Trulla der Nation!« Mir wollte das Herz brechen.
Aber Oda-Gesine war noch nicht fertig. Nun klatschte sie
auch noch einen Stapel Briefe auf den Schreibtisch.

»Schaut euch das an!! Alles Negativ-Kritik! Fünfundsieb-
zig Prozent der Kritik richtet sich allein gegen Karlas Outfit.
Und das überträgt sich auf die Person von Karla! Und wer
Karla ablehnt, der lehnt auch ›Wört-Flört-Tört‹ ab! WAS!? Ka-
piert ihr das?! Das bedeutet, der Bönninghausen steigt aus!
Unser Sponsor! Schnallt ihr das, ihr Holzköppe?!«

Mein Gott, was konnte Oda-Gesine schreien! Sascha und
Frank standen wie die Schulbuben an der Tür und wagten
nicht, sich zu rühren. Ich zitterte auch.

Oda-Gesine kramte mit ihren fetten Fingern mit den eingewachsenen Ringen in den Briefen herum. O Gott. Bitte
jetzt nicht auch noch Schmähbriefe vorlesen. Ich wollte mich
doch nur nett verabschieden! Draußen auf dem Vorplatz wartete Emil mit dem Kinderwagen. Unser Flugzeug ging in einer Stunde!

»Hier! Charlott Bruder aus Kisslegg im Allgäu! ›Karla
Stein, ›Wört-Flört‹-Dame, wer zieht Sie eigentlich für die Sendung an? Im Moment sehen Sie immer so aus, als würden Sie
Trauer tragen! Diese Beratung war aus reiner Freundlichkeit
von Frau zu Frau! Ich freue mich schon auf Ihr neues Outfit,
weil ich Sie als Moderatorin sehr schätze.‹ Oder hier: Frau
Barbara Schlüter aus Hamburg. ›Früher bei ‚Endlich allein'

haben Sie viel jugendlicher ausgesehen! Warum gehen Sie nicht dahin zurück? Wir haben Sie alle gern gesehen!‹«

»Das war aber mal ein freundlicher Brief«, sagte ich erleichtert. Sie verlangte gar nicht, daß man mich auf der Müllkippe entsorgte!

»Es spricht nicht für unsere Styling-Spezialisten, wenn man sich wünscht, daß unsere Moderatorin zurück in ihre Hausfrauensendung geht!« schrie Oda-Gesine. »Genau das wollte ich VERMEIDEN!«

Sascha und Frank standen wie geprügelte Hunde an der Tür.

»Brauner Samt ist doch nicht Trauer«, wagte Frank hervorzupressen.

»Aber anscheinend völlig daneben!« schnauzte Oda-Gesine. »Macht brauner Samt dick? Hä? Ich weiß es nicht! Es interessiert mich auch nicht! Ich BIN dick!! Ich trage niemals braunen Samt! Ich habe das alles nicht mehr nötig! Aber IHR! IHR HABT DAS NÖTIG!«

Sie holte einen Ausdruck aus dem Internet hervor: »Hier! Ignaz Schmucki aus Thun! Ich zitiere! ›Warum gebt ihr dieser pflaumenbäckigen Tante nicht eine Kinderstunde! Sie ist gekleidet und hergerichtet wie eine Handarbeitslehrerin bei einer Schulaufführung!‹«

Ich mußte mir das Lachen verbeißen. Das war ja irgendwie originell. Pflaumenbäckige Tante! Das war ja ein ganz köstlicher Bursche, dieser Ignaz!

Oda-Gesine hatte aber keinen Sinn für Ignaz' Humor.

»Das geht ganz klar auf dein Konto, Sascha! Pflaumenbäckig! Was benutzt du denn für'n Rouge!«

»Alles Dior«, stammelte Sascha. »Die dezentesten Töne! Wie abgesprochen!«

»Es sieht anscheinend SCHEISSE aus! Und hier: Michael Gernsbeck aus Heidelberg: ›Karla Stein verkörpert den mütterlichen Typ, gebt ihr eine Sendung, die zu ihr paßt, zum Beispiel Kochen!‹

Oder hier: Ilse Berger aus Stuttgart: ›Karla Stein zu großmütterlich!‹ Genau in das Horn haben sie vor fünfundzwanzig Jahren geblasen. Aber HEUTE DOCH NICHT MEHR!

Oder hier! Postkarte aus ›Haus Diana‹ in Waldsolms, was auch immer das ist, vielleicht 'ne Schönheitsfarm oder so was. ›Wer hat Karla Stein hergerichtet? Wer ist dafür verantwortlich? Bitte veröffentlichen Sie diesen Nahmen!‹ Mit h schreibt die das. So empört ist die.

Ein Gymnastikkurs aus Bochum: ›Diese Mami soll wieder zu ihren Kindern gehen! Wir wollen einen Charmeur mit Akzent!‹ Mami! Mami ist als Schimpfwort zu verstehen! Nicht etwa als Hochachtung von Frau zu Frau! Und daran seid IHR SCHULD, IHR UNFÄHIGEN BURSCHEN!

Und hier ein letzter Brief, von Annette Gutzeit aus Trossingen: ›Karla Stein könnte, so wie die aussieht, sicher gut Heizdecken in einem Seniorenheim verkaufen oder als engagierte Frau des Dorfpfarrers auftreten.‹ Das soll reichen!«

Oda-Gesine schnaufte. Peinliche Stille herrschte.

Ich mochte auch nicht mehr lachen. Sosehr ich Heizdecken liebe. Und Dorfpfarrer auch.

Soviel geballte Entrüstung! Nicht, daß ein Bürgerkrieg ausbrach!

»Wir haben alles getan, was in unserer Macht stand«, heulte Sascha los. »Ich kann doch nicht hingehen und eine vierzigjährige Moderatorin wie ein Girlie herrichten! Zumal sie echt viel zu fett ist. Sorry. Das mußte ich jetzt einfach mal sagen!«

Vierzig. Fett. Er hatte es gesagt. Es mußte einfach mal die Wahrheit ausgesprochen werden.

Ich tätschelte ihm tröstend den Arm. »Mach dir nichts draus, Sascha.« Ich kramte nach einem Tempotaschentuch und wischte ihm die Augen. Gott, was hatten wir hier alle schon geweint! Dabei war »Wört-Flört« doch eine lustige Sendung, heiter, jung, trendy!

Aber Frank weinte auch, bittere Tränen. Er sah aus wie Rotkäppchen mit seinem roten Kopftuch und seinen roten Bäckchen. »Wenn ihr mich nicht mehr braucht, müßt's ihr nur sagen! Bitte! Ich kann auch gehen! Ich will hier keinen schlechten Job machen, wenn die Leut das nicht mögen, bitte, ich geb hier mein Bestes, ich streife unentwegt durch die Geschäfte und geb ein irres Geld aus, so viel verdien ich in drei Jahren nicht, was ich hier für Halstücher und Riemchensandaletten ausgeb, alles immer aus der neuesten Kollektion, alles nur edle Marken vom Feinsten, Designer, voll abgehoben, voll teuer, aber bitte, ich kann's auch lassen, soll die Karla in Privatklamotten rumlatschen, ich muß ja nicht vor die Kamera, die Karla muß ja …«

Ich tätschelte mit der freien Hand auch noch Frank. »Nicht weinen, Frank. Du gibst dir alle Mühe, ich weiß! Vielleicht kombinieren wir nächstes Mal ein paar Klamotten von dir und einige von mir. Wirst sehen, wenn wir in vier Wochen wieder drehen, hab ich noch mal vier Kilo abgenommen.«

»Tja«, schniefte Frank gekränkt, »dann werd ich's noch mal mit dir versuchen. Aber nur einmal! Wenn dann wieder solche Briefe kommen, geh ich eben!«

Oda-Gesine mampfte Nougatriegel. »Also, ich hab jetzt keine Lust mehr auf dieses unerfreuliche Thema. Du kaufst noch modernere Klamotten, zwei Nummern kleiner als bisher, du besorgst dir Schminkzeug, das nicht nach Pflaumenbacke aussieht, und du nimmst bis zum nächsten Mal sechs Kilo ab.« Sie schüttelte mir den Oberarm.

»Das dürfte knapp werden, in vier Wochen …«

»DU NIMMST AB!«

»So schnell geht das nicht …«

»DOCH! Tust halt nix mehr essen, einfach NIX, verstehst!« Oda riß einem »Wört-Flört-Tört« die Kleider vom Leib und stopfte es ärgerlich in den Mund.

»Aber ich stille ein Baby!«

»Dann stillst eben nimmer!«

»WAAS? Aber du hast doch gesagt, ich kann stillen, solange ich will!«

»Das interessiert doch die Leut nicht, Herrschaftszeiten! Und mich auch nicht! Was meinst du, warum ich dir so viel Geld zahl …!«

»Du verlangst also von mir, daß ich abstille?«

»Das ist mir völlig egal, was du machst. Schlepp dein Baby mit dir rum und deinen Boy auch, da hab ich nix gegen, aber sei nächstes Mal so schlank, daß du in diese verdammten Girlie-Klamotten paßt!«

»Nach vier Kindern hat man halt keine Wespentaille mehr!«

»Sissi hatte auch vier Kinder!! Was meinst du, wo die ihre Wespentaille immer wieder hergekriegt hat?«

»Aber Sis…«

»Und jetzt sag nicht, das sei ja auch eine öffentliche Frau gewesen. DU BIST auch eine öffentliche Frau! Und die Leute akzeptieren es nicht anders! Tut mir ja selber leid, aber diese Tatsache können wir in diesem Jahrtausend nicht mehr ändern. KLAR?«

»Klar«, sagte ich fassungslos. Oda-Gesine war mindestens so enttäuscht wie ich. Problemzonen wurden nach wie vor an öffentlichen Frauen nicht akzeptiert! Vor hundert Jahren nicht und heute auch nicht!

Aber die sollten mich kennenlernen. Mama kann, wenn sie will. Mama kann sehr konsequent sein. Dann faste ich eben. So. Im Krieg ging das auch. In vier Wochen hab ich Größe achtunddreißig. Und dann werden alle Marga Sievers und Luise Weisers und Ignatze aufhören, mir Koch- und Hausfrauensendungen anzubieten. Oder gleich die ›Mühlkippe‹.

»Ich faste«, sagte ich fest.

»Das erwarte ich auch von dir«, sagte Oda-Gesine. »Ich besorg dir einen Platz bei einem Fastenseminar. In der Schweiz. Da hab ich früher auch immer gefastet. Schön da! Und ist auch gar nicht schlimm! Nach zwei Tagen hast eh keinen Hunger mehr.« Sie griff nach einem weiteren Nougatriegel. »Die Kosten übernimmt natürlich DER SENDER. Drei Wochen Fasten kosten, glaub ich, so um die dreitausend Mark. Am Lago Maggiore. Wunderschönes Hotel. Republica libera heißt das da, Albergo Losone. Kannst ja deine Kinderschar mitnehmen. Und deinen … Boy auch. Die kriegen natürlich was zu essen. Hervorragende Küche für die Begleitpersonen. Und jetzt raus mit euch.«

Das letzte, was ich von Oda-Gesine wahrnahm, war der aufgesprungene Blusenknopf und der Blick auf ihr rosafarbenes Mieder, das sich über ihren fleischigen Massen spannte.

Zu Hause fand ich ein Fax vor: Oda-Gesine hatte schon alles gebucht. Fünfsternehotel im Tessin, zwei große Suiten zum Garten hinaus, für die Kinder samt Emil Vollpension, für mich drei Wochen Fasten und eine Aufbauwoche.

Die Kinder hatten sowieso gerade Herbstferien bekommen. Das paßte gut.

Wir fuhren nachts, damit die Kinder schlafen konnten.

Emil saß auf dem Beifahrersitz, neben sich alle Utensilien, die man während einer so langen Fahrt mit vier Kindern eben braucht. Er war aufmerksam und zuvorkommend wie immer. Nicht nur, daß er alle Kinderkoffer gepackt und im Auto verstaut hatte, er hatte auch an griffbereite Schnuller gedacht, an Trinktütchen, Teefläschchen, Wolldecken, Kartenspiele und Walkmänner. Für mich hatte er eine große Thermoskanne Kaffee mitgenommen. Als wäre er schon seit Jahren mehrfacher Familienvater. Es lief alles völlig reibungslos. Kein überflüssiges Wort fiel, aber auch kein einziges. Und wenn Emil etwas sagte, dann freundlich, sachlich und informativ.

Begleitet von den Klängen der »Dichterliebe« von Schumann düsten wir bei Karlsruhe über die Autobahn.

»Wenn ich in deine Augen seh, so schwindet all mein Leid und Weh, doch wenn ich küsse deinen Mund, so werd ich ganz und gar gesund.«

»Verstehst du das?«

»Jou.«

»Findest du es uncool?«

»No, Mam.«

Schweigen.

Ich sah ihn von der Seite an. Er hatte wie immer seine Schirmkappe verkehrt herum auf.

»Willst du schlafen?«

»Nein.«

»Was denkst du?«

»Hm …« Emil zuckte mit den Schultern.

»Hast du dir deinen Job bei uns so vorgestellt?«

»No, Mam.«

»Hast du schon deinen Eltern geschrieben, daß du beim Bundespräsidenten essen warst?«

»No, Mam.«

»Du kannst jederzeit mit ihnen telefonieren, Emil. Sag ihnen, daß es dir hier gutgeht! Oder geht es dir nicht gut bei uns, Emil?«

»Yes, Mam. Sehr gut.«

Emil war nicht zum Schwätzen aufgelegt. Schade. Ich hätte so gern mehr von ihm erfahren.

»Reichst du mir mal den Kaffee?«

Emil goß schweigend den Thermosbecher halb voll und gab mir den dampfenden Kaffee. Ich trank.

»Und? Bist du immer noch traurig und hast Sehnsucht nach deiner Mama?«

»No, Mam. Ich hab ja jetzt dich.«

Na prima. Ich war also ein Mutterersatz. Ja, was denn sonst, dumme Pute. Du hast ihm selber am ersten Tag gesagt, daß du jetzt seine Mutter bist.

Und nichts anderes, KLAR?!

»Überfordere ich dich?«

Eigentlich meinte ich »emotional«, aber er bezog meine Frage wohl auf seine Hausmännchenpflichten.

»Ich muß nicht viel arbeiten.«

Na klar. Andere Au-pair-Jungen müssen schuften und Treppen wischen und den Garten umgraben und Klos putzen. Das mußte Emil bei uns nicht. Aber er mußte mir das Baby nachtragen und mich ständig in meinem Elend sehen, entweder mich auf der Wolldecke wälzend oder nachts in seinem Kämmerlein, schniefend und heulend, dreckig und zerstaucht, seelisch wie körperlich ein lächerliches Wrack. Und

201

das ist auch nicht jederjungs Sache. Mit neunzehn. Vielleicht sollte er demnächst bei Senta zu Hause bleiben und endlich mal ein normales Au-pair-Jungen-Leben führen. Mit Sprachenschule und Hausaufgaben und Sport und Disco und Kino und einer kleinen, schüchternen Liebe.

»Möchtest du zur nächsten Sendestaffel von ›Wört-Flört‹ wieder mitfahren?«

»Yes, Mam.«

»Du mußt es nicht, denn ich werde abstillen, wenn ich faste.«

»Hm.« Ob er mich verstand? Abstillen. Fasten. Rückbildungsgymnastik. Moderieren. Neger halten. Das stand bestimmt in keinem Wörterbuch für Anfänger.

»Ich grolle nicht, und wenn das Herz auch bricht ...«

Aber »Wört-Flört« ohne ihn? An welches Kämmerchen sollte ich klopfen, wenn nicht an seins?

Wir lauschten Schumanns »Dichterliebe«.

»Ich sah dich ja im Traume, ich sah die Nacht in deines Herzens Raume, ich sah die Schlang, die dir am Herzen frißt, ich sah mein Lieb wie sehr du elend bist ...«

»Aber du kannst. Ich meine, wir müssen Oda-Gesine nicht auf die Nase binden, daß ich dich nicht mehr brauche.«

»No, Mam.«

Schweigen.

»Und wüßten's die Blumen, die kleinen, wie tief verwundet mein Herz ...«

Ich lenkte den vollbeladenen Familienbus schweigend durch die tiefe Nacht.

»Ein Jüngling liebt ein Mädchen«, trällerte der Bariton. Ich summte mit. *»Der hat eine andere gewählt ...«*

»Wie findest du eigentlich die Melanie?« fragte ich beiläufig.

»Sie ist sehr nett«, antwortete Emil.

»Der andere liebt eine andere ...«

Ich griff schweigend nach dem Kaffeebecher. Emil reichte ihn mir. Ich trank.

»Also, wie du willst, Emil. Du kannst zu Hause bleiben oder weiter mit nach München kommen. Was dir lieber ist.«

»Brauchst du mich nicht mehr?«

»Ich hab im Traum geweinet«, sang der Bariton im Hintergrund. *»Mir träumt, du verließest mich ...«*

O doch, Junge. Und wie ich dich brauche. Das ist schon unanständig, wie sehr.

»Klar. Ich bin natürlich froh, wenn ich wenigstens Paulinchen bei mir habe ...«

»Ich wachte auf, und ich weinte noch lange bitterlich.«

»Doch, Emil. Ich brauche dich.«

So. Jetzt war es heraus. Ich war froh, wenn ich ihn bei mir hatte. Warum, wußte ich auch nicht.

»Ich hab im Traum geweinet, mir träumte, du wärst mir noch gut. Ich wachte auf, und noch immer strömt meine Tränenflut ...«

Verrückt. Ein neunzehnjähriger Bengel, der Cola trank und Kaugummi kaute und fast nichts sprach. Was fand ich an ihm? Und was fand der an mir? Warum nutzte er nicht seine Freizeit, um in die Disco zu gehen oder ins Kino oder sonstwohin, zum Sport vielleicht, wo halt junge Kerls mit Schirmkappe und Coladose so hingehen.

Zu Hause hatten Senta und ich wiederholt versucht, ihm seine Freizeit attraktiv zu gestalten. Ich hatte ihn zu der Wohngemeinschaft geschleppt, die gegenüber hauste: acht junge Sportstudenten, voll abgefahren irgendwie, alle mit Schirmkappe und Coladose, die spielten unentwegt Fußball und Beach-Volleyball und Badminton, die fuhren Rollerblades und Skateboard, daß es eine Freude war. Aber Emil mochte sich nicht zu ihnen gesellen. Senta hatte sämtliche schönen Töchter ihrer Freundinnen, die solche im heiratsfähigen Alter hatten, mit Emil zusammengebracht. Wir hatten die jungen Leute ins Kino gefahren und in die Disco, ich, mit meinem Baby am Busen und meinen Gummizughosen, hatte alles getan, um die schüchternen Kinder anzuheizen. Ich hatte ein Mountainbike für Emil besorgt und Rollerblades, ich hatte ihn sogar für teures Geld im Fitneßclub am Stadtwald angemeldet. Dort tummelten sich tausend gutgebaute Heftchen im nabelfreien Outfit. Eigentlich benahm ich mich wie Oda-Gesine: Ich organisierte mit aller Gewalt meines Nächsten Glück.

Aber Emil ließ sich nicht organisieren. Er hockte am liebsten bei mir. Schweigend. Unauffällig. Wie ein Schatten. Er war da, einfach so. Es schien ihm nichts auszumachen, daß ich so meine Marotten hatte. Und die hatte ich reichlich.

Erstens mixte ich mir zweimal täglich einen kalorienarmen Eiweißtrunk mit Magermilch. Der Mixer lärmte minutenlang. Zweitens mußte ich immer meine Stunde Gymnastik machen. Im Wohnzimmer. Dann breitete ich meine heißgeliebte rote Wolldecke aus, schob die Sessel und den Tisch beiseite und riß alle Fenster auf. »Wir stellen uns in die Grätsche und spannen Bauch- und Gesäßmuskeln fest an«, das hatte er bestimmt schon hundertmal mit anhören müssen! Es mußte ihn doch anöden! Aber dann saß er mit dem Baby im Arm auf dem Sofa und schaute meine ersten zwanzig Sendungen »Wört-Flört«. Ganz leise. Um mich beim Beineschwingen und mein Töchterchen beim Schlafen nicht zu stören. Sämtliche Aufzeichnungen von »Wört-Flört« schaute er sich immer wieder an, während ich mich im Hintergrund über die Wolldecke wälzte. Zuerst war mir das schrecklich peinlich, ich wollte nicht, daß dieser junge, gutgewachsene Mensch mit ansehen mußte, wie ich mich quälte, meine Problemzonen abzuarbeiten, aber es schien ihm nichts auszumachen. Er hielt es für ebenso selbstverständlich, dabeizusitzen, wenn ich turnte, wie er beim Essen oder Zähneputzen der Kinder dabeisaß. Es wurde ihm anscheinend nie langweilig.

Er wollte einfach nur in meiner Nähe sein.

Das einzige, wozu ich ihn bewegen konnte, war, mit mir in die Oper zu gehen. So hatten wir uns schon viermal »Tosca« reingezogen und dreimal »La Bohème«. Wir entwickelten uns zu totalen Puccini-Fans. Und Alban Bergs »Wozzeck« fanden wir geil. *»Hat er wieder in die Ecke gepißt – Wozzeck?!«*

Ist das denn gut für so 'nen Jungen? dachte ich, wenn der Kerl mit seinen verwaschenen Jeans und der Schirmkappe neben mir im Opernfoyer stand.

»Du siehest mich an wehmütiglich ...«

Verrückt. Wir waren wie ein glückliches altes Ehepaar, das zwar wenig miteinander sprach, bei dem aber alles völlig selbstverständlich ablief. Eingespielt. Schweigend. Freundlich. Völlig ohne Gereiztheit.

Und nun saß er neben mir im Auto und war wieder mal einsilbig. Aber unbeleidigt einsilbig. Und das ist etwas Herrliches zwischen zwei Menschen.

»Du sagst mir heimlich ein leises Wort und gibst mir den Strauß, den Strauß von Zypressen. Ich wache auf, und der Strauß ist fort, und's Wort hab ich vergessen.«

»Also?« fragte ich.

»Ich komme wieder mit nach München«, sagte er. Ponkt.

Um Mitternacht passierten wir in Basel die Grenze. Die Beamten warfen einen müden Blick in unseren Wagen: vier Kinder, schlafend, eine Mutti am Steuer und ein junger Kerl auf der Beifahrerseite. Weiterfahren.

Der Mond leuchtete pflaumenbäckig.

Weit und breit war kein Auto auf der Straße. Weder fuhr vor uns eins, noch kam eins von hinten, um uns zu überholen, noch kam uns eins entgegen.

Nur Emil und ich waren auf der Welt.

Und vier schlafende Kinder.

Und ein pflaumenbäckiger Mond.

Wir hörten inzwischen Kiri Te Kanawa mit Strauss-Liedern.

»Du meines Herzens Krönelein, du bist von laut'rem Golde. Wenn andere daneben sein, dann bist du erst viel holde. Die andern tun so gern gescheit, du bist gar sanft und stille. Daß jedes Herz sich dein erfreut, dein Glück ist's, nicht dein Wille.«

An einer Verzweigung fuhr ich Richtung Luzern. Die

Schweizer haben keine Autobahnkreuze, die haben Verzweigungen. Und dann muß man sich innerhalb von Sekunden entscheiden: entweder links halten oder rechts. Und wer bei einer Verzweigung pennt, hat Pech gehabt.

Schön, dachte ich. Jetzt düse ich durch die Nacht, den ganzen Stall voller Kinder, und wir haben es warm und gemütlich, das Auto schnurrt, es gibt überhaupt keinen einzigen Menschen in dieser Nacht außer Emil und den Kindern und mir. Und Emil hält die Klappe und guckt unter seiner Schirmmütze geradeaus. Und gleich sind wir am Vierwaldstätter See. Ich würde gerne anhalten und dir die alte hölzerne Brücke zeigen, Emil. So was gibt's doch bei euch in Südafrika nicht. Der Mond leuchtete. Der gute alte Mond. Häwelmann fuhr.

In Luzern war es ganz still. Ich suchte den See.

»Sind wir schon da?« fragte Emil.

Es war halb zwei.

»Nein. Ich will dir nur was zeigen.«

Wir fuhren schweigend durch die Stadt. Alles tot, alles still. Wenige Laternen. Still ruht der See.

Ich hielt an und stieg aus.

»Komm!«

»Aber die Kinder?!«

»Schlafen.«

Emil rappelte sich hoch. Ich sah die Konturen seines Gesichtes, seiner Schirmkappe, seiner Kapuze am Sweatshirt als Schatten an einem Haus. Unglaublich vertraut.

Leise schloß ich den Wagen ab.

Der Mond warf gigantische Strahlen auf das schwarze Wasser, das wie ein Spiegel wirkte. So glatt. So ebenmäßig.

Ich ging voraus auf die Brücke. Es roch nach Holz. Ich tastete vorsichtig nach dem Geländer. Es fühlte sich rauh und glatt an. Und warm. Trotz der Kälte.

»Kannst du was sehen?«

»Ja. Schön. Wie alt ist die Brücke?«

»Sehr alt. Viele hundert Jahre. Einmal hat sie gebrannt. Aber sie wurde wieder aufgebaut. Kapellbrücke heißt sie.«

»Warum zeigst du mir das alles?«

»Weil ein junger Mann aus dem Ausland so was einfach gesehen haben muß.«

Wir schritten einmal ganz darüber. Bis zum Wasserturm. Ach, ich liebte diese Brücke. Früher, in meinem anderen Leben, war ich hier schon öfter gewesen. Bei Tag und bei Nacht. Und auch da war ich nicht allein gewesen. Aber das hier, das war etwas ganz anderes.

Du milchjunger Knabe, wie schaust du mich an? Was haben deine Augen für eine Frage getan?

Außer unseren Schritten war nichts zu hören. Rechts und links spiegelten sich unsere Konturen im Wasser. Ich blieb stehen.

»Da hinten, am Ende des Sees, siehst du die Berge?«

»Ich dachte, es sind Wolken.«

»Nein. Es sind Berge. Die höchsten Berge der Schweiz. Das Spitze da, das ist der Pilatus. Kannst du die Konturen erkennen?«

»Jou.«

»Und dahinter sind Mönch, Eiger und Jungfrau. Ich werde sie dir irgendwann zeigen. Sie sind immer schneebedeckt. Auf die Jungfrau kann man rauffahren, bis ganz oben hin. Ewiges Eis, endlose Gletscher … willst du das erleben?«

»Yes, Mam.«

Unsere Augen hatten sich an die Dunkelheit gewöhnt. Auf dem Wasser vor uns trieben schlafende Enten und Schwäne. Einige davon gaben verwunderte Quaklaute von sich.

Es war kein bißchen unheimlich. Es war völlig selbstverständlich, nachts um halb zwei in Luzern über die berühmte Holzbrücke zu gehen und auf die Berge am Horizont zu sehen. Ich war plötzlich sehr stolz, Emil so etwas Schönes zeigen zu können. Nachdem ich ihm soviel Chaos zugemutet hatte, soviel Oberflächliches und Unwichtiges, fand ich, daß dies hier sehr, sehr wichtig war. Und da spielte die Uhrzeit überhaupt keine Rolle. Ich hätte ihn gern in den Arm genommen. Mütterlich, natürlich. Aber ich traute mich nicht.

Wir gingen zum Auto zurück.

Die Kinder schliefen fest.

Wir stiegen ein und fuhren davon.

Und sprachen kein einziges Wort.

Eine Stunde später zeigte ein Schild, daß wir fünf Kilometer vor dem Gotthardtunnel waren. Kann sein, daß das Schild durchgestrichen war. Ich erinnere mich nicht mehr.

»So flüssig bin ich noch nie durchgekommen«, jubilierte ich. »Daß aber auch so gar kein Mensch auf der Straße ist!«

»Hm ...«

»Seit Stunden sind wir die einzigen Menschen auf der Welt! Ist dir das schon aufgefallen?«

Emil zuckte die Schultern. »Bei uns in Südafrika ist das normal, daß man stundenlang keinen anderen Menschen trifft. Da fährst du manchmal drei Tage und Nächte durch das Land und begegnest keinem.«

Der Mond leuchtete nicht mehr so intensiv. Dunkle Wolkenfetzen schoben sich immer wieder davor. Das Wetter wurde schlechter. Das Thermometer im Wagen zeigte nur noch vier Grad Außentemperatur.

»Ich wundere mich, daß uns auch keiner entgegenkommt ... reich mir bitte noch mal den Kaffee.«

Es war so eine geniale Idee gewesen, nachts zu fahren! Das würde ich in Zukunft immer machen!

»Sechzehn Kilometer Tunnel«, sagte ich zu Emil. »Da ist mir jedesmal etwas bang. Ich stelle mir immer vor, die Berge könnten mir auf den Kopf fallen. Aber warte es nur ab. Wenn wir erst auf der anderen Seite rauskommen, ist es viel wärmer! Fast immer ist auf der Südseite noch Sommer, während auf der Nordseite schon Winter ist! Ach, ich freu mich so auf das Tessin! Wenn du irgendwo in Europa das Paradies findest, dann im Tessin!«

Emil antwortete nichts. Was sollte er auch antworten.

Und dann mußte ich plötzlich scharf bremsen. Eine rote

Schranke. Mitten auf der Autobahn! Hier Welt zu Ende. Stopp. Und auf einem Schild warnende Hände. Gottardo chiuso.

Was sollte das heißen, Gottardo chiuso? Drei Uhr nachts! Wieso Gottardo chiuso?! Völlig ratlos fuhr ich an den Rand.

Emil sah mich fragend an.

»Der Tunnel ist zu!« sagte ich fassungslos.

Emil zuckte die Schultern.

»Was mache ich denn jetzt?«

Schweigen. Was sollte Emil mir auch raten? Wenden und nach Hause fahren? Achthundert Kilometer? Ach Gott, wenn doch Senta jetzt hier wäre! Der wäre bestimmt was eingefallen, die hätte über ihr Handy den ADAC angerufen oder so was Sinnvolles, aber ich hatte keinen Empfang, das sah ich genau, die Berge waren zu hoch, und wir saßen in einem Funkloch. Es regnete in Strömen. Drei Grad.

»Da oben ist ein Haus«, sagte Emil.

Ja. Da leuchtete ein Licht. Ich fuhr vorsichtig von der Autobahn runter und über eine schmale, gewundene Straße in Richtung Haus. Es war eine Polizeistation. Und drinnen brannte Licht.

»Na, großartig. Warte hier. Ich werde die Bullen fragen, was das soll mit dem geschlossenen Gotthard.«

Als ich ausstieg, schlug mir schneidende Kälte entgegen. Nebelschwaden zogen durch die Nacht. Es regnete Bindfäden. Oder war das Schnee?

Ich ging beherzt zu der Tür, hinter der das Licht brannte. Zu. Ich rüttelte. Zu! Schon wieder eine geschlossene Tür, an der ich rüttelte, dieweil Nacht war und anständige Leute schliefen. Ich rüttelte verzweifelt. He! Ihr Schweizer Polizisten! Aufmachen! Entweder den Gotthardtunnel oder wenigstens diese Tür!

Doch nichts rührte sich. Niemand weit und breit. Dieses Licht brannte nur, weil jemand vergessen hatte, es auszumachen.

Zehn nach drei. Bitterkalt. Nebel. Schneeregen. Vier unschuldige, schlafende Kinder und ein unschuldiger Au-pair-Junge im Auto. Und sonst keine Menschenseele. Ich hätte heulen können. Verdammt! Warum mußten mir immer solche Sachen passieren?

Wütend stapfte ich zum Auto zurück. Emil hatte inzwischen das Paulinchen aus seinem Sitz befreit und hielt es wärmend im Arm.

»Gib her!« Ärgerlich ließ ich mich auf meinen Sitz fallen und schob den Pullover hoch. Eine Gänsehaut überzog mich. Paulinchen saugte dankbar. Emil breitete schweigend eine Decke über uns.

»So ein Mist!« hob ich an zu schimpfen. »Warum sagt denn kein Schwein im Radio, daß der verdammte Tunnel geschlossen ist!«

»Wir hatten immer nur Kassetten an«, gab Emil zu bedenken.

In dem Moment erwachte auch das Katinkalein. »Mama, wo sind wir? Ich will zu Senta! Ich will in den Kindergarten!«

»Ach, das hat mir gerade noch gefehlt. Senta ist nicht hier, Mäuslein. Bitte schlaf.«

»Nei-en! Ich kann nicht schlafen! Ich will ein Plätzchen! Ich muß Pipi!«

Emil sprang auf, trug das Kind zum Pipimachen in die Büsche und versorgte es anschließend mit einem Plätzchen. Dann schnallte er Katinka wieder an, wickelte die Wolldecke um sie und streichelte sie beruhigend. Schweigend. Mein Gott, wie hatte ich so einen Mann verdient? Er kontrollierte noch, ob die Großen im hinteren Teil des Vans gut zugedeckt waren, zupfte Decken und Anoraks zurecht und setzte sich dann wieder neben mich auf den Beifahrersitz.

»Und was machen wir jetzt?« fragte ich hilflos. Als wenn der arme, unschuldige Emil gewußt hätte, was man vor geschlossenen Alpentunneln nachts um drei macht! Essen gehen oder ins Kino oder was?

Emil zuckte die Schultern. »Warten?!«

Na, großartig. Warten. Ich erwog kurz die Möglichkeit,

über den Gotthardpaß zu fahren. Aber wenn es hier unten schon drei Grad kalt waren, war dort oben mit Sicherheit Glatteis. Zumal es immer weiterregnete. Wir hatten natürlich keine Winterreifen. Und ich würde den Teufel tun, als unerfahrene Großstädterin mit einem Kleinbus voller Kinder über einen gefährlichen Alpenpaß zu fahren. Bei Nebel und im Dunkeln.

»Also warten.« Ich nahm das Paulinchen vorsichtig vom Busen ab. Emil streckte schon automatisch die Hände danach aus. Drei Monate lang hatte er nichts anderes gemacht, als mir beim Stillen zuzusehen und anschließend die Hände nach dem Kind auszustrecken. Er erneuerte dem schlafenden Mäuslein sehr geschickt und in Windeseile die Pampers, wickelte es in Schlafsack und Wolldecke, schnallte es wieder an und steckte ihm den Schnuller in den Mund. Fertig. Außer einem plätschernden Wasserfall ganz in der Nähe hörte man nur das zufriedene Schnorcheln von vier Kindern.

Ich versuchte, mich zu entspannen. Leider gab es nur noch eine Wolldecke. Emil breitete sie sehr fürsorglich über mich.

»Und du?«

»Ich friere nicht.«

»Noch nicht! Aber bestimmt bald!«

»Ich kann draußen rumlaufen!« Emil öffnete bereits seine Tür. Ein eiskalter Lufthauch zog herein.

»Nichts machst du! Hiergeblieben! Außerdem gibt es hier den gemeinen Waldschrat, der fängt gerne Frischfleisch und frißt es auf!«

Emil schloß die Tür wieder. Das Innenlämpchen im Auto erlosch. Ich reichte ihm einen Zipfel Wolldecke.

»Los. Mach schon. Zier dich nicht. Ich tu dir nichts.«

Emil lächelte schwach. Das hatte er wahrscheinlich sowieso nicht gefürchtet, daß ich ihm was tat.

Welch eine verrückte Situation, dachte ich, während wir vor die Wand des Polizeihäuschens blickten. Da sitz ich hier mit einem blutjungen Kerl unter einer Wolldecke, draußen prasselt der Regen, wir sind die einsamsten Menschen ringsum.

Und ich weiß fast nichts von ihm, außer daß er hilfsbereit ist und liebevoll, fürsorglich und genügsam. Aber ist das denn gut für so'n Bengel? Immer mit einer stillenden Altmutter rumzuziehen, die entweder auf der falschen Party schlecht moderiert oder vor geschlossenen Tunneln im Kalten steht?

Ich wollte jetzt keinen Brahms und keinen Schumann mehr hören. »Erzähl mir was von dir«, forderte ich wenig geschickt.

»Was soll ich erzählen?« Klar, daß die Antwort kommen mußte.

»Was machst du beruflich, was machst du in deiner Freizeit, wie sieht deine Traumfrau aus?«

»Von Beruf möchte ich Ingenieur werden. Mein Vater ist … war auch ein Ingenieur, und meine Traumfrau bist du.«

»Hahaha«, sagte ich. »Sehr witzig. Wieso war dein Vater Ingenieur? Ist der tot?«

»Ja, tot.«

Ich richtete mich abrupt auf. In seiner Bewerbung hatte nichts davon gestanden. Vater, Mutter, vier Geschwister, ich hatte ja Fotos gesehen! Ein netter junger Vater, kaum vierzig, für einen Mann kein Alter. Heile Welt. Eine strahlende Bilderbuchfamilie. Der Vater war mir sogar besonders aufgefallen. Sportlich, schlank, braungebrannt. Einen Bart hatte er. Jeans und Turnschuhe und Schirmkappe. Wie Emil. Nur ausgewachsener.

Der Vater tot? Wie? Wann?

»Emil! Das hast du gar nicht erzählt! Wann ist das passiert?«

»Vor fünf Monaten.«

»Das war ja direkt vor deiner Abreise!«

»Jou.«

Ich schluckte. Sollte ich jetzt noch was nachschieben?

»Emil?« Ich nahm vorsichtig seine Hand. Sie war schweißnaß und eiskalt. »Möchtest du darüber reden?«

»No, Mam.«

Ja, verdammt, Junge! Was mach ich denn jetzt mit dir? Da schleppst du seit Monaten deine Trauerarbeit mit dir rum, und ich weiß davon überhaupt nichts? Mein Gott, mit wem kannst du denn sprechen, wenn nicht mit mir?

Ich fühlte mich schrecklich schuldbewußt. Alles hatte sich immer nur um mich gedreht, um meine Sendung, um mein Outfit, um meine Gymnastik, um meinen Mißerfolg, um meine Einschaltquoten, um meine Marktanteile, um mein Befinden, um meine Problemzonen, um meine schlaflosen Nächte. Und Emil war nichts als mein Schatten gewesen. Dabei hatte er viel schlimmere Probleme als ich!

Ich knetete seine Hand, als könnte ich damit irgend etwas wiedergutmachen.

»Emil, ich bin kein guter Freund für dich gewesen, obwohl du jetzt einen gebraucht hättest! Ich kann das nicht gut, und gerade im Moment, wo ich mit ›Wört-Flört‹ so zugestopft bin, da hab ich überhaupt keinen Blick und kein Gefühl für dich entwickelt. Es tut mir schrecklich leid!«

»Ist O.K.«, sagte Emil. Er zog seine Hand nicht weg.

Wir saßen da, unter einer Wolldecke, und unsere Worte formten sich zu kleinen weißen Dampfwölkchen, und außer dem Schnorcheln der Kinder hörte man in der Nähe nur einen Wasserfall auf Felsen prasseln. Sonst nichts.

Draußen zogen Nebelschwaden vorbei.

»Möchtest du darüber sprechen?« Mein Gott, wie blöd ich dieses alternative Psychogeschwafel fand! Aus meinem Mund klang das wie alte Pappe.

»No, Mam.«

Tja. Klar. Zurückweisung erster Klasse. Fast hätte ich ihm die Hand entzogen. Aber ich durfte jetzt einfach nicht beleidigt sein.

Emil schwieg. Seine Augen starrten ins Leere. Um die Lippen herum war er schneeweiß.

»O.K., Emil, entschuldige!« Hilflos streichelte ich dem großen Kerl über die Wange. Unregelmäßiges Bartgestoppel. Und ein paar späte Pickel. Kinder, nein, wie geht man nur mit so einem Bengel um? Wenn man ihn, verdammt noch mal, so ins Herz geschlossen hat wie ich!

Ich zwang mich, nichts mehr zu sagen. Ich starrte auf das blöde Polizeihäuschen, in dem unverzagt das Licht brannte, und auf mein Armaturenbrett. Wenn es jetzt wenigstens ganz dunkel wäre! Dann könnte man vielleicht leichter über diese Dinge reden. Wir waren der langen, kalten Nacht ziemlich erbarmungslos ausgesetzt.

Ob ich doch noch mal die Strauss-Kassette abspielen sollte? Nur so? Um dieses peinliche Schweigen zu übertönen?

»Er ist verunglückt«, sagte Emil plötzlich. Er mußte sich räuspern, weil seine Stimme so belegt war.

Mein Herz klopfte laut. Wie entsetzlich! Was sollte ich dazu sagen? Wir hielten uns immer noch an der Hand. Sollte ich sie streicheln? Nein. Ich selbst könnte das auch nicht haben, wenn mir jemand die Hand streichelte, während ich ein grauenvolles Erlebnis schilderte.

»Warst du ... dabei?«

Jetzt riß er sie mir weg. O Gott. Das war zuviel. Völlig plump! Bloß jetzt nicht über den armen Jungen herfallen. Keine plumpen Fragen. Keine voyeuristischen Anflüge. Schnauze. Geduld!

Wir schwiegen. Die Kinder schnorchelten. Der Wasserfall prasselte. Die Nebelschwaden zogen zwischen uns und der Polizeihäuschenwand vorbei. Unaufhaltsam. Der Zeiger der Uhr im Auto tickte grausam langsam. Was sollte ich nur machen? Aussteigen? Rumlaufen? Oder schweigend sitzen bleiben? Was sagen? Nichts sagen? Fragen? Seine Hand wieder nehmen? Meine Güte, ich fühlte mich so hilflos und schwerfällig! Das einzige, was ich sicher spürte, waren meine eiskalten Füße.

Nach etwa fünf Minuten sagte Emil plötzlich: »Ich war dabei. Und auch noch mein Bruder.«

Damit warf er mir seine Wolldeckenhälfte ins Gesicht, sprang auf, riß die Tür auf und rannte in die Dunkelheit.

Ich mußte wohl eingenickt sein.

Jedenfalls schrak ich hoch, als jemand heftig gegen das Autofenster klopfte.

»Ja?« Irritiert schaute ich nach rechts. Nein, kein Emil. Leer der Sitz. Die Thermoskanne stand noch offen auf der Ablage.

Links draußen am Fenster ein struppiger, verregneter Kopf unter einer orangefarbenen Kapuze. Ein Straßenarbeiter vermutlich. Kurzer Blick auf die Uhr: zehn vor sieben. Es war immer noch stockdunkel.

Ich kurbelte das Fenster runter. Sofort dröhnte der Wasserfall lauter. Feuchte Morgenkälte drang herein. Hinten wachten die Kinder auf.

Der Mann steckte neugierig sein schmutziges Antlitz zum Autofenster rein. Aha. Eine Mama, vier Kinder, kein Mann.

»Wasse hiere mache?«

Der Kerl hatte einige Gerätschaften dabei, Spitzhacke, Spaten und grobe Handschuhe. Damit konnte er uns alle gut erschlagen, ohne Fingerabdrücke zu hinterlassen. Mir war verdammt mulmig.

»Wir haben ein Nickerchen gemacht.«

»Was Nickachene?«

»Schlafen. Wir haben geschlafen. Der Gotthard ist zu.«

»Aha. Kein Gelde für Hotele, hä?« Er entblößte einige gelbliche Zahnstummel.

Ich war mir nicht sicher, ob ich die Scheibe schnell wieder hochkurbeln sollte. Wo war hier in diesem verdammten Kleinbus noch mal die Zentralverriegelung?

»Ah, si, Gottardo chiuso!« Er grinste ein grausames Grinsen. »Bis morga geschlosse bleipe Tunnälle. Oda!«

»Was?! Der bleibt geschlossen? Warum denn?!«

»Mama, wo sind wir?« meldete sich Karl. »Sind wir endlich da?«

Paulinchen erwachte ebenfalls und rieb sich mit dem Fäustchen ein paarmal heftig die Nase. Das tat sie immer, wenn sie erwachte. Sie verschmierte damit ihren ganzen Rotz gleichmäßig im Gesicht. Normalerweise sprang immer Emil mit einem Feuchttuch herbei. Aber diesmal nicht. Von Emil keine Spur.

»Bauarbeite«, sagte der Waldschrat.

»Ach, du Scheiße«, entfuhr es mir.

»Hahaha«, lachte der italienische Schrat. »Mama gutt Wortä fluchä. Hähähä!«

»Mama, dann fahren wir eben nach Hause«, sagte Karl. »Hier ist es bescheuert.«

Katinka wachte auf, starrte in das rußgeschwärzte fremde Gesicht und entschloß sich zu heulen. »Ich will zu Senta! Ich will in den Kindergarten!«

Ich drehte mich halb nach hinten und drückte ihr das weiche, warme Händchen. »Bald gehst du wieder in den Kindergarten!«

Der Waldschrat lachte gräßlich. »Nix Radio hörre, wasse?« Seine Zahnstummel sahen furchterregend aus.

»Nee«, sagte ich frustriert. Nur Schumanne-Krame unde Brahmse-Schnulze. Selpe schulte! »Scheiße!« Ich schlug in meiner ganzen hilflosen Wut auf das Lenkrad ein. Ich wollte den Motor anlassen und wegfahren, aber das ging ja nicht wegen Emil! Außerdem lehnte dieser Unmensch im Fenster.

Der Waldschrat lachte noch gräßlicher. »Kinde Angste, hä?!«

Ja, klar, Mann, guck doch mal in den Spiegel! Rein optisch würde der gut zu Oda-Gesine passen. Der definierte sich auch nicht über Äußerlichkeiten.

In dem Moment tauchte noch ein zweiter Schrat auf. Ich fühlte mich augenblicklich besser. Zwei Schrate erschienen mir nicht so gefährlich wie einer.

»Haben Sie einen jungen Mann gesehen?« fragte ich.

»Wasse junge Manne? Hä?«

Die zwei schrien sich einige italienische Brocken zu und knallten ihre Gerätschaften auf einen offenen Lastwagen.

»Ein junger Mann! Gehört auch noch zu uns!« schrie ich aus dem Autofenster. »Wenn Sie ihn sehen, sagen Sie ihm, er soll zurückkommen! Ich will hier nicht Wurzeln schlagen!«

Von uns schienen sie keine weitere Notiz mehr nehmen zu wollen. Sie sprangen in ihr Gefährt und ratterten davon.

»Boh, Mama, der sah voll bescheuert aus«, meinte Karl.

»Voll das Monster«, pflichtete Oskar ihm beeindruckt bei.

»Tja, so sicht man aus, wenn man sich nicht wäscht«, beckmesserte ich.

»Und voll die gelben Zähne!« sagte Karl.

»Voll das Schwein«, sagte Oskar.

»Dann putzt euch halt einfach manchmal die Zähne«, sagte ich belehrend. »Sonst seht ihr bald auch so aus.«

»Ich muß Pipi!« weinte Katinka, immer noch unter Schock.

Ich krabbelte unter meiner Wolldecke hervor und wuchtete das Kind aus dem Auto. Wo nur Emil steckte? Der konnte mich doch jetzt hier nicht so einfach sitzenlassen! Welch grauenvoller Morgen! Immerhin hatte es aufgehört zu regnen. Das Polizeihäuschen war nach wie vor tot und verlassen. Das Licht brannte allerdings nicht mehr. Irgendein Gespenst mußte es ausgemacht haben. Vielleicht die Schrate.

»Wo ist Emil?« fragte Katinka beim Pipimachen.

»Der geht ein bißchen spazieren«, sagte ich.

»Ich will zu Senta!« heulte Katinka. »Ich will in den Kindergarten!«

Ich auch, dachte ich. Entweder zu Senta oder in den Kindergarten. Ich bin ja schon wieder auf der falschen Party! Was mache ich nur immer, ich blöde Gans! Mühlhaufe! Trulla der Nation!

»Ja, schön, ne?« Karl hielt ebenfalls seinen Schniepel in die Büsche. »Geht der einfach spazieren, ja? Und läßt uns hier ganz allein auf so'm bescheuerten Parkplatz stehen! Soll das ein Witz sein, oder was? Dieser Rasthof ist voll uncool, Mama! Hier gibt's noch nicht mal einen Spielplatz!«

Paulinchen brüllte, daß das Auto wackelte. Ich hechtete hin, um das arme Kind zu befreien.

Karl kam hinter mir her. »Und was sollen wir jetzt essen, hä? Kann mir das mal einer sagen? Die Kekse sind alle, die Lakritzschnecken auch, und hier ist weit und breit kein McDonald's!«

Ich versuchte, einen klaren Gedanken zu fassen. Paulinchen in meinem Arm beruhigte sich. Sie wollte trinken.

Ich ließ mich wieder auf meinen Sitz fallen, schob den Pullover hoch und stopfte dem gierigen Mäulchen die Warze in den Mund. Katinka drückte sich eifersüchtig an mich. Sie wollte an ihrem Schnuller riechen. Ich reichte ihn ihr. Die Jungen standen sauer auf dem Parkplatz und kickten mit einer leeren Coladose herum.

»Ja, schön, ne? Die kann sich jetzt gemütlich sattessen, ja, und wir, wir frühstücken überhaupt nicht, was?« Karl kämpfte mit den Tränen.

Oskar schrie mich an: »Was denkst du dir überhaupt dabei? Fährst uns die ganze Nacht so rum, ne, und wenn wir aussteigen, dann ist da ein voll blöder Parkplatz, und Emil ist spazierengegangen! Einfach so! Und wer spielt jetzt mit uns? Hä? Kannst du mir das mal sagen? Ich hab so'n HUNGER!!«

In dem Moment kam der orange Lastwagen mit den Schraten wieder. Sofort zogen sich Karl und Oskar bangevoll ins Innere des Wagens zurück.

Die Kerle stiegen aus, latschten auf uns zu und starrten wieder glubschäugig in den Wagen.

»Mama! Ich hab ANGST!« schrie Katinka.

»Brauchst du nicht. Die Männer sind ganz lieb!« sagte ich. Dabei konnte ich selber vor Angst kaum sprechen.

Der eine starrte auf meinen riesigen Stillbusen. »Gute Mama gebe gute Milche, hä?« sagte das Monster und lachte gräßlich.

Nach deinen bräunlichen Zahnstummeln zu urteilen, hast du niemals einen Hauch Calcium zu dir genommen, dachte ich. Deine Mama hat dich bestimmt mit dem Hexenbesen aus ihrer Höhle gejagt.

Der zweite Kerl schob sein Antlitz ebenfalls in das Autofenster. Er steckte sich mit dreckigen Fingern eine Fluppe zwischen die rissigen Lippen und ließ seinen Blick aus rotgeäderten Augäpfeln genüßlich durch unser Auto schweifen. Auf meinem prallen Busen verharrte er staunend.

»Isse junge Mann inne Tunnel spazierregehe«, krächzte er. Er zog einmal fest an der Fluppe und blies uns den Rauch ins Auto.

»Was? Emil?« Ich wedelte mit der freien Hand, damit der Rauch mein Baby nicht vergiften möge.

»Hatte nixe gesacke, wie heiße«, antwortete der Mann.

»Danke!« sagte ich und ließ das Fenster hochfahren.

Die beiden neugierigen Kerls konnten gerade noch ihre Köpfe wegziehen.

»So, Leute, anschnallen«, rief ich energisch nach hinten. Ausnahmsweise wurde meine Anweisung sofort befolgt. Selbst Katinka krabbelte, so schnell sie konnte, auf ihren Sitz. Karl zurrte den Gurt über ihrem kleinen Körper zu. Das hatte er noch nie gemacht, seine Schwester angeschnallt. Ich wuchtete mein Baby in den Kindersitz, stopfte den Schnuller in das noch nicht satte Mäulchen, ließ meinen Stillbusen wieder in seinen »Brustbeutel«, wie Katinka immer sagte, plumpsen und ließ den Motor an. Vorbei an den ziemlich verdutzten Arbeitern bretterte ich über den Parkplatz in Richtung Tunneleingang.

Und tatsächlich. Da kam uns Emil schon entgegen. Er hatte die Kapuze über die Schirmkappe gezogen, die Hände in den Taschen seines Sweatshirts vergraben und ging, den Blick zur Erde gesenkt, mitten über die menschenleere Autobahn. Es wurde gerade hell. Seine Silhouette spiegelte sich in der nassen Straße. Es war ein merkwürdiges Bild, wie er da auf mich zukam. Im Hintergrund der Tunneleingang, der ihn umrahmte. Ich hielt an und drückte ihm die Beifahrertür auf.

»Na, Emil, hattest du einen netten Spaziergang?«

»Jou.«

»Wo bist du gewesen?« fragten die Kinder vorwurfsvoll.

»Ich habe durch den Tunnel gelauft«, sagte Emil.

»DURCH den Tunnel?« fragte ich entsetzt.

»Yes, Mam.«

Ich starrte Emil an. »Aber warum? Ich meine, warum bist du durch den Tunnel gelaufen?«

»Ich wollte wissen, was ist das für ein Gefühl.«

»Aber das war gefährlich! Sie bauen da irgendwas! Du hättest in die Luft gesprengt werden können!«

»Das war mir egal.«

Emil nahm gedankenverloren die leere Thermoskanne und drehte mit blaugefrorenen Händen sinnlos daran herum. Er sah mich mit halb trotzigem, halb hilflosem Blick an. *Du milchjunger Knabe, wie schaust du mich an? Was haben deine Augen für eine Frage getan?* Um die Lippen herum war er ganz weiß.

»Und? Wie geht es dir jetzt?« fragte ich.

»Gut«, sagte Emil knapp. »Und dir?«

»Auch gut«, sagte ich. »Mir ist es nie so gutgegangen. Also. Was machen wir jetzt mit dem angebrochenen Vormittag?«

Emil zuckte die Schultern. »Fahren wir noch mal zur alten Brücke?«

»Nein«, sagte ich. »Ich weiß was Besseres. Schnall dich an.«

Zwei Stunden später bestiegen wir in Interlaken den Zug. Ich hatte mir in den Kopf gesetzt, Emil und den Kindern die Jungfrau zu zeigen. Den höchsten Berg Europas. Während wir es uns im Zug bequem machten, packten wir aus Tüten frische Croissants und Hörnli und Weggeli aus, die ich noch auf die Schnelle besorgt hatte. Nach der durchwachten Nacht mochte ich noch nicht fasten. Ich hatte das Gefühl, daß wir alle eine Stärkung brauchen konnten. Den Kinderwagen hatten wir im Auto gelassen. Das Paulinchen lag schlafend wieder mal in Emils Armen, während ich Katinka auf dem Schoß hielt. Katinka roch an ihrem Schnuller. Die Jungen lümmelten beinebaumelnd am Fenster und stopften ihre Brötchen in sich hinein. Ob sie es zu schätzen wissen würden, was ihnen jetzt geboten wurde? Ob sie ahnten, daß sie an einem der wunderbarsten Orte der Welt sein würden?

Bestimmt würden mich alle für verrückt halten, wenn sie wüßten, was ich vorhabe, dachte ich. Aber es weiß ja keiner. Nur ich.

Das schlechte Wetter hatte sich verzogen. Unter tiefblauem Herbsthimmel zogen bunte Bäume und Büsche vorbei, hübsche, saubere Häuschen und Gärten voller spätblühender Blumen. *Stell auf den Tisch die duftenden Reseden, die letzten roten Astern trag herbei …*

War das erst drei Stunden her, daß wir frierend und angsterfüllt auf dem verregneten, kalten Parkplatz am Gotthard gestanden und mit den Waldschraten diskutiert hatten? … *und laß uns wieder von der Liebe reden, wie einst im Mai …*

Unser Züglein ratterte durch Lauterbrunnen und immer weiter bergan, bis wir nach einiger Zeit an der Kleinen Scheidegg ankamen.

»Hier müssen wir umsteigen«, erklärte ich.

Emil band sich das nur kurzzeitig erwachende Paulinchen vor den Bauch, ich half ihm beim Schließen der Gurte, dann schnappte ich mir Katinka und scheuchte meine faulen Jungs vor mir her.

Wir bestiegen ächzend die Zahnradbahn, die uns zum Jungfraujoch hinauffahren sollte. Sie war brechend voll mit Japanern und Amerikanern, die schlauerweise sehr bald nach dem Losfahren einschliefen. Es war auch nichts mehr zu sehen: Wir tauchten ein in einen endlosen Tunnel aus schwarzem Stein.

»Mama! Das ist voll langweilig!« stellte Karl fest.

»Mach die Augen zu, mein Schatz. Schlaf ein Weilchen.«

»Voll ungeil!« maulte auch Oskar. »Und was soll ich jetzt machen?«

»Nachdenken«, sagte ich. »Ich tu's auch.«

»Die spinnt voll, die Mama«, befand Oskar und kramte in seinem Rucksack nach seinem Gameboy.

Katinkalein kringelte sich auf meinem Schoß zusammen.

Emil schaute unentwegt aus dem Fenster. Auch wenn da draußen nichts zu sehen war. Das war heute schon das zweite Mal, daß er in einem endlosen dunklen Tunnel war. Ich schaute ihn sorgenvoll an. Was konnte ich tun? Drängen, daß er mir etwas erzählte? Nein. Ich hatte das Gefühl, daß Schweigen Gold war.

Wir ratterten durch die Dunkelheit. Zwischendurch hielt die Bahn zweimal an, und die Welle der Touristen ergoß sich auf einen eiskalten, dunklen Bahnsteig, von dem aus man durch mehrere dicke Fenstergläser auf das ewige Eis dort draußen schauen konnte.

»Bleib sitzen, Emil«, sagte ich. »Verdirb dir nicht die Überraschung.«

Da die Mädchen auf unserem Schoß schliefen, fiel uns das Sitzenbleiben auch nicht weiter schwer. Die müde geschaukelten Touristen schossen ihre Fotos bei der Eigerwand und dem Eismeer und kletterten fünf Minuten später verfroren wieder in unsere Zahnradbahn zurück.

Wir ratterten weiter. Eine Stimme im Zug teilte uns in zwölf Sprachen mit, daß wir bei Höchststeigungen von 25 Prozent einen Höhenunterschied von 1400 Meter überwanden.

Endlich, endlich waren wir oben.

Der Strom der Touristen überflutete die Bergstation des Jungfraujochs. Ein Schild zeigte an, daß wir nun 3475 Meter hoch waren. Die Japaner und Amerikaner griffen nach ihren Fotoapparaten und verteilten sich irgendwo in der unheimlichen Unterwelt, die sich nach mehreren Richtungen verzweigte. Emil und ich stapften, jeder ein Kind auf dem Arm und ein Kind an der Hand, tapfer die Treppen rauf. Die Kleinen hatten wir in Wolldecken gewickelt.

Es war sehr kalt.

Und dann standen wir plötzlich im ewigen Eis!

Es war unglaublich. Die Sonne blendete so, daß wir minutenlang mit den Augen kniepen mußten. Wohin wir sahen – es war alles weiß! Rund um uns ruhten die majestätischen Gipfel, alle schneebedeckt, und hoben sich scharfkantig gegen den tiefblauen Himmel ab. Über unseren Köpfen kreisten unzählige schwarze Krähen und stießen krächzende Laute aus.

»Boh, ey«, sagte Karl. »Voll die Berge!«

»Ich will sofort Ski fahren«, schrie Oskar und hüpfte an meiner Hand. »Los, Mama, kauf mir Skier!«

»Ich will auch Ski fahren«, jammerte Katinkalein und sprang an meiner Hand auf und nieder.

»Nicht hüpfen«, sagte ich. »Ist glatt!«

»Snowboard ist viel geiler«, sagte Karl.

Vor uns erstreckte sich ein breiter Weg, auf dem die Touristen vereinzelt und vorsichtig einherstapften.

Ich sah Emil fragend an. Warum sagte der denn nichts?

Emil starrte auf die vereiste Hochgebirgswelt.

»Ich habe noch nie Schnee gesehen«, sagte er plötzlich.

»Nein? Noch nie?« Die Kinder lachten ihn aus. »Hahaha, der Blödmann, der hat noch nie Schnee gesehen!«

Karl und Oskar bückten sich und formten sofort ein paar schöne, dicke Schneebälle, die sie Emil um die Ohren warfen.

»Vorsicht, Vorsicht, das Paulinchen!«

Ich nahm Emil den Tragesack ab, und er band ihn mir um den Bauch. Vorsichtig schloß er an meinen Schulterblättern die Gurte. Er schob sacht meine Haare beiseite, damit sie sich nicht unter den Gurten einklemmten.

Dann legte sich Emil mitten in den Schnee und ließ sich bewerfen. Was mußte das für ein Gefühl sein! Mit neunzehn Jahren zum ersten Mal Schnee zu sehen, zu spüren, zu fühlen, zu riechen! Der erwachte doch gerade erst zum Leben, der Emil! Und dann auf diese heftige Weise!

Ich hockte mich mit den beiden Kleinen auf eine Aussichtsbank und genoß das wilde Spektakel. Die Jungen tobten und lachten, Emil robbte plötzlich wie ein wildgewordener Yeti mit Armen und Beinen durch den Tiefschnee, tauchte darin unter, stieß juchzende Schreie aus, seine Stimme überschlug sich wie bei einem wiehernden Junghengst, er versuchte die Jungen an den Beinen zu fassen, sie warfen sich gegenseitig um und seiften sich ein, sie schrien und kreischten, Katinka hüpfte auf und nieder und feuerte sie an, und selbst das kleine Paulinchen lugte neugierig unter seinem Mützchen hervor und blinzelte in die gleißende Sonne.

Ich kam mir vor wie ein stolzes, reiches Muttertier. Zufrieden ließ ich den Blick schweifen.

Der Aletschgletscher vor uns sah aus wie eine riesige Rutschbahn, die ins Nichts führte. Soweit das Auge reichte: Schnee, Eis, glänzende weiße Fläche. Es sah einladend aus. Man wollte sich am liebsten auf den Hosenboden setzen und in die endlose, weite, sanfte weiße Welt entgleiten. Ohne jemals wieder über Einschaltquoten und Outfit und schlechte Kritiken nachzudenken. Hier oben gab es so was nicht. Hier war der Anfang zum Paradies.

Plötzlich fühlte ich mich sehr glücklich. Wir hatten es geschafft! Wir waren mit vier Kindern und nach einer durchwachten Nacht hier oben, hier, wo die Sonne schien und der ewige Schnee alle Sorgen und Ängste mit Eis bedeckte, hier, wo alle irdischen und oberflächlichen Gedanken tiefgefroren wurden, wo es nur noch Krähen gab und die unendliche Weite, Stille und herrliche Fernsicht. Wir waren eine Familie! Emil, die Kinder und ich! Ich vermißte niemanden. Ich wollte die Sekunden festhalten.

Die Jungen entdeckten am Wegesrand ein paar alte Pappkartons. Wahrscheinlich hatten andere Kinder sie hier zurückgelassen. Sofort setzten sie sich unter Gequietsch und Gejuchz hinein und rutschten den breiten, gefrästen Weg entlang. Emil stürmte hinterher und schob die Kisten. Man hörte die drei schreien und lachen. Es war nicht gefährlich. Rechts und links des Weges türmten sich meterhohe Schneemauern. Ich ließ sie gewähren. Was sollte ich ihnen erklären, welche Berge hier rechts und links zu sehen waren, die Jurahöhen und der Mönch und der Eiger.

Emil war wie ausgewechselt. So, als wäre eine Last von ihm gefallen. Vielleicht war es nötig, daß er die Sache mit dem Unfall einmal in Worte gefaßt hat, dachte ich. Es mußte raus.

Und irgendwann erzählt er mir vielleicht, wie das passiert ist.

Die Mittagssonne wärmte wie im Sommer. Ich ging mit meinem Paulinchen im Sack und meinem Katinkalein an der Hand auf dem breiten Weg spazieren und ließ meinen Blick schweifen. Was waren das eigentlich für Gefühle, die da an meinem Magen sägten? Spätes Glück? Wehmut? Sehnsucht nach der Jugend? Oder war ich etwa in dieses spätpubertierende Kalb verknallt?

Stell auf den Tisch die duftenden Reseden, die letzten roten Astern trag herbei, und laß uns wieder von der Liebe reden, wie einst im Mai ...

Später, als die drei sich ausgetobt hatten und mit knallroten Backen und leuchtenden Augen wieder auf mich zugestapft kamen, sagte ich:

»Wollt ihr mal einen Palast aus Eis sehen?«

»Och, nöö, Mama, wir wollen lieber rutschen!«

Aber Emil war wissensdurstig und dankbar. Das tat mir gut. Wenigstens einem jungen Menschen konnte ich etwas bieten.

Wir gelangten durch einen breiten unterirdischen Gang zu einer Höhle, in der zauberhafte Figuren aus Eis zu besichtigen waren. Alle glänzten und spiegelten sich und waren so formvollendet und schön, daß Emil aus dem Staunen nicht herauskam.

»Das ist phantastisch«, murmelte er überwältigt.

Die Jungen fanden es schon wieder langweilig und blöd und alles bloß Eis und Mama ich will wieder runter und ich hab Hunger und hier gibt's keine Pommes frites.

Emil aber konnte staunen, Emil konnte genießen, Emil konnte sich nicht satt sehen. Wie er da stand, mit meinem Paulinchen vor dem Bauch, behutsam die Arme um mein kleines Mädchen geschlungen, und dabei mit seinen braunen Augen unter seiner Schirmmütze die Wunder der Natur anstaunte, da konnte ich meinen Blick kaum von ihm abwenden. *Du milchjunger Knabe ...*

Vielleicht war dies der Moment, in dem ich mich wirklich in ihn verliebte. Aber ich wußte es nicht. Und wenn ich es gewußt hätte, hätte ich mit aller Macht versucht, es zu verhindern. Man verliebt sich nicht in einen Neunzehnjährigen, wenn man selber fast vierzig und Mutter von vier Kindern ist.

Die Fastengruppe saß schon bei ihrer morgendlichen Meditation im Garten, als wir ankamen. Ich ersuchte meine Kinder, zu flüstern und die Herrschaften nicht beim Betrachten eines Apfels zu stören. Die Fastenleiterin regte gerade an, den Apfel mit den Händen zu befühlen, festzustellen, wie glatt und rund doch die Oberfläche sei, die Augen zu schließen und den Apfel anschließend wieder auf den Teller zu legen. Alle Herrschaften taten es mit Andacht. Der Apfel solle nun ein weiteres Mal in die Hände genommen werden, sagte die Fastenleiterin, und zwar, um daran zu riechen. Die Erinnerung an diesen Geruch würden nun alle drei Wochen lang in ihrem Herzen tragen, denn vorher würde genau dieser Apfel nicht gegessen werden. Alle hielten sich ihren Apfel unter die Nase und schnupperten daran. Dabei überflog ein banges Lächeln die Gesichtszüge der Fastenteilnehmer. Sie alle hielten die Augen geschlossen und sehnten sich schon sehr nach diesem Moment in drei Wochen, wo sie den Apfel nicht nur beschnuppern, sondern auch verspeisen würden.

Und dafür zahlten die hier so viel Geld? Na gut, für mich bezahlte ja DER SENDER. Danke, du Sender, du edler Spender. Ein paar tausend Mark kostete das schon, daß einem jemand verbot, in einen Apfel zu beißen. Dabei war das hier der Garten Eden! Ich hatte noch nie einen so paradiesischen Hotelgarten gesehen! Libera Repubblica Albergo Losone. Das Paradies schlechthin. Acht Autostunden von Köln entfernt, vier von München. Wozu sollte man in die Karibik fliegen? Oder nach Hawaii?

Auch Emil staunte wieder sein kindliches, begeistertes Staunen. »Das ist ein tolles Hotel«, sagte er halblaut. »So was gibt es bei uns in Südafrika nicht.«

»Was machen die da alle?« fragte Oskar.

»Psst! Die fasten!«

»Was ist das, fasten?«

»Nix essen, du Oberdödel.«

»Die spinnen ja wohl voll!«

»Aber die essen doch was!« rief Katinka mit ihrem hellen Stimmchen. »Einen Apfel!«

»O nein, die essen den nicht, die riechen nur dran«, sagte ich. »Psst, dabei wollen wir nicht stören!«

Täuschte ich mich, oder grinste Emil?

»Die spinnen voll«, sagte Katinka laut und klar.

»Psst! Nicht doch! Kinder!«

»Nun öffnen wir die Augen wieder und sagen laut zu dem Apfel ›auf Wiedersehen, auf Wiederfühlen, auf Wiederriechen und auf Wiederschmecken‹«, sagte die Fastenleiterin, und alle murmelten hingebungsvoll »auf Wiederschmecken« zu dem Apfel, den nun ein beflissener Oberkellner im silbernen Kelch davontrug.

»Die kacken ja wohl gleich ab«, grunzte Karl verächtlich. Wo er den Ausdruck nur her hatte?

Inzwischen nahmen sich alle Fastenteilnehmer an den Händen und murmelten beschwörend: »Wir sind eine Fastengruppe, und wir werden gemeinsam unser Inneres erfahren, wir werden unseren Körper spüren und alles Überflüssige, alles Störende und alles Lästige hinter uns lassen ...«

Au ja, dachte ich. Mach ich. Mach ich mit Begeisterung. Wartet, Freunde, hier kommt noch eine total Mühselige und Beladene, die möchte unbedingt auch in eurem Kreise zugegen sein!

»Mama, was machen die?« fragte Katinka bang.

»Die meditieren«, sagte ich ehrfürchtig.

»Mit Tieren?« rief Katinka erschrocken.

»Sei leise!« zischte Oskar. »Die spielen was, was du nicht verstehst! Mit Äpfeln und mit Tieren und mit Anfassen! Dazu bist du noch zu klein!«

»Psst!« machte ich zum fünften Male. Hach, daß Kinder

aber auch nie leise sein können, wenn sie sollen! Ich bugsierte uns entschuldigend lächelnd an der in Andacht versammelten Gruppe vorbei.

Die Fastenleiterin hieß Annegret, wie auf einem Schild an ihrem hellrosa Kittel zu lesen war.

Oh, Annegret, dachte ich. Schenke mir Erleuchtung und führe mich zum wahren Sinn des Lebens. Amen.

Wir checkten ein und bekamen zwei phantastische, riesige Zimmer mit Durchgangstür zugewiesen. Sie lagen ebenerdig, und wir hatten Zugang zu einem Garten. An den Büschen hingen glänzendschwarze, kugeldicke Brombeeren. Ob ich wohl mal an ihnen riechen durfte? Meditation mit einer Brombeere! Aber ich war ja offiziell noch nicht in den Bund der Fastenden aufgenommen. Also schnappte ich mir ein paar von den prallen Beeren und stopfte sie mir in den Mund. Hach! Herrlich! Paradiesisch! Wie alles, was hier in diesem gottgesegneten Landstrich wuchs! Hier war noch richtig Sommer! Kaum hatten wir den Gottardo aperto verlassen, hatte die güldene Altweibersonne uns bestrahlt. Und so fühlte ich mich auch. Ein güldenes Altweib. Zehn Kilo zu schwer und zehn Jahre zu alt. Oder fünfzehn. Oder zwanzig. Aber man soll nicht unverschämt werden.

Und dieser karibische Hotelgarten! Überall tropisches Gesträuch, Palmen und Kakteen. *Weiche Gräser im Revier, schöne stille Plätzchen.* Es duftete wunderbar nach Zypressen, Zitronen und feuchtem Gras.

Wir packten die Koffer aus, was mit Emils Hilfe schnell und praktisch über die Bühne ging, und machten uns frisch. Ich entschied, daß ich mit den Kleinen im rechten Zimmer schlafen würde und Emil mit den Jungen im linken.

»Ein Jungen- und ein Mädchenzimmer«, sagte ich. »Das ist doch praktisch.«

»Willst du nicht lieber endlich mal durchschlafen?« fragte mich Emil. »Ich kann Paulinchen nachts die Flasche geben! Du stillst doch nicht mehr!«

»Mal sehen, wie es sich ergibt«, antwortete ich vage.

Aber in Wirklichkeit hatte ich gehofft, daß Emil mir dieses Angebot machte. Ich mußte einfach mal wieder schlafen. Richtig lange und ohne quälende Gedanken. Seit »Wört-Flört« hatte ich keine einzige Nacht mehr als zwei Stunden die Augen zugetan. Also, wenn ich es recht bedachte, war es sicher an die elf Jahre her, daß ich zum letzten Mal so richtig tief und sorglos durchgeschlafen hatte.

Als ich wenig später zurück zur Meditationsstätte eilte, hatte sich die Gruppe bereits aufgelöst. Ein magerer, faltiger Almöhi im Bademantel, bis in die Knochen Vollwertapostel und Gesundheitsfreak, kam mir geschäftig auf Badeschlappen entgegengeeilt. In den Händen hielt er ein paar grobe Bürsten und einen Handschuh aus Heu und aus Stroh. Damit wollte er sich oder gar andere sicher abrubbeln. Er hatte so was Unternehmungslustiges in den Augenwinkeln, so was von Vorfreude auf Schmerz und Entsagung! Ich hatte ihn vorhin beim Apfelverabschieden beobachtet. Mit welcher Hingabe und Liebe er das getan hatte! Er war bestimmt ein Meister im Fasten und Entsagen. Was machen Sie beruflich? Ich faste und entsage. Was machen Sie in Ihrer Freizeit? Ich faste und entsage. Macht das Spaß? O ja! Und wie! Und wie sieht Ihre Traumfrau aus? Kate Moss. Der kleine Hunger.

Ich stellte mich dem Abgehärteten in den Weg und fragte beherzt: »Wo findet denn jetzt die Fastengruppe statt?«

»Wir machen gerade kalte Waschungen mit Essigwasser«, teilte er mir im eiligen Weitertrippeln mit. Gott, diese Vorfreude!

»Och, da schließ ich mich Ihnen einfach mal an«, sagte ich leichtherzig. Genau. Da war mir jetzt nach. So eine kalte Waschung mit Essigwasser brachte mich bestimmt wieder nach vorn. Nach der zweiten durchfahrenen Nacht.

Wir schlurften emsig durch Gänge und Flure, und schließlich kamen wir in die weiträumige Badeabteilung dieses luxuriösen Hotels. Die Fastenleiterin war auch da. Sie stand rosagewandet im Nebel zwischen weißen Kacheln und Bottichen und beaufsichtigte das vorschriftsmäßige Eintauchen der Fastenmitglieder in kaltes Essigwasser. Als sie mich erspähte, begrüßte sie mich hocherfreut.

»Herzlich willkommen in der Fastengruppe!« rief sie aus und schüttelte mir sehr lange die Hand. »Ich bin die Annegret, und wir sagen hier alle du!«

»Na prima«, sagte ich, »ich bin die Karla, und der Gotthard war leider geschlossen, deshalb komme ich einen Tag später.«

»Macht nichts, du kannst immer noch bei uns mitmachen«, freute sich die Annegret, und dann kam schon eine dickliche Bademeisterin und befahl mir auf schweizerisch, meine Sachen auszuziehen und in ein Spind zu legen und einen groben Bademantel überzustreifen, damit wir endlich mit dem Einwickeln in kalte Essigtücher beginnen könnten, ODDR!

Ehe ich mich versah, war ich genauso nackt wie alle anderen Herrschaften hier im Raum. Doch keiner schenkte meinen Problemzonen einen mitleidigen Blick. Alle waren andächtig damit beschäftigt, ihre eigenen Problemzonen in Bottiche zu tunken, die mit eiskaltem Essigwasser gefüllt waren. Ein Stöhnen und wohliges Aufseufzen ging durch den Raum. Dann lag ich auch schon, übel nach Essig stinkend, in ein sperriges, kaltes Laken gehüllt, auf einer Pritsche. Vorsichtig sah ich mich um. Es waren außer mir etwa ein Dutzend Leute in so ein knarrendes Laken eingewickelt, und keiner hatte damit ein Problem. Also beschloß ich, mich zu entspannen.

Annegret begann gerade mit der Fastenmeditation. Sie erinnerte mich an die Vorbeterin in der Kirche, eine besonders fromme Frau mit Glaubensgut im Nacken.

»Ich bin ganz ruhig«, betete Annegret, die Fastenleiterin, »alles Störende und Überflüssige verläßt unseren Körper.«

Amen, hätte ich fast gesagt.

»Ich fühle, wie mein rechter Arm ganz schwer wird, ich fühle meinen Ellbogen aufliegen, ich fühle meine Finger der rechten Hand, jeden einzelnen Finger spüre ich, und alle Finger atmen Leben, reines, energiegeladenes Leben, es atmet mich, und mit jedem Atemzug füllt sich jede Zelle mit Frische.«

Das einzige, was sich schwer und voll anfühlte, was mit Energie und Leben und Kraft geladen war, war mein Busen. Und genau das durfte ja wegen der Einschaltquoten nicht mehr sein. Aber das ging hier natürlich keinen was an.

Mittags versammelten wir uns wieder im Garten im Kreise. Die livrierten Kellner servierten uns durchgeseihte Gemüsebrühe im silbernen Kelch. Wir löffelten sie andachtsvoll und sprachen nicht viel. Sie schmeckte so ähnlich wie der Babytee, den Emil mir manchmal kredenzte.

Ich ließ meinen Blick über die Gruppe schweifen. Da waren ein paar gestählte, zähe, magere Altmänner, die hier wahrscheinlich um die Wette fasteten, wenn sie nicht barfuß auf dem Matterhorn herumjoggten. Dann saßen da ein paar dickliche Damen, die ganz offensichtlich überflüssige Pfunde loswerden wollten. Die plauderten auch ungehemmt über ihren gestrigen Stuhlgang und über das Glaubersalz, das man ihnen heute verabreichen würde. Ein paar gestreßte Manager, mit tadellos gestuftem Haarschnitt und totem, leerem Blick, einem Wohlstandsbauch und grober Haut vom Rauchen und vom Trinken, wollten bestimmt auch mal dringend in sich gehen und den Sinn des Lebens neu ergründen. Außer ein paar blutleeren, blassen Fräuleins, die in ihrem wahren Leben bestimmt auch nur Vollwertbratlinge und Tofuburger aus dem Reformhaus zu sich nehmen, war noch ein Zwillingsschwesternpaar da, um die Sechzig etwa, davon war die eine ausgezehrt und mager und die andere richtig fett. Es sah zum Totlachen aus. Aber Totlachen war hier sicher nicht erwünscht. Und schließlich war da noch ein Ehepaar, der Mann knochig und durchtrainiert und die Frau rund und gesund. Die beiden fasteten gewiß aus Liebe gemeinsam, genau wie das Zwillingsschwesternpaar.

Wir diskutierten ein wenig über das Gefühl, das dieser Essigwickel um die Brust in uns ausgelöst hatte. Annegret regte an, daß wir in den nächsten drei Wochen immer ganz offen und intensiv unsere Gefühle erspüren sollten und uns auch nicht scheuen dürften, darüber zu sprechen.

»Fasten ist ein unserem Leben innewohnendes Prinzip«, betete sie. »Früher haben die Menschen monatelang gefastet, wenn sie nichts zum Jagen hatten. Heute ißt der Mensch dreimal am Tag und stopft Dinge in sich hinein, die der Körper nicht braucht und die den Organismus vergiften!«

Ich dachte an Oda-Gesine und an die »Wört-Flört-Törts« und nickte heftig. Nein, nie, aber auch niemals wollte ich so enden. Lieber nahm ich das alles hier auf mich.

Die durchgeseihte Gemüsebrühe war alle. Und Nachschlag gab's nicht.

Wir kratzten noch ein bißchen in den grünen Kräutlein herum, die am Tellerrand klebten.

Annegret beendete ihre Predigt mit der Anregung, fortan Buße zu tun und nun zwecks innerer Einkehr einen Mittagsschlaf zu halten, mit einem Heublumensack auf dem Bauch, das würde den Verdauungsapparat beruhigen und auch auf das Glaubersalz vorbereiten, das wir heute abend im Fegefeuer zu trinken bekommen würden.

»Iiih«, machten einige dickliche Damen und schüttelten sich. Die gestählten Almöhis straften sie mit verächtlichen Blicken. Die sich liebenden Fastenden drückten einander tapfer die Hände und schenkten sich aufmunternde Blicke.

Wir meditierten noch ein bißchen über einigen Kieselsteinen und Kerzen, wobei wir uns an den Händen hielten – ich hielt an der einen Seite den schweigenden, sehnigen Ehemann und an der anderen Seite die fette Zwillingsschwester –, und dann durften wir uns zurückziehen.

Emil hatte inzwischen mit den Kindern im Garten gespielt, im Swimmingpool geplanscht und anschließend fürstlich gegessen. Er genoß es, in einem so luxuriösen Hotel zu sein. Es war für mich sehr beruhigend zu wissen, daß er mit den Kindern umging wie ein großer Bruder. Ich konnte mich voll und ganz auf ihn verlassen. Soeben hatte er Katinka in mein Bett gelegt. Sie streckte ihre Hand nach mir aus. Mit der anderen Hand hielt sie sich den Schnuller unter die Nase, um daran zu riechen.

Ich war bleiern müde. Diese Essiglake auf meinem Busen hatte mir den Rest gegeben. Ich sank auf mein Bett, nahm mein Paulinchen in den einen Arm und Katinka in den anderen und ließ Paulinchen noch ein bißchen ungiftige Restmuttermilch saugen und fühlte dieses innige Glück eines stillmutterhormongeschwängerten Zusammenseins noch ein letztes, letztes Mal und weinte ein bißchen auf meinen Heublumensack und flehte noch meine männlichen Jungkälber an, irgendwo anders Fußball zu spielen als im Garten vor meinem Fenster, und dann schlief ich augenblicklich ein.

Es klopfte.

»Hm? Was? Emil? Komm rein!« Ich war völlig verpennt.

»Wieviel Uhr ist es?«

Die resolute schweizerische Bademeisterin auf Plastiklatschen kam unternehmungslustig ins Zimmer gestürmt und riß die Vorhänge auf.

»Es ist fünf Uhr früh, odr?! Zeit für den Essigwickäll und den Einlauf, odr?!«

»Was?« Ich hatte seit gestern nachmittag geschlafen?

Das durfte doch nicht wahr sein! Jetzt schlief ich einmal, EINMAL, und meine Kinder schliefen auch, alle gleichzeitig, was von einem hohen Seltenheitswert war.

Und da kam diese Unperson mit ihrem ESSIGWICKEL!!! Und was sollte das bedeuten, Einlauf? Ich hatte keinen bestellt. Andererseits schien ich den ganzen gestrigen Nachmittag samt Meditation und Glaubersalzdreingabe verschlafen zu haben. Fegefeuer geschwänzt. Das gehörte natürlich bestraft.

Die Energische klappte meine Bettdecke zurück und erschrak: Da lagen immerhin noch zwei schlummernde Kinderlein.

»Psst!« machte ich. »Bitte gehen Sie wieder!«

»Das geht aberr hierr nichct, odr!« bellte die Bademeisterin. »Entweder Sie nehmen die Sache ernst, dann machen Sie jetzt einen Einlauf, odr, oder Sie lassen es sein. Dann können Sie aberr nichcht mitfasten. Ganz und gar nicht! Oddrr!«

»Bitte! Psst! Vorhang zu!«

Aber die Bademeisterin kannte kein Pardon. Sie klatschte mir ihre kalten, stinkenden Lappen um den Leib, wickelte mich ein, daß ich fast keine Luft mehr bekam, und hängte dann wildentschlossen einen Zweiliterbottich mit Schlauch an den Fenstergriff. Das Ende des Schlauches hielt sie drohend in der Hand.

»Sie wissen, wie das geht?«

»Nein! Mitnichten! Was soll ich …«

»Soll ich Ihnen helfen?«

»Nein! Bitte nicht!« Himmel! Schick diesen Drachen weg!

»Drehen Sie sichch mal auf die Seite!«

Die Kinder wachten auf und fingen beim Anblick der Bademeisterin und dessen, was sie tat, an zu weinen.

»Das haben Sie jetzt davon!« schimpfte ich.

»DAS GÄHT NICHT! ODR! Entwäder Sie entläären nun vorschriftsmäßick Ihren Darrm«, keifte die Bademeisterin und machte sich mit geschickten Griffen an meinem Hintern zu schaffen, »oder Sie machen hier Familienurlaub. So. Odr!« stellte sie dann sachlich fest und knallte die Tür hinter sich zu.

»Emil!« schrie ich hilflos.

Emil erschien augenblicklich mit verstrubbeltem Kopf und verschlafenem Blick und nahm die beiden Mädchen tröstend in den Arm.

»Du siehst toll aus«, spöttelte er.

Ich hätte gern einen Heublumensack nach ihm geworfen, aber damit hätte ich meine Kinder verletzt. Emil schenkte mir ein herzliches Grinsen und schleppte meine Töchter in seine schlafwarme Höhle.

Ich lag da und starrte an die Decke.

Ach, Oda-Gesine, dachte ich wutentbrannt. Was hast du mir da eingebrockt? Ich hasse dich, Oda-Gesine, dich und deine Nougatriegel und deine hündische Abhängigkeit von diesem Herrn Bönninghausen und seinem verlogenen Schönheitsideal, denn entweder man ißt Nougatriegel, dann sieht man aus wie Oda-Gesine Malzahn, oder man ißt keine, dann kann man vor Herrn Bönninghausen und sieben Millionen Zuschauern bestehen. Oh, es ist alles so verlogen, ich hasse das gräßliche, oberflächliche Getue, ich hasse die Image-Umfragen und die Einschaltquoten, ich hasse dieses zwanghafte Schönseinmüssen und Schlankseinmüssen, alles nur, damit Leute wie Marga Siever und die anderen verärgerten »Wört-Flört«-Gucker ihren Groll gegen mich vergessen. Dabei ist es deine persönliche Abrechnung, Oda-Gesine, dein ganz persönliches Problem mit dir und der Welt, damit habe ich nichts zu tun!

Weiter konnte ich nicht denken. Weil dann die Wirkung der Entschlackungsmaßnahmen einsetzte.

Gegen sechs Uhr gesellte ich mich widerwillig zu den kneippenden Herrschaften im Bade, die lustvoll ihre Oberarme in eiskaltes Wasser tauchten und dabei orgiastisch stöhnten. Immerhin gab es einen netten schweizerischen Masseur namens RRRüdigerrr, der einen tätschelte und knetete und keine überflüssigen Fragen stellte.

Um sieben Uhr meditierten wir alle über Kerzen und Kieselsteinen, und Annegret betete mit halbgeschlossenen Augen, wie schwer unsere Arme seien und wie leicht und unbeschwert unsere Verdauungsorgane. Alle Schlacken und Gifte seien nun dabei, aus unserem Körper zu schwemmen, und alle belastenden Gedanken würden gleich mit herausschwemmen, und wir würden ein neuer Mensch sein, wenn diese drei Wochen vorbei wären. Amen.

»Stellt euch nun eine Landschaft vor«, meditierte Annegret gütig, »in der ihr euch wohl fühlt. Malt sie euch bis ins Detail aus. Wie ist der Boden beschaffen? Weide, Wüste, Sandstrand, Wiese, Sumpf?«

Ich überlegte. Der einzige Ort, der mir immer wieder vor das innere Auge kam, war das Studio von »Wört-Flört«. Hier gab es keine Jahreszeiten, keinen Wind und keine Sonne, keinen Regen und keinen Duft. Wie war der Boden beschaffen? Linoleum, mattglänzend, mit Fußspuren und Klebestreifen.

»Wie ist der Himmel? Strahlend blau? Wolkenverhangen?« sang Annegret mit sanfter Stimme Psalmen.

Der Himmel. Ich konnte mich an keinen Himmel erinnern. Nur an Studiolampen an Eisenstangen unter einer schwarzen Decke. Hunderte, Tausende von Studiolampen. Die, wenn sie brannten, so heiß waren, daß einem der Schweiß über die Schminke lief. Und die alles in ein grelles, unwirkliches Licht tauchten.

»Geht in die Landschaft hinein, bis ihr zu einer Quelle kommt«, frohlockte Annegret milde.

Ich lugte unter den Augenlidern hervor. Die anderen schienen tatsächlich reichlich Quellen zu finden in ihrer Landschaft. Die dicke Zwillingsschwester leckte sich die Lippen. Ey! Nicht trinken! Das gildet nicht! Ich irrte durch meine Landschaft. Ich fand nur die Rückseite des Sofas, wo Silvia immer den »Wört-Flört«-Sekt abstellte.

»Probiert nun das Quellwasser: Wie schmeckt es? Rein, frisch, würzig, brackig, salzig?«

Die anderen schienen sich mit ihrem Quellwasser köstlich zu amüsieren. Rudolf, der abgehärtete Altfaster im karierten Wanderhemd, lächelte wollüstig in sich hinein. Der schien sich einen Quellwasserschwips anzusaufen. Auch das sich liebende Ehepaar, das immer Händchen hielt beim Meditieren, soff sich selig. Die Zwillingsschwestern, wovon die eine mager war und die andere fett, kosteten auch mit spitzen Lippen am imaginären Brackwasser. Ich nippte am »Wört-Flört«-Tröpf. Er war wie immer lauwarm, süß und schmeckte nach Kopfschmerzen. Ich stellte das Glas wieder auf die imaginäre Sofarückseite und wischte Silvia fort, die sofort fragte, ob alles rrecht sei mit'm Sekt.

Annegret fuhr fort: »Aus der Quelle wird ein Bach, der zu einem Fluß und schließlich zu einem Strom anwächst ...«

Ach je! Nein! Bitte nicht! Ich sah Herrn Bönninghausen in

einem Strudel von lauwarmem, süßlichem »Wört-Flört«-Sekt ersaufen, seine Arme im schwarz-weiß kleinkarierten Jackett ruderten nach Hilfe, die Krawatte mit den gelben Giraffen drauf blieb an einem Stuhlbein hängen und erdrosselte den hilflosen Herrn Bönninghausen, seine Augen quollen hervor, schrecklich! Oda-Gesine im schwarzen Zelt kniete mit riesigem, ausladendem Hintern am Ufer des Stroms und versuchte ihn zu retten, aber da zog er sie schon hinein, und mit einem wilden Platsch versank auch Oda-Gesine im Meer von Sekt, das letzte, was an der Oberfläche schwamm, war ihre schwarze Bluse, die immer über dem Busen auseinanderklaffte. Die übereifrige Silvia stand am Ufer und fragte, ob alles rrecht sei, und Frank und Sascha kamen mit ihren Kostümen herbeigeeilt und hielten sie ins Licht und gegen die Kamera, und Tanja sagte durch den Lautsprecher, daß jetzt mal Ruhe herrschen solle für eine Aufzeichnung. Und dann kamen die eitlen, aufgetakelten Kandidaten mit viel Gel im Haar und albernen Fummeln über ihren trendy Körpern und setzten sich auf ihre Schemel, aber alle Schemel stürzten zusammen und verschwanden im gurgelnden Schlund des ständig anschwellenden reißenden Stromes von »Wört-Flört«-Sekt. Die Klippen, an denen die Schemel krachend zerbarsten, waren Berge aus »Wört-Flört-Törts«. Gefährliche, hohe, rutschige Berge.

»Seht ihr Tiere, Pflanzen und Blumenbeete? Geht in dieser Landschaft spazieren und genießt das Gefühl, ganz bei euch zu sein.«

Ich ging ein bißchen durch das Studio, soweit das bei dem Strom von Sekt und fortschwimmenden Oda-Gesines und Bönninghausens und um sich schlagenden Kandidaten möglich war, und versuchte, ganz bei mir zu sein. Es fiel mir ziemlich schwer. Ich spürte, daß die innere Entschlackung noch weit von mir entfernt war.

Während Annegret die Übung mit einigen Stoßseufzern beendete und ein Tonband mit südnepalesischer Klagemusik anstellte, hoffte ich sehr, daß alle belastenden Gedanken an »Wört-Flört«, böse Briefe und gemeine Kritiken, alle Ballaststoffe rund um angeklebte Wimpern, trendy nabelfreie Hosenanzüge und nach innen gedrehte Fönwellen ebenso aus meinem Körper ausgeschwemmt werden würden wie die immer gleichbleibenden sinnlosen Fragen nach Beruf, Freizeit und Traummann. Ich war sicher, daß es noch einen ganz anderen Sinn im Leben gab und daß ich ihn innerhalb dieser drei Fastenwochen ergründen würde.

Eines Morgens standen wir alle gestiefelt und gespornt im Garten, der bereits wunderbar duftete, und machten uns auf, um die übliche Fastenwanderung zu unternehmen.

Emil stand mit den Kindern da und war ebenfalls abmarschbereit. Sie hatten prächtig gefrühstückt, und in den Kinderrucksäcken schlummerten prallgefüllte Lunchpakete. Ich hatte außer meinen Kräuterteeflaschen und Mineralwasserflaschen und Zitronenschnitzen zum Auslutschen noch jede Menge Windeln, Öltücher und Milchflaschen im Rucksack. Paulinchen im Tragesack war vor Emils Bauch geschnallt und schlief. Für Katinka hatten wir einen Geländebuggy dabei. Wir waren wildentschlossen, sämtliche Fastenwanderungen mitzumachen, Emil und ich. Auch wenn Karl und Oskar vor Bewegungsunlust weinten.

»Wollen die alle mit?« fragte Annegret bestürzt.

»Nee«, heulte Karl. »Nicht im geringsten.«

»Kommt drauf an, wohin«, sagte Oskar finster.

»Wir wandern heute etwa dreißig Kilometer«, sagte Annegret. »Ich will euch an eure Grenzen führen, damit ihr in euer Innerstes vorstoßt.«

»WAS?« schrie Karl. »Kein Bock. Das mach ich nicht. Die Mama spinnt. Sie selber kann ja in ihr Innerstes vorstoßen, aber ich mach das nicht! Die kann auch verhungern, wenn sie das cool findet, aber ohne uns, ja?«

Ich schämte mich vor all den gütigen und sanftmütigen Menschen, die mit ihren Kräuter- und Entschlackungstees im Rucksack dastanden und darauf warteten, endlich an ihre Grenzen geführt zu werden.

»Geht ihr allein«, sagte ich schließlich. »Ich bleibe mit den Kindern hier.«

Sofort sprangen die Kinder begeistert an mir hoch und bedeckten mich mit feuchten Küssen.

»Du gehst mit«, sagte Emil. »Ich mache das hier!«

»Du solltest dir wirklich Zeit für dich gönnen«, sagte Annegret. »Es ist wichtig, daß du von allen Dingen des Alltags Abstand nimmst.«

Ich schaute hin und her. Einerseits hatte ich unbändige Lust zum Wandern in dieser paradiesischen Gegend. Andererseits war ich schon viel zu oft von den Kindern getrennt. Nein. Dies war unsere Zeit. Ich konnte auch mit den Kindern in mich gehen.

»Die Kinder sind keine Dinge des Alltags«, sagte ich entschieden. »Und Abstand muß ich von ihnen sowieso nicht nehmen.«

»O.K., wie du meinst«, sagte Annegret. »Aber ich glaube nicht, daß du auf diese Weise das Fasten durchhältst.«

»Oh, da kennen Sie meine Mutter schlecht«, grinste Karl. »Was die sich in den Kopf gesetzt hat, das macht die auch!«

Und von Stund an gingen Emil und ich mit den Kindern allein.

Zwei Tage später hatten die Großen im Hotel Anschluß gefunden. Es gab mehrere Schweizer Familien, bei denen die Eltern fasteten und die Söhne keinen Bock auf Wanderungen hatten. Wandern ist in dem Alter voll das Letzte. Mir sollte es recht sein. Hauptsache, den Jungs ging es gut, und sie bewegten sich an der frischen Luft. Sie tobten und schrien den ganzen Tag, sie spielten Fußball und gingen im Fluß baden, sie lieferten sich Schlachten im Swimmingpool und unternahmen Fahrradausflüge. So reduzierte sich unser Wandertrupp auf Emil, die Mädchen und mich.

Manchmal saßen wir mittags auf einer Wolldecke, die schlafenden Mädchen auf dem Schoß, und schwiegen. Ich studierte die Wanderkarte, und Emil hing seinen Gedanken nach. Sein Blick war so verträumt, und seine Seele war so weit weg, daß ich nicht wagte, ihn zu stören. Und dann konnte er wieder mit Katinka toben, von einer Sekunde auf die andere war er ein übermütiger großer Junge. Er nahm sie huckepack und rannte mit unbändiger Kraft und Lebensfreude über satte Wiesen, so schnell kam ich mit Paulinchen gar nicht nach. Er wickelte sich und Katinka in die Wolldecke und rollte mit ihr im Arm den Berg hinunter, begleitet von Lachen und Quietschen. Er konnte albern sein und Blödsinn machen, er konnte Tierstimmen imitieren, täuschend echt, er kletterte rasend schnell auf Bäume, sprang über Bäche und Gräben, baute fürsorglich Stege für mich und Katinka, und wenn wir über einen Wildbach balancieren mußten, reichte er uns ritterlich die Hand, um gleich darauf in voller Montur und mit Absicht in diesen Wildbach zu fallen. Katinka und ich standen am Ufer und lachten und staunten. Da kam er heraus, triefend und prustend, schüttelte sich wie ein junger Hund und rannte wieder los, schlug Purzelbäume und machte wilde Sprünge wie ein Fohlen, gackerte, muhte, miaute, und wenn ein Auto uns entgegenkam oder ein Trecker, schrie er begeistert »Ahoi!« und warf seine Kappe in die Luft. Ein Ausbund an Lebensfreude war dieser Bursche! So hatte ich ihn noch nie kennengelernt.

Aber da waren immer wieder diese ganz leisen Phasen, in denen er still und in sich gekehrt war und nicht sprach, nicht zu Scherzen aufgelegt war und einfach nur stundenlang neben mir herging. Doch seine Stimmungen hatten nichts mit mir zu tun, das hatte ich inzwischen gelernt. Er konnte unbeleidigt still sein. Und er war der einzige Mensch, mit dem auch ich unbeleidigt schweigen konnte.

Wir waren uns sehr nahe, ohne diese Tatsache jemals in Worte zu fassen. Wir waren eine Familie, wir gehörten zusammen, er war kein Fremder mehr. Die Kinder liebten ihn, Katinka ganz besonders, sie liebte ihn zärtlich und besitzergreifend, die Jungen liebten ihn auf ihre rauhbeinige und großmäulige Art. Emil benutzte längst die gleichen Worte wie sie, es gab schon lange keine Sprachbarrieren mehr. Ich konnte mir nicht vorstellen, daß er jemals wieder aus unserem Leben verschwinden würde.

Und ich wollte es mir auch gar nicht vorstellen.

An Emils zwanzigstem Geburtstag bekamen wir beide Post von seiner Mutter. Emil zog sich mit dem langen Brief in sein Zimmer zurück. Ich nahm das Schreiben, das an mich gerichtet war, mit in den Garten, wo die Kinder auf ihrer Wolldecke saßen und mit Legos spielten.

»Please love my son«, schrieb Emils Mutter mit ihrer eckigen Handschrift. »He needs you as a very good friend. He is a wonderful boy with great feelings for his family. He had a very bad time before travelling to Germany. Give him a home and give him your heart.«

Klar, dachte ich, mach ich doch, wenn du wüßtest, wie sehr ich das alles schon tue, mehr, als mir lieb ist und dir wahrscheinlich auch.

An diesem Nachmittag lud ich meine ganze Familie und Emil zur Feier seines runden Geburtstages ganz fein zum Essen ein. Das konnte ich inzwischen ohne Probleme. Wenn mir einer etwas zum Essen angeboten hätte, hätte ich nur mitleidig gelacht. Essen? Wie kann man nur! Ich wußte nicht, daß Fasten so einfach war! Es war reine Gewöhnungssache. Ich entbehrte nichts. Im Gegenteil. Meine Glückshormone purzelten immer öfter durcheinander.

Wir setzten mit einem Schiff über von Ascona zur Isola di Brissago. Der See lag dunkelblau und ruhig da. Ein schattiges, elegantes Gartenrestaurant lud zum Verweilen ein. Die Jungen ließen sich sofort hungrig auf die fein bespannten Stühle fallen. Sie hatten ja auch seit mindestens zwei Stunden nichts mehr gegessen. Daß ich seit zwei Wochen nichts mehr gegessen hatte, interessierte sie nicht.

»Die magersüchtige Mama will sowieso nichts essen«, sagte Karl und grapschte nach der Karte. »Gibt's hier wenigstens Pommes frites?«

»Hier gibt's alles, was das Herz begehrt«, sagte ich. »Bei den Preisen!«

Es fiel mir nicht schwer, für mich nur Mineralwasser zu bestellen. Auf etwas anderes hätte ich gar keine Lust gehabt. Aus lauter Solidarität wollte Emil ebenfalls nichts essen. Auch während unserer Wanderungen ernährte er sich ausschließlich von prallen, reifen Beeren, von Pflaumen und Äpfeln und Birnen, die man im Vorbeigehen von den Bäumen pflücken konnte. Wir waren wie Adam und Eva im Paradies. Nur daß mich noch keine Schlange verführt hatte. Und Eva Adam natürlich auch noch nicht.

»Doch«, sagte ich, »du bestellst dir jetzt eine Riesenportion Spaghetti und einen großen, kroßgebratenen Fisch, frisch aus dem See.«

Der Kellner kam herbeigeeilt, nahm die Bestellung auf und ließ seinen Blick wohlwollend über die vier Kinder und Emil schweifen. Er gönnte mir einen anerkennenden Blick: »Complimenti, Signora. Cinque bambini belli.« Damit schwebte er davon.

»Arschloch«, murmelte ich.

»Was hat der gesagt, Mama?«

»Er hält mich für eure Mutter«, sagte ich kraftlos.

»Wieso? Das bist du doch auch!«

»Aber er hält mich auch für Emils Mutter!«

»Na und! Warum ist er deshalb ein Arschloch?«

»Weil ich nie und nimmer so alt aussehe, als wäre ich Emils Mutter!«

»Meine Mutter ist jünger als du«, gab Emil zu bedenken.

»Du könntest wirklich meine Mutter sein!«

»Danke«, sagte ich säuerlich. Bis vor zwei Wochen hätte mir das gar nichts ausgemacht! Aber jetzt. Es war eine hinterhältige, unter die Gürtellinie gehende, pietätlose Beleidigung von diesem unflätigen italienischen Macho. »Dieser vorlaute Kellner kriegt von mir keinen Rappen Trinkgeld!«

»Was bist du denn für Emil, wenn du nicht seine Mutter bist?« fragte Oskar plötzlich mit List und Tücke.

Emil sah mich an. Mir gefror das Blut in den Adern. *Du milchjunger Knabe, was schaust du mich an? Was haben deine Augen für eine Frage getan?* Junge, schau weg. Du bist ein Kind. Auch wenn du jetzt zwanzig bist. Das gehört sich nicht. Ich bin immer noch doppelt so alt wie du.

»Hahaha, die Mama ist Emils Geliebte!« platzte Oskar plötzlich laut heraus. Karl fand das ebenfalls sehr lustig. Die beiden lachten dreckig.

Ich schaute mich peinlich berührt um. »Psst, Kinder, nicht so laut!«

Aber das brachte die beiden nur dazu, noch lauter zu lästern. »Emils Geliebte, Emils Geliebte«, posaunten sie durch das feine Gartenrestaurant.

»Quatsch!« schrie ich plötzlich und schlug mit der flachen Hand auf den Tisch. »So einen Blödsinn will ich nie wieder hören! Klar?«

Die Kinder guckten wie vom Donner gerührt. So hatten sie mich noch nie schreien hören. Geschweige denn auf den Tisch hauen. Und das in einem feinen, teuren Gartenrestaurant.

Der Kellner kam besorgt herbeigeeilt. »Tutto bene, Signora?«

»Tutto bene«, grollte ich. Aber meine Laune war im Keller. Auf einmal empfand ich es als Zumutung, den anderen beim Essen zusehen zu müssen. Der Geruch von den frischen Spaghetti und dem dampfenden krossen Fisch machte mich rasend. Ich schnappte mir das Paulinchen, legte es in den Kinderwagen und fuhr wütend über den Kiesweg davon.

Abends gesellte ich mich wie immer treu und brav zu der Fastengruppe. Man gönnte sich ein Täßchen durchgeseihte Gemüsebrühe, zelebrierte über Kerzen und Kieselsteinen das abendliche lauwarme Glas Bittersalz und war sich ansonsten sehr nahegekommen. Längst war die eine oder andere Seele übergelaufen, die Zwillingsschwestern hielten sich oft und gern weinend an den Händen, das Ehepaar arbeitete auch so seine Krisen auf, die Manager liefen nun nicht mehr in gestreiften Hemden, sondern in buntbedruckten T-Shirts und Shorts herum, die zähen, altbackenen Mehrfachfaster waren ganz in ihrem Element und wollten von ihren groben Bürsten und Kaltwaschungen gar nicht mehr lassen. Man diskutierte beim Schlürfen des Rote-Bete-Gebräus den fachgerechten Gebrauch des Einlaufs und wägte das Für und Wider von zusätzlicher Dreingabe von Glaubersalz ab. Die dicken Damen verkündeten stolz, daß sie schon sechs bis acht Kilo abgenommen hatten.

Ich saß da in dem Stimmengewirr und ließ Wortfetzen wie »Eßphantasie«, »Armguß«, »Leinsamenpaste«, »Trockenpflaumenmüsli«, »Blattsalat«, »Blutfettgehalt«, »Leibkrämpfe«, »Ausscheidungsvorgänge«, »gedünsteter Grünkernauflauf«, »Hülsenfrüchte«, »depressive Verstimmung«, »Darmreinigung«, »Cellulite«, »englischer Selleriesalat«, »feuchtheiße Packung«, »Gärungsprozesse im Darm«, »chronische Adipositas«, »Dickmilch mit Molke«, »Harnsäure«, »Getreidemühle«, »Rohkostplatte« und »Glyzerinzäpfchen« an mir vorbeiwabern.

Meine Gedanken waren bei Emil. Und ich lächelte genauso abgeklärt in mich hinein wie die seligen Faster.

Einige Tage später passierte es dann.

Wir waren mit dem Postbus in ein verschlungenes Tal namens Onsernone-Tal gefahren, weil wir alle anderen Wanderungen schon kannten. Es war eine halsbrecherische Fahrt – die Straße wand sich in vielen hundert Haarnadelkurven an steilen Schluchten und senkrechten Abgründen vorbei. Vor jeder Kurve hupte der Fahrer, und wie durch ein Wunder kam niemand entgegen. Immerhin hatten wir die zwei kleinen Mädchen dabei. Mir war gar nicht wohl. Da hatte ich uns überschätzt. Die Wanderung wurde zwar im Wanderführer als »mittelschwer« bezeichnet, aber niemand hatte uns empfohlen, zwei kleine Mädchen mitzuschleppen. Niemand. Und das mit meinem völlig leeren Magen.

»Das ist mir zu gefährlich«, sagte ich nach einer Dreiviertelstunde. »Wir steigen bei der nächsten Haltestelle aus und nehmen den Bus nach Locarno zurück!«

In einem verwunschenen Dorf namens Loco stiegen wir an der Post aus. Uralte Häuser säumten den Straßenrand, nur ganz selten kam hier noch ein Auto vorbei. Wohin sollte es auch fahren? Das Tal mußte bald zu Ende sein. Dort hinten war schon die italienische Grenze. Einige alte Mütterchen mit Reisig auf dem Buckel schlurften umher, im Dorfladen gab es alles, vom Wurstzipfel bis zur Damenstrumpfhose, doch es waren fast keine Menschen zu sehen, die Fensterläden waren fast alle verrammelt, und überhaupt schien hier die Zeit stillzustehen. Ich wußte, daß aus vielen abgelegenen Dörfern des Tessins die jungen Leute abgewandert waren, um in der Stadt zu leben und zu arbeiten. Ich fühlte mich unbehaglich. Zwar wollte ich Natur, Schroffheit der Felsen und gigantische Abgründe, ich hatte auch Lust, Emil diese ursprüngliche Landschaft und ihre Menschen zu zeigen, aber ich wollte uns doch nicht in Gefahr bringen. Nun sah es auch noch nach Gewitter aus! Dicke schwarze Wolken standen über den Bergrändern. Drüben zuckten bereits Blitze.

Emil wartete mit den Kleinen am Dorfbrunnen, Katinka spielte und warf Steinchen ins Wasser, und ich ging in die einzige Kneipe im Ort, um zu fragen, wann der nächste Bus nach Locarno zurückfuhr.

»Domani«, erklärte mir eine derbe Person hinter groben Wurstzipfeln und fettem Käse an der Theke.

»Was? Morgen? Aber warum geht denn heute kein Bus mehr?«

Die Frau erklärte mir wortreich, daß heute ein Feiertag im Tessin sei. Und an Feiertagen fuhren nachmittags keine Busse mehr in die Zivilisation zurück.

»Verdammt«, entfuhr es mir.

Was sollten wir nur tun? Trampen kam mir in den Sinn. Aber bei dieser hochgefährlichen Straße mit den unbefestigten Rändern wollte ich uns auf keinen Fall irgendeinem wildfremden Menschen anvertrauen. Außerdem kam hier sowieso höchstens ein Auto pro Stunde vorbei. Das würde wohl kaum zwei Erwachsene und zwei Kleinkinder mitsamt Karre und Marschgepäck mitnehmen.

Die Frau hinter der Theke erklärte mir, daß es einen Wanderweg auf der anderen Seite des Flusses gebe.

In gut zwei Stunden könne man so nach Intragna gelangen, und von dort komme man mit der Centovallibahn wieder nach Locarno zurück. Genau dieser Weg stand ja im Wanderführer.

Zwei Stunden, dachte ich. Das müßte gehen. Wir sind schon öfter länger gewandert. Wir hatten ja schließlich Katinkas Geländebuggy dabei. Falls der Weg zu steinig werden würde, könnte Emil sie tragen. Und ich konnte Paulinchen nehmen. Und die zusammengeklappte Karre würde ich schultern. Zur Not ging alles. Was sonst hatten die Frauen aus diesem Dorf jahrhundertelang gemacht? Und wenn es regnete, würden wir eben naß.

Ich kaufte bei der derben Wirtin noch ein paar trockene Kekse, falls meine Lieben Hunger kriegen würden, und bedankte mich für den Rat.

Am Ende der Straße führten Hunderte von alten, abgetretenen Stufen sehr steil in den Wald hinab.

»Na bitte«, sagte ich zu Emil. »Kleines Abenteuer gefällig?«

»Mit dir muß ich mich nie langweilen«, antwortete Emil.

Wir klappten den Buggy zusammen, banden ihn mir auf den Rücken, Emil nahm den schweren Rucksack und Katinka, ich schnallte mir das Paulinchen vor den Bauch.

Wir machten uns beherzt auf den Weg. Die ersten Tropfen fielen, als wir etwa hundert ungleiche Stufen hinabgestiegen waren. Die Treppe nahm überhaupt kein Ende. Sie war glatt und rutschig, denn der Herbst hatte hier in der rauhen Gebirgsgegend schon seine Spuren hinterlassen. Nasse Blätter und Zweige klebten auf den unzähligen ausgetretenen Stufen. Zwischendurch trafen wir immer wieder auf vereinzelte bescheidene graue Steinhäuser, die in den Fels gehauen waren. Sie waren verlassen, seit vielen Jahren schon. Hier hatten wirklich Menschen gelebt, und sie waren bestimmt täglich diese endlose Treppe hinaufgewandert, um in den Dorfladen zu gelangen, wo es Seife und Strümpfe und Tomaten und Käse gab. Ab und zu gerieten wir ins Rutschen. Dies hier war vermutlich gefährlicher, als auf der Landstraße zu gehen. Doch der Weg mit den tausend Kurven wäre noch viel weiter gewesen. Wir zogen unsere Jacken aus und wickelten sie um die Mädchen.

»Verdammt«, sagte ich immer wieder. »Daß uns das passieren mußte! So eine Fehlplanung!«

Emil sagte nichts. Das war das Wunderbare an ihm, daß er mir nie Vorwürfe machte, egal, in welchen Schlamassel ich ihn auch reinzog. Er ging tapfer weiter mit Katinka auf dem Arm und versuchte, auf seinen Turnschuhen nicht auszurutschen. Die Treppenstufen gingen in einen steilen Pfad über, der steinig war und glitschig zugleich. Aus dem Tröpfeln wurde ein starker Regen. Dicke, kalte Tropfen platschten auf uns herab. Ich bekam Panik. Was, wenn einer von uns hier ausrutschte? Der andere konnte unmöglich mit zwei Kleinkindern wieder ins Dorf hinaufsteigen. Weit und breit begegnete uns kein Mensch. Unsere Füße suchten Halt, Schritt für Schritt, die Kinder wurden unendlich schwer, und ich bekämpfte mit aller Macht die schwarzen Punkte, die mir vor den Augen tanzten. Zum Umkehren war es längst zu spät.

Endlich, nach einer Ewigkeit, waren wir unten. Der Regen prasselte auf uns herab. Der steile Pfad führte über eine schmale Hängebrücke. Unter uns brodelte der reißende Fluß. Das Wasser klatschte rechts und links schäumend an riesige Felsen. Mehrere Bäume waren bereits abgeknickt, und ihre Äste schleuderten in dem dahinschießenden Gewässer hin und her.

»Nur nicht hinsehen«, beschwor ich Emil und mich. Vor meinem Mund bildeten sich weiße Rauchwölkchen. Plötzlich war es bitterkalt. Wir froren und schwitzten gleichzeitig.

»Festhalten und geradeaus gehen. Nicht stehenbleiben.«
Doch Emil schien nicht mehr weitergehen zu können.

Er stand da, tropfnaß, und starrte in die Tiefe. Es waren sicherlich noch fünfzig Meter bis hinunter zum schäumenden, tobenden Fluß. Aber er lärmte bis hier herauf. Schwarze Krähen stiegen aus der Tiefe auf und ließen sich wieder fallen. Grünlichgrauer Stein, abweisend und schroff, gefährlich, kalt und von bizarrem Gehölz durchwachsen, säumte das sich windende Gewässer. Dies war wirklich ein Tal zum Fürchten. Jetzt hatte ich mein Fegefeuer. Mama wollte ja unbedingt an ihre Grenzen gehen.

»Emil«, schrie ich, »geh weiter!«

Doch Emil stand und starrte.

Ich stand hinter ihm. Ganz dicht. Die Brücke wackelte. Aus dem Regen wurde Hagel.

»Emil! So geh um Himmels willen weiter!«

»Ich kann nicht!«

Emil war weiß. Schneeweiß. Seine Lippen waren völlig blutleer. Um Gottes willen. Der kippte mir hier aus den Latschen! Ja, war ich denn stärker als er?! Das wäre das erste Mal, daß der Bursche mir abkackte! Ich war hart wie Oda-Gesine.

»Junge! Sei kein Jammerlappen! Wir haben Verantwortung für die Kinder! Los! Setz dich in Bewegung, Mensch!«

Doch Emil konnte sich keinen Zentimeter weiterbewegen. Auf einmal traute ich ihm nicht mehr. Auf einmal hatte ich Angst vor ihm! Ich schrie in Panik gegen den Hagelschauer und das Rauschen der Wasserfälle: »Gib mir die Katinka! Los! Gib mir sofort meine Tochter!«

Katinka weinte voller Angst. Ich riß sie ihm vom Arm und zerrte das verschreckte Kind hinter mir her über die Hängebrücke. Die lose zusammengenagelten Bretter unter uns schwankten. Nie, nie würde ich über diese Brücke zurückgehen. Nicht für alles Geld und alle Einschaltquoten dieser Welt. Ich würde drüben meine Kinder nehmen und im Laufschritt das Weite suchen.

Aber ich hatte keine Kraft mehr. Mir zitterten die Knie, das Herz schlug mir bis zum Hals. Ich steigerte mich regelrecht in eine Panik hinein, dabei wußte ich, daß ich ruhig bleiben mußte, ruhig und überlegt, ich war diejenige, die uns das eingebrockt hatte, ich war die Mutter dieser Kinder, ich mußte sie hier heil wieder herausholen, und ich hatte auch die Verantwortung für Emil.

Es schüttete und hagelte und stürmte.

»EMIL!«

Der stand auf der Hängebrücke, vornübergebeugt, als wollte er springen. Seine Hände krallten sich in das dünne Seilgeländer. Er starrte in die Tiefe.

Ich zog Katinka bis zu einem querliegenden Baumstamm und wuchtete sie hinüber. Von dort konnte sie nicht entwischen. Der Baumstamm war glatt und kalt und naß und dampfte.

»Du bleibst jetzt hier stehen, ich hole den Emil und komme sofort wieder«, beschwor ich das heulende Kind.

»Nein, Mama, geh nicht weg, ich hab Angst!«

Ein flüchtiger Blick zu Emil: Der wollte doch nicht springen? War der wahnsinnig geworden? Ich sprang auf und lief zwei Schritte.

»MAMA!! Laß mich hier nicht allein!« Katinka schrie in Panik, sie zitterte, ihr Gesicht war blau angelaufen, und die dicken Rotzschlieren liefen ihr aus der Nase. Ihre nassen Haare klebten.

Paulinchen war auch wach und begann zu schluchzen. Mein Herz raste. Jetzt nicht schlappmachen! Jetzt nicht!

Du kannst abkacken, wenn du wieder im Fernsehen bist. JETZT NICHT. Emil braucht Hilfe. So ist Emil sonst nicht.

Ich bückte mich, so gut das mit Paulinchen vor dem Bauch ging, zu meinem Katinkalein, das vergeblich versuchte, zu mir zurück über den Baumstamm zu klettern.

»Nein, ich lasse dich nicht allein. Sei ganz ruhig. Schau mal, hier wachsen Pilze! Du darfst sie nicht pflücken, nur zählen! Zähl die Pilze, und wenn du fertig bist, bin ich wieder bei dir!«

Mit Paulinchen vor dem Bauch taumelte ich zurück auf die Brücke. Es war Wahnsinn. Es schüttete so, daß ich die Hand vor Augen nicht sah. Mein Paulinchen war durchgeweicht. Hinter dem nassen Baumstamm stand mein anderes Kind und schrie: »Mama! Ich hab Angst!«

»Zählen«, schrie ich. »ZÄH-LEN!! EINS, ZWEI, DREI ...«

Klar, hast du Angst, Kind, dachte ich. Ich auch. Ich hab noch nie solche Angst gehabt. Vor keiner Fernsehsendung und vor keiner Geburt. Alles Peanuts gegen diese Angst. Ich taumelte weiter, tastete mich an dem Seil entlang, das als Geländer diente. Emil stand auf dieser im Wind schwingenden morschen Hängebrücke, die aus nichts als aus maroden Seilen und Brettern bestand, und starrte in die Tiefe. Sein kinnlanges Haar klebte ihm in tropfenden Strähnen im Gesicht.

Würdest du dich freundlicherweise ein andermal umbringen, du Idiot! Der Fluß peitschte so lärmend gegen die Steine, daß man sein eigenes Wort nicht verstand.

»Emil!« Ich steigerte mich in Wut. »EMIL!«

Nichts. Er reagierte nicht.

Ich holperte fluchend über die morschen Bretter. Ein paar Zweige streiften mein Gesicht, ich merkte es kaum.

»Verdammte Scheiße! EMIL!!! Komm da jetzt weg!!!«

»MAMAAAA!«

»ZÄH-LEN! SECHS, SIEBEN, ACHT, NEUN, ZEHN!«

Krah-krah-krah, machte eine Krähe.

Ich näherte mich Emil mit schwankenden Schritten.

Lieber Gott, mach, daß er jetzt nicht springt. Wenn der jetzt springt, komme ich nie mehr hier weg. Ich komme weder nach links noch nach rechts jemals wieder die tausend nassen Stufen hinauf. Mit zwei schreienden Kindern. Und nichts im Magen. Ich muß hier sterben, wenn der jetzt springt.

Und außerdem, ich hab den Kerl doch in mein Herz geschlossen! *Am Gesteine rauscht die Flut, heftig angetrieben. Wer da nicht zu seufzen weiß, lernt es unterm Lieben.* Was mache ich denn ohne den? Mein Gott, was habe ich mir denn alles eingebrockt!

Emil war weiß. Seine Lippen zitterten. Er weinte.

Seit seinem Ankunftstag hatte ich ihn nicht mehr weinen sehen. Ich nahm seine Hände von den Seilen, drehte ihn mit aller Kraft an beiden Schultern und schob ihn wie eine Schaufensterpuppe vor mir her. Zwischen unseren angespannten, verkrampften Körpern schwankte eingekeilt das Paulinchen im Tragesack. Die Brücke knirschte. Krah-krah-krah, schrien die Krähen.

Es kam mir wie eine Ewigkeit vor. Aber dann waren wir drüben. Der Boden unter unseren Füßen schwankte nicht mehr.

Wir ließen uns auf den Baumstamm fallen, hinter dem mein Kind blau angelaufen stand und schrie. Gelbgrüner Rotz quoll ihm aus Mund und Nase. O Gott, das war ein einziger Alptraum!

Ich hob mein weinendes Katinkalein auf und nahm es auf den Schoß. In diesem Moment begann auch Pauline zu schreien. Ich fühlte, wie mir die Milch einschoß, obwohl ich seit zehn Tagen nicht mehr stillte.

»Gib mir die Pauline«, sagte Emil. Seine Lippen waren blau. Seine Zähne schlugen aufeinander. Er streckte seine Hände aus, doch die zitterten so sehr, daß ich ihm auf keinen Fall eines meiner Kinder geben wollte. So drückte ich sie beide an mich, Katinka und Pauline, und schwor mir, ihnen später nie von diesem grauenvollen Erlebnis zu erzählen und von der Gefahr, in die ich sie gebracht hatte.

Ich wühlte mit zwei freien Fingern nach einem Taschentuch und putzte Katinka die Tränen ab. Zum Glück fand ich im Rucksack die Wolldecke und das trockene Gebäck. Ich drückte Katinka zur Beruhigung ein paar Kekse in die Hand. Paulinchen gab ich eine Flasche. Augenblicklich waren beide still. Man hörte wieder den Fluß rauschen. Und die Krähen hörte man. Krah-krah-krah. Der Regen ließ nach. Es war nur noch ein Tröpfeln.

Sonst war alles still. Bis auf das Tosen des Flusses natürlich. Alles still? Nein. Emil schluchzte! Seine Stimme überschlug sich, es waren Töne, die ich nie vorher von einem Mann gehört hatte.

Ich legte meinen Arm um ihn, so gut das mit den zwei Kindern ging. Wir waren ein Knäuel aus heulenden, zitternden, frierenden Menschen, die alle Trost und Nähe suchten unter jener roten Fransenwolldecke, auf der ich sonst immer meine Gymnastik machte.

»Stimmt's, dein Vater ist in einen solchen Abgrund gestürzt?«

Emil nickte unter lautem Weinen.

»Emil! Erzähl mir, wie das passiert ist!«

Er schüttelte schluchzend den Kopf.

Mein Gott. Der arme, arme Junge. Und ich schleppte ihn dauernd über Felsen und schmale Wanderwege und an schaurigen Abgründen vorbei! Er hatte es angedeutet, auf der Hinfahrt, vor dem Gotthardtunnel, aber ich konnte doch nicht ahnen, daß es so ein grauenvolles Erlebnis war, das ihn bedrückte!

»Wie ist das passiert? Bitte, Emil, erzähl es mir jetzt! Dann bist du es los, Emil! Bitte!«

»Es ist viel schlimmer, als du denkst«, rief Emil verzweifelt. Er warf sein Gesicht an meine Schulter und schluchzte, daß wir alle vier geschüttelt wurden.

Ich streichelte ihm die klatschnassen, klebrigen Haare. Dann hob ich seinen Kopf energisch hoch. »Erzähl es mir.«

»Ich kann nicht!«

»Emil! Hab ich denn bei dir überhaupt keinen Kredit?«

Ich schüttelte ihn an der Schulter. »Ich bin deine Freundin. Ich bin dein einziger, bester Freund!«

»Es weiß kein Mensch auf der Welt«, sagte Emil.

»Nur deine Mutter«, sagte ich.

»Nein. Auch meine Mutter nicht.«

Ich wartete. Ich war mir nicht sicher, ob ich das Geständnis jetzt ertragen konnte. Aber es ging hier nicht um mich. Es ging hier nicht um das, was ich mir zumuten wollte. Es ging um Emil. Seine Probleme waren viel größer als meine lächerlichen Einschaltquoten und Marktanteile und Problemzonen und was es da alles an Belanglosem gab.

Und dann erzählte mir Emil, was passiert war.

Sie waren zu einer dreitägigen Wanderung aufgebrochen, Emil, sein Vater und der kleine Bruder Jacob. Sie wollten jagen gehen und fischen, klettern und zelten. Ein richtiges Abenteuer sollte es werden. Der kleine Bruder war zwölf. Sie waren mitten im dichten Wald – es gab weit und breit keinen Menschen. Es war gebirgig und felsig. Abgründe und Schluchten. Eine Landschaft wie hier. Nur alles viel weiter und einsamer. Es gab keine Ortschaften mit Dorfläden und keine Landstraßen, die sich an den schroffen Bergketten vorbeiwanden und auf denen Busse fuhren, die einen in die nächste Stadt brachten. Es gab nichts. Nichts und niemanden. Es war die unendliche Weite von Südafrika.

Sie kletterten herum und jagten einem Tier nach, das sie schießen wollten, es war halb Übermut und halb Ernst, sie waren mit Eifer bei der Sache. Jacob war der Flinkeste und der Eifrigste. Behende sprang er auf den Steinen herum, da tauchte plötzlich zwischen zwei Felsblöcken eine glänzende schwarze Schlange auf. Der Vater schrie: »Vorsicht!« Die Schlange bäumte sich und zischte.

Jacob erschrak, wich zwei Schritte zurück und rutschte aus. Er klammerte sich noch an einem Stein fest, aber der Stein war lose und gab nach. Jacob schrie. Er schrie die ganze Zeit. Er schrie, während er fiel. Und er schrie auch, als er zwanzig Meter tiefer in der Schlucht aufprallte. Er war noch nicht ganz unten. Er blieb an einem Felsvorsprung hängen, er klammerte sich an Wurzelwerk fest, es gelang ihm sogar, sich ein Stück hochzuziehen. Doch seine Beine waren zerquetscht. Emil konnte genau sehen, daß sie eine blutige, zerbrochene Masse Gliedmaßen waren. Jacob schrie und schrie, er hing blutend und zerfetzt zwischen den Felsblöcken und wimmerte um Hilfe.

Der Vater reagierte blitzschnell, warf alles von sich, was er trug, seinen Rucksack, sein Gewehr, und kletterte in Panik den Abhang hinunter. Er kam ganz dicht an Jacob heran, er schrie ihm zu, daß er durchhalten solle, er versuchte, ihm ein Seil zuzuwerfen, aber Jacob hatte keine Kraft, das Seil zu fangen. Beim Versuch, den Jungen mit den bloßen Händen zu retten, rutschte der Vater in die Felsspalte. Er fiel lautlos, wie in Zeitlupe, und sein Körper zerschellte ganz unten, über zwanzig Meter tief, auf dem Grund. Er war nur noch ein kleiner blutiger Fleck.

Jacob schrie und schrie. Er mußte höllische Schmerzen haben. Emil wußte, daß er Jacob nie und nimmer retten konnte. Das Seil war weg. Er hatte nichts, womit er Jacob helfen konnte. Er wußte auch, daß er mindestens einen Tag brauchen würde, um Hilfe zu holen. Mindestens. Wahrscheinlich länger. Zwei Tage oder drei. Über ihnen war dichter Wald. Ein Hubschrauber konnte hier nicht landen. Jacob würde inzwischen verbluten, jämmerlich und elend, einsam und qualvoll, und würde stundenlang einen grauenvollen Tod sterben, im Bewußtsein, daß der Vater zwanzig Meter unter ihm lag – tot. Seinetwegen.

Emil war völlig verzweifelt. Er konnte seinen kleinen Bruder nicht mehr leiden sehen! Da traf er eine Entscheidung. Er handelte wie in Trance. Alles lief ab wie in einem Traum. Emil sah sich selbst dabei zu, wie er etwas tat, über das er nicht nachgedacht hatte. Aber von dem er wußte, daß er es tun mußte. Emil bückte sich, hob das Gewehr auf, sah seinem Bruder ins Gesicht – und drückte ab. Der Schuß peitschte durch die Luft. Augenblicklich verebbte das fürchterliche Geschrei. Ein paar Krähen flatterten erschreckt hoch. Krahkrah-krah! Dann herrschte eine entsetzliche Stille. Nichts mehr. Nichts.

Jacob war tot. Er rutschte ganz langsam von dem Felsvorsprung, an dem er sich festgeklammert hatte, und fiel hinunter in die Tiefe, dorthin, wo schon sein Vater lag. Emil hörte nicht mal mehr das Geräusch des Aufpralls.

Er stand da, stundenlang, er wußte nicht mehr, ob es Tage

waren oder Stunden, und starrte in den Abgrund, wo sein Vater und sein Bruder lagen und wo niemand sie je wieder herausholen konnte.

Irgendwann irrte er dann fort. Ohne Besinnung, ohne zu essen und zu trinken, lief er tagelang, nächtelang durch den Busch. Er traute sich nicht nach Hause. Er konnte es seiner Mutter nicht sagen. Und seinen Brüdern nicht. Und seinen Freunden nicht.

Später hatte man ihn gefunden, völlig verstört. Man brachte ihn ins Krankenhaus. Dort holte ihn die Mutter ab. Sie erfuhr, daß Jacob in die Felsspalte gefallen war, daß der Vater beim Versuch, ihn zu retten, zu Tode gestürzt war und daß auch Jacob das Unglück nicht überlebt hatte.

Das war's. Das war Emils grauenvolles Geheimnis.

Niemand wußte es. Niemand. Auch nicht seine Mutter. Please love my son. He is a wonderful boy with great feelings for his familiy. He had a very bad time before leaving Southafrica.

Und ich, ich hatte ihn bei seiner Ankunft als erstes von einem Kran springen lassen. Fünfzig Meter tief. Damit er nicht mehr weinte.

An diesem Abend schlich ich mich in den Garten hinaus.

Katinka und die Jungen schliefen. Emil stand mit dem Kinderwagen auf der Wiese und sah zu den schwarzen Konturen der Berge hinüber. Mechanisch schob er den Kinderwagen hin und her, obwohl das Paulinchen längst ruhig war. Der Kinderwagen gab leise Klagelaute von sich. In der Ferne hörte man die Maggia rauschen. Ab und zu fuhr ein Auto über die schmale Straße, die ins Centovalli hinaufführte. Sonst war alles still. Der Mond lugte hin und wieder als schmale Sichel über dem Schatten des Waldrandes hervor. Doch zarte Wolken verhüllten den Himmel. Es war ein sehr milder Abend. Kein Wind regte sich.

Sollte ich mich einfach schweigend in mein Zimmer zurückziehen? Nach dem, was heute passiert war? Emil war für mich ein völlig neuer Mensch geworden. Wir waren uns viele hundert Meter näher gekommen. Obwohl sowieso nur noch drei Zentimeter zwischen uns gewesen waren.

Wenn man mich jetzt sehen könnte, dachte ich. Überhaupt: diese Szene! Da steht der Boy um Mitternacht im Garten, dreht mir seinen muskulösen Rücken zu, der genauso glänzt wie die reifen Beeren am Brombeergesträuch im Licht der Gartenlaterne, und die laue Nachtluft duftet. Und du, alte Schabracke, Mutterersatz und einziger Mensch, dem sich der Junge anvertraut hat, schleichst dich von hinten an ihn ran. Was soll denn das jetzt? Unmöglich.

– Ich will ihm doch nur gute Nacht sagen. Nach dem, was heute war. Ich kann ihn doch jetzt nicht so stehen lassen. *Dieser Liebe schöne Glut. Laß sie nicht verstieben.*

– Dann sag ihm gute Nacht. Los. Ruf es. Halblaut, damit du die Kinder nicht weckst. Ruf anständig gute Nacht, und zieh dich in dein Schlafgemach zurück.

– Nein. Nicht heute. Nicht nach diesem außergewöhnlichen Tag. Nicht nach dem, was Emil mir heute anvertraut hat. *Nimmer wird wie ich so treu, dich ein andrer lieben.*

– Dann geh hin, streich ihm meinetwegen noch über den Kopf, sei mütterlich, hörst du? MÜTTERLICH! Und dann könntest du, bitte schön, ins Bett gehen, wie du das immer machst. Denk dran, du fastest, du mußt innerlich zur Ruhe kommen, du bist heute an deine Grenzen gestoßen, nimm dir deinen Heublumensack und dann ab.

– Aber ich werde nicht schlafen können. Und er auch nicht.

– Abgang, Karla! Los, schnapp dir dein Paulinchen, sag artig gute Nacht und mach die Terrassentür hinter dir zu.

Emil stand immer noch mit dem Rücken zu mir. *Weiche Gräser im Revier, schöne, stille Plätzchen.*

Hörte er mich, oder hörte er mich nicht? Er spürte mich. Er mußte mich spüren! *O wie linde, o wie linde ...* Warum stand er da?! Er wartete doch wohl auf mich! Er könnte sich ja anstandshalber mal umdrehen. Das macht man, wenn mütterliche Freundinnen zum Gutenachtsagen kommen.

Ich machte ein paar Schritte auf ihn zu. Bitte, Emil, dreh dich jetzt um, hilf mir über die Schwelle, mir fällt mein Stichwort nicht ein, alles, was ich jetzt sage oder mache, ist verkehrt. Ich bin zwar zwanzig Jahre klüger als du, aber auch zwanzig Jahre hilfloser. Und Situationen wie diese sind nicht das, was in den Benimmregeln steht, die ich ansonsten recht gut beherrsche. Auch steht hier niemand in der Gasse und negert mir irgendwas. Keiner winkt und macht mir Zeichen, in welche Kamera ich gucken und wohin ich gehen soll. Nach welchen Regeln sollen wir denn nun weitermachen?

– Boh, ey, Mama! Alte Spießerin! Nach dem, was heute nachmittag passiert ist, gelten wohl keine Regeln mehr. Keine. So was steht in keinem Drehbuch.

Ich schlich zwei weitere Schritte vorwärts.

– Er sieht aus wie eine griechische Statue. Karla, wenn du zwanzig wärst, dann könntest du jetzt mit ihm was anfangen. Aber als du zwanzig warst, hast du solche Jünglinge nicht im geringsten zu schätzen gewußt.

– Solche Jünglinge! Du bist voll witzig, Mann! Der ist kein »solcher Jüngling«! Der ist was ganz Besonderes! Das weißt du genau!

– Laß mich ausreden. Da waren sie dir zu grünschnäbelig. Da konnten dir die Männer nicht alt genug sein. Mit zwanzig hast du die Vierzigjährigen favorisiert, mit dreißig die Sechzigjährigen.

– Na und, ey! Oh, Mann, ey! Karla, ey! Du nervst voll!

– Aber jetzt, wo du alles andere gehabt hast, jetzt ist ein Zwanzigjähriger angesagt, ja? Was FINDEST du denn an ihm reizvoll, hm? Doch wohl nicht seinen knackigen Körper, nein? Das wäre doch wohl gar zu billig!

– Also erstens dürfen alle Männer, aber wirklich ALLE, die in den besten Jahren sind, sich eine jugendliche Geliebte zulegen, zum Beispiel die Politiker, die gehen hin, um ihr Image aufzubessern, sämtliche alten Knacker, und nehmen sich ein blutjunges Mädel …

– Halt. WAS habe ich da gerade gehört? Image aufbessern?

Du willst doch wohl keinen Zusammenhang herstellen zwischen deinem beschissenen Image bei »Wört-Flört« und der Beziehung zu einem blutjungen Lümmel, der gut und gerne einer deiner Kandidaten sein könnte?

– Nein. Hat mit meinem beschissenen Image, wie du sagst, nicht das geringste zu tun. Nicht das geringste.

– Und zweitens?

– Zweitens ist er als Mensch wertvoll, nicht als knackiger Jüngling, klar? Er hat Tiefe, er ist ein wunderbarer, zärtlicher und zuverlässiger Partner. Er ist reifer und erfahrener und dabei mehr vom Leben gezeichnet als so mancher kindische sechzigjährige Suffkopp!

– Du vertraust deine Kinder einem Menschen an, der seinen eigenen Bruder erschossen hat!

– So. Das reicht. Jetzt erst recht!

Ich ging zwei weitere Schritte auf ihn zu.

– Karla! Bleib stehen! Hüstele! Räuspere dich! Zwing ihn, sich umzudrehen. Nimm der Sache die Spannung! Sag, daß du nicht stören willst, daß du ihm nur gute Nacht sagen willst. Los! Kratz deinen letzten Funken Anstand zusammen. Du wirst doch wohl nicht …? KARLA!

Ich trat hinter ihn und umfaßte ihn mit beiden Armen. Ohne etwas zu sagen. Mein Herz klopfte an seinem Rücken.

O wie sanft die Quelle sich durch die Wiese windet, o wie schön, wenn Liebe sich zu der Liebe findet.

– Karla! Unmöglich! Schämst du dich nicht?

– Nein. Ich schäme mich nicht.

Er drückte sich an mich. So standen wir lange, eng aneinandergeschmiegt.

Er roch so, wie er immer roch. Ein bißchen nach frischem unverbrauchten Menschen, ein bißchen nach feuchtem Haar, ein bißchen nach seinem unsäglichen Tannennadelduschgel, ein bißchen nach Gras.

Er hörte mit dem Kinderwagenschaukeln auf. Endlich. Er legte seine Hände auf meine Hände. Nun ging's nicht mehr zurück. Oder?

Weiche Gräser im Revier, schöne, stille Plätzchen.
O wie linde ruht es hier sich mit einem Schätzchen.

– Doch, Karla, es geht noch zurück. Du schüttelst ihm jetzt die Hände, sagst, daß du dich für sein Vertrauen bedankst und daß er auch dein volles Vertrauen genießt und sich dessen würdig erweist, blabla, irgendwas wird dir schon einfallen, los, du bist eine Dame, du nimmst jetzt den Kinderwagen und gehst rein! Lo-hos! Jetzt!

Mir war nicht danach, eine Dame zu sein.

Er drehte sich um. Ganz langsam. Wir sahen uns ins Gesicht. Vielleicht hatte er meine innere Diskussion mitgehört. Vielleicht hatte er auch selbst eine geführt.

Und dann fühlte ich schon seine Lippen auf meinen Lippen. Ganz sanft, ganz unaufdringlich, ganz weich. *Weiche Gräser im Revier …*

– Das ist unmöglich von dir, unmöglich! Der Junge ist dir anvertraut, die Mutter schreibt dir, du sollst ihn lieben, aber doch nicht so! Du sollst ihm Geborgenheit geben, ein Heim, eine Zufluchtsstelle, aber das, was du tust, ist völlig unangebrachter, egoistischer Mißbrauch deiner Verantwortung, du bist ein durch und durch schlechter, schwacher und charakterloser Mensch.

… Schöne, stille Plätzchen … Und während ich das noch in mir drin hörte, küßten wir uns richtig. Sein Mund war warm und feucht, und seine Zunge schmeckte nach südafrikanischer Zahnpasta.

Oh, wie linde ruht es hier … Er küßte hinreißend. Mit Hingabe und mit Leidenschaft, wild und zärtlich zugleich. Ich strich ihm über das vom Duschen feuchte Haar, er strich mir sanft über meines, und es war wunderbar, wunder-wunderbar, so etwas hatte ich seit Jahren nicht mehr erlebt – oder waren es Jahrzehnte? –, und ich hatte nicht im mindesten gedacht, daß ich so etwas in diesem Leben noch mal erleben würde.

Oh, wie linde ruht es hier … sich mit einem Schätzchen. Ein richtig langer, feuchter, leidenschaftlicher Kuß? Der hatte schon lange nicht mehr stattgefunden. Und ich war darüber nicht im mindesten betrübt gewesen, hätte es albern gefunden, so lüstern und feucht zu küssen. Jedenfalls den eigenen Mann. An dem knutscht man doch nicht rum. Völlig albern und überflüssig und peinlich und deplaziert.

Aber jetzt? Das war etwas ganz, ganz anderes.

»Mein Gott, Emil, das dürfen wir nicht.« Ich machte mich sanft von ihm los.

»No, Mam«, sagte Emil.

»Laß doch dieses ›Mam‹ jetzt sein!«

»Yes, Mam.«

Und dann taten wir es schon wieder! Und es war wunderbar. Was scherte es mich, daß es verboten war? Es würde keiner erfahren. Ich würde es in meinem Herzen bewahren und Emil auch, dessen war ich mir sicher.

Nur dies eine Mal. Dieses eine, eine, erste, letzte Mal.

»Ach, Emil«, entfuhr es mir, »ich habe dich wirklich von Herzen gern! Viel zu sehr … viel zu sehr!«

»Und ich liebe dir!« stieß Emil plötzlich mit rauher Stimme hervor. »Wenn ich zehn Jahre älter wäre und du zehn Jahre jünger, würde ich dir heiraten!«

Gott, wie war das ehrlich. Es war so rührend, so entwaffnend ehrlich. Das mit den zweimal zehn Jahren, das war nicht zu ändern, das war nicht schönzureden, das war nicht aus der Welt zu schaffen.

So war es nun mal. Sie konnten zusammen nicht kommen. Das Wasser war viel zu tief. Aber es störte mich nicht!

Es warf mich nicht in tiefe Verzweiflung, es brachte mich nicht zu selbstmitleidigen Tränen. Es war einfach so. Ich hatte meine Zeit gehabt. Und er hatte seine Zeit noch vor sich. Und trotzdem. Hier hatten wir ein Stückchen gemeinsame Zeit. Keine Ahnung, wieviel. Zwei Stunden? Zwei Tage? Zwei Wochen?

Vielleicht sogar zwei Monate.

Aber das stand in den Sternen.

Und die waren heute nacht nicht zu sehen.

»Hallo, Schätzchen! Wie geht es dir? Bist du schon spindel-
dürr? Werde ich dich überhaupt noch wiedererkennen?«

Es war Oda-Gesine, die mich an einem der nächsten Tage
aus meinem verwunschenen Dornröschenschlaf aufschreckte.
Ich hatte ganz vergessen, daß es sie gab. Überhaupt hatte ich
seit langem nicht mehr an »Wört-Flört« gedacht.

»Oh, hallo, Oda-Gesine! Mir geht es großartig. Danke der
Nachfrage.«

»Was machen die Kinder?«

»Alles bestens. Sie toben und spielen, haben Freunde gefunden und genießen den Urlaub.«

»Und der Boy?«

»Welcher Boy? Ach – du meinst Emil? Danke, es geht ihm
gut.« Es geht uns gut, Oda-Gesine. Wenn du wüßtest, wie gut
es uns geht. Wir brauchen keinen Menschen. Wir haben uns.

»Du, Karla, ich stör dich ja ungern bei deiner Abmage-
rungskur, aber hast du da unten bei dir in der Schweiz mal die
Quoten abgefragt?«

»Nein. Wirklich nicht. Entschuldige, aber ich habe hier
ganz andere Dinge im Kopf.« So. Bums. Du hältst »Wört-
Flört« für den Nabel der Welt, aber das ist es nicht. Nur für
dich. Dein Problem.

Oda-Gesine schien diese Spitze jedoch nicht bemerkt zu
haben. »Die Quoten sind nach wie vor beschissen«, sagte sie
in ihrer barschen Art, »und wir müssen noch kräftig daran
arbeiten.«

»Ja, Oda-Gesine.« Quoten. Was sind Quoten? Quoten sind
Zoten. Überflüssig wie ein Kropf. Ich hatte das alles längst
ausgeschieden, auf natürlichem Wege, mit viel Glaubersalz.
Weg. Aus. Vorbei. Es gab so viel Wichtigeres …

Oda-Gesine redete weiter, ohne Punkt und Komma. Ihre
tiefe, fette Stimme holte mich ohne Gnade wieder ins wirkliche Leben zurück.

»Paß auf, Karla, da wär ein ganz wichtiger Event bei uns in
München … ich brauch dich nur für einen Tag, aber du mußt
kommen …«

Ich verspürte augenblicklich das starke Bedürfnis, den Hörer aufzulegen. Einfach auflegen. Weg. Dies hier ist unsere Zeit. Unsere Welt. Unser Leben. Wir gehören gar nicht mehr dazu. Event! Wichtig! Nichts ist wichtig! Nur wir. Unsere Ruhe. Und dieser späte, reife, warme Sommer, der jetzt nicht plötzlich wegen irgendeines »wichtigen Events« zu Ende geht. *Stell auf den Tisch die duftenden Reseden, die letzten roten Astern trag herbei ...*

»Es geht um eine einmalige Fotosession, der Bönninghausen meint auch, das können wir uns auf keinen Fall entgehen lassen, das steigert auf jeden Fall dein Image, wir brauchen dringend noch mehr mega-junge Leute vor dem Schirm, besonders aus Niedersachsen und Bayern, da bist du bei den Vierzehn- bis Neunzehnjährigen immer noch unter 52,6 Prozent Bekanntheitsgrad, das geht natürlich nicht, und wir haben uns gedacht, wir müssen die jungen Leute abholen, und die kriegen wir mit angesagten Jugendmagazinen. Also, es geht um keinen geringeren als Karl Lagerfeld, der will eine Modesession mit dir machen.«

Modesession. Wenn ich das Wort schon hörte! Ich sah mich schon wieder in einem dieser gräßlichen samtenen, kackfarbenen Hosenanzüge. Und mit völlick girliemäßick gelverklebten Haaren und Hornklämmerchen.

»Der plaziert das dann zusätzlich im ›stern‹ und in der ›Gala‹ und in der ›Frohen Mutter‹, das ist genau die gesellschaftliche Bandbreite, die wir brauchen. Damit decken wir eine riesige Zuschauerschicht ab, und du kommst wahnsinnig sympathisch rüber, wir testen jetzt mal einen neuen Maskenbildner, der stylt dich ganz girliemäßig und natürlich ...«

»Oda-Gesine! Hör auf! Ich mag nicht!« Ich verspürte Brechreiz, obwohl ich seit zweieinhalb Wochen nichts im Magen hatte.

»Du hast doch schon kiloweise abgenommen, oder nicht?«

»Ja! Aber darum geht es doch nicht ...«

»Doch! Wir müssen dich unbedingt von der Muttischiene runterkriegen. Ich hab hier noch einige sehr böse Verrisse, im

Internet gibt's leider eine ganze Seite, die Anti-Karla-Stein-Homepage, da herrscht immer noch dieser haßerfüllte Ton: nach dem Motto, schafft die dicke Oberlehrerin weg, eine Mutti haben wir selbst zu Hause, wir wollen einen jungen Moderator mit Akzent. Leider. Ich wollt's dir ja nicht sagen, aber die Überschrift lautet: Tötet Karla Stein!«

Oda-Gesine wartete. »Bist du noch dran?«

»Ja«, würgte ich hervor.

»Das sind zwar alles Psychopathen, die das schreiben. Aber im Internet kann halt jeder Idiot seinen geistigen Müll entsorgen, und so was potenziert sich in den Köpfen der Leute. Das wirkt sich enorm auf die Quote aus. Wir MÜSSEN dem entgegenwirken! Mit einer gezielten Modeproduktion kriegen wir zumindest die Frauen wieder auf deine Seite. Und eben die jungen Leute. Die JUNGEN müssen wir kriegen, Karla. Mit allen Mitteln. Also weg von der Oberlehrerin. Wir müssen dich völlig anders präsentieren. Und dafür kriegen wir KARL LAGERFELD!«

»Oda-Gesine, laß gut sein! Nimm einen jungen Mann mit Akzent!«

»Wir haben einen Vertrag, Karla!«

»Ich weiß.«

»Wir werden jetzt noch bis zum Ende der Spielzeit kämpfen. Wenn die Quoten sich bis dahin nicht gefangen haben, kannst du das Handtuch werfen. Dann hat mein Experiment eben nicht funktioniert.«

»Es fällt mir im Moment sehr schwer, dein Experiment zu sein.«

»Darf ich dich an dein Honorar erinnern?«

»Ist ja schon gut!«

»Hey, Schätzchen. Wo ist dein Kampfgeist?«

»Ich mag nur um Dinge kämpfen, die sich lohnen!«

»Was ist los, Karla, hast du mit deinen überflüssigen Pfunden auch deine Power verloren?«

»Quatsch. Also. Sag schon. Wann muß ich wo sein?«

Sie schickten mir sogar einen Fahrer. Er holte mich in einer schwarzen Mercedes-Limousine der S-Klasse ab. Zu diesem wahnsinnig wichtigen Foto-Event mit Karl Lagerfeld in München. Als wenn der ausgerechnet auf mich gewartet hätte. Es berührte mich überhaupt nicht. Früher hätte ich es für eine unendliche Ehre gehalten, daß so ein Mann wie Karl Lagerfeld mich fotografieren wollte. In Szene setzen! Mich! Für ein angesagtes Jugendmagazin! Und für den »stern«, die »Gala« und die »Frohe Mutter«! Weil ich zu den wichtigsten Frauen Deutschlands gehörte! Ich wäre vor Stolz geplatzt. Und hätte es allen erzählt.

Heute war es mir schlichtweg egal.

Es gab viel Wichtigeres in meinem Leben! Es gab Emil! Wenn auch nur vorübergehend. Jede Minute mit ihm war so kostbar!

Gedankenverloren saß ich auf dem Rücksitz und sah zum Fenster hinaus, aber eigentlich sah ich nur in mich hinein.

Ich sah mich, wie ich vor drei Tagen, nach unserer ersten gemeinsamen Nacht, mit Paulinchen im Kinderwagen und Katinka an der Hand durch Ascona gegangen war, eher geschwebt, und das unermüdliche Plappern meines Töchterchens nicht an mein Innerstes drang. Ich sah mich, wie ich vor Schaufenstern stehenblieb, vor denen ich sonst im Leben nicht stehengeblieben wäre, die ich gar nicht wahrnahm, die es in meiner Welt überhaupt nicht gab. Schaufenster, in denen Herrenunterwäsche ausgestellt war. Knackige Unterhosen von Calvin Klein und von Hugo Boss und Otto Kern und Karl Lagerfeld und wie sie alle hießen. Ich hatte noch nie, niemals im Leben eine Männerunterhose in einem Herrenausstattergeschäftsschaufenster betrachtet, ich wäre im Leben nicht auf die Idee gekommen, Paul eine Unterhose zu kaufen, mir vorzustellen, wie sein Hintern darin aussehen würde, und auch nicht, mir diese Unterhose in GESCHENKPAPIER einwickeln zu lassen. Und sie dann stolz und glücklich auf der Kinderwagenablage durch die Stadt zu fahren. Ich fühlte mich ertappt wie eine aus der Anstalt entwichene Irre, als ich für fünfundachtzig Franken zwei Unterhosen von Calvin Klein kaufte. Mir stieg die heiße Röte ins Gesicht, als ich sie Emil später überreichte. Wie peinlich! Ich hatte noch nie im Leben einem Menschen eine Unterhose überreicht, erst recht nicht in einer edlen Geschenkpackung in Seidenpapier und mit Schleife drum. Puterrot wie eine dumme Gans muß ich ausgesehen haben, als er sie auspackte, es war mir peinlich, und ich war glückselig zugleich, völlig verrückt, bar jeder Vernunft und jedes praktischen Sinnes. *Ein dunkeler Schacht ist Liebe, ein gar zu gefährlicher Bronnen! Da fiel ich hinein, ich Arme, kann weder hören noch sehn, nur stöhnen, nur stöhnen in meinem Wehn!*

Emil hatte sich mit seiner Habe in sein Zimmer zurückgezogen, und dann klingelte das Telefon, und Emil sagte mit verstellter Stimme: »Sie sollen nach Nebenzimmer kommen!«, und ich wackelte mitsamt dem Kinderwagen und Katinka an der Hand über den Flur, verliebt, verschossen, beglückt, ein kichernder Teenager im Körper einer vierzigjährigen vierfachen Mutter, ich brabbelte: »Du bist total verrückt, du hast voll den Schuß, Mama, das ist das Fasten-Endorphin«, und da lag er hingestreckt auf dem Glastisch, auf dem sonst immer diese Obstschale stand, hingestreckt, mit einer späten, reifen Herbstblume im Mund, und hatte diese schwarze Unterhose von Calvin Klein an. Die Schleife von dem Geschenkpaket hatte er sich um den Hals gebunden. Und wie er lachte, wie er strahlte, wie er spitzbübisch vor sich hin glückste! *Verzicht, o Herz, auf Rettung, dich wagend in der Liebe Meer. Denn tausend Nachen schwimmen, zertrümmert, zertrümmert am Gestad umher.*

Alles, alles Schwere und Verschlossene und In-sich-Gekehrte und Traurige, das man bei ihm bisher so oft gespürt hatte, war wie weggeblasen. Er war eine Last los. Und ich auch. Er war ein übermütiger, sorgloser Junge.

Katinka jubelte. »Guck mal, was der Emil da macht! Der hat sich verkleidet!« Sie begriff nicht die tiefe Bedeutung dessen, was wir dummen, alten, jungen Erwachsenen da taten.

Ich lehnte an der Tür und fühlte diese alberne unangesagte Röte im Gesicht und dieses Zusammenziehen im Unterbauch, das ich vor zehn oder zwanzig oder dreißig oder fünfzig Jahren zuletzt gespürt hatte.

»Du bist ein Schelm!«

»Was ist das, ein Schelm?!«

»Ein Schelm eben! Das ist ein altdeutsches Wort.«

»Ich kenne nur Regen-Schelm. Bin ich ein Regen-Schelm?«

»Ja«, sagte ich und biß mir auf die Lippen. »Der gemeine Regen-Schelm. Kommt nur in Südafrika vor. Nach einer großen Dürre. Da sieht man ihn vereinzelt. Aber nur, wenn man genau hinguckt.«

Und das tat ich dann auch. Später. Als die Kinder im Bett waren. *Meilenweit entfernt vom Strande.*

Der Fahrer sah im Rückspiegel, daß ich in seliges Grinsen versunken war. Es war mir egal. Ich dachte nach. Dachte an Emil und die Kinder. An unsere gemeinsamen Ausflüge, unser albernes Herumtollen auf der Wiese, unsere halsbrecherischen Bootsfahrten auf dem See, unsere Fahrradtouren, unser Hocken auf dem Mäuerchen, wenn die Kinder mit den großen Schachfiguren spielten, unser abendliches Ritual beim Baden der Kinder und unser anschließendes Zusammensitzen auf der Terrasse mit Mineralwasser und Kräutertee. Unser heimliches Händchenhalten, wenn wir uns unbeobachtet fühlten.

Ich sehnte mich mit jeder Faser meines Herzens nach all dem und fühlte, daß ich es gar nicht wirklich war, die hier im Wagen saß und zu einem Fototermin fuhr, das war jemand anderes, das war irgendeine »Wört-Flört«-Moderatorin aus Plastik, irgendeine Hülle, die versuchte, in ein Schema zu passen, in eine Schablone, auf eine Homepage im Internet. Es war eine Person oder, besser, eine Unperson, die mit mir nichts gemein hatte, und sie fuhr in eine Welt, die auf so abstruse Sachen wie Outfit und Image Wert legte, die sich um Einschaltquoten scherte und Marktanteile. Die sich von einem

Herrn Bönninghausen fernsteuern ließ und die einer fetten alten Schabracke wie Oda-Gesine zu Willen war. Und das nur, weil Oda-Gesine einer Masse von Leuten zu Willen war, die auf unerklärliche Weise Macht hatten. Macht über Nougatriegel und Eislümmel, Macht über Konzerne und Knete, Knete, Knete. Macht, mich zu kaufen und zu verändern, zu drehen und zu biegen, wie der Fernsehzuschauer mich wollte. Macht, den Daumen rauf oder runter zu halten. Macht, eine Sendung einzuschalten oder wegzuzappen. Macht, ihre Zustimmung oder Ablehnung ins Internet zu spucken und dort festzutreten wie Hundekot auf einem Bürgersteig.

Meine Gedanken kehrten immer wieder zurück zu Emil. Mein Gott, ich hatte mich doch wirklich in ihn verliebt! Es war dieses süße, schwere Ziehen im Bauch, irgendwo unterhalb des Nabels, das ich schon seit Jahren nicht mehr gefühlt hatte, von dem ich glaubte, daß ich es nie wieder fühlen würde. *Zertrümmert, zertrümmert ...*

Alle Gedanken, die ich hatte, mündeten nach spätestens zwanzig Sekunden wieder bei ihm.

In Gedanken strich ich immer wieder über seine kratzigen Knabenwangen, küßte seine weichen, vollen Lippen, spürte seinen Atem an meinem Hals, hörte seine verwunderten kleinen Geräusche, die er von sich gab, wenn er mich küßte, wenn er mich umarmte, wenn er mich an sich drückte. Er konnte ein Schelm sein, ein Lausbub, einer, der barfuß über die Wiese rannte und über Zäune sprang, einer, der Fallrückzieher mit dem Baby im Arm machte und den Abhang herunterkullerte, der die Kinder zum Quietschen brachte, wenn er Stimmen imitierte. Wie ein junges Pferd konnte er springen und um sich treten und mit den Jungen raufen und Fußball spielen und sich im Dreck wälzen. Aber er konnte auch ein Mann sein. Das hatte ich mir vorher nicht ausgemalt. Warum auch. Ich wäre im Leben nicht auf den Gedanken gekommen, in diesem großen, unausgegorenen Jungen, der mal traurig und zurückgezogen war, und dann wieder herumtobte und Purzelbäume schlug, einen Mann zu sehen. Einen zärtlichen, reifen, erwachsenen Mann, einen wunderbaren Liebhaber. Nein. Das hatte ich mir alles nicht ausgemalt.

Und jetzt? Jetzt mußte ich es mir nicht mehr ausmalen.

Jetzt brauchte ich mich bloß zu erinnern. An gestern. An vorgestern. Und auch an morgen und übermorgen. Aber auch an nächstes Jahr? Nein. An nächstes Jahr wollte ich mich überhaupt noch nicht erinnern.

Nächstes Jahr, Emil, da springst du wieder als gemeiner Wald- und Wiesen-Schelm durch Südafrika, du wirst studieren, und eine Freundin wirst du haben, eine süße, hübsche kleine Freundin, und wenn du klug bist, wirst du ihr ein bißchen von deinem Jahr in Deutschland erzählen. Aber nicht allzuviel.

Wir fuhren gerade durch den Gotthardtunnel. Nur Lampen kamen uns entgegengesaust. Ich starrte wieder ins Leere. Mein Gott, Karla. Unmöglich! Du hast deine Kinder betrogen! Mit ihrem Babysitter! Wahnsinnig! Alte Schabracke. Wie kannst du dich an einem unschuldigen Knaben vergehen? Du bist vollkommen verrückt, du verlierst die Kontrolle über dein Leben, außerdem machst du dich lächerlich! Ja, du machst dich absolut lächerlich. Bei alten Männern und jungen Mädchen, da ist das was anderes, für Männer in den besten Jahren hat man Verständnis, die dürfen sich das mal leisten, bei dem, was sie leisten. Einen kleinen Ausrutscher. Ein Kavaliersdelikt. Ihre Frauen verzeihen ihnen. Und wenn nicht, dann heiraten die Herren eben die junge Kandidatin. Wie die Politiker. Das findet die Gesellschaft gut. Das ist absolut angesagt, völlig trendy und normal. Aber du? Karla Stein? Du machst dich nur zum Gespött. Oder sogar strafbar? Bestimmt ist das strafbar. Unzucht mit Abhängigen. Mama, ey. Du bist voll durchgeknallt. Voll bescheuert. Schäm dich, Mama. Aber echt.

In München war gerade das Oktoberfest zu Ende. Dichtgedrängt schoben sich die Leute mit ihren Federhüten und Lederhosen durch die Straßen. Der Fahrer fuhr bis auf den

Marienplatz. Weil wir ja so wichtig waren. Nicht wir, aber Karl Lagerfeld. Das Happening eben.

Geht, Leute, kusch, kusch, hier kommt die Prominenz. Früher hätte ich das genossen. Heute war es mir schlichtweg egal. Der Fahrer fuhr bis unmittelbar vor den Eingang eines gläsernen Edelcafés. Weiter kam er beim besten Willen nicht. Die Leute gingen kopfschüttelnd um uns herum.

Da stand schon Oda-Gesine im Gedränge, aufgeregt und mit wallendem Gewande, und hatte ein Handy in der Hand.

Sie umarmte mich mit großer Geste und versicherte immer wieder, wie dankbar sie mir sei, daß ich es doch möglich gemacht hatte zu kommen, und wie wichtig dieser Fototermin sei und wie ungemein gut ich aussähe, wie ein neuer Mensch, rank und schlank und erholt und braungebrannt – nein, wirklich, kein Vergleich mit letztens, wo ich doch noch recht übergewichtig wirkte und auch gestreßt und unausgeschlafen und einfach unvorteilhaft. Ich sähe glatt zehn Jahre jünger aus, schmeichelte sie mir. Oder sogar zwanzig!

»Wir werden eine Internetseite mit diesen Fotos einrichten!« jubilierte sie. »Zwanzig Jahre jünger! Und das alles durch »Wört-Flört-Tört«! Der Riegel für Verliebte! Das wird den Bönninghausen freuen!«

Hahaha, dachte ich, wenn du wüßtest, woran das liegt!

Aber wenn das so wäre, wenn ich wirklich zwanzig Jahre jünger wäre, würde Emil mich ja heiraten. Aber nur dann. Na, ich wollte sowieso nicht noch einmal geheiratet werden. Ich war ja verheiratet gewesen. Das mußte überhaupt nicht noch mal sein.

»Jetzt werden sie dich lieben«, schnaufte Oda-Gesine und wallte vor mir her. »Alle werden sie dich lieben. Die Alten tun es sowieso schon, aber die Jungen, die Zuschauerschicht zwischen vierzehn und neunzehn, die werden dich überhaupt erst zur Kenntnis nehmen!«

Oh, vielen Dank, liebe Oda-Gesine, aber ich wurde soeben zur Kenntnis genommen. Von einem Vertreter der Generation dieser Zuschauerschicht. Und zwar nicht, weil man mich völlig trendy und gierliemäßig gestylt hätte. Sondern einfach so. Als Mensch hat der mich zur Kenntnis genommen.

»Wir setzen dich ins rechte Licht, und gerade der ›stern‹ hat eine so hohe Akzeptanz, du bist ja in bester Gesellschaft, der Karl will alle wichtigen TV-Frauen in Deutschland ablichten, alle sexy und frech in Szene setzen, und bei dir ist es ihm ungeheuer wichtig, daß er mal dieses Muttiklischee durchbricht, deswegen will er dich ganz als Businessfrau, im schlichten Zweireiher und im Minirock, das kannst du dir doch jetzt wieder leisten, und die Haare werden wir ganz einfach und natürlich stylen, wirst sehen, der neue Maskenbildner wird dir gefallen … Und wir haben uns überlegt, wir tun dich in eine total lebendige Kulisse 'neisetzen, nämlich mitten in ein belebtes Café …«

Sie redete ohne Punkt und Komma, während sie mich in einen gläsernen Aufzug schob. Sie schien schrecklich nervös zu sein. Ja, war denn dieser Karl Lagerfeld für sie genauso eine Autoritätsperson wie Herr Bönninghausen? Schade eigentlich, dachte ich, daß Frauen wie Oda-Gesine, die doch so losgelöst sind von allen Schönheitsidealen und äußerlichen Zwängen, sich noch so abhängig machen von Männern mit Giraffenkrawatte oder Pferdeschwanz. Schade.

Der gläserne Aufzug hielt im fünften Stock. Wir befanden uns in einem Dachcafé mit Blick auf das Münchner Rathaus. Unten auf dem Platz wimmelte es von lebensfrohen Leuten mit Federhut und Lederhose. Es drang leise Musik herauf von der Trachtengruppe, die sich da unten aufgebaut hatte.

»Magst was essen?« fragte Oda-Gesine hektisch. Sie hatte wie immer etwas zwischen den Zähnen.

»Nein«, sagte ich. »Ich faste.«

»Ach ja, richtig, du ißt ja nix. Wie du das nur aushältst. Ich könnt das nicht mehr. Aber gewirkt hat's phantastisch. Wenn du noch vier Wochen so weitermachst, bist du gar nicht mehr da … Aber 'n Champagner magst schon?«

Gott, war die Oda-Gesine nervös. Dabei war Karl Lagerfeld noch nicht zu sehen. Meiner Erinnerung nach war das ein älterer Herr mit Pferdeschwanz, und so einen gab es hier nicht. Außer ein paar sehr gelangweilt herumsitzenden Café-besuchern war hier niemand, und schon gar nicht jemand Wichtiges.

»Nein danke, Oda-Gesine, auch keinen Champagner.«

Oda-Gesine ließ ihre Massen auf das Stühlchen fallen. Auf dem Tisch stand ein Körbchen mit »Wört-Flört-Törts«. Das fiel gar nicht weiter auf, das gehörte zu Oda-Gesine wie das wallende Gewand und das Grüne zwischen den Zähnen.

»Aber ich brauch jetzt ganz dringend was zu trinken, Schätzchen. Herr Ober?«

Oda-Gesine bestellte Champagner für sich und Mineral-wasser für mich und für sich eine Schweinshaxe mit Blaukraut und Knödel. Na bitte, dachte ich, das Blaukraut wird sich op-tisch gut zwischen ihren Zähnen machen. Oda-Gesine wollte gerade in ein »Wört-Flört-Tört« beißen, da klingelte ihr Handy. Mein Gott, wie busy! Die Leute guckten.

»Halt mal«, sagte Oda-Gesine und drückte mir den Nou-gatriegel in die Hand. »Ja?« brüllte sie ins Handy, als hätte sie noch nie eines bedient. »Bist du's, Karl? Ja, wo steckst du denn? Die Karla ist jetzt hier! Du, sie sieht phantastisch aus! Ganz schlank und jung und gierliemäßig, du, die tun wir ganz bissel nur stylen, das kommt dann mega-natürlich ...«

Brüll doch nicht so, dachte ich peinlich berührt. Die Leute gucken ja schon.

»Was? Karl? Die Verbindung ist so schlecht! Wart mal, ich geh ein paar Schritte weiter ... Aber nicht abbeißen«, sagte sie zu mir.

Ich legte den Schokoriegel auf den Tisch.

Sie stand auf und warf aus lauter devoter Unterwürfigkeit den Stuhl um. Ich hob ihn auf und stellte ihn wieder hin. Die Leute guckten immer noch. Wie peinlich.

Das Handy gab ein paar ungewöhnliche Störlaute von sich. Es tutete und pfiff schrill, und am Nebentisch sagte jemand: »So eine Zumutung!«

Das fand ich auch. So ein Theater. Alles wegen Karl.

Mensch, Karl, dachte ich, komm her oder bleib weg, aber mach dich nicht so wichtig und scheuch uns hier nicht rum und mach mich hier nicht lächerlich. Und beeil dich, ich hab noch was Besseres vor, als dich zu treffen. Nix für ungut, Karl. Aber du bist sechzig, ich bin vierzig, und Emil ist zwanzig. Und ich tendiere zur Zeit eher in die junge Richtung. Sorry. Aber wenn du den Knaben sehen würdest ... bestimmt wolltest du sofort ein paar völlig trendymäßige Fotos von seinem nackten Oberkörper und seinen kinnlangen Haaren machen. Nix für ungut, Karl. Aber du kriegst ihn nicht.

»Gespräch weg«, sagte Oda-Gesine bedauernd, als sie sich wieder auf den Stuhl plumpsen ließ. »Karl ist ganz in der Nähe. Er findet uns nicht.«

»Warum hast du ihm nicht gesagt, wo wir sind?«

»Das wollte ich ja, aber das Handy spielte verrückt«, sagte Oda-Gesine. »Wo ist mein ›Wört-Flört-Tört‹?« In dem Moment klingelte das Handy wieder. »Halt mal das ›Wört-Flört-Tört‹! – Karl?« schrie Oda-Gesine in den Apparat. »Wart, ich geh mal ein paar Meter zur Seite ...«

Diesmal hielt ich den Stuhl fest. Oda-Gesine ging ein paar Schritte rückwärts. Sie schrie in das Handy, daß die Verbindung leider schlecht sei und daß Karl noch mal anrufen möge. Dabei hielt sie sich ein Ohr zu. Als wenn das was hülfe.

Eine Frau von schräg gegenüber kam zu mir herüber und bat mich um ein Autogramm. Komisch. Das war irgendwie unpassend. Jetzt, in diesem Moment. Ich kritzelte ihr was Nettes auf den Bierdeckel.

»Hier, bitte. Herzlich Ihre Karla Stein.«

»Oh, und ›Wört-Flört-Törts‹ haben Sie auch?«

»Ja. Hier, bitte. Soviel Sie mögen!«

»O danke! Die ißt meine Tochter doch so gern!«

Nanu, dachte ich. Als die Frau sich umdrehte und wegging, bemerkte ich ein kleines Kästchen, das sich unter ihrem Kleid abzeichnete. Oda-Gesine stand jetzt neben dem Süßigkeitenautomaten an der Wand. Der Automat vibrierte. Plötzlich entleerte er sich durchfallartig – wie nach einer Annegret-

schen Dreingabe von viel Glaubersalz – und köttelte knapp
hundert »Wört-Flört-Törts« auf den Fußboden. Sofort sprangen ein paar Jugendliche herbei, sammelten die Nougatriegel
auf und machten sich damit aus dem Staub. Als ich noch
guckte und staunte, fielen auch noch jede Menge Schokolümmel heraus. Toll! Ich wollte lachen, doch das Lachen blieb mir
im Halse stecken, als plötzlich das biedere Ehepaar vom
Nebentisch sich auf die Lutschlümmel stürzte, sie einsam-
melte und ebenfalls das Weite suchte.

Oda-Gesine knallte das Handy auf den Tisch und schrie
mir zu: »Geh ran, wenn Karl wieder anruft!« Damit wallte sie
Wallhalla woga weialawalla den Leuten nach. Dramatisch wie
in einer Wagner-Oper. Heia to hohoo! Es sah lustig aus, wie
Oda-Gesine rannte. Wie der Hintern wappte und schwappte.
So hatte ich Oda-Gesine noch nie rennen sehen.

Die Leute guckten mißbilligend und schüttelten den Kopf.
Das war kein bißchen imagefördernd. Im Gegenteil.

Der Kellner brachte eine duftende, dampfende und fetttrie-
fende Schweinshaxe und stellte sie neben die vielen Nougatriegel.

»Hm«, sagte er. »Da haben Sie ja gleich schon einen tollen
Nachtisch! Das junge, schlanke ›Wört-Flört-Tört‹.«

Sah ich recht, oder hatte er auch so ein Kästchen unter der
Weste? Also wenn das hier nur eine Inszenierung war, dann
war aber was gebacken! Mama versteht ja viel Spaß, aber so
viel Spaß nun auch wieder nicht. Und einen Werbespot für
»Wört-Flört-Törts« drehe ich hier nicht! DEN Vertrag habe
ich noch nicht unterschrieben!

»Nehmen Sie das wieder mit«, herrschte ich den Kellner an,
und in dem Moment klingelte wieder das Handy. Alle guckten. Das ganze Café. Verdammt. Ich versuchte, das blöde
Ding zu ignorieren, eins wie's andere, sowohl die Schweinshaxe als auch das Handy.

»Zumutung!« schrie ein Opa am Nebentisch, der mit seinem Enkelkind einen Schokolümmel lutschte. »Handys sollten in Restaurants verboten sein!« rief der Großvater zornig.

Hatte der nicht auch so ein Kästchen unter dem Hemd? Ja, waren die hier alle verkabelt?

»Find ich auch«, sagte ich. »Ist auch nicht meins!« Das wissen die, dachte ich. Das wissen die alle. Hier wird nur was gespielt.

»So gehen Sie doch endlich ran!« Nebenan die älteren Damen grollten mir auch. Alle aßen »Wört-Flört-Törts«. Die Damen sogar mit Messer und Gabel.

Ich wurde rot. Hastig nahm ich das Handy.

»Hier ist Karl noch mal!« rief eine Männerstimme. »Ich kann euch beim besten Willen nicht finden. Meine Maschine nach Paris geht in zwei Stunden, und ich will unbedingt vorher das Shooting machen ...«

»Herr Lagerfeld? Kommen Sie doch einfach her! Ich bin im gläsernen Café gegenüber vom Rathaus!« schrie ich, und dann knackte es wieder und tutete, und plötzlich begann die Rolltreppe zu rollen, und der Springbrunnen, der bis jetzt friedlich vor sich hin geplätschert hatte, spie beachtliche Fontänen auf die älteren Damen, die mir eben so gezürnt hatten. Die junge Frau, die gerade noch ein Autogramm gewollt hatte, verschüttete vor Schreck ihren Kakao. Ihr ganzes Kleid war ein einziger brauner Fleck. Das Handy tutete wieder.

»HERRR Lagerfeld«, schrie ich hinein, »bitte rufen Sie nicht mehr an, sondern kommen einfach HER!«

Noch ehe ich mich's versah, unterbrach mich ein schrecklicher Lärm. Jemand auf der Rolltreppe stürzte und überschlug sich, und dann krachte auch schon ein Putzeimer von einer Leiter, und plötzlich fielen alle Leute übereinander und schrien und stolperten, und aus dem Aufzug kam ein Mann in einem Rollstuhl, der hatte das Bein in Gips, und der kippte jetzt auch noch mitsamt seinem Rollstuhl auf die Rolltreppe und krachte in mehreren Purzelbäumen hinunter, und der Kellner, der ihm entgegenkam, fiel mit einem Tablett voller Schweinebraten in die Menge, die Alarmanlage heulte los, und ein paar Polizisten ergossen sich aus dem Aufzug und schwangen ihre Knüppel, und alle zeigten auf mich und schrien: »Das war die! Die mit ihrem Handy!«, und auf einmal war ich mir sicher: Das sind alles Statisten und Schauspieler und Stuntleute, und ich bin hier in einem ziemlich übertrieben inszenierten Spot, »Versteckte Kamera« oder »Verstehen Sie Spaß« oder »Vorsicht Falle« oder so.

Es gab keinen Karl. Jedenfalls keinen Karl Lagerfeld. Der war in Paris oder Mailand und wußte vermutlich nichts von meiner Existenz. Geschweige denn von angesagten Modefotos für den »stern« und die »Gala« und die »Frohe Mutter«. Hahaha. Reingefallen, Karla Stein.

Einer der Polizisten kam drohend auf mich zu und fuchtelte mit seinem Gummiknüppel, und dann kam noch jemand zur Hintertür herein und schrie: »Und wer zahlt mir das alles?«

»Die ›Wört-Flört‹-Redaktion«, sagte ich säuerlich. »Wer die Musik bestellt hat, der muß sie auch bezahlen!«

»Na, das war doch ein köstlicher Scherz«, freute sich Oda-Gesine, die »Wört-Flört-Törts« kauend hinter einer Säule hervorkam. »Du bist sehr sympathisch und ganz natürlich rübergekommen. Und ganz jung und schlank und gierliemäßig. Wir tun dich einfach nie wieder stylen. So wie du aussiehst, wirkst du am besten.«

»Und für diese Erkenntnis habt ihr mich aus der Schweiz hergeholt?«

»Deswegen hätten wir dich sogar aus Neuseeland eingeflogen«, sagte Oda-Gesine energisch. »Jedes Fünkchen Imageverbesserung zählt in der Waagschale der Einschaltquoten. Diese ›Versteckte Kamera‹ wird unmittelbar vor der nächsten ›Wört-Flört-Staffel‹ gesendet. Das kann nur in deinem Sinne sein.«

Und siehe da: Herr Bönninghausen kam ebenfalls hinter einem Vorhang hervor. Er hatte wieder eine dieser kleinkarierten Kombinationen an und dazu eine lila Krawatte mit roten Dinosauriern drauf.

»War das Produkt oft genug im Bild?«

»Jaja«, sagte einer der Produzenten. »Ständig.«

»Es wäre mir ja lieber gewesen, Frau Stein hätte ein Tört gegessen.«

»Sie fastet.«

»Sie hätte ja einmal eine Ausnahme machen können!«

»Haben Sie eine Ahnung!« keifte ich ihn an. »Was Annegret dazu sagen würde! Und der entgiftete Darm, der außer Glaubersalz und durchgeseihter Rote-Bete-Brühe nichts zu verdauen kriegt, was meinen Sie, wie der mit Krämpfen und Koliken reagiert auf so ein fettes Nougattörtchen!«

»Fettes Nougattörtchen!« Herr Bönninghausen war beleidigt. »Das ist ein delikates, junges und trendy Tört!«

»Dafür hab ich doch mein Bestes gegeben«, sagte Oda-Gesine. »Ich hab ständig ein Tört gekaut!«

»Das zählt doch nicht, Malzahn!«

»Jaja, ich weiß, ich bin zu fett für deine Klientel. Aber die Karla sieht doch jetzt mega-trendy aus! Guck sie dir doch mal an!«

»Tach, Herr Bönninghausen«, sagte ich anstandshalber.

»Tach, Frau Stein!«

Herr Bönninghausen wollte mir rechts und links ein Küßchen geben. Ich streckte ihm reserviert die Hand hin.

»Na, wenn Sie die Sendung weiter moderieren wollen, müssen Sie aber zu unserem Produkt stehen!«

»Wie Sie meinen.« Ich ließ ihn stehen. Zu Oda-Gesine gewandt sagte ich: »Also nix mit Karl Lagerfeld?!«

»Natürlich nicht. Der bedient ja gar nicht unsere Klientel.«

»Aber du hast doch gesagt …«

»Nein, nein, viel zu abgehoben.«

»Na gut«, sagte ich. »Dann kann ich ja wieder fahren.«

»Mit irgend etwas mußten wir dich ja locken. Wenn wir gesagt hätten, wir machen einen Werbespot für ›Wört-Flört-Tört‹, hättest du vielleicht nein gesagt.«

»Hätte ich mit Sicherheit.« Ich schenkte Herrn Bönninghausen einen eisigen Blick.

»Trotzdem!« Oda-Gesine holte zu einer Abschiedsumarmung aus. »Das erhöht deine Sympathiewerte um fünfzehn bis zwanzig Prozent! Wollen wir wetten? Das kannst du bald am Computer auf einer Kurve ablesen! Ich fax es dir!«

»Laß gut sein«, sagte ich und rannte leichtfüßig davon.

Vierzig Kerzen brannten. Achtzig Kieselsteine lagen auf der festlich dekorierten Tafel. Statt unserer durchgeseihten Brühe hatten wir alle einen Apfel auf dem Silbertablett vor uns stehen. Es war DER Apfel! Der von vor drei Wochen!

»Ich begrüße euch alle im Kreise der Fastenbrecher«, sagte Annegret, und ein triumphierender Ausdruck blitzte in ihren Augen. Es klang so ein bißchen wie »Ausbrecher«, »Wortbrecher«, »Herzensbrecher« oder »Ehebrecher«. Ziemlich verwegen.

Es war ein großartiges Ereignis. Wir waren so unsagbar stolz! Geschlagene drei Wochen hatten wir keine feste Nahrung zu uns genommen. Und jetzt sollte das große Fressen wieder über uns kommen. In Form eines Apfels! Ein Apfel für JEDEN!

»Schwieriger als das Fasten ist das Fastenbrechen«, sagte Annegret.

Die eingefleischten Faster nickten. O ja. Das ist eine Angelegenheit, die man nicht auf die leichte Schulter nehmen darf.

Die rundlichen Damen konnten sich vor Aufregung kaum bremsen. Sie befühlten den Apfel und rochen daran und sagten: »Willkommen, lieber Apfel« und »Ich habe dich mit Sehnsucht erwartet« und »Hoffentlich warst du mir treu – ich war es ganz bestimmt«, und sie schlossen die Augen und waren selig und verklärt.

»Ich erzähle euch eine wahre Geschichte«, sagte Annegret. »Ein armer Kriegsgefangener kam ausgehungert aus Sibirien heim. Die Verwandten bereiteten ihm als Willkommensmahl eine fette Gans. Der arme Mann stürzte sich auf die langersehnte Köstlichkeit und verschlang sie fast allein. Er starb unter Qualen.«

Schade, daß man Oda-Gesine auf diese Weise nicht umbringen konnte. Ich hätte es für eine elegante Lösung gehalten.

»Dumm gelaufen«, murmelte ein ausgemergelter Geschäftsmann.

»Voll der Fastenbruch«, sagte sein Kollege hämisch.

»Oje«, sagten die rundlichen Damen bestürzt. Schnell legten sie den Apfel wieder auf das Silbertablett.

»Wir wollen das Fastenbrechen mit Herz und Verstand zelebrieren«, sagte Annegret. »Nehmt alle den Apfel in die rechte Hand. Schaut ihn euch an. Er ist euer Freund, der drei Wochen auf euch gewartet hat.«

»Ich habe überhaupt keinen Hunger«, sagte die mollige Ehefrau von dem Knochigen.

»Ruhig doch mal!« zischte der Knochige. Er hatte Hunger. Das konnte man deutlich sehen.

»Es hat einen tiefen Sinn, das Fasten, diesen paradiesischen Zustand der Bedürfnislosigkeit, mit einem Apfel abzubrechen. Fühlen wir ihn, betrachten wir ihn, riechen wir ihn, sprechen wir mit ihm!«

Das taten wir.

»Oh, Apfel, du Schlawiner, was hast du nur drei Wochen ohne mich gemacht? Bist du auch sicher, daß du derselbe bist, den ich vor drei Wochen verabschiedet habe, hä? Du bist bestimmt sein Bruder«, schäkerte ich mit meinem Apfel, »weil der von letztens längst den dritten Zähnen eines Gastes zum Opfer gefallen ist!« Mein Äppelken hatte Humor. Es lachte mich an.

»Du bist rund und greifbar, fest und gut zum Kauen«, murmelte einer der Geschäftsmänner.

Irgendwie sahen die alle aus wie Joschka Fischer. Erst so pralle, fette Burschen mit roten Backen, dann eingefallene, graugesichtige, sorgenvoll blickende Mickerlinge. Emil las den Kindern immer so hübsch vor: »Zuletzt wog er ein halbes Lott. Und war am fünften Tage tott.«

»Du bist gebündelte Nahrung, Freude und Fruchtbarkeit«, murmelte einer, den ich nur mit seinem Kräutertee in der

Thermoskanne gesehen hatte. Mei, was mußte der auf turkey sein! »Dank, o Apfel, habe Dank!«

»Versuchung, Schönheit, Vertreibung aus dem Paradies.«

Unglaublich, was diesen ausgehungerten Spinnern alles einfiel! Die hatten sich wirklich Tag und Nacht mit diesem Thema beschäftigt!

Annegret feuerte sie an. »Gut! Weiter! Was bedeutet der Apfel euch noch?«

»Machtsymbol!« sagte der grobgegerbte Almöhi mit dem karierten Wanderhemd. »Wilhelm Tell und so. Unglaublich geschichtsträchtig!«

»Streit- und Zankapfel«, sagte die dünne Zwillingsschwester.

»Apfelkuchen«, sagte die dicke Schwester. »Mit Zimt und Zucker!«

»Das ist nicht der Sinn unserer Meditation«, zischte die dünne.

»Baum der Erkenntnis«, sagte eine von den dicken Damen.

»Sehr gut«, lobte Annegret. »Für uns gilt es jetzt, zwei Fragen zu klären: Habe ich nur gefastet, um wieder weiteressen zu können? Im alten Stil? Hm?« Sie blickte prüfend in die Runde.

»Nein, nein«, sagten die dicken Damen beschämt. Die gegerbten Opas schüttelten entschieden den Kopf.

»Oder bin ich bereit, der Nahrung einmal ganz neu zu begegnen?«

»Jajaja«, nickten alle betroffen vor sich hin.

»Wir werden jetzt diesen Apfel genießen«, sagte Annegret. »Spüren wir ihn mit allen Sinnen! Schmecken wir jedem Bissen aufmerksam und konzentriert nach!«

Ich schaute mich verunsichert um. Durfte ich nun in diesen Apfel beißen? Oder kam der Ober jetzt und sagte, hahaha, reingefallen, und servierte ihn den Pferden in der Pferdekoppel, der Regen-Schelm?

Die anderen waren mit dem Riechen und Beschwören noch nicht fertig.

»Ihr dürft den Apfel jetzt essen«, offenbarte Annegret.

»Oh, du Apfel«, murmelte ich, dann biß ich beherzt hinein. Es war unglaublich. Die Geschmacksnerven schienen zu explodieren! Außer der südafrikanischen Zahnpasta hatte ich in letzter Zeit nichts Nennenswertes an sie rangelassen! Das war ein Feuerwerk der Sinne auf der Zunge! Was doch so ein Äppelken nach drei Wochen gut schmecken kann, dachte ich. Egal, o Apfel, ob du du bist oder dein Bruder. Diese Erfahrung muß man einfach mal gemacht haben. Zumal das mit den Endorphinen und Glückshormonen seine Richtigkeit hat. Ich bin pausenlos glücklich. Liegt das jetzt an Emil oder am Fasten? Kinder, nein, ich bin weitere sieben Kilo leichter, freier, glücklicher, unbeschwerter und ungemein stolz auf mich! Mehr als über alle Einschaltquoten und Imagepunkte der Welt. Ich habe mein Innerstes erreicht! Ach, Marga Siever, ich hab dich lieb. Ich bin über meinen Schatten gesprungen. Luise Weiser, ich und Guildo, wir haben dich lieb. Ich habe meine Sinne zu neuem Leben erweckt! Ganz ohne Nußecken und Nougatschnittchen!

Auch die anderen Fastenbrecher waren den Freudentränen nahe.

»Wärme, Süße, Geborgenheit, Energie und Kraft«, betete Annegret. »All das spüren wir jetzt unter unserer Zunge, am Gaumen, an den Lippen, wir schlucken jetzt.«

Boh, ey. Voll die Erlaubnis. Wir dürfen, ey! Annegret hat ja gesagt! Wurks, wurks, ging es durch fünfundzwanzig ausgedörrte Fastenkehlen.

»Wir spüren, wie die Nahrung unseren Körper bereichert, wir nehmen mit Freuden auf, was die Natur uns schenkt.«

O ja, dachte ich. Das tun wir. Halleluja.

»Ich kann nicht mehr«, stöhnte die dicke Zwillingsschwester und schob den angebissenen Apfel von sich.

Ein paar andere taten es ihr nach. Oh, dieses unglaubliche Völlegefühl! Bläh-bläh! Mäh-mäh! Ich bin satt! Und sprang doch nur über Gräbelein und fraß kein einzig Blättelein! Rülps-rülps!

»Die Essensregeln beim Fastenbrechen lauten«, sprach Annegret: »Langsam essen, intensiv kauen, schweigen, in mich reinhören, bin ich satt? Stehenlassen, wenn der Körper signalisiert: Wenig ist genug für mich.«

Wir schwiegen und hörten unseren Magen erschrocken rumoren und hörten den Darm »Ist da jemand?« schreien, und Annegret riet uns, jetzt zu dieser schweren Verdauungsarbeit mit einem Heublumensack ins Bett zu gehen und uns zuvor für morgen noch zwei Backpflaumen in einer Viertel Tasse Wasser einzuweichen. Zum Schluß verwies sie uns auf die feuchtwarme Leibauflage oder den Vier-Winde-Tee von Dr. Drießnitz bei auftretenden üblen Gasen, die abgingen. Wir wollten jetzt nichts mehr davon hören, sondern hatten das starke Bedürfnis, mit unseren vier Winden und dem Heublumensack allein zu sein. Es herrschte Aufbruchstimmung.

Der livrierte Kellner kam und räumte die angebissenen Äpfel ab. »War's recht?« fragte er übereifrig wie Silvia.

Die Leute um uns rum, die gerade zu Mittag tafelten, beobachteten gerührt, wie wir In-uns-Geher und An-unsere-Grenzen-Stoßer uns gegenseitig um den Hals fielen und an der Brust des anderen Freudentränen verspritzten. Emil grinste, während er den Kindern die Spaghetti kleinschnitt. Die Kinder winkten mit ketchupverschmierten Mündern. Ich kniepte ihnen ein Äugsken.

»Moment noch, Herrschaften«, rief Annegret in die aufbrechende Menge. »Und notfalls bitte das Klistier, habt ihr gehört, Leute, daß ihr mir nicht wieder ungeduldig rumdrückt! Zeit und Gelassenheit bei jedem Stuhlgang!«

Der Kellner umrundete sie geflissentlich. Die Leute an den Nebentischen stocherten in ihrem Essen herum. Sie lauschten interessiert Annegrets Ratschlägen.

Wir hörten nicht auf, einander weinend und grenzbereichert um den Hals zu fallen. »Denk mal an mich« und »Schreib mal« und »Laß mal eine Rosine eine Stunde lang im Munde zergehen, das ist besser als Orgasmus!« und »Nächstes Jahr wieder hier!«

Annegret schrie ungerührt dazwischen: »Auch jahrelange Stuhlverstopfung berechtigt nicht zu vorzeitiger Aufgabe unserer gelernten Bemühungen! Schlackenreiche Nahrung nehmt ihr, intensiv gekaut, ab jetzt zu euch! Wenn ihr spürt, daß der Darm sich bewegt, der After sich aber nicht öffnen will ... Herrschaften, bitte noch mal zuhören jetzt, das ist wichtig!«

Der Kellner entschuldigte sich und hörte mit dem Apfelkitschaufräumen auf. Die Leute an den Nebentischen hörten mit dem Kauen auf. Wir setzten uns schuldbewußt wieder hin, um mitzuschreiben. Der Kellner nahm Haltung an und wartete.

»Also, Herrschaften«, rief Annegret mit erhobener Stimme. »Der Enddarm ist noch vom Fastenstuhl verstopft. Den gesamten Magen-Darm-Kanal nicht stören und keine Abführmittel nehmen! Es reicht ein Klistierball! Ja?!«

»Jaja«, murmelten wir. »Klistierball. Klaro, ey.«

»Was denn sonst«, murrte einer der abgehärteten Opas.

»Prägt euch einige Grundsätze ein: morgens nüchtern ein Glas warmes Wasser auf den nervösen Darm, auf den faulen Darm kaltes!«

»Kaltes«, murmelte die dicke Zwillingsschwester. Wahrscheinlich war ihr Darm faul, während der ihrer Schwester nervös war.

»Kümmel-Tee oder Vier-Winde-Tee! Abführen mit natürlichen Mitteln! Klistier, Einlauf, Glyzerinzäpfchen.«

»Jaja«, murmelten die Seminarteilnehmer.

»Frischkornsuppe, Sauerkrautsaft oder Molke, Backpflaume, Weizenschrotsuppe, Getreide-Gemüse-Suppe, Dickmilch mit Leinsamen, Sauerkrautsuppe mit Gerstenschleim ... all das löst einen befreienden und lockeren Stuhlgang aus! Klar?«

»Klar.«

»Gehet hin in Frieden«, sagte Annegret.

»Dank sei Gott, dem Herrn«, murmelten wir. Dann durften wir endlich gehen.

Bei »Wört-Flört« gab es Neuigkeiten: Oda-Gesine hatte die Kulisse geändert! Statt der üblichen rot-blauen Hocker, auf denen die Kandidaten und Picker immer gehockt hatten, gab es jetzt Hocker in Rosa und Hellblö! Donnerlüttchen, daß sie darauf gekommen war! Auch die Wand im Hintergrund war nicht mehr so schrill wie vorher. Alles gedeckte Töne, mehr so in Pastellfarben gehalten.

»Dem Alter unserer Moderatorin angemessen«, erklärte Oda-Gesine stolz. »Das wird die Einschaltquoten enorm steigern!«

»Bestimmt!« sagte ich.

Und für die Rosen, die immer überreicht wurden, hatte sich Oda-Gesine etwas Sensationelles ausgedacht: Sie waren nicht mehr alle drei rot wie bisher, sondern die zwei, die für die nicht gewählten Kandidaten gedacht waren, waren altrosa! Nur die für die richtige Braut war nach wie vor rot.

»Das verleiht der Sache ganz neuen Pep«, freute sich Oda-Gesine.

»Donnerwetter«, sagte ich anerkennend. »Das sind ja richtig intellektuelle Anforderungen an den Zuschauer!«

Silvia war jetzt noch wichtiger als vorher. Sie trug ja nun auch noch die Verantwortung dafür, daß niemand die altrosa und roten Rosen durcheinanderbrachte! Rolf und Maik, meine treuen redaktionellen Berater, hatten fleißig gearbeitet in der Zwischenzeit. Sie hatten schon gezielte Fragen für mich vorbereitet, so daß ich nur noch vom Neger ablesen mußte: »Was machen Sie beruflich, was machen Sie in Ihrer Freizeit, und wie sieht Ihr Traummann aus?« Alles in allem: eine unglaubliche Verbesserung der Arbeitsbedingungen, sowohl zeitlich als auch inhaltlich! Man merkte, hier in der Redaktion hatte sich während meiner vierwöchigen Abwesenheit echt was getan. Lutz, der nette Sekretär mit der Baskenmütze, überreichte mir gleich am ersten Tag eine riesige Kiste mit Post, und es waren ausnahmslos nette, unverbindliche Autogrammwünsche und Bitten, doch mal in die Sendung eingeladen zu werden.

»Und die Schmähbriefe darfst du mir nicht zeigen?« fragte ich Lutz.

»Welche Schmähbriefe?« fragte er scheinheilig zurück.

»Na, so sehr wird sich der Tenor doch in den letzten vier Wochen nicht geändert haben!«

»Vereinzelte Spinner schreiben immer noch«, sagte Lutz. »Aber mach dir keine Gedanken. Alles im grünen Bereich.«

»Seit der Versteckten-Kamera-Geschichte mit Karl Lagerfeld haben wir eine glatte Million mehr Zuschauer!« jubelte Oda-Gesine.

»Wieso? Der war doch gar nicht dabei!«

Unglaublich, wie manche Leute sich mühen und quälen für ein einziges Prozent Einschaltquote, während so Leute wie Karl Lagerfeld überhaupt nicht erscheinen müssen, um schon eine Million mehr zu haben!

»Eine glatte Million!« schwärmte Oda-Gesine weiter. »Und zwar hauptsächlich in deinen Krisengebieten. Also in Mecklenburg-Vorpommern und in Bayern. Sensationell! Der Marktanteil liegt jetzt bei neunzehn Prozent! Die Zwanzig knacken wir noch vor Weihnachten!«

Am allergrößten war natürlich der Jubel über meine neue Figur. Ich hatte tatsächlich seit der ersten Sendung dreizehn Kilo abgenommen, und das bedeutete für den armen gestreßten Frank, daß er alle Kostüme für die noch zu drehenden Anschlüsse zwei Nummern kleiner machen mußte. Er und sein Kollege Hubert nähten und steckten und riefen mich immerfort zur Anprobe und schüttelten die Köpfe, so wie Herr Bönninghausen sonst immer den Kopf geschüttelt hatte.

Aber sie erwogen nun völlick angesagte und trendy Klamotten: Für die ersten vier Aufzeichnungen der dritten Sendestaffel waren endlich nabelfreie Tops vorgesehen!

Sascha in der Maske hatte völlick neue trendy Farbnuancen von Dior gekauft, für viele tausend Mark. Nun würde mich niemand mehr »pflaumenbäckig« nennen! Er konnte jetzt endlich hingehen und meine Wangenknochen mit seinem Lieblingsrouge betupfen. Und das mit der Nackenwelle nach innen, das war er auch bereit zu ändern, nachdem Oda-Gesine ihm mit Kündigung gedroht hatte. Ab sofort verbrachte er vor jeder Aufzeichnung eine geschlagene Stunde damit, mir die Nackenhaare nach außen zu drehen! Völlick trendy und girliemäßick! Wenn das keine überzeugende Änderung von »Wört-Flört« war!

Aber die beste Neuerung war diese: Emil, Paulinchen und ich bewohnten ab sofort die riesige, elegante, hochherrschaftliche Suite im Bayrischen Hof, in der ich in meiner allerersten Nacht geschlafen hatte. Es waren, genauer gesagt, vier Zimmer mit Verbindungstür! In allen vier Zimmern standen eine Schale mit frischem Obst und ein Kübel mit eiskaltem Champagner.

»Oh«, entfuhr es mir, »das wäre aber doch nicht nötig gewesen!« So viele Zimmer brauchten wir nun auch wieder nicht. Aber wer konnte das ahnen? Oda-Gesine jedenfalls nicht. Sie hatte sich alle erdenkliche Mühe gegeben, ihre Moderatorin nach dem wochenlangen Fasten und Darben wieder in bessere Laune zu versetzen. Ich nahm die Geste der Entschuldigung großzügig an.

Es machte unglaublichen Spaß, in diesem phantastischen Hotel zu wohnen. Allein schon die liebenswürdigen Herrschaften an der Rezeption. Wie die strahlten, wenn die mich sahen. Als wäre ich eine liebe alte Verwandte. Frau Stein, ist alles recht? O ja, ihr goldigen Menschen, ihr! ES IST ALLES RECHT!!!

Außer unseren zwei riesigen Schlafzimmern mit je einem großen französischen Bett gab es noch ein Kinderzimmer für Paulinchen und einen Konferenzraum für Emil und mich. Er hatte einen großen Tisch mit sechs Stühlen, eine separate Sitzecke mit Sesseln und Sofas, eine Kochnische und alles, was ein Herz begehrte. Allein dieser Raum war so groß, daß unsere sechsköpfige Familie bequem darin hätte übernachten können. Jedes Zimmer hatte einen Fernseher, eine Minibar, ein Fax-Gerät, ein Bad mit allen Schikanen. Es gab drei separate WC, und in jedem WC war ein Bidet, und zwischen Toilette und Bidet hing griffbereit ein Telefon an der Wand. Wir hatten zusätzlich jeder ein eigenes Ankleidezimmer, und die Räume waren mit großen, schweren Teppichen und all dem pompösen Schnickschnack, der den Reiz dieses Hotels ausmachte, ausgestattet.

Mit Grauen dachte ich an das Dorfhotel Willaschek an der Durchgangsstraße zurück. Und an die grünliche, gepanzerte Stubenfliege. Ich mußte nie mehr durch einen muffigen Hotelflur zu Emils abgelegenem Kämmerchen schleichen, in dem der Babykram und Emils Hab und Gut durcheinanderflogen, ich mußte nie mehr nachts mit Steinchen an sein Fenster werfen, ich mußte nie mehr meine Morgengymnastik auf der Bettdecke auf einem schmuddeligen Fußboden machen und dabei die Abgase der Lastwagen vor meinem Fenster riechen. Hier gab es einen großen, hellen Fitneßraum, in den nichts drang als leise klassische Musik. Und natürlich war da ein Schwimmbad mit Sauna.

Emil genoß das alles mit der kindlichen Lebensfreude eines großen, übermütigen Jungen. Er versorgte das Paulinchen mit Liebe und Zärtlichkeit, und er nahm es überall mit hin: ins Schwimmbad, in den Englischen Garten, in den Fitneßraum, wo er geschickt an den Geräten herumhangelte. Paulinchen saß währenddessen in ihrem Wagen und schaute ihm mit großen, runden Augen zu. Ich schaute ihm auch manchmal mit großen, runden Augen zu. O ja, geschmacklich kam mein Töchterchen ganz auf mich.

Ich fing an, unsere Aufenthalte in München richtig zu genießen. Morgens frühstückten wir gemeinsam im großen, hellen Frühstücksraum mit Blick auf die Frauenkirche. Um uns herum saßen Dutzende von eiligen Geschäftsmännern, die alle die »Times« oder die »Süddeutsche« lasen und die gehetzten Blickes auf die Uhr sahen. Wir hatten dagegen morgens Zeit. Ich hatte immer schon eine Stunde Gymnastik gemacht, war tausend Meter geschwommen und hatte anschließend eiskalt geduscht. Danach war mir nicht nach einem opulenten Frühstück. Emil stand bisweilen zehn Minuten an dem reichhaltigen Büfett und konnte sich nicht entscheiden, was er sich auf den Teller laden sollte. Ich fütterte unterdessen unser kleines Entenkind Pauline, das inzwischen für alles das Schnäbelchen aufsperrte, was wir ihm ins zahnlose Mündchen steckten.

Ein Häppchen Rührei und ein Brosamen Toast und ein Bröckchen Lachs und ein frisches Stückchen Obst ...

Ja, es ging unserem kleinen Mädchen nicht schlecht. Wenn Emil mit ihr Grimassen schnitt, dann lachte sie laut und fett. Aber die Geschäftsmänner schenkten uns keinen Blick. Sie waren viel zu sehr mit sich selbst beschäftigt.

Um zehn holte uns dann die Praktikantin Melanie ab. Eigentlich hätte der Fahrer uns auch allein abholen können, aber Melanie mußte halt irgendwas zu tun haben. Wahrscheinlich langweilte sich das Mädel immens, und mein armer Emil sollte sich auch nicht länger in seiner Zelle langweilen. Gleich am zweiten Tag bot ich den beiden an, sich lieber einen netten Vormittag in der Münchner Innenstadt zu machen, als mich in das trübe, öde Industriegebiet zu begleiten, wo die Aufnahmen stattfanden.

»Bei dem Stadtverkehr nehme ich ohnehin lieber die S-Bahn«, sagte ich. »Und ihr sitzt doch nur stundenlang im Studio rum und langweilt euch. Es ist ja immer dasselbe.«

Und dann vertrauten wir Melanie unter dem Siegel der Verschwiegenheit an, daß ich Paulinchen gar nicht mehr stillte. Und daß es eigentlich nicht nötig war, daß sie und Emil immer noch dabei waren.

»Aber ich hab sie halt gern in meiner Nähe«, sagte ich. »Verpetz uns nicht, dann verpetzen wir dich auch nicht.«

Und so fuhr ich mit der S-Bahn zum »Wört-Flört«-Studio. Es machte mir nichts aus. Im Gegenteil. Ich wußte, daß es Paulinchen im Bayrischen Hof viel besser ging als in der schmucklosen Garderobe auf dem Gelände des Fernsehens. Sie hatte dort ihr eigenes Bettchen und ihre Wickelkommode und ihre Badewanne. Emil konnte mit ihr spazierengehen oder mit ihr im Whirlpool planschen oder durch München bummeln. Ich gönnte es ihm von Herzen. Später konnte Melanie die beiden immer noch ins Studio fahren lassen. Der Fahrer stand vor dem Bayrischen Hof und rauchte unterdessen ein paar Zigarettchen.

Hauptsache, sie kamen abends zu den Aufzeichnungen. Das war mir wichtig, daß Emil und mein Töchterchen dann in meiner Nähe waren.

So spielte sich alles ein. Und alles wurde angenehmer.

Selbst Herr Bönninghausen schüttelte nicht mehr so oft den Kopf. Und seine gelben Giraffen und roten Dinosaurier lächelten mich an.

Oda-Gesine war um so herzlicher und netter zu mir.

Sie war unglaublich spendabel – nichts war ihr zu teuer, um mir das Leben angenehm zu machen.

Sie fragte kein einziges Mal, ob es noch nötig sei, Emil und das Baby mitzufüttern. Im Gegenteil. Sie erkundigte sich oft nach dem »Boy« und ob er sich auch wohl fühle, und sie kniff das grinsende und seibernde Paulinchen neckisch in die Wange und machte »duziduzidu!«. Aber ihre Gedanken waren natürlich bei dem Erfolg von »Wört-Flört«.

Immer wieder zog sie mich in ihr Büro und zeigte mir die Auswertungen von Studien, die sie hatte anfertigen lassen. Meine Akzeptanz war tatsächlich in allen Bundesländern und bei allen Altersgruppen um 12 bis 17 Prozent gestiegen. Die Durchschnittsnote für das Aussehen lag bei 2,9. Und Ausstrahlung und Charme und Sympathie wurden immerhin mit 2,5 bewertet.

»Das war ganz klar die Gewichtsabnahme«, freute sich Oda-Gesine. »Das war ein genialer Schachzug, vier Wochen zu fasten, glaub es mir!«

Die Einschaltquoten hielten sich zwar immer noch im unteren Bereich dessen auf, was der Sponsor, die Firma »Nesti-Schock«, die das »Wört-Flört-Tört« lieferte, gefordert hatte. Auch die Marktanteile waren nur mal so eben akzeptabel. Aber es war alles nicht mehr im katastrophalen Bereich. Es konnte eigentlich nur noch bergauf gehen!

Kurz vor Weihnachten schafften wir tatsächlich die Zwanzig-Prozent-Marktanteilgrenze. Wir konnten uns erleichtert in die Ferien zurückziehen.

Emil und ich feierten mit den Kindern ganz unspektakulär unter dem Weihnachtsbaum. Heiligabend rief Emil auf mein Drängen hin seine Mutter an. Er sprach lange auf afrikaans mit ihr. Ich versuchte, etwas zu verstehen, aber es gelang mir nicht. Emil wirkte fröhlich und gelöst, er lachte und erzählte wie ein Wasserfall. Später wünschte die Mutter mir auch noch frohe Weihnachten. Bei ihnen sei es jetzt ganz heiß und bei uns kalt, ganz genau umgekehrt wie vor einem halben Jahr.

»Ja«, lachte ich, »Ihr Sohn hat auch wieder seinen Lieblings-Rollkragenpullover an!«

Sie zögerte einen Moment, und dann sagte sie, daß sie unheimlich froh sei, daß der Junge bei mir so gut aufgehoben sei. Er habe eine schlimme Zeit durchgemacht vor seiner Abreise, aber das wisse ich ja sicher.

O ja, dachte ich. Wenn du wüßtest, was ich weiß.

Aber ich war so froh für Emil, daß er dieses Geheimnis nun nicht mehr mit sich allein herumschleppte. Ich teilte es jetzt mit ihm. Die Mutter dankte mir für all meine guten Taten, die ich an ihrem Sohn vollbrachte, wobei ich sicher war, daß sie nur von einem Teil meiner guten Taten wußte. Emil und ich zwinkerten uns zu und grinsten uns an.

Dann kam die Bescherung. Die Jungen bekamen eine Carrera-Bahn, die sie gleich mit Emils Hilfe im Wohnzimmer aufbauten. Außerdem hatte ich ganz unauffällig die grünen Pudelmützen, die Emil als Gastgeschenk mitgebracht hatte, unter den Weihnachtsbaum gelegt. Und siehe da: Karl und Oskar fanden die Mützen obercool und mochten sie gar nicht mehr vom Kopf nehmen.

Emil überreichte mir errötend ein winziges Büchlein, es hatte das Format einer Streichholzschachtel. Er hatte es liebevoll selbst gebastelt und kunstvoll verziert.

Darin stand, in seiner eckigen Schrift mit der linken Hand geschrieben: *»Alles, einfach alles, ob groß oder klein, wird*

zum Abenteuer, wenn man es mit der richtigen Person teilt.«
(Kathleen Norris)

Ich war schrecklich gerührt. Ich drückte das verlegene Kalb im kratzigen Rollkragenpullover an mich und küßte es rechts und links auf die stoppeligen Wangen.

Die Jungen bekamen Schlittschuhe. Emil schenkte ich auch welche. Die ganzen Wintertage verbrachten wir auf den zugefrorenen Teichen des Stadtwaldes. Emil und die Großen tobten mit dem Eishockeyschläger über die Eisfläche, während ich mit den beiden Kleinen vorsichtig am Rand herumrutschte. Paulinchen im Kinderwagen lugte unter ihrer dicken Fellmütze hervor. Ihre braunen Knopfäuglein nahmen alles neugierig wahr, was um sie herum vorging. Katinkalein saß auf ihrem Schlitten und wollte gezogen werden. Wir waren eine große, fröhliche, lebendige, übermütige und ganz und gar harmonische Familie.

Ich blickte gegen die schrägstehende Wintersonne über das Eis. Bald würde es dunkel werden. Bald war das Jahr zu Ende. *Wie soll dat nur wiggerjonn ... Wat kleev denn hück noch stonn ...?*

Oda-Gesine war unersättlich.

»Die Quoten sind noch nicht das, was wir uns erträumt haben. Nach oben sind nach wie vor keine Grenzen gesetzt!«

»Die Tendenz führt doch eindeutig nach oben!« Inzwischen war ich schon selbst dazu übergegangen, jeden Samstagmorgen die Quoten abzufragen. Meistens blieb mir dabei das Frühstücksei im Halse stecken vor Streß.

»Trotzdem, gleich zu Beginn des neuen Jahres wirst du wieder eine Million weniger Zuschauer haben.«

»Was? Was habe ich jetzt wieder falsch gemacht?«

Oda-Gesine griff betrübt nach einem Nougatriegel. »Alle Zeichen der Zeit sprechen gegen uns.« Und dann führte sie mir voller Trübsal vor Augen, daß ausgerechnet ab dem 2. Januar auf dem Konkurrenzsender um dieselbe Zeit »Der Schiffsarzt« kam. Das war Oda-Gesine ein unglaublicher

Dorn im Auge. »Dieser Schauspieler, der den Schiffsarzt spielt, der ist dein größter Feind«, sagte sie grimmig.

»Aber warum denn?«

»Na, der oder du!«

»Ach so. Mist. Sieht er besser aus als ich?«

»Tja, Karla, soll ich ehrlich sein …?«

Ich schluckte. Jetzt kam wieder was. »Natürlich.« Ich mußte mich räuspern. »Sei ehrlich. Ich kann die Wahrheit aushalten.«

»Tja also, ich weiß gar nicht, wie ich es dir sagen soll …« Sie stand auf und schloß die Tür zum Vorzimmer. »Muß ja nicht jeder hören, ist 'ne Sache unter uns Frauen.«

Mir wurde ganz heiß. Irgendwas schrecklich Peinliches schwang in der Luft.

»Also, der Frank und der Hubert …«, sie senkte die Stimme und kontrollierte, ob auch die Lautsprecher nicht eingeschaltet waren, »… die finden ja echt toll, wie du jetzt abgenommen hast. Wieviel sind's noch mal genau?«

»Fünfzehn Kilo.«

»Ja. Großartig. Wirklich, ganz bewundernswert. Ich wollte, mir würde das gelingen. Aber …«, sie räusperte sich noch mal verlegen, »… jetzt hängt der Busen, sagen Frank und Hubert.«

So. Das war's also. Jetzt war's raus.

»Ja«, sagte ich. »Dafür gibt's ja BHs.«

»Siehst du, das isses, was Hubert und Frank so schade finden. Daß du jetzt diese ganzen Spaghettiträgerhemdchen immer noch nicht anziehen kannst.«

»Man muß auch mal Abstriche machen«, sagte ich.

»Ja, wenn es nur der Busen wär …«, lamentierte Oda-Gesine.

»Was hängt denn noch?!« Meine Schultern hingen jetzt. Fast bis zu den Hüften.

»Der Bauch.«

»Aber ich habe gar keinen Bauch mehr!«

»Schlaffe Hautfalten, sagen Hubert und Frank. Du kannst

keine nabelfreien Tops anziehen, Schätzchen. Das sieht Scheiße aus.«

»Ich mache Gymnastik. Aber das geht nicht von heute auf morgen weg! Da war viermal ein Kind drin!«

»Die schlaffe Haut bleibt«, stellte Oda-Gesine betrübt fest. »Ich habe mich erkundigt.«

»Bei Hubert und Karl?«

»Nein. Bei dem Chefarzt der plastischen Chirurgie in einer privaten Klinik.«

Ich sank auf einen Stuhl. »Und? Was sagt der?«

»Kann er leicht beheben.«

Beheben, dachte ich, hahaha. Im wahrsten Sinne des Wortes.

»Du willst, du meinst, ich soll …«

»Genau. Spucken wir noch einmal in die Hände. Dann ha'm wir's hoffentlich geschafft.«

»Nein, Oda-Gesine, alles was recht ist …«

»Nach dieser Sendestaffel schicke ich dich für eine Woche oder so zu diesem plastischen Chirurgen. Der macht mir'n patenten Eindruck.«

»Aber ich kann doch nicht …« Schon wieder eine Woche zu Hause fehlen, wollte ich sagen.

»Über die Kosten mach dir mal keine Sorgen«, unterbrach mich Oda-Gesine. »Das zahlt DER SENDER. Ich hab mich mit dem plastischen Chirurgen auf 10 000 Mark geeinigt, das geht cash über den Tisch, den Rest übernimmt ›Nesti-Schock‹. Verschwiegenheit und Diskretion sind oberstes Gebot. Der hat schon jede Menge Promis geliftet, da ist der ein alter Hase.«

»Aber ich will nicht geliftet werden.«

»Na ja, nicht im Gesicht!«

»Ist der Schiffsarzt auch geliftet?« fragte ich bitter.

»Quatsch«, sagte Oda-Gesine. »Der ist fünfzig und sieht auch so aus. Bei Männern ist das was anderes.«

»Und wodurch gefällt der dem Publikum?«

»Er ist eine interessante Persönlichkeit! Dieser Schauspie-

ler hat ständig neue Affären«, eiferte sich Oda-Gesine.
»Erst hat er sich von einer Barbie-Puppe scheiden lassen, die
daraufhin eine eigene Talkshow bekam, dann hat er eine
Schlagersängerin geheiratet, gleichzeitig aber der Serien-
schauspielerin von ›Wir zwei nebenan‹ ein Kind gemacht,
dann hat er sich von einer Soubrette öffentlich ohrfeigen lassen, weil er die Schlagersängerin gegen die Heizung gepfeffert
und ihr das Gesicht entstellt hat, daraufhin war er vierzehn
Tage im Gefängnis, und zur Zeit ist er mit der Barbie-Puppe,
von der er geschieden ist, auf Mallorca. Ihr großes Interview
steht in der ›Bunten‹, und auf dem Titel von der ›Gala‹ sind
sie auch noch. Skandale braucht's, Schätzchen. DAS fördert die
Einschaltquoten!«

»Tja«, sagte ich. »Da hab ich nix gegenzusetzen.«

»Wer den Schiffsarzt guckt, springt dir ab«, schnaufte Oda-
Gesine. »So mußt du das sehen. Du mußt es als deine LEBENS-
AUFGABE ansehen, die Schiffsarztgucker von diesem Schiffs-
arzt wegzubringen. Du mußt sie alle auf deine Seite ziehen!«

»Tja, aber wie?«

»Laß dir doch von deinem Boy ein Kind machen.«

»BITTE?!«

»War natürlich ein Scherz.«

»Ich lache mich tot.«

»Und sonst was Spannendes aus deinem Leben?«

»Sorry. Nichts, was auf den Titel der ›Gala‹ käme.«

»Siehst du, und DARAN müssen wir noch arbeiten. Irgendein MARKENZEICHEN von dir, irgendwas, wo die Leute sagen,
ach DIE ist das, mit dem … hm-hm-hm … Skandal.«

»Ich hab keinen Hm-hm-hm-Skandal«, beteuerte ich.

Hilf Himmel. Nie, nie, niemals im Leben durfte von meiner Beziehung zu Emil ein Sterbenswörtchen an die Öffentlichkeit dringen. Dann hätten sie ihren Hm-hm-hm-Skandal.
Vierfache Biedermutti treibt's mit minderjährigem Ausländer, den sie ansonsten als billige Haushaltshilfe mißbraucht.
Da hätte der Schiffsarzt skandalmäßig verschissen.

Ich sah Oda-Gesine möglichst teilnahmslos an. »Tja …«

»Tja«, machte auch Oda-Gesine. »Wir werden uns schon noch was einfallen lassen. Jetzt gehst du jedenfalls erst mal klammheimlich unters Messer. Einmal straffen und heben, bitte.«

»Hahaha«, lachte ich bitter, »sehr witzig.«

Wenn ich damals schon gewußt hätte, WIE originell ihr Einfall sein würde, dann hätte ich nicht so leichtfertig »Hahaha, sehr witzig« gesagt.

An die Operation kann ich mich natürlich nicht erinnern. Ich weiß noch, daß man vorher alle meine Werte maß und mir Blut abnahm und meinen Urin untersuchte, und dann kam der nette ägyptische Doktor mit der Schweigepflicht und malte mit einem großen schwarzen Filzstift auf meinem Bauch und meinen Brüsten herum. Er war sehr, sehr viel sympathischer und seriöser als dieser schmierige Wilfrried mit seiner Gattin Dolly Bussttäärr, und ich vertraute ihm.

»Hm-hm-hm«, machte er immer wieder, aber es klang eher schaffensfroh als verächtlich. »Das kriegen wir schon alles wieder hin«, sagte er, dann klopfte er mir auf den Oberschenkel und sagte: »Wir sehen uns in einer halben Stunde im OP!«

Das Anmalen hatte nicht weh getan, das Klopfen auch nicht, und die kleine Beruhigungsspritze in den Arm tat auch nicht weh. Ich erinnere mich noch dumpf, wie mein Bett in einen großen, nach Bohnerwachs riechenden Fahrstuhl geschoben wurde, und dann schlossen sich die Türen vor meinen Augen.

Als ich wieder aufwachte, maß gerade ein philippinisches Schwesterchen meinen Blutdruck. Ich fühlte mich angeschlagen und müde, aber ich hatte keinerlei Schmerzen.

»Ist die Operation schon vorbei?« flüsterte ich matt.

»Sisser, ja! Sson sseit Sstunden!«

»Wie sehe ich aus?«

»Viel, viel besser als ins Fernsehe! Jünger und netter!«

»Nein, ich meine, mein Busen. Und mein Bauch.«

»Weiss niss! Iss mache Nachtschiss. Aber was der Doktor mache, mache gut.«

Ich versuchte, an mir herunterzusehen, aber ich war natürlich dick verpackt.

»Oh, oh, oh, niss bewege! Sonss verrutsse Bandage!«

»Kann ich was trinken?«

»Jetss noch niss.«

Ich ließ den Kopf wieder sinken und schlief weiter.

Am nächsten Morgen knallte eine Putzfrau ihren Eimer auf den Linoleumfußboden und weckte mich auf ihre rauhe, aber herzliche Weise. Sie schlurfte, ohne mich eines Blickes zu würdigen, ins Bad und fing dort an, geräuschvoll meine Utensilien zu verrücken. Ich hätte gern gerufen, daß das nicht nötig sei, weil ich das Bad noch gar nicht benutzt hatte, aber ich wollte die Frau nicht aus dem Arbeitsrhythmus bringen. Schließlich brachte mich ja auch niemand aus meinem Arbeitsrhythmus und verlangte, daß ich etwas anderes sagte als: »Was machen Sie beruflich, was machen Sie in Ihrer Freizeit, wie sieht Ihre Traumfrau aus?«

Die Putzfrau klapperte noch eine Weile im Bad herum, ich hörte sie den Abfalleimer ausleeren, obwohl da gar nichts drin war, aber sie machte halt die Handbewegungen, die sie immer machte. So ähnlich wie »Was machen Sie beruflich?«. Das steckte einfach so drin. Dann wischte sie mit einem Aufnehmer einmal kreuz und quer durchs Zimmer, schnappte sich ihren Eimer und warf geräuschvoll die Tür hinter sich zu. Ich hörte sie nebenan die Tür aufreißen und ihren Eimer auf die Erde knallen.

Für eine frisch Operierte war ich erstaunlich heiter gestimmt. Ich überlegte, ob ich es wagen sollte, allein aufzustehen, um ins Bad zu schleichen und mich dort ein bißchen frisch zu machen, falls der ägyptische Hautabschneider käme, um nach seinem Werk zu schauen. Zum Glück stürzten aber in diesem Moment zwei junge Schwesternschülerinnen laut lachend und plaudernd herein, rissen meine Bettdecke weg und fingen an, sie heftig zu schütteln.

»Guten Morgen«, krächzte ich.

»Aaach, das ist die von ›Wört-Flört‹!« schrien die beiden amüsiert, bogen meinen Oberkörper nach vorn und schüttelten auch noch das Kissen. »Sie sehen ja in echt voll besser aus als im Fernsehen!«

Das war erstaunlich, denn ich war weder geschminkt noch gestylt, noch hatte ich etwas anderes an als ein im Nacken zu verschnürendes Hängerchen und Stützstrümpfe.

»Ich möchte gern ins Bad!«

»Wollen Sie alleine Wasser lassen, oder sollen wir Ihnen dabei helfen?« schrien die beiden munteren Dinger.

»Ich bin nicht schwerhörig«, sagte ich, »nur frisch operiert.«

Die eine Schwester nahm mein Infusionsgerät vom Haken, die zweite griff meinen Oberarm, und dann schoben sie mir die Puschen an die Füße. Wir wankten zu dritt ins Bad. Ich fühlte nichts, mein Körper war noch immer völlig betäubt.

Vorsichtig ließ ich mich auf der Klobrille nieder.

Ich bitte um die Wand, dachte ich. Die eine Schwester hielt immer noch das Infusionsgerät. Die andere schaute in den Spiegel und zog sich die Lippen nach. »Wie ist das eigentlich, wissen die Kandidaten echt immer voll spontan so schlagfertige Antworten?« wollte sie wissen, während ich das Wasser abschlug.

Oda-Gesine hatte mir eingetrichtert, nie, niemals preiszugeben, daß unsere Kandidaten alle ihre Antworten vorher auswendig lernten und daß jeder einzelne einen Einpeitscher hatte, der nicht eher ruhte noch rastete, bis der Kandidat fehlerfrei drei Sätze hintereinander aufsagen konnte.

»Voll spontan«, sagte ich. »Reichen Sie mir mal das Klopapier?«

»Und woher kriegt ihr immer so witzige Leute?«

»Die werden gecastet. In Discotheken oder an Urlaubsorten.«

»Warum casten die nicht in Krankenhäusern? Hier gibt's voll witzige Typen!«

»Sie haben recht. Ich werd's ausrichten.«

»Kann ich da auch mal mitmachen?«

»Au ja, bitte, ich auch, ich auch«, hüpfte die mit dem Blutbeutel in der Hand.

»Klar«, sagte ich, »könnt ihr. Jetzt würde ich mir gern die Zähne putzen.«

»Das machen Sie mal besser im Bett«, sagte die eine. »Sonst kippen Sie uns noch um.«

Ich war dankbar für diesen Tip, denn schon wurde mir schwarz vor Augen. Die beiden geleiteten mich mit jugendlichen Kräften wieder zum Bett, auf das ich dankbar niedersank.

Das war ja eine Anstrengung, zum Klo zu gehen und wieder zurück! Ich hatte nicht das Gefühl, jemals wieder mehr als zehn Schritte hintereinander machen zu können.

Die eine befestigte den Blutbeutel wieder an seinem Ständer, die zweite holte meine Zahnbürste und einen Spucknapf.

»Dieser eine mit dem voll süßen Tattoo«, sagte sie, während ich schäumend schrubbte, »der nicht wußte, was er beruflich macht, ist der noch zu haben?«

»Keine Ahnung«, nuschelte ich und spuckte aus, »ich kümmere mich nicht um die Kandidaten.«

»Nein?«

»Na, jedenfalls nicht um alle«, sagte ich.

Die Schwester reichte mir den Zahnputzbecher.

»Haben Sie selbst denn schon mal einen Kandidaten süß gefunden?«

Ich gurgelte und schüttelte verneinend den Kopf.

»Keinen einzigen?«

Ich spuckte aus. »Doch«, sagte ich. »Einen. Aber der war kein Kandidat.«

Der ägyptische Doktor kam später zur Visite, rollte eigenhändig alle Bandagen ab und musterte kritisch sein Werk. »Hm-hm-hm«, sagte er, »gutt, gutt, gutt.«

Ich sah nur blutdurchtränkte Verbände und war ziemlich

entsetzt, aber der Fachmann nickte zufrieden und sagte: »Korsett.«

Die Schwestern rannten gleich mit einem engen schwarzen Mieder herbei und zwängten mich dort hinein. Sie knüpften etwa siebzig Haken und Ösen zu, was Schwerstarbeit war, ich sah sie schwitzen und hörte sie keuchen. Das Korsett erinnerte mich an die schwarze Soutane eines alten Geistlichen, die auch über dem Bauche spannte.

»Da bleiben Sie jetzt vier Wochen drin«, sagte der Doktor, »und danach sind Sie wie neu. Sie werden sich nicht wiedererkennen.«

»Was haben Sie denn eigentlich gemacht?« fragte ich heiter.

Der Doktor erzählte stolz, er habe meine Brustwarzen abgetrennt, dann die Haut von meiner Brust sorgfältig komplett entfernt und das freiliegende Drüsengewebe danach komplett mit der Haut zweimal umwickelt. Genau zweimal, lachte er froh, das wäre exakt hingekommen. Danach habe er die Brustwarzen wieder angenäht. Sie seien jetzt etwa hier. Er zeigte mir mit dem Handrücken, wo die Brustwarzen sich etwa befanden, und das war knapp unter dem Kinn. Ich staunte nicht schlecht.

In den drei anderen Stunden der Operation habe er meine Bauchhaut komplett entfernt, berichtete der Doktor, und sie an beiden Seiten straffgezogen wie ein Bettlaken, das man in die Ritzen stopft. Die überschüssige Haut habe er nicht mehr verwerten können, jedenfalls nicht für mich, aber sie sei konserviert worden, für das nächste Brandopfer. Schöne Haut sei das gewesen, viel zu schade zum Wegschmeißen. Vorher habe er meine freiliegenden Bauchmuskeln, die durch die Schwangerschaften sichtbar erschlafft waren, wieder in Form gezurrt. Durch die viele Gymnastik sei es bei mir zu einer Rectus-Diastase gekommen, die Muskeln hätten sich total verschoben und seien an der falschen Stelle wieder zusammengewachsen. Den Schnitt habe er elegant im Schambereich gesetzt und gut vernäht, da werde ihn niemand sehen, und ich könne spätestens im Frühling nabelfreie Tops und die Spaghettiträgerhemdchen anziehen. Allerdings werde wohl die gesamte Bauchhaut taub bleiben, aber das sei halt nicht zu ändern.

»Och, das macht doch nichts«, sagte ich schnell. »Eine gute Quote ist mir viel wichtiger als ein bißchen Gefühl in der Bauchhaut. Das brauch ich in meinem Alter sowieso nicht mehr.«

»Sie sehen in Wirklichkeit viel hübscher aus als im Fernsehen«, stellte der ägyptische Doktor fest, und das war nun schon der dritte, der das fand. Obwohl ich völlig ungeschminkt und mit strähnigem Haar nach einer sechsstündigen Operation in den Kissen lag.

Ich bedankte mich bei dem Doktor für seine gute Arbeit, und dann ging er, nicht ohne mir anzubieten, mir eventuell ein kleines bißchen die Augen zu vergrößern und die Schlupflider zu entfernen, wo ich doch sowieso grade mal hier sei. Auch die Lippen könnten eine kleine Unterspritzung vertragen, sagte er, aber das müsse ich selber entscheiden.

Ich entschied, daß an meinem Gesicht nichts geändert würde, damit meine Kinder mich noch erkennen könnten, wenn ich nächste Woche nach Hause käme.

Oda-Gesine besuchte mich nach zwei Tagen, was ich erstaunlich fand, und brachte mir zwei Flaschen »Wört-Flört-Tröpf« und einen Strauß »Wört-Flört«-Rosen mit, von den altrosafarbenen. Die seien noch von der letzten Sendung übrig, lachte sie, und Silvia habe sie ein bißchen angeschnitten, damit sie sich noch etwas hielten.

Ich stellte fest, daß sie dann ja genau zu mir paßten. Die Rosen und ich, wir hatten exakt das gleiche Schicksal.

Dann wollte Oda-Gesine meinen neuen Busen sehen. Ich entfernte die Eisbeutel und öffnete vorsichtig die ersten zwanzig Ösen von dem Korsett. Der Busen stand blaß und spitz von mir ab, und die frisch angenähten Brustwarzen spähten erstaunt an die Zimmerdecke.

»Wahnsinn«, schrie Oda-Gesine begeistert. »Der steht ja bergauf! DAS wird Quoten bringen!«

»Ist das nicht ein bißchen unnatürlich?« wandte ich bänglich ein.

»Der senkt sich wieder, keine Angst«, meinte Oda-Gesine. »Aber das wird den Bönninghausen ja begeistern, Schätzchen! Jetzt kannst mit Spaghettiträgern moderieren. Zeig mal deinen Nabel, wie sieht der jetzt aus?«

Ich bedauerte, ihr meinen Nabel noch nicht zeigen zu können, da dieser ebenfalls frisch angenäht worden sei und zur Zeit unter vielen blutdurchtränkten Mullbinden in ein Korsett verschnürt sei.

»Na, dann zeigst ihn mir das nächste Mal.«

Damit war das Thema Nabel für Oda-Gesine erledigt, sie stürzte sich auf mein Essen im grauen Plastiknapf und erzählte dabei voller Freude, daß die Quoten der letzten Sendung schon ganz passabel gewesen seien und daß gerade in Sachsen-Anhalt und in Baden-Württemberg bei den Neunzehn- bis Fünfundzwanzigjährigen drei Prozent Marktanteil mehr zu verzeichnen seien als in der Woche davor.

»Bönninghausen ist auch zufrieden«, sagte Oda-Gesine, während sie eine grobe Räucherwurst in Kartoffelpüree preßte. Die fette Haut platzte auf, und heraus quoll eine grobkörnige rote Masse. Ich fand es aufmerksam vom Krankenhauskoch, mich mit diesem speziellen Menü zu verwöhnen.

»Und? Hat dein Boy dich schon so gesehen?« fragte Oda-Gesine plötzlich unvermittelt.

»Emil? Nein. Ich meine, er besucht mich jeden Tag mit Paulinchen, wenn du das meinst …?«

Ich hatte Emil freigestellt, mit Paulinchen nach Hause zu fliegen, zu Senta und den anderen, aber Emil wollte in meiner Nähe sein.

»Ja, hast du's ihm nicht gezeigt?« fragte Oda-Gesine, während sie versuchte, eine Dosenpfirsichhälfte mit der Gabel in Vanillepudding zu zerquetschen.

»Aber nein, wie kommst du darauf?«

»Nur so. Weil er immer in deiner Nähe ist.«

»Logisch. Er ist ja auch mein Babysitter.«

»Jetzt mal ehrlich, Schätzchen. Kommt denn bei einer … angenähten Brustwarze … immer noch Muttermilch?«

»Nein.« Einmal mußte ich es ihr ja gestehen. Daß ich schon längst nicht mehr stillte.

»Dann brauchst du deinen Boy ja eigentlich nicht mehr.«

»Doch«, sagte ich entschieden. »Ich brauch ihn.«

»Aber der kostet den SENDER 'ne Menge Holz!«

»Wenn DER SENDER Geld für Riemchensandalen und Klamotten und Fastenkuren im Fünfsternehotel und 'ne Schönheitsoperation hat, dann hat er auch Geld für Emil!«

»Scheinst ihn ja wirklich zu mögen, den Boy.« Oda-Gesine stellte den leergegessenen Plastiknapf auf meinen Nachttisch und drohte mit dem fetten Zeigefinger. »Nicht, daß du den armen Kleinen verführst! Sonst hätten wir unser kleines Skandälchen!«

Sie erhob sich mühsam und wies mit dem Kopf auf ihre beiden »Wört-Flört-Tröpf«-Fläschchen, die sie auf der Fensterbank abgestellt hatte. »Den Schampus könnt ihr zwei ja zusammen leermachen, wenn er dich wieder besucht. Jetzt, wo du nicht mehr stillst.«

Dann warf sie sich ihr schwarzes Zweimannzelt über die Schultern und drückte mir ein Küßchen aufs Haar.

»Servus, Schätzchen. Und denk an die Quote. Tag und Nacht.«

Geräuschvoll schloß sie die Tür, genau wie die Putzfrau von heute morgen, und wallte davon.

»Sie haben einen Busen wie eine Siebzehnjährige!« schwärmte der Doktor, der jeden Tag zur Visite kam. »Da könnt ich mich noch mal verlieben!«

Ich überlegte, ob ich das als Kompliment auffassen sollte. Ein Schönheitschirurg, der sich in den Busen einer Patientin verliebte …

Ich fragte mich besorgt, ob sich Emil jemals wieder in irgendwas an mir verlieben würde. Komisch. Meinen Stillbusen hatte er geliebt und meinen Hängebusen auch. Er hatte alle meine körperlichen Entwicklungen miterlebt. Nun war ich repariert, instand gesetzt, wie ein Gebrauchsgegenstand, den man mal gründlich vom Fachmann überholen läßt.

Emil besuchte mich mit dem goldigen, prallwangigen Paulinchen. Er setzte mir mein Kind aufs Bett, zog ihr die Mütze und den Anorak aus, schüttelte einige Spielsachen vor ihr aus und hockte sich dann auf den Bettrand.

Er hatte mir wieder mal etwas Originelles mitgebracht. Ein selbstgemaltes Bild. Es zeigte ein Schwein, das auf dem Rükken im Bett lag. Es war eindeutig ein Krankenbett, denn am Gitter des Fußendes war eine Fieberkurve zu sehen. Das Schwein streckte alle vier Pfoten von sich und grinste zufrieden. Auf seinem Bauch war eine große Narbe, die wie bei Rotkäppchen und dem Wolf mit einem dicken Faden zugenäht war. Am Gitter war ein Schild angebracht, auf dem stand: »Mein Schweinebauch gehört mir!«

Ich war völlig gerührt und bat Emil, das Bild an meine Tür zu kleben, damit ich es immer sehen konnte.

»Wie geht es dir?« fragte Emil schließlich scheu.

»Gut. Besonders, wenn ich euch sehe.«

»Hast du Schmerzen?«

»Nein. Keine. Überhaupt nicht.«

Emil schaute mich halb befremdet, halb ratlos an und sagte nichts.

»Ich habe mich nicht geändert«, sagte ich und nahm seine Hand. »Ich bin noch die alte. Ich schwör's dir.«

»Dann liebe ich dich noch«, sagte Emil, nahm das Paulinchen, zog es wieder an und ging.

»Du hast dich tatsächlich operieren lassen?!« Senta starrte mich fassungslos an.

»Ja. Warum nicht. Das war ich meinem Publikum schuldig.«

»Mädchen, Mädchen.« Senta schüttelte betrübt den Kopf. »Wie hast du dich verändert!«

»Aber doch nur äußerlich, Schwesterherz! Gefall ich dir etwa nicht?« Ich drehte mich beifallheischend vor Senta im Kreise.

Tatsächlich. Ich paßte locker wieder in Größe achtunddreißig. »Leider kann ich wegen der kalten Jahreszeit keine nabelfreien Tops tragen, auch nicht beim Einkaufen, schade, aber ansonsten seh ich jetzt aus wie Melanie.«

»Wer ist Melanie?«

»Unsere Praktikantin.«

»Wie alt ist die?«

»Ich schätze mal, so um die achtzehn bis zwanzig.«

Senta sah mich traurig an. »Ist das wirklich so wichtig für dich?«

»Klar! Was meinst du, wofür ich so hart gearbeitet habe? Ich habe es geschafft! Ich bin jetzt wie sie!«

»Weißt du, Karla, als du noch ›Endlich allein‹ moderiert hast, da habe ich dir geglaubt.«

»Wie – geglaubt?«

»Da warst du noch du. Aber jetzt bist du eine Barbie-Puppe. Ich kenne meine eigene Schwester nicht mehr!«

»Senta! Was soll das heißen?«

»Damals hast du noch Inhalte vermittelt. Mag sein, du hattest nur zwei Millionen Einschaltquote und sahst nicht aus wie ein zwanzigjähriges Mädel, aber deine Sendung hatte Format!«

»Inhalte! Format! Wer will denn heute noch Inhalte sehen? Allein die Verpackung zählt. Wir vom Fernsehen sind reine Verpackungskünstler.«

»Nein, Karla, das sehe ich anders. Mag sein, daß ich altmodisch bin. Aber ich bin traurig darüber, daß du dich so hast verbiegen lassen.«

»Ich habe mich nicht verbiegen lassen! So 'n Quatsch! Ich habe an mir gearbeitet! Könntest du ruhig auch mal tun!« Ich schaute spöttisch auf ihre Rundungen. Das war gemein und völlig unschwesterlich von mir. Aber Senta hatte mich einfach provoziert.

Sie war aber noch nicht fertig.

»Seit du bei ›Wört-Flört‹ bist, hast du genausoviel Stroh im Kopf wie all die Kandidaten.«

»Was du nicht sagst!«

»Du begibst dich in jeder Hinsicht auf ihr Niveau.«

»Aber doch nur im Fernsehen! Privat doch nicht!«

»Doch. Gerade privat. Du bist auf dem Niveau eines Zwanzigjährigen gelandet.«

»Was soll das heißen! Was weißt du denn schon?«

»Du denkst, du könntest einen jungen Mann wie Emil für dich gewinnen«, schleuderte Senta den Giftpfeil zurück. »Aber durch Schönheitsoperationen wird man nicht wieder jung!«

»Emil liebt mich auch so! Er liebt mich schon lange! Daß du es nur weißt!«

»Er liebt dich, das ist mir nicht entgangen. Der Junge ist dir völlig hörig! Und du nutzt deine Überlegenheit aus!«

»WAS? Was erlaubst du dir!«

»Karla! Komm doch wieder zu Verstand! Du bist nur eine Übergangsstation für ihn. In einem halben Jahr geht er weg. Und dann kommst du hoffentlich wieder zu dir!«

»Das ist eine Unverschämtheit!«

»Aber du merkst nicht, wie lächerlich du dich machst!«

»ICH mache mich lächerlich? DU machst dich lächerlich! Mit deiner völlig unangebrachten Eifersucht auf Emil! Du kannst nicht ertragen, daß die Kinder ihn lieben!«

»Du kannst nicht ertragen, daß du vierzig bist. DAS ist der Grund für deine Midlife-crisis. ICH bin fünfzig, aber ich bin es mit Format!«

Damit ging Senta aus der Tür.

»Blöde alte Zicke«, murmelte ich hinter ihr her. »Bist ja nur neidisch!«

Nach dem Krach mit Senta war ich ziemlich nachdenklich geworden. Hatte ich mich wirklich so verändert?

Aber das Karussell drehte sich weiter. Ich mußte wieder nach München, und Emil und Paulinchen nahm ich mit.

Senta ließ ihren Zorn nicht an den Kindern aus. Trotz unserer Auseinandersetzung traf sie Montag morgen pünktlich ein. »Ich komme nicht wegen dir. Ich komme ausschließlich wegen der Kinder.«

Ohne Gruß verließ ich das Haus. Emil stand unschlüssig zwischen uns. Senta würdigte ihn keines Blickes.

In München beschloß ich, den albernen Familienkrach zu vergessen. Die »Wört-Flört«-Mannschaft war jetzt meine Familie.

Ich gab mein Bestes, ich versuchte, witzig zu sein, ich sah klasse aus, tough und trendy und voll girliemäßig, und die Quoten hielten sich tapfer.

»Komm doch endlich mal mit zum Feiern«, forderte Oda-Gesine mich auf. »Hast doch jetzt allen Grund dazu!«

Herr Bönninghausen nickte auch. Seine gelb-schwarz gepunkteten Mickymäuse auf der Krawatte lächelten mich an. »Sie könnten sich ruhig mal bei den Vertretern der Sponsor-Firmen blicken lassen. Vielleicht hilft's!«

Also ging ich zum ersten Mal nach einer Sendung mit. Eigentlich wollte ich nur mal sehen, was da so abging. Die anderen schwärmten immer von diesen Nachfeiern!

Das wollte ich mir doch mal angucken.

Ich reihte mich also unter »Hallo« und »Schön, daß du auch mal kommst« und »Setz dich doch« und »Trinkst aber scho a Weizen, gell?« in die Reihe derer ein, die erleichtert und froh und enggedrängt auf den Holzbänken saßen und sangen, lachten, flirteten, Blicke warfen, Sprüche riskierten … Die Kandidaten waren ganz entspannt. Endlich war der Streß vorbei. Und was hier rumlief! Goldige, knackige Girls und Kerls!

Ach, ach, ach, dachte ich. Das ist doch noch gar nicht so lange her, daß ich in meinen Studentenkneipen herumsaß und genau solche Typen hinreißend fand, die ich heute mit zurückhaltender Passivität betrachte. Damals war ich noch nicht verdammt und zugenäht, da war mein Körper sicher weniger perfekt als heute, aber da war ich jung! Mein Gott, wo ist die Zeit geblieben?

Dabei waren sie alle in Emils Alter. Bis auf den, der neben mir saß. Kandidat drei, ein hübscher Bursche mit kinnlangen schwarzen Haaren. Der mochte Ende Zwanzig sein. Aus Wien, ein geistreicher Charmeur, gebildet und witzig. Einer der wenigen. Er war auch von der weiblichen Fragestellerin zum »Wört-Flört« gewählt worden. Ohne daß ich ihr einen Tip gegeben hatte. Ich ließ meinen Blick wohlwollend über seine Erscheinung schweifen. Gepflegte, unaufdringliche Kleidung, schwacher Duft nach einem guten Herrenparfum.

»He«, begann ich ein Gespräch. »Wo ist denn dein »Wört-Flört«? Ihr geht doch morgen auf große Reise?«

»Die steht da hinten am Lift.« Er schenkte dem Mädel einen verächtlichen Blick aus dunkelbraunen Augen.

Tatsächlich. Da stand das hübsche Kind mit dem hochtoupierten Hinterkopf und dem Supermini in Rosa und hatte ihre tätowierten Ärmchen um einen ganz anderen geschlungen. Einen aus der Sendung davor. Einen weißblond Gefärbten mit Gelzipfeln auf dem Kopf und Mucki-Bude-Oberarmen unter dem sich spannenden T-Shirt. Statt den gutaussehenden dunkelhaarigen Wiener mit ihrer Anwesenheit zu beehren. Was hatte er noch mal geantwortet, als ich ihn fragte, was er beruflich machte? Sendemastenaufsteller! Das klang ja schon wieder nach einem versauten »Wört-Flört«-Gag aus der Feder unserer Autoren, aber dieser junge Mann versicherte, daß er wirklich Sendemastenaufsteller sei.

»Das tut mir aber leid für dich!«

»Mir tut das aber nicht im geringsten lääd.«

»Das geht aber nicht!« sagte ich entrüstet. »Ihr fliegt doch morgen mit dem ›Wört-Flört‹-Jet. Wie soll das nur enden?«

»Du, die fasse ich mit der Knäifzangen net an!« Der Wiener schien seinen eigenen Geschmack zu haben.

»Und was machst du jetzt?«

»Nix. I sitz neben der äinzigen Frau, die mich eh interessiert.«

Ich sah mich suchend um. Wo saß denn hier noch eine Frau? Rechts neben dem Wiener saßen Rolf und Maik und rauchten Zigarre. Und daneben hockten die Autoren und lachten sich über ihre eigenen versauten Sprüche kaputt.

»Wie pinkelt ein Eskimo?« schrie einer.

»Keine Ahnung! In den Kühlschrank?«

»Nee. So!« Der Typ sprang auf den Tisch, stellte sich in Positur, als ob er pinkeln wolle, und ließ einen Eiswürfel aus seinem Hosenlatz fallen.

Hahaha! Supa, ey! Schade, daß de den nich bringen kannz in der Sendung, ey! Voll geil, ey!

»Es gibt nur äine Frau, wegen der ich hier sitz!« Durchdringender Blick aus ernsten, dunklen Augen.

»Du meinst doch nicht etwa mich?«

»Uns verbindet äins: Wir sind hier bäide auf der falschen Party.«

Mein Gott, hatte der Augen, der Sendemastenaufsteller! So äin Schläimer. So sind halt die Wiener. Dasselbe tät er dem hochtoupierten Heftchen sagen, wenn es seine Ärmchen um ihn gelegt hätte und nicht um die Mucki-Bude.

»Du bist wenigstens äine räife Frau.«

»Danke für die Blumen.« Ich verschwand erst mal in meinem Weizenbierglas. Schon lange hatte ich auf den Moment gewartet, wo mir das mal einer sagen würde. Nun war er da.

»Und du siehst phantaastisch aus!«

»Du, ich bin geschminkt!«

»Naa, du schaaust recht liaab aus!«

»Na ja«, sagte ich zu dem erhitzten Gemüt. »Das ist relativ.«

»Du hast viel zuviel Niveau für diese Sendung! Was machst du äigentlich hier? Hast du das nötig?«

»Jetz is genuch«, sagte ich. »Geh schön zu den anderen Kindern spielen.«

Ich wollte mich gerade davonmachen, da erblickte ich Emil. Er saß dicht neben Melanie am Mitarbeitertisch. Da, wo die pikanten Witze gemacht wurden. Melanie hatte ein knappes, nabelfreies schwarzes Spaghettiträgerhemdchen an, das ihren kleinen, prallen Busen appetitlich verpackte. Ihre Schultern waren muskulös und sehnig. Auf ihrem rechten Schulterblatt prangte ein kleines Tattoo. Die knallengen schwarzen Glanzhosen, in denen sie ihre langen, schlanken Beine besonders gut zeigen konnte, spannten über ihrem properen Popo. Ihre Füße steckten in schwarzen Plateauschuhen. Das Näschen von Melanie zierte neuerdings ein winziger, schillernder Brilli. Ihre Fingernägel hatte sie dunkelblau lackiert.

Die anderen Mädels am Tisch waren genauso hübsch verpackt. Richtige kleine Appetithäppchen. Jede einzelne. Und die Jungs! Alle so knackig, lässig, sportlich. Ein ganz normaler Anblick eigentlich. Ich arbeitete nun mal in einer Jugend-Kult-Sendung. Und Emil paßte da rein! Es war, als hätte er niemals woanders gesessen als neben Melanie. Dabei hatte er mindestens ein halbes Jahr lang mit dem Baby an der Tür gestanden.

Zuerst wollte ich mich freuen. Na bitte! Emil amüsierte sich! Endlich saß er mal bei Gleichaltrigen, unterhielt sich, lachte, flirtete. Ich gönnte ihm das von Herzen. Endlich stand er mal nicht mit dem Kinderwagen abseits oder schob allein durch die Gegend. Endlich hatte er Anschluß gefunden. Aber wo war Paulinchen? Moment mal! Das hatte er doch wohl nicht mitgebracht? Es war laut, es war hell, es wurde gegrölt, geraucht, mit Eiswürfeln gepinkelt!

Ich sprang auf und schritt entschlossen zum Nebentisch hinüber.

»Karla! Hi! Setz dich doch!«

Allgemeines bereitwilliges Zusammenrücken.

Ich fand sie alle schrecklich nett. Und ich freute mich, daß die Stimmung so gut war. Ich wollte auch keine Miesmacherin sein. Aber was ich da sah, stach mich mitten ins Herz. Paulinchen saß munter lachend auf Melanies Schoß. Auf Melanies!

Und mampfte eine Brezel. Melanie und Emil streichelten ihr kleines Köpfchen. Gleichzeitig. Ihre Hände berührten sich. Wie zufällig. Aber doch wie beabsichtigt.

Ich weiß nicht mehr, welche Gefühle es genau waren, die mich so aus der Fassung brachten. Die Muttergefühle? Man kann doch ein acht Monate altes Kind nicht nachts in so eine Kneipe mitschleppen.

Oder die Eifersucht? Verdammte kleine Göre, nimm deine feingliedrigen, faltenlosen, makellosen Hände von meinem Kind. Und von meinem Au-pair-Jungen!

»Also das geht jetzt aber entschieden zu weit!« fauchte ich und riß das Paulinchen von Melanies Schoß. »Wißt ihr, wie spät es ist?«

»No, Mam.« Emil sah mich erschrocken an. Plötzlich war er so weiß um die Lippen, wie ich ihn nur einmal gesehen hatte. Auf der Hängebrücke im Onsernone-Tal.

Ich drückte mein Kind an mich. »Ihr könnt die doch nicht mit in diese Kneipe schleppen!«

»No, Mam.« Emil sah mich an.

»Ach, laß doch diesen Quatsch mit ›No, Mam, yes, Mam!‹« herrschte ich ihn an.

Melanie legte ihre Hand auf sein Bein. »Wir wollten nur mal kurz auf ein Bier vorbeischauen.«

»Du mischst dich da überhaupt nicht ein, ja? Das ist eine Sache zwischen Emil und mir!«

Diesen Ton war niemand von mir gewöhnt.

Niemand. Nicht Emil, nicht die Mitarbeiter und auch nicht mein Paulinchen. Mein armes, kleines, rotznäsiges, brezelverkrümeltes Mädchen fing kläglich an zu weinen.

»Bestimmt hat es der Pauline nicht geschadet« sagte Kim. »Hier am Tisch raucht keiner, und sie war auch gar nicht lange da.«

»Sie ist doch unser Maskottchen!«

»Unser kleines Tamagochi!«

Ich zog ein Gesicht, als hätte ich auf Scheiße gebissen.

»Ey, Karla! Hab dich doch nicht so!«

»Es ist Mitternacht!« herrschte ich Emil an. »Ich erwarte von dir, daß du nachts bei Pauline im Zimmer bist!« Ich erwarte von dir, daß du nachts bei MIR im Zimmer bist! Und auf mich wartest! Wie du das immer tust! Ich schämte mich für diese Gedanken.

Emil wollte sofort aufstehen, doch Melanie zog ihn am Arm. Er sank wieder auf die Bank.

»Wir haben nur auf dich gewartet! Schließlich bist du das erste Mal hier, und wir wußten nicht, ob du ins Hotel gefahren werden willst oder noch länger bleibst!«

»Ich kann mir alleine einen Fahrer besorgen!«

»Ich mache nur meinen Job!«

»Dann MACH deinen Job! Dazu gehört nicht, daß du mit MEINEM Baby in der Kneipe sitzt!«

»Du hast selbst gesagt, wir sollen uns einen netten Tag machen!«

Melanie hatte recht. Aber einen SO netten Tag sollten sie sich auch wieder nicht machen! Dieser Ton stand dieser Praktikantinnen-Mieze überhaupt nicht zu. Ich war hier die Moderatorin! Und sie war eine Aushilfspraktikantin, eine, eine ... Hilfskraft, noch nicht mal Studentin, ich weiß nicht, was, aber sie war hübsch, hübsch, hübsch! Jung, drahtig, durchtrainiert, tough, hip, girliemäßig! Von Natur aus! Alles, was ich mühsam versuchte zu sein!

Und sie wagte es, MEINEN Au-pair-Jungen anzufassen. Und ihn auf die Bank zurückzuziehen, während er MEINEN Befehlen gehorchen sollte. Das war das einzige, was ich ihr wirklich verübelte.

»Wir wollten nicht unten auf dem Parkplatz warten, weil es kalt ist und regnet«, sagte Emil zerknirscht. »Da sind wir raufgekommen. Paulinchen war sowieso wach.«

Ich blickte wütend von einem zum anderen. Sie hatten ja nichts Böses getan. Sie waren liebe, harmlose Kinder, die sich auf eine Cola ins Warme gesetzt hatten.

Emil arbeitete sich an Melanie vorbei (sie umfaßte auch noch mit ihren blauen Fingernägeln seinen Popo, während sie

310

ihre langen, schlanken Beine zur Seite drehte!) und putzte Paulinchen die Nase und den verkrümelten Mund ab. Dann wollte er sie mir abnehmen.

»Ich nehme sie. Entschuldigung!«

»Nein. Mach dir keine Mühe. Ich fahre jetzt mit ihr ins Hotel. Bleib du hier. Amüsier dich.«

Halb meinte ich es wirklich so. Junge, du bist zwanzig, du bist endlich unter deinesgleichen, das erste Mal seit deiner Ankunft. Du hattest eine schrecklich harte Zeit, und ich bin froh, wenn du sie vergessen kannst. Es ist dein gutes Recht, und wo besser als in diesen Kreisen könntest du deinen gräßlichen Schlamassel halbwegs verdrängen! ICH bin es, die hier nichts zu suchen hat. Ich sollte gehen. Nicht du.

Aber ich war wütend, gekränkt. Das verdammte hübsche Mädel hatte keine Narben, es sah von Natur aus so gut aus. Aber es hatte noch nichts geleistet in diesem Leben, als sich die Haare zu toupieren und die Nägel blau zu färben! Auf dem blauen Nagellack entdeckte ich winzige Straßsteinchen, die glitzerten. Das machte mich noch zorniger.

»Ihr solltet in die Disco gehen«, rief ich sauer. »Oder öffnet die erst um drei?«

Emil war völlig verunsichert. So hatte er mich noch nie erlebt. Er hatte mich traurig erlebt, unsicher, verzweifelt, trostsuchend. Und in letzter Zeit hatte er mich fast ausschließlich fröhlich erlebt, übermütig, lebenslustig, tatendurstig und natürlich – verliebt. Selbst im Krankenbett. Zu Scherzen aufgelegt. Turtelnd. Zärtlich verliebt. Glücklich verliebt. Und jetzt stand da eine eifersüchtige, zornesfleckige Alte und machte ihm eine Szene. Als Arbeitgeberin.

Ich schämte mich, während ich es tat. Aber ich konnte es nicht unterlassen.

Wir standen uns schweigend gegenüber, Emil und ich.

Und sahen uns an. Enttäuscht. Unsicher. Gekränkt. Sekundenlang sagte niemand etwas. Kim und Frank und Hubert und Maik und Sascha und Silvia und Tanja guckten peinlich berührt auf ihr Weizenbier. Oda-Gesine, die mit Herrn Bönninghausen und einigen Leuten von einer Handy-Firma am Nebentisch saß, drehte sich nach hinten herum und packte den Wiener am Ärmel. Sie redete auf ihn ein. Wahrscheinlich entschuldigte sie sich für mich. Mist, daß der das jetzt alles mitkriegte.

»Ich sage jetzt dem Fahrer Bescheid«, sagte Melanie, während sie sich erhob. Ihre schlanken Finger mit den peppig lackierten Nägeln kramten schon nach dem Handy. Es war ein neues, grellbuntes Handy, und darauf stand »›Wört-Flört‹ – der heiße Draht«. Aha. Oda-Gesine und Herr Bönninghausen baggerten also wieder neue Sponsoren an.

Verdammt. Wie stand ich denn jetzt vor den anderen da.

Diese häßliche Szene würde morgen jedem im ganzen Sendegebäude bekannt sein. Jedem. Dabei war ich doch immer so freundlich. Und merkte mir alle Namen. Und grüßte jeden so nett.

»Nein«, sagte ich, »bleibt. Bitte. Ich hab's nicht so gemeint. Ich möchte, daß Emil und du ...« Ich faßte mir ratlos an den Kopf. Was sollte ich sagen? Euch miteinander amüsiert?

»Ach, Karla, ey, wie süß!« rief einer der Autoren dazwischen, der gerade vom Pinkeln zurückkam. »Selbst nach der Show kann sie das Kuppeln nicht lassen!«

»Stell doch die zwei hinter die Wand!« schrie ein anderer.

»Hier ist Iiiihr ... ›Wört-Flört‹!« äffte mich ein dritter nach.

»Endlich mal ein Traumpaar in unserer Show!«

»Die passen aber auch wirklich gut zusammen!« freute sich Kim. »So süß und so jung!«

Nagen am Herzen fühl ich ein Gift mir. Ich konnte das nicht mehr ertragen. Ich drehte mich auf dem Absatz um und rannte mit Paulinchen auf den Parkplatz hinaus. Hier erst wurde mir klar, daß der Kinderwagen und der ganze Babykram noch drinnen war. In der Kneipe. Was nun? Noch mal reingehen? Da stand ich im Regen und dampfte vor Wut. Und wollte losheulen. Sofort! Aber die Schwäche konnte ich mir vor Melanie und Emil auf keinen Fall leisten.

Ich hüllte das arme Kind in meine Jacke ein. Hoffentlich

bequemte sich einer der beiden mal langsam hinter mir her! Melanie hatte das Handy mit der Fahrernummer. Da. Die Tür. Endlich. Los, Fahrer rufen, Schnauze halten und abtreten. Oder ich ruf mir ein Taxi. Oder gehe zu Fuß.

Es war aber der Wiener, der plötzlich da aus der Tür kam. Er hatte einen gutgeschnittenen braunen Mantel an und einen schwarzen Schal um den Hals. Er sah maßgeschneidert aus. Der ganze Mann.

»Schwierigkäiten?«

Gerne wäre ich weggerannt, aber ich brauchte den Kinderwagen.

»Nein, nein, alles im grünen Bereich. Ich will nur lieber mit dem Baby ins Hotel ...«

»Wo wohnst denn du?«

»Im Bayrischen Hof.«

»Oh, das ist ein netta Zufall, da wohn ich auch!«

Ich glaubte ihm nicht. Die Kandidaten wohnen nie im Bayrischen Hof. Der ist viel zu teuer.

»Ich häiße Jo«, sagte der Wiener sehr charmant. »Und es ist mir äine Fräude, dich jetzt nach Haause zu fahren. Ich wollte sowieso grad gehen.«

»Bist du mit dem Wagen da?«

»Ja, ich hab eh gescheeftlich in München zu tun, da hab ich den Firmenwagen genommen ...«

Der war wirklich kein kleiner dummer Junge. Er sah verdammt gut aus. Und hatte phantastische Manieren. Ob er in München Sendemasten aufstellen wollte?

Gerade als er mir den Schlag seines Wagens aufhielt und ich mich mit Paulinchen vorsichtig hineingleiten ließ, kam Emil mit dem Kinderwagen aus dem Lokal gehetzt.

»Entschuldigung«, stammelte er. »Wir mußten noch zahlen.«

»Oje«, entfuhr es mir. »Das muß ich ja auch noch!«

»Habe mir erlaubt, das für diech zu erleedigen«, sagte Jo mit einer läichten Verbäugung.

Emil klappte mit einem geübten Griff den Kinderwagen

zusammen. Jo öffnete den Kofferraum, und Emil legte den Kinderwagen hinein. Dann stand er da auf dem Parkplatz, in seinen zerbeulten Jeans und seinem immer gleichen Sweat-shirt, mit seinen löchrigen Turnschuhen und seiner Kappe auf dem Kopf. Unsicher. Unschlüssig. Unselbständig. Ein dummer Junge halt.

Und Jo, der Mann von Welt, ließ sich auf seinen Ledersitz fallen, klappte die Tür zu – sie machte so ein leichtes, geräuschgedämpftes »Whoff« – und fuhr los.

Wir ließen Emil einfach im Regen stehen.

»War das däin Babysiieter?«

»Ja. Mein ... Au-pair-Junge.« Ich schluckte.

»Na, du kannst ihm und säiner kläinen Fräundin ja aauch mal äinen fräien Abend geben.«

»Ja«, sagte ich. »Klar. Er arbeitet sowieso zuviel.«

Ich preßte die Lippen aufeinander. Jo warf mir einen Säitenblick zu. Mit der einen Hand hielt er das Lenkrad, das mit einem Lederbezug versehen war. Mit der anderen Hand drückte er auf den CD-Player. Sofort ertönte Musik.

Der charmante Jo schien tatsächlich Gefallen an mir zu finden. Wahrscheinlich stand er auf reife, sorgfältig geschminkte, hochtoupierte Damen im Girlielook. Daß die Lady ein Baby mit sich herumschleppte, fand er nicht weiter störend.

Er wollte mich unbedingt noch zu einem Drink überreden.

»Nein«, sagte ich. »Keine Chance.«

»Ach, nur äinen kläinen Absacker an der Bar!«

Alles, alles in den Wind, sagst du mir, du Schmeichler.

Allesamt verloren sind deine Müh'n, du Heuchler.

»Nein, Jo, wirklich nicht.« Außerdem: Tiefer kann ich gar nicht mehr absacken. Rein gefühlsmäßig.

Ich sehnte mich nach Alleinsein. Danach, mit meinem kleinen Mädchen in der riesigen luxuriösen Suite zu hocken und es in den Armen zu wiegen. Vorher wollte ich mich abschminken und mir die Haare ausbürsten. Und endlich mit keinem mehr Small talk machen müssen. Das wollte ich.

»Kann ich diech denn gar nicht mehr loockn?«

»Nein, Jo. Ich lasse auch mein Baby nicht allein auf dem Zimmer.«

»Wir können äinen Champaagner hinaaufbestellen.«

Dieser zauberhafte Mann gab aber auch gar nicht auf.

Die Vorstellung, mit einem fremden Wiener Schönling gemeinsam am Gitterbettchen zu hocken und Champagner zu trinken, war äigentlich rräizvoll. Besonders angesichts der Hoffnung, daß Emil irgendwann doch seinen löchrigen Turnschuh über die Schwelle unseres Etablissements setzen würde, nachdem er mit der S-Bahn nach Hause gekommen war. Eigentlich hatte ich riesige Lust, es Emil mal eben zu zeigen. So, Jungchen. Ich hab auch noch Chancen. Bei ganz anderen Männern als bei dir. Bei richtigen Sendemastenaufstellern. Du kannst das Wort noch nicht mal schreiben.

Aber Spielchen spielen mit Emil?

Nein. Dazu hatten wir zuviel gemeinsam durchgemacht.

Wenn ich an die Nacht vor dem Gotthardtunnel dachte. Oder an das Erlebnis mit der Hängebrücke. Oder an die vielen wunderbaren Nächte im Tessin. Unter freiem Himmel. Neben den glänzenden Brombeerbüschen. Oder an seine zauberhaften Besuche an meinem Krankenbett. Mit dem zufrieden grinsenden Narben-Schwein.

Nein. Keine Spielchen mit Emil. Dazu war mir die Zeit zu schade. Und außerdem: Aus dem Alter war ich raus.

»Nein, Jo. Wirklich nicht. Du solltest nichts von mir erwarten. Ich bin Mutter von vier Kindern und außerdem viel zu alt für dich.«

»Für äin unbeschwertes Zusammensääin ist man nie zu alt!«

O Gott. So lautete bestimmt die Überschrift der Heiratsannonce in der »ZEIT«, die er vor kurzem aufgegeben hatte.

Ich heuchelte ein bißchen herum. Wie müde ich sei und wieviel ich morgen arbeiten müsse. Aber hätte ich sagen sollen: Ich habe ein Verhältnis mit meinem Au-pair-Jungen, der mich allerdings gerade mit einer Praktikantin betrügt?

»Ich will nur äinen schönen Abend mit dir haben, sonst nichts! Oder hast du den Äindruck, ich wolle dir zu nahe treten?«

Nein, was war der Mann räizend!

»Nein, natürlich nicht.« Ich räusperte mich verlegen.

»Aber du hättest wirklich bei den jungen Leuten bleiben sollen. Jetzt bist du einmal in München, und schließlich hast du in der Sendung mitgemacht ...«

»Was äin riesengroßer Fehler war!«

Ich zuckte die Schultern.

Wir fuhren vor dem Bayrischen Hof vor. Die Türen wurden uns aufgerissen, man half mir mit dem Baby heraus.

Jo warf einem der grau uniformierten Pagen mit Zylinder seinen Autoschlüssel zu. Dann standen wir im prächtigen Foyer. Wie immer herrschte ein geschäftiges Kommen und Gehen, wichtige und weniger wichtige Menschen, prominente und weniger prominente gingen ein und aus. Oben auf dem Balkon saßen die Beobachter und blickten bei einem Täßchen Mokka durchs Monokel auf das Treiben hinab. Wunderbar dekadent.

»Also dann«, sagte ich. »Gute Nacht, Jo. Und danke fürs Mitnehmen.«

Was wohl Emil jetzt machte? Hoffentlich hatte er überhaupt Geld für die S-Bahn. Oder ging er wirklich noch mit Melanie in die Disco?

Ein dunkeler Schacht ist Liebe, ein gar zu gefährlicher Bronnen! Da fiel ich hinein, ich Arme, kann weder hören noch sehn ... nur stöhnen, nur stöhnen in meinem Wehn!

Ich rangierte den Kinderwagen flugs in den goldenen Fahrstuhl. Drinnen schaute ich in den Spiegel. Was fand dieser Jo bloß an mir! Aufgetuffte Mutti mit Baby in Strick! Der konnte doch ganz andere haben! Sämtliche Melanies und Carolins und Helenas im nabelfreien Spaghettiträger-Sterntalerhemdchen konnte der haben! Mit allen möglichen bezaubernden Tattoos und gepiercten Nabeln und Plateauschuhen

316

und allem, was eine Frau von Welt eben ausmachte! Er hätte nur mit den Fingern schnippen müssen!

Ich brachte Paulinchen ins Bett und schminkte mich ab. Mein Spiegelbild schaute mich bläßlich an. So siehst du in Wirklichkeit aus, meine Liebe. Du mußt der Wahrheit ins Auge sehen. Du bist vierzig, und du siehst auch so aus. Emil ist zwanzig. Und Senta hat recht.

Aber Emil hat mich tausendmal so gesehen, dachte ich. So. Ungeschminkt. Blaß. Übernächtigt. Und er hat mich so, wie ich war, geliebt.

Aber er hat ein Recht auf das, was er jetzt tut. Ja. Das hat er. Und ich gönne es ihm. Auch wenn's weh tut.

Dann stand ich lange am Fenster. Der Schnürlregen war in Schnee übergegangen. Ich betrachtete die beleuchtete Frauenkirche, vor der die wäßrigen Flocken lautlos zur Erde glitten.

Die Einschaltquoten stimmten nun endlich. Die Marktanteile auch. Das Publikum hatte mich akzeptiert. Die bösen Kritiken waren verstummt. Die haßerfüllten Briefeschreiber und Internet-Chatter auch. Jetzt hatte ich meine Ruhe. Warum ging ich nicht ins Bett und schlief endlich?

Ich lehnte meinen Kopf an das Fenster. Kleine Eisblumen bildeten sich vor dem milchigen Himmel.

Ich träumte von bunten Blumen, so wie sie wohl blühen im Mai, ich träumte von grünen Wiesen, von lustigem Vogelgeschrei, von lustigem Vogelgeschrei.

Es sah wunderschön aus, die grünen Türme der Frauenkirche, in milchiges, geheimnisvolles Licht getaucht, und davor die tanzenden, immer dichter fallenden Schneeflocken. Langsam färbten sich die Dächer weiß.

Doch als die Hähne krähten, da ward mein Auge naß, da war es kalt und finster, es schrien die Raben vom Dach.

Wie kalt mochte es draußen sein? Ob Emil fror? Er hatte nur seine dünne Jeansjacke dabei. Hier drinnen war es gemütlich und warm. Die Heizung bollerte auf Hochtouren. Immer mehr kleine Eisblumen bedeckten die Scheibe.

Doch an den Fensterscheiben, wer malte die Blätter da?

Ihr lacht wohl über den Träumer, der Blumen im Winter sah ...

Unter meinem Fenster knatterten die Fahnen im Wind.

Der Wind spielt mit der Wetterfahne ...

Es war, als würden sie sich um etwas schlagen. Nein ich, nein du, nein ich. Hau ab du, sonst knatter ich dir eine. Verweh dich, sonst schlag ich zurück.

Der Wind spielt drinnen mit den Herzen, wie auf dem Dach, nur nicht so laut.

Was Emil wohl jetzt machte? Vielleicht stand er auf dieser gottverlassenen Ausfallstraße neben der Autobahn im Regen und versuchte zu trampen? Oder hüpfte er mit den anderen auf einer in grell zuckendes Licht getauchten Tanzfläche herum? Dann war ihm warm.

Es klopfte.

Emil? Oder etwa Jo? Er würde sich doch nicht erdreisten ... Nein. Ich hatte meine Abschminkcreme im Gesicht, und außerdem roch es hier drin nach Babykacke. No way. Der einzige, mit dem ich diesen Geruch teilen wollte, war Emil. Und der einzige, der mein ungeschminktes Gesicht sehen durfte, auch.

»Wer ist da?« fragte ich gedämpft durch die Tür.

»Zimmerservice, bitte!«

»Ich hab nix bestellt!«

Es klopfte wieder. Hach, verdammt. Störenfried. Leise öffnete ich die Tür. Einen Spaltbreit.

Es war wirklich der Zimmerkellner. Mit einem feingedeckten Servierwagen. Darauf prangte ein riesiger Blumenstrauß in großer Kristallvase. Und eine Flasche Champagner. Mit einem Glas. Wohlgemerkt. Mit einem.

»Das hab ich nicht bestellt!«

»Das schickt Ihnen der Herr von Zimmer 518.«

»Wo hat der denn um diese Uhrzeit die Blumen her?«

»Er hat unsere Hausdame überredet, sie ihm zu überlassen.« Der Kellner hüstelte.

Das sah dem Jo ähnlich. Mit seinem Wiener Charme erreiche der alles. Fast alles. Ich drückte dem Kellner überwältigt einen Zwanzigmarkschein in die Hand.

Dann stand ich da. Und betrachtete den Altar.

Im Blumenstrauß steckte ein Kärtlein: »Dr. Joachim Merz, Dipl. Ing.« Und seine Wiener Adresse. Und darunter, mit Füller geschrieben, in prägnanter, steiler, schlanker Schrift, nur ein Wort: »Frühstück?«

Ich fand's bezaubernd.

Ich war hingerissen.

So ein goldiger, süßer, gut erzogener Wiener! Und das mir! Ausgerechnet heute, wo ich dermaßen die Sinnkrise hatte. Und wo eindeutig meine Wechseljahre angefangen hatten.

Ich stürzte zum Telefon, wählte die Nummer, die auf dem Kärtchen stand, und als sich eine verschlafene Stimme meldete, sprudelte ich los: »Ich finde es hinreißend von dir, daß du mir Blumen und Champagner aufs Zimmer schickst, du hast wirklich Stil und Klasse, und unter anderen Umständen würdest du mir auch wirklich sehr gefallen. Du siehst phantastisch aus, bist gebildet und charmant. Aber ich bin mindestens zehn Jahre älter als du, ich bin eine Mogelpackung! Ich habe nicht nur ein Kind, ich habe vier! Und in Kürze werde ich vierzig! Also laß dich endlich überzeugen. Danke für die Einladung zum Frühstück, aber du solltest mit dem Mädel frühstücken, das für dich bestimmt ist. Du hast ein bildschönes Girl gewonnen, das dreiundzwanzig ist und knackig und blond! Hast du das schon vergessen? Du fliegst mit ihr im Jet nach Bad Wörishofen! Aber wenn du immer noch darauf bestehst, frühstücke ich natürlich mit dir! Sagen wir, morgen früh um sieben?«

»Das hört sich wirklich reizvoll an«, sagte eine Stimme, die gar nicht wienerte. »Also noch mal der Reihe nach. Erst frühstücke ich mit Ihnen, obwohl Sie vier Kinder haben und eine Mogelpackung sind, und dann fliege ich mit einem bildschönen Girl, das dreiundzwanzig ist, im Jet nach Bad Wörishofen?«

»O Scheiße«, sagte ich. »Verwählt.«

In dieser Nacht wachte ich irgendwann auf.

War da ein Geräusch gewesen? Paulinchen? Ich tappte barfüßig in ihr Kinderzimmer. Nein. Alles gut. Paulinchen träumte einen rosigen, tiefen Kindertraum.

Ich beschloß, mir ein Mineralwasser aus der Minibar zu holen. Leise schlich ich ins nächste Zimmer. Der Champagneraltar mit den Blumen stand immer noch unter dem Fenster. *Stell auf den Tisch die duftenden Reseden, die letzten roten Astern trag herbei ...*

Und daneben stand Emil.

Mit nacktem Oberkörper. Wie damals. Als ich ihn zum ersten Mal im Garten geküßt hatte. An dem Tag, an dem das mit der Hängebrücke passiert war. An dem Tag, wo ich sein einziger Freund geworden war. Und noch viel mehr als das.

Da stand er. Mit dem Rücken zu mir. Und schaute auf das dichte Schneetreiben draußen im milchigen Licht. Auf die tanzenden Schneeflocken vor der grünlich leuchtenden Frauenkirche. *Die Augen schließ ich wieder, noch schlägt mein Herz so warm ...*

Damals hatte er auf die Brombeerbüsche geschaut. In jener milden Herbstnacht. Und auf die tanzenden Glühwürmchen vor der grünlich leuchtenden Bergkulisse.

Ich blieb hinter ihm stehen. Diesmal umfaßte ich ihn nicht. Wer weiß, welches Spaghettiträgerhemdchen das vorhin bereits erledigt hatte.

»Ich habe noch nie Schnee gesehen«, sagte Emil, ohne sich umzudrehen.

»Doch«, sagte ich. »Hast du. Auf dem Jungfraujoch.«

»Da war der ewige Schnee«, sagte Emil. »Aber ich habe noch nie gesehen, wie es schneit. Ich wußte nicht, daß Schneeflocken so langsam fallen.«

»Doch«, sagte ich. »Schneeflocken fallen ganz langsam. Meistens tauen sie aber schnell wieder weg.«

So wie unsere Liebe, dachte ich.

»Manchmal bleiben sie auch liegen«, sagte Emil.

Ich konnte nicht anders. Ich umarmte ihn doch.

Und dann liebten wir uns. Wie damals. Nur diesmal nicht neben den Brombeerbüschen. Diesmal neben dem Blumenstrauß von Jo. Mitten auf dem Tisch. *Weiche Gräser im Revier, schöne, stille Plätzchen. Oh, wie linde ruht es hier sich mit einem Schätzchen.*

Später griff Emil nach der Champagnerflasche und öffnete sie mit den Zähnen.

»Du bist ein Wildschwein«, stellte ich fest. »Ein südafrikanisches.«

»Prost, deutsches Hausschwein«, sagte er, den Korken zwischen den Zähnen. »Ich finde, wir passen zusammen.«

Als wir zu Hause waren, Emil, Paulinchen und ich, reihten wir uns wieder in das normale Alltagsleben ein. Senta verzog sich, sobald sie das Taxi um die Ecke kommen hörte. Das war zwar kein Dauerzustand, aber ich hatte keine Lust auf ein Versöhnungsgespräch. Sie war entbehrlich, jawohl, das war sie! Sie sollte unser junges Glück nicht stören!

Vor den Großen ließen wir uns nichts anmerken. Emil schlief wieder in seinem kleinen Zimmer, räumte auf, kaufte ein, bügelte und versorgte die Kinder. Er tobte mit den Großen, bastelte mit den Kleinen, las vor und sang seine leisen Kinderlieder auf afrikaans. Besonders liebte ich das Lied von Wielie: »Wielie Wielie Walie, die aap ry op sy balie, tjoef, tjoef daar val hy af, wielie, wielie walie.« Es ging um einen Affen auf einem Faß, der dann runterfiel, tjoef, tjoef. Katinka ließ sich begeistert mit Emil auf die Erde fallen und konnte gar nicht genug kriegen von Wielie Walie.

Oder das Lied von Jan: »Jan Pierewitt, Jan Pierewitt, Jan Pierewiet staan stil, goeie more my vrou, hier's n soentjie vir you, goeie more my man, daar is koffie in die kan.« Das hieß, frei übersetzt: Jan Pierewitt bleibt stehn und sagt: »Guten Morgen, meine Frau, hier ist ein Küßchen für dich!« Und die Frau antwortet: »Guten Morgen, mein Mann, hier ist Kaffee in der Kanne!« Ich fand das Lied bezaubernd und konnte, genau wie Katinka, nie genug davon bekommen.

Jeden Abend brachten Emil und ich die Kinder ins Bett. Das Ins-Bett-bring-Ritual zwischen Emil und mir war ebenso eingespielt wie tausend andere Dinge unseres gemeinsamen Alltags. Emil reichte mir alle Sachen, die ich brauchte, Waschlappen, Seife, Handtücher, frische Wäsche, Zahnbürsten mit Dinosaurier-Zahnpasta. Er kannte von jedem Kind die Zahnbürste, die Lieblingszahnpasta, die Lieblingsschlafanzughose und das Lieblingsschmusetier. Er entsorgte die Schmutzwäsche, brachte sie gleich zur Waschmaschine und stellte den passenden Waschgang an. Er sprang mit sauberen Duschtüchern aus dem Trockner wieder die Treppe hinauf, suchte Socken und Puschen zusammen und räumte noch flugs die letzten herumfliegenden Spielsachen auf. Kein Mann der Welt hatte diese Reflexe in den Genen!

Ansonsten lehnte Emil aufmerksam an der Tür, während ich mit den Kindern schmuste und sang und herumalberte. Später hockten wir alle gemeinsam in meinem Bett – Emil nahm bescheiden auf dem Fußboden Platz –, kuschelten uns aneinander, und ich las Geschichten vor. Jeden Abend versuchte ich meinen Kindern das wiederzugeben, was sie in den Tagen meiner Abwesenheit vermißt hatten. Dann kam das südafrikanische Gutenachtlied. Emil hatte eine hinreißende Art, mit den Kindern zu singen. Ich fing an, diese Sprache zu lieben. Bald konnten wir alle ein paar Brocken Afrikaans. »Ek is lief vir jou« bedeutete »Ich liebe dich«. Katinka war in zärtlicher Liebe für Emil entbrannt. Sie plapperte ganz entzückend »Ek is lief vir jou«, während sie ihre runden, weichen Ärmchen um Emil schlang.

Die Großen liebten Emil schon allein dafür, daß er ihnen Fußballposter ausschnitt und an die Wand klebte, daß er schon bald die Namen sämtlicher Fußballspieler kannte und daß er, was ich besonders beeindruckend fand, mit Textilienmarker exakt die Trikotmuster auf ihre T-Shirts malte, die auf den Trikots der Fußballspieler im Fernsehen immer zu sehen waren. Er konnte wunderbar zeichnen, wie er mit dem Schweinebild im Krankenhaus bewiesen hatte. Natürlich tobte Emil auch mit den Großen durch die Betten, schmiß mit Kissen, rollte sich unter Gequietsch und Gejuchz in Decken ein, versteckte sich im Kleiderschrank und sprang, wenn es sein mußte, vom Schrank aufs Bett, wobei er sich mit einer eleganten Drehung abrollte. Er war das Bindeglied zwischen den Kindern und mir. Die Generation dazwischen. Ich stand dann oft versonnen da und beobachtete ihn. Halb Kind, halb Mann.

Du milchjunger Knabe. Er war gerade auf der Schwelle zum zweiten Akt seines Lebens. Vielleicht war ich es, die ihm den Vorhang dazu aufgezogen hatte.

Kurz vor Karneval, als wir gerade mal wieder gemütlich zwischen Kissen und Decken im großen Bett saßen, die Kinder müde vom Toben, frisch gewaschen, nach Nivea-Creme und Kinderzahnpasta duftend, klingelte das Telefon. Ich las gerade »Eine Woche voller Samstage« vor, und wir amüsierten uns köstlich. Sogar Emil liebte die Geschichte von den Wunsch-Punkten im Sams-Gesicht.

»Nicht drangehen, Mama!« flehten die Kinder.

Ich ließ es klingeln.

Wir lasen weiter. Von Herrn Taschenbier und Frau Rotkohl, von der Wunschmaschine und Herrn Mon, der immer seine eigenen Fragen beantwortete.

»Gehen wir dran? Nein, das tun wir nicht«, sagte ich, und die Kinder kugelten sich vor Lachen.

Das Telefon klingelte wieder. Bestimmt siebenundzwanzigmal. Ich ignorierte es eisern. Jetzt war unsere Zeit. Die hatte uns keiner zu nehmen.

»Will uns da einer nerven?« fragte Herr Mon. »Ja, das will er.« »Aber wir lassen uns nicht nerven!« quietschte das Sams. »Nein, das tun wir nicht«, echote Herr Kules, der Papagei.

Doch das Telefon gab nicht auf.

»Ich wünsche«, schrie Karl, »daß das Telefon aufhört zu klingeln.« Doch das tat es nicht.

Verdammt, dachte ich. Es könnte was ganz Wichtiges sein.

Vielleicht ist es Oda-Gesine mit einer neuen Trendmeldung. Vielleicht habe ich die Sieben-Millionen-Grenze geknackt. Ich rappelte mich hoch und nahm den Hörer ab.

»Karla Stein.«

»Hallo-hier-ist-Melanie-kann-ich-den-Emil-haben?«

Klar kannst du ihn haben. Da. Nimm ihn und werd glücklich mit ihm und ruf hier nie wieder an! Kapiert?

»Ja, natürlich. Hallo, Melanie«, preßte ich heraus und versuchte, mein Herzklopfen zu ignorieren. »Wie geht es dir?«

»Danke, gut«, sagte Melanie. »Und dir?«

»Danke, auch gut«, sagte ich säuerlich. Lügen wir das Mädel an? Ja, das tun wir.

Dann reichte ich Emil den Hörer. Emil errötete, ob vor innerer Erregung, vor Peinlichkeit oder vor lauter Freude, konnte ich nicht ermessen. Er sprang auf seinen Skisocken herbei, ergriff den Hörer, senkte die Stimme, drückte sich in eine Ecke und redete viel und leise auf Melanie ein.

Ich zwang mich, gelassen und heiter weiter vorzulesen.

Aber ich nahm kein einziges Wort von dem, was ich sagte, wahr.

Da wagte es dieses Flittchen, bei MIR ZU HAUSE anzurufen! Abends um acht! Zu dieser PRIVATEN Zeit! Ruhig, ruhig, versuchte ich meinen eifersüchtigen Schweinehund zu treten. Du hast nicht das geringste Recht, dich aufzuregen. Dein Aupair-Junge hat eine Freundin. Nichts anderes hast du ihm von Anfang an gewünscht. Sie paßt zu ihm. Rein altersmäßig. Und überhaupt. Willst du ihm das wohl von Herzen gönnen! Nein, das tun wir NICHT, schrie der eifersüchtige Herr Mon. Ich WÜNSCHE, schrie Herr Taschenbier auf die Wunschmaschine ein, daß sofort und hier und jetzt und auf der Stelle diese Melanie sich in Luft auflöst!

Doch Melanie plauderte in meines Emils Ohr. Und Emil lauschte verzückt. Fassen wir den jemals wieder an? Nein, das tun wir nicht. Nicht mit der Kneifzange!

Aber vielleicht hat er gar nichts mit der. Sie ruft ihn nur an! Das wird doch wohl noch erlaubt sein! NEIN! Ist es nicht! Die soll meine Kreise nicht stören! *Nagen am Herzen fühl ich ein Gift in mir. Kann sich ein Mädchen, ohne zu frönen zärtlichem Hang, fassen ein ganzes, ein ganzes wonneberaubtes Leben lang?*

Ich las weiter vor. Monoton und schnell und aufgeregt. Ich vergaß, das Sams mit quietschiger Stimme zu lesen, ich vergaß, daß Frau Rotkohl immer keifte, ich vergaß, daß Herr Kules ein Papagei war.

»Ey, Mama! Konzentrier dich doch mal!«

»Ja. 'tschuldigung. Wo waren wir?«

»Du hast gerade zum zweiten Mal die gleiche Seite gelesen!«

»Ach, wirklich? Das hab ich gar nicht gemerkt.«

Ich las weiter. Dieses endlose Kapitel! Heimlich blätterte ich bis zum Ende. Noch elf Seiten! Schrecklich!

Emil legte auf. Endlich.

Er erhob sich und ging aus dem Schlafzimmer! Wohin ging der? Ich äugte, während ich las. The show must go on. Nach dem Rüffel der Kinder versuchte ich sogar, besonders heiter und komisch zu lesen. Mit verstellten Stimmen. Jetzt erst recht. Der sollte bloß nicht denken, daß ich im geringsten Anteil daran nahm, was er jetzt machte. Er war im Bad! Er DUSCHTE! Nein. Das durfte nicht wahr sein. Der wollte sich doch wohl jetzt nicht mit dieser Melanie ... treffen?

Ich zwang mich, das Kapitel zu Ende zu lesen. Alle elf Seiten. Dann zwang ich mich, die Kinder zu küssen und zu streicheln und sie erneut zum Klo zu begleiten. Während die Jungen ihre Schniedel in unterschiedlicher Höhe über die Kloschüssel hielten, warf ich einen müden Blick in den Spiegel. Eben noch hatten wir die Karnevalsmasken aufgehabt, die die Kinder in der Schule gebastelt hatten. Jetzt war ich ungekämmt, ungeschminkt, hatte wirre Haare vom Toben, Flecken im Gesicht, einen alten, knautschigen Pullover an. Und mein Gesicht hatte Falten. Ganz klar. Zornesfalten, Sorgenfalten, Lachfalten, aber Falten. *Mein Herz, in diesem Bache, erkennst du nun dein Bild?*

Vielleicht hätte ich doch auf den ägyptischen Schönheits-chirurgen hören sollen? Der hatte das gleich gesehen. Daß meine Schlupflider hingen. Und meine Mundwinkel auch. Ich war so alt, wie ich mich fühlte. Fast vierzig! *Vom Abendrot zum Morgenlicht ward mancher Kopf zum Greise.*

Und Melanie war blutjunge knappe achtzehn oder höchstens neunzehn. Was ließ ich mich auf so einen Vergleich ein!

Im Flur roch es tatsächlich nach Tommy Hilfinger Boy. Das Parfum, das ICH ihm geschenkt hatte! Weil er doch mein »Boy« war, wie Oda-Gesine immer sagte. Mein »Hilfinger Boy«. Vermutlich legte Emil gerade seine Calvin-Klein-Unterhose an, die schwarze! Ich sah ihn vor meinem inneren Auge noch auf dem Tisch liegen, im Albergo Losone, wo er sich die Schleife um den Hals gebunden und die Blume in den Mund gesteckt hatte. *Weiche Gräser im Revier. Schöne, stille Plätzchen.*

Tja. »Das war Ihr Preis.« Damals. Aber es ist ein Wanderpokal. Emil wird noch zu so vielen Preisträgerinnen wandern! Das war dir doch klar, Mama. Aber daß es so schnell gehen würde ...

»Mama! Wieso glotzt du so in den Spiegel?«

Ich fuhr herum. »Was? Wieso?«

»Das bist doch nur du! Kennst du dich nicht?«

»Was? Nein. Manchmal kenne ich mich nicht.«

»Aber so siehst du immer aus, ganz bestimmt!« behauptete Karl.

»Außer wenn du im Fernsehen bist. Dann siehst du noch viel ätzender aus«, sagte Oskar grausam.

»Kommt jetzt bitte ins Bett! Es ist wie immer lange nach acht! Und ihr wißt: Ab acht Uhr habe ich keinen Humor mehr!«

Und gerade heute abend besonders nicht.

Ein dunkeler Schacht ist Liebe. Ein gar zu gefährlicher Bronnen. Da fiel ich hinein ...

»Jaja!« Barfüßig tappten meine Kinder über den Flur.

Emil kramte in seinem Zimmer herum. Wahrscheinlich versuchte er jetzt noch, sich zu rasieren. Ich hatte es immer so rührend gefunden, neben seinem Clerasil-Pickelwasser im Badezimmer die blutige Rasierklinge zu finden. Jetzt fand ich das mit der Rasierklinge total albern und lächerlich. *Du milchjunger Knabe.* Die paar Borsten! Für Melanie!

»Geht der noch weg?«

»Ja. Und das darf der auch. Das ist sein gutes Recht!«

»Ich hab ja nur gefragt!« Erstaunter Blick meines Ältesten.

»Du hast aber schlechte Laune!«

Emil erschien für seine Verhältnisse geradezu aufgebrezelt im Flur. In seine kinnlangen Haare hatte er sich Gel geschmiert. Sie waren ganz ungewohnt glatt nach hinten gekämmt. War das wegen Karneval, oder fand er sich schick?

»Darf ich noch weggehen?«

»Natürlich. Du bist ein freier Mensch.« O Gott, dieser schnippische Ton! Ich HASSTE mich! Ich alte, verbitterte Schachtel!

»Kann ich bitte – mein Taschengeld für nächste Woche jetzt schon bekommen?«

»Aber bitte!« Ich kramte in meinem Portemonnaie herum.

»Da. Zweihundert Mark. Macht euch einen netten Abend.«

Ich ZAHLTE auch noch dafür, daß er sich mit dieser Melanie amüsierte! Ich bezahlte ihnen das Vergnügen auch noch!

»Kann ich deinen Wagen nehmen?«

»Aber bitte. Gern. Kein Problem. Paß nur wegen der Polizeikontrollen auf. Heute stehen sie hinter jedem Baum.«

Melanie würde in MEINEM Kleinbus spazierengefahren werden. Wo MEINE Kindersitze drin waren. Und MEINE Einkaufstüten und MEIN Altpapier und MEINE Brötchenkrümel. Hoffentlich würde sie sich mit ihrem makellosen Mädchenhintern in einen Butterfleck setzen.

»Ich hab da noch eine Frage …«

»Bitte. Nur zu. Frag. Ich bin ganz Ohr.«

»Wo gibt es ein Hotel, das nicht soviel kostet?«

»BITTE?« Mama-mit-Handtuch-in-der-Hand-und-Nivea-Creme-im-Gesicht konnte kaum noch Fassung bewahren.

»Melanie möchte hier in Köln übernachten ...«

»Und du gleich mit?« Mist. Jetzt war es mir rausgerutscht. Ich WOLLTE mich doch nicht dazu herablassen, mir irgendeine Blöße zu geben.

»Nein. Nur Melanie.« Fester Blick. Trauriger, fester Blick. Trotziger, fester Blick?

Wie nun schöpferisch reagieren? Hohngelächter, das ist MIR doch egal, Junge, penn doch, mit wem und wo du willst, du bist ein freier Mensch; hysterisch mit der Stimme überkieksen; ihm das Handtuch um die Ohren hauen, die frisch geputzten; ihm eine Szene machen, vor den Kindern?

Nein. Ich bin eine Frau von Welt. Reif, überlegen.

»Melanie kann hier schlafen!« hörte ich mich sagen. »Im Karneval sind eh alle Kölner Hotels ausgebucht.«

»Genau!« riefen die Kinder. »Dann kann die morgen abend mit uns eine Kissenschlacht machen!«

»Und sich mit uns verkleiden!«

»Und mit uns in die Höhle krabbeln!«

»Au ja«, sagte ich matt.

»Meinst du?« fragte Emil vage. »Geht das?«

»Natürlich. Ich räum euch das Sofa im Keller frei. Kein Problem. Wie lange bleibt sie denn?«

»Ein paar Tage, glaube ich. Bis Karneval vorbei ist.«

»Sie kann bleiben, solange sie will.«

»Danke, Mam.« Emil drehte sich um, warf mir noch einen undefinierbaren Blick zu, nahm meinen Autoschlüssel und zog die Tür hinter sich zu.

Ich küßte die Kinder lange und zärtlich.

»Mama? Weinst du?«

»Quatsch. Ich bin nur ein bißchen erkältet.«

»Mama? Machen die jetzt ... Sex?«

»Mindestens«, sagte ich. »Wenn nicht ... sieben!« Ich zog die Nase hoch und schniefte.

»Aber Mama, du hast die Verantwortung!« entrüstete sich Karl. »Paß auf, daß die Kondome nehmen!«

Ich holte tief Luft. »Klar. Mach ich. Und jetzt schlaft.«

Ich schloß leise die Tür und blieb im dunklen Flur stehen. *Gefrorne Tropfen fallen von meinen Wangen ab.*

War ICH das, die jetzt meiner stärksten Konkurrentin und eindeutigen Gewinnerin im Schlankere-Beine-knackigeren-Busen-Wettbewerb eigenhändig das Bett beziehen würde? Wie hatte ich diese Rolle gespielt? Die Rolle der reifen, klugen Verliererin? Exzellent, Mama. Exzellent. *Ob es mir denn entgangen, daß ich geweinet hab?*

Als ich gerade bis zu den Schultern in meinem allerbesten Satinbettbezug steckte, klingelte das Telefon. Nicht schon wieder, dachte ich. Kinder, wenn ihr ein Problem habt, dann löst es selber.

Es waren aber nicht die Kinder. Eine Dame war dran, eine, die ich nicht kannte. Sie nannte irgendeinen Doppelnamen, einen, den ich nicht verstand. Es war jedenfalls nicht die Englischlehrerin, Frau Langewellpott-Biermann.

Sie fragte, ob sie störe und ob sie mich einen Moment sprechen könne.

»In welcher Angelegenheit?« fragte ich ziemlich unfreundlich. Schließlich war es inzwischen die zweite Anruferin, die den Hausfrieden zu einer recht privaten Zeit brach.

»Ich bin die Mutter von Melanie.«

Und ich bin die Mutter von Emil, wäre mir fast rausgerutscht. Aber ich biß mir auf die Zunge. Quatsch. Ich bin die ... Hausmutti von Emil. Auch Quatsch. Ich bin die Geliebte von Emil. Also die Konkurrentin von Melanie. Sie, daß Sie's nur wissen. Ich tät Ihrer Tochter am liebsten die Augen auskratzen, die sorgfältig angemalten. Auch Quatsch. Ich bin die Herrin des Hauses. Wer wagt es, mich zu belästigen? Blödsinn.

»Was kann ich für Sie tun?« fragte ich noch eine Spur unfreundlicher. Bestimmt hatte die auch Spaghettiträgerhemdchen an. Und war keinen Tag älter als achtunddreißig.

»Melanie hat mich gerade aus Köln angerufen. Nun erfahre ich, daß meine Tochter bei Ihnen übernachtet.«

Na und? Blöde Kuh. Sei froh, daß ich so unendlich großzügig bin! Sonst müßte das schöne Kind in einer Klitsche pennen! Soll das hier ein Vorwurf sein, oder was?

»Genau«, sagte ich. »Das ist korrekt.« Ganz wie die bescheuerten Kandidaten mit ihrer arroganten Art, ging es mir durch den Kopf. So redet man eigentlich nur, wenn man keinen Grips in der Birne hat.

»Ja, haben Sie die Einladung ausgesprochen?«

»Natürlich. Haben Sie etwas dagegen?«

»Sie sollte eigentlich in der Jugendherberge übernachten, aber in ganz Köln ist jedes Bett ausgebucht.«

»Wir sind hier so was wie eine ... Jugendherberge.« Hahaha, immer gut drauf, die Mama.

»Können Sie mir garantieren, daß Melanie ... nichts geschieht?«

»Bitte?« Ich drückte mein Ohr noch etwas enger an den Hörer. Der Bettbezug fiel mir langsam vom Körper. Schlapp und formlos blieb er auf der Erde liegen.

»Ich möchte nicht, daß Melanie mit diesem ... Jungen aus Südafrika ...« Immerhin sagte sie nicht »Boy«.

»Emil«, sagte ich.

»Ja, also mit diesem ... Emil ...«

»Ja?«

»Sie wissen schon. Ich möchte nicht, daß sie mit ihm schläft.«

Das trifft sich gut, dachte ich. Das möchte ich nämlich auch nicht. Aber ich hütete mich, Frau Melanie davon Mitteilung zu machen. Der Bettbezug und ich, wir schwiegen.

»Also Sie bürgen mir dafür, daß der Südafrikaner meine Tochter nicht anrührt.«

Ph, dachte ich. Schnepfe, bescheuerte. Ich denke gar nicht daran. Nicht in dem Ton. Der Südafrikaner! Daß sie nicht »der Neger« sagte, wunderte mich.

»Tut mir leid, aber ich denke, die beiden sind erwachsen.«

»Melanie ist sechzehn!« entrüstete sich Frau Mutter.

»WAS?« schrie ich in den Hörer. »Mir wurde gesagt, sie sei achtzehn!« Ich ließ mich auf den Bettbezug fallen.

Sechzehn! Nur mal gerade fünf Jahre älter als mein ältestes Kind, dem ich gerade »Das Sams« vorgelesen hatte.

»Sie sieht viel reifer aus, als sie ist! Sie hat noch nie … ich meine, sie ist noch nie … Sie wissen schon.«

»Nein«, sagte ich, »weiß ich nicht.«

»Sie hat noch mit keinem Jungen geschlafen.«

Das glaubst du doch wohl selber nicht, Spaghettiträger-Mutti. So wie die rumläuft. Am liebsten hätte ich gesagt: Dann wird es aber Zeit. Und mit Emil hätte sie den besten Einstieg ins Liebesleben überhaupt.

»Hm«, sagte ich. »Ich kann die jungen Leute nicht beaufsichtigen wie Kinder. Aber ich will versuchen, das Schlimmste zu verhindern.«

O ja. Und wie ich das versuchen werde. Obwohl das meinem Stolz widerspricht.

»Ich verlasse mich darauf«, sagte Frau Melanie und legte auf.

Ich war so wütend, daß ich auf das Kopfkissen einschlug wie die übereifrige Silvia. Das durfte doch nicht wahr sein!

Ich bezog das Bett, legte ein paar Gummibärchen und zwei frische Handtücher aufs Kopfkissen, wie Senta das sonst getan hätte, und schrieb einen Zettel: »Anruf von deiner Mama, 21 Uhr 15: Sie wünscht nicht, daß du heute nacht entjungfert wirst.«

Emil würde grinsen. Und genau wissen, mit welchen Gefühlen ich das geschrieben hatte. Das versöhnte mich mit ihm.

Am nächsten Morgen, es war Karnevalssamstag, hatte ich das schöne Kind am Frühstückstisch sitzen. Lässig ließ es das güldene Haar durch die Finger gleiten, während ich den Kindern die Eier aufklopfte. Emil saß etwas unausgeschlafen in seiner Ecke, maulfaul wie ein Schluck Wasser. Ich bemüßigte mich einer gepflegten Konversation, um den Laden am Laufen zu halten.

»Na, war es gestern schön?«

»Jou.«

Ah, danke, du Großmütiger, daß du mit mir sprichst.

»Wo wart ihr denn?«

»Im Kino«, sagte Melanie.

»Und in welchem Film?«

»Och, so 'ne Liebesschnulze«, sagte Melanie.

»Aha.« Pause.

Habt ihr dabei Händchen gehalten? Ich in eurem Alter, ich habe immer mit irgendeinem Knilch Händchen gehalten. Und der Knilch hatte immer feuchte Hände. Ich erinnere mich an einen Asterix-Film, da mußte ich neunzig Minuten lang feuchte, aufdringliche Hände abwehren. Von einem dicken, schwitzenden Kerl. Seitdem hasse ich Obelix. Wenn er von Herrn Bönninghausens Halse baumelt, erst recht.

Habt ihr euch geküßt? Oder gar unsittlich berührt?

Die Kinder pulten in ihrem Ei herum. Melanie drehte eine einzelne Haarsträhne zwischen den Fingern. Ein langes Haar löste sich und fiel auf den Teller.

Emil sah blaß aus und schwieg.

Der du so lustig rauschtest, du heller, wilder Fluß, wie still bist du geworden ...

Ich zerrte Katinka das Lätzchen zurecht. Oskar grapschte sich quer über den Tisch drei Wurstscheiben auf einmal. Ganz klar. Männliches Imponiergehabe. Ich warf ihm einen Blick zu. Er ließ die Wurstscheiben wieder auf den Teller zurückfallen. Was sollte ich jetzt noch sagen? Und dann, Kinder? Was habt ihr dann gemacht? Mußte ich ihnen alles aus der Nase ziehen? Habt ihr den Zettel von Mutti gefunden, Kinder? Und euch schön daran gehalten? Nein. Das konnte ich unmöglich fragen.

»Habt ihr gut geschlafen?« Das ging. Das war neutral genug.

»Jou.«

Oje. Das war vielleicht doch schon zu aufdringlich. Das implizierte, daß ich wissen wollte, ob sie es miteinander getrieben hatten. Und das wollte ich ums Verrecken nicht wissen. Ich räusperte mich.

»Was werdet ihr heute unternehmen?«

»Keine Ahnung.« Melanie drehte ihre Haarsträhne. »Vielleicht was bummeln oder so.«

Das bedeutete, daß Emil und ich nicht, wie geplant, mit den Kindern in die Stadt gehen würden, um Jecke zu gucken. Klar, ich konnte nicht über Emil verfügen. Und er hatte ja auch das Recht auf freie Tage. Bis jetzt hatte er davon noch nie Gebrauch gemacht. Seit einem halben Jahr hatte er noch keine freie Stunde beantragt. Er war immer bei mir. Wir waren wie ein altes Ehepaar, das niemals getrennt voneinander essen ging. Und jetzt kam so eine … Melanie daher. Und langweilte sich.

»Du bist doch wegen Karneval gekommen, oder?«

»Nöö … Karneval ist irgendwie blöd.«

Ich hätte gern geschrien.

»Dann geht doch ins römisch-germanische Museum«, sagte ich lasch. »Oder ins Museum Ludwig. Moderne Kunst. Das ist hochinteressant.« Ich in eurem Alter, wollte ich noch hinzufügen. Ich unterließ es aber.

Emil zuckte wortlos die Schultern.

»Mal sehen«, ließ sich Melanie schließlich zu einer Äußerung herab. »Vielleicht gehen wir 'n bißchen Shopping.«

»Soll ich euch ein paar Tips geben?«

»Nee, laß mal«, sagte Melanie, ihre Augen mitleidig an meine Oberbekleidung heftend. »Ich hab da, glaub ich, 'n andern Geschmack als du.«

Emil saß starr auf seiner Eßbank.

Mit harter starrer Rinde, hast du dich überdeckt …

»Mama, ich hab die Erdbeermilch verschüttet!«

Danke, Tochter. Ich liebe dich dafür, daß ich jetzt mit dem Aufwischen von Erdbeermilch meine Kränkung überspielen darf. Es tat alles so schrecklich weh!

»Na, dann macht euch einen schönen Tag.« Wie altbacken ich daherredete! Ich wußte, alles, was ich sagte, war falsch. Also sollte ich schweigen.

Ich setzte die Kaffeetasse an den Mund und schlug freundlich, aber bestimmt die Zeitung auf.

An diesem Abend machten sich Emil und Melanie fertig für einen weiteren feurigen Abend. Ich hörte sie rumoren, duschen, fönen, Türen klappen und – zumindest Melanie – auf hochhackigen Plateausohlen geschäftig durch den Flur staksen. Schließlich tauchte Emil im Wohnzimmer auf.

»Du hast doch immer gesagt, ich soll in die Disco gehen.«

»Klar«, sagte ich. »Mach das doch!«

»Ich kenne mich hier nicht so aus. Wo ist denn eine Disco?«

»Oh, in Köln ist Karneval in jeder Kneipe Disco! Da tanzt der Bär auf dem Tisch, da schunkeln die Leute, da singen sie und trinken Kölsch, das MUSST du einfach mal erlebt haben.« Eigentlich hatte ICH ihm das alles zeigen wollen.

Nun stand ich blöde im Flur herum.

»Melanie will aber nicht in die Kneipe gehen.«

»Aber ihr solltet euch verkleiden! Ich hab jede Menge Kostüme im Keller ...«

»No, Mam. Melanie möchte sich nicht verkleiden.«

Die IST ja auch schon verkleidet, dachte ich. Immer.

»Also, Disco ... laß mich mal überlegen ... Köln hat so viele Discos. Ich bin früher immer in ›das Ding‹ gegangen.« Früher. FRÜHER! Vor zwanzig Jahren willst du sagen, Karla Stein!

Ich erklärte Emil, während Melanie oben geschäftig hin und her klapperte und sich fönte, per Stadtplan den Weg.

»Können wir den Wagen haben?«

»Natürlich. Kein Problem. Aber dann darfst du nichts trinken.«

»Tu ich sowieso nicht, Mam.«

Ich träumte von bunten Blumen, so wie sie wohl blühen im Mai, ich träumte von grünen Wiesen, von lustigem Vogelgeschrei, von lustigem Vogelgeschrei.

Kölle, ALAAF!

»Ich fahr euch.«

»Nicht nötig, Mam.«

»Ich FAHR EUCH, hab ich gesagt!«

Karl ist elfeinhalb, der kann mal mit seinen Geschwistern

alleine bleiben. Ich rannte schnell rüber zu Frau Prieß, hämmerte mit den Fäusten gegen ihre Terrassentür und bat sie, zwischendurch mal bei den Kindern horchen zu gehen. Frau Prieß lachte, sie müsse sich sowieso bewegen.

Ich stürmte in den Keller, wühlte in der Kiste mit den Kostümen und zog das Clownskostüm heraus. Ich warf es mir über, zerzauste mir die Haare, malte mir drei Herzchen an die Wange und setzte die plumpe rote Nase auf. So. Fertig. Drei Minuten. Mama ist schnell.

Noch einmal in diese Disco gehen. Nur noch einmal! War das verboten? Ich weiß nicht, warum ich plötzlich diesen Drang verspürte. Sicher war das ganz und gar unschicklich. Vierzigjährige Vierfachmütter haben in Discos nichts verloren, hörte ich Marga Siever und die anderen bösen Briefeschreiberinnen beckmessern. Frau Stein, widmen Sie sich Ihrer zahlreichen Familie.

Aber die herz- und hirnlose Muderatorin bäumte sich auf wie ein Fisch, der schon längst im Netz zappelt und noch einmal verzweifelt um Atem ringt, ohne Hoffnung, jemals wieder in sein altes Element zurückzugelangen.

»Ich fahr euch«, hörte ich mich mechanisch wiederholen. »Und dann schau ich auch noch mal rein in den alten Laden.«

Die gestylte Melanie, die nun endlich die Treppe hinunterkam, guckte mich mitleidig an.

Emil guckte ausdruckslos vor sich hin.

Wir stiegen ein in meinen Familienbus, Emil und Melanie quetschten sich neben die Babysitze nach hinten.

Es interessierte mich BRENNEND, was da so abging. Ich fühlte mich jung, schlank, leicht, ich wollte privat sein, ich wollte tanzen, und zwar nicht nach Oda-Gesines Pfeife, aufgebrezelt und künstlich und girliemäßig, sondern wie ICH war, wie ICH mich fühlte, ich wollte mich austoben, wie ich das früher immer getan hatte.

Und natürlich wollte ich einfach mal gucken, wie Emil und Melanie sich so amüsierten. Falls sie das überhaupt taten. Gestern waren sie ja wohl nicht so gut in Stimmung gekommen.

EINMAL noch wollte ich dabeisein, bevor sich endgültig der Sargdeckel über mir schloß.

Wir betraten die Disco. Ich hatte Herzklopfen, ob man mich überhaupt hineinlassen würde.

Nicht, daß so ein Bulle von tätowiertem, glatzköpfigem Türsteher »Geh nach Hause, Mutti!« zu mir sagte!

Aber nein. Kein Mensch schenkte mir Beachtung. Schon standen wir auf der Tanzfläche, Melanie im Spaghettiträger-hemdchen über gepierctem Nabel und mit engen Polyester-hosen über Plateauschuhen, Emil im Sweatshirt mit Kappe und Jeans und Turnschuhen und ich mit meinem Clownsko-stüm. Viele von den Rumspringern und Rumstehern und Bierglashaltern waren verkleidet. Eigentlich fiel ich tatsäch-lich nicht weiter auf.

»Was wollt ihr trinken?« schrie ich gegen den Lärm an.

»Cola!« riefen die Kinder.

Ich selbst schüttete meine Selbstzweifel mit einem Kölsch herunter. So. Das wäre doch gelacht. Mama ist noch nicht scheintot. Ich fühlte mich großartig.

Wir hopsten so zwanglos auf der Tanzfläche herum, wie es eben ging. Ich hatte Rhythmus im Blut, jawoll! Und ich konnte alle Lieder mitsingen. Das konnten die zwei aus Süd-afrika und München natürlich nicht.

Emil und Melanie faßten sich zu meiner Erleichterung mit-nichten an. Aha, dachte ich. Zumindest am Tanzverhalten der Jungmenschen hat sich nichts geändert. Man hampelt so vor sich hin. Gut ist, wenn man den Text mitgrölt. Das fiel mir leicht.

»Män-ner sind Schwei-ne!« schrie ich aus Leibeskräften, weil das alle taten und weil ich das Lied richtig gut fand. »Fra-ge nicht nach Son-nen-schein! Sie wollen alle nur das ei-ne!« Ach, was war das doch befreiend. Ich tanzte und sprang, ich hüpfte und hopste, mehrere Typen lachten mich an und tanz-ten um mich rum, na bitte, dachte ich, du hast noch alle Chancen. Kaum bist du aus dieser blöden »Wört-Flört«-

Gouvernantenrolle raus, da nimmt man dich wieder als Mensch wahr, als Frau, als junge, lebensfrohe Frau womöglich! Ein Stefan und ein Daniel und ein Holländer namens Huub luden mich nacheinander auf einen Drink ein. Ich lachte und scherzte, und als sowohl der Stefan als auch der Daniel als auch der Holländer namens Huub mich anschrien, ich käme ihnen bekannt vor, schrie ich zurück, daß meine ältere Schwester die »Wört-Flört-Moderatorin« sei, und da schrien sie lachend, daß ich doch, selbst mit der roten Clownsnase im Gesicht, um Klassen besser aussähe als meine dicke, alte, biedere Schwester, und warum ICH das nicht moderierte!? Ich lachte geschmeichelt und prostete ihnen zu.

»Warum entläßt die nicht ihre Friseuse?« schrie Stefan, und Daniel schrie: »Warum zieht die immer die Klamotten von ihrer Omma an?« Ich schrie ihnen zu: »Ich werd's ihr ausrichten!« und sprang wieder auf die Tanzfläche zurück. Oh, wie tat das gut, so wild zu springen und zu hopsen! Ich fühlte mich wie Karl und Oskar, wenn sie auf meinem Bett herumtobten. Au ja! Noch MAAL! Das Männer-sind-Schweine-Lied war zu Ende. Ein neuer Hit dröhnte aus den Boxen. »Er gehört zu mir wie mein Naaame an der Tür!« O ja! Auch das konnte ich mitschreien, wie alle das hier taten. Nur Emil, der konnte den Text nicht. Er tänzelte ein bißchen vor sich hin, aber ich merkte, daß er sich nicht besonders wohl fühlte. Warum nicht, Junge? Hier ist was lo-hos! Melanie warf mir ein paar mitleidige Blicke zu. Die Kleine ist voll unsicher, dachte ich so vor mich hin. Dann grölte ich um so lauter: »Er gehört zu mir ...« Melanie bewegte immerhin auch die Lippen. Ich tobte und sprang, sie tänzelte von einem Plateauschühchen auf das andere. Ach, was war es befreiend! Ich hatte lange nicht mehr so laut geschrien! Hier durfte man sich endlich austoben, auslassen, ausleben. *Das ist ein Flöten und Geigen, Trompeten schmettern darein, Trompeten schmettern darein. Das ist ein Klingen und Dröhnen, ein Pauken und ein Schalmei'n.*

Es folgte eine Polonaise. Wir reihten uns alle hintereinan-

der und zogen singend und grölend durch den Saal. »Die Ka-
rawaaane zieht weiter, der Sultan hätt Dorsch!«

Irgendein Spaßvogel, der vorne ging, hatte die Idee, die lebensfrohe Sangesschlange über die Bar zu führen. Hei, was
ein Spaß! Na, das war doch was für mich! Leichtfüßig kletterte ich in meinen Turnschuhen über einen Barhocker und
swingte schon auf der Bar herum! Ein paar Gläser gingen zu
Bruch. Halleluja, was ein Spaß! Wir nahmen uns alle in den
Arm und schunkelten: »In un-serm Vee-he-del …« Ach, was
waren alle Sorgen weit! »Wie soll dat nur wiggerjon …«

Ich gehörte dazu, hurra, es war keine Frage des Alters, es
war eine Frage des Gefühls. Man ist so alt, wie man sich fühlt.
Jawoll! Und ich fühlte mich keinen Tag älter als Melanie. Nur
reifer. Und sicherer. Und erfahrener. »Denn heee … hält man
zusamme … ejahl, wat och passeet …« Tja, da konnte Melanie
gar nicht mitsingen und Emil natürlich auch nicht, aber ich,
ich war ein voll angesagter Insider! Wir schunkelten auf der
Bar herum, rechts ein schwitzender Pullover und links ein
grölendes Tattoo, und keiner fragte mich, »Ey, Alte, was
willst du denn hier?«, und dann kam noch langsamere Musik,
und es wurde schummrig, und dann kletterten wir von der
Bar, und dann bildeten sich Paare.

Ich wollte mit keinem grölenden Tattoo und keinem
schwitzenden Pullover tanzen. Ich stand da in einem dunklen
Eckchen und schaute auf Melanie und Emil. Jetzt tanzten sie
zusammen. Ziemlich eng. Sie knutschten nicht. O nein. Sie
sahen nur gut zusammen aus. Sonst nichts. Aber plötzlich
schnappte ich mir diesen Holländer namens Huub. Wir tanzten eng. Und wie eng wir tanzten! Huub erzählte mir, er sei
Busunternehmer aus Amschterdam, und ich lachte und sagte,
in Amschterdam sei doch ein tolles Erotik-Museum, und
dann hatte er auch schon einen Ständer. Na bitte! So schnell
ging das! Wir tanzten, und er summte falsch in mein Ohr und
sagte, ich sei eine phantastische Frau und ob er mich wiedersehen könne, und fing an, seine Hände auf mir herumwan-
dern zu lassen.

Emil sah zu uns herüber. Nein. Keine Spielchen. Nicht mit Emil. Nur raus hier. Raus. Nach Hause. Zu meinen Kindern. Ins Bett. Wie konnte ich nur. Ich schämte mich so. Ich knallte einen Fünfziger auf den Tresen, schlängelte mich zum Ausgang und rannte zum Auto. Vier Kölsch hatte ich getrunken. Mindestens. Egal. Längst abgetanzt. Ich raste wie von Furien gehetzt nach Hause. Was hatte ich getan? Warum hatte ich mir das angetan? Was hatte ich gewollt? Mich mit Melanie messen? Hatte Senta womöglich recht? Immer noch dröhnte die Musik in meinen Ohren. *Das ist ein Flöten und Geigen, Trompeten schmettern darein, da tanzt wohl den Hochzeitsreigen, der Herzallerliebste mein ...*

Zu Hause. Endlich. Nur schnell rauf und ins Bett. Jetzt nicht mehr nachdenken. Verschieben wir es auf morgen.

Die nimmersatte Oda-Gesine war immer noch nicht zufrieden. »Einschaltquote im grünen Bereich, aber noch nicht grün genug«, sagte sie zur Begrüßung. »Marktanteile bei 20 Prozent. Wir nehmen jetzt die 21 in Angriff! Der Schiffsarzt hatte 20,5. Wir müssen ihn toppen, wir MÜSSEN!«

»Tja.« Ich hob bedauernd die Arme. »Was soll ich machen?«

»Wir könnten die Ösis noch anspitzen.«

»Die Wer?«

»Na, die Österreicher. Du solltest dringend beim ORF mal deine Nase reinhalten.«

»Welchen Vorschlag hättest du diesmal?«

»'ne reine Sympathieträger-Nummer. Die Ösis machen vor Ostern immer eine Promi-Playbackshow. Kommt riesig an. Das hat Einschaltquoten wie bei uns nur ›Wetten daß‹. Ist Kult. Mußt du unbedingt machen.«

»Wen soll ich denn nachmachen?«

»Heino.«

»Bitte?«

»Heino. Du sollst als Heino dort auftreten.«

Schade. Jetzt war ich endlich knackschlang und proper.

Jetzt wäre ich lieber als Spice Girl gegangen. Ginger Spice oder Baby Spice oder wie die alle heißen, die knackigen Girls mit der Schraube in der Zunge und den Briefmarken-Kleidern zwischen Brustwarze und Schambein. Aber klar. In meinem Alter bot man mir nur noch die Rolle des alternden Konditors mit Perücke und Sonnenbrille an.

»Sag mal, Oda-Gesine ... was muß ich noch alles für die Quote tun?«

»Na, ein bißchen mußt du schon mitarbeiten. ICH kann dein Image nicht retten. Das mußt DU schon tun. Glaub mir, das kommt total gut. Wenn du dich humorvoll gibst und für jeden Spaß zu haben bist, hast du gleich wieder gute Karten bei den Zuschauern.«

»Dazu gehört allerdings viel Humor.«

»Nun zier dich mal nicht. Hansi Müller macht auch mit. Er macht die Hannelore.«

»Kohl?«

»Nein, Quatsch. Hannelore von Heino. Die Frau von dem. Du sollst Heino sein und Hansi Hannelore.«

»Aber das ist doch unlogisch! Ich fände es andersherum besser.«

»Nein! Viel lustiger ist es, wenn du den Mann spielst und Hansi die Frau. Ist schon alles arrangiert. Am Mittwoch fliegst du mit Hansi nach Wien.«

»Was du nicht sagst.«

Am Mittwoch war mein vierzigster Geburtstag. Aber das erwähnte ich tunlichst nicht. Eigentlich hatte ich vorgehabt, meinen Geburtstag in aller Stille im Kreise meiner Lieben zu verbringen. Aber jetzt, wo Oda-Gesine mich drauf brachte ... ich fand es im Moment gar keine gute Idee, Emil an meinem Vierzigwerden teilhaben zu lassen.

»Was mache ich mit Emil und Paulinchen? Sollen die mit nach Wien?«

»Deinen ... Boy ... kannst du getrost in München lassen. Der hat doch ein Auge auf die Kleine geworfen. Gönnen wir ihm den Spaß.«

»Du meinst, sie sollen gemeinsam in der Suite im Bayrischen Hof ...«

Ich schnaubte. Jetzt bloß nicht die Fassung verlieren. Es
ging Oda-Gesine nichts an, was in meinem Inneren vorging.
Sie hatte ja schon einige Male unfeine Bemerkungen gemacht.
Nicht, daß sie da doch noch ihr »Skandälchen« witterte!

»Ja, oder willst du das Baby schon wieder in den Flieger
reinstopfen? Du stillst doch nicht mehr!«

»Nein, nein, das ist schon O.K.«

Ich begann, Melanie zu hassen. Das schöne Kind würde
also mit Emil und Paulinchen in München bleiben, sich in
MEINER Suite die Nägel blau anmalen, während ich mich in
Wien mit Hansi zum Kasper machte. Na bitte. Das hatte sie ja
toll eingefädelt.

»Übrigens, der Frank sagt, du hättest schon wieder ein Kilo
zugenommen.«

»Das ist üblich nach einer Fastenkur. Vierzig Prozent des
Gewichtverlustes gehen auf Proteinverlust zurück. Die holt
sich der Körper automatisch wieder.«

Oda-Gesine packte einen Nougatriegel aus. »Das geht
natürlich nicht. Wegen der Anschlüsse. Ich hab mir mal den
Anschluß von Sendung 53 und 54 angesehen. Bei der zweiten
spannt eindeutig die Hose im Schritt. Du mußt irgendwas
machen, um dauerhaft schlank zu bleiben.« Sie pulte sich einen Nougatrest zwischen den Zähnen hervor. »Hast du schon
von den Fettverbrennungsseminaren von Dr. Strunz gehört?«

»Dr. Wer? Was erlauben ... Strunz?« Oda-Gesine wollte
mich schon wieder verarschen.

Fettverbrennungsseminare. Wahrscheinlich ging man da
unter lautem »Tschakkaa!«-Gebrüll mitsamt seinem Fett auf
einen Scheiterhaufen und verbrannte es einfach. Nach dem
Motto: »Sorge dich nicht, brenne!«

»Strunz. DER Fettverbrennungspapst. Schweineteuer, aber
gut. Die Investition lohnt sich. Also jetzt machst du erst mal
in Wien deine Heino-Nummer, und dann gehst du direkt am
Wochenende drauf zu dem Fettverbrennungsseminar nach

Nürnberg. Ist alles schon gebucht. Wien wird dir gefallen. Und der Hansi ist ein ganz Netter.«

»Bestimmt.« Ich schluckte. Ich und Hansi an meinem Vierzigsten in Wien. Die marode Diva in der maroden Stadt. Das paßte. Und dann noch mit dieser bescheuerten Nummer. Für zwei Prozent Einschaltquoten. Aber bitte. Gerne doch. Und dann verbrennen wir auf Kosten des Senders noch etwas Altfett. Ein paar überflüssige Muttermilchdrüsen und Schwangerschaftsstreifen und was da trotz aller chirurgischen Schnippelkünste noch so rumhängt. Weg damit. Für die Quote tu ich alles. An mich und meine Quote lasse ich nur Fettverbrenner mit Doktortitel. Und über den Sinn des Lebens denken wir dann später nach.

»Darf ich bit-ten zum Tan-go um Mitterrrnacht …«

Ich lümmelte mit dem Kopfhörer auf den Ohren auf meinem riesigen, luxuriösen Hotelbett mit Blick auf die rechte oder linke Wienzeile und lernte den anspruchsvollen Text.

Vor mir auf der marmornen Konsole lehnte wohlig eine Flasche Champagner im Bottich. Die stand nicht wegen meines Geburtstages da. Sondern weil ich ein »VIP« war. Daneben stand ein silberner Kelch mit golden verpackten Pralinen. Auch dieser Kelch war nicht persönlich gemeint. Niemand meinte in dieser Branche etwas persönlich. Andere Frauen, die vierzig werden, feiern im Kreise ihrer Lieben, dachte ich. Mit Kaffee und Kuchen am gedeckten Tisch, und die Kinder bringen Geschenke, und Freunde bringen ein Küßchen. Aber ich hatte es so gewollt. Kein Mitleid! Die »Ich-geb-mir-die-Kugel-«Pralinees lugten mich spöttisch an. Nicht, daß du denkst, du könntest uns essen! Das ist alles nur zum Anschauen. Fernsehmoderatorinnen essen nicht, was man ihnen aufs Zimmer stellt. Schon gar nicht die Vierzigjährigen. Die schauen das nur an. Sei froh, daß du noch lebst. Lange kann es nicht mehr dauern.

Ich beschloß, alles für Oda-Gesine mitzunehmen. Im Schmutzige-Wäsche-Sack.

»Tan-ze mit mir in den Morr-genn, tan-ze mit mirrr in das Glück … in dei-nen Arrrmän zu trrräu-män … ist so schön bei verrrliee-bter Musik.« Jaja. Das paßte zu meinen Gefühlen. Hach. Berühmtsein ist herrlich. Und Einschaltquoten und Marktanteile sind das Erstrebenswerteste, was eine Frau in der Mitte des Lebens sich erträumen kann.

Von der nahe gelegenen Karlskirche schlug es zwölf Uhr mittags. Zeit, der Karriere nachzujagen.

Ich stopfte meinen Walkman mit der Heino-Musik in den Rucksack, hängte meine Siebensachen in den Schrank und fuhr mit dem Fahrer des Senders zum Oo-er-eeef.

Der Fahrer hieß Herr Much. Er war alt, dick, faltig, knarzig und sprach so tiefes Wienerisch, daß ich nur jede dritte Äußerung verstand. Aber ich mochte ihn auf Anhieb. So ein netter, bodenständiger, lebenskluger Mann! Sein Humor war ganz köstlich, und am liebsten hätte ich mich an seine lederne, speckige Jacke gelehnt und gesagt, Mensch, du, Herr Much, ich werd heute vierzig, und ich bin im Zenit meines Lebens angelangt und frage mich besorgt nach dem Sinn meines Tuns. Außerdem geht mein zwanzigjähriger Geliebter mit einer Sechzehnjährigen fremd, was ich gerade am heutigen Tage nur schwer verkrafte. Langer Rede kurzer Unsinn: Ich lasse meine vier Kinder allein, um zwei Prozent Marktanteilen nachzujagen, indem ich mich als Hääno verkläädte. Bitte, geben Sie mir äänen Rat, Herr Much! Dann hätte Herr Much bestimmt »Passen Sie gut auf sich auf« oder »Alles wird gut« gesagt.

Im Sender führte man mich in die Maske. Dort hing bereits Heino an der Wand. Also nicht er selbst, aber doch seine Hülle. Seine Haare, seine Brille, seine Joppe, sein Wams, sein biederer gebügelter Trachtenanzug und die blankgeputzten Halbschuhe.

»Das zieh ich nie und nimmer an«, entfuhr es mir, genau wie Karl und Oskar das immer sagten, wenn ich sie in die »Knaben-Oberbekleidung« von C & A führte.

»Na, dann maachen Sie die Haanneloore«, sagte die Redakteurin. »Mir soll's räächt sääin.«

Neben Heino hing Hannelore. Ein herziges Dirndl mit Rüschenkragen über dem Busenritz, ein glockiges Bluserl mit Puffärmeln, gestickte Blumenränder, eine rosa Schürze, grobe weiße Kniestrümpfe über Trachtenschuhen mit Troddeln und ein Halstuch, das viel schlimmer war als das mit den Dackeln. Hier waren Rebhühner drauf. Flatternde.

»Nein, ist schon gut, ich mach doch lieber Heino«, sagte ich. »Da kann ich mich unter der Perücke und hinter der Brille verstecken.«

Der arme Hansi, ein gutmütiger, schwergewichtiger Mann, der keiner Fliege was zuleide tun konnte, mußte sich in das Hannelore-Kostüm zwängen. Und eine lange Lockenperücke aufsetzen. Es dauerte zweieinhalb Stunden. Als wir fertig waren, sahen wir wirklich aus wie Heino und Hannelore. Ich starrte entsetzt in den Spiegel. Mein Gott. Was so eine Maske alles anrichten kann.

Aber es war ja nur ein Scherz, hahaha. Nur, um mich bei den Leuten noch beliebter zu machen, als ich es eh schon war. Für zwää Prozent Ääinschaltquote konnte man sich schon ein bißchen läächalich machen.

»Aber jetzt net mehr aausziehen! So müßt's ihr jetzt bis zum letzten Abspann bläiben!«

Hansi und ich wurden durch viele verschlungene Gänge geführt, bis wir im Probensaal des Fernsehballetts ankamen. Hier lümmelten einige schlanke, sehnige junge Menschen mit dicken Wollstrümpfen über hautengen Tanzbeinkleidern vor ihren Mineralwasserflaschen und Kassettenrecordern auf der Erde herum. Sie waren völlig flachbrüstig und voller Sehnen und Muskeln. Sie alle hatten bestimmt schon mal was von Dr. Strunzens Fettverbrennungsseminaren gehört. Sie rekelten sich zur Entspannung ein bißchen im Spagat oder tranken Mineralwasser, während sie einen Salto rückwärts schlugen.

Der schwule Ballettmääister war sehr erfreut, uns zu sehen. »Aaah, das sind jetzt die leeetzten!« rief er begäästert aus, eilte auf uns zu und küßte uns rechts und links auf die Perücke. »Mit ääuch hab ich nur an ganz klääines Täänzchen zum Ääinstudiern«, sagte er froh.

Er merkte gleich, Hansi war nicht gerade ein Ausbund an Körperlichkeit und Musikalität. Hansi war bei »Wört-Flört« eigentlich nur die Stimme. Die sanfte, plüschige Teddybärstimme aus dem Hintergrund. Er mußte immer mit viel Schmand in der Kehle hauchen: »So, liebe Carolin, wer soll nun dein ›Wört-Flört‹ sein? Kandidat eins, der dich auf seiner Pizza zwischen Paprika und Peperoni gleich vernaschen will, weil er so scharf ist, oder Kandidat zwei, der ein Kondom nur für einen Banküberfall überzieht, weil er so dumm ist, oder Kandidat drei, der die männliche Tafel Schokolade an den Nüssen erkennt, weil er so schlau ist. So, liebe Carolin. Jetzt mußt du dich entscheiden.«

Tja. So, liebe Ösis. Jetzt müßt ihr Hansi tanzen sehen. Zur Strafe. Aber ihr habt es so gewollt.

Der Ballettmääister zeigte uns ein paar harmlose Tangoschritte. Ich preßte den sperrigen Hansi an meinen Busen und zwang ihm meinen Rhythmus auf. Leider war Hansi gänzlich unmusikalisch. Es war ein anstrengendes Unterfangen, mit Hansi Tango zu tanzen. Auch oder gerade weil ich die Führung hatte. Ich schob und zerrte an Hansis Dirndlkleid, aber er ließ sich wirklich schwerer bewegen als eine alte Bauerntruhe. Der Ballettmääister verzog säuerlich das Gesicht.

»Lääicht müüsen's die Bääine setzen!« Nein, es war nicht möglich. »Mei wie schaat das liab aaus!« freuten sich die Ensemblemitglieder vom Ballett. Mit den dicken Socken über den mageren Waden lümmelten sie mit spöttischen Gesichtern an ihren Reckstangen und machten angelegentlich ihre Dehnübungen. Ich fand nicht, daß wir lieb aussahen. Eher bescheuert. Karl hätte gesagt, alle bescheuert und keiner spricht deutsch.

Doch Hansi konnte das nun mal nicht so lääicht. Er war ein dicker, gemütlicher Tanzbär, der immer herzlich über seine eigene Tolpatschigkeit lachte.

»Naa, so geht das nicht«, murmelte der Ballettmäister besorgt. Ein Blick auf die Uhr zeigte ihm, daß er sich jetzt etwas ääinfallen lassen mußte. Schließlich ging die Lääif-Seendung in zwääi Stunden über den Seender.

Ich hätte so gern mal richtig Tango getanzt. Nie tanzte einer mit mir Tango. Warum konnte ich jetzt nicht das Ballettmeisterlein an mich pressen und mit ihm in kühnen Schwüngen über das Parkett fliegen? Es wäre äin läichtes gewesen, und meine Heino-Perücke wäre im Winde des Geschwindigkäitraausches hin- und hergeflogen.

Das Ballettmeisterlein schien es selber zu bedauern.

Seine Probeschritte mit mir, dem bescheuerten sehbehinderten Frauchen im biederen Lodenanzug mit Hirschhornknöpfen, hatten in ihm doch mehr Freude geweckt als die Probeschritte mit dem nicht von der Stelle zu bewegenden Kleiderschrank im Dirndl mit Troddeln und aufgeschreckt flatternden Rebhühnern über behaarter Männerbrust.

Sofort improvisierte der wackere Ballettchef eine Tanznummer mit seinem Ensemble im Vordergrund. Wir, also Hansi und ich, sollten nunmehr nur noch Arm in Arm um einen Dorfbrunnen herumschreiten, aber »wenn mööglich ist, bittschön im Taakt«. Wir versuchten es. Hansi gab sich unendliche Mühe. Ich dachte tapfer an die Ääinschaltquoten und die Marktantääile von zwei Prozent, die Oda-Gesine noch zum Glücke fehlten, und schritt immer wieder beherzt mit dem tolpatschigen Hansi um den Dorfbrunnen herum, während das leichtfüßige Fernsehballett im Vordergrund umeinander schwebte. Ich beneidete sie alle.

Dann war die Probe beendet.

Wir strebten der Kantine entgegen, Hansi-im-Dirndl und ich. Ich versteckte mich hinter meiner Sonnenbrille. Kein Schwein würde mich hier erkennen. Kein Schwein. Vor allen Dingen sah mir keiner an, daß ich heute vierzig war. Diese Sonnenbrille schickte der liebe Himmel.

In der Kantine saßen viele Wiener und Wienerinnen, die mit Bussen zu dieser Show gekarrt worden waren. Sie alle hatten einen Gutschein für ein Wiener Würstchen und eine Tasse Kaffee. Als sie mich erblickten, jubelten sie begääistert und umringten mich stürmisch.

»Der Hääno, der Hääno, schaau, Mutta, da is der Hääno!«

»Ich bin nicht Heino«, beteuerte ich. »Ich seh nur so aus. Hansi! Hilf! So laß mich doch nicht allääin!«

Aber manche von den halbblinden, schwerhörigen alten Mütterchen wollten mir nicht glauben. Sie schoben mir Heino-Fotos hin und flehten um ein Autogramm. Sie zogen mich am Ärmel und schoben mir wüst drängelnd ihre Autogrammbücher vor den Busen. Darin klebten schon viele Fotos von vielen berühmten Persönlichkeiten. Mich hätte interessiert, ob Karla Stein auch in ihren Büchern klebte. Aber ich wollte kein unnötiges Aufsehen erregen.

»Unterschreib doch einfach mit Heino«, sagte Hansi-alias-Hannelore, der völlig unbelästigt in seinem Dirndl über haarigen Waden am Büfett stand und sich mit Wiener Würstchen auf Gutschein vollstopfte.

»Ist das nicht Urkundenfälschung?« fragte ich besorgt.

»Aber nein.« Meine Hannelore schlug sich noch eine ordentliche Portion Senf auf die Würstchen. »Das ist doch alles nur Spaß!«

»O.K.«, sagte ich zu den halbblinden, halbtauben hysterischen Wiener Mütterchen. »Mama macht nur Spaß.«

Und dann unterschrieb ich mit »Heino«. Es machte richtig Freude, mit »Heino« zu unterschreiben. »Nicht drängeln, ihr kommt alle mal dran«, rief ich gutgelaunt, und dann erspähten mich noch mehr anrollende Busladungen, und man stürmte zu mir hin, und man hielt mir noch mehr Autogrammbücher und Zettel und Bierdeckel unter den Busen. Ich unterschrieb und schaute in die Menge und fragte »Für wen bitte?« und reichte die Bücher und Zettel und Bierdeckel zurück. Da blieb mein Blick an einem Gesicht haften, das ich schon einmal gesehen hatte. Wegen meiner dunklen Brille erkannte ich den Mann nicht so richtig. Ich nahm ja alles nur sehr dämmrig wahr. Aber ich wußte, daß ich ihn kannte.

Ich schrieb. Knuffen, rangeln, boxen, drängeln.

Die Augen. Wer war der Kerl? Er guckte mich an. Ich hatte schon mit ihm geredet. Vor gar nicht langer Zeit. Irgendein Regisseur oder ein Redakteur? Hielt er mich etwa auch für Heino? Vielleicht wollte er ein Interview? Wer könnte das sein? Was machte der hier? Plötzlich wußte ich: Der ist nicht zufällig hier. Der ist wegen mir hier. Da fiel es mir ein. Jo. Dr. Joachim wie-hieß-er-noch-gleich. Mein Rosenkavalier. Der auf reife Frauen stand. Genau. Merz. Ingenieur. Der Kandidat aus Wien. Was machte DER denn hier?

Ich drehte mich hastig um. Die Mütterchen drängelten.

Der entblödete sich doch nicht ... wegen MIR, also wegen Karla Stein ... der suchte mich doch nicht etwa? Der konnte doch nicht wissen, daß ich in Wien war. Und selbst wenn er es womöglich in der Zeitung gelesen hatte, der ahnte doch nicht, daß ich hinter dieser albernen Verkleidung steckte ...?

»Servus, Karla.«

Da stand er schon. Bildschön. Knallhart. Der schob die Mütterchen einfach beiseite. Was WOLLTE der denn bloß von mir?

»Hallo, äm ...«

»Jo. Joachim Merz. Wir kennen uns aus München.«

»Ja, genau. Natürlich. Jo. Ich erinnere mich.«

»Hast du äänen Moment Zääit?«

Nään. Siehst du doch. Ich bin Hääno, äänmal im Leben, ich werde umringt und geliebt und geküßt, man will mich am Ärmel fassen und meinen Namenszug in einem Buch mit sich herumtragen. Das lasse ich mir nicht entgehen!

»Äm ... ja, also, eigentlich nein, wir müssen gleich zu so einer komischen Show, ich meine, wieso hast du mich erkannt? Was machst du hier?«

»Dich würde ich iimma und überall erkennen, Kaala Stään.«

Wir ließen die Mütterchen stehen und setzten uns an einen schmucklosen Kantinentisch am Fenster mit Blick auf das trübe, dämmrige Wien. Bei uns in Köln war schon Frühling, aber hier waren die Bäume alle noch kahl. Auf dem Tisch stand ein Ensemble aus Maggi-Flasche, Salz- und Pfeffer-streuer, Senf- und Ketchup-Pupser.

Jo schien diese Tristesse nicht zu stören. Er schenkte mir feurige Blicke aus braunen Augen. Es war mir entsetzlich päänlich.

»Ich sehe bescheuert aus«, murmelte ich verlegen und wischte einige Krümel vom Tisch.

»Aber nään, du schaaust unbeschrääblich liab aas.«

»Scheiße! Quatsch nicht! Ich könnt im Mauseloch versin-ken!«

»Ich weiß ja, wie du in Wirklichkäät aasschaast«, sagte Jo und legte seine Hand auf mein weißes Oberhemd.

»Das glaube ich nicht. Egal. Also, wie hast du rausgekriegt, daß ich in Wien bin?«

»Sie haben's heute morgen im Radio gesagt. Kaarla Stään geht als Hääno. Da war es für mich ään läächtes, hierherzu-fahren. Aber ich habe schon alle Vier- und Fünfsternehotels in Wien angerufen und nach dir gefragt.«

»Warum?« Heino starrte den schönen Jüngling fassungslos durch Sonnenbrillengläser an. Da hatte der überall rumtelefo-niert? Ich wohnte in dem einzigen Sechssternehotel, das hatte er wohl nicht bedacht.

»Wääl ich dir äänen Blumenstraauß aufs Zimmer schickn wollte. Aber sie geben über prominente Geeste kääne Aas-kunft.«

»Ach so. Danke übrigens noch für den Blumenstrauß in München.«

»Host den Champagner alläin getrunken?«

»Nein, mit meinem ... doch. Klar. Allein. Vielen Dank. Ich wollt mich noch telefonisch bedanken, aber die Nummer auf der Karte stimmte irgendwie nicht ...«

»Die stimmte nicht?«

»Vermutlich doch. Ich hab mich verwählt. Und nachdem ich einen unschuldigen Mann aus dem Bett geklingelt hatte, traute ich mich nicht, es noch mal zu versuchen.«

349

»Naa, paaßt scho. Haauptsache, mään kläänes Preseent ist aangekommen.«

Ich schluckte. Ja. Danke. Angekommen. Wir haben es direkt daneben getrieben, Emil und ich. Auf dem Tisch. Neben den duftenden Reseden. Aber das verrate ich dir natürlich nicht, Schönling.

Irgendwie fand ich es nett, daß der hier aufgetaucht war. Der Typ hatte trotz aller meiner geschmacklichen Verirrungen Gefallen an mir gefunden. Das war ja eigentlich sehr, sehr nett. Balsam auf meine vielen offenen Wunden. Und das an meinem vierzigsten Geburtstag. Heute abend würde ich Champagner mit ihm trinken, wenn er wollte.

Fast hätte es Oda-Gesine ähnlich gesehen, mir diesen Galan auf dem Silbertablett zu servieren. Aber diese Möglichkeit erschien mir unwahrscheinlich.

Jo, der zähe Verehrer, kam jedenfalls mit in die Playbackshow, für die er sich ganz bescheiden einen Platz in der 75. Reihe gesichert hatte. Die Show dauerte mit allen Vor- und Nach-Aufzeichnungen, Zwischenmoderationen und Gegenschnitten ins Publikum geschlagene vier Stunden. Ich verging vor Peinlichkeit, als ich mit Hansi im Tangoschritt um den ländlichen Tisch herumschritt und »Tanze mit mirrr in den Morrrgen« sang. Entsetzt stellte ich fest, daß unsere Gesichter in Großaufnahme auf einer riesigen Leinwand zu sehen waren. Die Leute klatschten jedoch und fanden alles, was man ihnen zum Fraß vorwarf, hinreißend. Ich dachte, während ich hinter der schmucklosen Rückseite der Kulisse saß, an den nicht zu bremsenden Jo. Wie würde dieser Abend enden?

Als wir um 23 Uhr endlich zum Abschminken in der Maske saßen, war ich zum Umfallen müde. Sicher war dieser Jo längst gegangen. Was wohl Emil jetzt machte? Welche Rolle spielte wohl Melanie? Ob die Mutter davon wußte? Aber das sollte mir doch egal sein! Ob sie mit Emil und Paulinchen im Buggy im Englischen Garten spazierenging? Hoffentlich zogen sie das Kind warm genug an! Überhaupt. Melanie! Sie sollte die Finger von meinem Töchterchen lassen!

Sie war Oda-Gesines Praktikantin, nicht meine. Ich hatte Emil beim Abschied gesagt, daß ich IHM meine Tochter anvertraute. IHM. Er hatte »Yes, Mam« gesagt. Sonst nix. Hoffentlich hatte er es begriffen. Nicht, daß er meinte, ich sei eifersüchtig.

Ich war doch nicht EIFERSÜCHTIG! Auf eine SECHZEHNjährige! Ich doch nicht! Ich war, wie mein Verehrer Jo so treffend formuliert hatte, eine reife Frau. Ääne rrääfe Fraau. Und rääfe Frauen sind nicht ääfersüchtig. Sie treiben keine Spielchen, sie verstellen sich nicht, sie sagen nicht andere Dinge, als sie meinen, sie machen keine Szenen, und sie unterscheiden klar berufliche und private Interessen. So.

Ich beobachtete die Maskenbildnerin, die mit Hingabe und Sorgfalt die Heino-Perücke von meinem Haupte pflückte. Darunter sah ich natürlich erst recht bescheuert aus. Angeklebte, festgezurrte Haare unter einem Spinnennetz. Ein hinreißender Anblick für Jo.

»Bitte, können Sie mir das noch ein bißchen nett machen?«

»Aber gääan. Soll ich's tuppian?«

»Nein. Nur einfach ein bißchen aufrichten.«

Wenigstens mußte sie diesmal keine künstlichen Wimpern abklauben und Mengen von Rouge und Lippenstift abwischen. Dieses Vergnügen hatte nun Hansi.

Ob ich Emil mal anrufen sollte? Immerhin hatte er ein Handy. Mit Kurzwahl. Es sollte beileibe kein Kontrollanruf sein. Nur mal hören, ob mein Paulinchen schon schlief.

Ich wählte. Es tutete lange. Dann sprang die Mailbox an. Wo war der Kerl? Bestimmt schlief er schon. Er hatte doch so ein kindliches Schlafbedürfnis. Bestimmt lagen er und Paulinchen schon lange im Bett.

Und Melanie war bei ihrer Mama.

Daß die Mama überhaupt erlaubte, daß Melanie als Praktikantin bei einer so turbulenten Sendung arbeitete! Melanies Mama war ein bißchen naiv. Von mir zu verlangen, daß ich die Verantwortung für Melanie übernahm. Ich hatte die Verantwortung für meine eigene Tochter. Und das war schon schlimm genug. Mich quälte das schlechte Gewissen. Ich ließ sie einfach in München für drei Tage allein. Mit einem offensichtlich unreifen Würstchen von sprunghaftem, wankelmütigem Babysitter. Der einem Spaghettiträgerhemdchen verfiel.

Quatsch, Karla. Emil ist ein guter, eingearbeiteter Babysitter. Seit zehn Monaten kennt er Paulinchen. Er schleppt sie Tag und Nacht mit sich herum. Er ist mit ihr verwachsen! Er hat noch nie einen falschen Handgriff gemacht. Er hat sie noch nie schreien lassen. Sie liebt ihn wie die Graugans den Lorenz. Er behandelt sie wie sein eigenes Kind. Und das mit Melanie ist doch pure Einbildung. Vielleicht ist er ihr gar nicht verfallen. Er ist nur gelegenheitshalber manchmal mit ihr zusammen. Sie ist die Praktikantin. Sie hat viel Zeit übrig.

Praktikantin! Ich konnte das Wort nicht mehr hören.

Es war so ein unheilvolles, unanständiges und weltpolitisch geprägtes Wort!

Die Maskenbildnerin hatte irgend etwas mit meinen Haaren gemacht. Ich beschloß, als erstes in die Damentoilette zu gehen und etwas anderes damit zu machen. Irgendwas. Hauptsache etwas anderes. Aber es war eh egal. Mich würde heute niemand mehr sehen. Dieser Jo war bestimmt schon lange weg. Und mein Geburtstag war in wenigen Minuten vorbei.

Alles egal. Übermorgen würde ich nach Nürnberg fliegen, zu diesem Fettverbrennungs-Guru, und am Sonntag würde unser Alltag wieder so sein wie früher. Ohne Melanie.

»Gehen wir noch auf ein Glaserl irgendwohin, Hansi?«

»Ja klar, gerne, wenn ich endlich dieses Zeug von den Augen habe ...«

»Ich warte solange draußen«, sagte ich, indem ich nach meiner Tasche griff. »Laß dir Zeit.«

Draußen prallte ich zurück. Da stand dieser Jo. Mit einem riesigen Strauß roter Rosen. Sie waren nicht etwa altrosa. Sie waren rot. Ich starrte ihn an.

»Du wartest doch nicht etwa auf mich?«

»Doch«, sagte Jo. »Määinst du, ich warte auf den dicken Keal im Diandlklääid?«

Zwei traumhafte Tage im vorfrühlingshaften Wien. Mit Jo, dem galanten Charmeur. Oda-Gesine hatte es für besser gehalten, daß ich mir nicht, wie sie sagte, den Streß antat und noch einmal von Wien nach München oder gar nach Köln flog, nur um am nächsten Tag wieder nach Nürnberg aufzubrechen. Die Verbindungen seien so schlecht, sagte sie, ich hätte über Frankfurt fliegen müssen und lange Aufenthalt am Flughafen gehabt. »Genieß einfach Wien«, hatte sie gesagt. »Und schalt mal einen Tag ab. Endlich mal ohne dein Baby und ohne deinen … Boy, du schleppst ja immer eine ganze Karawane mit dir rum. Geh mal bummeln, und laß die Seele baumeln! Vielleicht triffst du ja sogar nette Gesellschaft. Die Wiener sind besonders charmant!«

Und: Recht hatte sie gehabt! Ach, Oda-Gesine! Immer meinte sie es so gut mit mir. Ich tauchte ein in diese wunderbare, festliche Stadt, die wahrscheinlich zu jeder Jahreszeit eine Schönheit und Ruhe ausstrahlt wie kaum eine andere. Jo und ich, wir sprachen über viele Dinge, die nichts mit Einschaltquoten und Marktanteilen zu tun hatten, wir schlenderten durch Museen und Kirchen, wir wanderten strammen Schrittes, die Hände in den Manteltaschen vergraben, durch den Prater. Im Riesenrad stand ich versonnen und blickte auf die kahlen Zweige der Bäume, die sich wie händeringend in den grauen Märzhimmel reckten. Der Frühling stand vor der Tür, die lauen Tage, die immer länger wurden, die milden Abende, an denen unermüdlich Amseln sangen, die Abende, an denen meine Jungs mit dem Fußball gegen das Garagentor droschen, an denen ich mit den Kleinen auf dem Sandkastenrand sitzen würde und einfach nur glücklich sein …

»Woran denkst du?« fragte Jo.

»Och, an alles mögliche. Es ist schön, mal Abstand zu gewinnen.« Da hatte Oda-Gesine recht gehabt. Sie wußte anscheinend immer besser als ich selbst, was für mich gut war.

»Sag mal, bist du eigentlich nicht … verheiratet?« fragte ich Jo geradeheraus.

»Mir ist die Richtige noch nicht begegnet.« Intensiver Blick aus dunkelbraunen Augen. Meinte der mich, oder was sollte das bedeuten? Also wirklich. Seit Jahren hatte mir keiner mehr Avancen gemacht. Von der Sache mit Emil einmal ab gesehen. Aber das waren ja keine Avancen. Das war eine … völlig unangemessene … Affäre. Und sie würde spätestens im Sommer beendet sein. Wenn Emil wieder ging.

»Sag mal, du … Wiener. Warum hast du soviel Zeit? Mußt du nicht arbeiten?«

»Für eine Frau wie dich nehme ich mir äänfach Zäät.«

Aha. Wieder keine Info. Na, egal. Es war angenehm mit ihm. Er war nicht aufdringlich. Er war einfach nur da.

Jo war ein Kavalier durch und durch, kam mir nie zu nahe. Sein Interesse an mir schien echt zu sein. Er rechnete nicht mit einer schnellen Nummer. Er hatte anscheinend nur Freude daran, mir seine wundervolle Stadt zu zeigen. Ich fühlte mich wohl mit ihm.

Ob ich doch noch schnell nach München fliegen sollte? Immerhin gab es nachmittags noch einen Direktflug.

Ich könnte theoretisch um sieben Uhr abends in München sein. Und Emil überraschen. Mit Melanie? In MEINER Suite? Nein. Ich hatte Angst, sie in wilder Leidenschaft ineinander verkeilt und lustvoll stöhnend auf meinem Bett vorzufinden. Und wenn sie nur mit Chips und Cola vor dem Fernseher saßen: Ich konnte den Anblick nicht ertragen!

Was wohl Emil jetzt im Moment mit Paulinchen unternahm? Vielleicht stiefelten sie gerade durch den Englischen Garten, so wie wir durch den Prater schlenderten. Ob es dort auch schon vereinzelt Schneeglöckchen gab? Ich zwang mich, es noch einmal per Handy zu versuchen. Er würde sich doch nicht kontrolliert fühlen? Ich rief doch nicht als eifersüchtige Alte an. Sondern als Mutter meines Kindes.

»Wen rufst du an?«

»Meinen Babysitter.« Ich hatte Herzklopfen, als ich wählte.

»Ach, den lääidigen Buaschn vom Paarkplatz? Über den hast du dich wohl geäagat?«

»Nein, nein. Nicht wirklich.«

»Ist er nicht zu juung … für so an Poostn?«

»Quatsch. Nein. Wie kommst du darauf?«

»Daß du diesem Grüünschnaabl dään Kiiend anvertraaust!« Jo stieß mit dem Fuß verächtlich in den letzten Schnee.

Es tutete lange. Nichts. Kein Emil. Irgendwann sprang die Mailbox an. Meine eigene Stimme. »Gu-ten Taag. Wenn Sie aus beruflichen Gründen anrufen, so senden Sie bitte ein Fax.« Ich konnte sie nicht mehr hören.

»Hallo, ich bin's«, sagte ich schwach. »Melde dich doch mal! Ich bin in Wien, mir geht es gut, aber ich möchte auch wissen, wie es Paulinchen geht!«

Und ob Melanie bei dir ist, dachte ich. Das möchte ich auch noch wissen. Und wieso du verdammter Lümmel nicht an das Handy gehst. Wie komm ich mir eigentlich vor? Wie ein blödes Frauchen, das, winsel, winsel, den Geliebten anfleht, sich doch mal ihrer zu erbarmen, wenigstens für ein kurzes Grüß Gott. Das war so unter meiner Würde, das hatte ich noch nie getan! Nie! Und bei Senta mochte ich auch nicht anrufen. Senta und ich, wir waren verkracht.

Ich fühlte mich hundsmiserabel. Kreidebleich starrte ich das Handy an. Dann starrte ich Jo an.

Jo legte den Arm um mich. »Wääßt du waas? Jetzt gehen wir ääne Melange trinken, und danach zäge ich dir Wien bä Nacht.«

Melange klang nach Melanie. Aber ich wollte keine Spielverderberin sein. Außerdem war Jo ja so schrecklich nett.

Über Wien lag bereits die Dämmerung, als wir das Café Central betraten. Jo schob einen schweren weinroten Vorhang beiseite und ließ mich zuerst eintreten. Er dirigierte mich in eines der ruhigen Seitenzimmer. Ich ließ mich auf einen freien Stuhl fallen. Jo entsorgte meinen Mantel. Hier war es gemütlich. Die anderen Gestalten, die sich hierher verkrochen hatten, schienen das gleiche zu suchen wie ich. Sie flohen vor den Menschen. Sie flohen vor sich selbst. Sie suchten nach ihrer Zeit, obwohl sie sie verspielten.

Am Nebentisch saß ein dicker alter Mann wie ein aufgeplusterter Vogel, tiefbekümmert, zusammengekauert vor seiner ausgetrunkenen Melange, starrte in seine Zeitung und drehte aller Welt den Rücken zu, so als demonstriere er trotzige Einsamkeit. Jo warf ihm einen kurzen Blick zu, dann kam er lächelnd an den Tisch. Er blies sich in die kalten Hände und rieb sie sich warm.

»Kann ich dich niiecht für ääine Melange erwääichen?«

»Ach, Jo«, sagte ich. »Du bist so gut zu mir.«

Mir lief die Nase, ich fummelte nach einem Papiertaschentuch, doch Jo war schneller. Er reichte mir ein blütenweißes, frisch gebügeltes Stofftaschentuch. Welch edler Ritter.

Während ich hemmungslos in sein leinenes Tuch schneuzte, bestellte Jo Melange und Gebäck. Ich fühlte mich heimelig und geborgen.

Jo nahm meine eiskalte Hand, in der ich das Taschentuch zerknüllte.

»Irgend etwas schääint dich zu bedrücken!«

»Ach, es ist nichts«, sagte ich. Es geht dich ja auch gar nichts an, mein Lieber. Wer bist du überhaupt?

»Wäääßt was, Kaarla, du schaaust recht unglücklich aaus!«

Bin ich auch, Wiener. Aber ich halte die Klappe. Ich kenn dich doch gar nicht. Dachte ich. Und sagte gleichzeitig: »Wenn du es genau wissen willst, ich bin unglücklich verliebt.«

KARLA! Bist du bescheuert? Was erzählst du dem Kerl!

»Siehst du, das habe ich mir gedacht«, lächelte Jo verständnisvoll. »Aber läider nicht in mich.« Er tätschelte meine Hand.

»Ja, leider.« Ach, nun war es heraus. Wie erleichternd.

»Und in wen bist du unglücklich verliebt?«

Das willst du wohl gern wissen, was? dachte ich. Und sagte: »In meinen gottverdammten Au-pair-Jungen.«

KARLA! Halt die SCHNAUZE! Wie KANNST du dem Burschen das auf die Nase binden?

»In den juungen Kearl? Wie häißt er gläich?«

»Emil.«

Mein Gott. Karla. Warum erzählst du dem das?!

Weil er so nett ist, so gütig, so verständnisvoll. Weil er so liebe braune Augen hat. Weil er mir sein Taschentuch leiht, weil er mir eine Melange bestellt und den Mantel aufhängt. Weil ihn meine Einschaltquoten nicht interessieren. Weil er mich ehrlich mag. Aufrichtig und ehrlich. So. Darum erzähle ich es ihm. Er hat es verdient.

»Ja und ... ist er auch in dich verliebt?«

Der Kellner brachte die Tassen. Die Melange dampfte vor Jos Nase. Sah verdammt lecker aus. Ich wartete mit meiner Antwort, bis der Ober sich wegbequemt hatte.

»Ach, Jo, das sollte ich dir gar nicht erzählen. Ich bin verrückt, daß ich drüber spreche.«

»Manchmal hilft es, wenn man ääinfach mal sein Herz auf der Zunge trägt ...«

»Ja, das mach ich leider oft.«

»Schaau, du bist ein Mensch, der in den Medien ist, du mußt dich stäändig füarchtn, ob du auch das Reechte sagst, jeedes Wort von dir legen's auf die Gooldwaage.«

»Ja«, sagte ich erleichtert. »Genau. Das ist schon verdammt hart!«

Ach, Gott, nun tat ich mir auch noch selber leid.

Jo hielt meine Hand.

»Wie bist du ääigentlich an den Burschn gekommen?«

»Über eine Agentur.«

»Und wie ist es dann passiert? Mit'm Verlieben?«

»Ich ... sollte nicht darüber sprechen.« Vorsichtig nippte ich an meiner Melange.

»Du, da muußt an gut'n Cognac rräinmischn, dann hast a Kääisermelange!« Er schnippte nach dem Ober. »Wääißt, oft sind fremde Menschen die beesten Zuhörer!«

Ich trank das köstliche heiße Gebräu und brabbelte los:

357

»Ich hab gedacht, daß er auch in mich verliebt ist. Bis vor kurzem hab ich's gedacht.«

»Und jetzt? Ist's eh schon vorbäi?«

»Er ist zur Zeit dauernd mit dieser Praktikantin zusammen.« Ich zog verächtlich die Nase hoch.

»Die Klääine? Das Herzerl! Die ist Praktikaantin. Das ist delikaat!« sagte Jo begäistert.

»Find ich nicht!« grollte ich. »Das Mädel ist gerade mal sechzehn. Ihre Mutter hat mich angerufen und mir befohlen, auf die beiden aufzupassen. Das ist absolut lächerlich.«

Jo schlürfte genießerisch an seiner Melange. Ich faßte immer mehr Vertrauen zu ihm.

»Wir hatten es bis vor kurzem so schön! Wir waren eine richtig glückliche Familie, so albern das klingt.«

Ich schneuzte mich schon wieder. Der Kellner stellte einen Schnaps vor mich hin.

»Ist der für mich?«

»Hat der Herr geordert.«

Jo grinste. »Mußt du unbedingt probieren. Marillenlikör.«

Ich kippte das Zeug dankbar herunter. Es schmeckte klebrig und süß, genauso, wie mir jetzt zumute war.

»Ist das nicht eine saublöde Geschichte?« fragte ich.

»Da verlieb ich mich in meinen Au-pair-Jungen, der exakt zwanzig Jahre jünger ist als ich. Übrigens«, ich hob mein Glas, »ich bin gestern vierzig geworden!«

Sofort sprang Jo auf und drückte mir rechts und links ein zartes Küßchen auf die Wangen – er roch unglaublich gut nach einem vanilligen Herrenparfum – und winkte dem Kellner, auf daß er Champagner brächte.

Wir saßen so gemütlich im Warmen und tranken auf mich und auf die Jugend, auf Emil, auf meine Einschaltquoten und sogar auf Melanie. Ich plauderte vertrauensvoll über Emil und mich, und als Höhepunkt schilderte ich naseschneuzend, wie wir uns unter Brombeerbüschen das erste Mal geliebt hatten, erzählte, wie wunderbar Emil mit den Kindern umging, und gestand meine lächerliche, dumme Eifersucht, das schreckliche Gefühl, plötzlich alt zu sein, die Angst, nicht mehr begehrt zu werden ...

»Aber wie kannst du so etwas sagen!« unterbrach mich Jo. »Du wääißt doch, daß ich dich begehre!«

»Ach ja, wirklich?« Ich war richtig ein bißchen stolz. Welche Mutti um die Vierzig hat das denn, ein heißes Verhältnis mit einem knackigen Lustknaben, hä? Und dann noch unter freiem Himmel? Wer traut sich denn so was, hm? Käine! Nur Karla Stäin! Prost!

»Dann wird er spätestens bäim Vergläich mit dem jungen Hascherl den Qualitäätsverlust merken«, sagte Jo.

»Wird er auch«, sagte ich zufrieden.

Täuschte ich mich, oder glomm ein kleines Fünkchen Zufriedenheit in Jos schönem Antlitz? Ob ich Emil mit diesem Jo betrügen sollte? Es wäre ääin lääichtes. Wir würden in mein Sechssternehotel gehen, Champagner trinken und auf sehr stilvolle Weise meinen Vierzigsten nachfeiern. Ich sollte es tun. Man gönnt sich ja sonst nichts.

Ich sah den schönen Jo an. In seinem gepflegten Mohairpulli mit irgendeinem Markenzeichen von einem teuren Designer, mit seinem Halstuch im Hemdkragen.

Er schaute mir tief in die Augen.

Ich sah plötzlich Emil vor mir, mit seinem ewig gleichen schlabberigen Sweatshirt von einer inzwischen undefinierbaren Farbe, mit seiner Baseballkappe, seinen verwaschenen Jeans und seinen löchrigen Turnschuhen.

Plötzlich wollte ich allein sein.

Ich wußte, ich hatte zuviel gequatscht.

Auf einmal merkte ich, wie wertvoll mir meine Zeit war. Ich hatte das unstillbare Verlangen nach dem Wertvollsten, was ich hatte: meine eigene Zeit. Zeit, die ich mit niemandem teilen wollte, der mir nichts bedeutete. Mit Emil war das etwas anderes: Der gehörte zu mir – nein, nicht wie mein Name an der Tür. Ich hab gar keinen Namen an der Tür. Emil gehörte zu mir wie einer, der zur Familie gehört. Einer, den es immer schon gegeben hat. Einer, ohne den ich mich leer und einsam fühlte. Einer, nach dem ich mich immer umdrehte, obwohl er gar nicht da war. Wie oft ertappte ich mich dabei, daß ich ihm etwas erklären oder zeigen wollte, ihn auf etwas aufmerksam machen, ihm etwas mitteilen. Aber er war nicht da. Und mit Jo klappte das einfach nicht. Wir waren nicht eingespielt. Und ich hatte auch keine Lust, mich auf ihn einzuspielen.

Warum auch. Ich würde ihn nie wiedersehen. Es war nett mit ihm, er hatte mir Wien gezeigt und mich ein bißchen verwöhnt und mir zugehört. Mehr, als mir lieb war. Aber nun wollte ich meine Gedanken mit niemandem mehr teilen. Den Luxus erlaubte ich mir, meine Zeit lieber mit mir selbst zu verbringen.

In der Hotelhalle fragte ich den Portier, was es heute abend in der Oper gebe.

»›Rosenkavalier‹, gnädige Frau.«

Genau das wollte ich heute abend erleben. Meine ausgedörrte Seele und mein von Fast food verklebter Geist schrien danach. Komme, was da wolle, ich mußte da rein. Und zwar allein. Ohne einen mich süßlich umschläääimenden Jo. Mit Emil war ich so oft in der Oper gewesen … Ob er wohl jemals mit Melanie in die Oper gehen würde?

»Können Sie mir noch eine Karte besorgen?«

»Ich fürchte, nään, gnädige Frau. Die Vorstellung ist säät Woochn aausverkaauft.«

In mir erwachte ein Ehrgeiz, der mit meiner Lethargie und meinem Selbstmitleid von vorhin nichts mehr zu tun hatte. Wenn ich schon mal durch eine Fügung, das heißt Verfügung von Oda-Gesine, in Wien war, wo ich einmal im Leben ein paar Stunden Zeit für mich hatte, dann wollte ich vier Stunden davon mit Richard Strauss verbringen. Um jeden Preis.

Ich beschloß, es durch den Künstlereingang zu versuchen. Schließlich war ich in meinem früheren Leben mit Paul schon durch Hunderte von Künstlereingängen gegangen. Und ich wußte eins: Wenn man durch einen Künstlereingang geht, muß man das mit hoch erhobenem Haupt tun. Also weder zaudern noch zögern, noch schüchtern um sich blicken, noch dem Auge des wichtigen Kontrolettis auch nur eine Zehntelsekunde ausweichen. Wie oft hatte man Paul nach seinem Dienstausweis gefragt! Dann hatte er nur mitleidig gelächelt und gesagt: »Ich bin Paul Stein!« Und dann hatten die Kontrolettis sich entschuldigend an die Mütze getippt und ihn reingelassen. Mich natürlich auch.

Ich bin Karla Stein, dachte ich ganz fest. Und ich komme hier rein.

»Gnädige Fraau, hier können's bittschön nicht hinääin.«

Aha. Erste Hürde.

»Ich bin Karla Stein«, sagte ich mitleidig zu dem Bediensteten und ging festen Schrittes an ihm vorbei.

»Aah so, entschuldigen's ...« Hinter mir ließ ich ein völlig verwirrtes Pförtnerlein zurück. Wer war Karla Stein? War das nicht die aus »Wört-Flört?« Was hatte die mit dem »Rosenkavalier« zu tun?

Puh. Das hatte geklappt.

Nun war ich im Inneren der Oper. Aber noch lange nicht da, wo ich hinwollte. Nämlich ins erste Parkett. Möglichst dritte Reihe, Mitte.

»Welche Besetzung ist heute dran?« fragte ich strengen Blickes ein vorbeieilendes Mädel vom Chor.

Sie schaute mich gehetzt an, in ihrem Kopf rotierte es. Wer ist das noch gleich, die muß ich kennen, aber woher ... bestimmt ist die wichtig.

Sie nannte ein paar Namen. Die meisten waren amerikanisch, ein finnisch klingender Name war auch dabei. Das einzige, was ich verstanden hatte, war »Iris«.

»Ach, die Iris«, sagte ich lässig. »Klar. Die gute alte Iris. Singt die auch mal wieder hier. Wurde auch Zeit.«

Das Mädel eilte weiter.

Als mich kurz darauf eine Garderobiere fragte: »Zu wem wollen's, bittschön?«, antwortete ich forsch: »Zur Iris.«

Hoffentlich gab es in diesem Opernhaus nicht allzu viele Irisse, die irgendwo in finsteren Nischen steckten!

»Määnens jetzt aaus'm Chor oder aaus'm Balläätt oder den Octavian?«

»Letzteres«, sagte ich liebenswürdig.

»Die singt sich ääin«, sagte die Frau.

»Das ist vernünftig. Wie komm ich dann jetzt in den Saal?«

Schwupp, führte die Frau mich durch verschlungene Gänge und Treppen, öffnete ein paar schwere Eisentüren, über denen »Durchgang nur für Äängewäähte« stand, und schubste mich über eine dunkle Schwelle.

Immerhin stand ich jetzt schon im Foyer. Feierliche Vorfreude, Sektgläser blinkten im Lichte der Kronleuchter, gepflegt gekleidete Menschen parlierten dezent miteinander. Ich liebte diese Atmosphäre, ich fühlte mich stolz wie Oskar, daß es mir gelungen war, in diese heiligen Hallen vorzudringen.

»Danke, und beste Grüße an Iris!«

Die Frau verschwand.

Die Leute steckten die Köpfe zusammen und tuschelten.

Auf wienerisch, vermutete ich. Wer ist die glääich, und ist das nicht die Moderatoorin vom »Wöat-Flöat«, und schaut's nicht in Wiaklichkäät viel beessa aaus?

Ich trank mir mit einem Glas Sekt Mut an. Jetzt hieß es weiter Haltung bewahren. Sich vorzustellen, daß gleich eine Platzanweiserin mich am Wickel packte und mit den Worten »Daas ist nicht gestaattet!« vor den Augen der Leute auf die Straße schubste! Wie pääinlich! Wo doch die Leute mich eindeutig erkannt hatten!

Tja, Schätzchen, hörte ich Oda-Gesine beckmessern. Als Promi darfst du dir solche Eskapaden natürlich nicht leisten. Das steht morgen in fetten Lettern in der Zeitung.

Das kann dich deinen Kopf kosten. So ähnlich wie dein peinliches Upgrading im Flugzeug letztens. Und das Salzstreuergeklaue immer in den Hotels. Das kommt irgendwann ans Tageslicht.

Ach, Mist, warum hab ich dir das überhaupt erzählt! Immer mußte ich Oda-Gesine alles brühwarm beichten. Anscheinend brauchte ich das regelrecht, daß sie mich rügte und mir

Minuspunkte ins Klassenbuch schrieb. Und mit diesem Klassenbuch konnte sie in jeder noch so unpassenden Situation vor meinen Augen wedeln. Das tat sie gerade im Moment.

Ich erinnerte mich zusammengekniffenen Auges an diese schreckliche Blamage vor einigen Wochen. Die Maschine von Köln nach München war einfach nicht gestartet. Zwanzig Minuten lang stand dieser blöde Hüpfer auf dem Rollfeld und hob nicht ab! Die Stewardessen kontrollierten jeden einzelnen Passagier. Jeder mußte sein Ticket vorzeigen, jeder, nur Karla Stein nicht. Dabei hatte Karla Stein sich einfach ein bißchen nach vorn gesetzt. Weil sie Lust auf eine Semmel hatte.

Es war einer der gräßlichsten Momente in meinem Leben, als die Stewardeß schließlich sagte: »Frau Stein, dürfte ich bitte mal Ihre Bordkarte sehen?«

»Die ist vorne in meinem Mantel«, hatte ich errötend gestammelt. Meine Hände waren kalt und klamm geworden.

»Die fliegt immer Business«, hatte die Oberstewardeß der Unterstewardeß zugezischt.

Und das tat ich ja normalerweise auch. Aber der nette kleine Disponent, Lutz mit der Baskenmütze aus dem Sekretariat, der hatte diesmal nur Economy gebucht. Vielleicht, weil die Quoten immer noch nicht stimmten?

Weil DER SENDER nun doch an mir sparen wollte? Und das hatte ich ja gar nicht eingesehen!

Nach zweimaligem weiteren Durchsuchen der Passagiere und peinlichsten Kontrollgängen bat mich die Oberstewardeß, doch mal in meinem Mantel nach der Bordkarte zu schauen. Ich zog die Bordkarte aus meiner Jeanstasche. Und da stand dann »Reihe 18« drauf!

Da mußte Schätzchen mitsamt ihrem Baby und dem Boy und dem Sack und Pack nach hinten wandern. Vor den Augen von hundert Passagieren, die alle seit zwanzig Minuten in der Maschine auf dem Rollfeld warteten!

»Kleine Sünden straft der liebe Gott sofort«, hatte Oda-Gesine bollernd gelacht.

»Ja, aber das hat der Lutz versiebt! Der bucht sonst immer Business für mich!« hatte ich mich noch zu verteidigen versucht.

»Das interessiert die Fernsehzuschauer einen feuchten Kehricht, Schätzchen! Da haben sie ihre Schlagzeile, um dich fertigzumachen! Karla Stein zu fein für die Economy? Du lieferst dich ans Messer! Wie kann man nur so dumm sein! Wegen einer SEMMEL!!!«

Ausgerechnet Oda-Gesine hatte mir Freßgier vorgeworfen.

Aber sie hatte wie immer recht. Und jetzt machte ich schon wieder Unfug! Grober Unfug war das, was ich hier trieb! Karla Stein mogelt sich auf Kosten der österreichischen Steuerzahler in die Wiener Staatsoper! DAS wäre eine Schlagzeile! Katastrophe! Die zwei Prozent Ösis, deretwegen ich mich hier in Wien hatte zum Narren machen lassen, würden mich bei lebendigem Leibe in Stücke reißen, statt mir ihre Sympathie zu schenken!

Und DOCH! Ich WOLLTE diese Oper sehen. Jetzt und heute.

Ich stellte entschlossen mein Sektglas ab und reihte mich in die Schar der Opernfreunde ein, die nun zielstrebig zu ihren Sitzen eilten. Wieder mußte ich an einer Kartenabreißerin vorbei. Hier konnte ich ja schlecht behaupten, eine Mitwirkende, womöglich noch in einer tragenden Rolle, zu sein. Also schritt ich, sehr in die Lektüre meines Programmheftes vertieft, das ich auf ehrliche Weise für fünfzig Schilling erworben hatte, an der Abreißerin vorbääi.

Doch diese roch gleich Lunte. Sie zog mich am Ärmel.

»Ihr Billett, bittschön!«

Ich hatte Herzklopfen bis zum Halse. Was für Personen kommen ohne Billett in den Zuhörersaal? Abreißerinnen. Kontrolettis. Sanitäter. Feuerwehrleute. Doch die sind anders angezogen.

»Theaterarzt«, sagte ich mal so vage, indem ich weiterblätterte. Schön den Kopf oben lassen.

»Das kann schon mal gar nicht sääin«, sagte die Frau.

Nee. Stimmt. Ich lüge, was das Zeug hält. Abführen.

Schlagzeile. Karla Stein drängelt sich in die Oper und lügt auch noch ein Programmfrollein an.

»Wieso, bin ich da falsch hier? Normalerweise macht das immer ein Kollege …«, log ich weiter. Herr, schick einen Blitz. Ich WOLLTE doch nicht mehr so Sachen machen.

»TheaterÄRZTIN«, korrigierte mich das Frollein streng. »Da gehn's aaf die reechte Sääite …« Sie winkte ihrer Kollegin, daß ich nun käme und sie mir määinen Plaatz zääigen solle.

Geschafft. Geschafft! Ich war im Zuschauerraum! Nun würde ich natürlich mitnichten zur Kollegin gehen, denn die würde bemerken, daß längst ein Theaterarzt auf seinem Platz saß.

Jetzt hieß es nur noch, wachen Auges einen freien Platz zu erspähen. Und zwar genau in dem Moment, wo der Dirigent den Taktstock hob. Vorher könnten sie dich noch verscheuchen. Und dann wäre das Aufsehen größer als zuvor.

Wo finden sich denn in so äänem Opernhaus am unauffälligsten freie Platzerln? Wo nicht sechsunddreißig Leute aufstehen und den Bauch einziehen müssen, wenn einer im letzten Moment kommt?

In den Logen. Ganz klar. Also wieder raus? Zu riskant.

Warten. Aber einfach stehen und starren? Zu auffällig. Leute mit einer Karte gehen auch zu ihrem Sitz. Ein bißchen winken. Das ist gut. Angestarrt wurde ich sowieso schon. Ist das nicht die … doch das ist sie … oder ist das nur die jüngere Schwester? Im Fernsehen schaaut die immer so unvortääilhaft aaus.

Ich winkte imaginären Freunden und Freundinnen zu, die alle in Scharen über der Brüstung lehnten und mit ihren Operngläsern auf mich hinabblickten. Dabei fixierte ich eiskalt die freien Logenplätze. Da vorne. Fünf Stühlchen harrten noch der ausladenden Hintern ihrer Besetzer. Eines davon würde doch Mitleid mit mir haben?

Ein einzelner Herr saß in der Loge und blätterte in seinem Programmheft. Die Lichter im Saal gingen aus. Das Orchester hörte auf, die Instrumente zu stimmen.

Ich wühlte mich eilig zwischen den letzten hereinhuschenden Gestalten hindurch, schwang mit kühnem Schwunge mein Bein über die Brüstung und ließ mich auf das vordere freie Stühlchen fallen. Der Dirigent eilte in den Orchestergraben und ließ die Musiker aufstehen.

Beifall erscholl.

Der Opernfreund in der Loge ließ das Programmheft sinken.

»Dahinten hat jemand Mundgeruch«, flüsterte ich dem erschrockenen Manne zu.

In dem Moment ging der Vorhang auf.

Ich kannte den »Rosenkavalier«. Aber nie hatte ich die Oper so persönlich genommen wie heute. Das war ja MEINE Geschichte! Ein Paar erwachte nach einer Liebesnacht. Die Marschallin Marie Theres von Werdenberg – ich! – war gut zwanzig Jahre älter als ihr stürmischer jugendlicher Geliebter Octavian – Emil. Sie, eine reife Frau, in deren Bann der naive Jüngling stand, machte sich ein bißchen Sorgen, ob der Gatte sie nicht am Ende überraschen würde. Doch nein. Da polterte ein dicker, schwitzender und ungehobelter Kerl namens Baron Ochs von Lerchenau herein – Oda-Gesine? Er kaute zwar keine Nougatriegel, aber er sah so aus, als hätte er sein Leben lang welche gekaut.

Die Feldmarschallin versteckte den verschreckten Lustknaben schnell im Schrank, um sich nicht vor Ochs – Oda-Gesine – zu blamieren. Kurz drauf kam Octavian, der junge Liebhaber, als goldiges Madel verkleidet aus dem Kasterl. Ich sah Emil mit der Schleife um den Hals und der Blume im Mund auf dem Glastisch liegen. Ochs – Oda-Gesine – war begääistert und verliebte sich in das schöne Kind. Die Marschallin war plötzlich betrübt über ihr Alter. Wie alle Frauen, die in einer seelischen Krise stecken, begab sie sich zu ihrem Friseur – Sascha –, wo sie eine tiefe Melancholie überkam. Kinder, nein, was konnte ich diese Marschallin verstehen! Mich überzog eine Gänsehaut nach der anderen, während sie sich ihrem Friseur offenbarte: »Mein lieber Hippolyt, heut hat er ein altes Weib aus mir gemacht.« Fassungslos saß ich da, wie festgeklebt auf meinem Logenstuhl.

»Die Zeit, die ist ein sonderbar Ding«, sang die Marschallin, und mir liefen die Tränen der Überwältigung aus den Augen. Ja, Marschallin, da sagst du was. Gestern war ich doch noch ein junger Hüpfer, eine Studentin, gestern hab ich noch ganz selbstverständlich so Sachen gemacht, wie mich in die Oper zu schleichen. Gestern hätte ich auch noch mit dem Typ in der Loge ein nettes Geplänkel angefangen. Heute bin ich dafür zu müde. Der Typ interessiert mich nicht. Die Zeit ist ein sonderbar Ding. Sie ist mir viel zu schade, um sie mit oberflächlichem Geplänkel zu vertändeln.

Ja, wirklich, Karla Stein? Und warum ziehst du nicht endlich die Konsequenzen daraus?

Ach, Senta, dachte ich. Geh doch jetzt weg hier.

Ich zog ein paarmal unauffällig die Nase hoch. Der Mann hinter mir reichte mir aufmerksamerweise ein Taschentuch. Nun hatte ich zwei, das von Jo und das von dem Logensitzer. Die Marschallin prophezeite ihrem Emil – Verzeihung – Octavian, daß er sie bald verlassen würde, »um einer anderen willen, die jünger und schöner ist als ich«. Ich schneuzte mich heftig in das Taschentuch.

Octavian – Emil – war gekränkt und zog sich wortkarg zurück. Die Marschallin hing weiter ihren düsteren Ahnungen nach. Oh, Richard Strauss, was hast du dir für wunderbare Klänge einfallen lassen, um mich in diesem Augenblick der Erkenntnis zu trösten! Der Vorhang senkte sich. Ich schniefte und erhob mich schwer von meinem Logenstuhl.

In der Pause versuchte ich, Emil zu erreichen. Die Mailbox sprang an. Ich sagte unfein »Scheiße« und drückte das Handy aus. Die Leute starrten mich an und tuschelten. Ist sie nicht? Oder ist sie die junge Schwester? Sieht in natura hübscher und schlanker aus!

O Gott, dachte ich. Laß die Oper weitergehen.

Im zweiten Akt überreichte Octavian – Emil –, nun wieder

als Mann verkleidet, der reizenden jungen Sophie – Melanie – die silberne Rose. »Mir ist die Ehre widerfahren ...« Ja. Sie paßten zusammen. Sie waren jung und schön und sangen ein wunderbares Duett. Mitten hinein platzte erneut Ochs – Oda-Gesine – mit seinen miserablen Manieren. Das schöne Kind Sophie – Melanie – war ganz verängstigt und suchte bei Octavian – Emil – Schutz. Dieser zog kühn den Degen und verletzte den dicken Ochs – die dicke Oda-Gesine – am Arm. Wie er da so lag, wehklagend und jammernd auf seiner Couch, und seine Angestellten – Tanja, Rolf, Maik, Kim, Silvia, Lutz, Frank, Sascha – um sich herumtanzen ließ, da fragte ich mich wieder und wieder, woher Richard Strauss die Verhältnisse von »Wört-Flört« kannte? Oder waren die Verhältnisse überall so, wo Macht im Spiel war? Ich wollte nicht mehr zu diesem Fegefeuer der Eitelkeiten gehören. In diesem Spiel war ich eine völlige Fehlbesetzung. Ein Intrigantenpaar tauchte auf, Annina und Valzacchi – die Tiefkühl-Lolly-Frau und Herr Bönninghausen –, und brachte die wahrhaft Liebenden vorerst auseinander. Das war der zweite Akt.

Ich nutzte die Pause, um Emil auf die Mailbox zu sprechen. »Ruf mich an, verdammt noch mal! Wo steckst du? Ich will wissen, ob mit Paulinchen alles in Ordnung ist.« Dann schaltete ich das Handy schnell wieder aus. Zumal die Leute mich anglotzten. Was ist? Habe ich etwa die Heino-Perücke noch auf? Oder warum glotzt ihr so? Ein Zeitungsverkäufer hielt die druckfrische Boulevardzeitung von morgen hoch. Es ging um eine Kindesentführung. Prominentenbaby von Schwarzem geklaut.

Na, hier gab's genau solche Schundblätter wie bei uns. Ob ich verheult aussah? Leute! Das kommt in guten Opern vor, daß Leute heulen. Darum braucht ihr doch nicht so mitleidsvoll zu schauen. Oder bilde ich mir das ein?

Im dritten Akt ging der dicke Ochs dem erneut als Mariandl verkleideten Octavian gründlich auf den Leim. Nein, was er doch dumm war, der dicke Ochs, naiv, von sich eingenommen und blind gegenüber der Realität!

Alle merkten, daß es »eine Maskerad'« war »und weiter nichts«. Alle tanzten nach Ochsens – Oda-Gesines – Pfeife, aber längst waren sich alle einig, daß Ochs ein eitler alter Trottel war. Die Marschallin litt still vor sich hin, das junge Liebespaar verzehrte sich nacheinander, und schließlich – Ochs hatte inzwischen seine Perücke verloren und machte wahrhaft keine gute Figur – zog der dicke Chef ab. »Leupold, mir gengan!« Lutz, wir gehen.

Nun kam noch der ganz intime Schluß. Die Marschallin, Octavian und Sophie waren allein.

Betretenheit herrschte, alle drei wußten um ihre verschlungenen Gefühlsverwirrungen. Da nahm die Marschallin noblen Herzens Abschied von ihrer Liebe (Terzett: »Hab mir's gelobt, ihn liebzuhaben«) – Karla fuhr Melanie und Emil in die Disco – und überließ die Liebenden ihrem Glück – und ließ sie bei sich zu Hause übernachten, nicht ohne der Mutter zu versichern, es würde nichts passieren. Octavian und Sophie standen eng aneinandergeschmiegt auf der Bühne und sangen eines der wunderschönsten Duette, die es am Himmel der Opernseligkeit je gegeben hat: »Ist ein Traum, kann nicht wirklich sein.« Das war im Vergleich zu »Er gehört zu mir wie mein Name an der Tür« einfach göttlich. Überirdisch. Langsam gingen die jungen Liebenden weg. Und ließen mich allein in der Loge zurück. Die Geigenklänge begleiteten sie, als wollten sie nie mehr verstummen.

Ich war so überwältigt, daß mir die Tränen nur so aus den Augen liefen.

Am Schluß verlor Sophie noch ihr Taschentuch. Der kleine Mohr der Marschallin trippelte herein, suchte es, fand es, schwenkte es triumphierend und rannte damit davon.

Der Vorhang schloß sich. Unbeschreiblicher Beifall tobte los.

Ich knüllte das Taschentuch des Herrn zusammen mit dem Taschentuch von Jo in den Händen. Wie sollte ich nur jetzt mit meinem verheulten Gesicht an den starrenden Leuten vorbei?

Aber dieser Abend war es mir wert gewesen. Ich würde die

Taschentücher behalten. Als Erinnerung an meinen Vierzigsten.

Am nächsten Tag flog ich nach Nürnberg.

Es war kalt, es war grau, es war düster. Wieder kam mir ein Stück aus der »Winterreise« in den Sinn:

Da war es kalt und finster, es schrien die Raben vom Dach ... Und ich wandre sondermaßen, suche Ruh und suche Ruh ...

Alle Bemühungen von Oda-Gesine, aus mir eine künstliche Figur zu machen, die der Fernsehzuschauer leiden konnte, waren bisher fehlgeschlagen. Und dabei drehte sich mein Leben nur noch um eben diese Bemühungen. Ich hatte keine Freunde mehr, niemanden, mit dem ich reden konnte. Selbst zwischen Senta und mir war eine Kluft entstanden. Mich gab es nicht mehr wirklich. Es ging nur um Quoten, Marktanteile und Forsa-Umfragen.

So war es tatsächlich passiert, daß ich einem fremden Menschen namens Jo mein Herz ausgeschüttet hatte.

Wie pääinlich! Ich bereute es so schrecklich. Aber jetzt war es nicht mehr zu ändern. Ich hoffte nur, dieser Mann würde mich ganz schnell vergessen. Seine Bitte, mich doch wenigstens noch zum Flughafen begleiten zu dürfen, hatte ich abgelehnt. Was sollte ich mit ihm in der Abfertigungshalle herumstehen und mir weiter seine Schwärmereien anhören. Womöglich lockte er aus mir noch weitere Geständnisse heraus. O nein.

So ließ ich mich vom Fahrer des ORF, dem dicken alten Herrn Much, nach Schwechat fahren. Herr Much murmelte irgend etwas auf wienerisch, das sich nach Mitlääid und Bedauern anhörte, aber ich verstand ihn nicht. Ich war auch viel zu sehr mit meinen Gedanken beschäftigt. Ich zog mich in mein Schneckenhaus zurück und gab mich meinem Traurigsein hin. Statt mich in ein Korsett zu zwängen, das einfach nicht paßte, sollte ich die kostbare Zeit mit wirklich Sinnvollem verbringen. War »Wört-Flört« es denn wert, daß ich mich so verbog? Die Zeit ist ein sonderbar Ding! Wie schnell sie verging, war mir doch jetzt klargeworden! Was tat ich noch auf dieser Bühne? Draußen ödestes Industriegebiet. Graue Autobahnplanken vor häßlichen, düstere Wolken ausstoßenden Schornsteinen. Fabrikhallen, Container, Laster, Stoppelfelder.

In mir drin sah es genauso aus wie draußen am grauen, trostlosen Himmel von Schwechat. Ich sah einfach keinen Ausweg aus dem wolkenverhangenen Tal! Welche Bergspitze sollte ich erklimmen, wenn nicht die, für die ich mich vergebens abstrampelte? WAR das überhaupt eine Bergspitze? Oder war es nur eine optische Täuschung, ein bizarres Wolkengebilde aus feuchter Luft, das sich irgendwann in ein Meer von kalten Wassertropfen verwandeln würde? Oder, wenn es tatsächlich eine Bergspitze war, was sollte ich tun, wenn ich oben war? Oben war es schneidend kalt! Und der eisige Nordwind blies mir ins Gesicht! War das denn überhaupt erstrebenswert? Ich kramte nach dem Taschentuch des Opernfreundes von gestern und pröttelte hinein.

Herr Much, der Fahrer des ORF, der alte, faltige, gelbzahnige Mann, der so stark wienerisch sprach, daß ich ihn nicht verstand, schaute in den Rückspiegel und äußerte, begleitet von Gestank nach kaltem Rauch, ein paar tröstende Worte. Ach, Herr Much! Wie gern hätte ich ihm meinen Kummer mitgeteilt. Aber was verstand Herr Much davon. Er murmelte irgendwas von »'s Goöld schon aaufträäibn« und »diese Schwääne«, aber ich wußte nicht, welche Schwäne er meinte und wofür er Geld auftreiben wollte. Vielleicht wollte er mit seinem Enkelkind im Prater die Schwäne füttern und mußte dafür Geld auftreiben. Ich wollte ihn nicht mit Fragen beläädigen.

Als ich am Flughafen ausstieg, drückte ich Herrn Much alle mir verbliebenen Schillinge in die lederbehandschuhte Pranke. Er drückte mich kurz an sich, was ich erstaunlich fand, und trug mir noch die Koffer bis zum Eincheckschalter. Ein paar andere Passagiere tuschelten und steckten die Köpfe zusammen und blickten fürchterlich betreten, als sie mich und Herrn Much sahen. Hatten sie mich erkannt? War die Heino-Nummer so peinlich gewesen? Ich blickte verstört zu Boden.

»Ich blääb, bis Sie äängstiegen san«, murmelte Herr Much ritterlich. Das hatte ich nun davon, daß ich ihm Geld für die Schwäne gegeben hatte.

Eine Frau, die in der Schlange nebenan gestanden hatte, kam auf mich zu und legte ihre Hand auf meinen Arm.

Das konnte ich aber nun gar nicht haben!

»Sie verwechseln mich!« sagte ich bockig. Brüsk zog ich meinen Arm weg.

»Sind Sie nicht Kaarla Stääin?«

»Doch! Aber das ist noch lange kein Grund, mich anzufassen!« herrschte ich sie an und flüchtete mich in die Damentoilette.

Verdammt. Jetzt hatte ich einen Ösi verärgert. Dabei sollte ich doch Punkte sammeln. Statt dessen war ich unfreundlich und zickig. Punkteabzug! Konnte man nicht mal irgendwo in Ruhe heulen? Ich schloß mich ein, hockte mich auf den geschlossenen Klodeckel und wählte Emils Handy-Nummer. Emil! Geh ran! Bitte! Wenn ich jetzt deine Stimme höre, wird alles gut …

Wieder sprang die Mailbox an. Verdammter Bengel. Wo bist du, was treibst du, und wo ist mein Kind? Ich schicke dich in die Wüste zurück, sobald ich wieder zu Hause bin.

Senta anzurufen, hatte ich einfach nicht die Kraft. Wir waren böse miteinander. Aber ich MUSSTE jetzt wissen, wo Emil steckte! Es kostete mich eine Riesenüberwindung, beim SENDER anzurufen. Oda-Gesine würde vielleicht wissen, wo sich ihre Praktikantin herumtrieb. Ich hatte Lutz an der Strippe, unseren Sekretär mit der Baskenmütze.

»Hi, Lutz«, schniefte ich in den Hörer. »Kannst du mich mal zu Oda-Gesine durchstellen?«

»Nee, die ist natürlich pressemäßig unterwegs«, sagte Lutz. »Bei uns ist ja total der Bär los! Wir haben alle die ganze

Nacht nicht geschlafen! Du, Karla, das tut mir alles schrecklich leid für dich!«

WAS tat ihm leid? War die Heino-Nummer nach hinten los-
gegangen? Waren die Ösis verstimmt? Hatten sie im Internet
ihren Zorn hinterlassen? Jetzt sollte er nicht auch noch sagen,
daß die Einschaltquoten gesunken waren. Oder die Marktanteile. Oder beides. Nein, das wollte ich jetzt nicht auch
noch zu hören kriegen.

Anscheinend hörte Lutz aber, daß ich heulte.

»Mensch, Karla, du«, sagte er.

»Weißt du denn nicht, wo Emil mit Paulinchen ist?« Ich ließ
meinen Tränen freien Lauf. Was sollte es. Nun war es eh egal.

»Nein, Karla. Hier im SENDER weiß es wirklich keiner. Ich
wollte, ich könnte was für dich tun.«

»Schon gut, Lutz«, sagte ich und schaltete mein Handy aus.

Ich wischte mir mit Klopapier und kaltem Wasser das Gesicht ab. Als ich den Flieger bestieg und die Stewardessen
mich mitläädig anschauten, wurde mir klar, daß Berühmtsein
und gleichzeitig Heulen einfach nicht angesagt ist. Tja, Leute,
dachte ich. Fernsehnasen haben auch mal ihre Tage. Da seht
ihr's mal.

Dieser Jogging-Papst und Fettverbrennungs-Guru war eine
Zumutung. Allein schon optisch. Muskeln, Sehnen, braunge-
brannte Haut und ein Strahlen, das einem die Schuhe auszog.
Marathon-Män war der, Ultra-Män, Iron-Män, Blendamed-
Reklame und Meister Proper in einem. In seinem Prospekt,
der ihn als jubelnden Sieger mit hochgereckten Armen zeigte,
konnte man lesen, daß er alle 17 Hawaii-Triathlons in seiner
Altersklasse gewonnen hatte. Altersklasse. Aha. Das machte
mich hellhörig. 54 junge knackige Lenze war der alt. Geradezu ein junger Hüpfer also. Rein äußerlich erinnerte er mich
ein bißchen an diese Mucki-Buden-Grufties, die nicht bis drei
zählen konnten und auf die Frage, was sie beruflich machten,
»Wais isch net« antworteten. Aber dieser hier wußte anscheinend viel über sich und das, was er wollte.

»Der 17fache Iron-Män (was auch immer das war), Internist, Gastroenterologe, wissenschaftliche Autor, Kernphysiker und Fitneß-Experte Dr. Strunz zeigt Ihnen in einem faszinierenden Seminar ...« stand in dem Prospekt. Dr. Strunz. Nomen est omen, dachte ich, während ich mich abwartend auf meinem Seminarstühlchen zurücklehnte. Du, Bursche, mußt mir erst mal beweisen, daß du die Reise ins Hinterfränkische wert bist. Dieser Mann sah einfach so unverschämt wohlproportioniert aus, daß man gar nicht hinschauen mochte. Da konnten alle meine »Wört-Flört«-Kerls einpacken.

»Sie lernen, wie Ihr Konzentrationsvermögen, Ihre Durchsetzungskraft, Ihre Kreativität und Ihre innere Leichtigkeit, Ihre Souveränität und Ihr Überblick gesteuert werden von der stärksten Droge, die die Menschheit kennt!« stand im Prospekt.

Aha. Das war's also, warum Oda-Gesine mich hierhergeschickt hatte. Nun wollte sie mich endlich zu einer starken Persönlichkeit machen. Na, das wurde aber auch Zeit. Äußerlich entsprach ich ja jetzt ihren Wünschen. Aber wie wird man zu einer starken Persönlichkeit, Herr Dr. Strunz? Lohos! Wir warten!

»Laufen Sie!« tänzelte der geradezu provokant körperkulturgerecht gekleidete Referent vor uns einunddreißig lahmen Seminarteilnehmern herum. Mir schwirrte noch der Boggsbeudl von gestään im Hinn herum. Der frängische Ssläng hatte das Wienerische aus meinem inneren Ohr verdrängt. Das Seminar fand in einem völlig abgelegenen Dorf hinter Nürnberg statt. Im Zimmä gab's kai Fernsehn und kai Radio net. Nur besinne solld man sisch. Auf sich selbst. Und lauwe. Täglisch.

Was soll isch, dachte ich frängisch-drotzick in mich hinein. Lauwe? In maim Alldä fang isch doch damit nimmä an! Erst lassens mich faste, bis isch fast vom Stengel fall, un jetzt soll isch lauwe! Und alles nur für das Schaais-»Wött-Flött«! Ei, da stäbb isch doch libbä früh!

Ich schaute mich neugierig im Saale um. Die meisten, die

hier herumlümmelten, waren verfettete Manager. Alle irgendwie sowohl auf dem Höhepunkt als auch in der Krise ihres Lebens. Genau wie ich. Alle wollten oder mußten abnehmen und über ihre Gesundheit nachdenken und ihren bisherigen Lebensstil überdenken und endlich mal was dran ändern. Genau wie ich.

Es waren übrigens durchaus ein paar gutaussehende jungdynamische Strebsame unter des Gurus Jüngern. Mit vollem Haar und klarem Blick. Aber die meisten hatten struppiges Fell und einen Wohlstandsschwimmring, Haarausfall, grobporige Haut vom Rauchen und Trinken. Vo-ku-hi-la-O-libas in jeder Altersstufe. Das waren die, die sowieso nicht aus eigenem Antrieb gekommen waren. Denen zahlte das die Firma. Genau wie mir. Ein Blick auf den Tagespreis bestätigte mir, daß Oda-Gesine nach wie vor ganz doll an mich glaubte. Warum, wußte ich schon lange nicht mehr. Ich miese Quotenversagerin. Ich mittelmäßige Einschaltquote ich.

Der Meister vorne hüpfte mit unglaublicher Penetranz auf der Stelle, während er sprach. Wie ein aufgezogener Sprungfederteufel, der einem aus Geschenkpackungen entgegenspritzt. »Sie sind Elite!« trichterte er uns karrieremüden, abgeschlafften Versagern ein. »Sie sind zu intelligent, um Ihre Gehirnwindungen mit Rauch, Alkohol und Fett zu verstopfen! Hören Sie auf, sich selbst zu zerstören!«

Wir guckten lasch auf unser Seminarpult. Klar verstopften wir unsere Gehirnwindungen. Wenn ich daran dachte, womit ich meine verstopfte, wurde mir ganz trüb im Herzen. Ich bitte um die Wand.

Herr Dr. Strunz zeigte uns ein Video, in dem aus einer menschlichen Halsschlagader würstchengroße Fettmassen geschält wurden. »Damit das Gehirn wieder Sauerstoff bekommt!«

Wir ekelten uns mit Hingabe. »Iih! Und das so kurz nach dem Frühstück! MUSS das denn sein!« rief eine Dicke in der ersten Reihe, die, wie sie mir beim Frühstück erzählt hatte, Chefeinkäuferin von »Quelle« (oder sagte sie Qualle?) war.

Aber dem Doktor war klar, daß er nur so die lahmen Säcke, die vor ihm hockten, aus ihrem Winterschlaf erwecken konnte. »Des war kai Obba!« setzte Strunz noch einen drauf. »Zweiunddreißig Jahre ist der alt! Verfettet bei lebendigem Leibe! Irgendwann fällt der beim Laufen tot um. Und dann wundert der sich.«

Ich wurde hellhörig. Moment, dachte ich, wieso fällt der beim Laufen tot um? Ich denke, wir sollen laufen! Nichts anderes predigt der seit einer Stunde. Aufpassen, dachte ich. Dies hier könnte spannend werden.

Strunz malte eine Lebenskurve an die Tafel. Bei hundert Prozent machte er ein Kreuzchen. »Hier! So haben wir unseren Körper geschenkt bekommen! Hundert Prozent Leistungsfähigkeit! Aber bei ... dreißig Prozent ... (er malte ein weiteres Kreuz) bemerken die meisten überhaupt erst, daß mit ihrem Körper was nicht stimmt! Dann rennen sie zum Arzt, Herr Dokta, isch bin immä so müd und so schlaff un mei Stuhlgang will net un mei Kopfschmäzz un mei Gelenkrheuma! Ja, Leute, dann ist es zu spät! Mit dreißig Prozent kann man nicht mehr viel machen. So schaut's dann innen drin bei den meisten aus.« Er hämmerte mit den Fäusten gegen den Video-Apparat, der nach wie vor die gelblich-grünliche Fettmasse aus der Halsschlagader des verfetteten Zweiunddreißigjährigen vorführte.

»Wollen Sie Ihren eigenen Fettgehalt wissen?« Strunz hörte nicht mit dem provokanten Hüpfen auf.

»Äm ... och nein.« – »Äh ... nein danke.« – »Also nicht doch, das ist doch nicht nötig«, murmelten die Manager vor sich hin.

Ein Jungdynamischer stand auf und meldete sich freiwillig. Er durfte auf eine Waage steigen, die nicht nur sein Körpergewicht, sondern den Fettgehalt seines Körpers anzeigte. Er hatte 18 Prozent Körperfett. Strunz verriet, er selbst habe 10 Prozent. »Wenn ich 11 Prozent habe, dann schäme ich mich. Vor meinen Kindern.« Wir senkten die Blicke. »So, wer noch?«

Ich meldete mich tapfer. Stolz verkündete ich, daß ich kaum 58 Kilo wöge. Bei einer Größe von 1,76 ist das wirklich keine Schande.

Der Fettgehalt meines ausgehungerten Körpers war 27 Prozent. In Worten: siebenundzwanzig Prozent!

Schamesrot stieg ich von der Waage. »Aber ich habe gefastet«, murmelte ich erschüttert. »Wochenlang habe ich Nahrung nur anmeditiert!«

»Da haben Sie die krasseste Form der Fehl- und Mangelernährung an sich vorgenommen! Sie haben erhebliche Verluste an Körperprotein mit gesundheitlichen Risiken in Kauf genommen. Warum haben Sie das getan?«

»Ich ... äm, die Einschaltquote lag unter fünf Millionen ...« Ich schämte mich.

»Aah, die Einschaltquote.« Strunz guckte mich mitleidig an. »Sie haben Ihrem Körper alles entzogen, was er braucht, um Muskeln aufzubauen. Jetzt haben Sie Ihr Fett. Sie sind übergewichtig, liebe Dame. Und zwar erheblich. Wenn Ihre 58 Kilo aus Muskeln bestünden, hätten Sie es richtig gemacht.«

Ich schlich auf meinen Platz zurück.

»Sehen Sie, es gibt Models, die wiegen 50 Kilo oder noch weniger. Aber die haben einen Fettgehalt von 30 Prozent! Die sind massiv übergewichtig! Obwohl sie sich nach jedem Knäckebrot den Finger in den Hals stecken!«

Igitt, machte die Dame vom Qualle-Einkaufsservice.

»Laufen Sie!« Der Meister tänzelte wieder los. »Die einzige Diät, die ewig hält, bei der es keinen Jojo-Effekt gibt und die den Körper mit 100 Prozent mehr Sauerstoff versorgt, ist das tägliche Laufen.«

Er zauberte einen Zeitungsausschnitt hervor, auf dem die Eisschnelläuferin Franziska Schenk zu sehen war.

Vor ihr stand ein Riesen-Eisbecher mit Sahne, in dem sie genußvoll rührte. »Die kann fressen, was sie will«, grinste Strunz fröhlich. »Ente mit Reis. Und elf Kugeln Eis mit Sahne zum Nachtisch. Die wiegt 60 Kilo! Aber die hat einen

Fettgehalt von 11 Prozent! Ihr Köbbä verbrennt das Fett im Schlaf. IM SCHLAF!«

Wir starrten ihn übellaunig an.

»Und warum? Weil die Frau sich bewegt. Regelmäßig. Mit moderatem Puls. Und das ist das Geheimnis.«

Ich spitzte die Ohren. Moderater Puls. Also nicht hecheln, schnaufen, keuchen, schwitzen, bis einem schwarz vor Augen wird und man vor Seitenstichen nur noch gegen die nächste Hecke taumelt?

»Wie lange müßtisch denn lauwe?« fragte ein Dicker mit Toupet aus der ersten Reihe. Das mit der Ente und den elf Kugeln Eis hatte ihn sichtlich beeindruckt.

»Jeden Tag eine halbe Stunde.« Der Doktor hörte nicht mit dem provokanten Tänzeln auf. Es war unerträglich, ein solches Bündel Energie und Lebensfreude da rumspringen zu sehen.

»Wie stelle se sisch das vor? Isch hab 'n Dschobb, un isch hab kai Zait, un isch bin vizzisch! Mai Kniegelenk un mai Saidenstisch un mai Kuzzatmischkait!«

Mein Gott, DER ist vierzig? Der dicke, alte, verbrauchte, abgeschlaffte Zausel mit Toupet? Und ICH schäme mich meines Alters?

»Gildet nicht!« antwortete Strunz. »Laufen Sie!«

Und dann gab er zum besten, daß er selbst erst mit fünfundvierzig Jahren angefangen hatte. Vorher war er Weinverkoster und kein Kostverächter. Er fuhr mit dem Porsche zum Bäcker um die Ecke und schleppte sich so dem trostlosen Alter entgegen. Irgendwie mußte da wohl eine junge Frau in sein Leben getreten sein. Zwanzig Jahre jünger oder so.

Aha, dachte ich. Das kenn mer ja.

»Außädem bin isch halt a unspottlischä Tüpp«, sagte das Toupet. »Isch hasse Spott.«

»Wenn ich sage: Laufen Sie!, heißt das nicht: Treiben Sie Sport! Sportler sind Ameisen. Wie Arbeiter, emsig, fleißig, machen immer Überstunden, treten im Hamsterrad auf der Stelle.«

Ich bin auch eine Ameise, dachte ich. Ich trete auch immer nur im Hamsterrad auf der Stelle.

»Sportler zerstören ständig ihr Immunsystem! Wenn ich einen beleidigen will, nenn ich ihn Sportler.«

Wir lachten gequält.

Also kein Sport? Was dann?

»Machen Sie es dem Adler gleich! Schwitzt der? Keucht der? Strengt der sich an? Der breitet die Flügel aus und nutzt die Kraft der Winde!«

Bei »Winde« dachte ich an den Vier-Winde-Tee von Dr. Drießnitz.

»Laufen Sie! Mit einem Puls von höchstens 140! So einfach ist das! Sie kriegen es GESCHENKT!«

Klar, dachte ich. Das ist echt einfach. Daß ich da vorher nicht drauf gekommen bin! Und wie weiß ich, daß ich einen Puls von 140 habe?

»Joschka Fischer hat sich einen Marathonläufer zum Trainer genommen. Der einzige Job, den dieser Trainer hatte, war, den Joschka zu bremsen. Wenn der bei seinem Übergewicht zu schnell gelaufen wäre, hätte der tot umfallen können. So hat er rapide abgenommen, hält sein Gewicht, das nicht aus Fett, sondern aus Muskeln besteht, und ist körperlich topfit.«

Wir nickten betroffen. Ja, der Joschka. Wir Steuerzahler spendieren ihm gern seinen Marathon-Män. Wenn's der Weltpolitik denn hilft. Vielleicht hätte Herr Kohl das auf Dauer auch so machen sollen. Die Semmel-Diät hat ja nicht wirklich was bewirkt, wie die Welt beobachten durfte.

»Beim früheren Bundeskanzler haben wir das beste Beispiel für den Jojo-Effekt. Die leergehungerten Fettzellen schreien nach jeder Fastenkur nach dem erschten Saumagen. Und der Herr Bundeskanzler konnte seine Fettzellen einfach nicht schreien hören!«

Wir Normalos grinsten grausam. Was mag so 'n Marathon-Män pro Stunde kosten? Ich stellte mir Oda-Gesine vor, wie sie rannte und schwitzte. Und keuchte und hyperventilierte. Zu köstlich. Ich verdrängte den unschönen Gedanken.

Klar hatte längst einer von den Neunmalklugen gefragt, wie man das mit dem Puls von 140 ohne kostspieligen Trainer kontrollieren könne.

»Eine Pulsuhr tut's auch«, tröstete Dr. Strunz. »Man befestige sich per Brustgurt einen Sender am Herzen, trage die Pulsuhr am Handgelenk und laufe lächelnd, locker, leicht. Wenn die Pulsuhr piepst, sind Sie zu schnell. Sie sollten es nicht dazu kommen lassen. Denn wenn Sie erst im anaeroben Bereich sind, braucht der Körper fünf Minuten, um wieder Fett abzubauen. Dann war alle Läufermühe umsonst.«

»Und der Körper baut wirklich Fett ab, wenn man so langsam vor sich hin trabt?« fragte einer. »Ich renne seit Jahren, bis mir schwarz vor Augen wird!«

»Und ich quäl mich fünf Stunden pro Woche im Fitneßstudio«, rief ein anderer. »Für viel Geld!«

Wieder so ein Mucki-Buden-Gruftie, dachte ich. Wie kann man sich freiwillig in so eine Folterkammer begeben, sich auf Marterbänke legen, sich mit Gewichten behängen und hundertmal das Bein gegen ein Eisen pressen? Wer macht so was? Und wofür? Früher, die Sklaven, die mußten vierzehn Stunden barfuß um ein Mühlrad herumtrotten. Wie alte Pferde. Oder auf einer Tretmühle rumstampfen. Genau das machen doch die Typen im Fitneßstudio! Treten auf der Stelle!

»Beobachten Sie mal ein Eichhörnchen oder ein achtjähriges Kind, das kein Computerspiel hat«, rief Dr. Strunz aus.

Dü gübt's hür nüch, dachte ich. Weder das eine noch das andere.

»Die springen den ganzen Tag herum. Aus Lebensfreude, nicht weil sie sich quälen wollen! Und die MEIDEN nicht Fett, die VERBRENNEN es!«

Das leuchtete allen ein.

»Wie lange muß isch denn so lauwe, bis des wirkt?«

»Am ersten Tag verbrennt Ihr Körper noch kein Fett. Nach vier Wochen bereits 25 Prozent. Und nach zwölf Wochen können Sie essen, was Sie wollen. Die fettabbauenden Enzyme in der Muskelmasse steigern sich auf 80 Prozent! Aus

Ihrem alten Zweizylinder wird ein Achtzylinder. Das ist ein Unterschied wie zwischen Trabbi und Porsche!«

»Boh, ey.« Das beeindruckte die Vo-ku-hi-las doch.

»Und dann dürfen wir alles essen, was wir wollen?«

»Laufen weckt die somatische Intelligenz«, belehrte uns der Meister. Er tänzelte immer noch.

»Die was?«

»Wer regelmäßig läuft, ernährt sich automatisch richtig.«

Klar, dachte ich. Der verschlingt bestimmt keine fettigen Fritten und stopft keine Saumägen und Nürnberger Roschtbratwürscht und »Wört-Flört-Törts« in sich hinein. Dem sein Köbbä verlangt nach Vollwertbratlingen und Tofu im eigenen Sud. Und Magäquack mit Babricka.

»Wir haben keine Diät, die so dauerhaft wirkt und die das Gehirn zusätzlich mit 100 Prozent mehr Sauerstoff versorgt!« rief Dr. Strunz und hörte nicht mit dem provokanten Tänzeln auf. »Wenn so eine Diät erfunden würde, würde alle Welt morgen vor den Apotheken Schlange stehen!«

100 Prozent mehr Sauerstoff in der Birne. Nie zuvor hatte ich mir darüber Gedanken gemacht, daß Fett nicht nur am Bauch und am Hintern, sondern auch im Gehirn hängt. Und die Gehirnwindungen verklebt. Und Halsschlagadern verstopft. Wer weiß, an welchen seidenen Fäden Oda-Gesines Leben hing. Vielleicht war das nächste »Wört-Flört-Tört« schon ihr Tod?! Man sollte sie retten!

»Werden Sie zum Adler! Sie sind lange genug eine Ameise gewesen!«

Herr Dr. Strunz erläuterte, daß das Laufen Endorphine freisetzt, die dem Läufer sterntalergleich über das Haupt geschüttet werden. Ein Adler empfindet elfmal mehr Glück als eine Ameise! Gedanken brechen sich Bahn, gute, positive, kreative Gedanken. Erkenntnisse, die in die Tat umgesetzt werden. Es entsteht Mut!

»Ein Läufer duckmäusert nicht! Der Körper setzt Hormone frei, von denen Sie vorher gar nichts wußten. Kennen Sie das Chefhormon?«

Das kannten wir natürlich nicht. Obwohl einige Chefs unter den Seminarteilnehmern waren. Ich kannte das Chefhormon, aber nur indirekt. Nur vom Oda-Gesine-Betrachten.

Der energiestrotzende Doktor erzählte uns die Geschichte von einem kleinen Affen, der auf dem Pavianfelsen immer unter »ferner liefen« eingestuft zu werden schien. Man spritzte ihm das Chefhormon Serotonin. Da kletterte der Pavian auf den Cheffelsen, vertrieb den Alten mit dem riesigen roten Imponiergehänge am Hintern und blieb so lange zufrieden und selbstverständlich auf dem Cheffelsen hocken, bis die Hormonspritze nicht mehr wirkte.

Und dieses Chefhormon bildete der Körper also beim Laufen.

Interessant, dachte ich. Chefhormon. Scheint ja 'ne Menge von dem Zeug in den Nougatriegeln zu stecken.

In der Mittagspause rauchte mir der Kopf. Das war ja ein phantastisches Seminar! Selten hatte ich in so kurzer Zeit so viel gelernt! Ob man mit dem Doktor über einem Salatblatt ein Privatgespräch führen konnte? Zu gern hätte ich noch dies oder das über ihn erfahren.

Ich hielt nach ihm Ausschau. Aber in der Menge derer, die sich gierig am Büfett drängelten, war er nicht.

Ich entdeckte ihn in einem Hinterstübchen, wo er sich mit einem Mixer einen Eiweißdrink zubereitete.

»Essen Sie gar nichts?« fragte ich scheu.

»Und wie! Ich esse, worauf mein Körper Lust hat! Probieren Sie mal!«

Ich trank ein Schlückchen von dem Tapetenkleister.

»Na ja«, sagte ich.

»Pures Eiweiß ohne Fett. Von Vitalmind gibt es Proteinmischungen, Vitamin- und Spurenelement-Cocktails.«

»Hört sich lecker an«, sagte ich lahm.

»Ist es auch! Und das Ganze in Verbindung mit frischem Obst ...« Er biß lustvoll in eine reife Zwetschge. »Köstlich, sage ich Ihnen. Hier. Probieren Sie!«

Die Zwetschge schmeckte wirklich wunderbar. Viel besser als ein »Wört-Flört-Tört«.

»Eigentlich wären Sie ein geeigneter Kandidat für meine Sendung«, sagte ich. »Wir suchen immer junge, knackige, muskulöse, witzige und lebensfrohe Kerls wie Sie. Haben Sie nicht Lust?«

Der Doktor kannte meine Sendung nicht. Ich erklärte ihm, daß es sich um eine Kuppelshow handelte.

Er lachte. »Ich bin glücklich verheiratet!« Und hielt mir ein Foto von einer ebenso muskulösen, strahlenden jungen Frau unter die Nase. »Wir haben zwei Kinder«, sagte er stolz. Er kramte erneut Fotos hervor. Strahlende, gesunde, schlanke Kinder. Mit vollem Haar und klarem Blick.

»Die haben einen solchen Bewegungsdrang, daß es eine Freude ist! Die rennen den ganzen Tag an der frischen Luft herum! Sie sind kerngesund, immer fröhlich, kreativ, gehen gern in die Schule, lernen spielend, schreiben nur Einser und Zweier, spielen jedes zwei Instrumente …«

»Höans aaauf!«

»Vor dem Fernseher würden sie sich langweilen! Und Computerspiele reizen sie natürlich auch nicht! Die wollen selber leben! Und nicht künstlichen Figuren beim Leben zuschauen!«

»Ich könnt vor Nääid erblassen! Sagen Sie, o Meister! Wie ernähren Sie die? Keine Fritten und keine Würstchen? Keine Schokoriegel und keine Chips?«

»Die haben kein Verlangen danach.« Der Meister zuckte die Schultern. »Sie wollen Obst und Gemüse und reines Eiweiß in Mengen!«

»Wie hieß noch gleich die Firma?« fragte ich.

»Vitalmind«, sagte Strunz. »Eigene Rezeptur.«

»Haben Sie nie ›Wört-Flört‹ gesehen?« wagte ich einen Vorstoß. Ich wollte es einfach nicht glauben!

»Nein. Wer ist das?«

»Na, DIE Fernsehsendung. Für junge, dynamische, lebensfrohe, sportliche und voll angesagte Menschen.«

»Kann nicht sein«, antwortete Dr. Strunz. »Junge, sportliche, lebensfrohe Menschen sehen nicht fern. Die wollen nicht zusehen, wie andere leben. Die wollen selber leben. Fernsehen ist was für alte, gebrechliche, verfettete Gehirne. Ich lebe selbst. Warum fragen Sie?«

»Ach, nur so«, murmelte ich, bevor ich mit hängenden Schultern den Raum verließ.

An diesem Tag begann ich mein Leben zu ändern.

Ich begann zu laufen.

Statt mich abends mit den Vo-ku-hi-las an die Bar zu hocken, schloß ich mich einer Gruppe von Läufern an. Man erklärte mir die Pulsuhr und beriet mich beim Kauf von wirklich guten Laufschuhen. Ich fand sie furchtbar teuer, aber Dr. Strunz sagte, daß gute Laufschuhe die einzige Anschaffung für ein neues Leben seien. Und daß jede Diät aus der Apotheke viel mehr kosten würde. Das sah ich ein.

Dann trabten wir gemächlich los.

»Wie, das ist alles?« fragte ich nach kurzer Zeit.

»Ja. Schneller wird's nicht.«

»Aber das ist ja fast wie rasches Wandern!«

»Genau. Alle, die rennen, machen was falsch.«

»Aber davon bau ich doch nie und nimmer Fett ab.« Ich trabte so gemächlich neben den anderen her, daß ich mich, ohne zu keuchen, unterhalten konnte.

»Doch. Das ist das Geheimnis. Davon baut der Körper Fett ab. Und zwar dauerhaft.«

»Das ist ja sensationell!«

»Ja«, lachten die Jungdynamischen in Hellgelb und Wasserabweisend. »Schade, daß so wenige davon wissen!«

»Bei uns im Stadtwald am Adenauer-Weiher, da rennen sie schneller«, sagte ich erstaunt. »Ich bewundere sie immer, wie sie sich abmühen! Und keuchen und schwitzen! Ganz rot sind sie im Gesicht! Und fallen nachher schweißgebadet in ihre Autos!«

»Unser Chef hat mal an einem Tag im Stadtwald alle Läufer

angehalten und ihnen etwas Blut aus dem Ohrläppchen ge-
zapft«, sagte einer der Eingeweihten.

»Sie waren alle im anaeroben Bereich! Viel zu schnell! Puls
über 140 ist genauso schädlich, als wenn man gar nicht läuft.«

»Schädlicher«, sagte ein anderer, der hinter uns trabte. »Bei
Puls über 140 sind schon einige tot umgefallen. Letztens noch
der Schwager von einem Freund. Der war fünfundvierzig und
gar nicht blöd. Aber er glaubte, daß schnell laufen wirkungs-
voller sei als langsam laufen. Der hatte einen Puls von schätzungsweise 190. Ist tot umgefallen wie ein Stein. Hinterließ
Frau und drei Kinder.«

»Wahnsinn«, sagte ich. »Was es doch für geheimnisvolle
Weisheiten gibt.«

Wir trabten weiter. Und ganz langsam ging bei mir innen
drin das Kokain-Kästchen auf.

Nach dem kalten Duschen saßen wir noch lange beieinander.
Ich war so wißbegierig, so begeistert und so beeindruckt von
all den Neuigkeiten, daß ich überhaupt nicht mehr daran
dachte, Emil anzurufen. Als ich gegen Mitternacht in mein
Hotelzimmer zurückkam, fiel ich sofort wie tot ins Bett.

Am nächsten Morgen traf sich die Gruppe schon um halb
acht. Es war herrlich, der blutrot aufgehenden Sonne ent-
gegenzulaufen! Es roch nach Frühling! Die kahlen Bäume
und wirrverzweigten Äste wurden glutgold beschienen. Ich
fühlte, wie sich meine Lungen mit frischer Morgenluft füll-
ten. Mir war angenehm warm, und das war mir noch nie an einem Märzmorgen passiert! Die trostlosen Felder und Äcker,
die in mir unter anderen Umständen Depressionen hervorge-
rufen hätten, waren eingetaucht in warmes, unbeschreiblich
intensives Licht. Ein nie gekanntes Glücksgefühl, ein Gefühl
von Ruhe, Zufriedenheit und Dankbarkeit machte sich in mir
breit.

Ich könnte immer so weiterlaufen, dachte ich. Immer so
weiter! Alle Sorgen und trüben Gedanken bleiben hinter mir!
Ich fühlte mich nicht mehr klein und häßlich. Ich wollte mich

nicht mehr fernsteuern lassen. So einfach war das also? Das war ja fast wie Fliegen! Sollte aus der jämmerlichen Ameise ein Adler werden?

Den anderen schien es ähnlich zu gehen. Keinem blieb die Luft weg, niemand keuchte, keiner stöhnte, keiner brach zusammen und taumelte, von Seitenstichen geplagt, in eine Hecke. Selbst Frau Qualle strahlte beim Laufen.

Das Seminar ging weiter. Ich war von der Welt wie abge-schnitten. Und das tat mir gut. Wir lernten sehr viel Inter-essantes über Ernährung, Hormone, Enzyme, Stoffwechsel, Biostoffe, Energiebilanz, wachen Geist und positive Gedan-ken.

Zum ersten Mal hatte ich das Gefühl, nicht irgendeinem selbsternannten Guru zum Opfer gefallen zu sein, der sich auf die Brust haut wie ein Gorilla und »Ich bin STAAARK!« brüllt. Dies hier, das hatte Hand und Fuß. Das war medizi-nisch untermauert. Und dieser strahlende Dr. Strunz war der lebende Beweis für die Richtigkeit seiner Theorien.

Als ich am späten Nachmittag in den Zug stieg, um nach München zurückzufahren, waren mir zwei Dinge klargewor-den: Ich wollte keine Ameise mehr sein, sondern ein Adler. Und ich hatte das ganze Wochenende nicht an meine Ein-schaltquoten und Marktanteile gedacht.

Nicht ein einziges Mal.

Im Bayrischen Hof war aber was los! Donnerwetter, dachte ich, es ist bestimmt ein Presseball oder eine Premierenfeier, oder Michael Jackson übernachtet hier. Hoffentlich lassen die mich überhaupt rein.

Wo man hinsah, drängelten sich Fotografen. Die ganze Mischpoke, dachte ich, inzwischen kenne ich sie alle und weiß, wer für welche Zeitung schreibt und welcher Fotograf zu welchem Reporter gehört.

»Hallo«, grüßte ich den ersten. »Was ist denn hier los?«

»Da ist sie!« schrie jemand. Und dann sprangen sie herbei und bildeten einen Kreis um mich.

Nicht schon wieder »Versteckte Kamera«, war mein erster Gedanke. Irgendwann isses aber genuch. Mama will ins Bett. Aber dann wurde mir klar, daß hier keine Kamera versteckt war. Sie waren alle offen und sehr sichtbar auf mich gerichtet. Die ersten Blitze zuckten vor meinen Augen.

»He, laßt das doch! Was soll denn das?!«

»Frau Stein, dürfen wir fragen, wie Sie die Nachricht aufgenommen haben?«

Das klang nicht nach Lottogewinn. Die guckten alle so ernst! Da war was passiert! Vielleicht hatte Heino gegen mich geklagt? Oder die Sache mit der Oper war rausgekommen! Waren die Einschaltquoten unter fünf Millionen geraten? Vielleicht sogar unter vier?! Welch gräßliche Schande für den SENDER! In den Keller gestürzt wie die Börse, der Dow Jones oder der Dax? Vielleicht hatte man »Wört-Flört« bereits abgesetzt?! Oder sie hatten längst einen neuen Moderator? Womöglich einen jungen Mann mit Akzent?

Mein Herz fing an zu rasen.

»Welche Nachricht?«

»Sie weiß es noch nicht! Sie weiß es wirklich noch nicht!«

Sie hatten mich gefeuert. Die Marktanteile wurden nicht erreicht. Die Altersgruppe der Acht- bis Vierzehnjährigen hatte mich endgültig abgelehnt. Das mußte es sein. Zu meinem Erstaunen fühlte ich eine unsägliche Erleichterung. Der Adler wollte nicht länger eine Ameise sein. Er würde lautlos wegfliegen.

Na gut, dann war es eben gelaufen. Ich erinnerte mich an damals, nach der ersten Sendung, als ich vor laufender Kamera erfuhr, daß mich die Kritiken zerrissen hatten.

»Frau Stein, was sagen Sie dazu, daß Sie durchgefallen sind?«

»Frau Stein, die Einschaltquote lag deutlich unter der Ihres Vorgängers! Was empfinden Sie, wenn Sie das hören?«

»Frau Stein, die ›Bild-Zeitung‹ schreibt, Sie seien eine Katastrophe! Trifft Sie das?«

»Nervensäge, Trampel, Trulla der Nation!«

»Frau Stein, was fühlen Sie, wenn Sie das hören? Sagen Sie es uns, Sie sind live auf Sendung! Schauen Sie bitte in diese Kamera!«

»Frau Stein, was sagen Sie dazu, daß die Leute den jungen Moderator mit Akzent zurückhaben wollen?«

So, genau so war es gewesen. Hier, im Foyer des Bayrischen Hofs. Und ich hatte dagestanden und nach links und rechts gelächelt und herumgelogen, och nein, das trifft mich nicht wirklich, das muß sich erst einspielen, jeder Moderator muß erst mal Land gewinnen, und die Ameise hatte sich in ihrem Laufrad abgestrampelt und auf der Stelle getreten, und im Hintergrund hatte Emil mit Paulinchen gestanden und fassungslos auf die Meute geblickt.

Automatisch suchte ich jetzt mit den Augen nach den Fahrstühlen. Stand er da? Mein alter, vertrauter Emil mit meinem jungen, vertrauten Paulinchen? Der Rest war mir egal. Wir würden uns in den Aufzug drängeln und uns einfach nur fest in den Arm nehmen, alle drei.

»Frau Stein, was sagen Sie dazu?«

Man drängelte, knuffte, puffte. Mikros wurden mir unter die Nase gehalten, Blitze zuckten. Die Scheinwerfer der Kameras waren unerträglich hell.

»Was sage ich wozu, verdammt noch mal?«

Irgend jemand hielt mir eine »Bild-Zeitung« entgegen. Das war ja ich auf dem Titel! Das Dackelhalstuch, dachte ich noch. Wie beschissen das aussieht. Also doch mein Rausschmiß.

Dann sprangen mich die riesigen Lettern an. Schwarz und groß und bedrohlich. Noch viel fetter als damals bei meinem ersten Verriß. Und diesmal auf der Titelseite.

Ich versuchte, trotz des Gedrängels und der blendenden Scheinwerfer, die nach wie vor auf mich gerichtet waren, irgend etwas zu entziffern.

Nein, das gab ja keinen Sinn. Das gehörte ja nicht zu »Wört-Flört«. Das war bestimmt die Überschrift zu einer anderen Story.

»SÜDAFRIKANER ENTFÜHRTE IHR BABY UND FORDERT ZEHN MILLIONEN MARK LÖSEGELD!«

»Ja, Leute, das ist die falsche Headline! Blättert doch mal um! Was hat denn mein Bild mit dieser Überschrift zu tun?«

»Gebt ihr das Ding doch mal in die Hand!«

»Sie kann es doch so nicht lesen!«

»Aber so, daß ihr Gesicht nicht verdeckt wird!«

»Frau Stein, drehen Sie sich bitte mal halb schräg zur Kamera?«

Ich lächelte unsicher. »Leute, hier liegt eine Verwechslung vor, ich bin's doch nur, eure alte Karla Stein, ich moderiere ›Wört-Flört‹, eine harmlose Sendung, und das hat doch mit Kindesentführung nichts zu tun…«

»Habt ihr's?« schrie einer.

»Volle Beleuchtung jetzt!«

»Ton ab!«

»Achtung! Beitrag läuft!«

Und dann sagte jemand klar und deutlich zu mir: »Frau Stein, Ihre Tochter wurde entführt.«

»Was? Welche Tochter?«

»Das Baby. Pauline.«

Nein. NEIN! NICHT MEIN PAULINCHEN!

»Von wem?« schrie ich in heller Panik.

»Von einem Neger! Er fordert zehn Millionen Mark Lösegeld!«

»Das kann nicht sein!« brüllte ich mit überkieksender Stimme. »Mein Paulinchen ist bei Emil!«

Ich weiß nicht mehr genau, was ich sagte. Ob ich in die richtige Kamera schaute. Ob man mir mit der Zeitung das Gesicht verdeckte. Zu dritt richteten sie mich auf. Jemand reichte mir ein Glas Wasser. Die Kameras liefen heiß. Die Scheinwerfer blendeten.

Ich weiß nur noch, daß ich immer wieder den Kopf schüttelte. Und lachte.

»Emil ist mein Kindermännchen! Das ist ein schlechter

Scherz«, stammelte ich. »Bitte sagt doch, daß das nur ein Scherz ist!«

»Wo waren Sie so lange, Frau Stein?«

»Warum hatten Sie Ihr Baby nicht bei sich?«

»Warum fuhren Sie allein ins Ausland?«

»Seit wann war dieses kriminelle Subjekt bei Ihnen beschäftigt?«

»Welches kriminelle Subjekt?« Ich suchte Halt an jemandes Schulter. Der fühlte sich gestört, mußte er doch ein Mikro halten.

»Der Südafrikaner! Mit dem Sie eine Liebschaft haben!«

Mir sackten die Knie weg. »WOHER WISST IHR DAS?« schrie ich in die Menge.

»Sie haben es unserem Wiener Kollegen selbst erzählt!«

»Wir haben das Tonband von Ihrem Geständnis, Frau Stein! Sie haben es unserem Kollegen Jo Merz in Wien erzählt!«

Jo! Der Sendemastenaufsteller!! Ein Boulevardblatt-Schmierfink! Das durfte nicht wahr sein. *In die tiefsten Felsengründe, lockte mich ein Irrlicht hin.*

Der Kerl hatte im Caféhaus ein Band mitlaufen lassen. Womöglich war der traurige Dicke am Nebentisch noch ein Komplize von ihm gewesen. Schließlich hatten sie die Headline schon am selben Abend gehabt ... Das Boulevardblatt! IN DER OPER! VOR DREI TAGEN SCHON!

Dieser Jo war direkt vom Caféhaus in die Redaktion gefahren. Am selben Abend hatte der seine Schlagzeile. Daß mein Emil ... ein Entführer war! Welch ein grauenvoller Irrtum! Oder war der Irrtum – beabsichtigt?

Ich dachte an den dicken Ochs von Lerchenau. Alles nur Maskerad'. Mir schwirrte der Kopf. Wie sollte ich klar denken, wenn man mich in der Menge gefangenhielt? Der Flughafen in Wien. DESHALB hatten mich die Leute so mitleidig angeblickt! Aber woher wußte dieser Jo, daß Paulinchen ENTFÜHRT worden war? WER war sein Informant? Wer der Intrigant? WER MEIN GEGENSPIELER?

Ich mußte Oda-Gesine um Hilfe bitten. Sofort. Vielleicht wußte die mehr. Aber man ließ mich nicht vorbei.

»Wie kommt es, daß Sie von all dem nichts wissen?«

»Haben Sie nie zu Hause angerufen?«

»Sie sind mit Ihrer Schwester verkracht, stimmt's?«

»Ich habe immer wieder versucht, meinen Au-pair-Jungen zu erreichen«, schrie ich tränenblind. »Er ist ja nie an sein Handy gegangen!«

»Und Sie haben den Jungen tatsächlich verführt?« fragte plötzlich jemand, und dann rempelten sie mehr als zuvor und knufften und boxten und wollten alle ihre Hängemikros so dicht wie möglich vor meinen Mund halten. Die Scheinwerfer wurden so erbarmungslos auf mich gerichtet, als gelte es, mir alle vier Weisheitszähne auf einmal zu ziehen. Ich blinzelte verstört.

»Das ist alles ein aufgebauschter Schwachsinn!«

»Glauben Sie, daß Sie Ihre Tochter lebend wiedersehen?«

Die Scheinwerfer ließen mir den Schweiß aus den Poren quellen. Die Kameras äugten mich mit ihrem großen, ausdruckslosen schwarzen Auge an. Die Mikros hingen an ihren Angeln über meinem Kopf.

»Frau Stein! Hallo! Hier! Diese Kamera bitte!«

Ich schluckte. Und starrte. Mein Gott, wie die alle glotzten. Wie die Geier. Wie die Hyänen. Wie die Schakale. Das war ja wohl die schlechteste Inszenierung, die ich je gesehen hatte. Wieso stand ich auf einmal mit auf der Bühne?! Alles nur Maskerad'!

Oda-Gesine! Hol mich hier raus!

Keiner stand mir bei, keiner scheuchte die Massen weg, keiner zog mich am Ärmel in ein stilles Nebenzimmer. Und Oda-Gesine war auch nicht da.

»FRAU STEIN! Sie schulden uns eine Antwort!«

»DAS GEHT EUCH EINEN SCHEISSDRECK AN! DAS IST MEINE PRIVATSACHE!«

»SIE SIND NICHT PRIVAT, FRAU STEIN!«

»Zeigt ihr doch mal das Demo!«

»Was, hier? JETZT? Nein, das ist wirklich too much!«

»Wieso? Wenn sie nicht reden will?«

»Aber sie ist doch schon angeschissen genug!«

»Für die Presse ist genug nie genug!«

»Los, zeigt ihr das Demo!«

»Aber so, daß wir ihr Gesicht in Großaufnahme haben!«

»Frau Stein, drehen Sie sich bitte mal um neunzig Grad nach rechts?«

Ich wurde herumgedreht wie eine Puppe, man schubste mich, und ich ließ alles willig über mich ergehen. Das ist ein Traum, dachte ich, ein böser, böser Traum, und wenn ich aufwache, dann lache ich und gehe erst mal 'ne Runde laufen. Dann schüttele ich das ab wie Staub.

»Danke, das ist gut, und noch zwei kleine Schrittchen zurück, und jetzt bitte mal das Kinn heben. Sehen Sie den Monitor dort? Ja? Bitte schauen Sie mal hinein, und bitte denken Sie an das Kinn, ja?«

Ich schaute in den Monitor und dachte an das Kinn.

Ein Video wurde abgespielt.

Ich sah Emil, das heißt, ich sah seinen Rücken, seinen nackten Rücken. Emil, wie er am Fenster stand. Emil schaute auf den Schnee, der draußen vor dem Fenster fiel. Das war ja UNSERE SUITE!

»WER HAT DAS GEFILMT?« schrie ich.

Dann kam ich ins Bild.

Jener Abend. Als Jo mir die Blumen ins Zimmer geschickt hatte. Jo! Um Himmels willen! Der hatte doch nicht etwa eine Kamera …? Ich wollte weglaufen. Aber man ließ mich nicht. Eingekeilt stand ich da und starrte auf den Monitor.

Jetzt trat ich hinter Emil und blieb bewegungslos stehen.

Mir wurde so heiß, daß ich dachte, auf glühenden Kohlen zu stehen. Sie hatten doch nicht … ALLES … gefilmt?

»Ich habe noch nie Schnee gesehen«, sagte Emil laut und deutlich, ohne sich umzudrehen.

»Doch«, sagte ich. »Hast du. Auf dem Jungfraujoch.«

»Da war der ewige Schnee«, sagte Emil. »Aber ich habe

noch nie gesehen, wie es schneit. Ich wußte nicht, daß Schneeflocken so langsam fallen.«

Und dann kam wieder ich ins Bild.

»Tja, Schätzchen«, sagte Oda-Gesine. »Jetzt hast du deinen
Skandal.«

Sie saß in ihrem Büro und lutschte an einem »Wört-Flört«-
Lolly. Herr Bönninghausen stand an der Wand und betrach-
tete die Werbeposter von »Nesti-Schock«. Er drehte mir den
Rücken zu.

»Wo ist Emil?« fragte ich tonlos. Meine Zunge schmeckte
nach Pappe.

»Tja, Schätzchen«, sagte Oda-Gesine. »Wenn wir das wüßten ...«

»Um Ihren ... Boy ... müssen Sie sich schon selber kümmern«, sagte Herr Bönninghausen, ohne sich umzudrehen.

»Aber du hast doch selbst gesagt, ich solle ihn und Paulinchen hier lassen!« Ich sah Oda-Gesine durchdringend an.
Daß sie in so einer Situation am Lolly lutschen konnte!

Oda-Gesines Blusenknopf stand offen. Ihre Haare waren
wirr und grau. Ihre Brille war so ungeputzt, daß ich daran
zweifelte, daß sie noch irgend etwas sah.

»Und wo ist Melanie?«

»Ebenfalls verschwunden. Die Kids stecken ja immer zusammen ...« Oda-Gesine betrachtete durch die Schlieren
ihrer Brille meinen Gesichtsausdruck.

»Seit wann sind die denn weg?«

»So genau weiß das keiner, aber ... seit Donnerstag abend
etwa.«

Aha. Das war mein Abend mit der Heino-Perücke in Wien.
Als ich Jo durch puren Zufall in der Kantine des ORF traf.

»Da muß dieser Jo dahinterstecken!« sagte ich aufgeregt.
»Ein Schmierfink von einem Wiener Boulevardblatt!«

»Schätzchen! Das interessiert doch JETZT nicht!« Oda-Gesine warf den Lolly von sich. »Wichtig ist doch nur, daß wir
das Lösegeld beschaffen konnten!«

»ZEHN Millionen Mark?«

»Ja. In Tausendern. Der Bönninghausen hat sich ein Bein ausgerissen, aber er hat's zamm'bracht.«

»Und das wollen Sie ... Emil ... geben?«

Ich verstand das nicht. Das machte doch gar keinen Sinn.

»Das wollen wir als erstes mal in die Kamera halten«, sagte Herr Bönninghausen, ohne sich zu mir umzudrehen.

»Haben wir ja schon«, ergänzte Oda-Gesine. »Seit drei Tagen machen wir nichts anderes, als die Knete in die Kamera zu halten. Damit der Entführer sieht, daß wir alles für dich tun. Alles!«

»Und das Publikum auch«, ergänzte Herr Bönninghausen an der Wand.

»Das Publikum interessiert doch jetzt überhaupt nicht!« herrschte Oda-Gesine ihn an. »Jetzt interessiert doch nur, was wir für dich tun können, Schätzchen. Außer den zehn Millionen Mark, natürlich.«

Ich starrte sie verständnislos an.

»Brauchst du ein heißes Bad? Brauchst ein Bett? Willst was essen gehen?« bohrte Oda-Gesine.

»Nein danke«, sagte ich tonlos. »Ich will nach Hause.«

»Mami! Da bist du ja endlich! Wir haben dich vermißt!«

»Ach, mein Katinkakind! Ich hab dich auch vermißt!«

Ich sank mit meinem Töchterlein auf den Teppich, auf dem wir sonst immer mit Emil »Wielie walie« gespielt hatten. Wir umarmten uns und küßten uns und lachten und weinten gleichzeitig.

Senta nahm mich in den Arm und preßte mich an sich.

Ohne ein Wort.

Meine Großen zeigten allerdings bereits gefährliche Anzeichen der Entfremdung und Verwahrlosung. Sie hatten sich kaum für eine Begrüßung erhoben, und der ganze Entführungsscheiß, wie sie sich ausdrückten, interessierte sie sowieso nicht.

»Nicht so laut!« zischte mein Ältester, der gerade ein Fußballspiel im Fernsehen sah. »Könnt ihr euch nicht woanders unterhalten?«

»Ey, Mama, immer frißt der die ganzen Chips, und ich krieg nichts!« schrie mein zweiter dazwischen.

Aha, dachte ich. Alles wie immer. Die Kinder haben noch keinen seelischen Schaden genommen.

Irgendwie hielt ich das Ganze immer noch für einen gigantischen PR-Gag. Was hatte Oda-Gesine ständig gesagt? Mir fehle ein richtiges kleines, schmutziges Skandälchen. Und das hatte ich ja nun geliefert. Sogar ein richtig großes schmutziges Skandälchen.

Aber Paulinchen war wirklich weg. Es war kein Scherz. Bis Senta mir das klargemacht hatte, vergingen geschlagene zwei Stunden. Wir saßen fiebernd mit den Kindern im Wohnzimmer. Noch immer kein Lebenszeichen von Emil, Melanie und Paulinchen! Ich hatte bisher keine Minute geschlafen, konnte nichts essen und hatte Schüttelfrost. Die Kinder nervten, waren unzufrieden und wollten unterhalten werden. Selbst das Fernsehprogramm langweilte sie.

Senta zauberte ein paar Utensilien hervor. Katinkalein bastelte und schnitt mit einer stumpfen Schere. Ihre goldigen klebrigen Werke wollte sie alle an die Fensterscheiben pappen. Wir besorgten Mengen von Tesafilm und Uhu und ließen sie gewähren. Es war mir völlig egal, wohin sie ihre Schnipsel klebte. Meine Nerven lagen blank.

Längst glaubte ich nicht mehr an irgendeine dumme Intrige. Emil und Paulinchen war wirklich etwas passiert!

Was, wenn Emil SELBST entführt worden war? Was, wenn Melanie wirklich Mitglied einer Jugendgang war? Was, wenn die Mafia dahintersteckte? ZEHN Millionen Mark! Das war eine WAHNSINNIGE SUMME!

Senta erzählte mir der Reihe nach, wie sich zu Hause alles abgespielt hatte. Sie hatte von der Entführung in den Morgennachrichten gehört, als sie die Kinder zur Schule fuhr. Dann hatte sie die Zeitung gelesen:

»Karla Stein, die umstrittene ›Wört-Flört‹-Moderatorin,

beschäftigt seit ihrem Sendebeginn einen Südafrikaner, der ihr jüngstes Kind hüten soll. Sie selbst befindet sich laut Auskunft des SENDERS in einem Weiterbildungsseminar. Nun sind sowohl der farbige Babysitter als auch das Töchterchen verschwunden. Bis jetzt konnte Frau Stein noch nicht dazu befragt werden.«

»Farbiger Babysitter!«

»Das war die Zeitung von Freitag«, schnaufte Senta.

Sie reichte mir die Samstagsausgabe.

»Karla Stein weiß es noch nicht!« überschrieb man den immerhin dreispaltigen Artikel, der mich mit den flatternden Rebhühnern an der »Wört-Flört«-Wand zeigte.

Daneben war ein großes Foto von Paulinchen, wie sie seibernd und zahnlos grinsend an ihrem Hasen nagte.

Ich überflog den Artikel hastig, soweit das schmusebedürftige Katinkalein das zuließ. Nebenan lief eine Sportsendung im Fernsehen, und meine Großen schrien immer »Oh!« und »Scheiße!« und »Mann, ey!« in meine Gedanken hinein.

»Während die Polizei fieberhaft nach dem verschwundenen kleinen Mädchen und nach deren mutmaßlichem Entführer Emil v. d. W. fahndet, besucht die Moderatorin Karla Stein, die Exfrau des Dirigenten und Komponisten Paul Stein, ein Weiterbildungsseminar. Bis jetzt hat sie sich noch nicht gemeldet und konnte auch nicht aufgefunden werden.«

Aber das war doch nicht wahr! Oda-Gesine hatte mich doch selbst zu diesem Lauftraining geschickt! Sie wußte doch genau, wo ich steckte! Immerhin. Das war ja noch eine halbwegs sachliche Meldung.

Ein Kölner Boulevardblatt schrieb dagegen:

»›Sie geht nicht ans Handy‹, kommentiert die völlig aufgelöste Schwester der umstrittenen Moderatorin. Senta K., die zur Zeit das Haus und die drei älteren Kinder hütet, exklusiv zu ›express‹: ›Meine Schwester hat ihren Familiensinn verloren. Sie hetzt nur ihren Einschaltquoten nach. Sie versucht, wieder jung zu sein. Deshalb auch die Liebesbeziehung zu dem Knaben. Sie hat sich schrecklich verändert!‹«

»Senta!« schrie ich verzweifelt. »Das hast du doch nicht wirklich gesagt?!«

»Nein!« Senta war ganz echauffiert. »So hab ich das nie gesagt! Aber ich hätte nie gedacht, daß sie einem so das Wort im Munde verdrehen!«

»O doch«, schnaufte ich, »das tun sie.«

»Könnt ihr nicht was leiser sein!« schrie Karl aus dem Nebenzimmer. »Das nervt total!«

»Früher hätte ich ihn gehauen«, sagte ich. »Aber der Junge ist ja völlig verstört.«

»Nee«, sagte Senta. »Mütter, die ständig weg sind, sollten ihr Kind nicht hauen.«

Ich streckte die Hand aus nach der »Sonntagszeitung«:

»KARLA STEIN HATTE VERHÄLTNIS MIT NEGER!« titelte das freundliche Blatt. »Nach wie vor ist das Baby von Karla Stein nicht aufzufinden. Die vierzigjährige Moderatorin, die eine Jugend-Kult-Sendung moderiert, hatte eine Liebesbeziehung zu dem halb so alten südafrikanischen Au-pair-Jungen. Wie uns unser Wiener Korrespondent mitteilte, existiert sogar ein privates Video von dem Schmuddelverhältnis. Senta K., die Schwester der Stein, zur ›Sonntagszeitung‹« …

»O Senta«, sagte ich. »Du hast doch nicht mit der ›Sonntagszeitung‹ gesprochen …?«

»Mußte ich doch!« sagte Senta. »Sonst schreiben die ja, was sie wollen!«

»Leiser!« schrien meine Söhne aus dem Nebenraum. Ich hätte gern den Fernseher genommen und aus dem Fenster geschmissen. Meine Nerven waren zum Zerreißen gespannt.

In einer Sonderausgabe, die dem Blatt beigelegt war, brachte man die Chronik von »Wört-Flört« mit vielen bunten Fotos aus den letzten zwanzig Jahren. Oda-Gesine, jung und schlank, war auch auf den Bildern zu sehen.

»Skandalumwobene Kult-Show!« war die Überschrift.

»Hier werden nicht nur freche Sprüche gekloppt, hier geht es auch wirklich zur Sache!« Darunter stand ein Interview mit Oda-Gesine:

»Ich habe die Show viele Jahre lang selbst moderiert«, gab sie von sich. »Dann hatten die Männer die Macht. Als ich letztes Jahr die Rechte an ›Wört-Flört‹ kaufte, war mir klar: Ich will wieder eine Frau! Das Risiko, eine Frau um die Vierzig für eine Jugend-Kult-Sendung zu engagieren, war die Herausforderung schlechthin! Karla Stein hat sich nach oben gekämpft! Sie ist eine außergewöhnliche Moderatorin. Sie hat vier Kinder und ist alleinerziehende Mutter. In einer solchen Jugend-Kult-Sendung wie ›Wört-Flört‹ stößt sie natürlich auf Widerstand, aber DER SENDER will provozieren. Die Entführung ihres süßen Mädchens hat das ganze ›Wört-Flört‹-Team total geschockt. Schließlich lieben wir alle das Baby, als wäre es unser eigenes! Es war sozusagen unser aller Maskottchen. Auch der Boy machte einen sehr guten Eindruck.«

Nein, dachte ich. Hier ist irgendwas faul.

»Mama, spielst du mit mir Memory?« Katinkalein warf sich eifersüchtig auf die Zeitung.

»Später, mein Schatz. Jetzt muß ich erst was lesen.«

»Selbstverständlich wird DER SENDER die zehn Millionen Mark Lösegeld bezahlen. Wir stehen zu unserer Moderatorin, das ist Ehrensache. Wir wissen, daß unser Publikum es von uns erwartet!« Und daneben prangte ein Bild von Oda-Gesine, die einen geöffneten Geldkoffer in die Kamera hielt. Mit vielen, vielen Tausendmarkscheinen drin. Täuschte ich mich, oder hatte man für das Foto im Hintergrund sehr ordentlich etwa hundert »Wört-Flört-Törts« aufgestapelt?

»Verdammt gute Promotion«, murmelte ich fassungslos.

»Wie kannst du jetzt an Promotion denken!«

»Ich denke an unser Paulinchen«, sagte ich. »Und ich bin sicher, daß es ihr gutgeht.«

»Wie kannst du da so sicher sein!«

»Wenn sie bei Emil ist, dann geht es ihr gut.«

»Aber Emil ist einfach durchgebrannt! Übrigens …«, Senta holte tief Luft, um ihren Worten mehr Gewicht zu verleihen, »mit diesem Flittchen. Wie heißt sie? Melanie. Die Mutter hat hier angerufen. Ich habe gesagt, ich weiß von nichts.«

»Ach«, sagte ich. Das tat weh. O Gott, das tat so verdammt weh! Plötzlich war ich nicht mehr sicher, daß es Paulinchen gutging. Wenn Melanie nun doch dahintersteckte? Aber die war doch strohdoof! Die konnte doch nicht bis drei zählen, geschweige denn bis zehn Millionen! Die war doch nicht in der Lage, eine Kindesentführung professionell durchzuführen ...

»Wer weiß, in welchen Kreisen diese Melanie verkehrt!« argwöhnte Senta düster.

»Du meinst, sie ist das Werkzeug irgendeiner Bande?«

»Leiser! Sonst stellen wir den Fernseher lauter!« Meine Söhne knisterten wütend mit ihren Chipstüten.

»Natürlich! Arbeitslose Jugendliche, die nichts zu tun haben! Melanie wird damit angegeben haben, daß sie dich kennt, daß sie dein Baby im Park spazierenfährt und daß Emil in sie verliebt ist ...«

»Emil IST nicht in sie verliebt!«

»Karla! Bist du so blind, oder willst du es einfach nicht wissen!«

»Wie du meinst.«

Wenigstens hatte Senta das Blumenstrauß-Video noch nicht gesehen.

»Und was machen wir jetzt?«

»Deine Produzentin sagt, die Polizei muß unbedingt rausgehalten werden.«

»Wieso? Stand das im Erpresserbrief?«

Senta zuckte betrübt die Achseln. »Ich weiß alles nur aus den Zeitungen.«

»Mama, guck mal, da bist DU!« brüllten meine Knaben von nebenan.

Wir stürzten zum Fernseher.

Tatsächlich. Zuerst spielten sie ein Opening von mir aus einer der letzten »Wört-Flört«-Sendungen ein, mit dem Jingle dazu, ich trat aus meiner Auftrittsgasse und hatte ein nabelfreies Hemdchen an. Das mußte eine ganz neue Sendung sein. Und dann sah man mein Gesicht in Großaufnahme. Vor einem anderen Hintergrund. Ich starrte mit offenem Mund auf irgendwas.

»Kinder, kommt da weg!« rief ich kraftlos aus.

»Nö. Wiesodn! Ist doch geil!«

Man hielt mir eine Zeitung unter die Nase, ich versuchte, die Headline zu entziffern, jemand schubste mich ins bessere Licht, dann prasselten Fragen auf mich ein, und dann sah man den Monitor. Jetzt lief der Film ab.

O Gott.

»Ich habe noch nie Schnee gesehen«, sagte Emil.

»Das ist ja Emil!« stammelte Senta entsetzt. »Wo habt ihr denn das gedreht?«

»Das hat jemand heimlich gedreht!« sagte ich tonlos.

»Hast du. Auf dem Jungfraujoch.«

»Das war der ewige Schnee«, erwiderte Emil. »Aber ich habe noch nie gesehen, wie es schneit. Ich wußte nicht, daß Schneeflocken so langsam fallen.«

»Und ich wußte nicht, daß gefallene Mädchen so schnell fallen«, brummelte Senta, indem sie die Jungen energisch am Schlafittchen packte und aus dem Wohnzimmer schubste. »Geht auf die Straße spielen!«

Jetzt war alles zu Ende. Jetzt sah es die ganze Welt.

Jetzt konnte ich einpacken. Für immer. Und mein Kind war weg. *Ich bin zu Ende mit allen Träumen.*

Gerade als ich kraftlos auf die Sessellehne sank, klingelte das Telefon.

»Wo bist du, Menschenskind?«

»Im Albergo Losone!«

»Ist Paulinchen bei dir?«

»Jou.«

»WAAS?! Paulinchen ist bei Emil im Albergo Losone«, schrie ich Senta unter Tränen zu. Sie fiel mir weinend um den Hals.

»Natürlich. Wo soll sie denn sonst sein? Warum bist du so sauer?«

»Ich bin nicht sauer, ICH BIN VERZWEIFELT!!!«

»Warum? Ich bin im Albergo Losone und warte auf dich. Aber du kommst nicht. Was ist passiert?«

»WAS PASSIERT IST?« brüllte ich völlig hysterisch in den Hörer. »Paulinchen ist entführt worden! Von DIR! Und du forderst zehn Millionen Mark Lösegeld! DAS ist passiert!«

Es folgte ein kurzes Schweigen. Dann sagte Emil im typisch breiten Tonfall von Karl und Oskar: »Hahaha. Sehr witzig.«

Ich war fassungslos. »Seit wann bist du im Albergo Losone?«

»Seit letzten Freitag.«

»Und was MACHST DU DA? FASTEN?«

»No, Mam. Warten. Oda-Gesine hat gesagt, du kommst hierher, um ein Seminar zu machen.«

»Sie hat mich aber nach Nürnberg geschickt.«

»Das verstehe ich nicht.«

Ich raufte mir ratlos und glücklich und erleichtert die Haare. »Ist Melanie bei dir?«

»Jou.«

Ich konnte unmöglich fragen: »Und, Kinder? Amüsiert ihr euch?« Statt dessen sagte ich: »Ich hole euch ab. Rührt euch nicht von der Stelle.«

Zum Schlafen war ich viel zu aufgeregt.

»Senta«, sagte ich. »Geh nicht ans Telefon, laß keinen rein, sag keinem was, die sollen ihre Entführungsstory haben. Ich fahre die Nacht durch.«

Ich küßte die Kinder hektisch zum Abschied und brauste los.

Im Auto hörte ich alle unsere Schumann-, Schubert- und Brahms-Lieder, die wir auf unserer letzten gemeinsamen Fahrt ins Tessin gehört hatten. *Nein, es ist nicht auszukommen, mit den Leuten …*

Der Gotthard war aperto. Im Tessin war schon Frühling!

Ich war um sechs Uhr morgens bei Emil. Er hatte die Haare abgeschnitten. Ganz kurz. Grauenvoll. Und ein Piercing in der Nase. Noch grauenvoller.

Emil hatte inzwischen Zeitung gelesen und die Nachrichten gesehen. Er saß in seinem Zimmer, schlürfte mit zitternden Fingern einen heißen Früchtetee und war nicht in der Lage, mir eine vernünftige Antwort zu geben.

Längst hatte ich das Paulinchen geknutscht und gedrückt. Paulinchen lachte und gluckste und jubelte und schmiegte sich immer wieder an mich.

Sie machte nicht den Eindruck, als habe sie eine Sekunde lang Kummer gelitten. Sie hatte im Gegensatz zu Emil eine gesunde rotorange Farbe im Gesicht, war mindestens einen halben Zentimeter gewachsen und hatte schon wieder einen neuen Zahn.

»Wo ist Melanie?« Ich sah mich suchend um. Im Bett lag sie jedenfalls nicht.

»Abgefahren. Gestern abend.«

»Und du hast von dem ganzen Drama hier gar nichts mitbekommen?«

Seine Finger umkrampften die Teetasse. Ich hatte das Gefühl, daß er nicht merkte, daß er sich verbrühte.

»No, Mam.«

»Ja, hast du denn gar nicht ferngesehen oder Zeitung gelesen?«

»Nein. Melanie hatte ihre Computerspiele an den Fernseher angeschlossen.«

Ich wollte ihn so gern an mich drücken. Aber ich unterließ es tunlichst.

»Und warum hast du mich nicht angerufen?!«

»Hab ich ja versucht. Aber mein Handy war kaputt.«

»Zeig mal her.«

Das Handy war eindeutig leer. Es gab kein Lebenszeichen mehr von sich. Ich fummelte ratlos daran herum.

»Ja, hast du's denn nicht geladen?«

»Doch, Mam. Aber es fehlt, glaub ich, eine Karte drin.«

Da hatte doch nicht etwa jemand dran rummanipuliert? Kopfschüttelnd legte ich das Ding auf den Tisch.

»Ich hab dich so vermißt! Aber du bist nicht gekommen. Ich hab gedacht, du liebst mich nicht mehr.« Er starrte trüben Blickes in seine dampfende Tasse.

Jungchen, Jungchen, dachte ich. Was sind wir doch alle naiv. Lassen uns komplett einspannen in ein prima inszeniertes Drama in drei Akten. Alles nur Maskerad'. Und wir merken's nicht.

»Und Melanie?« fragte ich möglichst unbeteiligt.

Ein ganz schwaches Grinsen entrang sich seinen weißen Lippen. »Sie hat nur Nintendo gespielt und sich die Nägel angemalt und sich in Ascona Klamotten gekauft und wollte abends in die Disco. Ich konnte ja nicht mit, weil ich bei Paulinchen bleiben wollte.«

»Nichts anderes habe ich dir zugetraut«, nickte ich.

»Außerdem ist sie langweilig.«

»LANGWEILIG?! Melanie?! Was du nicht sagst.« Leider mußte ich ein bißchen grinsen.

»Ich hab dich so vermißt!« wiederholte Emil, ohne mich anzuschauen.

»Und da mußtest du dir gleich die Haare abschneiden, ja?«

»Melanie fand das cooler so.«

»Und ICH finde es cooler, wenn sie lang sind. Klar?«

»Yes, Mam.«

Ich zog den armen Emil in seinem grobgestrickten Pullover zu mir heran und umarmte ihn. Er roch nach seinem Hilfinger-Parfum. Er umschlang mich mit seinen kratzigen Pulloverarmen.

»Ach, Karla, ich liebe dich doch so!«

»Das weiß inzwischen ganz Deutschland!«

»Ist das schlimm?« fragte Emil.

»Nein«, sagte ich. »Schlimm ist nur, daß du dieses Ding da in der Nase hast.«

Emil popelte ein bißchen in der Nase und zog schließlich den kleinen Knopf hervor. Errötend überreichte er ihn mir.

»Darf ich?«

Ich ging ins Bad, trat auf den Treteimer und entsorgte die Geschmacksverirrung meines Au-pair-Jungen diskret.

Dann gingen wir hinaus zu den Brombeerbüschen.

Auf der Rückfahrt hörten wir Brahms' Liebesliederwalzer.

»*Oh, die Frauen, oh, die Frauen*«, knödelte Emil in komischer Verzweiflung. »*Wie sie Wonne, Wonne tauen! Wäre lang ein Mönch geworden, wären nicht die Frauen!*«

Ich mußte laut lachen. Er hatte ein bezauberndes komisches Talent.

Als unser Lieblingslied kam: »*Wenn so lind dein Auge mir und so lieblich schauet – jede letzte Trübe flieht, welche mich umgrauet!*«, mußte ich ein bißchen schlucken. Ich schaute Emil an. »*Diese Liebe, schöne Glut, laß sie nicht verstieben …*«

Und Emil schaute zurück. »*Nimmer wird wie ich so treu dich ein andrer lieben.*«

»Ach, Emil«, sagte ich und legte die Hand in seinen Nakken, das heißt auf den Rand seiner Schirmkappe.

»Melanie hört immer nur Modern talking«, sagte Emil.

»Jedem das Seine«, sagte ich.

»*Nein, es ist nicht auszukommen mit den Leuten – alles wissen sie so giftig auszudeuten!*« brüllten wir voller Hingabe. »*Bin ich heiter, hegen soll ich loose Triebe – bin ich still, so heißt's, ich wäre irr aus Liebe!*«

»Ich hab auch deine Lieder vermißt«, sagte er. »Modern talking ist langweilig.«

»Was du nicht sagst.« Ich grinste froh in mich hinein. Mein Emil hatte doch Niveau! Nicht umsonst hatte ich ihn viele Male in die Oper und ins Konzert mitgenommen. Ich hatte das Gefühl, einen Diamanten geschliffen zu haben. Auch wenn dieser Diamant immer noch in Sweatshirt, Jeans und Baseballkappe steckte. Aber was machte das? Er war er. Und das sollte er immer bleiben.

»*Wißt ihr, wann mein Kindchen am allerschönsten ist?*

Wenn sein süßes Mündchen scherzt und lacht und küßt!
Schätzelein, du bist mein, inniglich küß ich dich, dich er-
schuf der liebe Himmel einzig, einzig nur für mich!«

Paulinchen klemmte in ihrem Kindersitz und brabbelte und quietschte vor Wonne.

Kurz hinter dem Gotthard löste Emil mich mit Fahren ab.

Ich legte mich hinten zu meinem Paulinchen, wickelte uns beide in die Wolldecke und schlief sofort ein.

»Oda-Gesine will dich sofort in München sehen!« Senta wedelte aufgeregt mit einem Fax, als wir ankamen.

Ich schärfte ihr ein, weiterhin nicht ans Telefon zu gehen, mit keiner Seele zu sprechen und weder Emil noch Paulinchen in die Öffentlichkeit zu lassen.

Ich sprang unter die Dusche, küßte und herzte alle meine Kinder, besonders Emil, und flog nach München.

Als ich mit einem Taxi vor Oda-Gesines völlig einsam am Waldrand gelegenem Haus vorfuhr, war es kurz nach Mitternacht. Trotzdem war der Hauseingang hell beleuchtet. Ein großer Köter mit seiberndem Maul bellte mich heiser an, als ich aus dem Taxi stieg. Das war also dieser Bönni. *Es bellen die Hunde, es rasseln die Ketten, es schlafen die Menschen in ihren Betten, träumen so manches, was sie nicht haben ...* Der Hundeatem bildete kleine eisgraue Wölkchen. Der Köter hatte den übelsten Mundgeruch, den ich je aus einem Hundemaul wahrgenommen hatte, nach unverdautem Fisch oder kalten Algen oder faulem Trockenfutter.

»Halt's Maul, Köter«, sagte ich zu dem Hund. Es war ein nacktes, fieses Exemplar der Marke »Tut nix, will nur spielen«. Mir war nicht nach Spielen, und ich drängte mich unfein an dem Dobermann oder wie solche Modelle heißen vorbei.

Der empörte Hausmeister auf vier Beinen war sprachlos, als ich einfach das Grundstück betrat, und keuchte dicht an meinen Ohren asthmatisch röhrend und in wilden Sprüngen mit mir den Weg hinauf. *Bellt mich nur fort, ihr wachen*

Hunde, laßt mich nicht ruhn in der Schlummerstunde, ich bin
zu Ende mit allen Träumen ...

Boh, dieser Gestank! Kann der denn nicht mal ein Minze-
blatt kauen, dachte ich erbost.

An der Haustür meldete das Tier streberhaft mit lautem,
heiserem Geröhr, daß da jemand gekommen sei.

Ein Glöcklein tät's auch, dachte ich. Das würde nicht stin-
ken und nicht so'n Krach machen und einen nicht mit
matschverschmierten Pfoten anspringen.

Oda-Gesine im aparten Hausmantel Größe vierundsechzig
öffnete.

Sie kaute an einer fetten Räucherwurst, die aromatisch
roch. Der Köter verlegte sich aufs devote Betteln. Sein eben
noch hektisch herumspringender Körper legte sich klein und
bescheiden auf die Fußmatte, die Pfoten wurden paarweise
unter das Maul gelegt, aus dem der Pawlowsche Seiber
tropfte, und sein lächerlicher Stummelschwanz wedelte wie
ein kaputtes Metronom hin und her.

»Nein, Bönni, du krißt nix«, sagte Oda-Gesine mit vollem
Mund. »Du wirst mir zu fett.« Sie trat den Hund von der
Fußmatte, damit sie die Tür schließen konnte. Der Dober-
mann schlich bucklig und betrübt davon.

Oda-Gesine begrüßte mich mit mehreren herzlichen Küßchen rechts und links und noch mal rechts und wieder links,
und der Mettwurstgeruch umwehte mich.

»Du Arme, Arme, Arme«, sagte Oda-Gesine.

»Ja. Ich Arme«, antwortete ich.

Herr Bönninghausen erhob sich aus dem Hintergrund und
kam zu uns in den Flur.

»Tja, liebe Frau Stein. Wer hätte das gedacht, daß wir unter
diesen Umständen zusammenarbeiten müßten.« Er gab mir
immerhin steif die Hand. An seinem Halse baumelten Zitronen und Apfelsinen und Tomaten.

»Tja«, sagte ich. »Wer hätte das gedacht.«

Drei weitere Herren saßen in Oda-Gesines dunklem
Wohnzimmer. Alle kauten Nougatriegel.

»Sie sind vermutlich von der Polizei?« begrüßte ich sie. Auf dem Wohnzimmertisch und auf den Beistelltischchen türmten sich die »Wört-Flört-Törts«.

»Nein!« rief Oda-Gesine. »Keine Polizei, Karla, das wäre jetzt das Dümmste, was wir machen könnten.«

»Wieso? Wenn mein Kind entführt wurde, sollte man die Polizei einschalten!« Irritiert blickte ich mich um. Wer waren die alle? Und wieso saßen sie nachts bei Oda-Gesine rum?

»Wir haben ein EXKLUSIV-Interview mit der Sendung ›Pikant‹«, zischte Oda-Gesine. »Diese Bilder gehen nur über DEN SENDER!«

»Wie, du hast die PRESSE da? Jetzt? Wo MEIN Paulinchen in Lebensgefahr ist?«

»Karla! Das ist für dich DIE Möglichkeit, mit dem Entführer zu sprechen! Ich weiß, du hast jetzt keinen kühlen Kopf, du bist aufgeregt und durcheinander, und deine anderen drei Kinder sitzen zu Hause bei deiner Schwester, aber da geht ja keiner ans Telefon, wo sollst du denn in Ruhe über alles sprechen, wenn nicht hier?«

»Ich höre«, sagte ich reserviert.

»Hast du die Beischlafszene aus deiner Suite schon gesehen?« fragte Oda-Gesine gierig.

»Ja. Mehrmals.«

»Und …? Dein Busen steht doch jetzt toll!« zischte Oda-Gesine.

»Das geht alles auf unser Konto. Wir arbeiten für ›Pikant‹«, sagte einer der Männer auf dem Sofa stolz.

»Und? Wie fandste sie?« Oda-Gesine stierte mich gierig kauend ungeduldig an. »Jetzt hast du dein Skandälchen.« Ihre Augen glänzten lüstern. »Und was für eins!« Sie rieb sich die Hände.

Die drei Männer von »Pikant« kauten nur unbeeindruckt vor sich hin. Herr Bönninghausen trommelte mit den Fingerspitzen auf die Sofakante. Bönni, der Köter, war wieder hereingekommen und trottete frustriert zwischen den Herrenbeinen herum.

Ich starrte Oda-Gesine prüfend an. »Da steckst doch nicht etwa DU dahinter?«

»Aber Schätzchen! Ich helfe dir da raus! Mit so viel Geld, wie das Publikum noch nicht gesehen hat!«

Sie schob mich auf einen Stuhl, den man offensichtlich schon als Platz für eine Filmaufnahme vorbereitet hatte. Überall lagen Schnüre und Kabel, und jetzt entdeckte ich auch neben Oda-Gesines voluminösen Schränken mehrere Scheinwerfer, die noch nicht eingeschaltet waren.

»Frau Stein, wenn Sie soweit sind, dann machen wir noch ein BISSCHEN Maske, und dann können Sie in diese Kamera hier mit dem Entführer sprechen.«

»Wieso Maske?«

»Hallo, du arme Karla-Maus!« Das war des schwulen Saschas Stimme. Er kam gerade aus der Küche, wo er seine Pinsel und Schwämmchen ausgebreitet hatte. »Ich kann total fühlen, wie es dir jetzt geht, du, und es tut mir alles so schrecklich leid, du, voll ehrlich, du!« Er kniete sich vor mich hin und begann zu tupfen und zu wischen. »Das kriegen wir total echt hin, du. Ein bißchen verweinte Augen, und die Haare diesmal voll wirr, das kommt wahnsinnick echt daher.« Er ersparte sich sein Lieblingswort »girliemäßick«. Das paßte auch in diesem Rahmen nicht.

»Wie, das kommt echt daher! Wird hier was gespielt?!«

»Aber nein, Karla!« Oda-Gesine biß in eine Frikadelle mit Senf. »Hach, immer wenn ich nervös bin, muß ich was essen. Ich sollte auch mal abnehmen wie die Karla. So, fertig, Leute? Alles auf Anfang! Wir wollen heute nacht ja noch ein bißchen schlafen, gell? Morgen haben wir drei neue Sendungen!«

»Wie, ihr wollt morgen AUFZEICHNEN?« Ich war fassungslos. »Mit MIR?«

»Morgen ist alles LIVE!« strahlte Oda-Gesine, wild kauend. »Wir haben zwei Polit-Sendungen aus dem Programm gekippt. ›Wört-Flört‹ ist jetzt in aller Munde.«

»›Wört-Flört-TÖRT‹«, verbesserte Herr Bönninghausen.

»So, Leute, fertig jetzt!«

»Frau Stein, sehen Sie bitte in DIESE Kamera, und dann können Sie ruhig ein bißchen betroffen sein, ganz echt können Sie Ihre Gefühle rüberbringen, und dann sagen Sie bitte dem Entführer, daß Sie alles tun werden, um Ihre kleine Tochter wiederzubekommen.«

»Quatsch, Karla. WIR tun alles. WIR zahlen zehn Millionen. In BAR.« Und nach rückwärts rief sie: »Ist das gut, wenn wir die Knete reinhalten?«

»Knete reinhalten?« Ich schluckte.

»Das Lösegeld. Hier. Na, alles kann sie nicht halten, aber zwei von den Koffern kann sie schon aufmachen. Ist das gut so? Oder so besser?«

Ich traute meinen Augen nicht! Da schleppten sie riesige Koffer herbei, Alumium-Hartschalenkoffer, und als sie zwei davon öffneten, fielen mir die gebündelten Tausendmarkscheinpäckchen entgegen! Ich erinnerte mich an das Foto in der Boulevardzeitung. Die hatten hier wirklich ein paar Millionen rumfliegen!

»Ist das echt?« entfuhr es mir.

»Ja, ja, nicht von Monopoly«, näselte Sascha stolz.

»Was ist mit den Törts?« fragte Herr Bönninghausen aus dem Hintergrund. »Können die mit ins Bild?«

»Herr Bönninghausen«, sagte einer der Männer auf dem Sofa. »Ihre Törts sind auf jedem Zeitungsfoto, in jedem Interview und in jeder Fernsehszene. Vielleicht lassen wir sie in Anbetracht der Brisanz dieser Situation mal weg.«

»›Wört-Flört-Törts‹ lassen wir NIE weg«, bestimmte Herr Bönninghausen. »Niemals.« Er wischte ein paar Dutzend Nougatriegel in den ersten Koffer voller Geld. »So. So kann das bleiben.«

»Was ist mit den Eis-Törts?«

»Die schmelzen!«

»Trotzdem! Das neue Produkt muß unbedingt …«

»HERR Bönninghausen!«

»Ich BESTEHE darauf!« Herr Bönninghausen wurde böse. »MEINE Firma hat die Hälfte des Geldes zur Verfügung gestellt, und MEINE Firma hat ein Recht auf angemessene Promotion ihres neuen Produktes! Der Eislümmel kommt in den anderen Koffer!«

Sascha und einige andere Handlanger bemühten sich eifrig, ein paar Eistörtchen aus der Großpackung zu klauben und unauffällig unter die Tausendmarkscheine zu mischen.

Oda-Gesine bückte sich zu mir herunter, soweit das ihre wogenden Massen zuließen. Sie roch entsetzlich nach Frikadellen.

»Paß auf, Karla. Kein Schwein weiß von der Schieberei mit dem Geld. Herr Bönninghausen nimmt das auf seine eigene Kappe. Alles nur für dich, Schätzchen. Offiziell ist das Veruntreuung, darauf steht Knast. Aber wenn wir den Entführer erst haben …«

»Wieso ›den Entführer‹? Ich denke, es geht um Emil?«

»Ja, sicher. Davon gehen wir alle mal aus.«

»Aha.«

»Also das Geld: Der Bönninghausen riskiert Kopf und Kragen für deine kleine Tochter. Ist dir das klar?!«

»Mir kommen die Tränen.«

»Nein, jetzt nicht!« jammerte Sascha.

»Wenn wir die Kerle erst mal ins Netz gelockt haben, läßt Herr Bönninghausen das Geld unauffällig wieder auf die Firmenkonten fließen«, zischte Oda-Gesine. Sie hatte wieder was zwischen den Zähnen.

»Wie soll das gehen, unauffällig?«

»Die Knete vermißt keiner, weil das über eine Schweizer Privatbank läuft.«

»Interessiert mich nicht«, sagte ich. »Mich interessiert, wo Emil und Paulinchen sind.«

»Uns auch«, versicherte Oda-Gesine. »Nur das ist jetzt wichtig. Deshalb schalten wir ja die Jungs von ›Pikant‹ ein. Das ist so ähnlich wie ›Bitte melde dich‹, aber wir brauchen natürlich was von DEM SENDER. Der Konkurrenz gönnen wir kein einziges Prozent Einschaltquote.«

»Interessiert mich nicht«, wiederholte ich ungehalten.

»O.K. So, jetzt proben wir kurz den Take. Sei so natürlich und fröhlich wie immer.«

»Habt ihr sie noch alle?« herrschte ich sie an. Ich hatte große Lust, Oda-Gesine eine reinzuhauen, wie sie da so theatralisch über mir lehnte, mit ihren Knackwurstresten zwischen den Zähnen und ihrem intensiven Senf-Frikadelle-Knoblauch-Geruch.

»Ich bin der unglücklichste Mensch auf der Welt!«« inszenierte sie genauso unecht und schlecht, wie sie alle flauen »Wört-Flört«-Sprüche inszenierte. »Und ich bitte dich flehentlich, mir mein Kind wiederzugeben! Mein Sender und die ›WÖRT-FLÖRT‹-PRODUKTION zusammen mit der Firma ›NESTI-SCHOCK‹ haben die geforderte Lösegeldsumme beschafft. Zehn Millionen Mark in Tausendmarkscheinen, nicht numeriert.‹ So. Hier. Und dann öffnest du den Koffer – warte mal – geht das mit einer Hand? Nein. Du mußt beide Hände nehmen. Ist sie da im Licht? Verdeckt sie mit der Kofferklappe den Scheinwerfer? Warte mal. Mit der anderen Hand. So geht das.« Sie versuchte, mir die Szene vorzuspielen.

»Sie soll erst den Koffer mit den Eislümmeln nehmen«, rief Herr Bönninghausen dazwischen. »Sonst schmilzt die ganze Pampe unter dem Scheinwerferlicht!«

»Und dann verfärben die Tausender«, näselte Sascha ungefragt.

Bönni, der Köter, wedelte mit dem Schwanz.

»Kamera läuft!« brummte einer von den dunklen Männern aus der dunklen Sitzecke.

»Und Ton!«

»Läuft!«

»Lieber Entführer«, sagte ich säuerlich in Kamera eins. »Bitte, gib mir mein Kind zurück. Du bekommst das geforderte Lösegeld ...«

»Stopp, aus! Ende! Sie soll ›WÖRT-FLÖRT-TÖRT‹ sagen!« Herr Bönninghausen war hörbar verärgert.

»Entführung die zweite!« brummte der dunkle Mann. »Kamera läuft!«

»Und Ton!«

»Und Licht!«

»Und bitte!«

»Ich kann auch ›SERVUS, lieber Entführer‹, sagen«, bot ich an. »Wegen der Bayern.«

»KAMERA LÄUFT!«

Bönni bellte. Oda-Gesine trat nach ihm.

»Lieber Entführer. ›WÖRT-FLÖRT-TÖRT‹ und die Firma ›NESTI-SCHOCK‹ und DER SENDER und … äh … wer noch?«

»Aus!«

»Mann, Mädchen! Ohne Neger geht bei dir aber auch nichts«, schimpfte Herr Bönninghausen. »Kann ihr das mal einer negern?«

»Frau Stein ist VERSTÄNDLICHERWEISE aufgeregt!« Oda-Gesine malmte nervös knirschend ein kaltes Kotelett. Der fettige Knochen brachte Bönni, den seibernden Köter, schier um den Verstand. Devot hechelte er um seine Herrin herum.

»Wech, Bönni, du störst. Kinder, was macht ihr mich alle nervös!« Oda-Gesine griff nach einem »Wört-Flört-Tört«. »Ich brauch Nervennahrung. Leute, wir sind in Eile! Oder wollt ihr, daß die Konkurr …«, Oda-Gesine unterbrach sich, »… daß das arme Baby nie gefunden wird?«

»Oder wollt ihr, daß die Eislümmel die Tausender versauen?!« brüllte Herr Bönninghausen dazwischen.

Sascha und einer der dunklen Männer machten sich sehr eifrig daran, mit einem dicken Filzstift auf ein großes Stück Pappe die Worte »NESTI-SCHOCK«, DER SENDER, »WÖRT-FLÖRT-TÖRT« und ZEHN MILLIONEN MARK zu schreiben.

»Los jetzt, Mädchen! Wir sind doch nicht zum Vergnügen hier!« brummte der dunkle Mann vom Sofa.

»Kamera!

»Ton!«

»Licht!«

»Und: Entführung die dritte!«

»Lieber Entführer … Servus und Gruezi übrigens … Die Firma ›NESTI-SCHOCK‹, DER SENDER und ›WÖRT-FLÖRT-

TÖRT‹ sowie der neue EISLÜMMEL FÜR VERLIEBTE stellen dem Entführer zehn Millionen Mark zur Verfügung, in nicht numerierten Scheinen. Bitte gib ein Lebenszeichen von dir und bring mir mein Paulinchen unversehrt zurück. Ich verzeihe dir, du Regen-Schelm.« Ich schnaufte.

»Was sollte das mit dem Regenschirm jetzt wieder?« fragte Herr Bönninghausen verärgert.

»Das ist ein internes Kürzel.«

»Dann sagen Sie ›WÖRT-FLÖRT-SCHIRM FÜR VERLIEBTE‹!«

»Sehr gut!« jubelte Oda-Gesine mit wabbelndem Doppelkinn. »Jungs, das haben wir im Kasten.«

»O.K.«, sagte der Dunkle aus der Ecke, der ständig Bönnis Stummelschwanz abwehrte.

»Wie bei ›Bitte melde dich‹«, näselte Sascha mit feuchten Augen. »Voll girliemäßick natürlick und voll traurick!«

»Wir können noch 'n Tacken rührseliger«, befand einer von den dunklen Gestalten.

»Bringt ihr in dem Take noch mal das Vögel-Video?«

»Können wir machen«, nickte der Typ auf dem Sofa.

»Vorher oder nachher?«

»Wir können appetitliche kleine Zwischenschnitte machen.«

»Super. Könnt ihr auch Zeitlupe?«

»Kein Problem.«

»Dann ...« Oda-Gesine kaute kreativ. »Mach noch mal an!« Und zu mir: »Sag, daß du ihn liebst oder ihm verzeihst oder so was! Das kommt unglaublich gut!«

»Das habe ich doch schon gesagt!«

»Hat sie echt schon«, mischte sich Sascha ein.

»Von dem Gesülz ha'm wir genug«, schnauzte Herr Bönninghausen dazwischen. »Aber ha'm wir die Törts drin?«

»Jaja, sonst ist das too much!«

»Der Fernsehzuschauer ist so sensibel!« seufzte die leidgeprüfte Oda-Gesine zwischen zwei Lachshäppchen. »Der läßt sich kein X für ein U vormachen. Der spürt genau, wenn etwas am guten Geschmack vorbeigeht.«

»Das ist 'ne schwierige Gratwanderung«, bestätigte auch der dunkle Typ auf dem Sofa.

»Ja, unser Job ist ein ganz schwieriges Geschäft«, stöhnte Sascha, während er sich eine Zigarette anzündete.

Am nächsten Tag hatten wir offiziell immer noch kein Lebenszeichen von Emil und Paulinchen. Ich hatte noch mehrmals die Geldkoffer in verschiedene Kameras gehalten. Von allen Titelblättern sah mir mein Bild entgegen: die leidende Mutter mit dem Geldkoffer.

»›WÖRT FLÖRT‹ SPENDET!« stand darüber. Eine bessere Promotion konnte Oda-Gesine wirklich nicht mehr haben. Auch Herr Bönninghausen mußte nun endlich zufrieden sein.

Zu jeder vollen Stunde brachten Sie in DER SENDER die »Pikant«-Sendung von gestern nacht mit meinem Aufruf an Emil, sich zu melden, aber auch mit kunstvoll zusammengeschnittenen Szenen von Emil und mir. Dazwischen kam immer Werbung für »WÖRT-FLÖRT-TÖRT« und EISLÜMMEL FÜR COOLE LOVER.

Oda-Gesine saß begeistert vor dem Fernseher in ihrem Büro. »That's it«, sagte sie zufrieden. »Schätzchen, jetzt hast du den Schiffsarzt geknackt.«

Ich verließ sie, um in die Maske zu gehen.

Herr Bönninghausen wanderte ruhelos durch die Studioflure. Er beachtete mich kaum.

»Heute kommt's drauf an«, murmelte er vor sich hin.

»Quoten wir, oder quoten wir nicht!«

Ich quote, du quotest, er sie es quotet, wir quoten, wir Idioten. Das ganze Leben ist eine Quote. Wer nicht quotet, der nicht gewinnt. Hic quote, hic salta. Wer andern eine Quote gräbt, fällt selbst hinein. Morgenstund hat Quot im Mund. Hundequot, Katzenquot, Mäusequot. Bis daß die Quot uns scheidet.

Sämtliche Mitarbeiter der Sendung huschten mit glasigen Augen umher und waren schrecklich nervös.

»Mein Gott, Karla, dein armes Baby!«

»O Gott, was hat dir der Emil da angetan!«

»Wir fanden den echt O.K., den Emil. Voll nett irgendwie!«

»Der war ja witziger als unsere Autoren! Was der für Ideen hatte!«

»Weißt du eigentlich, daß wir ganz oft von dem abgeschrieben haben?« Dschill, eine Gagschreiberin im dritten Semester, enthüllte errötend ihr Geheimnis.

»Nein. Was abgeschrieben?«

»Der saß immer in seinem Kämmerlein, wenn das Baby schlief, und schrieb Gags für die Kandidaten. Total süß und bißchen falsches Deutsch, aber das kam wahnsinnig gut.«

»Oda-Gesine wußte ja nicht, daß die Gags von Emil waren. Aber sie hat seine Gags immer akzeptiert.«

»Sonst hat Oda-Gesine ja immer versucht, selber Gags zu machen. Aber außer ihr selbst fand die niemand gut.«

»Der Emil, der hätte selber einen guten Kandidaten abgegeben.«

»Nur zu schüchtern war der. Aber sonst: voll süß.«

»Aber daß du mit dem geschlafen hast ...« Sascha kniete neben mir und betünchte meinen rechten Wangenknochen.

»Nur kein Neid«, sagte ich.

»Du machst ja Sachen, Karla«, meinte bewundernd Rolf, der mir wie immer die Neger hielt, um mit mir noch mal die Fragen durchzugehen.

Auf den Negern stand: »Beruflich?« – »Spaß?« – »Freizeit?« – »Sport?« – »Traumfrau?«

»Daß du dich überhaupt konzentrieren kannst!« bewunderte mich Tina, die neue Praktikantin. Sie hatte das rosafarbene »Wört-Flört«-Herz um den Hals hängen, an der neuen selbstleuchtenden grellbunten Kette.

»Nicht mehr als sonst«, sagte ich bescheiden.

»Jetzt mal nicht die Augenbrauen bewegen«, nuschelte Sascha zu meinen Häupten. »ICH muß mich nämlich ganz doll konzentrieren!«

Rolf griff nach einem Glas »Wört-Flört«-Sekt und nippte daran.

Die Tür flog auf, und Oda-Gesine stürmte herein. Sie lutschte an einem schmelzenden Eislümmel für coole Lover. Auf dem Kopf hatte sie die neue pink-türkisfarbene Schirmkappe mit der Aufschrift: »Kiss my ›wört-flört‹-lips!«

»Du müßtest noch mal zum Interview. Alle raus, die hier nichts zu suchen haben!«

»Mo-ment«, krächzte Sascha. »Ich kann hier nicht rumschlampen, auch wenn heute voll der Streß ist.«

»Mach deine Arbeit und beeil dich«, schnauzte Oda-Gesine ihn an. »Und ihr, Kinder, habt ihr alle nichts zu tun?«

Die »Kinder« sprangen von den Garderobentischen, auf denen sie beinebaumelnd gelümmelt hatten.

»Hier! Verteilt die Schirmkappen und die Regenschirme an die Journalisten!«

Die Regenschirme waren auch neu. Sie hatten zwei Griffe und eine große ovale Spannbreite. Sie waren mit weiß-roten Herzchen übersät. Darauf stand: »I 'm flörting in the rain.« Deshalb wollte der Bönninghausen also, daß ich das mit dem Regenschirm sagen sollte.

Oda-Gesine hatte ihre kreative Phase, ganz klar.

Herr Bönninghausen streckte seinen Borstenschnitt zur Tür herein. Seine Krawatte war heute knallig-lila mit vielen kleinen Vögeln. Darauf stand »WÖRT-FLÖRT-BÖRD«. »Was ist mit dem Nagellack? Den soll sie beim Interview draufhaben!« Sein Handy klingelte, und er sagte unwirsch »Ja?« in das pinkfarbene Ding. Auf dem Handy stand: »Heißer Draht für ›Wört-Flört‹!«

»O Gott, ja, der Dageldack«, stöhnte der arme überbeschäftigte Sascha.

»Wir haben neuen ›Wört-Flört‹-Nagellack«, erklärte Oda-Gesine mir, indem sie mit der Zunge an der Schokoglasur ihres Eislümmels für coole Lover herumschleckte. An ihrem Handgelenk schlenkerte ein neues ›Wört-Flört‹-Armband in Neonfarben. Darauf stand: »Sweet love.«

»Das war perfektes Timing«, hörte ich Herrn Bönninghausen zufrieden sagen, während er wieder in den Flur verschwand. »Alle neuen Produkte waren rechtzeitig zur Entführung da.«

Draußen im Foyer drängelten sich erneut Dutzende von Journalisten und Fotografen, während die Fernsehkameras liefen. Ich erkannte inzwischen alle. Sie waren schon gute alte Kumpels geworden. Aber sie machten ihren Job genauso unerbittlich wie immer. Kaum liefen die Kameras, ließen sie eine knallharte Gewehrsalve auf mich niederprasseln.

»Frau Stein, wie konnte das alles passieren?«

»Was sagen Sie zu dem Vorwurf, eine schlechte Mutter zu sein?«

Weit und breit schaut niemand mich an ...

»Warum mußte es überhaupt ein Au-pair-Junge sein?«

»Warum haben Sie ein Liebesverhältnis mit einem Jungen angefangen, der Ihr Sohn sein könnte?«

... und wenn sie mich hassen, was liegt mir dran ...?

»Wie fühlen Sie sich jetzt, wo Sie sowohl Ihre Sendung als auch Ihr Privatleben in den Sand gesetzt haben?«

»Stopp, stopp, stopp«, fuchtelte Oda-Gesine dazwischen. »Jetzt reicht's. Das Mädchen muß in zehn Minuten live auf Sendung.«

Nur mein Schatz, der soll mich lieben, soll mich lieben allezeit ...

Die Mikrofone sanken. Die Kameras wurden ausgeschaltet.

»Puh«, rief eine Kabelträgerin im Spaghettiträgerhemdchen aus, während sie sich aufrichtete. »Ihr macht die Alte ja ganz schön fertig.«

»Das ist das Spiel«, gab ein Typ in Schwarz mit Stiefeln zurück. »Wer da oben sein will, muß mitspielen.«

»Dafür verdient die ganz schön Knete«, sagte ein Tonmann. »Da muß sie das abkönnen.«

... soll mich küssen, umarmen und herzen in Ewigkeit.

»Was meinst du, was wir schon andere fertiggemacht haben«, blähte sich ein Reporter auf. »Dagegen ist das hier noch gar nichts!«

»Aber sie muß gleich auf SENDUNG! Die kann jetzt nicht in Ruhe aufs Klo zum Heulen gehen!« sagte ein Kabelträger.

»Nee. Da verwischt die Schminke!« grinste der Ledertyp.

»Was ist?« rief einer. »Ist der Take jetzt im Kasten?«

»Herr BÖNNINGHAUSEN!« rief Oda-Gesine suchend. »War das O.K.?«

»Den ganzen Quatsch hätten wir uns sparen können!« empörte sich Herr Bönninghausen, der sich nun wütend durch die Menge drängelte. »Sie hat nicht ein einziges Produkt erwähnt!«

Nach der Sendung fuhr ich in den Bayrischen Hof und schlief mich endlich aus. Am Vormittag klingelte das Telefon. Es war das neben der Toilette.

»Schätzchen, halt dich fest! Alles wird gut!«

Mein Herz tat einen Satz. Mal sehen, was sie sich weiter ausgedacht hatte. Ich mußte ja mitspielen.

»Was ist? Sag schon!«

»SENSATIONELLE Neuigkeiten!« Man hörte Oda-Gesine begeistert an irgend etwas kauen.

»Wo sind sie? Wann kann ich sie sehen?«

»Die kannst du sofort sehen! Du wirst deinen Augen nicht trauen! Schalt mal den Fernseher ein!«

»Geht gerade nicht. Ich bin gerade … im Bad.«

»Na, dann frag mal schnell die Quoten ab!«

»Quoten? Sagtest du QUOTEN?!«

»SECHZEHN MILLIONEN gestern die LIVE-SENDUNG! SIEBENUNDFÜNFZIG PROZENT MARKTANTEIL!!!«

»Ja, aber …«

»Und lies mal die Zeitung! Karla Stein, gut wie nie! Endlich ist sie witzig, trendy und frech!«

»Hör mal, Oda-Gesine, ich will wissen, wo meine Toch …«

»Die Interviews wurden im Schnitt von knapp zwölf Millionen gesehen. Die Auswertungen zeigen«, man hörte Oda-Gesine hektisch blättern, »daß die Altersgruppen der Zuschauer in Prozent …«

»ODA-GESINE! Ich schalte jetzt sofort die Polizei ein!«

»Die Gruppe der Acht- bis Vierzehnjährigen ist drastisch gestiegen! Die finden das voll cool mit der Entführung!«

»Ich bin wirklich sprachlos ...«

»Nicht wahr, das sind wir alle. Und hier ...«, ich hörte sie rascheln, »das wird dich umhauen, jetzt haben wir sie geknackt, die Fünfzehn- bis Neunzehnjährigen, die bis jetzt immer ›Unter Niveau‹ um 18 Uhr 15 geguckt haben, finden es affengeil, daß du es mit dem Emil getrieben hast! Sex and crime, das ist es, was DER SENDER gebraucht hat! Jetzt haben wir die anderen Privaten locker ausgetrickst! Karla! Wir haben es geschafft! Der Schiffsarzt hat abgekackt! Den wird der Gusti Satthaber sofort aus dem Programm nehmen! Den haben sowieso nur noch die über Dreiundzwanzigjährigen geguckt, eine völlig unbrauchbare Klientel, sagt auch der Bönninghausen, herzlichen Glückwunsch übrigens, wir sind hier alle am Feiern, und du solltest auch gleich rüberkommen, wir haben schon einen Fahrer losgeschickt!«

»Was ist mit Emil und Paulinchen?« flüsterte ich.

»Ach so, das war ja der Grund meines Anrufs!« Oda-Gesine lachte fett. »Erst die guten Neuigkeiten und dann die noch besseren! Emil und die Detektive sind wohlbehalten aus der Schweiz zurück. Du mußt nicht böse sein, ich hatte sie nur ein bißchen aus dem Verkehr gezogen.«

»WAS? Das sagst du erst jetzt?« schrie ich in den Hörer. Ich tat, als würde ich das gerade erst erfahren.

»Sie sind bei dir zu Hause, stell dir vor!«

»Na, dann bring sie her!« Zufrieden rieb ich mir die Hände.

»Unser Fahrer holt deine Familie gerade ab!«

»Melanie auch?«

»Nein. Die ist mit ihrem Praktikum fertig.«

»Na wunderbar«, sagte ich und legte auf.

Oda-Gesine war so umringt von neuen Sponsoren, daß es mir gar nicht gelang, sie zur Rede zu stellen. Sie telefonierte ohne Ende mit allen möglichen Presseorganen, mit Firmen, mit ihren Mitarbeitern, mit einem Partyservice, mit ihrer Mutter im Altersheim. Sogar Herr Bönninghausen war freundlich gestimmt. Er verhandelte und bestellte und ging summend durch die Flure und redete ansonsten fröhlich in sein pinkfarbenes Handy, auf dem »›Wört-Flört‹ – der heiße Draht« stand. Im ganzen Sender herrschte Partystimmung. Mehrere hohe Herren der Intendanz und der Programmgestaltung und der Sendeleitung kamen vorbei und gaben uns die Ehre. Es wurden Schnittchen gereicht und Sekt, und die Produkte von Herrn Bönninghausen zierten alle Flure und Räume. Das Studio selbst war zu einer riesigen Partyfläche umgebaut worden. Eine Band spielte heiße Rhythmen. Im Foyer drängten sich dieselben Journalisten und Fotoreporter wie gestern, und diesmal wurde die glücklich vereinte Familie fotografiert, Herr Bönninghausen sorgte dafür, daß auch alle seine Produkte im Bild waren, Oda-Gesine hatte sich mit »Wört-Flört«-Kette und -Armband geschmückt, und sie trug die Schirmkappe wie alle unsere Mitarbeiter, und natürlich hängte man auch Paulinchen und Katinkalein die Schmuckkollektion der Firma »Nesti-Schock« um, während meine Söhne »Eislümmel für coole Lover« schleckten und »WÖRT-FLÖRT-TÖRTS« in sich reinstopften, bis sie mit ganz verschmierten Mündern in die Kamera grinsten.

»Wie geht es Ihnen im Kreise Ihrer Lieben, Frau Stein?«

»Wie schaffen Sie das nur alles, vier Kinder und so eine Karriere?«

»Sie sind die Aufsteigerin des Jahres, was sagen Sie dazu?«

»Sechzehn Millionen Menschen haben Ihre Sendung gesehen, Sie sind die Quotenkönigin der Fernsehlandschaft! Wie fühlen Sie sich jetzt, Frau Stein?«

»Werden Sie eine eigene Produktionsgesellschaft gründen?«

»Was sagen Sie dazu, daß man das Sendekonzept auf neunzig Minuten erweitern will?«

»Dürfen wir Sie für das Titelbild der ›TV Starren und Stieren‹ fotografieren?«

»Unsere Leser haben Sie nominiert für die ›Goldene Glotze‹, was sagen Sie dazu?«

»Wir hätten Sie gern als ›Lügpatin‹ in unserer beliebten Familienshow ›Lügen haben kurze Beine‹!«

»Dürfen wir bitte eine Homestory bei Ihnen machen? Wir bieten jedem Ihrer Kinder dafür einen Bausparvertrag!«

»Wir hätten Sie gern nackt, Frau Stein! Nackt auf einer Klippe!«

»Nackt auf keinen Fall!« schrie Herr Bönninghausen dazwischen. »Wir haben hier superneue ›Wört-Flört‹-BHs und -Slips und für den Herrn die passenden Boxershorts!«

»Ja, aber nur, wenn ich vorher noch ein bißchen Maske machen kann!« näselte Sascha dazwischen. »Beim Nabel und so kann man nicht einfach rumschlampen!«

In den nächsten Wochen standen wir auf jedem Titelblatt, saßen in jeder Talkshow und heimsten alle Preise ein, die die Fernsehlandschaft zu vergeben hatte. Niemand sagte mir mehr, ich sei eine schlechte Mutter, niemand kritisierte jemals mehr die »Wört-Flört«-Sendung, und keiner mokierte sich über meine Beziehung zu Emil. Im Gegenteil. »Jetzt ist sie endlich glücklich!« titelte die »Bunte« unter einem wunderschönen Foto von Emil und mir. Wir saßen engumschlungen im Wald und hatten beide die »Wört-Flört«-Pudelmütze auf. Die grüne. Der Designer hatte sich an dem Modell orientiert, das Emil uns vor einem Jahr aus Südafrika mitgebracht hatte. »Spätes Glück läßt die Moderatorin erblühen!« stand auf dem Titel von »Glück der Frau«. In der »Frau-Fit-Fun« sah man uns auf einem Tandem radeln, im Fitneßdreß von »Wört-Flört«. Auf der »Meine Familie bin ich« hockten wir alle im Sandkasten und klopften Förmchen aus, auf denen »›Wört-Flört‹-Kids« stand. Im praktischen Ratgeber »Was koche ich heute?« waren wir alle an einem großen altmodischen Herd zu sehen mit Kochmütze auf dem Kopf und großer »Wört-

Flört«-Schürze um. Darauf stand: »Liebe geht durch den Magen!« Ich briet bei »Gerhardissimo« die »Partner-Boulette«, beim »Brat-mir-eins-Duell« das »Spiegelei-für-zwei«, und bei »Peep!« bereitete ich die »Pizza hot 'n sharp« zu. McDonald's produzierte sofort einen Werbespot mit dem neuen »McWört-Flört«, den man von beiden Seiten gleichzeitig anknabbern konnte. Auf riesigen Plakatwänden bissen Emil und ich gierig in ein viereckiges Sesambrötchen mit Nougatcreme. Die »Gala« titelte »Karla Stein – jung und schön wie nie!« und zeigte mich in einem sündhaft teuren, enganliegenden Abendkleid, während Emil in Frack und Zylinder mir vierzig rote Rosen reichte. Auf Knien natürlich. Das satirische Schmierenblatt »Keine Panik« titelte »Blutjunger südafrikanischer Frosch verzaubert alterndes Aschenbrödel« und zeigte uns als verzerrte Märchenfiguren auf einem höhnisch grinsenden Pferd durch ein Papierherz reitend, auf dem natürlich »Wört-Flört« stand. Bei Harald Schmidt war ich jeden Abend Thema, immer wieder ergötzte sich der einfallsreiche Moderator an meinen Nacktfotos und an den heimlichen Videomitschnitten aus der Suite im Bayrischen Hof, und jedesmal fiel ihm ein anderer voll lustiger Spruch ein. »Das verstehen die jungen Ausländer heute unter ›Tischlein, deck dich‹!« – »Nicht Tisch, nicht Fleisch!« – »Karla Stein, nicht mehr frisch, trotzdem auf den Tisch!« Das Publikum grölte und wieherte, und ich saß mit Emil zu Hause auf meinem Bett und lachte mich kaputt über soviel Wortwitz und Satire.

Alles in allem ein Riesenspektakel.

Wir genossen den Frühling, Emil und ich.

Jeden Morgen liefen wir gemeinsam durch den Stadtwald. Dabei hörten wir unentwegt unsere Schumann-Lieder. *Im wunderschönen Monat Mai, als alle Knospen sprangen, da ist in meinem Herzen die Liebe aufgegangen …*

Emil und ich hatten für Paulinchen eine klasse Joggingkarre gekauft, so daß wir sie zum Laufen mitnehmen konnten. Das Teil sah voll windschnittig aus – alle Jogger und Spaziergänger und Dobermänner, die uns entgegenkamen, bedachten das Gefährt mit bewundernden Blicken. Katinka saß wie immer in ihrem alten Fahrradanhänger, der schon eierte und quietschte. Ihre dünnen goldenen Härchen, die sich so gar nicht locken wollten, wehten im Frühlingswind.

Zweimal täglich gingen wir laufen, Emil und ich. Seit dem Seminar bei Dr. Strunz hatte ich noch keinen Tag ausgelassen. Es tat so wohl, nach all dem Lärm und Geschrei und Blitzlichtgewitter ganz still und leise durch den Stadtwald zu traben. Wenn ich wieder zu Hause am Gartentörchen stand und meine Stretchübungen machte, pulsierte die ganze Haut, und meine Lungen waren voll mit Sauerstoff, mein Geist war klar und wach, mein Körper warm und meine Seele gesund.

»Ist das nicht alles wunderbar?« fragte Oda-Gesine mich mit vollen Backen, als ich endlich mal ihre Einladung zu sich nach Hause angenommen hatte. Inzwischen war es Juni geworden. Die letzte Sendestaffel stand bevor. In den vergangenen vier oder fünf Wochen hatte Oda-Gesine einfach nur Wiederholungen senden lassen, weil Emil und ich für die Promotion der »Wört-Flört«-Produkte pausenlos eingespannt waren. Obwohl es dieselben Sendungen waren, die alle zwischen Oktober und Dezember schon verrissen worden waren, hatten sie sensationelle Einschaltquoten und wurden von der Kritik hoch gelobt.

Morgen sollte nun also wieder eine neue Aufzeichnungsstaffel beginnen, und Oda-Gesine war schon wieder voller Schaffensdrang und voller guter Ideen. Bönni, der seibernde und tobende Dobermann, war auch voller Tatendrang, als ich mit meinem Wagen vor Oda-Gesines Haus vorfuhr. Man merkte, daß er dringend mal an die frische Luft wollte. Wahrscheinlich ließ Oda-Gesine das arme Tier höchstens mal im Garten seinen Kot ablegen.

Auf dem Tisch bogen sich die Köstlichkeiten: Lachshäppchen und Kaviarcrackers, Salamirollen und Spießchen mit hartgekochten Eiern und Oliven, Aalschnecken und Butterbrezeln, Weißwürste und Schweinshaxen. Alles von der Firma »Nesti-Schock«. Frisch aus der Tiefkühltruhe. Unser Eismann zu Hause protzte auch immer damit, daß er jetzt »Nesti-Schock«-Produkte herumfuhr. »Alles für den kleinen Snack zu zweit!« stand auf seinem Eiskarren. Und mein Gesicht und das von Emil rollten natürlich immer mit. Wir waren DAS Liebespaar der deutschen Tiefkühlindustrie. Natürlich hatte Harald Schmidt schon seine Witze darüber gemacht. »Die Südafrikaner haben eine liebenswerte Sitte, sie frieren ihre alternden Frauen einfach ein! Karla Stein bleibt länger frisch und kommt aufgewärmt auf den Tisch!« hatte er gefrozzelt, und mit dem »Tisch« hatte er natürlich den Tisch aus dem heimlichen Video gemeint. Die Massen tobten und grölten, und Oda-Gesine verhandelte schon wieder über einen neuen Gast-Auftritt bei Harald Schmidt. Obwohl ich viel höhere Einschaltquoten hatte als der!

Aber was tut man nicht alles für die Quote. Jetzt war ich ganz oben. Die paar körperlichen und seelischen Blessuren waren doch ein Klacks, verglichen mit dem Gefühl, ganz oben zu sein! Oda?

Wir hatten allen Grund zu feiern, Oda-Gesine und ich.

»Greif ruhig zu«, forderte sie mich auf. »Hm! Diese delikaten Partner-Hackfleischtaschen mußt du probieren! Ich laß mich jetzt immer vom ›Wört-Flört‹-Feinkost-Catering beliefern, ich hab einfach keinen Bock mehr auf dieses minderwertige, pappige und geschmacklose Zeug, das der Italiener immer bringt. Ewig dieses Pasta- und Pizza-Gewurschtel, das liegt einem nur schwer im Magen und sättigt nicht.«

Oda-Gesine zündete zur Feier unseres stilvollen kleinen Essens überall im Zimmer Kerzen an. »Wie geht es deinem Boy?« Sie redete von meinem »Boy«, wie man von einem »Staubsauger« oder einer »Bügelhilfe« oder einem »Stiefelknecht« redet.

»Danke, bestens.«

»Und den Kinderchen auch?« Oda-Gesine lutschte an einem Schweinekrustchen.

»O ja, alle entwickeln sich prächtig.«

»Ich dachte schon, du wärst ein bißchen verschnupft über meine ganzen Aktionen«, lachte Oda-Gesine breit. Sie ließ mich den Inhalt ihres aufgerissenen Mundes schauen. Bönni, das arme ausgehungerte Tier, winselte unter Qualen bei all den köstlichen Gerüchen. Oda-Gesine scheuchte den armen Kerl weg. »Wir gehn nachher Gassi, Bönni, aber jetzt kusch!«

»Warum hat sich die Polizei eigentlich nicht eingeschaltet?« fragte ich. »Das wollte ich die ganze Zeit schon mal wissen.«

»Schweigegeld«, raunte Oda-Gesine. »Der Bönninghausen hat dem Polizeichef zwei Mille gegeben. Da hat der die grünen Männchen wieder abgezogen.«

»Wo ist eigentlich das ganze Geld geblieben?« fragte ich. »Neun Millionen müßten doch mindestens noch übrig sein!«

»Na, hier!« Oda lachte aus vollem Hals, als sie meine Überraschung sah. »Unter den Sofas!«

»Warum habt ihr es nicht längst wieder zur Bank gebracht?«

»Das ging nicht, Schätzchen. Wir mußten Gras über die Sache wachsen lassen. An der Grenze wäre der Bönninghausen bestimmt kontrolliert worden. Aber morgen bringt er's wieder zurück. Ganz unauffällig, verstehst du?«

»Wie will er das denn machen, mit so vielen Koffern?«

»So, wie er's hergeschafft hat. Mit dem ›Wört-Flört‹-Jet.«

»Mit dem ›Wört-Flört‹-Jet?«

»Na ja«, Oda-Gesine wischte sich die fettigen Lippen mit einem »›Wört-Flört‹-Wisch-und-weg«, das sie von der Rolle gerissen hatte. »Wenn unsere Kandidaten das nächste Mal eine Reise gewinnen, wird die in die Schweiz gehen. Das können wir ja so einrichten. Und wenn die dann mit dem Jet wegfliegen, sitzt der Bönninghausen mit den Koffern hintendrin.«

»Und wenn jemand fragt, was in den vielen Koffern ist?«

»Keiner der Kandidaten fragt. Alle denken, der Bönninghausen sei der Fotograf mit all den Kisten oder der Pressebegleiter oder der Filmproduzent. Daß da zehn Millionen Mark mit im Jet sind, das weiß kein Schwein!«

»Natürlich auch nicht der Zoll«, sagte ich.

»Nein. Die Grenzbeamten wollen alle auch mal in der Sendung mitspielen. Die kontrollieren doch keinen Kameramann!«

»Und wenn die Sache rauskommt?«

»Verliert der Bönninghausen seinen Job und wandert wegen Veruntreuung in den Knast.«

»Ganz schön mutig!« sagte ich beeindruckt.

»Dafür haben wir die Quote von Null auf Hundert gefahren«, gab Oda-Gesine zufrieden zurück. »Der Bönninghausen verdient sich dumm und dämlich an seinen albernen ›Wört-Flört‹-Lippenstiften und -Kondomen und -Dauerlutschern und was der alles so auf den Markt schmeißt. Allein der Werbevertrag mit dem Kondom hat ihm drei Millionen eingebracht.«

»Die er versteuern muß«, gab ich zu bedenken. Schließlich hatte ich selber nicht schlecht daran verdient und wußte, was der Fiskus verlangte.

»Natürlich versteuert ein Bönninghausen nicht ein einziges Kondom!« prustete Oda-Gesine los. »Der läßt das alles mitsamt den anderen Koffern per ›Wört-Flört‹-Jet in der Schweiz verschwinden. Zu den zehn Millionen sind noch einmal zehn dazugekommen! Liegt alles unter dem Sofa. In ›Wört-Flört‹-Trip-Koffern. Willzte mal gucken?«

»Klar«, sagte ich.

»So viel Geld hast du noch nie gesehen!« Oda-Gesine ließ sich stöhnend auf die Knie nieder und krabbelte, soweit das bei ihren wogenden Walla-Walla-Kleidern möglich war, ein Stück unter das Sofa. Sie angelte mit ihren fettwabbelnden Armen keuchend nach einem Koffer und zog ihn hervor.

»Oje«, stöhnte sie. »Das Kreuz. Ich muß jetzt dringend abnehmen!«

»Du könntest dich auch mal ein bißchen bewegen«, sagte ich gönnerhaft.

»Ja. Morgen fang ich's Joggen an«, schnaufte Oda-Gesine und rappelte sich mit Hilfe des klobigen Sessels wieder auf die Stempel. Ich betrachtete derweil ehrfurchtsvoll das Geld. Erstaunlich, daß noch nicht »›Wört-Flört‹-Geld« auf den Scheinen stand! Es war ganz echtes Geld. Lauter gebündelte Tausender.

»Wahnsinn!« staunte ich. »Das vermehrt sich ja im Stundentakt!«

»Klar«, sagte Oda-Gesine. »Allein im Quelle-Katalog sind sechzig Seiten nur ›Wört-Flört‹-Partner-Look-Klamotten, und beim Otto-Versand hat Bönninghausen den gesamten Fitneßteil unter Kontrolle! Die ganze Handybranche kauft jetzt bei ihm die Genehmigung, das ›Wört-Flört‹-Emblem auf der Sprechmuschel abbilden zu dürfen. Ganz zu schweigen von den Kuschel-Rock-CDs und dem Kopfhörer-für-zwei. In der Möbelbranche kommen jetzt die neuen ›Wört-Flört‹-Kuschel-Sofas raus, und beim Badezimmerdesign die neuen ›Wört-Flört‹-Schmuse-Badewannen. O nein, Mädchen, mach dir keine Sorgen. Der Bönninghausen sahnt am allermeisten ab! Aber uns beiden geht's auch nicht schlecht. Boh, bin ich satt. Ich könnt jetzt beim besten Willen kein ›Wört-Flört-Tört‹ mehr runterkriegen.«

»Du solltest dich wirklich mal etwas bewegen«, schlug ich noch mal vor.

»Ja«, krächzte die überfressene Oda-Gesine, »und der Hund muß auch unbedingt raus. Sonst pißt er mir auf den Teppich.« Sie klaubte den Hausschlüssel vom Haken, nahm die Hundeleine und warf sich ihren Umhängesack über.

Ich löschte noch schnell geistesgegenwärtig die Kerzen, die Oda-Gesine vergessen hatte. Meine Güte, dachte ich, das ganze alte, trockene Holz hier. Wie das brennen würde! Und die Geldscheine dazu. Wär doch schade drum.

Leichtfüßig tippelte ich neben der humpelnden Oda-Gesine her.

»Du bist wirklich fit, Mädchen«, keuchte sie trübselig.

»Ach, das kannst du auch ganz leicht wieder schaffen«, sagte ich munter. »Du warst doch früher mal so schlank und rank!«

»Ach Gott, ja, früher! Als ich noch selber immer gehungert und gedarbt habe! Nur, um im Fernsehen gut auszusehen! Das waren noch Zeiten!«

»Wer läuft, muß nicht hungern oder darben!« Ich tänzelte provokant vor Oda-Gesine her. Bönni, der Köter, war ganz verwirrt über die Tatsache, daß ein Wesen auf zwei Beinen sich anders fortbewegen konnte, als sich mühsam voranzu-schleppen.

»Nimmst du mich mal mit zum Laufen?«

»Gerne. Wir können auch direkt anfangen, wenn du willst.«

Ich tänzelte locker und leicht vor Oda-Gesine herum. Ganz so, wie Dr. Strunz immer vor seinen verfetteten, gefru-steten Managern tänzelte. Wie so ein kleines, schadenfrohes Springteufelchen im Kasterl.

»Guck mal, Oda-Gesine«, sagte ich, »ganz leicht und ganz locker traben. Ich hab auch eine Pulsuhr im Auto. Weißt du, was, wenn wir's schon anfangen, dann machen wir's richtig. Warte mal.«

Ich hechtete zum Auto und zog mir in Windeseile meine Laufschuhe an.

»Na, du bist ja mit allem ausgestattet!«

»Klaro! Laufen kann man immer und überall.« Ich kramte im Kofferraum herum. »Welche Schuhgröße hast du, Oda-Gesine?«

»Zweiundvierzig.«

»Das paßt gut, ich hab hier noch die Laufschuhe von Emil drin. Komm, probier mal!«

Oda-Gesine ließ sich auf die Ladefläche meiner Familien-kutsche sinken, woraufhin mein Van in den Achsen fast zu-sammenbrach. Ich half Oda-Gesines verfetteten geschwolle-nen Füßen in Emils Schweißtreter. Uff. Keine appetitliche Aufgabe.

Bönni schmiß sich hysterisch bellend und Seiber von sich schleudernd vor meinem Kofferraum herum. Er konnte es nicht mehr aushalten.

»Wech, Bönni«, scheuchte Oda-Gesine das bewegungs-
hungrige Tier beiseite.

»Nimm doch mal meinen Brustgurt!« schrie ich in den
Krach hinein. »Bönni! Halt ein!«

»Was für einen Brustgurt? Wozu soll das gut sein?«

Ich schrie Oda-Gesine an, daß der Brustgurt dazu gut sei,
die Pulsfrequenz während des Laufens zu messen, und versuchte, ihr die Pulsuhr um das verfettete Handgelenk zu
schnallen. Es erwies sich als schwierig. Weder das Uhrenarm-
band paßte um ihr Handgelenk noch der Brustgurt um ihren
massigen Oberkörper. Sosehr ich auch zerrte und zurrte.
Oda-Gesine hielt die Luft an und stand starr und steif. Endlich bekam ich mit Mühe und Not die Uhr und den Brustgurt
im allerletzten Loch zugezurrt.

Der Köter tobte und bellte und schleuderte Seiber.

Die Uhr fing an zu blinken, während Oda ein bißchen her-
umhüpfte. Der Puls war bereits bei 135.

»Schau«, sagte ich. »Das ist für den Anfang gerade das richtige Tempo. Komm, wir traben ein bißchen.«

»Klar!« keuchte Oda-Gesine. »Ich war auch mal jung und
schlank! Ich weiß noch, wie das geht!« Sie sah witzig aus in
Emils Turnschuhen und ihrem schwarzen Umhang. Aber sie
war erstaunlich motiviert.

Während des Trabens erklärte ich Oda-Gesine die Pulsuhr.

»Schau mal, jetzt laufen wir gerade mal bei 135. Die optimale Fettverbrennung beginnt bei 140«, sagte ich.

»Oh, ich kann noch schneller«, sagte Oda-Gesine.

Donnerwetter, dachte ich. Die will's aber wissen.

»Joschka Fischer hat innerhalb kürzester Zeit fünfzig Kilo
abgenommen«, rief ich ihr zu. »Er hat sich extra einen Marathonläufer engagiert. Die Hauptaufgabe des Trainers bestand
darin, darauf zu achten, daß Joschka nicht unter 140 kam!«

Oda-Gesine verschwand bereits wildentschlossen in dem
schmalen Waldweg, der hinter ihrem Haus begann. Ihr
schwarzer Umhang wallte wie ein Beduinenzelt hinter ihr her.
Der Köter schoß mit schäumendem Maul an uns vorbei.

»Du wohnst ja paradiesisch!« bemerkte ich. »Keine Menschenseele weit und breit!«

»Na, wie bin ich noch in Form?« schnaufte Oda-Gesine mit knallrotem Kopf.

»Unglaublich! Schaffst du's noch ein bißchen schneller?«

»Aber ja, ich hab doch gerade erst angefangen!«

»Was sagt deine Pulsuhr?«

Oda warf einen Blick darauf. »175!«

»Donnerwetter«, rief ich, »das ist gut! Erstaunlich, wie schnell du bist! Das hätte ich dir nie zugetraut!«

»Ein Tempo, das ich stundenlang durchhalten kann!« rief Oda-Gesine.

»Na, dann mach mal«, gab ich zurück. »Wenn du kannst, können wir noch ein Quentchen zulegen. Aber nur, wenn du kannst!«

Bönni sauste begeistert kreuz und quer über den Weg. Er scharrte und schnüffelte, er pinkelte und nieste, er wieherte und bellte, er wälzte sich und schüttelte sich, er rieb sein Fell an einer Baumrinde, er war völlig ausgerastet. Das hatte er noch nie erlebt, daß sein Frauchen joggte. Er freute sich heiser und wunderte sich tief und laut, und der Schaum flog ihm nur so um seine feuchten schwarzen Lefzen.

Der Waldweg wurde schmal, so daß wir nicht mehr nebeneinander laufen konnten. Bönni rannte in wilden Sprüngen vor uns her, ich trabte leichtfüßig hinter ihm und sprang über Wurzeln und Steine.

»Kannst du noch, Oda-Gesine?« rief ich nach hinten. »Ich sag dir, jetzt verbrennst du Fett!«

»Klar!« lachte Oda-Gesine breit. »Was Joschka Fischer kann, kann ich auch!«

»Geht's noch etwas schneller?« feuerte ich die Eifrige an.

»Versuchen kann ich's!« keuchte Oda-Gesine mit schwerem Atem.

Nun keuchte Bönni seinen asthmatischen Hundeodem vorne und Oda-Gesine ihren Altweiberatem hinten. Ich keuchte nicht. Wer richtig läuft, keucht nicht.

Mein inneres Gefühl sagte mir, daß ich jetzt bei 150 lief. Ich beschloß, ein wenig langsamer zu laufen. Schade um jede Minute, die man im anaeroben Bereich läuft. Da verbrennt man kein Fett. Da wird nur das Immunsystem angegriffen. Der Körper braucht fünf Minuten, um wieder in den aeroben Bereich zu kommen. Das ist Zeitverschwendung.

»He, he, Mädel, du machst doch nicht schon schlapp?« stichelte Oda-Gesine von hinten.

»Überhol mich lieber«, sagte ich. »Ich trabe eher gemütlich. Was sagt der Puls?«

»180«, keuchte Oda-Gesine.

»Dann können wir ja noch 'n Zahn zulegen«, rief ich munter. Sie lief tatsächlich noch etwas schneller.

»Erstaunlich, was du so schaffst«, rief ich hinter ihr her. »Das hätte ich dir nie, nie, niemals zugetraut!«

»Ich bin doch eine alte Powerfrau!« schrie Oda-Gesine. »Zäh wie Leder! Mich kriegt man nicht klein!«

Nun ging es bergauf. Sachte, sachte, dachte ich. Schön im Puls bleiben. Ich war jetzt sicher wieder auf 145.

Oda-Gesine nahm all ihre Kraft zusammen und walkte den Hügel hinauf. Ich wartete jede Sekunde darauf, daß sie zusammenbrechen würde. Aber das alte, zähe Stück Wellfleisch war nicht kleinzukriegen. Schade, daß ich das jetzt nicht in Zeitlupe filmen kann, dachte ich. Wie so die fetten Lefzen auf und ab wallen. Und das Beduinenzelt im Winde weht.

Bönni tobte und bellte vor ihr her.

»So 'n Hund hat doch 'n gesunden Instinkt«, rief ich. »Der weiß genau, welches Tempo gut für sein Frauchen ist!«

»Deswegen halt ich mich ja auch an ihn!« japste Oda-Gesine, und dann blieb sie plötzlich stehen. »Puh. Jetzt muß ich aber doch ein Päuschen machen.«

Sie hielt den Kopf nach unten.

»Ist dir schwindelig?«

»Ein ganz klein bißchen.«

»Mensch, Oda-Gesine, da vorne ist 'ne Bank. Schaffst du es noch bis dahin?«

»Klar!«

Oda-Gesine humpelte schwer keuchend zu der Bank und ließ sich darauf fallen. Das trockene Holz unter ihrem Hintern krachte. Oda-Gesine keuchte in flachen, schnellen Atemzügen. Genau wie ihr Köter. Flach, schnell und asthmatisch. Bönni legte seine Schnauze auf Oda-Gesines Knie und winselte.

»Gleich geht's weiter, Bönni«, sagte Oda-Gesine.

»Mach nicht zu lange Pause«, sagte ich. »Sonst baut dein Körper kein Fett ab.«

»Geht schon wieder«, entgegnete Oda-Gesine.

»Also los! Laß den Puls nicht unter 170 kommen! Man muß Maßstäbe setzen! Nur so erreicht man was!«

Oda-Gesine sprang auf, soweit das ihre Massen zuließen, und lief wieder los. Donnerwetter, dachte ich. Wenn die was will, dann beißt die sich durch.

Plötzlich knickte Oda-Gesines rechtes Bein ein.

»He, Vorsicht, bist du umgeknickt?«

Oda-Gesine strauchelte und fiel hin. Schade, daß man das nicht in Zeitlup … »Oda-Gesine? Hast du dir weh getan?«

Bestimmt. Wenn zweieinhalb Zentner auf den Boden krachen, tut man sich weh. Oda-Gesines Gesicht drehte sich ganz unnatürlich nach hinten. Ich beugte mich über sie. Die Augen waren zur Seite verdreht.

»Mensch, Oda-Gesine, jetzt verbrennst du kein Fett!«

Ich versuchte, Oda-Gesine den Arm zu reichen. In Erwartung, daß sie ihn ergriffe, packte ich ihre Hand. Doch Oda-Gesines rechter Arm schlug unmotiviert um sich. Ihr linkes Bein begann zu zucken, wie bei einem Fisch, der im Netz zappelt und noch einmal mit aller Macht versucht, in sein altes Element zurückzugelangen.

Schade, daß man das nicht in Zeitlupe filmen kann. Ein großartiges Spektakel. Wie wenn ein Wal geschlachtet wird. Alle Farbe war aus Oda-Gesines Gesicht gewichen. Was eben noch putterrot gewesen war, war jetzt leichenblaß.

»Oda-Gesine? Was ist los? Gibst du etwa schon auf?«

Oda-Gesine antwortete nicht. Ihr Atem kam nur noch schnappartig und unregelmäßig. Ich beobachtete interessiert, wie sie blau anlief. Bönni, der Köter, war nun von seinen lebhaften Sprüngen zurückgekehrt und beugte sich winselnd über seine Herrin. Der Seiber tropfte auf ihr Gesicht und vermischte sich mit dem Speichel, der nun aus Oda-Gesines Mundwinkeln lief. Ihre Lippen verkrampften sich und zuckten, als hätte jemand ein Stromkabel daran gehalten.

»Oda-Gesine!«

Doch Oda-Gesine wollte nichts mehr sagen. Das Zucken wurde langsamer, die Muskeln erschlafften. Der ganze schwere Körper fiel mit einem klatschenden Geräusch flach auf den Rücken. Es erinnerte mich an das dumpfe, satte Zuschlagen der Autotür des stoßgedämpften Luxusmodells von Jo aus Wien. Hmpff. Wff. Schön weich. Oda-Gesine sah nun nicht mehr ganz so blau aus, aber immer noch bläulich. Ihre Augen waren glasigen Blickes zur Seite gerichtet.

Wenn ich in deine Augen seh ... so schwindet all mein Leid und Weh ... Was sie wohl sah? Den Himmel offen? Die Hölle gar? Vielleicht ein lecker vor sich hinbrutzelndes Fegefeuer? Die geballten Fäuste öffneten sich. Bönni leckte seiner Herrin die Handinnenflächen.

Ich stand noch eine Weile erschüttert da.

Wer würde diesen greulichen Anblick ertragen müssen? Ein unschuldiger Spaziergänger? Ein ahnungsloser Forstarbeiter? Ein spielendes Kind? Ich bückte mich, nahm ihr die Pulsuhr ab und auch den völlig schweißdurchtränkten Brustgurt. Ich kramte in Oda-Gesines schwarzem Umhang und fand den Haustürschlüssel in der rechten Manteltasche.

»Komm, Bönni«, sagte ich, »mein Schweiß wird kalt. Ich hasse es, wenn ich beim Laufen unterbrochen werde und rumstehen muß, bis aus dem angenehmen Schwitzen ein kaltes, klammes Frösteln wird. Zuerst wird gründlich kalt geduscht. Sonst hat das Laufen nicht seinen lustvollen Höhepunkt erreicht. Da bin ich eigen.«

»Böff«, machte Bönni. Er machte den Eindruck, als sei er

einverstanden und wolle hier auch nicht länger rumstehen. Wir trabten gemächlich nach Hause.

Auf dem gesamten Rückweg begegnete uns keiner. Ich überlegte, was ich jetzt machen sollte. Mir war nach einer kalten Dusche. Aus meinem Auto holte ich die Sporttasche mit einer Garnitur frischer Wäsche.

Ich schloß die Haustür auf und ging nach oben.

Hinter dem Schlafzimmer fand ich ein Bad. Es war scheußlich altbacken gekachelt, und es verfügte über einen alten, maroden Heizstrahler. Auf dem Badewannenrand stand eine leergefressene Schachtel »Mini-Dickmacher« und eine angebrochene Flasche Champagner.

Ich schenkte mir etwas Champagner in Oda-Gesines Zahnputzglas. »Prost Bönni!« sagte ich zu dem erstaunt blickenden Dobermann. Der Schampus schmeckte genauso urinär warm wie der »Wört-Flört«-Sekt. Nur nicht so süß.

Ich entledigte mich meiner Joggingklamotten, duschte kalt und sang aus voller Kehle: »Ich grolle nicht, und wenn das Heeerrzz auch bricht …« Und beim Abtrocknen: »Die alten bösen Lieder, die Träume bös und arg, die laßt uns jetzt begraben, holt einen großen Sarg!«

Dann zog ich die frischen Sachen an.

So. Jetzt ging es mir schon viel besser. Ich fühlte mich so großartig wie immer nach dem Laufen. Wie frisch geboren, frisch getauft und frisch gestrichen. Einfach zum Bäumeausreißen.

Den Heizsstrahler ließ ich brennen. Auch den maroden alten Fön und den Lockenstab setzte ich unter Strom. Pfeifend ging ich die Treppe hinunter.

Im Wohnzimmer stand noch alles, wie wir es verlassen hatten. Das fettige Essen gab einen aufdringlichen Duft von sich. Bönni jammerte vor Gier. Ich kippte alles zusammen auf den Fußboden und scharrte es mit dem Fuß zu einem Freßhaufen zusammen. Bönni machte sich ausgehungert darüber her.

Währenddessen zündete ich alle Kerzen wieder an. Ein

paar trockene Tannenreiser, Zweige und Trockenblumensträußchen legte ich unmittelbar neben die Kerzen.

Im Küchenschrank unter der Spüle fand ich eine halbvolle Flasche Spiritus. Ich verteilte das übel riechende Zeug auf den Tannreisern, auf dem Teppich und den alten hölzernen Möbeln. Bönni nieste angewidert.

»Tut mir leid, alter Junge, ich hab vergessen, daß du noch beim Essen bist.«

»Böff«, machte Bönni.

Ich summte immer weiter meine alten, bösen Lieder, während ich die Koffer unter den Sofas hervorangelte und sie zum Auto trug. Bönni beäugte mich gierig kauend, ohne von seiner Beute abzulassen. Seine Schnauze war voller Mayonnaise und Öl.

Es waren insgesamt fünf bunte, schöne, peppige »Wört-Flört«-Trip-Koffer, mit zwei Partner-Griffen. Leider mußte ich sie trotzdem ganz allein schleppen, denn Bönni konnte mir nicht helfen, und sonst war niemand da.

Als ich den letzten Koffer im Kofferraum verstaut hatte, fing gerade der erste Tannenreiser an zu brennen.

Feuerreiter, wie so kühle ... reitest du in deinem Grab ... husch, da fällt's in Asche ab, ruhe woohhl, ruhe wohl drunten in der Mühle.

»Perfektes Timing«, sagte ich zu Bönni.

»Böff«, machte Bönni erstaunt.

Ich hörte auf zu summen. Nur jetzt keinen Fehler machen. Ich wischte vorsichtshalber alles ab, was ich angefaßt hatte, und legte den Hausschlüssel aufs Brettchen neben das holzgerahmte Ölgemälde von Oda-Gesine, auf dem sie noch jung und schön war.

»Sport ist Mord, Schätzchen«, sagte ich zu ihr. Dann drehte ich mich nach Bönni um. »Leupold, mir gengan.«

Ich habe »Wört-Flört« noch bis zur Sommerpause moderiert. Dann hatte ich keine Lust mehr. Nach etwa dreihundert Kandidaten, die ich gefragt hatte, was sie beruflich und in ihrer

Freizeit machten und wie ihre Traumfrau aussehe, hatte ich das Gefühl, nichts mehr hinzuzulernen. Wegen des Geldverdienens mußte ich den eintönigen Job sowieso nicht mehr machen, denn dreißig Millionen Mark geben sich nicht so leicht aus, selbst wenn man sich bemüht. Meine Kinder ahnen nicht, daß die Knete bei uns im Tischtenniskeller liegt. Wenn wir »Rundlauf« spielen, sitzen wir oft auf den bunten Koffern, auf denen »›Wört-Flört‹-Trip« steht. Vorsichtshalber habe ich sie abgeschlossen, aber die Kinder haben noch nie gefragt, was darin ist. Als Notlüge habe ich mir »›Wört-Flört‹-Klamotten« ausgedacht. Die Jungen interessiert das sowieso nicht, und die Mädchen sind noch zu klein.

Die alten bösen Lieder, die Träume bös und arg, die laßt uns jetzt begraben, holt einen großen Sarg.
Oda-Gesine hatte eine feine Beerdigung.
Hinein leg ich gar manches, doch sag ich noch nicht, was. Der Sarg muß sein noch größer wie's Heidelberger Faß.
Oda-Gesine bekam ein Familiengrab, nicht etwa, weil sie noch jemanden erwartete, sondern weil ein Ein-Mann-Grab nicht groß genug war für sie.
»Denn solchem großen Sarge gebührt ein großes Grab«, heißt es in Schumanns »Dichterliebe«. Wir waren alle da, alle Mitarbeiter und Mitarbeiterinnen von DER SENDER und natürlich von »Nesti-Schock«, und das Grab bog sich vor Kränzen.
Laut Polizeibericht war Oda-Gesine am frühen Morgen von Läufern im Wald gefunden worden. Sie war in ein schwarzes Cape gehüllt und hatte gebrauchte alte Joggingschuhe an den Füßen. Man vermutete, daß Oda-Gesine nach einem fetten und reichhaltigen Essen am frühen Sonntagabend nur in Begleitung ihres Hundes losgelaufen war, vermutlich aus dem plötzlichen Entschluß heraus, endlich etwas für ihre Fitneß zu tun.
Der Sportarzt, der am Montagvormittag ihren Totenschein ausstellte, schüttelte über soviel Unvernunft den Kopf: Völlig

ohne Trainer und ohne Pulskontrolle loszulaufen, und das bei dem Gewicht, das sei das sichere Todesurteil für so einen »Fettkandidaten«. Sie hätte sich in erfahrene Hände begeben sollen. Vermutlich sei sie viel zu schnell gelaufen. Sie starb eines natürlichen Herztodes, soweit man unter solchen Umständen von »natürlich« sprechen kann.

Ihr Hund, der wohl ihr einziger Begleiter gewesen war, wurde von Nachbarn aufgefunden, in deren Vorgarten er sich erbrochen hatte. Obduktionsberichten zufolge war sein Mageninhalt identisch mit dem von Oda-Gesines. Dieselben Nachbarn entdeckten auch, daß Oda-Gesines Haus abbrannte. Laut Polizeibericht hatte sie vermutlich nicht nur die Kerzen im Wohnzimmer brennen und die Spiritusflasche vom Fleischfondue offen herumstehen lassen, sondern auch noch vergessen, den alten, maroden Heizstrahler im Badezimmer auszuschalten.

Wir schüttelten alle den Kopf über die arme, unvorsichtige Oda-Gesine, und ich versicherte immer wieder, wie gern ich ihr einige Tips gegeben hätte, wenn sie mich nur gefragt hätte.

Herr Bönninghausen wurde sichtlich nervös, als er davon erfuhr, daß Oda-Gesines Haus bis auf die Grundmauern abgebrannt war. Er wollte dann spontan auch nicht mehr die »Wört-Flört«-Gewinner auf ihrer Jetreise in die Schweiz begleiten.

Wenig später sickerte durch, daß Herr Bönninghausen nun überhaupt nicht mehr komme, weil er den Wohnsitz verlegt habe. In ein recht schmuckloses Mehrparteienhaus. Mit vergitterten Fenstern.

Mit dem Inhalt des vierten und fünften Koffers – wir brauchen beim Tischtennisrundlaufen immer nur drei, denn mehr als drei Mitspieler scheiden nie aus – habe ich die Produktionsfirma und alle Rechte an »Wört-Flört« gekauft.

Weil Herrn Bönninghausen im wahrsten Sinne des Wortes die Hände gebunden sind – er sitzt wegen Veruntreuung, Vortäuschung einer Kindesentführung, Irreführung der Staatsgewalt, Bestechungsversuchen, Steuerhinterziehung und Betruges seit fast einem Jahr im Knast –, kümmere ich mich auch selbst um das Sponsoring. Die Firma »Nesti-Schock« ist aus unerklärlichen Gründen leider pleite gegangen, man munkelt, es habe plötzlich viel Geld gefehlt, und das habe mit der damals inszenierten Entführung zu tun gehabt – na ja, mich geht das ja alles nichts an. Es interessiert mich auch nicht, ich habe genug zu tun mit meinen vier Kindern und meiner Firma und meiner Sendung. Wie gut, daß ich nach wie vor auf meine Schwester Senta rechnen kann. Sie mag Emil übrigens inzwischen ausgesprochen gern. Sie sagt, sie habe ihn immer gemocht. Und er sei ja schließlich inzwischen einundzwanzig.

Weil ich ein ehrlicher und gradliniger Mensch bin, habe ich Herrn Bönninghausen alle restlichen Produkte seiner Firma per UPS »frei Haus« zustellen lassen. Na, das ist etwas makaber ausgedrückt, denn »frei« ist man in diesem Haus nicht, aber er ernährt sich und seine Kumpels jetzt seit über einem Jahr mit »Wört-Flört-Törts« und »Eislümmeln für coole Lover«, und im Frauenknast nebenan sind sie begeistert über die Lippenstifte und den Nagellack und die BHs in Orange und die Kettchen und die Ohrstecker. Die haben ja auch Zeit, sich mit Freude all dem zu widmen. Wie sie das mit den Kondomen machen, weiß ich nicht, aber das geht mich auch gar nichts an.

Wir jedenfalls haben jetzt einen neuen Sponsor. Es ist die Firma »Strunz-Fit«, und die stellt ausschließlich eine ergänzende bilanzierte Diät für Sportler bei intensiver Muskelanstrengung her. Mein Partner ist Dr. Strunz, der mir genau erklärt, welche Produkte für die Freisetzung des körpereigenen Wachstumshormons geeignet sind.

Wenn ich in meinem Büro sitze, von wo aus ich meine Geschäfte tätige, tänzelt er vor mir herum und rezitiert dabei: »Alle unsere Körperstrukturen sind aus Eiweiß aufgebaut. Die inneren Organe, das Immunsystem, die Glückshormone, die Knochen, die Muskeln, Haare und Fingernägel – die Grundsubstanz ist immer Eiweiß. ›Strunz-Fit Protein plus‹« – das ist das Zeug, das wir nun in Mengen an unsere jungen

Kandidaten verpulvern – »ist reich an essentiellen Aminosäuren. Die speziellen psychotropen Aminosäuren fördern die Bildung unserer Glückshormone« – die wir ja gerade in unserer Sendung ausschütten wie andere Leute Schuppen aus den Haaren! – »wie Noradrenalin, ACTH, Serotonin und Beta-Endrophin. Gerade bei beanspruchten, gestreßten Kopfarbeitern – und das sind ja alle ›Wört-Flört‹-Kandidaten, wer würde das bestreiten! – sind diese Hormone für die Bewältigung des hohen Anspruchs von entscheidender Bedeutung.«

Statt des lauwarmen »Wört-Flört«-Sektes gibt es jetzt »Amino-Power-Plus«-Röhrchen mit einem köstlich schmeckenden lecker-lecker Glutaminsäure-Cocktail. Damit wird der Blutspiegel wieder auf optimale Werte angehoben. Außerdem unterstützt das gute Tröpfchen die Fettverbrennung durch irgendein Hormon, dessen Namen ich vergessen habe. Dank dieses Gebräus können wir es uns jetzt leisten, auch Menschen in unsere Sendung einzuladen, die schon mit der Schule fertig sind. Auf die Frage unseres Moderators »Was machen Sie beruflich?« geben sie klare, deutliche und verständliche Antworten.

Wir verteilen an unsere Mitarbeiter und Mitarbeiterinnen, unsere Kandidaten und Kandidatinnen, unsere Autoren und Autorinnen, an das Publikum und natürlich an unseren Moderator regelmäßig Magnesium, Vitamin C in hoher Dosierung, Mineralien, Spurenelemente und Antioxidantien. Selen zum Beispiel ist ein potenter Entgifter, weil es aggressive Substanzen (freie Radikale) neutralisiert. Diese Substanzen gelangen hauptsächlich durch Abgase, Ozon, Smog und Zigarettenrauch in unseren Körper. Wo sie natürlich auch bleiben, wenn man nur rumsitzt, sich nicht bewegt und immerfort Nougatriegel in sich reinstopft. Das sind dann die Menschen, die beim Laufen tot umfallen, sagt Dr. Strunz kopfschüttelnd, und ich nicke dann betroffen und sage, jaja, so einen Fall hatten wir hier auch schon mal.

Übrigens casten wir unsere Kandidaten nicht mehr in Discos oder in Kneipen, wo sie dann besoffen in die Kamera lallen. Wir casten sie sämtlichst in Seminaren von Dr. Strunz. Meistens holen wir sie dort direkt von der Straße weg, wenn sie gerade vom Laufen kommen. Da sie nicht keuchen, können sie uns sofort ein kleines Demo-Interview geben, direkt in die Kamera. Die meisten wissen genau, wie sie heißen, wo sie wohnen und wie alt sie sind. Sie können ihren Beruf auswendig hersagen und haben fast immer auch eine Idee davon, was sie in ihrer Freizeit machen. Die meisten sagen übrigens spontan »Laufen«, und das macht das Sendekonzept wieder überschaubar. Sämtliche dieser Kandidaten sind übrigens nicht nur geistig rege, sondern sehen auch gut aus. Sie haben eine gesunde Gesichtsfarbe, einen durchtrainierten Körper und eine gut durchblutete Haut. Es ist eine Freude, mit ihnen zu arbeiten. Sascha von der Maske hat jetzt nur noch halb solange wie früher zu tun. Die gewonnene Zeit, sagt er strahlend, verbringt er mit Laufen. Wir machen unsere Besprechungen nur noch trabenderweise. Der Feringasee eignet sich hervorragend dafür. Jeden Morgen traben wir zwei Stunden um den See.

Ach, fast hab ich vergessen zu erwähnen, daß unser neuer Moderator wieder den Ansprüchen unseres Publikums genügt. Erstens haben wir wieder einen Mann. Zweitens ist dieser Mann ganz jung. Er ist gerade mal einundzwanzig. Und drittens hat er auch wieder einen Akzent. Die Leute wollen das einfach so. Ich habe es inzwischen akzeptiert. Das mögen die Leute. Das kommt total gut an. Man richtet sich ja doch nach den Wünschen seines Publikums, wenn man die Verantwortung für so eine Sendung hat. Das Publikum ist da so schrecklich sensibel. Das läßt sich kein X für ein U vormachen.

Ach, nur den Frank und den Hubert, die brauche ich nicht mehr. Jedenfalls nicht für unseren Moderator. Ich finde, man sollte einen Moderator nicht verkleiden und nicht verbiegen. Er sieht eigentlich am besten aus, wenn er verwaschene Jeans, ein Sweatshirt und eine verkehrt herum aufgesetzte Baseballkappe anhat. Die Leute lieben ihn so. Und ich persönlich mag seine kinnlangen Haare.

Wegen des ablaufenden Visums und des ganzen umständlichen Behördenkrams mit Arbeitsgenehmigung und Aufenthaltsgenehmigung bin ich den Weg des geringsten Widerstandes gegangen und habe unseren neuen Moderator in aller Stille geheiratet. Die meisten wissen das nicht, denn ich wollte nicht schon wieder so einen Medienrummel und das Getratsche um »Junger Mann heiratet alte Frau« und »Sie schenkt ihm einen Job, er schenkt ihr den Trauschein«. Da wird doch immer viel dummes Zeug geschrieben, und das wollte ich vermeiden. Die Leute verstehen auch nicht, was ein junger Kerl an einer älteren Frau findet. Da sind sie nicht sehr tolerant. Bei älteren Männern, die junge Frauen heiraten, ist das was anderes. Man gucke sich nur die Politiker an. Aber das ist alles nicht mein Problem. Ich habe gelernt, mich nicht mehr nach den Meinungsumfragen der Forsa-Institute zu richten. Wir haben auch in der Fußgängerzone noch keine Beurteilung unseres Moderators durchführen lassen. Ich finde das irgendwie menschenunwürdig, aber das ist Geschmackssache.

Unser gesamtes Team ist dabeigeblieben. Wir verstehen uns blendend und haben Spaß an unserer Arbeit. Als einzigen neuen Mitarbeiter habe ich Herrn Much eingestellt, den knarzigen alten Fahrer aus Wien. Er fährt jetzt unseren neuen Moderator. Ich habe ihn einfach ins Herz geschlossen, und er hat so einen köstlichen Humor. Neuerdings arbeitet er auch noch als Gagschreiber für unseren neuen Moderator. Die zwei Ausländer passen gut zusammen.

Wir sind alle sehr kreativ und haben Freude an unserer Arbeit, und in letzter Zeit sind Stimmen laut geworden, die vorschlugen, daß wir auch mal ein paar Randgruppen der Gesellschaft in unsere Sendung einladen sollten. »Muttis« zum Beispiel, das sind Frauen, die Kinder haben, oder »Grufties«, das sind Leute über vierzig. Sascha und Frank möchten natürlich mal »Schwulis«, unsere Strohkandidaten sind für »Arbeitslose«, unser bayrischer Aufnahmeleiter mit den Hirschhornknöpfen hat vorgeschlagen, mal eine Runde nur mit »Sau-prreißn« zu machen, Silvia findet »Alkis« echt mal 'ne gute Alternative, Emil und Herr Much sind für »Ausländer«. Vor »Dickis«, also Menschen, die unter Übergewicht leiden, scheuen wir alle noch etwas zurück, aus Pietätsgründen. Aber ich erinnere mich an die Postkartenreime einer gewissen Frau Inge Klein aus Hürth, die vorgeschlagen hatte, ich solle eine Sendung für Blinde, Taube und Stumme moderieren. Auch das werden wir gerne berücksichtigen.

Ich bin überhaupt sehr offen für solche Vorschläge, und deshalb eröffne ich nächste Woche den Reigen mit den »Knackis«, das sind Menschen, die in Justizvollzugsanstalten einsitzen. Wir müssen uns dann sehr gut überlegen, welche Fragen wir Mike und Rolf für Emil auf den Neger schreiben lassen, denn bei »Beruflich?« und »Freizeit?« könnten ähnliche Antworten kommen. Herr Bönninghausen ist leider noch kein Freigänger, aber ich bin sicher, daß er sich die Sendung anschauen wird. Bestimmt gibt es in seiner Männerpension einen Aufenthaltsraum mit Fernseher.

Ich habe schon überlegt, ob ich die übereifrige Silvia von der Requisite bitte, ein paar seiner alten Produkte unauffällig ins Bild zu schieben, um ihm eine Freude zu machen. Er wird sowieso nichts anderes sehen wollen als Gegenstände, auf denen »WÖRT-FLÖRT« oder »Nesti-Schock« steht. Ich denke, ich werde ihm den Gefallen tun.

Sehr gut eignen sich zum Beispiel die drei bunten Koffer, die immer noch in meinem Tischtenniskeller stehen.

Man könnte sie neben die Hocker von den Knastis stellen. Und vielleicht aus jedem einen Tausender raushängen lassen. Nur so. Mal gucken, was passiert.

ENDE

Bedanken möchte ich mich bei meinen Freundinnen, die diesen Roman probegelesen und mir wertvolle Tips gegeben haben. Und natürlich bei meiner SUPERLEKTORIN Ingeborg Mues!

Ich bedanke mich auch bei Herrn Dr. Strunz, der mich laufend unterstützt hat. Während der Erstellung dieses Romans bin ich schätzungsweise zweitausend Kilometer gelaufen.

Hera Lind

Das Weibernest

Roman

Band 13770

Der Bestseller *Die perfekte Frau* hat aus Franka Zis eine öffentliche
Figur gemacht. Die Medien reißen sich um sie. Einzig ihre alte
Nachbarin Alma mater und ihre treue Seele Paula scheinen sie noch
als Menschen wahrzunehmen. Sie flieht mit ihren drei Kindern in
die Schweiz, wo sie endlich wieder Franziska sein will. Gerade als sie
zu dem Entschluß gekommen ist, sich nicht mehr von Enno Winkel
öffentlichkeitswirksam vermarkten zu lassen, bietet ein Fernsehpro-
grammdirektor mit zwei verschiedenfarbigen Augen ihr eine eigene
Talkshow an. Beherzt greift sie zu. Im Laufe ihrer chaotischen Fern-
sehkarriere kommt es zu manch überraschender Begegnung. Franka
lernt Marie kennen, eine frisch geschiedene Modedesignerin, die
ebenfalls drei Kinder hat. Aufgrund der weisen Erkenntnis, daß
Männer und Frauen sowieso nicht zusammenpassen, gründen die
vier Frauen – Franziska, Alma mater, Paula und Marie – eine frech-
fröhliche Wohngemeinschaft, zu der Männer keinen Zutritt haben...

Fischer Taschenbuch Verlag

fi 695 / 5

Jil Karoly

Mannomann

Roman

Band 14350

Kurz vor der Hochzeit wird Alexandra von ihrem Ehemann in
spe sitzengelassen. Tom seilt sich ins Ausland ab; sie kann sehen, wo sie bleibt und wie sie die Sache ihrer Mutter beibringt.
Daraufhin heckt sie mit ihrer Freundin Mascha einen famosen
Plan aus. Die Mädels wollen einen Ratgeber für Frauen schreiben: *Mann verstehen im Handumdrehn.* Ausgerechnet Alex, die
von Männern die Schnauze gestrichen voll hat, wird dazu aus-
erkoren, sich zwecks Recherche undercover – nämlich als Mann!
– in eine Männer-WG zu mogeln. Nach und nach kommt Alex
den Männern und ihren Geheimnissen auf die Schliche. Da aber
auch die Jungs nicht mit Blindheit geschlagen sind, droht ihre
Tarnung irgendwann aufzufliegen. Was Frauen schon immer
über Männer wissen wollten, aber nie zu wagen fragten – in diesem ebenso komischen wie spannenden Roman erfahren sie die
Wahrheit über das starke Geschlecht.

Fischer Taschenbuch Verlag

Susanne Fülscher

Lipstick

Roman

Band 13769

Die 29jährige Katja lebt seit acht Jahren mit Tom zusammen. Eine Beziehung wie eingeschlafene Füße, schon länger geht jeder seiner Wege. Dann lernt Katja Jan kennen: ein Blickkontakt in der U-Bahn. Wenig später trifft sie den charismatischen Mann auf einem Fest wieder und läßt sich von ihm den Kopf verdrehen. Dabei sind die Konstellationen mehr als ungünstig: Jan ist nicht nur verheiratet, er hat auch drei kleine Kinder. Trotzdem nimmt die leidenschaftliche Affäre ihren Lauf, Katja folgt Jan auf eine erotische Odyssee nach Portugal und Italien und versucht zugleich ihre Karriere als Daily-Soap-Autorin ins Rollen zu bringen. Immer wieder funkt Hans, der Mann für alle Fälle, dazwischen, wodurch ihr Leben noch chaotischer wird. Hin- und hergerissen zwischen den beiden Männern, taumelt Katja durch die schönsten Cafés Europas, von deren Erotik sie sich magisch angezogen fühlt. Ein unkonventioneller Roman über Sex, Liebe und Freundschaft.

Fischer Taschenbuch Verlag

fi 13 / 8

Maria Soulas

On the Rocks

Roman

Band 14170

Eigentlich könnte alles so einfach sein: Helen, ehemals engagierte
Journalistin, die mittlerweile nur noch anspruchslose Reisereporta-
gen verfaßt, ist dabei, sich in der leichten Behaglichkeit von Bern-
hards verläßlich-langweiliger Liebe einzurichten und mit ihm die
Familie zu gründen, die sie nie hatte. Da erscheint Alexander, küßt
ihre erotischen Sehnsüchte wach und treibt sie in eine lustvolle Abhängigkeit. Plötzlich weiß Helen nicht mehr, was sie will: Alexander ist der verführerische Schurke und Bernhard ist der Gendarm,
der verläßlich und treusorgend ihr selbstverordnetes Kontrastpro-
gramm zu ihrer völlig chaotischen Vergangenheit sein sollte. Obwohl Helen bald erkennt, daß die heiße Affäre mit Alexander ein von
ihm eiskalt inszenierter Rachefeldzug gegen Bernhard ist, kann sie
sich nicht von ihm lösen. Erst als er sie mit völliger Zurückweisung
demütigt, entwirft sie einen mörderisch-erotischen Plan.

Fischer Taschenbuch Verlag

fi 509 / 7